感谢浙江省新昌县人民政府的大力支持

唐诗之路研究丛书·第一辑

唐诗之路研究会 编

地域文化与唐诗之路

戴伟华 著

中華書局

图书在版编目(CIP)数据

地域文化与唐诗之路/戴伟华著. —北京:中华书局,2022.8
(唐诗之路研究丛书)
ISBN 978-7-101-15784-0

Ⅰ.地… Ⅱ.戴… Ⅲ.唐诗-诗歌研究 Ⅳ.I207.227.42

中国版本图书馆 CIP 数据核字(2022)第 108974 号

书　　名	地域文化与唐诗之路
著　　者	戴伟华
丛 书 名	唐诗之路研究丛书
责任编辑	余　瑾
责任印制	管　斌
出版发行	中华书局 (北京市丰台区太平桥西里 38 号　100073) http://www.zhbc.com.cn E-mail:zhbc@zhbc.com.cn
印　　刷	三河市中晟雅豪印务有限公司
版　　次	2022 年 8 月第 1 版 2022 年 8 月第 1 次印刷
规　　格	开本/920×1250 毫米　1/32 印张 15　字数 360 千字
国际书号	ISBN 978-7-101-15784-0
定　　价	118.00 元

“唐诗之路研究丛书”总序

卢盛江

经过多方努力,“唐诗之路研究丛书”终于问世了。

这是中国唐诗之路研究会组织编纂的学术丛书。中国唐诗之路研究会自成立以来,就致力于唐诗之路的研究。2019 年 11 月在浙江新昌召开了成立大会, 2020 年 11 月又在浙江天台举办了首届年会,两次会议共收到一百六十余篇论文,对唐诗之路的一系列重要问题进行研究。现在又推出“唐诗之路研究丛书”,旨在全面反映唐诗之路研究的高层次成果,将唐诗之路研究推向深入。关于“丛书”和唐诗之路研究,我想应该注意以下几点:

一、要进行细致全面的资料整理。无论是对某条诗路的具体研究,还是对某些问题的综合研究,抑或是学理层面的理论研究,都要立足于坚实的史料。专门的史料整理工作,在唐诗之路研究初期,尤为必要和重要;唐诗之路研究今后走向深入,这项工作也不可或缺。这是一切研究的基础。要围绕唐诗之路的主题发掘整理史料,注重规范性和系统性,特别要与考证辨伪结合起来,以确定史料的可靠性。既致力于新出史料的发掘,又立足于传统文献的梳理;既有典籍文献包括地方文献的爬剔缕析,又有民间调查和出土文献等史料的发掘探微。对于唐诗之路研究而言,实地考察也是发掘新史料的一个重要途径。

二、要弄清每条诗路的面貌。唐诗之路的关键是“路”与“诗”，路是载体，诗是内涵，而作为灵魂主体一定是“人”。“诗”“路”与“人”三个方面的面貌都需要弄清。路是怎样形成的？路与交通有关，唐代交通面貌如何？走过这条“路”的诗人有哪些？这些诗人，何时因何而走上这条“路”？又何时因何而离开这条“路”？他们在这条“路”上的生活状况如何？有怎样的创作和其他活动？漫游，宦游，贬谪，寓居，是个人活动，还是群体活动等等，这些面貌都要弄清。就某个诗人而言，要进行重要行迹的考证；就某条诗路而言，要进行诗歌总集的编纂；就诗路发展而言，要进行源流演变的梳理。诗歌之外，这一诗路有怎样的文化遗存？民俗风物、名山胜迹、宗教文化、石刻文献等等，这些方面怎样共同形成诗路文化？这些面貌都要弄清。把国内各条诗路、各种问题的面貌弄清后，再进一步，可以从国内延伸到海外，研究海外唐诗之路。从学术的角度实地考察，利用考察成果研究唐诗之路的问题，也可以写成学术著作。

三、要有问题意识，认清问题研究的重要性。清理史料和面貌的过程，也是清理和研究问题的过程。我们需要现象的描述，更需要问题的研究。史料和面貌的清理，本身就有一系列的问题。我们更要关注，唐代为什么会有诗路？一些诗路为什么流寓的诗人比较多，为什么诗歌创作比较繁荣？为什么一些诗路诗人群体比较多，诗人联唱和唱和比较多？复杂现象的解释，历史原因的分析，学术焦点与前沿问题的回答，一些特有的重要的现象，都是问题。现象与现象之间、事物与事物之间、问题与问题之间的联系，都会有问题。着力于发现、提出和研究问题，从一个问题推向另一个问题，我们就能够把诗路研究由浅入深，层层推进。

四、要有科学严格的主题界定。如从地域来说，一条诗路包括哪些范围？其历史行政区划和当代行政区划有何联系和区别？古代不同时期的区划变化如何？主题界定要符合历史面貌，要特别注意文化特点，既要有整体性，又要有包容性和开放性。没有整体性，无法界定范围；没有包容性和开放性，无法把握复杂面貌。

五、要体现“诗路”的特点。各条诗路都与地方文学有关。唐诗之路研究，还与贬谪文学、流寓文学、地域文学、山水文学、隐逸文学等等密切相关，与文学地理学、历史地理学等等密切相关，还与宗教包括佛教道教等等文化有关。具体诗人的诗路研究，必然涉及这些诗人的生平轨迹、他们的生活与创作道路。不要把唐诗之路研究简单地写成地方文学史，不要写成一般的贬谪文学、流寓文学、地域文学、山水文学、隐逸文学研究，不要写成一般的文学地理学、历史地理学研究和宗教文化研究，不要写成一般的作家论、作家传记，或一般的诗人生活与创作道路研究。既要注意与相关研究和问题的联系，扩大我们的视野，启发我们的思路，又不为之所囿，特别是不要落入固有的模式化的套路，要探讨“唐诗之路”作为一个新的学术增长点的丰富内涵和深刻本质，探寻出符合“唐诗之路”特点的新的研究之路。

六、要有大格局。可以做具体的局部的问题，甚至是比较小的问题，也可以做着眼全局的大选题。只要是唐诗之路的学术问题，都可以做。就目前的研究来说，更需要综合的研究。问题不论大小，不论是综合研究还是其他形式的研究，都要有大的格局，做高层次的研究，切实地沉下心来，用三年五年，甚至十年八年时间，沉潜到材料和问题的最深处，系统全面彻底深入加以清理和研究。做一个题目，就把它做深做细做全做彻底，把课题内所有相关材料和问题一网打尽，使之成为进一步研究的坚实基础。

七、期待从理论的高度研究唐诗之路。理论研究是一项研究的提升和必然发展趋势，唐诗之路的理论研究和理论认识，应该来源于唐诗之路的研究实践。我们需要切实从材料出发，在诗路各种具体问题研究的基础上，进行更为宏观的综合研究和理论研究。理论研究有它的独特性，有它特有的对唐诗之路的思考方式。它要提出更为普遍的问题，进行更为综合的宏观思考，对唐诗之路的普遍问题从理论的高度进行总结和提升。

八、不论什么研究，都要锐意创新。唐诗之路研究在全国刚刚起步，处处都有待拓荒的领地，每一块领地都有创新的课题。有些领地前人已经耕耘过，就要处理好利用已有成果和创新的关系。不论拓荒还是接续前人的研究，创新都是第一位的。要发掘新材料，寻找新视角，发现新问题。切忌四平八稳的老调重弹，也不要刻意标新立异，求险求怪，而要把研究对象本身的面貌弄深弄透，对事物有更为准确全面的把握，在此基础上，站得更高一些，视野更开阔一些，着眼全局和整体，着眼发展和变化，提出独特的见解。有的时候，观点的某些方面不那么完善，但它新颖，能启发人们关注一些新的问题，对事物和现象作进一层的思考。我们需要这样的独到创新的深入思考。

这也是这部“丛书”的宗旨和写作要求。

感谢中华书局接受“唐诗之路研究丛书”出版。感谢浙江省新昌县慨然资助。他们资助了第一辑，还计划继续资助以后各辑。

新昌对唐诗之路的贡献有目共睹。新昌是唐诗之路发源地。新昌学者竺岳兵先生发现并首倡唐诗之路。还在20世纪80年代，他就努力探寻，并首次提出“唐诗之路”的概念。他提前退休，潜心著书研究，又四处奔走呼吁，组建“唐诗之路研究开发社”，举办十多次国际国内学术研讨会和其他学术活动，首先倡议唐诗之路申报世界文化遗产。临终之际，还念念不忘，用尽生命的最后力气，嘱托成立全国性的唐诗之路研究会。唐诗之路一直得到新昌县委县政府的高度重视和大力支持。批准竺岳兵先生成立“唐诗之路研究中心”，并拨经费,给编制。大力支持竺岳兵先生举办国际国内学术研讨会。比较早就进行唐诗之路的文化建设和旅游开发,积极打造浙东唐诗名城,建成全国首家唐诗之路博物馆,编修唐诗之路名山志,并且在政府层面,联络各方,开展推进唐诗之路文化建设的各项活动。这些努力,最终在浙江省乃至全国各地产生重大影响,唐诗之路被写进省政府工作报告,为浙江省大花园建设的一项重要工作,唐诗之路被推向全省并开始推向全国。中国唐诗之路研究会成立之际,新昌全力支持,成立大会办得隆重热烈。现在又积极资助“唐诗之路研究丛书”出版,将继续为唐诗之路做出新的贡献。

中国唐诗之路研究会的宗旨,是联络国内外学术力量,进行唐诗之路及相关领域研究和文化建设交流。“唐诗之路研究丛书”的编纂是研究会工作的一个重要方面。唐诗之路研究会自成立以来,得到国内各方,特别是浙江省内各方的大力支持。除新昌之外,浙江天台县就高规格承办了唐诗之路研究会首届年会。我们的理念是会地共建。“唐诗之路研究丛书”的出版,是会地共建的典范。我们希望继续得到各方支持,与各地方联手,与全国各高校联手,共同把唐诗之路事业推向深入。

2021年6月25日

目　录

自 序

卢盛江教授希望将《地域文化与唐代诗歌》放在"唐诗之路研究丛书"中修订再版,并更名为《地域文化与唐诗之路》。尽管我认为"唐诗之路"并不等同于"唐代诗歌",但一旦与"地域文化"联系,其内涵与外延确实有相似之处,而研究对象大致也是在诗路上。这也是我接受更改书名的理由。

自我从扬州移居广州后,因两地文化、气候、人情、风俗不同,关注地域文化及其差异兴趣日隆,形成这一成果。以前所做的《唐方镇文职僚佐考》[①]《唐代使府与文学研究》[②]与地域文化密切相关,前者是特定区域的文士分布图;后者较多部分论述了文士分布与文学创作的关系。

这里特别想借用"唐诗之路"一词谈谈《唐方镇文职僚佐考》文学地理学研究意义。

唐方镇文职僚佐可以理解为某一特定人群的文士活动而形成的诗路,在时间和空间上也是比较系统地反映出文士活动的大致面貌。如从唐诗之路角度去考察,所谓"浙东唐诗之路""浙西唐诗之路""巴蜀唐诗之路""河西唐诗之路""西域唐诗之路""岭南唐诗

① 戴伟华:《唐方镇文职僚佐考(修订本)》,广西师范大学出版社,2007年。

② 戴伟华:《唐代使府与文学研究(修订本)》,广西师范大学出版社,2007年。

之路”等都与幕府僚佐分布相关，根据幕府文士空间活动踪迹可以描绘出唐诗之路地图。幕府文士活动对唐诗之路的形成做出了特别贡献，尤其值得关注的是西域唐诗之路，没有唐代方镇幕府制度是不可能出现岑参这样的西域诗人的。

《唐方镇文职僚佐考》有时间和空间坐标，清晰地呈现使府文士活动的时间范围和地点。比如，山南西道，建中三年到贞元十五年，府主为严震，幕僚先后有郑馀庆、严砺、崔廷、卫次公、郑敬、崔从、元衮、沈迴、元锡、独孤实、崔简等。节镇治所是活动中心，但节镇可管辖属下诸州。

使府内部文士交流也很频繁，使府僚佐到属下各州巡视应是日常工作，这一条线路的重要性在于州长官周围也有一批文士，州下有县，县长官周围也有一批文士，这一内部的文士活动构成较为庞大的诗路网络。比如，颜真卿《湖州乌程县杼山妙喜寺碑铭》载："大历七年，真卿蒙刺是邦，时浙江西观察判官殿中侍御史袁君高巡部至州，会于此土，真卿遂立亭于东南……大历壬子岁，真卿叨刺于湖，公务之隙，乃与金陵沙门法海，前殿中侍御史李崿、陆羽，国子助教州人褚冲，评事汤某，清河丞太祝柳察，长城丞潘述，县尉裴循，常熟主簿萧存，嘉兴尉陆士修，后进杨遂初、崔宏……以季夏于州学及放生池，日相讨论，至冬，徙于兹山东偏……而起居郎裴郁、秘书郎蒋志、评事吕渭、魏理、沈益、刘全白、沈仲昌，摄御史陆向、沈祖山、周阆，司议邱悌，临川令沈咸，右卫兵曹张著兄谟、弟荐、芳，校书郎权器……往来登历。"①浙江西道亦曰镇海军节度、浙西观察处置等使兼润州刺史，领润、苏、常、杭、湖、睦六州。这里记载，大历七年颜真卿做湖州刺史，观察判官殿中侍御史袁高巡部至州，而活动中的评事吕渭为浙江西

① 〔清〕董诰等编：《全唐文》卷三三九，中华书局，1983年，第3436页。

道观察支使。

州下有县，幕府僚佐与县亦有联系，李绅为浙西幕僚，与溧阳县尉孟郊即有过从。李浚《慧山寺家山记》："贞元元和中，先丞相太尉文肃公，心宁色养，家寓是县，因肄业于慧山，始年十五六，至丙戌岁，擢第归宁，为朱方强留之。文肃公窥畏，常惊切于旦夕之间。李庶人以反状闻，尝召公草不顺章檄，公语以君臣父子忠孝诚节，别白自古道理者，约千余言，言既劲勇，庶人畏敬，又逼以狂卒，围以兵刃，促公下笔，振叱数四，发眦见怒状，庶人因令闭之于别所。命许纵成之。是夜，张子良、裴行立共义公忠赤。"[①] 沈亚之《李绅传》："锜能其材，留执书记……会留后使王澹专职为锜具行，锜蓄怒始发于澹。"[②] 绅从事浙西李锜幕同见两《唐书》李绅传。孟郊《酬李侍御书记秋夕雨中病假见寄》："未觉衾枕倦，久为章奏婴。达人不宝药，所保在闲情。"[③] 孟郊贞元十六年至二十年任溧阳尉，诗中李侍御书记即浙江西道掌书记李绅。

方镇——辖州——辖县，这都是幕府文士的活动范围。唐诗之路形成，幕府僚佐的文化和诗歌活动影响不可小觑。

目前大家较关注的浙东唐诗之路，在《唐方镇文职僚佐考》中亦有涉及。甚至可以说，浙江诗路的成熟以方镇使府文士唱和为标志。

方镇使府的文职僚佐都有可能有条件参加诗歌唱和，浙东唐诗之路上便留下了使府府主、文职僚佐唱和的记录。

（一）以行军司马鲍防为领袖的唱和。这次唱和诗歌收入《大历年浙东联唱集》，参与者有五十七位文士，除幕府僚佐外，还有幕府外

---

①《全唐文》卷八一六，第 8591 页。

②《全唐文》卷七三八，第 7623 页。

③〔清〕彭定求等编：《全唐诗》卷三七八，中华书局，1960 年，第 4242 页。

文士[1]。《旧唐书》卷一四六《鲍防传》:“鲍防,襄州人。幼孤贫,笃志好学,善属文。天宝末举进士,为浙东观察使薛兼训从事,累至殿中侍御史。”[2]秦系《鲍防员外见寻因书情呈赠》[3],是鲍防又带员外郎朝衔。鲍防在浙东与文人唱和极盛,《唐诗纪事》卷四七载鲍防与谢良辅、杜弈、丘丹、严维、郑概、陈元初、吕渭、范灯、樊珣、刘蕃、贾弇、沈仲昌等人同赋《忆长安十二咏》《状江南十二咏》,又与严维、谢良辅、杜弈、李清、刘蕃、郑概、陈元初、樊珣、丘丹、吕渭、范淹等人及吴筠中元日联句[4]。穆员《工部尚书鲍防碑》:“自中原多故,贤士大夫以三江五湖为家,登会稽者如鳞介之集渊薮,以公故也。”[5]《嘉泰会稽志》卷一〇:“兰亭古池,在县西南二十五里……唐大历中,鲍防、严维、吕渭而次三十七人联句于此。”[6]三十七人兰亭联句,可谓盛况空前。按,与鲍防唱和者人数极多,谁为浙东幕僚,不敢妄断。唱和内容主要是浙东治所越州风物故事以及文士活动,《经兰亭故池联句》《松花坛茶宴联句》《寻法华寺西溪联句》《云门寺小溪茶宴怀院中诸公》《征镜湖故事》《自云门还泛若耶入镜湖寄院中诸公》《秋日宴严长史宅》《严氏园林》《柏梁体状云门山物(并序)》《花严寺松潭》《入五云溪寄诸公联句》《登法华寺最高顶忆院中诸公》《忆

---

① 参见贾晋华:《唐代集会总集与诗人群研究》,北京大学出版社,2001年,第74—78页。

② 〔后晋〕刘昫等撰,中华书局编辑部点校:《旧唐书》,中华书局,1975年,第3956页。

③《全唐诗》卷二六〇,第2898页。

④〔宋〕计有功撰,王仲镛校笺:《唐诗纪事校笺》,中华书局,2007年,第1585—1586页。

⑤《全唐文》卷七八三,第8190页。

⑥〔宋〕施宿〔宋〕张淏撰,李能成点校:《(南宋)会稽二志点校》,安徽文艺出版社,2012年,第199页。

长安十二咏》《状江南十二月》《中元日鲍端公宅遇吴天师联句》《酒语联句》《云门寺济公上方偈序》[1]等诗或联句反映了幕府内外文士的生活。如果从诗路看，方镇使府文士贡献巨大，这样唱和的集聚规模前所未有。事实上也改变了诗歌的内容和形式，从偏重政治的长安文士诗歌活动到偏重生活的越州诗歌唱和，除《忆长安》所具有的政治色彩外，文士们在越州的大多数诗作是写集体的生活，而且形式自由，无形中对传统诗体有了突破的尝试。

比如杂言的宝塔体诗，此前义净有杂言《一三五七九言》[2]以及中唐张南史杂言诗，义净和张南史的杂言诗创作是单个作家的文学行为，而大历诗人集体唱和表明有一群人认同这一诗体趣味。仅保留在《大历年浙东联唱集》中就有两首杂言诗，唱和核心人物除鲍防外，严维、吕渭都在其中，他们在尝试中得到才情释放的满足。特别要注意的是，大历诗人是在联唱中形成的，这一作诗过程中充满智慧而快乐。因此，他们不断尝试，《入五云溪寄诸公联句（从一字到九字）》[3]《登法华寺最高顶忆院中诸公（从一字至九字）》[4]，这两次唱和九位参与者相同，地点不同，一是水上游，一是登山游。虽非诗之正体，有游戏性质，但能自由抒发情感。后来白居易分司东都，众友送至兴化亭，“酒酣”之际亦作“一字至七字诗”，也是如此。

（二）以府主杨於陵为主导的唱和。陈谏《登石伞峰》诗序云：“至元和九年秋九月七日，浙东廉使越州牧兼御史中丞杨公，洎中护军王公，率僚佐宾旅，同游赋诗，纪登览之趣，小子承命序其梗概以冠篇。窃谓斯地也，斯文也，必传于后世，与兰亭、东山俱为越邦之

① 参见《唐代集会总集与诗人群研究》，第75—77页。

②《全唐诗》卷八〇八《在西国怀王舍城》，第9118页。

③ 陈尚君辑校：《全唐诗补编》续拾卷一七，中华书局，1992年，第908页。

④《全唐诗补编》续拾卷一七，第908—909页。

不朽者矣。”[①] 按，九年当作元年；中护军王公，王承邺。《会稽掇英总集》卷四录陈谏《登石伞峰（并序）》，杨於陵而下，陈谏、卫中行、路黄中皆有诗[②]。

（三）以府主元稹为主导的唱和。《旧唐书》卷一五五《窦巩传》：“元稹观察浙东，奏为副使、检校秘书少监、兼御史中丞，赐金紫。”[③]《新唐书》卷一七四《元稹传》：“在越时，辟窦巩。巩，天下工为诗，与之酬和，故镜湖、秦望之奇益传，时号‘兰亭绝唱’。”[④]《嘉泰会稽志》卷二：“《旧经》云，所辟幕职皆当时文士，镜湖、秦望之游，月三四焉。而讽咏诗什，动盈卷秩，副使窦巩，海内诗名，与稹酬唱最多，至今称兰亭绝唱。”[⑤]《册府元龟》卷八六八《总录部·游宴》[⑥]同此。《全唐文》卷七六一褚藏言《窦巩传》：“故相左辖元稹观察浙东，固请公副戎，分实旧交，辞不能免，遂除秘书少监兼中丞，加金紫。无何，元公下世，公亦北归。”[⑦]

其中有掌书记卢简求。《旧唐书》卷一六三《卢简求传》：“简求字子臧……又从元稹为浙东、江夏二府掌书记。”[⑧] 又见《新唐书》卷一七七。《云溪友议》：“卢侍御简求戏曰：‘丞相虽不恋鲈鱼，乃恋谁

---

①《全唐诗补编》续拾卷二四，第 1012 页。

② 参见〔宋〕孔延之编，邹志方点校：《会稽掇英总集点校》，人民出版社，2006 年，第 67—70 页。

③《旧唐书》，第 4122 页。

④〔宋〕欧阳修、〔宋〕宋祁撰，中华书局编辑部点校：《新唐书》，中华书局，1975 年，第 5229 页。

⑤《（南宋）会稽二志点校》，第 42 页。

⑥ 参见〔宋〕王钦若等编纂，周勋初等校订：《册府元龟》，凤凰出版社，2006 年，第 10108 页。

⑦《全唐文》，第 7911 页。

⑧《旧唐书》，第 4271—4272 页。

耶？’”[①]《诗话总龟》前集卷一六引《古今诗话》云：“卢简求侍御曰：‘丞相不恋鲈鱼，为好鉴湖春色。’”[②]郑鲂，字嘉鱼。《全唐文》卷七四〇郑鲂《禹穴碑铭序》：“唐兴二百八祀，宝历庚午秋九月，予从事于是邦，感上圣遗轨，而学者无述，作禹穴碑，廉察使旧相河南公见而铭之。”[③]庚午或为丙午之误，宝历丙午，宝历二年。《全唐诗》卷四四五白居易《和酬郑侍御东阳春闷放怀追越游见寄》：“君得嘉鱼置宾席，乐如南有嘉鱼时。劲气森爽竹竿竦，妍文焕烂芙蓉披。载笔在幕名已重，补衮于朝官尚卑……昨日嘉鱼来访我，方驾同出何所之……白首旧寮知我者，凭君一咏向周师。”注：“周判官师范，苏杭旧判官，去范字叶韵。”[④]《全唐诗》卷四二一元稹《酬郑从事四年九月宴望海亭次用旧韵》[⑤]。《嘉泰会稽志》卷一六：“《禹穴碑》，郑昉撰，元稹铭，韩杼材行书，陆涔篆额，宝历景午秋九月作，后有大和元年八月三日中山刘蔚续记二行，在龙瑞宫。”[⑥]郑昉，当作郑鲂。鲂在幕带监察御史或殿中侍御史。

（四）以府主李讷为主导的唱和。《云溪友议》：“李尚书讷夜登越城楼……时察院崔侍御元范，自幕府而拜，即赴阙庭，李公连夕饯崔君于镜湖光候亭……《听盛小丛歌送崔侍御》，浙东廉使李讷：‘绣衣奔命去情多，南国佳人敛翠娥。曾向教坊听国乐，为君重唱盛丛歌。’《奉和》，亚台御史崔元范：‘羊公留宴岘山亭，洛浦高歌五夜情。

① 《云溪友议》，陶敏主编：《全唐五代笔记》第2册，三秦出版社，2012年，第1507页。

② 〔宋〕阮阅编：《诗话总龟》，人民文学出版社，1987年，第185页。

③ 《全唐文》，第7657页。

④ 《全唐诗》，第4988页。

⑤ 《全唐诗》，第4633页。

⑥ 《（南宋）会稽二志点校》，第315页。

独向柏台为老吏，可怜林木响余声。’团练判官杨知至：‘燕赵能歌有几人，落花回雪似含颦。声随御史西归去，谁伴文翁怨九春？’观察判官封彦卿：‘莲幕才为绿水宾，忽乘骏马入咸秦。为君唱作西河调，日暮偏伤去住人。’观察支使卢郸：‘何郎戴笏别贤侯，更吐歌珠宴庾楼。莫道江南不同醉，即陪舟楫上京游。’前进士高湘：‘谢安春渚饯袁宏，千里仁风一扇清。歌黛惨时方酩酊，不知公子重飞觥。’处士卢溵：‘乌台上客紫髯公，共捧天书静镜中。桃叶不须歌白苧，耶溪暮雨起樵风。’”[①] 又见《唐诗纪事》卷五九，崔元范以监察御史为浙东幕府[②]。

浙东有山川人文之美，陈谏《登石伞峰》诗序云：“窃谓斯地也，斯文也，必传于后世，与兰亭、东山俱为越邦之不朽者矣”。[③] 斯地、斯文构成浙东诗路的双核。

大运河“唐诗之路”。大运河文化与淮南节度使治所扬州密切关联，淮南节度观察处置等使兼扬州大都督府长史，领扬、楚、滁、和、舒、庐、寿、光、宿九州。扬州是大运河诗路轴心，文士南来北往皆经扬州。比如杜佑为淮南节度使时，刘禹锡为其掌书记，和同僚廖姓参谋有诗歌唱和，写有《酬淮南廖参谋秋夕见过之什》，诗云：“扬州从事夜相寻，无限新诗月下吟……不逐繁华访闲散，知君摆落俗人心。”题下原注：“休公昔为扬州从事参谋，从释子反初服。”[④] 刘禹锡又有《送廖参谋东游二首》其二：“繁花落尽君辞去，绿草垂杨引征路。东

① 《云溪友议》，《全唐五代笔记》第 2 册，第 1474—1475 页。

② 参见《唐诗纪事校笺》，第 1999 页。

③ 《全唐诗补编》续拾卷二四，第 1012 页。

④ 〔唐〕刘禹锡撰，陶敏、陶红雨校注：《刘禹锡全集编年校注》卷八，中华书局，2019 年，第 933 页。

道诸侯皆故人，留连必是多情处。”[①] 扬州夜和扬州月十分迷人，杜牧为牛僧孺幕僚，也是迷恋扬州夜月，在他离开扬州时，还念念不忘“二十四桥明月夜，玉人何处教吹箫”[②]。刘禹锡在扬州写有一诗：“寂寂独看金烬落，纷纷只见玉山颓。自羞不是高阳侣，一夜星星骑马回。”诗题很长，实为诗序：“杨州春夜，李端公益、张侍御登、段侍御平仲、密县李少府畅、秘书张正字复元同会于水馆，对酒联句，追刻烛击铜钵故事，迟辄举觥以饮之。逮夜艾，群公霑醉，纷然就枕。余偶独醒，因题诗于段君枕上，以志其事。”[③] 杨州即扬州。这里包括了过往行人。

活动在大唐各镇的文士，他们周围还有一批诗人，他们对诗歌传播所产生的作用，也可以说对唐诗之路的形成产生不可估量的作用。

以幕府为例考察诗路，人和地都非常重要。府主和幕府核心成员推动了诗路的形成。即使府主不写诗，也能欣赏诗。《旧唐书》卷一六三《卢简辞传》附《卢纶传》：“父纶，天宝末举进士，遇乱不第，奉亲避地于鄱阳，与郡人吉中孚为林泉之友……朱泚之乱，咸宁王浑瑊充京城西面副元帅，乃拔纶为元帅判官、检校金部郎中。”[④]《新唐书》卷二〇三《卢纶传》：“卢纶字允言，河中蒲人……坐与王缙善，久不调。浑瑊镇河中，辟元帅判官，累迁检校户部郎中。”[⑤] 按，《卢纶诗集校注》卷三《卧疾寓居龙兴寺观柸冯十七著作书知罢摄洛阳赴缑氏因题十四韵寄冯生并赠乔尊师》，原注：“时予罢推官。”[⑥] 疑卢纶

① 《刘禹锡全集编年校注》卷九，第 1051 页。
② 《全唐诗》卷五二三《寄扬州韩绰判官》，第 5982 页。
③ 《刘禹锡全集编年校注》卷一，第 22 页。
④ 《旧唐书》，第 4268 页。
⑤ 《新唐书》，第 5785 页。
⑥ 〔唐〕卢纶著，刘初棠校注：《卢纶诗集校注》，上海古籍出版社，1989 年，第 298 页。

初为河中推官，罢职，后又为判官。卢纶在河中创作极丰，卷三《秋幕中夜独坐迟明因陪陈翃郎中晨谒上公因书即事兼呈同院诸公》[①]，卷四《奉陪侍中登白楼》《九日奉陪浑侍中登白楼》《春日喜雨奉和侍中宴白楼》《奉陪侍中游石笋溪十二韵》《九日奉陪侍中宴白楼》《九日奉陪侍中宴后亭》《九日奉陪令公登白楼同咏菊》《奉陪浑侍中上巳日泛渭河》《奉陪侍中春日过武安君庙》[②]《河中府崇福寺看花》[③]等诗。试想，岑参在西域，如无府主的欣赏，也写不了为后世推崇的一批边塞诗。

除府主外，还要有相同趣味的幕中同僚。浙江大历唱和就是例证。又如李商隐《安平公诗》云："府中从事杜与李，麟角虎翅相过摩。清词孤韵有歌响，击触钟磬鸣环珂……公时受诏镇东鲁，遣我草奏随车牙。顾我下笔即千字，疑我读书倾五车。"[④]"草奏"一作"草诏"。李商隐曾在崔戎华州刺史任所，并随至兖海观察使幕。诗中杜即杜胜，李即李潘。李商隐有《赠赵协律晳》诗，诗云："不堪岁暮相逢地，我欲西征君又东。"[⑤]赵入宣州幕。李商隐与李潘、杜胜曾同在令狐楚兴元幕。李商隐《彭城公薨后赠杜二十七胜李十七潘，二君并与愚同出故尚书安平公门下》："梁山兖水约从公。"[⑥]梁山指令狐楚兴元幕，兖水指崔戎兖海幕。可知同幕三人相知最深。李商隐《过故崔兖海宅与崔明秀才话旧因寄旧僚杜赵李三掾》[⑦]，赵，赵晳。三人在幕

① 《卢纶诗集校注》，第329页。

② 以上参见《卢纶诗集校注》，第378—395页。

③ 参见《卢纶诗集校注》，第448页。

④ 〔唐〕李商隐撰，刘学锴、余恕诚著：《李商隐诗歌集解》，中华书局，2004年，第60—61页。

⑤ 《李商隐诗歌集解》，第54页。

⑥ 《李商隐诗歌集解》，第283页。

⑦ 《李商隐诗歌集解》，第71页。

当诗歌唱和,故有"清词孤韵"语。

方镇幕府僚佐和地方文人交往密切,大历浙东唱和诗人中就有地方文士。这里想说,幕府文士有时会成为贬谪文人精神寄托所在。元稹《送杜元颖》:"江上五年同送客,与君长羡北归人。今朝又送君先去,千里洛阳城里尘。"①《三月三十日程氏馆饯杜十四归京》:"我正南冠絷,君寻北路回。谋身诚太拙,从宦苦无媒。"②二诗为同时之作。杜元颖时在荆南幕,《唐才子传校笺》卷四:"元和初数年间,王建曾留寓荆州,结识杜元颖。其《上杜元颖相公》诗末二句云:'闲曹散吏无相识,犹记荆州拜谒初。'……建诗屡称杜书记,如《江楼对雨寄杜书记》《道中寄杜书记》,均指杜元颖。故知元和初元颖为荆南使府掌书记。"③《因话录》卷二:"族祖天水昭公,以旧相为吏部侍郎。考前进士杜元颖宏词登科,及镇南,又奏为从事。"④天水昭公,赵宗儒。杜元颖在荆南与元稹贬江陵掾,大致相终始,杜元颖离幕,元稹尚在,后不久,元稹当亦离去。在元稹送别杜元颖诗中,一是反映了贬谪文士和幕府文士的往返友情,二是反映了贬官和幕府文士的不同身份和心态。

当然,《唐方镇文职僚佐考》呈现了幕府文士时、地分布,为研究唐诗之路提供某个层面的研究基础,其中仍隐含着大量的信息,以幕府为中心的文士活动及其诗歌创作意义尚待探究。比如大历年间《状江南》唱和,对江南文化研究有独特的价值。

《状江南》这组诗改写了对江南的叙述方式,具有重要的诗史意义和认识价值。在文化视野中考察唐诗,可以发现诗歌解读与文化

① 《全唐诗》卷四一四,第4581页。
② 《全唐诗》卷四二三,第4650页。
③ 〔元〕辛文房著,傅璇琮主编:《唐才子传校笺》,中华书局,1995年,第157页。
④ 《因话录》,《全唐五代笔记》第3册,第1906页。

建构的多元结构。安史之乱发生后，文化中心南移，江南一旦成为与长安的比照而进入唐诗时，就会出现色泽鲜明的别样图景。以《状江南》为例可以挖掘这组诗在唐诗之路中的重大意义。

第一，历时性考察。如从诗歌史角度看，南北朝民歌已经呈现出南北不同的风格，但其内容大致围着爱情转，风物只是陪衬。如南朝民歌《读曲歌》“柳树得春风，一低复一昂”①；《西洲曲》“采莲南塘秋，莲花过人头”②，写南方风物，全诗重点还是落在爱情上。

东晋南朝文学作品，对南方的表现是有局限的，和《状江南》写作地点相同的诗较多，如王籍《入若耶溪》：“艅艎何泛泛，空水共悠悠。阴霞生远岫，阳景逐回流。蝉噪林逾静，鸟鸣山更幽。此地动归念，长年悲倦游。”③若耶溪，在今浙江绍兴市南。名句“蝉噪林逾静，鸟鸣山更幽”动静之妙为人赞赏，而诗中景物的地域性特征不明显。以江南为背景形成的山水诗，表现南方山水的灵秀和俊美，谢灵运和谢朓的诗歌对后世影响较大，谢灵运《登池上楼》“池塘生春草，园柳变鸣禽”④；谢朓《晚登三山还望京邑》“喧鸟覆春洲，杂英满芳甸”⑤，前者应是初春，后者应是仲春或季春。

南朝有不少写江南山川之美的作品，如陶弘景《答谢中书书》：“山川之美，古来共谈。高峰入云，清流见底。两岸石壁，五色交辉。青林翠竹，四时俱备。晓雾将歇，猿鸟乱鸣；夕日欲颓，沉鳞竞跃。”⑥

---

①〔宋〕郭茂倩编：《乐府诗集》卷四六《清商曲辞三》，中华书局，1979年，第672页。
②《乐府诗集》卷七二《杂曲歌辞十二》，第1027页。
③〔清〕沈德潜选：《古诗源》卷一三，中华书局，1963年，第319—320页。
④《古诗源》卷一〇，第236页。
⑤《古诗源》卷一二，第278页。
⑥〔清〕严可均编：《全上古三代秦汉三国六朝文》之《全梁文》卷四六，中华书局，1958年，第6430—6431页。

丘迟《与陈伯之书》:“暮春三月,江南草长,杂花生树,群莺乱飞。”① 吴均《与朱元思书》:“自富阳至桐庐,一百许里,奇山异水,天下独绝。”② 这些作品大致表现出江南同质的山水面貌。

如果从南北分论角度看,唐代可与以唐太宗为代表的帝京系列大制作相对应的是《春江花月夜》。张若虚写江南风物、婉丽情感,承六朝吴声西曲而来。“春江”即指长江,诗的格调和风物皆指南方。分从春、江、花、月、夜写南方景物及人物活动,与其说是宫体诗自赎,不如说以南方民歌底色,婉转声情,再现南方的美丽灵动,在以帝京为代表的北方文化之外,展现南方文化的魅力。王闿运评《春江花月夜》“用《西洲》格调,孤篇横绝”③,《西洲》格调,正是江南文化的体现。无论是东晋以来山水描写,还是大历以前的春江月夜,都是一种文化范型的存在和展示。真正突破,要等待《状江南》的到来。

前代诗人从来未像大历诗人那样深扎江南,触摸江南。大历诗人之前的描写,大致是江南山水和人文。大历《状江南》唱和改变了对江南的呈现方式,开拓了江南风物描写的新境。

第二,咏物诗考察。《状江南》之“状”,是“比”义,而且“每句须一物形状”④。这一具体写作规则,已将对江南的表达和传统诗作区分开。如写江南春天:“江南孟春天,荇叶大如钱。白雪装梅树,青袍似葑田”⑤,“江南仲春天,细雨色如烟。丝为武昌柳,布作石门泉”⑥,

① 《全上古三代秦汉三国六朝文》之《全梁文》卷五六,第 6567 页。

② 《全上古三代秦汉三国六朝文》之《全梁文》卷六〇,第 6610 页。

③ 〔清〕王闿运撰,马积高主编:《湘绮楼诗文集》(二)《论唐诗诸家源流》,岳麓书社,2008 年,第 37 页。

④ 〔宋〕蒲积中编,徐敏霞校点:《古今岁时杂咏》(第 2 册)卷四三《状江南十二月每句须一物形状》,辽宁教育出版社,1998 年,第 491 页。

⑤ 《全唐诗》卷三〇七,第 3485 页。

⑥ 《全唐诗》卷三〇七,第 3484 页。

"江南季春天，莼叶细如弦。池边草作径，湖上叶如船"①，显然，这里主要写江南风物之美，物产之丰，在此前诗歌中较少描写。如诗中出现细如弦的莼叶，据陆玑《毛诗草木鸟兽虫鱼疏》："茆与荇叶相似，叶大如手……南人谓之莼菜。"②张翰在北方做官，见秋风起，乃思莼羹鲈脍，刘长卿《早春赠别赵居士还江左时长卿下第归嵩阳旧居》"归路随枫林，还乡念莼菜"③，以莼菜表达乡思。大历诗人唱和中对莼菜的描写，只是作为江南自然物象，而没有传统的人文内涵。"池边草作径"也没有谢灵运"池塘生春草"的情感注入。

此外，《状江南》唱和，应还有不见文字的规则，从诗作中可以归纳，如每首诗第二句都是第四字用"如"。他们在唱和时都会尽量遵守规则，只是由于每位诗人写作能力不同而不能完全做到。比如写夏天，贾弇《孟夏》"江南孟夏天，慈竹笋如编。蜃气为楼阁，蛙声作管弦"④，樊珣《仲夏》"江南仲夏天，时雨下如川。卢橘垂金弹，甘蕉吐白莲"⑤，范憕《季夏》"江南季夏天，身热汗如泉。蚊蚋成雷泽，袈裟作水田"⑥，首句交待时间，余下三句，都在以一物比喻一物形状。贾弇诗中每句一物分别为慈竹笋、蜃气、蛙声，而"一物形状"是通过比喻来完成的，慈竹笋老少相依如编排成一般；蜃气幻化为楼阁；蛙声如管弦奏乐。如严格审查，很难都合格。范憕诗"蚊蚋成雷泽，袈裟作水田"，前句说一片蚊虫声如雷声轰鸣，而"袈裟作水田"则不易

---

①《全唐诗》卷二六二，第2925页。

②〔三国吴〕陆玑：《毛诗草木鸟兽虫鱼疏》卷上，《丛书集成初编》第1346册，商务印书馆，1936年，第7页。

③《全唐诗》卷一五〇，第1553页。

④《全唐诗》卷三〇七，第3483页。

⑤《全唐诗》卷三〇七，第3490页。

⑥《全唐诗》卷三〇七，第3489页。

理解，据焦竑《焦氏笔乘》解释："王少伯诗'手巾花氎净，香帔稻畦成'，王右丞诗'乞食从香积，裁衣学水田'，稻畦帔，水田衣，即袈裟也。内典：袈裟字作毠毿，盖西域以毛为之。一名逍遥服，又名无尘衣。"[①] 因此，"袈裟"句是为了押韵而互换位置了，"水田作袈裟"则更符合要求。如此咏物改变了以往对江南描写侧重山川人文的模式，而且这些写作规定，使一诗咏三物，如加上比喻的喻体，差不多是一诗六物"形状"。

第三，时序诗考察。《状江南》还采用月令组诗方式和以往江南诗区分开来。《状江南》一题为《状江南十二咏》，十二咏即用比喻而择物咏唱十二月不同时令特点。一个季节分孟、仲、季三个月，如秋季则分为孟秋、仲秋和季秋。月令诗在初唐已有李峤的作品，但李峤诗比较宽泛，其表达手法是传统的。而《状江南》则不同，以咏物为主，这就意味着每首诗的后三句必须写当月的景物。

李峤写岁时景物是大手笔，概括某月时令物候，包括北方和南方，尽量写出当月的物候景致及人物活动，且在区分相邻月份特点和体物上下了功夫。像咏物诗、月令诗都以写物、物候为要，工整是第一位的，工整又能有生意更好。李峤这类诗中有些作品还是生意盎然的。其实，比照《开元大衍历》[②] 的相关内容，敦煌《咏廿四气诗》[③] 也是开元、天宝间作品。以敦煌二十四节气歌中的惊蛰、春分、清明、谷雨、立夏为例，和《开元大衍历》相应内容对比，可发现敦煌《咏廿

① 〔明〕焦竑撰，李剑雄点校：《焦氏笔乘》续集卷四《水田衣》，中华书局，2008年，第361页。

② 〔清〕惠栋撰，郑万耕点校：《易汉学》卷二《唐一行开元大衍历经》，中华书局，2007年，第549—552页。

③ 参见徐俊纂辑：《敦煌诗集残卷辑考》卷上，伯二六二四、斯三八八〇《咏廿四气诗》，中华书局，2000年，第99—109页。

四气诗》与《魏书 · 律历志》[①]异，而与《开元大衍历》同。

《状江南》异于《十二月奉教作》[②]《咏廿四气诗》。《状江南》十二首是月令诗和咏物诗的综合体，是咏物的月令诗，也是月令的咏物诗。大历诗人《状江南》唱和似乎有意规避了此前文人如李峤诗、民间如《咏廿四气诗》的写作模式和写作侧重点。李峤《十二月奉教作》比较文人化、贵族化，敦煌《咏廿四气诗》比较民间化，而《状江南》则处于二者之间，兼文人化和民间化。无论是李峤《十二月奉教作》诗，还是敦煌《咏廿四气诗》，都直接写人物活动，而《状江南》十二首几乎没有写个体的行为，与之有了区别。《状江南》之前，咏物诗大致是一首咏一物。这和以前的十二月令诗有了区别。

结合《柏梁体状云门山物序》[③]，可概括《状江南》的写作规则：状，比也；每一句写出一物形状，构成比喻关系，有比体和喻体；第一句写时间，第二句用"如"字句。因是月令诗，故所写之物与月令相关。从大历诗人写江南的横向比较也可以看到，浙东唱和有对江南人文、山水的描写，《经兰亭故池联句》《征镜湖故事》即是。在人文与山川的融汇中写古越人物、故事、胜迹等，具体而详赡，但《状江南》与之迥然不同。

如《经兰亭故池联句》："曲水邀欢处，遗芳尚宛然。名从右军出，山在古人前。芜没成尘迹，规模得大贤。湖心舟已并，村步骑仍连。赏是文辞会，欢同癸丑年。茂林无旧径，修竹起新烟。宛是崇山下，仍依古道边。院开新地胜，门占旧畬田。荒阪披兰筑，枯池带墨穿。叙成应唱道，杯作每推先。空见云生岫，时闻鹤唳天。滑苔封石

① 参见〔北齐〕魏收撰，中华书局编辑部点校：《魏书》卷一七〇下《律历志三下》，中华书局，1974 年，第 2717 页。

② 参见《全唐诗》卷五八，第 696—698 页。

③《全唐文》卷九四七，第 9838 页。

磴，密筱碍飞泉。事感人寰变，归惭府服牵。寓时仍睹叶，叹逝更临川。野兴攀藤坐，幽情枕石眠。玩奇聊倚策，寻异稍移船。草露犹沾服，松风尚入弦。山游称绝调，今古有多篇。”① 和《兰亭集序》并读，可见这次联句只是演绎兰亭雅集的基本内容，其着眼点亦在此，自诩“赏是文辞会，欢同癸丑年”，模仿前人“叙成应唱道，杯作每推先”，感慨“山游称绝调，今古有多篇”，当然也有人事的悲叹：“事感人寰变”“叹逝更临川”。可以说，如在这样的文化传统中唱和，重复古老的故事，就不可能有创新。

为什么大历诗人能表现以绍兴为代表的江南风物丰饶？也许答案为：他们生活于此。这看似确切的理由，其实并不是最重要的，因为大历以前生活在南方的文学家很多，东晋南朝的作家都生活在南方。

更为可喜的是，一些新的意象进入诗中，比如郑概诗：“江南孟秋天，稻花白如毡。素腕惭新藕，残妆妒晚莲。”② 稻花入诗较晚，刘长卿《送李侍御贬鄱阳》诗有“暮天江色里，田鹤稻花中”③，因比喻的要求，郑诗更丰满形象。将一片一片稻花比喻成白色毛毡，稻花与白毡、新藕与素腕、晚莲与残妆，这样的组合意象是对江南创造性的表现。其后白居易《忆江南》“日出江花红胜火，春来江水绿如蓝”④“山寺月中寻桂子，郡亭枕上看潮头”⑤，尽管这些词句常为人们所引用，表达对江南山水的赞美，但都没有着眼于物产丰饶，从诗歌史角度看，则又回复到传统一路。

---

①《全唐诗补编》外编第三编《全唐诗续补遗》卷三，第368页。

②《全唐诗》卷三七〇，第3487页。

③《全唐诗》卷一四八，第1509页。

④《全唐诗》卷四五七《忆江南词三首》其一，第5196页。

⑤《全唐诗》卷四五七《忆江南词三首》其二，第5196页。

总之,《状江南》组诗对江南风物系统而直观的展示,在江南文化史的建构中具有特别重要的文化意义和不可替代的认识价值。

唐地域文化与唐诗之路有很多课题可做,在研究中会发现许多问题,《状江南》价值的新发现即如此。

这里想讨论《唐方镇文职僚佐考》的可变组合。《唐方镇文职僚佐考》体例是以方镇为单元,在此单元下将文职僚佐按时间排序,实际上以方镇在任时间为序。在《唐代使府与文学研究》中,可否依时间为单元,而把某段时间各方镇及其僚佐在此单元下排列,理论上是可以的,而且可以设想是另一种文化景观的呈现。当时黄仁宇《万历十五年》[①]体例和结构颇为人欣赏,而且也受到汤因比《历史研究》[②]以单元论文化的影响,试图寻找文化单元和历史截面呈现文学状态。事实上因方镇任期不一,无法做到,而幕府僚佐在方镇任职时间也大致依方镇任职时间来确定的,也就是绝大多数幕府僚佐入幕与出幕时间无法明确。当然可以在模糊模式下作时间单元的排列,想象在时间横截面上唐代士人的活动状况,那一定是丰富多彩的。尽管在此会花费很大篇幅,我还是作一示范。假设元和分为前、中、后三期,元和计十五年,可五年为一段。这里只能以贞元初七个方镇为例,列表如下:

---

① 〔美〕黄仁宇:《万历十五年》,生活・读书・新知三联书店,2008年。

② 〔英〕汤因比著,曹未风等译:《历史研究》,上海人民出版社,1986年。

1. 淮南

时间	府主	僚佐	备注
贞元十九年（803）—元和九年（814）	王锷	薛謇（检校户部员外郎、驾部郎中行军司马）	《刘禹锡集》卷三《唐故福建等州都团练观察处置使福州刺史兼侍御史中丞赠左散骑常侍薛公神道碑》："公讳謇，字某……未几，淮海节将以戎倅缺闻，事下丞相御史择可者。佥曰：公政事已试，遂授检校户部外郎兼侍御史淮南军司马，寻转驾部郎中，锡以金紫。遇府迁，申命真相赵国公带中书侍郎代之。公主行台留务。赵公文茵及境，视置邮供帐；及郊，视将迎部位；下车，视帟帏器备，乃曰：信奇才也，此不足以展骥！朝庭知之，擢为泗滨守。"按，《碑》题"兼侍御史中丞"，"侍"当为衍字。
		张士陵（试大理评事兼监察御史参谋）	《隋唐五代墓志汇编》洛阳卷第十三册《张士陵墓志》："府罢，换左神武军录事。淮南节度王公锷署为参谋，改试大理评事兼监察御史。"
元和三年（808）—元和五年（810）	李吉甫	孔戡（判官）	《旧唐书》卷一五四《孔戡传》："戡，巢父兄岑父之子……李吉甫镇扬州，召为宾佐。从史知之，上疏论列，请行贬逐。宪宗不得已，授卫尉丞，分司洛阳。初，贞元中藩帅诬奏从事者，皆不验理，便行降黜。及戡诏下，给事中吕元膺执之，上令中使慰喻元膺，制书方下。"《全唐文》卷四七九吕元膺《封还授孔戡卫尉寺丞分司东都诏奏》："孔戡以公为卢从史所忌，且离职已久，李吉甫以宰相出镇，辟请非涉嫌疑，推类言之，河阳节度行军司马杨同慈、史官崔国桢，或处近职，或倅戎府，皆为吉甫奏在幕庭。从史以嫌忿干黩朝典，岂可曲徇其志。且孔戡官序虽非黜退，但因此改易则长奸邪之心，臣恐忠正之士各怀疑虑，事不可许。"《册府元龟》卷一七七《帝王部·姑息二》："元和四年二月以淮南节度判官孔戡为卫尉寺丞分司东都。"是则孔戡为淮南节度判官。事亦见《唐会要》卷五四。

续表

时间	府主	僚佐	备注
元和三年（808）—元和五年（810）		杨同慈（河阳节度行军司马）	见上引吕元膺《封还授孔戡卫尉寺丞分司东都诏奏》。
		崔国桢（史官）	见上引吕元膺《封还授孔戡卫尉寺丞分司东都诏奏》。
		王起（监察御史掌书记）	《旧唐书》卷一六四《王起传》："起字举之，贞元十四年擢进士第，释褐集贤校理，登制策直言极谏科，授蓝田尉。宰相李吉甫镇淮南，以监察充掌书记。入朝为殿中。"《太平广记》卷四八引《逸史》："李太师吉甫在淮南……既与之金帛，不受，不食，寡言。唯从事故山南节师（当为"帅"字误）相国王公起，王坐见，必坐笑以语，若旧相识。"王起为淮南从事亦见《新唐书》卷一六七本传。
		张（监察御史、集贤直学士）	《唐诗纪事》卷五五"王起"："李德裕为秘省校书，有《雨中自秘省归访王御史知早入朝便入集贤不遇》诗，起和之。序云：起顷任集贤校书，及升柏台，又与秘阁相对。今直书殿有张学士，尝忝同幕，而与秘书稍远，故瞻望之词多。诗云……校文复忝丞相属，博物更与张侯居。"李德裕诗原注："时起为监察御史、集贤直学士。"

2. 浙西

时间	府主	僚佐	备注
贞元十五年（799）—元和二年（807）	李锜	卢坦（殿中侍御史）	《李文公集》卷一二《故东川节度使卢公传》："及李锜代，请如初，转殿中侍御史。锜所行多不循法，坦每争之词深切，听者皆为之惧，累求去不得，凡在锜府七年，官不改。铸恶状滋大，坦虑及难，又非可以力争，遂与裴度、李约、李棱继以罢去。"《资治通鉴》卷三三六："转运判官卢坦屡谏不悛，与幕僚李约等皆去之。"《册府元龟》卷六二六《刑法部·议谳三》："卢坦为库郎员外郎兼侍御史知杂事，会李锜反，有司请毁锜祖父庙墓，坦尝为锜从事，乃上言。"
		裴度（浙右）	见上引《卢坦传》。《太平广记》卷一五三引《续定命录》："故中书令晋国公裴度自进士及第，博学宏词，制策三科，官途二十余载，从事浙右，为河南掾，至宪宗朝，声问隆赫。"从事浙右，指为李锜浙西从事。
		李约（大理评事）	见上引《卢坦传》。《全唐文》卷五四四崔备《壁书飞白萧字记》："至甲申岁，士举为江西从事，通好江淮，时李评事约盛阅图书以示僚友，士举方以壁字言于座中，李君因而求之。"甲申岁，指贞元二十年。李约在浙西幕中带大理评事衔。《嘉定镇江志》卷六："唐兵部员外郎李约曾佐李庶人锜浙西幕，约初至金陵，于锜坐上屡赞招隐寺标致，一日，庶人宴于寺中，明日谓约曰：'常闻夸招隐寺，昨游宴细看，何殊州中。'李笑曰：'其所赏者疏野耳……此则实不如在叔父大厅也。'庶人大笑。"
		李棱	见上引《卢坦传》。
		潘孟阳（副使）	《嘉定镇江志》卷一五引《食货志》云："潘孟阳，元和初李锜观察浙西，孟阳为副使，主上都留后。"

续表

时间	府主	僚佐	备注
贞元十五年（799）—元和二年（807）		赵伉	《因话录》卷二："兵部员外郎约，汧公之子也……与璘先君同在浙西使府，居处相接，慕先君家行及诗韵，契分最深……君初至金陵，于府主庶人锜坐，屡赞招隐寺标致。"赵璘父赵伉。
		李绅（掌书记）	《全唐文》卷八一六李浚《慧山寺家山记》："贞元元和中，先丞相太尉文肃公，心宁色养，家寓是县，因肄业于慧山，始年十五六，至丙戌岁，擢第归宁，为朱方强留之。文肃公窥畏，常惊切于旦夕之间。李庶人以反状闻，尝召公草不顺章檄，公语以君臣父子忠孝诚节，别白自古道理者，约千余言，言既劲勇，庶人畏敬，又逼以狂卒，围以兵刃，促公下笔，振叱数四，发眦见怒状，庶人因令闭之于别所。命许纵成之。是夜，张子良、裴行立共义公忠赤。"《全唐文》卷七三八沈亚之《李绅传》："锜能其材，留执书记……会留后使王澹专职为锜具行，锜蓄怒始发于澹。"绅从事浙西李锜幕同见两《唐书》李绅传。《全唐诗》卷三七八孟郊《酬李侍御书记秋夕雨中病假见寄》："未觉衾枕倦，久为章奏婴。达人不宝药，所保在闭情。"孟郊贞元十六年至二十年任溧阳尉，时李绅在家乡无锡读书，或曾访问孟郊前辈。
		王澹（侍御史判官）	见上引沈亚之《李绅传》。云："会留后使王澹专职为琦具行。"《旧唐书》卷一一一《李锜传》："宪宗即位已二年……锜乃署判官王澹为留后。"《旧纪》宪宗元和二年，李锜据润州反，杀判官王澹。《嘉泰吴兴志》卷一八《白苹洲记》注："在墨妙亭……元和元年夏节度判官侍御史王澹获览此作。"又见《新唐书》卷二二四《李锜传》《册府元龟》卷一四〇《帝王部·旌表四》。《全唐文补编》卷五九《下天竺摩崖题名》："节度判官侍御史内供奉赐绯鱼袋王澹……永贞元年冬季。"

续表

时间	府主	僚佐	备注
		许纵（监察御史、殿中侍御史）	见上引《慧山寺家山记》。沈亚之《李绅传》：“傍一人为锜言曰：‘闻有许侍御纵者，尤能军中书。’”许纵在幕带宪衔监察御史或殿中侍御史，故称许侍御。
贞元十五年（799）—元和二年（807）		吴丹（判官）	《白居易集》卷六九《故饶州刺史吴府君神道碑铭并序》：“君讳丹，字真存……以进士第入官，历正字、协律郎、大理评事、监察殿中侍御史、太子舍人，水部库部员外郎，都官驾部郎中，谏议大夫、大理少卿、饶州刺史，职历义成军节度推官、浙西道节度判官、潼关防御判官、镇州宣慰副使、匭函使，阶至中大夫，勋至上柱国。读书数千卷，著文数万言。宝历元年六月某日薨于饶州官次。”按，吴丹为浙西从事具体时间不详，吴丹贞元十六年登进士第，其入浙西幕约在元和元年前后。
		张登（漳州刺史）	《权载之文集》卷三三《唐故漳州刺史张君集序》：“罢去家居，以荐延改河南士曹掾。满岁，计相表为殿中侍御史，董赋于江南，无何授漳州刺史。”计相疑为李锜，李锜兼诸道盐铁使。参《唐才子传校笺》卷五。贞元十七年张登曾去扬州，刘禹锡有《扬州春夜李端公益张侍御登段侍御平仲密县李少府暘秘书张正字复元同会于水馆对酒联句》。
元和二年（807）—元和三年（808）	李元素	李绅	《金石萃编》卷一〇八李绅《修龙宫寺碑》：“元和三年余罢金陵从事。”《李绅诗注》五〇页《忆过润州》注：“元和二年，余以前进士为镇海军书奏从事。秋九月，兵乱，余以不从书奏飞檄之诈，遭庶人李锜暴怒，腰领不殊者再三。后军平，尚书李公欲具事以闻。余以本乃誓节，非欲求荣，请罢所奏。”又一一一页《望鹤林寺》题注：“元和初，在故度支尚书兄宾府，多因闲暇，经由此寺。”尚书兄，李元素也。

续表

时间	府主	僚佐	备注
元和三年（808）—元和五年（810）	韩皋	窦庠（殿中侍御史副使）	《旧唐书》卷一五五《窦群传》附《窦庠传》：“庠字胄卿，释褐国子主簿。吏部侍郎韩皋出镇武昌，辟为推官。皋移镇浙西，奏庠为节度副使、殿中侍御史，迁泽州刺史。”《全唐文》卷七六一褚藏言《窦庠传》：“俄而昌黎移镇京口，用为节度副使。”卷六一三羊士谔《左拾遗内供奉赠使持节舒州诸军事舒州□□□□窦府君神道碑》称：“次曰庠，殿中侍御史内供奉镇海（下阙）。”碑立于元和三年岁次戊子十月己酉朔五日癸丑。
		刘允大（幕僚）	《琴川志》卷一二《大唐苏州新开常熟塘碑铭（并序）》：“遂闻于本道廉使吏部尚书韩公……元和四年二月十八日将仕郎前左威卫录事参军刘允大撰。”疑刘允大为韩皋幕僚。

3. 浙东

时间	府主	僚佐	备注
永贞元年（805）—元和二年（807）	杨於陵	陈谏	《全唐文》卷六八四陈谏《登石伞峰诗序》：“元和九年（九年当作元年）秋九月七日，浙东廉使越州牧兼御史中丞杨公洎中护军王公率僚佐宾旅，同游赋诗，纪登览之趣，小子承命，序其梗概以冠篇。窃谓斯地也，斯文也，必传于后世，与兰亭、东山俱为越邦之不朽者矣。”中护军王公，王承邺。《会稽掇英总集》卷四录陈谏《登石伞峰（并序）》，杨於陵而下，陈谏、卫中行、路黄中皆有诗。
		卫中行（幕僚）	疑为杨於陵幕僚。见上引《登石伞峰诗序》。
		路黄中（幕僚）	疑为杨於陵幕僚。见上引《登石伞峰诗序》。

续表

时间	府主	僚佐	备注
永贞元年（805）—元和二年（807）		崔玄亮	《白居易集》卷七〇《唐故虢州刺史赠礼郎尚书崔公墓志铭（并序）》：“解褐补秘书省校书郎，从事宣、越二府。”《新唐书》卷一六四《崔玄亮传》：“崔玄亮字晦叔，磁州昭义人。贞元初，擢进士第，累署诸镇幕府。父丧，客高邮，卧苫终制，地下湿，因得痹病，不乐进取。元和初，召为监察御史，累转驾部员外郎。”按，玄亮贞元十一年登进士第，十九年登书判拔萃科。其为浙东幕似在杨於陵在镇时，或更早一点，在裴肃、贾全幕。
元和二年（807）	阎济美	薛戎（侍御史副使）	《元稹集》卷五三《薛戎神道碑》：“济美使浙东，公亦随副之，转侍御史。”《韩昌黎文集校注》卷七《唐故朝散大夫越州刺史薛公墓志铭》：“又副使事于浙东府，转侍御史，元和四年征拜尚书刑部员外郎。”《旧唐书》卷一五五《薛戎传》同此。
元和三年（808）—元和五年（810）	薛苹	李位（侍御史副使）	《全唐文》卷五八九柳宗元《唐故溵管经略招讨等使朝散大夫持节都督溵州诸军事守溵州刺史兼御史中丞赐紫金鱼袋李公墓志铭（并序）》：“公恐惧抑留，复从浙东为都团练副使，转侍御史……凡三使，其率皆薛大夫苹。”
		崔及	《宝刻丛编》卷一三《唐复禹庙冠冕记》：“唐崔及撰，马积正书，元和三年十月立（《诸道石刻录》）。”疑崔及为薛苹幕职。
		马积	见上引《唐复禹庙冠冕记》，疑马积为薛苹幕僚。
		豆卢署	《嘉泰会稽志》卷一六：“薛苹禹庙祈雨唱和诗，薛苹及和者崔述等十七人，共十八首诗，豆卢署正书，刻于复禹衮冕碑之阴。”
		崔述	似为盐铁转运使判官。据《贞石证史·薛苹唱和诗即禹庙诗》云：“《丛编》一三引《集古录目》云：‘《唐禹庙诗》，唐浙东观察使越州刺史薛苹诗，不著书人名氏，苹初至镇，易禹庙金紫服以冠冕，后因祈雨，作此诗，其和者盐铁转运崔述等凡十七首。’”

4. 江西

时间	府主	僚佐	备注
永贞元年（805）—元和二年（807）	杨凭	杨瑗（判官）	《旧唐书》卷一四六《杨凭传》："又捕得凭前江西判官监察御史杨瑗系于台。"
永贞元年（805）—元和二年（807）	杨凭	邓	《柳宗元集》卷一〇《唐故邕管招讨副使试大理司直兼贵州刺史邓君墓志铭（并序）》："于江西，则旁缉传置，下绳支郡。"引孙注："永贞元年十一月，以杨凭为江西观察使，以邓为从事。"
元和二年（807）—元和五年（810）	韦丹	独孤朗（试秘书郎观察推官）	《李文公集》卷一四《独孤朗墓志》："以处士起佐江西、宣歙、浙东三府，得试校书协律郎，元和九年拜右拾遗。"又卷七《荐士于中书舍人书》称"江西观察推官试秘书郎独孤朗"。参《新唐书》卷一六二《独孤朗传》。朗，元和五年为宣歙从事。
元和二年（807）—元和五年（810）	韦丹	李景俭	《全唐诗》卷四一三元稹《陪诸公游故江西韦大夫通德湖旧居有感题四韵兼呈李六侍御即韦大夫旧僚也》："唯有满园桃李下，膺门偏拜阮元瑜。"李六，李景俭。
元和二年（807）—元和五年（810）	韦丹	李肇	《全唐文》卷七二一李肇《东林寺经藏碑铭（并序）》："元和四年云门僧灵澈，流窜而归，栖泊此山，将去，言于廉问武阳韦公，公应之如响……五年，韦公薨，七年，博陵崔公以仁和政成，悯默旧绩，由是东林以遗功得请篆刻之盛，其成公志，故家府从事李肇为之文。"
元和二年（807）—元和五年（810）	韦丹	王叔雅（监察御史里行判官）	《全唐文》卷七一三许志雍《唐故江南西道观察判官监察御史里行太原王公墓志铭》："公讳叔雅，字符宏，太原祁人也……府公再迁慈晋，俄领江西，复随镇，拜监察御史里行，以南康□牧假行刺史事……元和四年正月七日告终于洪州南昌县之官舍，春秋五十有五。"《墓志》又见《古刻丛抄》。

续表

时间	府主	僚佐	备注
元和二年（807）—元和五年（810）		吕恭（监察御史）	《全唐文》卷五六六韩愈《韦丹墓志铭》："其从事东平吕宗礼与其子寘谋曰。"又卷五八九柳宗元《吕恭墓志铭》："恭，他名宗礼……以监察御史参江南西道都团练军事，府表进殿中侍御史，为桂管都防御判官。"
		卢行简（大理主簿）	《韩昌黎文集校注》卷六《襄阳卢丞墓志铭》："范阳卢行简将葬，其父母乞铭于职方员外郎韩愈曰……行简则吾其次也，大理主簿，佐江西军……今年实元和六年。"疑卢行简为韦丹从事。

5. 鄂岳

时间	府主	僚佐	备注
永贞元年（805）—元和三年（808）	韩皋	窦庠（大理司直副使）	《旧唐书》卷一五五《窦庠传》："吏部侍郎韩皋出镇武昌，辟为推官。"《全唐文》卷七六一褚藏言《窦庠传》："后吏部侍郎韩公出镇武昌，美公之才，辟为节度副使。"《韩昌黎诗系年集释》卷三《岳阳楼别窦司直》注，魏本引《集注》："窦司直，名庠，字胄卿。韩皋出镇武昌，辟为幕府，陟大理司直，权领岳州刺史，公自阳山赴江陵掾，道出巴陵岳阳楼作，楼在州西门，下瞰洞庭。庠五昆弟，皆工词章，有《联珠集》。庠尝和公此诗，刘禹锡亦有和篇。"窦庠当以大理司直副使权刺岳州。
元和三年（808）—元和五年（810）	郗士美	元衮（监察御史里行上柱国观察推官）	《隋唐五代墓志汇编》洛阳卷第十三册《元衮墓志》，元和五年三月二十日葬。《志》云："维元和四年秋七月丁卯，唐故鄂岳观察推官监察御史里行上柱国元公终于沔州□舍，享年五十二……高平公廉察江夏，又表公复授监察御史里行，鄂岳观察推官。"高平公，郗士美。

6. 剑南西川

时间	府主	僚佐	备注
元和元年（806）	高崇文	宋君平（判官）	《资治通鉴》卷二三七胡注引《国史补》注云：“（李康）任怀州刺史日，杖杀武陟尉，即崇文判官宋君平之父。”
		刘颇（大理评事）	《元稹集》卷五六《刘颇墓志铭》：“元和初，高崇文方下蜀，宰相杜黄裳以君为大理评事画于军，后为寿安主簿。”
		郑宗经（将仕郎试秘书省校书郎掌书记）	《隋唐五代墓志汇编》北京卷第二册《高行晖墓志》，唐元和二年十一月朔日葬。摄剑南西川节度掌书记将仕郎试秘书省校书郎郑宗经撰。《志》云：“公九代祖为司空，今南平王复为司空，君子谓高氏能世其官，忠孝之至也。以小子获参府事，久迹词业，俾书松铭之诚。”按，据《太平广记》卷二〇〇引《北梦琐言》：“高崇文以讨刘辟功，授西川节度使，一旦大雪，诸从事吟赏有诗……（崇文）亦有一咏雪诗，乃口占曰：‘崇文崇武不崇文，提戈出塞旧从军。有似胡儿射飞雁，白毛空里落纷纷。’”高崇文诸幕僚亦文雅之士，惜无考。
		萧祜	《隋唐五代墓志汇编》北京卷第二册《高行晖墓志》，唐元和二年十一月朔日葬。摄剑南西川节度掌书记将仕郎试秘书省校书郎郑宗经撰。朝议郎行殿中侍御史萧祜书。按，萧祜当为高崇文幕僚，其后又入武元衡幕。
元和二年（807）—元和八年（813）	武元衡	李虚中（监察御史推官）	《韩昌黎文集校注》卷六《殿中侍御史李君墓志铭》：“宰相武元衡之出剑南奏夺为观察推官，授监察御史。未几，御史台疏言行能高，不宜用外府，即诏为真御史。”《全唐诗》卷三一七武元衡《同幕中诸公送李侍御归朝》。《权载之文集》卷三七《送李十二弟侍御赴成都序》：“相国临淮公观风俗于井络之下，辟礼所及，皆隽人贤士，陇西李侯虚中，敏厚而文，尝再中正鹄于春官、天官氏……今果峨惠文、趋黄阁，问其所以，可以交贺矣。”李虚中在幕时间不长。

续表

时间	府主	僚佐	备注
元和二年（807）—元和八年（813）		宇文籍（试秘书省校书郎巡官）	《旧唐书》卷一六〇《宇文籍传》：“宇文籍字夏龟。父滔，官卑。少好学，尤通《春秋》。窦群自处士征为右拾遗，表籍自代，由是知名。登进士第，宰相武元衡出镇西蜀，奏为从事。”《全唐诗》卷二七一窦巩《汉阴驿与宇文十相遇旋归西川因以赠别》，《唐人行第录》云：“全诗四函窦群《经潼关赠宇文十》，又窦巩《汉阳驿与宇文十相遇旋归西川因以赠别》《早春送宇文十归关》数篇，均不注名，按巩别有《襄阳寒食寄宇文籍》，疑即其人，书之以俟考。”宇文十，即宇文籍，时窦巩在吴，宇文籍在蜀，相逢于汉阴驿，故诗云：“吴蜀何年别，相逢汉水头。”窦巩出使，旋即归西川。宇文籍在西川幕为巡官，《八琼室金石补正》卷六八《诸葛武侯祠堂碑阴题名》称“节度巡官试秘书省校书郎宇文籍”。
		柳公绰（朝散大夫检校吏部郎中侍御史副使）	《旧唐书》卷一六五《柳公绰传》：“柳公绰字起之，京兆华原人也……入为侍御使，再迁吏部员外郎。武元衡罢相镇西蜀，与裴度俱为元衡判官，尤相善。先度入为吏部郎中，度以诗饯别，有‘两人同日事征西，今日君先捧紫泥’之句。”又见《新唐书》卷一六三《柳公绰传》。《金石萃编》卷一〇五《诸葛武侯祠堂碑》，营田副使检校尚书吏部郎中兼成都少尹侍御史赐紫金鱼袋柳公绰书。《八琼室金石补正》卷六八《诸葛武侯祠堂碑阴题名》称“营田副使朝散大夫检校尚书吏部郎中兼成都少尹侍御史赐紫金鱼袋柳公绰”。武元衡镇西蜀，有《中秋夜锦楼望月》诗，柳公绰和之，得浓字。参见《唐诗纪事》卷四五。《全唐诗》卷三一六武元衡《送柳郎中裴起居》：“会有归朝日，班超奈老何。”武元衡另有《春日与诸公泛舟》《四川使宅有韦令公时孔雀存焉暇日与诸公同玩座中兼故府宾妓兴嗟久之因赋此诗用广其意》。幕府诸公当有和作，惜已不存。

续表

时间	府主	僚佐	备注
元和二年（807）—元和八年（813）		裴度（侍御史内供奉掌书记）	《新唐书》卷一七三《裴度传》：“裴度字中立，河东闻喜人，贞元初，擢进士第，以宏辞补校书郎……出为河南功曹参军。武元衡帅西川，表掌节度府书记。召为起居舍人。”《金石萃编》卷一〇五《诸葛武侯祠堂碑》，节度掌书记侍御史内供奉赐绯鱼袋裴度撰。《八琼室金石补正》卷六八《诸葛武侯祠堂碑阴题名》同。《唐诗纪事》卷四五武元衡《中秋夜听歌联句》：此夕来奔月，何时去上天——崔备；云鬓方自照，玉腕更呈鲜——裴度；燕婉人间意，飘摇物外缘——柳公绰；诗裁明月扇，歌索想夫怜——武元衡；暗染荀香久，长随楚梦偏——徐放；会当乘彩凤，仿佛逐神仙——卢政（当为“玫”）。云：“元衡在蜀，淡于接物，而开府极一时选：公绰为少尹，正一观察判官，备度支判官，裴度掌书记，卢士政观察推官，杨嗣复节度推官。”崔备为支度判官，作“度支”误。
		裴堪（中大夫检校太子左庶子御史中丞行军司马）	《八琼室金石补正》卷六八《诸葛武侯祠堂碑阴题名》称“行军司马中大夫检校太子左庶子兼成都少尹御史中丞云骑尉赐紫金鱼袋裴堪”。《全唐诗》卷三一七武元衡《送裴戡行军》《夏夜饯裴行军赴朝命》。裴戡即裴堪。
		张正一（朝散大夫检校尚书户部郎中兼侍御史判官）	《八琼室金石补正》卷六八《诸葛武侯祠堂碑阴题名》称“观察判官朝散大夫检校尚书户部郎中兼侍御史骁骑尉张正一”。《唐诗纪事》卷四五张正一《和锦楼玩月》，得苍字。《全唐诗》卷三一七武元衡《送张六谏议归朝》。疑张六即正一。例之元衡在蜀送幕僚归朝诗多称新除之官职，则张正一入朝为谏议大夫，正五品上阶，张在幕检校户部郎中，户部郎中从五品上阶。诗云：“诏书前日下丹霄，头戴儒冠脱皂貂。……归去朝端如有问，玉关门外老班超。”武元衡送幕僚入朝，多以班超自叹。

续表

时间	府主	僚佐	备注
元和二年（807）—元和八年（813）		崔备（检校尚书礼部员外郎兼侍御史上护军赐绯鱼袋判官）	《八琼室金石补正》卷六八《诸葛武侯祠堂碑阴题名》称“支度判官检校尚书礼部员外郎兼侍御史上护军赐绯鱼袋崔备”。《唐诗纪事》卷四五崔备《和锦楼玩月》，得前字、秋字，参《全唐诗》卷三一八。《全唐诗》卷三一七武元衡《送崔判官使太原》：“劳君车马此逡巡，我与刘君本世亲。两地山河分节制，十年京洛共风尘。笙歌几处胡天月，罗绮长留蜀国春。报主由来须尽敌，相期万里宝刀新。”崔判官当即崔备。
		卢士玫（殿中侍御史内供奉支使）	《八琼室金石补正》卷六八《诸葛武侯祠堂碑阴题名》称“观察支使殿中侍御史内供奉卢士玫”。《全唐诗》卷三一八卢士政（一作玫）《奉陪武相公西亭夜宴陆郎中》。
		杨嗣复（太常寺协律郎推官）	《八琼室金石补正》卷六八《诸葛武侯祠堂碑阴题名》称“节度推官试太常寺协律郎杨嗣复”。又《杨嗣复题记》：“予以元和初为临淮公从事，因陪刻石□序□染□二十有七年。今谬膺□寄，□继前列，褐拜词宇，顾□□文，省躬怀旧，不胜感幸。大□九年八月八日。”《新唐书》卷一七四《杨嗣复传》：“八岁知属文，后擢进士，博学宏辞，与裴度、柳公绰皆为武元衡所知，表署剑南幕府。进右拾遗。”
		张植（承奉郎殿中侍御史内供奉赐绯鱼袋）	《八琼室金石补正》卷六八《诸葛武侯祠堂碑阴题名》称“知度支西川院事承奉郎殿中侍御史内供奉赐绯鱼袋张植”，按，碑阴题名“裴堪”而下皆为武元衡幕僚，不知元衡镇蜀是否领度支使。附此存参。《集古录跋尾》卷八《唐武侯碑阴记》：“唐诸方镇以辟士相高，故当时布衣韦带之士，或行著乡闾，或名闻场屋者，莫不为方镇所取。至登朝廷位将相，为时伟人者，亦皆出诸侯之幕，如武元衡所记裴度、柳公绰、杨嗣复，皆相继去，为本朝名将相，亦可谓盛哉！”

续表

时间	府主	僚佐	备注
元和二年（807）—元和八年（813）		徐放	《唐诗纪事》卷四五徐放《和锦楼玩月》诗，云：“放，字达夫，元衡西川从事。”按，《全唐诗》卷三一六武元衡《西亭早秋送徐员外》《送徐员外还京》（一作“使还上都”），前诗云：“有美皇华使，曾同白社游。今年重相见，偏觉艳歌愁。”据诗意，徐当出使蜀川，使还，元衡赠诗相送。或时逢众人和元衡《锦楼玩月》诗，徐亦有是作，《纪事》遂附会而指徐为西川从事耳。附此存参。
		萧祜	《全唐诗》卷三一八萧祜《奉陪武相公西亭夜宴陆郎中》，题注：“时为武元衡幕僚。”卷三三二羊士谔《都城从事萧员外寄海梨花诗尽绮丽至惠然远及》《郡中言怀寄西川萧员外》。萧员外，即萧祜。
		独孤实	《全唐诗》卷三一八独孤实小传：“尝为武元衡镇西川时僚吏。”有《奉陪武相公西亭夜宴陆郎中》，卷三三二羊士谔《西川独孤侍御见寄七言四韵一首为郡翰墨都捐逮此酬答诚乖拙速》：“草檄清油推健笔，曳裾黄阁耸危冠。”独孤实在幕带监察御史衔，或为掌书记。
		王良士	《全唐诗》卷三一八王良士《奉陪武相公西亭夜宴陆郎中》，疑王良士为武元衡幕僚。
		邢君牙（巡官）	《太平广记》卷四九六：“武元衡镇西川，哀其龙钟，奏充安抚巡官，仍摄广都县令，一年而殂。”

7. 剑南东川

时间	府主	僚佐	备注
永贞元年（805）—元和元年（806）	韦丹	王叔雅	《全唐文》卷七一三许志雍《王叔雅墓志铭》："为岭南连帅韦公丹表迁左金吾兵曹参军，属本使节制东川，府幕遂散，邀公独行，奏迁廷尉评、兼监察御史。"
元和元年（806）—元和四年（809）	严砺	崔廷（检校尚书刑部员外郎兼侍御史副使）	《元稹集》卷三七《弹奏剑南东川节度使状》："严砺在任日……元举牒判官度支副使检校尚书刑部员外郎兼侍御史赐绯鱼袋崔廷。"《千唐志斋藏志》一〇二四《唐故朝散大夫光禄卿致仕上柱国赐紫金鱼袋崔公（廷）墓志铭》："公讳廷，字彦实，博陵人也……元和初，砺移镇剑南东川，复表授检校刑部员外郎，监领州事，绥戎抚人，军理俗阜。及砺薨，府罢，朝廷因加宠命，俾辅藩国。"《八琼室金石补正》卷六八《高凉泉记》题名："支度副使检校刑部员外郎兼侍御史崔逢。"按，据《墓志》应为"崔廷"。
		卢诩（殿中侍御史内供奉判官）	《元稹集》卷三七《弹奏剑南东川节度使状》："严砺在任日……元举牒判官观察判官殿中侍御史内供奉卢诩。"
		裴诩（监察御史里行判官）	《元稹集》卷三七《弹奏剑南东川节度使状》："严砺在任日……元举牒判度摄节度判官监察御史里行裴利。"《八琼室金石补正》卷六八《高凉泉记》题名："摄节度判官前监察御史裴诩。"当作"裴诩"。
		李汭（殿中侍御史内供奏判官）	《八琼室金石补正》卷六八《高凉泉记》，营田判官前殿中侍御史内供奏李汭撰。
		沈杞（试秘书省校书郎推官）	《八琼室金石补正》卷六八《高凉泉记》题名："观察推官试秘书省校书郎沈杞。"
		裴琬（判官）	《八琼室金石补正》卷六八《高凉泉记》题名："摄支度判官前监察御史裴琬。"

对《唐方镇文职僚佐考》部分重新组合后，很清楚发现元和初方镇文士的生存空间及其活动。如果结合所有方镇元和初的文职僚佐，进行分析，可以作《元和初方镇文士分布研究》。组合方式决定研究角度，虽不能说像魔方一样，但每一次义项单元的重新编排一定有不同的认识和欣喜。比如按职掌编排，如按“掌书记”一职编成《唐方镇掌书记考》，对综合研究掌书记一职大有助益。这里必然涉及地域文化。这一思路在《唐代使府与文学研究》中没有体现。其后作《地域文化与唐代诗歌》，也想写入这一思路的研究，但因课题不能重复唐代幕府的相关内容，只能另起炉灶了。

故在本课题进行中，把大量精力放在唐人籍贯与诗歌作时、作地的数据库上了。在结项时，省规划办以良好成绩报国家规划办时，细心认真的国家规划办发现课题结项中有《唐文人籍贯数据库》《唐代诗人创作地点考数据库》，可能当时国家社科规划办意识到项目结项中有草率或不踏实的大而空，急于要寻找典型以纠正浮华风气，就要求省规划办联系我，要提交两个数据库。当时很紧张，以为项目出问题要核查处理。我便很认真地对学校社科处说，做了数据库，不是假的，但我电脑技术不好，提交不了数据库。但过了几天，社科处又来电话，说国家规划办很重视你的研究，特别重视你做的数据库。如实在提供不了数据库，也可以打出样稿。这次校主管部门说明白了，不是处罚。我打印了厚厚一叠纸，装订成册，并作了详细说明。后来，在网上看到国家规划办表彰通告，也是从那时起，国家社科规划办结项有等级，我第一次得到优秀。全国哲学社会科学规划办公室2004年11月1日“工作动态”以《倡导严谨治学潜心钻研的优良学风　努力推出价值厚重影响深远的成果》为题通报表扬，“华南师范大学戴伟华教授在主持完成项目成果《地域文化与唐代诗研究》中，建立了文献整理类《唐文人籍贯考》和《唐诗创作地点考》两大数据库，这不仅为高质量完成该项目研究任务奠定了坚实的文献基础，也填补了唐诗研究中的学术空白，为今后中国文学史研究提供了具有强大文献检索和排列功能的资料库”。

2004 年 10 月中国唐代文学学会第十二届年会暨国际学术讨论会在华南师范大学召开，有通报表扬的成绩，在其后会议后续经费处理以及论著出版等都圆满完成。

在研究过程中，我最想制作的是用 Excel 做成《唐代文学家数据库》，将《中国文学家大辞典（唐五代卷）》① 按照姓名、郡望、籍贯、出生地、生卒年、科第、历官、人际关系（座主、同僚、亲缘、学缘、诗缘等）、行踪重要节点（幕职、贬谪等）、始官、终官、著作存佚等义项输入，并将墓志材料随时补进。这一工作做了约两个月，发现工作量太大，只得中止。坚持完成的《唐文人籍贯考》就是利用《中国文学家大辞典（唐五代卷）》成果中“籍贯”一项。而《唐诗创作地点考》则主要利用了《增订注释全唐诗》② 的成果。唐代文学研究中人、地、文的数据库编制，除上述《中国文学家大辞典（唐五代卷）》《增订注释全唐诗》外，严耕望《唐代交通图考》③ 必不可少，这套书得之甚早，甫一出版，台湾“中研院”的学者就寄送给我。后来上海古籍出版社缩小影印，字迹太小，实在不便使用。另外《唐才子传校笺》是极其重要的工具书，入《唐才子传》的文士应以此书为重要资料源。

在研究中建设自己专属数据库，而且可以不断增加义项、不断扩展、不断升级，这是一般数据库检索所不能替代的工作。

关于研究方法值得探讨，方法取决于研究对象，但可以从个案入

① 周祖譔主编：《中国文学家大辞典（唐五代卷）》，中华书局，1992 年。

② 陈贻焮主编：《增订注释全唐诗》，文化艺术出版社，2001 年。

③ 严耕望：《唐代交通图考》，“中央研究院”历史语言研究所，1985—1986 年。

手，找到合适的方法。中国文学研究是重视文献资料考订的，形成了优良的学术传统。通常所说的文史结合的研究方法，也是缘于研究对象本身的需要。我曾在《重谈考据学》一文提到："考据学不仅有着光荣的历史，也承载着推进现代学术的责任。"① 微观的研究，个案的关注，并非是琐碎饾饤。"现代考据学与传统考据学有一定差异。在旧学时代，由于经学占统治地位，考据学很容易产生皓首穷经、支零琐碎的弊端，而现代考据学有了学科意识，而且讲究用不同学科的知识、成果和方法去完善传统考据学。"② 有意义的个案考订分析在整体研究中具有重要价值③。因我研究也不限于唐代，对唐以前文学现象也比较关注，故在此讨论方法，也不限唐代了。

（一）利用出土文献

《楚辞》是中国古代文学研究的重要对象，也是文学地理学长期关注的对象。宋黄伯思《新校楚辞序》云，《楚辞》"书楚语，作楚声，纪楚地，名楚物"④，揭示了《楚辞》浓重的地理特征，它的地域性文学特征主要表现在音乐性的歌辞和方言吟诵的方式。阜阳汉简中有《楚辞》的两个残片⑤，计十个字，提供了进一步认识古代歌辞演唱状态的信息。可以看到，今本楚辞中以"兮"记音表意的地方，阜阳《楚辞》简中作"旑"（应为"猗"）。作品由口头传唱到书面记录，用"旑"作语助也是恰当的。记音语助词书面记录的差异，印证了屈原楚辞是"行吟"的艺术。

① 戴伟华：《重谈考据学》，《粤海风》2013 年第 6 期。

② 戴伟华：《重谈考据学》，《粤海风》2013 年第 6 期。

③ 参见戴伟华：《中国文学地理学中的微观与宏观》，《华南师范大学学报（社会科学版）》2016 年第 2 期。

④〔宋〕吕祖谦编，齐治平点校：《宋文鉴》卷九二，中华书局，1992 年，第 1306 页。

⑤ 参见阜阳汉简整理组：《阜阳汉简〈楚辞〉》，《中国韵文学刊》1987 年总一期。

阜阳简“旖”字的出现,启示之一,这类语气助词是摹音的结果,通过记音,可以记为“兮”,也可记为“旖”。启示之二,同一文本中贯穿首尾的语气助词,如“兮”,阜阳简中的“旖”,不同摹音字的出现,可能是由于摹音者通过听觉判断,并寻找与自己或自己生活区发音相近的字来表音;而同一文本中以不同的摹音助词来区分段落层次,应是为了区别不同的表演形态的结果。例如,《招魂》的语言可通过语气助词区分为两部分,即有语气助词的部分和没有语气助词的部分;而带有语气助词的部分,又可分为用“兮”和用“些”的两类。

《招魂》的结构有三层,起首是序辞,中间是招辞,结束是乱辞。《招魂》中没有语气助词部分就是旁白,是说而不唱的,其余为吟唱之辞。“兮”和“些”的功能是区别角色。从摹音的角度看,“兮”“些”在发音上近似,由于装扮者不同,发音有些差别,由文字记录时,用不同的语气词来区分。而招辞中带“兮”的句子还是由序辞和乱辞的角色来吟唱,在招辞中显得特别而有所强调。没有语气助词的句子,有如歌剧中的旁白,对答中显示出人物之间的关系:朕、帝、巫阳,交待招魂缘由。这是不付入歌的内容。《招魂》的角色扮演,同样说明它具有的仪式功能。

这一研究成果还有助人们对戏剧起源于古歌舞剧的重新认识[①],《招魂》就是《楚辞》中最有古歌舞剧特征的作品。因有这部作品的结构解读和角色分析,人们找到了古歌舞剧存在的有力证据和描述方式。在此基础上,有关《九歌》的歌舞剧的“悬解”才得到落实。可惜在《楚辞》中这种文本太少了,故《招魂》弥足珍贵[②]。

---

① 《中国戏曲通史》开篇首句即云“中国戏曲的起源可以上溯到原始时代的歌舞”。参见张庚、郭汉城主编:《中国戏曲通史》,中国戏剧出版社,2006年,第3页。

② 参见戴伟华:《楚辞音乐性文体特征及其相关问题——从阜阳出土楚辞汉简说起》,《华南师范大学学报(社会科学版)》2014年第5期。

利用出土文献要有机遇,但关注出土文献新动态,应成为研究者的自觉行为。

(二)利用传世文献

研究文学地理学,从材料角度看,历代舆地书最为重要。唐代以前人们在地理学方面已经取得许多重要成果,而唐代地理学方面成果更多。如何从这样的传世文献中解读出隐藏的信息?这里以《离骚》中身份颇具争议的"女媭"形象为例作一剖析。最早给"女媭"作解的是王逸,其《楚辞章句》释"女媭之婵媛兮,申申其詈予"云:"女媭,屈原姊也。"[①]王逸,东汉安帝时为校书郎,距屈原作《离骚》有三百多年。王逸虽说得很肯定,但依据何在,不得而知。因此,后世对"女媭"的解释有了分歧,不足为怪。然《水经注》有一则材料,重新细读,可给人以新的视角。

《水经注》卷三四载:"又东过秭归县之南。县故归乡。《地理志》曰:归子国也。《乐纬》曰:昔归典叶声律。宋忠曰:归即夔。归乡盖夔乡矣。古楚之嫡嗣有熊挚者,以废疾不立,而居于夔,为楚附庸。后王命为夔子。《春秋·僖公二十六年》,楚以其不祀灭之者也。袁山松曰:屈原有贤姊,闻原放逐,亦来归,喻令自宽全。乡人冀其见从,因名曰秭归,即《离骚》所谓'女媭婵媛以詈余'也。县城东北,依山即坂,周回二里,高一丈五尺,南临大江。古老相传,谓之刘备城,盖备征吴所筑也。县东北数十里,有屈原旧田宅。虽畦堰縻漫,犹保屈田之称也。县北一百六十里,有屈原故宅,累石为屋基,名其地曰乐平里。宅之东北六十里,有女媭庙,捣衣石犹存。故《宜都记》曰:秭归盖楚子熊绎之始国,而屈原之乡里也。原田宅于今具存。"[②]熊会

① 参见游国恩主编:《离骚纂义》,中华书局,1980年,第183页。

② 〔北魏〕郦道元注,〔清〕杨守敬、熊会贞疏,段熙仲点校,陈桥驿复校:《水经注疏》,江苏古籍出版社,1989年,第2835—2837页。

贞按:“《类聚》六、《御览》一百八十并引庾仲雍《荆州记》,秭归县有屈原宅、女须庙,捣衣石犹存,则此又本庾说也。”① 这一段文字为人熟知,但“宅之东北六十里有女媭庙,捣衣石犹存”之“捣衣石犹存”尚未为人所利用而阐释。

首先,这一段记载存在矛盾。据以上材料,秭归境内有屈原旧田宅、故宅,有女媭庙,无屈原庙。而据《水经注》卷三八,屈原庙在汨罗境内:“汨水又西为屈潭,即汨罗渊也,屈原怀沙自沉于此,故渊潭以屈为名。昔贾谊、史迁皆尝径此,弭楫江波,投吊于渊。渊北有屈原庙,庙前有碑。”② 在秭归境内无屈原庙(祠)而有女媭庙,如依王逸之说,则于理难通。

其次,女媭庙与“捣衣”有关。《水经注》云:“宅之东北六十里有女媭庙,捣衣石犹存。”③ 捣衣石这一重要遗存,一定能表明女媭身份。换言之,捣衣石应是女媭属性的标志物。捣衣是否为屈姊属性的必然标志物?显然不是。按常识物理,捣衣石应和女子织布关系最为密切。在女子织布的过程中,其他工具难以保存,捣衣石因其材料坚硬可以保存并流传下来。可以断言,女媭庙之女媭和织布相关,或者说女媭以织布名。

秭归之女媭庙、捣衣石的文化遗存,应该是纪念“媭女”星的。女媭,即媭女。女媭为媭女说,在汉代文献中找不到直接材料来证明。而《水经注》又是南北朝时北魏郦道元所著,意味着上距战国时间甚为遥远,距东汉也有四百年左右,显然材料的可信度会受到影响。但在没有汉代材料来证明时,南北朝文献的价值如何评判,又如

① 《水经注疏》,第2837页。
② 《水经注疏》,第3155页。
③ 《水经注疏》,第2837页。

何使用,值得注意。大致上来说,史料应包含史实叙述、史实评判和历史遗迹载录等内容,而历史遗迹的载录最为可靠,尽管遗迹会有递修的可能。按照《水经注》的说法,东晋后期袁崧肯定了"女嬃婵媛以詈余"与女嬃庙的关联性,云"宅之东北六十里有女嬃庙,捣衣石犹存"。明显看出和女嬃庙相关的最初史迹载录与屈原之"女嬃"无关,经过袁崧解释,"女嬃"与"嬃女庙"才有了联系。这一段史迹载录可以作如下剥离分析:(1)最初史迹载录是屈原故里秭归有"女嬃庙",而屈原庙在汨罗境内。按,这一载录时间最晚在袁崧之前,而这一史迹的出现应更早,当出现在汉代。如果视女嬃庙与《离骚》之"女嬃"关联,则秭归当先有屈原庙,其后才有立女嬃庙的可能。假定女嬃庙为嬃女庙之误,则嬃女庙当为纪念女星而立。两说比较,"嬃女庙"说优于"女嬃庙"说,而嬃女庙体现了当地人的女星崇拜观念;(2)经袁崧附会阶段。嬃女庙被附会为女嬃庙,这一错误解读一直延续到今天。但袁崧无意间保留了女嬃庙"捣衣石犹存"的珍贵记载,成了今天探讨"女嬃庙"(嬃女庙)性质的唯一记载[①]。

(三)据可信材料作常识判断

文献不足征是研究者的最大困难。在材料处理上,应具有严肃的灵活性,陈寅恪在《唐代政治史述论稿》中写有这样一段话:"颇疑李唐先世本为赵郡李氏柏仁一支之子孙,或者虽不与赵郡李氏之居柏仁者同族,但以同姓一姓同居一地之故,遂因缘攀附,自托于赵郡之高门,衡以南北朝庶姓冒称士族之惯例,殊为可能之事。总而言之,据可信之材料,依常识之判断,李唐先世若非赵郡李氏之'破落户',

① 参见戴伟华:《〈离骚〉"女嬃"为女星宿名的文化诠释》,《中山大学学报(社会科学版)》2015 年第 1 期。

即是赵郡李氏之'假冒牌'。"[①]"据可信之材料,依常识之判断"一句,可简化为有据有理的判断,所谓依常识,就是合情合理。在当今的研究中,材料的有限使用大致做完,比如说甲就是丁,而材料的无限使用还有可拓展空间,比如说甲、乙、丙三种材料并无联系,但经过分析可以看出甲、乙、丙三种材料同时指向丁,于此可能揭示出一个尘封已久的事实,这一方法使用难度较大。甲是丁为材料的发现,而甲、乙、丙指向丁是材料的有效开发。

《丹阳集》[②]的编纂者殷璠留下来的材料很少,但他与储光羲的关系容易钩稽。第一步去寻找可信之材料。(1)殷璠丹阳人,编有《丹阳集》《河岳英灵集》[③]《荆杨挺秀集》[④]三集。唐代丹阳,隶润州。润州,今为江苏镇江。《新唐书·艺文志四》:"《包融诗》一卷,润州延陵人。历大理司直……融与储光羲皆延陵人;曲阿有余杭尉丁仙芝、缑氏主簿蔡隐丘、监察御史蔡希周、渭南尉蔡希寂、处士张彦雄、张潮、校书郎张晕、吏部常选周瑀、长洲尉谈戭,句容有忠王府仓曹参军殷遥、硖石主簿樊光、横阳主簿沈如筠,江宁有右拾遗孙处玄、处士徐延寿,丹徒有江都主簿马挺、武进尉申堂构,十八人皆有诗名。殷璠汇次其诗,为《丹杨集》者。"[⑤]可知《丹阳集》(《丹杨集》)是润州籍诗人的选集。(2)储光羲与《丹阳集》所入选诗人有交往,全貌无从得见,储光羲现存诗中有与丁仙芝等五人的诗。分别为赠丁仙芝

---

① 陈寅恪:《唐代政治史述论稿》,上海古籍出版社,1982年,第11页。

② 〔唐〕殷璠编,陈尚君辑校:《丹阳集》,载傅璇琮、陈尚君、徐俊编:《唐人选唐诗新编(增订本)》,中华书局,2014年,第125—148页。

③ 载《唐人选唐诗新编(增订本)》,第149—270页

④《荆杨挺秀集》已佚,书目见〔日本〕藤原佐世:《日本国见在书目录》,中华书局,1991年,第90页。

⑤《新唐书》卷六〇,第1609—1610页。

之《贻丁主簿仙芝别》[①],送周瑀之《送周十一》[②],和殷遥相关之《新丰作贻殷四校书》[③] 及《同王十三维哭殷遥》[④],赠余延寿之《贻余处士》[⑤],赠马挺之《秋庭贻马九》[⑥]。(3)殷璠编《丹阳集》《河岳英灵集》《荆杨挺秀集》三集,皆选入储光羲诗,而且润州籍诗人之《丹阳集》十八人中唯有储光羲一人入选《河岳英灵集》。

第二步依常识之判断。(1)殷璠与储光羲同乡必相识。(2)在现存诗歌中,有储光羲写给五位入选《丹阳集》同乡的诗。结合(1)(2)两点:殷璠(同乡)—《丹阳集》—(同乡)—储光羲。殷璠和储光羲是同乡,从储与《丹阳集》五人之关系可知,殷编《丹阳集》应得到储的支持;而由上述材料(3)依常识之判断,殷璠敬重储光羲,故出现《丹阳集》十八人中也只有储光羲一人被选入《河岳英灵集》的结果。

可以说,由于同乡储光羲的支持,殷璠编《丹阳集》和《河岳英灵集》等评述材料或有偏颇。特别是《丹阳集》,为地方诗人诗歌选集,在中国文学地理学研究中具有重要价值。《丹阳集序》残文云:"李都尉没后九百余载,其间词人,不可胜数。建安末,气骨弥高。太康中,体调尤峻。元嘉筋骨仍在,永明规矩已失,梁、陈、周、隋,厥道全丧。盖时迁推变,俗异风革,信乎人文化成天下。"[⑦] 虽是残文,于此可见《丹阳集序》的理念和缺陷。《丹阳集》编纂注重在"时迁推变、

① 《全唐诗》卷一三八,第1399—1400页。
② 《全唐诗》卷一三八,第1406页。
③ 《全唐诗》卷一三八,第1404页。
④ 《全唐诗》卷一三八,第1399页。
⑤ 《全唐诗》卷一三八,第1403页。
⑥ 《全唐诗》卷一三七,第1390页。
⑦ 陈尚君辑校:《全唐文补编》卷三七,中华书局,2005年,第451页。

俗异风革”中阐释文学的演变,注重在文学演变大势中审视地方文学现象,也就是说有宏观的视野。其缺点在《丹阳集》的编纂中已露端倪,乡土情结太重,主观情绪太明,对一地方文学的估价偏高,事实上入选《丹阳集》的诗人和诗作在当时文坛并不十分重要。也就是说以《丹阳集序》残文的宏观概述为起点评价《丹阳集》诗人和诗作未免有头重脚轻之弊。

(四)诗歌中地名解释应以诗体为基础

严耕望《杜工部和严武军城早秋诗笺证》认为杜甫《奉和严郑公军城早秋》表面看来甚易了解①。“秋风袅袅动高旌,玉帐分弓射虏营。已收滴博云间戍,欲夺蓬婆雪外城。”② 如依旧解也大致可以读懂此诗,《杜诗详注》对三、四两句都作了解释,“滴博岭”解:“《困学纪闻》:的博岭在维州。《韦皋传》:出西山灵关,破峨和通鹤定廉城,逾的博岭,遂围维州,搏鸡栖,攻下羊溪等三城,取剑山屯,焚之。”③ “蓬婆”解:“鹤曰:蓬婆,乃吐蕃城名。《元和郡县志》:柘州城,四面险阻,易于固守,有安戎江、蓬婆水,在州南三十里。大雪山,一名蓬婆山,在柘县西北一百里。胡夏客曰:《唐书·吐蕃传》开元二十六年,剑南节度使王昱攻安戎城,于城左右筑两城,以为攻拒之所,顿兵蓬婆岭下,运资粮守之。吐蕃来攻安成,官军大败,两城并陷,将士数万及军粮甲仗俱没。此云‘欲夺蓬婆雪外城’,望其为中夏雪耻也。”④ 按,注文“安成”或误,当为“安戎”。严耕望认为若深问穷究,读懂古人

① 参见严耕望:《严耕望史学论文选集》上册,中华书局,2006年,第272—280页。文末注云:“1994年初稿,刊《华冈学报》第八期《钱穆先生八十岁祝寿论文集》。1984年再稿,刊《唐代交通图考》第四卷(附篇四)。1988年6月增订。”

②〔唐〕杜甫著,〔清〕仇兆鳌注:《杜诗详注》卷一四,中华书局,1979年,第1170页。

③《杜诗详注》卷一四,第1170页。

④《杜诗详注》卷一四,第1170页。

的诗并不简单，就这一首诗而言："然试问滴博、蓬婆何处？云间戍、雪外城何所指？严武何以要收滴博云间戍？已收此戍何以欲进一步夺取蓬婆雪外城？杜翁歌颂严武何以特用此两句？乃至云雪是否只是普通名词，用以状城戍之高寒？"[①] 一连六问，层层深入，求为甚解。严耕望以为："欲追究此一连串问题，当从历史与地理背景作进一步了解，而历史背景又以地理背景为基础。"[②] 在这里，严耕望提出"历史背景又以地理背景为基础"的研究原则。

严文将杨谭《兵部奏剑南节度使破西山贼露布》与《通典》《旧唐书》《元和郡县图志》联系，经考证结论如下：滴博岭、蓬婆岭乃唐代岷江以西地区通吐蕃之两道口。而滴博岭与维州相近，蓬婆岭与平戎城相近。维州与平戎城，既为岷江以西地区、唐蕃间南北两军之要冲，则滴博岭、蓬婆岭为唐蕃间南北两军之冲。严武为西川节度使，即在恢复松、维等州，以牵制吐蕃，消解其对于长安西翼之压力，则其战略计划自当先取维州，然后次第北上取平戎城与松州。及其已收滴博云间戍（维州地区），自然欲夺蓬婆雪外城（平戎地区）。故杜诗云"已收滴博云间戍，欲夺蓬婆雪外城"。

明地理不仅可以准确理解诗歌中的事实，也可以进一步体悟诗歌的艺术表现手法。《杜诗详注》引黄生曰："诗中用地名，必取其佳者，方能助色，如凤林、鱼海、乌蛮、白帝、鱼龙、鸟鼠是也。滴博、蓬婆，地名本粗硬，用云间、雪外字以调适之，读来便觉风秀，运用之妙如此。"[③] 严耕望从地理背景角度思考，认为黄生之说可进一步补充，以求得对此诗艺术的透彻解读。他认为："按此论甚是，亦代表一般

① 《杜工部和严武军城早秋诗笺证》，《严耕望史学论文选集》上册，第 272 页。
② 《杜工部和严武军城早秋诗笺证》，《严耕望史学论文选集》上册，第 272 页。
③ 《杜诗详注》卷一四《奉和严郑公军城早秋》，第 1171 页。

解释，以为‘云’、‘雪’二字乃普通名词，以状城戍也。但细推之，此‘云’、‘雪’实亦为两地名，借地名化为普通名词以状城戍耳。何者？先论‘蓬婆雪外城’。前引《旧书·吐蕃传》，开元二十六年，王昱‘率剑南兵募攻其安戎城。先于安戎城左右筑两城以为攻拒之所，顿兵于蓬婆岭下，运剑南资粮以守之’。则蓬婆岭似无城，雪外城者正当指安戎城即平戎城而言。前引《元和志》，蓬婆山一名大雪山，则此句当解作蓬婆雪山外之平戎城，故此雪字非泛泛名词，而用地名转化为普通名词也。至于‘滴博云间戍’，前论维州西境定廉县，天宝间为云山郡，其后郡治西移，更名天保郡，而云山故地仍置云山守捉，维州西至云山一百三十里，滴博岭居其间，则岭去云山不为远，疑‘云间’亦借‘云山’地名转化为普通名词耳。《元和志》维州定廉县本戍名，‘云间戍’得非即指云山戍欤？亦即云山守捉欤？用‘云间’、‘雪外’以调适滴博、蓬婆，固觉风秀，而云雪二字，又自地理专名转化而来，更见杜翁运用之妙矣。”① 严考甚为细密，有助于诗歌的艺术鉴赏。

至于何以“云间”借“云山”地名转化为普通名词，尚可申说，“已收滴博云间戍，欲夺蓬婆雪外城”这一绝句的三、四两句完全对仗。如用原地名“云山”，和“雪外”不对仗，它们只是平仄调协，但词性不对；而用“云间”和“雪外”相对，在平仄和对偶上完全符合格律。这应当是诗中用“云间”而不用“云山”的真正原因。严耕望认为了解诗歌的历史背景又以地理背景为基础，但还要补充一句，了解诗歌的历史背景和地理背景必须以诗歌体裁的形式为基础。

当时课题研究虽以实证为主要手段，多数地方仍然是宏观描述。实际上在宏观描述中可以不断深化细部的研究，这样对宏观描述和

---

①《杜工部和严武军城早秋诗笺证》，《严耕望史学论文选集》上册，第278—279页。

理论探讨才有推进的作用。如在地域文化中去思考陈子昂在唐代的影响和接受的问题。从材料出发,也许可以得出一个结论,即以李商隐、杜牧、许浑、温庭筠等为代表的晚唐诗人基本没有提及陈子昂,这一结论大致正确。但如有更好的论证思路,使结论坐实而不空泛飘浮,从文学地理学角度去思考,应是最佳选择。

李商隐大中九年前曾任东川节度判官[①],节度使治所在梓州,梓州是初唐诗人陈子昂的家乡。李商隐在梓州留下不少诗作,如《夜雨寄北》:"君问归期未有期,巴山夜雨涨秋池。何当共剪西窗烛,却话巴山夜雨时。"[②]有在诗题中出现"梓州"的作品,如《梓州罢吟寄同舍》:"不拣花朝与雪朝,五年从事霍嫖姚。君缘接座交珠履,我为分行近翠翘。楚雨含情皆有托,漳滨卧病竟无憀。长吟远下燕台去,唯有衣香染未销。"[③]李商隐并非短暂停留,而是在东川幕做幕僚的。在这一特定的地理空间,李商隐理应有悼念陈子昂的诗,或与陈子昂相关的诗作。可是没有发现。当然,不排除李商隐有相关诗作,可能亡佚,这一设想虽然比较智慧和缜密,但文学史研究通常面对的是既存文献,否则无法展开研究。

正好盛唐诗人杜甫也在梓州生活过一段时间,可以作比较。有共同生活空间的比较更具价值,结论更为可靠。

杜甫曾至东川梓州,作诗多首,其有《九日登梓州城》,《杜诗详注》注云:"鹤注:宝应元年及广德元年,公皆在梓州。"[④]他在绵州时,送李某赴任梓州刺史时自然想到陈子昂。其《送梓州李使君之任》

① 参见《唐方镇文职僚佐考(修订本)》,第393页。

② 《李商隐诗歌集解》,第1355页。

③ 《李商隐诗歌集解》,第1461页。

④ 《杜诗详注》卷一一,第933页。

诗题原注云:"故陈拾遗,射洪人也。"① 《杜诗详注》注云:"鹤注:李梓州赴任,在宝应元年之夏,故诗云:'火云挥汗日,山驿醒心泉。'尔时公在绵州也。广德元年,有《陪李梓州泛江》《陪李梓州使君登惠义寺》诗,乃次年事。《唐书》:梓州梓潼郡,属剑南道。乾元后,蜀分东、西川,梓州恒为东川节度使治所。按:梓州,今四川潼川州是也,地在绵州之南。"② 诗云:"遇害陈公殒,于今蜀道怜。君行射洪县,为我一潸然。"③ 表达了对陈子昂景仰和哀悼之情。而到了梓州后,他瞻仰了陈子昂宅,作有《陈拾遗故宅》诗,《杜诗详注》注云:"杨德周曰:陈拾遗故宅,在射洪县东武山下,去县北里许。本集云:子昂四世祖陈方庆,好道,隐于此。有唐朝道观址。而真谛寺在其左。《碑目》云:陈拾遗故宅,有赵彦昭、郭元振题壁。"④ 诗云:"拾遗平昔居,大屋尚修椽。悠扬荒山日,惨澹故园烟。位下曷足伤,所贵者圣贤。有才继骚雅,哲匠不比肩。公生扬马后,名与日月悬。同游英俊人,多秉辅佐权。彦昭超玉价,郭振起通泉。到今素壁滑,洒翰银钩连。盛事会一时,此堂岂千年。终古立忠义,感遇有遗编。"⑤ 表达出对陈子昂人格、诗作的赞美。

梓州有陈子昂读书处,杜甫参观其遗迹,作《冬到金华山观因得故拾遗陈公学堂遗迹》诗,《杜诗详注》注云:"鹤曰:宝应元年秋,公自梓归成都迎家,再至梓州。十一月,往射洪,乃是时作。广德元年,虽亦在梓,而冬已往阆州矣。《舆地纪胜》:陈拾遗书堂,在射洪县北金华山。大历中,东川节度使李叔明,为立旌德碑于金华山读书堂,

①《杜诗详注》卷一一,第 916 页。
②《杜诗详注》卷一一,第 917 页。
③《杜诗详注》卷一一,第 918 页。
④《杜诗详注》卷一一,第 947 页。
⑤《杜诗详注》卷一一,第 948—949 页。

今在玉京观之后。地志：金华山，上拂云霄，下瞰涪江。有玉京观在本山上。东晋陈勋学道山中，白日仙去。梁天监中建观。《唐书》：陈子昂，字伯玉，梓州射洪人，常读书于金华山。"[①] 诗云："陈公读书堂，石柱仄青苔。悲风为我起，激烈伤雄才。"[②] 称扬陈子昂为"雄才"，并作深深哀悼。

如果提出晚唐人不关心陈子昂，这是一般的文学概念；如果以李商隐为例分析，就成了文学地理学的问题。也可以说，因为有了文学地理学的观念，也才能发现别人没有注意到的这一问题。

诗路漫漫，诗路研究中尚有许多问题需要我们去面对，去解决。

---

①《杜诗详注》卷一一，第946页。

②《杜诗详注》卷一一，第947页。

第一章　总论

第一节　地域文化与中国文学研究

中国文学研究呈开放性格局,人们可以从不同的角度来观照和解决文学问题。20世纪后期,中国文学研究中的理论和方法的探讨已经成为热潮,这说明文学研究自身需要反思,需要突破。人们尝试在交叉学科中,去研究文学的生成和发展,文学风格的形成和重构,地域文化和文学的关系也就成了研究者关注的一个视角。

诗歌与地域文化的关系,在《诗经》和楚辞的研究中得到充分体现。《诗经》研究中关于地理考释的著述较多,除散见于各种传注之中,还有专书,如朱右曾《诗地理征》七卷[①],桂文灿《毛诗释地》六卷[②],尹继美《诗地理考略》二卷、图一卷[③]。其中有重要发明的,还是《诗地理征》,已涉及诗的音、诗关系,注意到音、诗的分合。如在析《桑中》篇时,辨析音、诗的异同,云:"桑间濮上言其音不言其诗也,且《诗》上言沬邑,下言上宫,并在都会之地,朝歌东距濮阳一百七十五

①〔清〕朱又曾:《诗地理征》,《续修四库全书》编纂委员会编:《续修四库全书》第72册,上海古籍出版社,1996年,第435—522页。

②〔清〕桂文灿:《毛诗释地》,《续修四库全书》第73册,第575—635页。

③〔清〕尹继美:《诗地理考略》,《续修四库全书》第74册,第111—154页。

里，无缘期会于此而要于彼也”①，“郑卫之音比于慢矣，淫泆之声使人意靡魄化，志气怠慢，然言音言声非言诗矣”②。桑间濮上之音，非桑中之诗；郑声非郑诗③。《诗经》研究中一个重要问题是关于诗的分类，其风、雅、颂的划分，一般是主张从诗歌产生的区域和功用来划分的。

楚辞有鲜明的地域文化色彩，解读楚辞必须结合楚地的山川风物、民情语言。刘勰在《文心雕龙·物色》中云："若乃山林皋壤，实文思之奥府；略语则阙，详说则繁。然屈平所以能洞鉴风骚之情者，抑亦江山之助乎？"④这里已提示楚辞和地域文化的关系。宋人黄伯思说得更为明确，他在《新校楚辞序》中云："盖屈宋诸骚，皆书楚语、作楚声、纪楚地、名楚物，故可谓之楚辞。"⑤楚辞的地域文化研究比较深入，其研究成果有些已超出楚辞研究自身，具有了更广泛的文化意义，对古代文学与地域文化研究有借鉴作用。

宏观的中国文学研究中，刘师培《南北文学不同论》⑥是屡被研究者引用的有关地域文化与文学研究的重要成果。刘师培南北文学不同论的理论基础：一是音声不同造成南北文学的差异，音分南北，“则南声之始起于淮、汉之间，北声之始起于河、渭之间”⑦，“声音既

① 《诗地理征》卷二，《续修四库全书》第72册，第449页。

② 《诗地理征》卷三，《续修四库全书》第72册，第456页。

③ 参见洪湛侯：《诗经学史》下册，中华书局，2002年，第544—549页。

④ 〔梁〕刘勰著，黄叔琳注，李详补注，杨明照校注拾遗：《增订文心雕龙校注》卷一〇，中华书局，2012年，第564页。

⑤ 《宋文鉴》卷九二，第1306页。

⑥ 刘师培：《南北文学不同论》，载《中国中古文学史讲义》，凤凰出版社，2011年，第257—263页。

⑦ 《中国中古文学史讲义》，第257页。

殊，故南方之文亦与北方迥别”[①]；二是山川导致民俗不同，造成了南北文学差异，“大抵北方之地，土厚水深，民生其间，多尚实际；南方之地，水势浩洋，民生其际，多尚虚无。民尚实际，故所著之文不外记事、析理二端；民尚虚无，故所作之文或为言志、抒情之体”[②]；三是南北二分，先后相继。刘师培对南北文学不同论的表述方法有三：一是典型表述，忽视次要方面，以文人籍贯分其南北，忽视单个文人的流动；二是时代表述，不同时代南北差异不同，“魏晋之际文体变迁，而北方之士，侈效南文”[③]，“故力柔于建安，句工于正始。此亦文体由北趋南之渐也”[④]；三是分派表述，尽管文分南北，又可细分，“阴、何、吴、柳，厥制益工，研炼则隐师颜、谢，妍丽则近则齐、梁。子山继作，掩抑沉怨，出以哀艳之词，由曹植而上师宋玉。此又南文之一派也。鲍照诗文，义尚光大，工于骋势，然语乏清刚，哀而不壮，大抵由左思而上效苏、张。此亦南文之一派也”[⑤]。

刘氏对唐代文学的南北不同是这样论述的：“隋炀诗文远宗潘、陆，一洗浮荡之言，惟隶事研词尚近南方之体。杨、薛之作，间符隋炀，吐音近北，摛藻师南。故隋、唐文体，力刚于颜、谢，采缛于潘、张，折衷南体、北体之间而别成一派。唐初诗文与隋代同，制句切响，言务纤密，虽雅法六朝，然卑靡之音于焉尽革。四杰继兴，文体益恢，诗音益谐。自是以降，虽文有工拙，然俳四俪六，益趋浅弱。惟李、杜古赋，词句质素；张、陆奏章，析理通明。唐代文人，瞠乎后矣。昌黎崛起北陲，易偶为奇，语重句奇，闳中肆外，其魄力之雄，直追秦汉，虽模拟之

①《中国中古文学史讲义》，第 258 页。

②《中国中古文学史讲义》，第 258 页。

③《中国中古文学史讲义》，第 260 页。

④《中国中古文学史讲义》，第 261 页。

⑤《中国中古文学史讲义》，第 261 页，括号中说明略去。

习未除，然起衰之功不可没也。习之、持正、可之，咸奉韩文为圭臬，古质浑雄，唐代罕伦。子厚与昌黎齐名，然栖身湘、粤，偶有所作，咸则《庄》《骚》，谓非土地使然欤？若贞观以后，诗律日严。然宋、沈之诗，以严凝之骨饰流丽之词，颂扬休明，渊乎盛世之音。中唐以降，诗分南北，少陵、昌黎，体峻词雄，有黄钟大吕之音；若夫高、常、崔、李，诗带边音，粗厉猛起；张、孟、贾、卢，思苦语奇，缒幽凿险，皆北方之诗也。太白之诗，才思横溢，旨近苏、张；温、李之诗，缘情托兴，谊符楚《骚》；储、孟之诗，清言霏屑，源出道家，皆南方之诗也。晚唐以还，诗趋纤巧，拾六代之唾余，自郐以下，无足观矣。"[①]

刘氏对唐代文学的论述有如下特点：第一，注意南北融合，而又不是简单采用《隋书·文学传序》的说法。《隋书·文学传序》云："然彼此好尚，互有异同。江左宫商发越，贵于清绮；河朔词义贞刚，重乎气质。气质则理胜其词，清绮则文过其意，理深者便于时用，文华者宜于咏歌，此其南北词人得失之大较也。若能掇彼清音，简兹累句，各去所短，合其两长，则文质斌斌，尽善尽美矣。"[②] 刘氏认为杨素、薛道衡的诗作已有"吐音近北，摛藻师南"[③] 渐渐融合南北的特点，而隋唐文体，"力刚于颜谢，采缛于潘张"，汇合颜延之、谢灵运、潘岳、张华"力刚""采缛"，折中南体北体之间，而别成一派。第二，不以人物籍贯为唯一标准，如论古赋，则认为"惟李杜古赋，词句质素"，论诗歌则将太白之诗归于"南方之诗"；刘氏所说南方之诗中"温李"，温庭筠，太原人；李商隐，怀州河内人。籍属北方而诗风则入南方。第三，注意师承或风格前后联系，"隋炀诗文，远宗潘陆"；隋唐之文，"力刚于

---

① 《中国中古文学史讲义》，第 262 页，括号中说明略去。

② 〔唐〕魏徵、〔唐〕令狐德棻撰，中华书局编辑部点校：《隋书》卷七六，中华书局，1973 年，第 1730 页。

③ 《中国中古文学史讲义》，第 262 页。

颜谢，采缛于潘张”；温李之诗“谊符楚《骚》”；储光羲、孟浩然诗“源出道家”。第四，作家受生活环境影响，选择接受效法对象形成带地域特点的诗风，“子厚与昌黎齐名，然栖身湘粤，偶有所作，咸则《庄》《骚》，谓非土地使然欤？”柳宗元被贬往南方，风格有变，柳宗元曾贬永州，永州在今湖南境内，又贬柳州，柳州在今广西境内，故云“栖身湘粤”。《新唐书》卷一六八《柳宗元传》云：“贬永州司马。既窜斥，地又荒疠，因自放山泽间，其堙厄感郁，一寓诸文，仿《离骚》数十篇，读者咸悲恻。”① 但刘氏所论大要有二：一是以籍贯分南北；二是以师承分南北。

程千帆《笺》又在刘文基础上提出两点：（一）中国文学之方舆色彩，分南北二种是一概括的说法，若细分则南北文学之中又各有其差异；（二）中国文学中方舆色彩，细析之有先天后天的差异，先天者，原乎自然地理；后天者，原乎人文地理。“前者为其根本，后者尤多蕃变，盖虽山川风气为其大齐，而政教习俗时有熏染；山川终古若是，而政教与日俱新也。”② 另外，程先生还指出：“吾国学术文艺，虽以山川形势、民情风俗，自古有南北之分，然文明日启，交通日繁，则其区别亦渐泯”，“古则异多同少，异中见同；今则同多异少，同中见异。此其今古之殊，亦论吾华文学发展之地理因素所不可忽者也”③。

南北文化一直为学者关注，牟润孙《唐初南北学人论学之异趣及其影响》④ 对唐初南北学术异同作了分析。唐长孺在地域文化和

① 《新唐书》，第 5132 页。

② 程千帆：《文论十笺》，载《程千帆全集》卷六，河北教育出版社，2000 年，第 112 页。

③ 《程千帆全集》卷六，第 113 页。

④ 牟润孙：《唐初南北学人论学之异趣及其影响》，载《注史斋丛稿》上册，中华书局，2009 年，第 367—410 页。

文学研究方面做了大量工作，其成果多见于《唐长孺社会文化史论丛》[①]。其《汉末学术中心的南移与荆州学派》[②]一文，论述南北学术转移，东汉末年，刘表统治荆州十九年，大兴文教，数以千计的文士聚集在荆州，使荆州代替洛阳成为全国的学术中心。《读抱朴子推论南北学风的异同》[③]一文认为三国时期所谓南北之分乃是河之南北，而非江之南北，《世说新语·文学篇》褚裒所云"北人学问渊综广博"[④]乃指大河以北流行汉儒经说传注，孙盛云"南人学问清通简要"[⑤]指大河以南流行的玄学。三国时期的新学风起于河南，大河以北、长江以南一般仍守汉人传统，晋室东迁后，京洛风气移到了以建康为中心的江南地区，江南名士不少接受了新学风，开始重视三玄。《北朝的弥勒信仰及其衰落》[⑥]《南朝高僧与儒学》[⑦]《论南朝文学的北传》[⑧]都涉及地域文化，其论南北文风颇有识见，认为南朝著名文人的文集普遍传播北方，文学类书亦为北人所重，北朝末期，以徐、庾为代表的江左文风基本上已占领了北土文坛，北土文学的重振实际上是南朝文学的北传。在唐代代表"江左余风"文风的多为北人，南朝文学占领了北方文坛。他们的成果在方法上给古代文学中的地域文化研究以启示，即注意到具体问题具体分析，注意到南北学术的分合和转移。

---

① 唐长孺：《唐长孺社会文化史论丛》，武汉大学出版社，2001年。

②《唐长孺社会文化史论丛》，第1—12页。

③《唐长孺社会文化史论丛》，第58—85页。

④〔南朝宋〕刘义庆著，徐震堮校笺：《世说新语校笺》卷上，中华书局，1984年，第117页。

⑤《世说新语校笺》卷上，第117页。

⑥《唐长孺社会文化史论丛》，第185—194页。

⑦《唐长孺社会文化史论丛》，第195—204页。

⑧《唐长孺社会文化史论丛》，第205—232页。

第二节　地域文化研究材料

地域文化的材料非常丰富，其一为地理学史料。较早的有《尚书》卷六《夏书·禹贡》记载，其云："禹别九州，随山浚川，任土作贡。禹敷土，随山刊木，奠高山大川。"[①] 九州：冀州、兖州、青州、徐州、扬州、荆州、豫州、梁州、雍州。《尔雅·释地》《周礼·职方》《吕氏春秋·有始览》诸书记载有异，除《夏书·禹贡》九州外，尚有幽州、营州、并州等名目，以成九州之数，州界亦有不同。这大致代表了远古时代人们对区域划分的认识。《汉书》卷二八《地理志》云："天下分绝，为十二州。"颜师古注："九州之外有并州、幽州、营州，故曰十二。水中可居者曰州。洪水泛大，各就高陆，人之所居，凡十二处。"[②] 禹贡九州的地域分界源远流长，不断为后人沿用。春秋时代是以诸侯国存在为标志所作的地域划分，而战国时代，据《史记》卷一四《十二诸侯年表》[③]，列周、鲁、齐、晋、楚、宋、卫、陈、蔡、曹、郑、燕、吴；卷一五《六国年表》[④] 列周、秦、魏、韩、赵、楚、燕、齐。战国诸国的地域分界常为后世用来区分地理位置。《汉书》卷二八《地理志》云："汉兴，因秦制度，崇恩德，行简易，以抚海内。至武帝攘却胡、越，开地斥境，南置交阯，北置朔方之州，兼徐、梁、幽、并夏、周之制，改雍曰凉，改梁曰

① 〔清〕阮元校刻：《尚书正义》，《十三经注疏》（清嘉庆刊本）第2册，中华书局，2009年，第307页。

② 〔汉〕班固撰，〔唐〕颜师古注，中华书局编辑部点校：《汉书》，中华书局，1962年，第1523页。

③ 〔汉〕司马迁撰，〔南朝宋〕裴骃集解，〔唐〕司马贞索隐，〔唐〕张守节正义，中华书局编辑部点校：《史记》，中华书局，1982年，第512页。

④ 参见《史记》，第687—758页。

益,凡十三郡,置刺史。先王之迹既远,地名又数改易,是以采获旧闻,考迹《诗》《书》,推表山川,以缀《禹贡》《周官》《春秋》,下及战国、秦、汉焉。"①颜师古注:"中古以来,说地理者多矣,或解释经典,或撰述方志,竞为新异,妄有穿凿,安处互会,颇失其真。后之学者,因而祖述,曾不考其谬论,莫能寻其根本。"②中国古代的地域分界是研究地域文化与文学时进行区域划分的基本依据,或重要依据。

其二为文化地理学史料。人们常引用的较早的例子是《左传·襄公二十九年》的记载:

> 吴公子札来聘,见叔孙穆子,说之。谓穆子曰:"子其不得死乎?好善而不能择人。吾闻'君子务在择人'。吾子为鲁宗卿,而任其大政,不慎举,何以堪之?祸必及子!"请观于周乐。使工为之歌《周南》《召南》,曰:"美哉!始基之矣,犹未也,然勤而不怨矣。"为之歌《邶》《鄘》《卫》,曰:"美哉,渊乎!忧而不困者也。吾闻卫康叔、武公之德如是,是其《卫风》乎!"为之歌《王》,曰:"美哉!思而不惧,其周之东乎!"为之歌《郑》,曰:"美哉!其细已甚,民弗堪也,是其先亡乎!"为之歌《齐》,曰:"美哉!泱泱乎!大风也哉!表东海者,其大公乎!国未可量也。"为之歌《豳》,曰:"美哉!荡乎!乐而不淫,其周公之东乎!"为之歌《秦》,曰:"此之谓夏声。夫能夏则大,大之至也,其周之旧乎!"为之歌《魏》,曰:"美哉!沨沨乎!大而婉,险而易行,以德辅此,则明主也。"为之歌《唐》,曰:"思深哉!其有陶唐氏之遗民乎!不然,何忧之远也?非令德之后,谁能若

① 《汉书》,第1543页。
② 《汉书》卷二八上《地理志》上,第1543页。

是？”为之歌《陈》，曰：“国无主，其能久乎？”自《郐》以下无讥焉。为之歌《小雅》，曰：“美哉！思而不贰，怨而不言，其周德之衰乎？犹有先王之遗民焉。”为之歌《大雅》，曰：“广哉！熙熙乎！曲而有直体，其文王之德乎？”为之歌《颂》，曰：“至矣哉！直而不倨，曲而不屈，迩而不逼，远而不携，迁而不淫，复而不厌，哀而不愁，乐而不荒，用而不匮，广而不宣，施而不费，取而不贪，处而不底，行而不流，五声和，八风平，节有度，守有序，盛德之所同也。”①

这里对各地音乐风貌的评述，含有对地域文化面貌的揭示，是早期文献中对区域人文的比较系统的描述②。

《汉书》卷二八《地理志》载：“凡民函五常之性，而其刚柔缓急，音声不同，系水土之风气，故谓之风；好恶取舍，动静亡常，随君上之情欲，故谓之俗。孔子曰：‘移风易俗，莫善于乐。’言圣王在上，统理人伦，必移其本，而易其末，此混同天下一之虖中和，然后王教成也。”③故书中详言其风俗人情，如“秦地”下云：先秦之时，“其民有先王遗风，好稼穑，务本业，故《豳诗》言农桑衣食之本甚备”④；汉代由于移民，“五方杂厝，风俗不纯。其世家则好礼文，富人则商贾为利，豪杰则游侠通奸”⑤，“又郡国辐凑，浮食者多，民去本就末，列侯贵人

① 〔清〕洪亮吉撰，李解民点校：《春秋左传诂》卷一四，中华书局，1987年，第609—612页。

② 参见吴承学：《江山之助》，《文学评论》1990年第4期。

③ 《汉书》，第1640页。

④ 《汉书》卷二八下《地理志》下，第1642页。

⑤ 《汉书》卷二八下《地理志》下，第1642页。

车服僭上,众庶放效,羞不相及,嫁娶尤崇侈靡,送死过度。”[①] 其中也涉及区域文化,如云:“巴、蜀、广汉本南夷,秦并以为郡,土地肥美,有江水沃野,山林竹木,疏食果实之饶。南贾滇、僰僮,西近邛、莋马旄牛。民食稻鱼,亡凶年忧,俗不愁苦,而轻易淫泆,柔弱褊厄。景武间,文翁为蜀守,教民读书法令,未能笃信道德,反以好文刺讥,贵慕权势。及司马相如游宦京师诸侯,以文辞显于世,乡党慕循其迹。后有王褒、严遵、扬雄之徒,文章冠天下。繇文翁倡其教,相如为之师。”[②]《汉书》释各地风俗多呼应《左传》。如释河东云:“其民有先王遗教,君子深思,小人俭陋。故《唐》诗《蟋蟀》《山枢》《葛生》之篇曰:‘今我不乐,日月其迈’;‘宛其死矣,它人是偷’;‘百岁之后,归于其居’。皆思奢俭之中,念死生之虑。吴札闻《唐》之歌,曰:‘思深哉! 其有陶唐氏之遗民乎?’”[③] 此被视为人文地理学的经典记录。

唐代以前人们在地理学方面已经取得许多重要成果,而唐代地理学方面成果更多,总志类有《括地志》《元和郡县图志》《古今郡国县道四夷志》《十道志》《十道图》《十道录》;都城类有《东都记》《西京新记》;大都市类有《成都记》《邺都故事》《邺州新记》《太原事迹记》《渚宫故事》;州郡类有《戎州记》《襄沔记》《零陵录》《闽中记》;河道类有《吐蕃黄河录》;名山类有《嵩山志》《庐山杂记》《九嵕山志》;交通类有《皇华四达记》《诸道行程血脉图》《燕吴行役记》;物产类有《南方异志》《岭南异物志》《岭表录异》;风土类有《桂林风土记》《北户杂录》《华阳风俗录》;边陲和域外类有《四夷朝贡录》《诸蕃记》《西域国志》《中天竺国行记》《新罗国记》《渤海国记》《北

①《汉书》卷二八下《地理志》下,第1642—1643页。

②《汉书》卷二八下《地理志》下,第1645页。

③《汉书》卷二八下《地理志》下,第1649页。

荒君长录》《黠戛斯朝贡图传》《海南诸蕃行记》《云南记》《云南别录》《云南行记》《蛮书》《南诏录》。尽管以上著录之书所佚者多，所存者少，但从存佚的数量以及存书所载录的内容看，都反映了唐人地理知识的丰富和对地理学的关注[①]。

唐代方志的撰写也比较繁荣，这至少表明人们对自己生存环境及其历史的充分关注，刘纬毅《汉唐方志辑佚》[②]辑录四百四十五种方志佚文，隋唐五代方志有二百二十种。

除史书之外，唐人诗文集中有大量的关于地理学和地域文化的资料。如韩愈文章中就有大量关于地域文化的资料，并可补史载之阙。《燕喜亭记》载："弘中自吏部郎贬秩而来，次其道途所经，自蓝田入商洛，涉淅湍，临汉水，升岘首以望方城；出荆门，下岷江，过洞庭，上湘水，行衡山之下；繇郴逾岭，猿狖所家，鱼龙所宫，极幽遐瑰诡之观，宜乎其于山水饫闻而厌见也。"[③]《赠张童子序》云："童子请于其官之长，随父而宁母。岁八月，自京师道陕，南至虢，东及洛师，北过大河之阳，九月始来反郑。"[④]据此可描绘出唐人在某一区域间行走的交通线路图。《新修滕王阁记》云："愈少时则闻江南多临观之美，而滕王阁独为第一，有瑰伟绝特之称。"[⑤]《郓州溪堂诗（并序）》云："公作溪堂，播播流水。浅有蒲莲，深有蒹苇。公以宾燕，其鼓骇骇。公燕溪堂，宾校醉饱。流有跳鱼，岸有集鸟。既歌以舞，其鼓考

① 参见史念海：《唐代地理学与历史地理学》，载《唐代历史地理研究》，中国社会科学出版社，1998年，第1—26页。

② 刘纬毅：《汉唐方志辑佚》，北京图书馆出版社，1997年。

③〔唐〕韩愈著，刘真伦、岳珍校注：《韩愈文集汇校笺注》卷三，中华书局，2010年，第336页。

④《韩愈文集汇校笺注》卷一〇，第1066页。

⑤《韩愈文集汇校笺注》卷三，第386页。

考。公在溪堂,公御琴瑟。公洎宾赞,稽经诹律。施用不差,人用不屈。"[①]《与崔群书》云:"宣州虽称清凉高爽,然皆大江之南,风土不并以北。将息之道,当先理其心。心闲无事,然后外患不入。风气所宜,可以审备,小小者亦当自不至矣。"[②]《送陆歙州参序并诗》云:"当今赋出于天下,江南居十九。宣使之所察,歙为富州。"[③]《考功员外卢君墓表》云:"大历初,御史大夫李栖筠由工部侍郎为浙西观察使。当是时,中国新去乱,士多避处江淮间。尝为显官得名声以老故自任者以千百数。"[④]此上是名胜古迹的记载,也记录了物候风土之异以及宣歙的富庶,特别注意的是,安史之乱还带来区域人文地理的变化,如士人多避处于江淮之间。《送窦平从事序》云:"逾瓯、闽而南,皆百越之地。于天文,其次星纪,其星牵牛。连山隔其阴,长海敞其阳。是维岛居卉服之民,风气之殊,著自古昔。唐之有天下,号令之所加,无异于远近。民俗既迁,风气亦随,雪霜时降,疠疫不兴,濒海之饶,固加于初。是以人之之南海者,若东西州焉。"[⑤]《送李愿归盘谷序》云:"太行之阳有盘谷。盘谷之间,泉甘而土肥,草木丛茂,居民鲜少。或曰:谓其环两山之间,故曰盘。或曰:是谷也,宅幽而势阻,隐者之所盘旋。"[⑥]这里涉及对具体某山谷名称的解释。《送董邵南游河北序》云:"燕赵古称多感慨悲歌之士。董生举进士,连不得志于有司。怀抱利器,郁郁适兹土。吾知其必有合也,董生勉乎哉!夫以子之不遇时,苟慕义强仁者皆爱惜焉,矧燕赵之士出乎其性者哉?然

---

①《韩愈文集汇校笺注》卷四,第406—407页。

②《韩愈文集汇校笺注》卷七,第772页。

③《韩愈文集汇校笺注》卷九,第976页。

④《韩愈文集汇校笺注》卷一四,第1548页。

⑤《韩愈文集汇校笺注》卷九,第1003页。

⑥《韩愈文集汇校笺注》卷九,第1030页。

吾尝闻：风俗与化移易。吾恶知其今不异于古所云邪？聊以吾子之行卜之也，董生勉乎哉！吾因子有所感矣：为我吊望诸君之墓。而观于其市，复有昔时屠狗者乎？为我谢曰：'明天子在上，可以出而仕矣。'"①可见山川古今同一，而风俗移易。《送廖道士序》云："五岳于中州，衡山最远。南方之山巍然高而大者以百数，独衡为宗。最远而独为宗，其神必灵。衡之南八九百里，地益高，山益峻，水清而益驶；其最高而横绝南北者岭。郴之为州在岭之上，侧南，其高下得三之二焉，中州清淑之气于是焉穷。气之所穷，盛而不过，必蜿蟺扶舆，磅礴郁积。衡山之神既灵，而郴之为州又当中州清淑之气，蜿蟺扶舆磅礴而郁积。其水土之所生，神气之所感，白金、水银、丹砂、石英、钟乳，橘柚之包，竹箭之美，千寻之名材，不能独当奇也，意必有魁奇忠信材德之民生其间……"②《送区册序》云："阳山，天下之穷处也。陆有丘陵之险、虎豹之虞。水有江流悍急，横波之石廉利侔剑戟。舟上下失势，破碎沦溺者往往有之。县郭无居民，官无丞尉。夹江荒茅篁竹之间，小吏十余家，皆鸟言夷面。始至，言说不相通。画地为字，然后可告以出租赋、奉期约。是以宾客游从之士无所为而至。"③《送郑权尚书序》云："岭之南，其州七十，其二十二隶岭南节度府。其四十余分四府，府各置帅，然独岭南节度为大府"④，"隶府之州离府远者至三千里，悬隔山海，使必数月而后能至。蛮夷悍轻，易怨以变。其南州皆岸大海，多洲岛，帆风一日踔数千里，漫澜不见踪迹。控御失所，依险阻，结党仇，机毒矢以待将吏。撞搪呼号，以相和应。蜂屯蚁杂，不可爬梳。好则人，怒则兽。故常薄其征入，简节而疏目。时有所

①《韩愈文集汇校笺注》卷一〇，第1055页。
②《韩愈文集汇校笺注》卷一〇，第1095页。
③《韩愈文集汇校笺注》卷一一，第1139页。
④《韩愈文集汇校笺注》卷一一，第1205页。

遗漏,不究切之……”[①],“蛮胡贾人,舶交海中”[②]。《祭河南张署员外文》云:“南上湘水,屈氏所沉。二妃行迷,泪踪染林。山哀浦思,鸟兽叫音”[③],“郴山奇变,其水清写”[④]。以上是对南方山川自然民风的记录。《南海神庙碑》云:“海于天地间为物最巨,自三代圣王,莫不祀事。考于传记,而南海神次最贵,在北东西三神河伯之上,号为祝融。天宝中,天子以为古爵莫贵于公侯,故海岳之祀,牺币之数,放而依之,所以致崇极于大神。今王亦爵也,而礼海岳尚循公侯之事,虚王仪而不用,非致崇极之意也。由是册尊南海为广利王。”[⑤]文中还描述了祭南海神的场面:“文武宾属,俯首听位,各执其职。牲肥酒香,樽爵净洁,降登有数,神具醉饱。海之百灵秘怪,恍惚毕出,蜿蜿蛇蛇,来享饮食。阖庙旋舻,祥飙送帆,旗纛旄麾,飞扬晻霭。铙鼓嘲轰,高管嗷噪,武夫奋棹,工师唱和。穹龟长鱼,踊跃后先,乾端坤倪,轩豁呈露。”[⑥]《黄陵庙碑》云:“湘旁有庙曰黄陵,自前古立以祠尧之二女舜二妃者”[⑦],“二妃既曰以谋语舜,脱舜之厄,成舜之圣。尧死而舜有天下,为天子,二妃之力,宜当为神,食民之祭。今之渡湘江者,莫敢不进礼庙下”[⑧]。以上所写多涉神灵,韩愈对地方风物传说亦有考订,湘君、湘夫人历来说法有异,韩愈《黄陵庙碑》云:“秦博士对始皇帝,云湘君者,尧之二女,舜妃者也。刘向、郑玄亦皆以二妃为湘君。而《离骚·九歌》既有《湘君》又有《湘夫人》,王逸之解,以湘君者自为

---

①《韩愈文集汇校笺注》卷一一,第1205页。

②《韩愈文集汇校笺注》卷一一,第1206页。

③《韩愈文集汇校笺注》卷一二,第1341页。

④《韩愈文集汇校笺注》卷一二,第1342页。

⑤《韩愈文集汇校笺注》卷二一,第2245页。

⑥《韩愈文集汇校笺注》卷二一,第2246页。

⑦《韩愈文集汇校笺注》卷二一,第2317页。

⑧《韩愈文集汇校笺注》卷二一,第2318页。

水神，而谓湘夫人乃二妃也，从舜南征三苗不及，道死沅湘之间。《山海经》曰：'洞庭之山，帝之二女居之。'郭璞疑二女者帝舜之后，不当降小水为其夫人。因以二女为天帝之女。以余考之，璞与王逸俱失也。尧之长女娥皇为舜正妃，故曰君。其二女女英自宜降曰夫人也。故《九歌》辞谓娥皇为君，谓女英为帝子，各以其盛者推言之也。《礼》有'小君'，明其正自得称君也。"①

风俗知识可得之于书本，但较浅泛，较深切者则是久处其地，韩愈《唐故江南西道观察使中大夫洪州刺史兼御史中丞上柱国赐紫金鱼袋赠左散骑常侍太原王公神道碑铭》云王仲舒"复拜中书舍人。既至京师，侪流无在者。视同列皆邈然少年，益自悲。而谓人曰：'岂可复治笔砚于其间哉！上若未弃臣，宜用所长。在外久，周知俗之利病，俾治之，当不自愧。'宰相以闻，遂得观察江南西道"②。

唐人笔记小说中也有丰富的地域文化的资料，小说和文集的情形一样，十分分散，钩稽困难。小说所记的事情未必可靠，但所写事情应是反映了唐代社会的状况，此即陈寅恪所言有"通性之真实"。

《云溪友议》："秭归县繁知一，闻白乐天将过巫山，先于神女祠粉壁大署之曰：'苏州刺史今才子，行到巫山必有诗。为报高唐神女道，速排云雨候清词。'白公睹题怅然。"③这说明诗人必受地域文化的感发而创作，其创作也必然有地方文化的特点。《云溪友议》："江西韦大夫丹，与东林灵彻上人为忘形之契，篇什唱和，月唯四五焉。序曰：'彻公近以《匡庐七咏》见寄，及吟味之，皆丽艳于文圃也（即《莲华峰》《石镜》《虎跑泉》《聪明水》《白鹿洞》《铁船（五）》《康

① 《韩愈文集汇校笺注》卷二一，第2317页。

② 《韩愈文集汇校笺注》卷二一，第2336页。

③ 《云溪友议》，《全唐五代笔记》第2册，第1464页。

王庙》，为七咏也）。此七篇者，俾予益起“归欤”之兴。且芳时胜侣上游，于三二道人，必当攀跻千仞之峰，观九江之水。是时也，飘然而去，不希京口之顾；默尔而游，不假东门之送。天地为一朝，万物作陶铸。夫二林羽翼，松径幽邃，则何必措足于丹霄，驰心于太古矣。’”①诗人创作往往有地域人文的背景。

方言的记载，可以了解语言在地域文化中所承载的角色，《云溪友议》：“予以宋、齐已降，朱、张、顾、陆，时有奇藻者欤！陆郎中畅，早耀才名辇毂，不改于乡音，自贺秘书知章、贾相耽、顾著作况，讥调秦人。”②在兰省，“内人以陆君吴音，才思敏捷，凡所调戏，应对如流，复以诗嘲之，陆亦酬和，六宫大咍……内人诗云：‘十二层楼倚翠空，凤鸾相对立梧桐。双成走报监门卫，莫使吴歈入汉宫。’”③“在越，每经游兰亭，高步禹迹、石帆之绝境，如不系之舟焉。”④《因话录》：“又有人检陆法言《切韵》，见其音字，遂云：‘此吴儿，直是翻字太僻。’不知法言是河南陆，而非吴郡也。”⑤《隋书·陆爽传》：“陆爽字开明，魏郡临漳人也。”⑥法言，陆爽子。《云溪友议》：“贺秘监、顾著作，吴越人也。朝英慕其机捷，竞嘲之，乃谓‘南金复生中土也’。每在班行，不妄言笑。贺知章曰：‘钑镂银盘盛蛤蜊，镜湖莼菜乱如丝。乡曲近来佳此味，遮渠不道是胡儿。’顾况和曰：‘钑镂银盘盛炒虾，镜湖莼菜乱如麻。汉儿女嫁吴儿妇，吴儿尽是汉儿爷。’”⑦诗中所押韵用今

①《云溪友议》，《全唐五代笔记》第2册，第1480—1481页。

②《云溪友议》，《全唐五代笔记》第2册，第1482页。

③《云溪友议》，《全唐五代笔记》第2册，第1483页。

④《云溪友议》，《全唐五代笔记》第2册，第1482页。

⑤《因话录》，《全唐五代笔记》第3册，第1932页。

⑥《隋书》卷五八，第1420页。

⑦《云溪友议》，《全唐五代笔记》第2册，第1516页。

吴语诵读更觉可爱。这些记载是珍贵的。

笔记中记载地理知识，对我们阅读唐诗有所帮助，如《云溪友议》载张祜《题金山寺诗》云："树影中流见，钟声两岸闻。"注云："此寺，大江之中。"①《全唐诗》无此注。又云："李校书群玉既解天禄之任，而归涔阳。经湘中乘舟，《题二妃庙》诗二首曰：'小孤洲北浦云边，二女明妆共俨然。野庙向江空寂寂，古碑无字草芊芊。东风近暮吹芳芷，落日深山哭杜鹃。犹似含嚬望巡狩，九疑如黛隔湘川。'又：'黄陵庙前莎草春，黄陵儿女茜裙新。轻舟小楫唱歌去，水远山长愁杀人。'后又题曰：'黄陵庙前春已空，子规滴血啼松风。不知精爽落何处，疑是行云秋色中。'李君自以第三篇'春空'便到'秋色'，踟躇欲改之。乃有二女郎见曰：'儿是娥皇、女英也。二年后，当与郎君为云雨之游。'李君乃悉其所陈，俄而影灭，遂掣其神塑而去。"②又云："真娘者，吴国之佳人也。时人比于苏小小，死葬吴宫之侧。行客感其华丽，竞为诗题于墓树，栉比鳞臻。"③因为有了笔记的记载，对诗歌的解读就多了些地域文化的参照。

唐代墓志中也有相关资料，如《唐代墓志汇编》乾封〇〇六《大唐故左卫长史颜君墓志铭（并序）》："（庐州）三楚都会，庐九隩区，地接闽扬，俗称殷杂。"④乾封〇三三《大唐故上柱国咸阳府长上果毅杨君墓志铭》云："瓯越闽骆，蚁聚蜂屯，水耨火耕，鸥张鼠跱。"⑤敦煌文献中也有可资参照的地域文化的材料。

唐代文集、笔记、出土文献中，有不少关于地域文化的资料，只要

① 《云溪友议》，《全唐五代笔记》第 2 册，第 1484 页。
② 《云溪友议》，《全唐五代笔记》第 2 册，第 1491 页。
③ 《云溪友议》，《全唐五代笔记》第 2 册，第 1492 页。
④ 周绍良主编：《唐代墓志汇编》上册，上海古籍出版社，1992 年，第 445 页。
⑤ 《唐代墓志汇编》上册，第 464 页。

细心钩稽,还是能见出唐代地域文化的较为完整的面貌。

第三节　地域文化与文学研究的理论和方法

文化地理研究、中国文学中地域文化与文学关系的研究已有了比较丰硕的成果,同时于解决文学问题也积累了较为丰富的经验,本课题的研究充分吸收了相关成果和研究经验,并根据本课题研究的具体对象和问题,有侧重地运用了如下的理论和方法。

一、人文地理学。地域文化与文学研究必须吸收人文地理学的成果和研究方法。人文地理学研究人地关系相互作用和影响及其变化规律和地域分布系统,讨论人文现象的分布、变迁。比如人文地理学具体研究行政区划和结构、功能的变迁,我们可以应用这方面的成果去讨论唐代城市与诗歌的关系。唐代重要的区域划分有二:一是贞观十道,即关内道、河南道、河东道、河北道、山南道、陇右道、淮南道、江南道、剑南道、岭南道;一是开元十五道,即京畿道(治京师内)、都畿道(治东都城内)、关内道(无治所以京官遥领)、河南道(治汴州,今河南开封)、河东道(治蒲州,今山西永济)、河北道(治魏州,今河北大名)、陇右道(治鄯州,今青海乐都)、山南东道(治襄州,今湖北襄樊)、山南西道(治梁州,今陕西汉中)、剑南道(治益州,今四川成都)、淮南道(治扬州,今江苏扬州)、江南东道(治苏州,今江苏苏州)、江南西道(治洪州,今江西南昌)、黔中道(治黔州,今四川彭水)、岭南道(治广州,今广东广州)。贞观十道和开元十五道因山川形便划分,十道各以函谷、黄河、秦岭、淮河、长江、剑阁、南岭为名,自成一地理区划。每道都存在中心城市和周围城市的领属与协调的关系。这些城市经济、文化相对发达,也是文士、诗人活动较为频繁的地区。到了唐中晚期,节度使、观察使也是以十五道为基础设置的,节度使、观察使治所就在中心城市，而且节度使、观察使同时也兼该治所州的刺史。因此方镇幕僚就成了该城市活动的常规人员，如淮南节度使，治所在扬州，杜佑为淮南节度使时，幕下则有韦聿、刘禹锡、刘伯刍、窦常、裴枢、段平仲、张复元、李亚、符载、路应、王锷、穆赏等①。另外与城市相关的还有大量出入、过路来往的文人。

二、地域诗学理论。这是本文提出的概念，它旨在说明在人类精神生活中，对文化的选择与地域性的关联，明示或暗示在文学创作和文学批评中因地域关系而产生某种审美倾向和艺术张力。自然的表征各不相同，《隋书·文学传序》云："江左宫商发越，贵于清绮；河朔词义贞刚，重乎气质。"②北宋画家郭熙《林泉高致·山川训》云："东南之山多奇秀，天地非为东南私也。东南之地极下，水潦之所归，以漱濯开露之所出，故其地薄，其水浅，其山多奇峰峭壁，而斗出霄汉之外，瀑布千丈，飞落于云霞之表。如华山垂溜，非不千丈也，如华山者鲜尔。纵有浑厚者，亦多出地上，而非出地中也"③，"西北之山多浑厚，天地非为西北偏也。西北之地极高，水源之所出，以冈陇拥肿之所埋，故其地厚，其水深，其山多堆阜盘礴，而连延不断于千里之外。介丘有顶，而迤逦拔萃于四逵之野。如嵩山少室，非不峭拔也，如嵩少类者鲜尔。纵有峭拔者，亦多出地中，而非地上也"④，"嵩山多好溪，华山多好峰，衡山多好别岫，常山多好列岫，泰山特好主峰，天台、武夷、庐、霍、雁荡、岷、峨、巫峡、天坛、王屋、林庐、武当，皆天下名山巨镇，天地宝藏所出，仙圣窟宅所隐，奇崛神秀，莫可穷其要妙"⑤。孔

① 参见戴伟华：《唐方镇文职僚佐考（修订本）》，第260—262页。

②《隋书》卷七六，第1730页。

③〔宋〕郭熙著，周远斌点校、纂注：《林泉高致》，山东画报出版社，2010年，第32页。

④《林泉高致》，第35页。

⑤《林泉高致》，第36页。

武仲《渡江集序》云:“顾左右前后无可告语,念非寄翰墨章句之间无以散其湮郁而宽其寂寥也。故其览瞩风物,登涉山川,吊往念昔,感今怀古,与道途之蟠直险易,气象之风雨晦冥,皆发之于诗。”① 地域诗学理论引导人们在研究诗学时,关注地域因素。

不独文学,在其他文化形态中也能得到说明,南方楚文字与北方有异,郭沫若《两周金文辞大系考释》序文云:“南文尚华藻,字多秀丽;北文重事实,字多浑厚。”②

这种指向和暗示,在经历漫长的时间之后,却因最初的地域因素而形成一种文化传统,而地域性又使这一传统得到加强。

三、文化空间学说。文化的生成、发展和衰落,有一定的空间依托,或者说有一定的地理位置,而这种空间正是人和自然发生关系的切入点,规定了人和自然、社会之间活动关系的性质和品性,它包含了人和土地、水、气候、生物、矿物等自然条件以及人口、经济、交通、风俗、宗教等社会条件的关系。这种关系在作家作品中都有不同程度的反映。

其一,人与山川。刘师培认为:“大抵北方之地,土厚水深,民生其间,多尚实际;南方之地,水势浩洋,民生其际,多尚虚无。民尚实际,故所著之文不外记事、析理二端;民尚虚无,故所作之文,或为言志、抒情之体。”③ 南北文风的不同缘于南北方水土的不同,此成为刘氏解释南北文化、文学差异的主要依据,应有道理。从文化的形成来看,地域条件至关重要,地理区域和地理环境乃文化产生、发展、衰落的自然基础。楚文化成长于独特的自然区域,楚国郢

---

①〔宋〕孔文仲等著,孙永选校点:《清江三孔集》,齐鲁书社,2002 年,第 252 页。

② 郭沫若:《郭沫若全集》(考古编)卷八,科学出版社,2002 年,序言第 16 页。

③《中国中古文学史讲义》,第 258 页。

都最初在古雎水，即今湖北境内蛮河之阳，考古资料发现一种高腿锥足红陶绳纹楚鬲，不同于殷式鬲、周式鬲，在结构特征上自成一系[①]。楚地的音乐也自有特点，而且相当发达，河南淅川县下寺1978至1979年发掘的楚墓出土的编钟，据黄翔鹏先生的研究，它与西周编钟相比，是在“羽、商、角—徵、羽—宫”的基础上，增铸了最低音的“征”，以及“宫”与“角”之间的“商”，并且在“徵”和“商”为隧音时将鼓旁部调成大三度音程，从而使全部乐音系列可以奏出七声或六声的音阶[②]。楚国的诗歌尤具代表性，屈原的创作体现了鲜明的人和自然的关系，在他的作品中，多写楚地山川风物，如巫山、九疑、沅湘、云梦[③]。

其二，人与气候水土。《左传·僖公十五年》云“生其水土而知其人心”[④]，则说明水土与人的关系。《汉书·地理志》云：“凡民函五常之性，而其刚柔缓急，音声不同，系水土之风气。”[⑤]《晏子春秋·内篇杂下》云：“橘生淮南则为橘，生于淮北则为枳，叶徒相似，其实味不同。所以然者何？水土异也。”[⑥]《三国志》卷三二《蜀书·先主传》裴注引《蜀本纪》曰：“武都有丈夫化为女子，颜色美好，盖山精也。蜀王娶以为妻，不习水土，疾病欲归国，蜀王留之，无几物故。”[⑦]丹纳《艺术哲学》[⑧]中比较强调气候与人类活动的关系。《全唐文》卷

---

① 参见苏秉琦：《从楚文化探索中提出的问题》，《江汉考古》1982年第1期。

② 参见黄翔鹏：《先秦编钟音阶结构的断代研究》，《江汉考古》1982年第2期。

③ 参见张正明：《楚文化史》，上海人民出版社，1987年。

④《春秋左传诂》卷七，第293页。

⑤《汉书》卷二八下《地理志》下，第1640页。

⑥ 张纯一校注，梁运华点校：《晏子春秋校注》卷六，中华书局，2014年，第290页。

⑦〔晋〕陈寿撰，〔南朝宋〕裴松之注，中华书局编辑部点校：《三国志》，中华书局，1982年，第889页。

⑧〔法〕丹纳著，傅雷译：《艺术哲学》，天津人民出版社，2019年。

四八〇吕颂《为张侍郎乞入覲表》云："臣管内素多瘴疠，山峡重深，毒雾蒸云，常在窗户，四时多雨，不识霜雪。终岁阴昏，少见天日。出门无路，举目唯山。猿鸟之心，如在笼槛。臣从去年冬初，忽染脚疾，膝胫顽痹，行步艰难，绝无医人，素乏药物，深山穷谷，无处市求，任重命轻，何可言疾。"[①] "臣管内"即黔中之地。其中便说明人与水土的关系。

其三，人与宗教。唐代宗教就其形式而言，佛寺的建立与人类生活密切相关，据张弓《汉唐佛寺文化史》中《隋唐：佛寺群系》的统计，续、宋两部《高僧传》中，初见于唐五代僧行止的佛寺 795 所。关内道 121，其中京兆府 104；河南道 86，其中河南府 45；河东道 56，其中河中府 7，太原府 18；河北道 44；山南东道 64，其中荆州 30，襄阳 12；山南西道 8；陇右道 5；淮南道 40，其中扬州 11；江南东道 240，其中苏州 28，杭州 46，越州 39；江西西道 84，其中洪州 20；剑南道 36，其中益州 17；岭南道 11[②]。张弓认为，唐代佛寺分布"既同唐代各地区政治、经济、文化的发展状况相适应，又同唐代河、淮、江三大水系交通路线及汉地佛教传播路线密切相关"[③]。

与文化空间学说相关联的是空间位移理论，人的地理空间移动是最重要的空间移动现象。人类的移动行为的动力机制可以分为内外两种，"内力是指由于人类内在因素而产生的作用力，外力则是指由于外部力量而产生的力"[④]。文人的空间移动也是由主观和客

---

① 《全唐文》，第 4909 页。

② 参见张弓：《汉唐佛寺文化史》上册，中国社会科学出版社，1997 年，第 110—131 页。

③ 《汉唐佛寺文化史》上册，第 151 页。

④ 赫维人、潘玉君：《新人文地理学》，中国社会科学出版社，2002 年，第 111—112 页。本节有关空间移动的理论皆参阅该书。

观两个方面因素造成的。客观方面，它是由于客观需要或安排而形成的空间位移。比如家居的位移，由于祖上外出做官，重新定居，主观方面，它完全出于自身生活的需要，《唐代墓志汇编》乾封〇〇二《大唐故处士王君墓志铭（并序）》云："太原祁人也，因随父任，遂居洛阳。"[①]乾封〇〇六《大唐故左卫长史颜君墓志铭（并序）》云："琅耶人也，先有仕魏，因家洛阳。"[②]乾封〇四二《大唐故黔州洪杜县丞张君并夫人上官氏墓志铭（并序）》云："本家宛叶，宦徙伊瀍，今为洛阳人也。"[③]总章〇三二《文林郎张君故夫人朱氏墓志铭》云："会稽余姚人也，其先□（按，当为'仕'）周，因家于河南洛□（按，当为'阳'）。"[④]咸亨〇四四《唐故上骑都尉马君墓志铭（并序）》云："家本扶风，因宦而居洛阳焉。"[⑤]由于客观情况不得已而移动，常因战乱，《唐代墓志汇编》乾封〇三八《唐故袁夫人墓志铭（并序）》云："汝南人也，往因隋乱，流寓洛州，贯属河南县千金乡。"[⑥]总章〇二三《唐故右戎卫翊卫徐君墓志铭（并序）》云："其先吴建武将军徐盛之后，晋平江表，车书混一，于时衣冠子弟，咸徙北州，乃流寓天齐，竟乐青土。"[⑦]

文士的空间位移，有主动积极的，如赴京应举，任职地方等；也有被动的，或不可抗拒的，如贬谪，《全唐文》卷五七八柳宗元《送李渭赴京师序》云："过洞庭，上湘江，非有罪左迁者罕至。又况逾临源岭，下漓水，出荔蒲，名不在刑部而来吏者，其加少也固宜。"[⑧]柳宗元

① 《唐代墓志汇编》上册，第443页。
② 《唐代墓志汇编》上册，第445页。
③ 《唐代墓志汇编》上册，第470页。
④ 《唐代墓志汇编》上册，第502页。
⑤ 《唐代墓志汇编》上册，第541页。
⑥ 《唐代墓志汇编》上册，第467页。
⑦ 《唐代墓志汇编》上册，第496页。
⑧ 《全唐文》，第5840页。

贬南方永州、柳州，这种被动移动的过程和结果往往给人带来心情的不畅和痛苦，《全唐文》卷五七三柳宗元《与杨京兆凭书》云："一二年来，痞气尤甚，加以众疾，动作不常，眊眊然骚扰，内生霾雾，填拥惨沮，虽有意穷文章，而病夺其志矣。"①《寄许京兆孟容书》云："今抱非常之罪，居夷獠之乡，卑湿昏雾，恐一日填委沟壑，旷坠先绪，以是怛然痛恨，心骨沸热。"②

地理空间移动的基本模式包括三个地理空间要素：移出场、移入场和移动路径。移出场是指人或物移出的场所，移入场是指人或物移入的场所，移动路径是指连接移出场和移入场之间的连线。根据移动空间距离，分成近、中、远距离移动；根据时间分成短期、中期和长期；根据空间轨迹分成单向、双向和循环移动；根据空间移动重复出现的几率，分为偶然性、多发性和经常性。这些理论都可以用来解释诗歌创作因文人空间位移而形成的地域文化特征及其嬗变。

第四节　唐代文学研究中的地域文化与诗歌研究的检讨

一、唐代地域文化与文学研究的基础

唐代文人占籍的考订为认识唐代文人分布提供了条件。首先是史念海《两〈唐书〉列传人物本贯的地理分布》③，它并不是文人或诗人的本贯分布，但为文学研究中士族问题的讨论提供了方便。史文

---

①《全唐文》，第5792页。

②《全唐文》卷五七三，第5789页。

③ 史念海：《两〈唐书〉列传人物本贯的地理分布》，载《河山集》（五集），山西人民出版社，1991年，第402—500页。

指出:“当时有确切籍贯的一千八百六十八人,按十道区分,关内道为五百二十六人,河南道三百九十八人,河东道二百零八人,河北道四百零六人,山南道四十六人,淮南道五十八人,江南道一百五十一人,陇右道四十四人,剑南道一十八人,岭南道一十三人。另有周边各地的三十人。”[①] 史文讨论如下问题:唐代人物本贯分布的轮廓;唐代初年长安及关陇的人物;唐代初年的山东人物;唐代前期的将相和关西关东;唐代世族居地的聚散;唐代前期和后期人物本贯地理分布的变迁。和此文相关的另有《唐代前期关东地区尚武风气的溯源》[②] 一文。

其次是陈尚君《唐诗人占籍考》[③]。文人以占籍为单位的空间排列,历来为唐代文学研究者所重视,但由于作家资料的零散和望贯相混,难以清理,陈尚君先生《唐诗人占籍考》填补了这一空白。唐代诗人占籍情况,据陈尚君考订,大致如下:京畿道 226 人,其中京兆府 186 人;关内道 6 人;都畿道 200 人,其中河南府 120 人;河南道 157 人;河东道 149 人,其中蒲州 79 人;河北道 245 人;山南东道 77 人;山南西道 4 人;陇右道 27 人;淮南道 60 人;江南东道 404 人;江南西道 159 人;黔中道 0;剑南道 66 人;岭南道 27 人。

戴伟华《唐方镇文职僚佐考》以方镇为单位对其方镇幕僚作了全面梳理,因方镇以一定区域为其活动范围,故方镇幕僚的生活行为和创作活动也被相对地限制在一定的区域中,他们的文学创作势必带有地域文化特点,至少他们作品中描述的对象多为当地的景观。使府的文人分布和文人籍贯的分布不同,前者为动态,后者为静态。

① 《河山集》(五集),第 405 页。

② 《河山集》(五集),第 501—529 页。

③ 陈尚君:《唐诗人占籍考》,载《唐代文学丛考》,中国社会科学出版社,1997 年,第 138—170 页。

在研究地域文学中，文人的动态尤为重要，实际上文学创作的地域性多数是由文人的动态分布所决定的，因此考察使府文人的创作也至关重要。

戴伟华《唐诗创作地点考数据库》是为本课题研究所作的一项必要工作。此库的制作历时一年有余，也是“地域文化与文学创作”课题的重要成果。

二、唐代地域文化与文学研究的反思

唐代文学研究中地域文化视角得到了应有的重视，出现了有分量的成果。归纳起来有如下特点：

（一）以本贯、占籍为切入点的地域文化与文学的研究。史念海、陈尚君的《两〈唐书〉列传人物本贯的地理分布》《唐诗人占籍考》为这方面研究打下基础。在其他朝代的文学研究中亦有此类著作，如胡阿祥《魏晋本土文学地理研究》[①]其立足点则在文学家籍贯的地理分布。收入周振鹤主著《中国历史文化区域研究》[②]中由胡阿祥撰写的《中古时期郡望郡姓的地理分布》[③]和《清代桐城文派作家的地理分布与区域分析》[④]已经显示出胡阿祥以郡望和籍贯探讨文化和文学的特点。

戴伟华《唐代文学研究中的文人空间排序》有一节《和地域结合：关于文人占籍的分析》[⑤]试图从占籍入手讨论与文学创作的关系。

（二）以隶属阶层为切入点的地域文化与文学的研究。李浩、杜

---

① 胡阿祥：《魏晋本土文学地理研究》，南京大学出版社，2001 年。

② 周振鹤主著：《中国历史文化区域研究》，复旦大学出版社，1997 年。

③《中国历史文化区域研究》，第 146—198 页。

④《中国历史文化区域研究》，第 207—238 页。

⑤ 戴伟华：《唐代文学研究丛稿》，台北学生书局，1999 年，第 19—28 页。

晓勤的研究应属此类。李浩《唐代三大地域文学士族研究》[①] 主要考察唐代关中、山东、江南三大地域文学士族的构成、流动及其演变的历史过程与基本特征。他的《唐代关中的文学士族》[②] 一文,以关中士族由经学世家到武力强宗,再由武力强宗到文学世家的变迁为核心,论述了关中文学在隋唐五代的历史演变,指出中唐时期是关中文学全面繁荣时期,并对关中士族与江南士族、山东士族在文学观念、作者队伍、创作成就等方面的异同及融合作了论述。杜晓勤《初盛唐诗歌的文化阐释》[③] 以江左、山东、关陇三大地域文化的整合和士庶力量消长为主要讨论内容,其中《地域文化的整合和盛唐诗歌的艺术精神》[④] 一文,分析了占主导地位的江左、关陇、山东文化的彼此交汇、冲突、融合,试图将盛唐诗歌艺术受文化转型影响产生的诗风之变揭示出来。

(三)以南北划分为切入点的地域文化与文学研究。这是由来已久的讨论内容和方法,于此刘师培的研究最具代表性。不同的时代南北的分界尚有差异。曹道衡先生《南朝文学与北朝文学研究》[⑤] 大致以南北分界论文学的演变,其在《绪论》中讨论了"南北文风异同说的提出""关于南北文风差别的时间断限""怎样看待南朝文学和北朝文学""对北朝文学评价不高的原因"。值得注意的是曹先生在《历史的回顾》一章中讨论了大一统时代地区差别与分裂时代地区差异的不同:"所谓南北文化的区别,到汉代已经只有相对意义,从根本上讲应该是已经融合了。至于南北朝时代所谓南北之分,是在特殊

① 李浩:《唐代三大地域文学士族研究》,中华书局,2008 年。

② 李浩:《唐代关中的文学士族》,《文学遗产》1999 年第 3 期。

③ 杜晓勤:《初盛唐诗歌的文化阐释》,东方出版社,1997 年。

④《初盛唐诗歌的文化阐释》,第 51—58 页。

⑤ 曹道衡:《南朝文学与北朝文学研究》,商务印书馆,2017 年。

的历史条件下形成的。"① 曹先生还着力讨论了南北朝各自的文化传统,设有《南方的文化传统》《河朔的文化传统》等章。唐代文学研究中论述南北文风的融合和移易,都是以南北划分为切入点的研究。如余恕诚的《地域、民族和唐诗刚健的特质》,作者从南北整合的角度,认为唐初北方贞刚,一洗江左绮靡,文中指出:"唐诗在陈子昂之后,迅速推向高潮,出现盛唐'文质半取,风骚两挟'的极盛局面。"②

(四)以文人的移动路线(交通)切入的地域文化与文学的研究。以严耕望的巨著《唐代交通图考》为基础,李德辉《唐代交通与文学》③ 作了深入而全面的梳理和探讨。此书分为《唐代交通概述》《水陆交通与文学创作》《行旅生活与唐文人心态的变化》《唐代交通与文学传播》《唐代交通与唐人创作方式的新变》《唐代交通与文学母题的拓展》《南北交通与唐南方落后地区文学的发展》《唐代交通的发展与文学风格的变化》《唐代交通与唐人行记》等九章,大凡涉及交通的方方面面,都尽可能给以分析,其书资料扎实,论述细密。

(五)以诗人群和流派为切入点的地域文化与文学研究。贾晋华《唐代集会总集与诗人群研究》始于对大历年浙东联唱与浙东诗人群的关注。傅璇琮先生在《唐代诗人丛考》④ 中有关大历诗人分为南北两大群的描述,对这类成果的出现产生了积极影响。赵昌平的"吴中诗派研究"亦可归入此类。

(六)以文化景观为切入点的地域文化与文学研究。比如巫山与

---

① 《南朝文学与北朝文学研究》,第 35 页。

② 余恕诚:《地域、民族和唐诗刚健的特质》,《安徽师范大学学报(哲学社会科学版)》1987 年第 3 期。

③ 李德辉:《唐代交通与文学》,湖南人民出版社,2003 年。

④ 傅璇琮:《唐代诗人丛考》,中华书局,1980 年。

唐诗，嵩山与唐诗等。余恕诚《李白与长江》[1]一文思路颇为新颖，将长江上、中、下游流域和李白生平结合起来，李白成长于长江上游的巴蜀，卒于长江下游的当涂，中间因就婚安陆、寓家南陵、系狱浔阳、流浪夜郎，以及早年漫游、晚年流浪，一生大部分时间生活于长江流域，沿江自然风光、丰富多彩的文化遗产对其影响很深，其诗作展示了长江流域的自然和人文之美。这一思路也可以归纳成以诗人活动地点为切入点的研究。

以上分类中，所涉及的成果只是举其要者，相关成果还有不少，如地方作家研究、地方文学现象与文化关联的研究自在地域文化与诗歌研究的范围之内。

第五节　地域文化与文学研究的设想和目标

我对唐代文学与地域文化关注比较早，1987 年曾设计一个课题来讨论文风嬗变与地域文化的关系，其中《屈赋与唐诗——对唐诗“文”“质”之变的理论考察》[2]一文认为，从地理文化及由之引起的创作环境看，屈原赋随着唐代南方的开拓越来越多地影响了作家的创作，南北文学至唐渐趋合一，但差异是存在的，这是由文化的差异所决定的。第一，地理差异引起的人情风尚的差异，必然反映到创作意识中来，影响了文学的内容和风格。第二，唐代前后期文学的变化，既是安史之乱前后的差异，也是地域南北的不同。唐代后半期，南方诗人大增，受南地风俗和历史文化的熏陶，诗风发生了转移，屈原赋

① 余恕诚：《李白与长江》，《文学评论》2002 年第 1 期。

② 戴伟华：《屈赋与唐诗——对唐诗“文”“质”之变的理论考察》，《扬州师院学报（社会科学版）》1990 年第 2 期。

作的表现手法才又充溢新的生机。第三,唐人已意识到活动在楚地作家“惟楚词是教”[①]。这首先由贬往湘粤的作家带动了风气,他们满怀忧郁,在南方山水中找到了自己情感外射的位置,与屈原人格遭际及赋作抒情方式产生共鸣。第四,随时间推移,这种因地域而学楚辞的风气已推演为整个时代的风尚。这只是一个个案分析,并未能深入系统进行下去。后来在《唐代使府与文学研究》中结合方镇使府文人分布进行了探讨。

我以为过去的研究有两种倾向:一是在地域与文学的研究中,重在制度的研究,与文学创作自身有一定程度疏离;一是区域作家研究或作家在某区域的创作研究,只是限于一种范围而未能自觉从地域文化角度作系统探讨。总之一失之于宽泛,一失之于局促。但从诗歌自身来讨论地域文化问题,在唐诗研究中还是有相当的困难。如果以诗歌创作为本位切入地域文化与唐代诗歌研究,可能会更贴近唐诗的实际,但它需要做一最基础的工作,即要作唐诗创作地点考,要将全部唐诗创作地点考出来是不可能的,但要尽可能多地确定唐诗所作的地点。在这一研究过程中,我们充分吸收已经取得的唐代地域与诗歌研究的成果和获得这些成果所采用的手段和方法。因为以何为本位只是根据自己研究对象的需要而确立的,并不具有排他性。它是完成某一专题研究的设定目标,或者说只是一次行动的自定规则。

地域文化与中国文学的研究历程,举其要者而言,唐代以前则侧重于上古的交通不便以及诸侯国的各自为阵,中古则侧重于南北分裂时期的文风差异和交流;唐代以后则侧重于文士自觉分派传承而形成的区域或学派的文化传统和文学传统以及各自的地域性特色。

---

① 权德舆:《送张评事赴襄阳觐省序》,《全唐文》卷四九二,第 5025 页。

而唐代诗歌创作从总体上看,既缺少前者的客观形势,又缺少后者的主观意识。

为了有所进展,我在研究过程中注意四点:第一,寻求在文献资料上有所突破,即用相当长的时间完成两个必备数据库的建立,其一为《唐文人籍贯数据库》,其二为《唐诗创作地点考数据库》,而后者的设计和完成比正文写作所费的时间精力还要多,在试用过程中深感有进一步完善之必要;第二,寻求在理论上的突破,如用文化场的移出与移入理论,揭示了弱势文化区诗歌创作的意义;第三,寻求结构上的创新。以地域文化与诗歌为联系,重在解决文学创作问题,解决文学史的问题,改变过去文史结合过程中文史分论或重史弱文的表述结构,以文学问题立题,在文史结合中解决文学问题;第四,寻求视角转换。将过去以诗人籍贯为主的地域文化与文学创作的分析,转换为以诗歌创作地点为主的地域文化与诗歌创作的研究。将过去偏重于静态分析的模式转换为动态分析,而动态分析更切合地域文化视野中诗歌创作的实际。

小 结

其一,地域文化和文学的关系,研究者关注已久,在《诗经》和楚辞的研究中得到充分体现。《诗经》分类,就是以区域来划分的,而《楚辞》鲜明的地域文化色彩成了解读楚辞的重要视角。宏观的中国文学研究中,刘师培《南北文学不同论》是屡被研究者引用的有关地域文化与文学研究的重要成果,其对唐代文学的相关论述对本课题研究多有启迪。

其二,地域文化的材料非常丰富,一为地理学史料,一为文化地理学史料,唐代地理学方面的成果为本课题研究奠定了良好的基础。

唐人诗文集和唐人笔记小说中有大量的关于地理学和地域文化的资料，只要细心钩稽，还是能见出唐代地域文化较为完整的面貌。

其三，文化地理研究、中国文学中地域文化与文学关系的研究已有了比较丰硕的成果，同时于解决文学问题也积累了较为丰富的经验，本课题的研究充分吸收了相关成果和研究经验，并根据本课题研究的具体对象和问题，有侧重地运用了人文地理学、地域诗学理论和文化空间学说理论，这些理论有助解释诗歌创作因文人空间位移而形成的地域文化特征及其嬗变。

其四，唐代文人占籍的考订为认识唐代文人分布提供了条件。史念海、陈尚君以及我的相关研究是本课题的基础工作。而我的《唐诗创作地点考数据库》是为本课题研究所作的一项必要工作。地域文化与唐代文学研究成果的视野和方法表现为：（一）以本贯、占籍为切入点的地域文化与文学的研究；（二）以隶属阶层为切入点的地域文化与文学的研究；（三）以南北划分为切入点的地域文化与文学研究；（四）以文人的移动路线（交通）切入的地域文化与文学的研究；（五）以诗人群和流派为切入点的地域文化与文学研究；（六）以文化景观为切入点的地域文化与文学研究。

其五，本课题以地域文化与诗歌为联系，重在解决文学创作问题，解决文学史的问题，改变过去文史结合过程中文史分论或重史弱文的表述结构，以文学问题立题，在文史结合中解决文学问题，将过去以诗人籍贯为主的地域文化与文学创作的分析，转换为以诗歌创作地点为主的地域文化与诗歌创作的研究。

第二章　籍贯与文学

——对地域文化与文学关系的静态描述

在讨论诗人或文士籍里时，我们常用“占籍”和“籍贯”这两个词，两词在一定范围内是相同的，但有区别。“占籍”是指入籍定居，所以有一定的变动性；而“籍贯”则指祖居地或个人出生地，故比较稳定。无论是“占籍”还是“籍贯”都相对固定，因此，在讨论其与文学关系时，视文人活动为一相对静止的空间，以籍贯为中心的地域文化和文学关系只能是一种静态的描述。

第一节　诗人占籍在文学研究中的意义

文人以占籍为单位的空间排列，陈尚君的工作做得比较系统，他作有《唐诗人占籍考》，据其考证结果，可以看出诗人占籍的基本分布，并可以在此基础上进一步讨论这一分布状况与文学的关系。

一、诗人占籍和文化繁荣的认知。我们在审视经济繁荣、文化繁荣和作家分布的变迁问题时，作家占籍又成了一个重要的参照物。如果把唐代诗人占籍作为一个整体来认识，则北方籍作家的比例超出南方，而南方相对集中的是江南东、西道，其中一些州历来就是文化发达地区，诗人占籍量也比较大，如润州 43 人、苏州 69 人。如果考虑到时间因素，中晚唐南方地区的诗人占籍增长率显然超出北方，比如福建、泉州等地。另一方面也不容忽视，尽管我们试图勾勒出安史之乱对诗人地域分布的影响以描绘一条文化南移的轨迹，但我们发现诗人占籍与经济、文化繁荣并不能处处构成同一的对应关系，如扬州和益州在唐代中后期极其繁荣，有“扬一益二”之说，但从诗人占籍看，扬州 26 人，益州 32 人，而终唐之世都相当落后的福州和泉州，其诗人占籍数分别是 48 和 34 人。何以会出现这样的分布，原因相当复杂，正和诗人成长一样，并非一两个条件就行。事实上我们的统计只是一种相对的成果，或者说还是一个粗线条的工作，假使我们能对每个诗人进行质的考察，将他们分为不同等级：上中下三级，在同一等级上对其占籍作统计；假如我们有条件对诗人所属阶层进行分析，将之划分为如士族、寒素或官僚、隐士、僧道，在同一阶层对其占籍作统计，那么就会有更多的发现，也会较为精确地说明一些规律，使研究向前推进一步。举一个例子来说，如上面提及的福州和泉州，安史之乱后，诗人占籍虽有大幅度的增长，但从质量上看，没有出现比较杰出的诗人，甚至二流诗人也难数一二；再从阶层上看，僧人占有极大比重，福州 48 人，其中僧人有 17：释希运、卿云、师备、怀浚、道虔、义忠、道溥、神禄、灵佑、志懃、惟劲、常察、清豁、神赞、文矩、皎然（五代闽僧）、志端；泉州 34 人，其中僧人有 9：释玄应、全豁、义存、无了、本寂、光云、慧救、慧忠、省僜。

诗人的占籍在一定范围和一定程度上可以帮助人们理解文化现象和内在规律，但要尊重实际，也要有相当的灵活性。事实上，文化南移与占籍有一定联系，而更多的是与文人的活动相关，如大历浙东使府规模浩大的文人唱和，颜真卿刺湖州时九十余人的联唱集团。因此，我们在研究唐代使府与文学关系时，曾进行过一些探讨。从文学家占籍来考察，籍里为北方者居多，而参幕则多在南方。文人自叙籍里，或为人作碑、传，特别喜欢追溯其郡望、祖籍，尤以出身北方名门望族为荣，如果剖析一下，里面的含义是丰富的，它不仅标示着门第（血统）地位，同样也表现了文明的程度（不管实际情况如何，至少形式上如此），等等；而在选择做官或入幕地点却又以南方居多，史料记载士人不愿在朝为一般官吏而求任地方官或求入幕，事实上是指到南方为官作佐。这样的分离，实质上是缘于二者的不同价值取向：对郡望的要求主要出于“名”的满足；而仕宦南方就出于“利”的需要。这样客观上给南方文化的发展带来了实际的帮助，促进了文化的彼此交流与渗透。但是，南方文化发展滞后于经济发展，从地方官和南方幕府僚佐以及活动于南方的文人占籍来分析，北方士人暂时还承担着南方文化发展的重要角色。《新唐书·常衮传》载，常衮，京兆人，“建中初，杨炎辅政，起为福建观察使。始，闽人未知学，衮至，为设乡校，使作为文章，亲加讲导，与为客主钧礼，观游燕飨与焉，由是俗一变，岁贡士与内州等”①。又《唐语林》载：“闽自贞元以前未有进士。观察使李锜始建庠序，请独孤常州及为新学记，云：‘缦胡之缨，化为青衿。’林藻弟蕴与欧阳詹睹之叹息，相与结誓，继登科第。”② 由于他们的兴教，南方边远地区文化发展有了突破。

除了兴教，他们还努力改变落后地区的生活方式、宗教信仰。《新唐书·韦正贯传》载，正贯，京兆万年人，为岭南节度使，“南方风俗右鬼，正贯毁淫祠，教民毋妄祈。会海水溢，人争咎撤祠事，以为神不厌，正贯登城沃酒以誓曰：‘不当神意，长人任其咎，无逮下民。’俄而水去，民乃信之”③。又《新唐书·杨於陵传》载，於陵，弘农人，“出为岭南节度使，辟韦词、李翱等在幕府，咨访得失，教民陶瓦易蒲屋，

① 《新唐书》卷一五〇，第4810页。

② 〔宋〕王谠撰，周勋初校证：《唐语林校证》卷四《企羡》，中华书局，2008年，第383页。

③ 《新唐书》卷一五八，第4937—4938页。

以绝火患"[①]。对为南方文化发展做出贡献的人,是会得到应有的尊敬,如《新唐书·常衮传》载常衮兴办教育,"其后闽人春秋配享衮于学官"[②]。我们企图说明北方士人对南方文化的发展作用,换言之,就是说北方士人的文化素养一般高于南方,拙著《唐代使府与文学研究》曾对495位文学家籍里进行统计,除25人籍里不详外,北方籍文人占相当大的比重:陕西85、河南82、河北和山西均为49。

另外,因为地理和历史的原因,南方文化的发展又是不平衡的,南方的长江下游的部分地区:江浙一带文化相当发达,江苏及浙江是六朝的政治、文化中心和人才资源中心,所谓"长江之南,世有词人旧矣"[③],我们在对495位文学家的籍里统计中,江苏59、浙江50。从文士入幕看,江浙人由于所处风景优美、自然物产丰富,易生安土重迁之心,他们首次入幕一般还是作就近的选择。因此,我们不能把长江以南和沿长江两岸区域的文化等同对待,它应该含有如下三个层次:发达富饶地区(如淮南、两浙等)、次发达富饶地区(如荆南、山南东道等)和落后地区(如岭南、福建等)。如果忽视这种差异,就会面对许多无法解决的矛盾。可以说文人参幕南方主要是指前两个地区,而文人的参幕协同府主推动了某些地区的文化发展,主要是指落后地区。

二、家族:一种文化和文学传递的形式。家族需要每一个成员在一个共同目标下各尽其力以维护家族的利益,《旧唐书》卷一九〇上《孔绍安传》载,孔绍新与弟绍安以文词知名,绍新曾经对外兄虞世南说:"本朝沦陷,分从湮灭,但见此弟,窃谓家族不亡矣。"[④]家族讲究

①《新唐书》卷一六三,第5032页。
②《新唐书》卷一五〇,第4810页。
③《全唐文》卷三三四《送惠上人还江东序》,第3381页。
④《旧唐书》,第4983页。

门风，如《旧唐书》卷一九〇上《袁谊传》所云“门户须历代人贤，名节风教，为衣冠顾瞩，始可称举”[①]。门户的形成要靠数代人的持续奋斗。士族阶层的势力在唐后期虽渐次削弱，但士族观念仍存在。士族以不同方式和不同方面沿承和发扬家族的传统，即使由科举进入仕途的中小地主阶级知识家族，也会以士族的手段来维持家族的荣誉和门风（因此研究家族在文化传递中的作用时不必太多关注士庶的问题）。杜甫的祖父杜审言是初唐大诗人，杜甫在《赠蜀僧闾丘师兄》诗中云“吾祖诗冠古”[②]，又在《宗武生日》诗中告诫其子云“诗是吾家事”[③]，这就意味着，杜甫以他祖父的业绩而骄傲，也要求自己和自己的后代为维护祖业而作不懈努力。从诗人占籍看，有亲缘关系家族中同辈、子孙等同为诗人的很多，达二百余例（唐宗室不计在内），例如：

（1）颜允南、颜真卿、颜岘、颜浑、颜颛、颜须、颜顼、颜舒；（2）窦叔向、窦常、窦弘余、窦牟、窦群、窦庠、窦巩；（3）柳公绰、柳公权、柳珪；（4）杜审言、杜甫；（5）韩愈、韩弇、韩湘；（6）元结、元友直、元友让、元季川；（7）姚崇、姚系、姚伦、姚合、姚岩杰；（8）崔融、崔禹锡、崔翘、崔彧、崔岐、崔安潜；（9）薛据、薛蒙、薛蕴；（10）卢羽客、卢纶、卢汝弼、卢嗣业；（11）沈佺期、沈东美；（12）李端、李虞仲、李昂、李胄；（13）李栖筠、李吉甫、李德裕；（14）王播、王炎、王铎、王镣、王起、王龟；（15）皇甫冉、皇甫曾；（16）包融、包何、包佶；（17）皇甫湜、皇甫松；（18）廖匡图、廖凝、廖匡齐、廖融。

以上18例只是一小部分，这就说明了一个事实，家族成了文化

---

① 《旧唐书》，第4986页。

② 《杜诗详注》卷九，第767页。

③ 《杜诗详注》卷一七，第1477页。

传承中的重要链节，陈寅恪在《隋唐制度渊源略论稿·礼仪》中曾论及家族在学术发展中的意义："盖自汉代学校制度废弛，博士传授之风气止息以后，学术中心移于家族，而家族复限于地域，故魏、晋、南北朝之学术、宗教皆与家族、地域两点不可分离。"① 此因唐前而发论，但对我们理解唐代家族承担某种文化或文学传播责任并发挥其作用具有同样意义。所以我们在研究一个作家生平时，应该研究作家的家庭文化背景和家学渊源。

三、出身与僧诗通俗化的联系。由诗僧的占籍引起我们对僧诗的通俗化的思考，僧诗是文学史上一种现象。据陈尚君考订，京兆府186人，其中诗僧3人；都畿道200人，其中诗僧2人；河南道157人，其中诗僧11人；河东道149人，其中诗僧4人；河北道245人，其中诗僧8人；山南东道77人，其中诗僧4人；山南西道4人，其中诗僧1人；陇右道27人，其中诗僧1人；淮南道60人，其中诗僧4人；江南东道404人，其中诗僧64人；江南西道159人，其中诗僧10人；剑南道66人，其中诗僧5人；岭南道27人，其中诗僧4人。不详者32人，其中诗僧咸秦1人，江南2人，海隅1人②。这一统计说明：一是南方诗僧数量高于北方，北方最重要地区京兆府和都畿道，诗僧约占总数的1.3%，南方重要的地区江南东道，诗僧约占总数的15.8%；二是相对落后地区诗僧高于相对发达地区；三是政治中心的中原地区低于非政治中心的其他地区。

似乎可以这样说，和上述统计相对应的是，僧人多数出生在贫穷地区，具体到个人，则僧人大多出生于贫寒人家，换句话说他们大多数并没有条件接受良好的教育，除非落发寺院研习佛经。从地区

① 陈寅恪：《隋唐制度渊源略论稿》，上海古籍出版社，1982年，第17页。
② 参见《唐代文学丛考》，第140—170页。

看，江南东道诗僧最多，但最多的还是落后地区，温州诗人计 10 人，而僧人有 6 人；台州诗人计 8 人，而僧人有 3 人；福州诗人计 48 人，而僧人有 17 人；泉州诗人计 34 人，而僧人有 9 人。江东诗僧多的原因很多，如山水秀丽、寺庙林立等，我们这里只是考察其中的一方面。从出身看，唐代绝大多数僧人都出身寒素，或自小就入寺庙，连出生于何地都不详，翻一下《宋高僧传》[①] 就可得知，如页 234："释圆寂，不知何许人也。"页 235："释甄叔，不知何许人。"页 236："释怀海，闽人也。"页 237："释恒月，姓韩氏，上党人也，厥父为土盐商。"页 250："释天然，不知何许人也，少入法门。"页 282："释庆诸，俗姓陈，庐陵新淦，玉笥乡人也，乃祖厥考，咸不为吏。"页 303："释休静，不知何许人也。"页 305："释师备，俗姓谢，闽人也，少而憨黠，酷好垂钓，往往泛小艇南台江自娱。"页 313、314："释文益，姓鲁氏，余杭人，年甫七龄，挺然出俗……益好为文笔，特慕支汤之体，时作偈颂真赞，别形纂录。"又如诗僧寒山、拾得皆贫贱之家出生，《宋高僧传》页 484、485 载："寒山子者，世谓为贫子风狂之士，弗可恒度推之，隐天台始丰县西七十里，号为寒暗二岩，每于寒岩幽窟中居之，以为定止……拾得者，封干禅师先是偶山行至赤城道侧，仍闻儿啼，遂寻之，见一子可数岁，已来，初谓牧牛之竖，委问端倪，云无舍，孤弃于此。"

以往的研究在论述诗僧创作的通俗性时，都指出其缘于佛教传播的对象是大众，要求颂赞偈铭的通俗，极端者则以淫秽之事取悦听众，《因话录》卷四载："有文溆僧者，公为聚众谭说，假托经论所言，无非淫秽鄙亵之事。不逞之徒，转相鼓扇扶树，愚夫冶妇，乐闻其说。听者填咽寺舍，瞻礼崇奉，呼为'和尚教坊'，效其声调，以为歌曲。"[②]

---

①〔宋〕赞宁撰，范祥雍点校：《宋高僧传》，中华书局，1987 年。

②《因话录》，《全唐五代笔记》第 3 册，第 1921—1922 页。

除此而外，还要考虑僧人阶层的出身以及他们的文化修养，在唐代科举制度下，即使出身寒素，也尽量走科举一路进入仕途，而入释门的人其文化水平当等而下之。当然，诗僧中有小部分人修养较高，和当时文士交往密切，如灵一、皎然等，成书于贞元初的《中兴间气集》评灵一云："自齐梁以来，道人工文者多矣，罕有入其流者。一公乃能刻意精妙，与士大夫更唱迭和，不其伟欤。"[①] 于頔《释皎然杼山集序》盛赞皎然诗作，以为"江南词人，莫不楷范"[②]。皎然与当时文人唱和较多；还有一类在诗僧中占绝大多数，出生在文化落后的地区，出生在贫寒之家，没有多高的文化知识，只是靠自己的经验和冥思用韵语记录下对佛教思想的阐释和理解，他们始终在自己的宗教文化圈子里活动，他们发表诗作也是缘于宣扬佛教，故通俗易懂，玄觉《永嘉证道歌》云："穷释子，口称贫，实是身贫道不贫。贫则身常披缕褐，道则心藏无价珍……几回生，几回死，生死悠悠无定止。自从顿悟了无生，于诸荣辱何忧喜。"[③] 天然《骊龙珠吟》云："认取宝，自家珍，此珠元是本来人。拈得玩弄无穷尽，始觉骊龙本不贫。"[④] 诗僧的写景怀人之作也是通俗的，如拾得诗："云山叠叠几千重，幽谷路深绝人踪。碧涧清流多胜境，时来鸟语合人心。"[⑤] 栖白《哭刘得仁》诗："为爱诗名吟至死，风魂雪魄去难招。直须桂子落坟上，生得一枝冤始消。"[⑥] 这些诗和文人的所谓通俗诗比较，大异其趣。《因话录》卷四云："元和

① 〔唐〕高仲武编，傅璇琮点校：《中兴间气集》卷下，载《唐人选唐诗新编（增订本）》，第516页。

② 《全唐文》卷五四四，第5520页。

③ 《全唐诗补编》续拾卷九，第774页。

④ 《全唐诗补编》续拾卷二四，第1009页。

⑤ 《全唐诗》卷八〇七，第9107页。

⑥ 《全唐诗》卷八二三，第9278页。

以来，京城诸僧及道士尤多‘大德’之号……至有号‘文章大德’者，夫文章之称，岂为缁徒设耶？讹亦甚矣。”① 这里对僧道者流的评价，并非故意贬低，至少代表了当时社会流行的一种观念。而诗僧们大量通俗的颂赞偈铭拥有了一大批非正统文人可企及的读者听众，敦煌相关文献也佐证了这一观点。这也是从诗僧占籍所产生的想法，可作进一步探索。

第二节　文士籍贯的地理分布

文士籍贯和上述诗人占籍略有不同，文士范围更广，在唐代主要还是以诗人为主体的；籍贯与占籍义相当，但籍贯更能符合文士出生的实际和通行的表述习惯。

初、盛、中、晚唐及五代文人籍贯分布（表一）至（表五）略。

表（一）（二）（三）（四）（五）编制说明：

编入作家：（1）有作品存世者；（2）无作品存世，但有作品著录者；（3）以诗人为主，兼收散文笔记小说作者。

编入原则：视作品存世或著录数量和质量，故有存一二首诗者入选。选择对象略严于《唐诗人占籍考》。

编制资料依据：《新唐书》《旧唐书》《全唐诗》《全唐文》《全唐五代小说》，主要以《中国文学家大辞典（唐五代卷）》和《唐才子传校笺》为基础。

本表初唐、盛唐、中唐、晚唐、五代作家的归纳，以主要生活时间和主要创作时间而定。籍贯依出生地，不用郡望。

本表制作的收录标准前后一贯，故能大致反映唐代文人占籍的状况。

---

①《全唐五代笔记》第 3 册，第 1921 页。

（表六）唐代文士占籍数据总表

地区	初唐	盛唐	中唐	晚唐	五代	合计
浙江	13	6	30	33	4	86
四川	2	3	12	8	13	38
陕西	39	29	52	31	9	160
山西	24	16	36	20	3	99
山东	11	5	5	10	10	41
江西		2	4	10	12	28
江苏	25	24	42	17	20	128
湖南		1	2	7	6	16
湖北	8	7	7	8	2	32
河南	30	35	61	26	6	158
河北	33	8	34	12	8	95
广西				3		3
广东	2	1	4	4	5	16
甘肃	1	2	7	4	2	16
福建			7	17	13	37
北京	1	1	1	4	3	10
安徽	2	3	7	11	5	28
东北			1			1
不详	17	19	80	70	29	215

由（表六）作唐代文士籍贯区域排序表如下：

地区	初唐	盛唐	中唐	晚唐	五代	合计
东北			1			1
广西				3		3
北京	1	1	1	4	3	10
湖南		1	2	7	6	16
广东	2	1	4	4	5	16
甘肃	1	2	7	4	2	16
江西		2	4	10	12	28
安徽	2	3	7	11	5	28

续表

地区	初唐	盛唐	中唐	晚唐	五代	合计
湖北	8	7	7	8	2	32
福建			7	17	13	37
四川	2	3	12	8	13	38
山东	11	5	5	10	10	41
浙江	13	6	30	33	4	86
河北	33	8	34	12	8	95
山西	24	16	36	20	3	99
江苏	25	24	42	17	20	128
河南	30	35	61	26	6	158
陕西	39	29	52	31	9	160
不详	17	19	80	70	29	215

一类区：陕西、河南、江苏；二类区：山西、河北、浙江；三类区：山东、四川、福建、湖北以及安徽、江西；四类区：甘肃、广东、湖南、北京；五类区：广西、东北。按，东北三省文士少，亦不能明确其属某省，故总名之曰东北。其中北京可以计入河北。

第三节　文士籍贯地理分布的状态及其内涵

如以时间为单位划分，文化不发达地区在中晚唐时期作家数量都得到一定的增长，湖南初唐无，盛唐 1 人，中唐 2 人，晚唐 7 人；广东初唐 2 人，盛唐 1 人，中唐 4 人，晚唐 4 人；甘肃初唐 1 人，盛唐 2 人，中唐 7 人，晚唐 4 人。次发达地区也是如此，如江西初唐无，盛唐 2 人，中唐 4 人，晚唐 10 人；安徽分别为 2、3、7、11 人，湖北分别为 8、7、7、8 人，福建分别为 0、0、7、17 人。地区文化积累和地区作家的产生应成正比。但就中唐和晚唐的情况来看，原本文化发达的区域，将晚唐和中唐比较，略呈下降趋势，这样的区域划分大致以长江为线。

长江以北的河北、山西、河南、陕西，中唐和晚唐比，分别为 34：12、36：20、61：26、52：31，而江苏则为 42：17，这是因为江苏有长江以北的广大地区。江苏和浙江在人们的意识中应处于同等的地域等级中，事实上，全境在长江以南的浙江和江苏并不相同，浙江中晚唐比为 30：33，大致持平，晚唐略升。中晚唐文化呈南移的趋势，以上部分区域的作家人数比也是一个辅证，但陕西和河南的作家绝对值仍大致始终处于其他地区的前面，或者是前列地区之一，晚唐的河南和陕西作家分别为 26、31，同时期中只有浙江高于河南、陕西，为 33，但在绝对值上，江南最具优势之浙江和河南、陕西仍处在分布密度同一等级的一类区域。

同一区域中，作家分布往往呈现出一个或数个密集点，由这一个或数个密集点左右着这一区域的作家分布密度。陕西是作家分布最密集的区域，其密集点是西安，这是唐代首都所在地，其作家近百人，约占整个陕西作家的 60%。河南的作家分布有多个密集点，其中洛阳近五十人，约占河南作家人数的 32%，比例仍然较高。其他区域密集点情况各不相同，如江苏，苏州 33 人、扬州 26 人，分别约占江苏作家人数比的 26% 和 20%。浙江的密集点在湖州，近二十人，而绍兴 13 人，杭州 7 人。湖州是环太湖的唯一属于浙江的州，湖州有人文传统，历来主政湖州者，多"鸿名大德"，顾况《湖州刺史厅壁记》云："江表大郡，吴兴为一。夏属扬州，秦属会稽，汉属吴郡，吴为吴兴郡。其野星纪，其薮具区，其贡橘柚、纤缟、茶纻，其英灵所诞，山泽所通，舟车所会，物土所产，雄于楚越，虽临淄之富不若也。其冠簪之盛，汉晋以来，敌天下三分之一。其刺史沿革不同，或称太守，或称内史，或称督邮，他州或否，如鲁史晋乘，侯牧一也。其鸿名大德，在晋则顾府君秘、秘子众，陆玩、陆纳，谢安、谢万，王羲之、坦之、献之；在宋则谢庄、张永、褚彦回；在齐则王僧虔；在梁则柳恽、张谡；在陈则吴明彻；

在隋则李德林。国朝则周择从令闻也,颜鲁公忠烈也,袁给事高谠正也,刘员外全白文翰也。”①乌程杼山为文人赋唱之地,颜真卿《湖州乌程县杼山妙喜寺碑铭》载:“前代亦名稽留山,寺前二十步,跨涧有黄浦桥,桥南五十步,又有黄浦亭,并宋鲍昭送盛侍郎及庾中郎赋诗之所。其水自杼山西南五里黄蘖山出,故号黄浦,俗亦名黄蘖涧,即梁光禄卿江淹赋诗之所。”②南朝梁柳恽为吴兴太守,颜真卿《梁吴兴太守柳恽西亭记》云:“按吴均《入东记》云:‘恽为郡,起西亭毗山二亭,悉有诗。’今处士陆羽《图记》云:‘西亭城西南二里,乌程县南六十步,跨苕溪为之。昔柳恽文畅再典吴兴,以天监十六年正月所起,以其在吴兴郡理西,故名焉。文畅尝与郡主簿吴均同赋西亭五韵之作,由是此亭胜事弥著。’”③颜真卿增修《韵海》,即在湖州,形成一时人文之盛,“兹山深邃,群士响集”④。顾况所云“其冠簪之盛,汉晋以来,敌天下三分之一”并非夸诞之词,这就是湖州作家众多的文化土壤。

即使是作家出现不多的区域,也有一个或几个作家分布的密集点,如四川,其密集点前期在梓州。初唐 2 人,盛唐 3 人。依次为李义府、陈子昂、赵蕤、苑咸和李白。李义府并非地道的蜀人,《旧唐书》卷八二《李义府传》云:“瀛州饶阳人也。其祖为梓州射洪县丞,因家于永泰。贞观八年,剑南道巡察大使李大亮以义府善属文,表荐之。对策擢第,补门下省典仪。黄门侍郎刘洎、持书御史马周皆称荐之,寻除监察御史。”⑤永泰,在射江的上游,与陈子昂的家乡射洪最近,

①《全唐文》卷五二九,第 5372 页。
②《全唐文》卷三三九,第 3435—3436 页。
③《全唐文》卷三三八,第 3429 页。
④《全唐文》卷三三九,第 3436 页。
⑤《旧唐书》,第 2765—2766 页。

李义府出仕比较偶然，正好得到巡察大使李大亮的推荐，对策擢第。李义府耻其家世无名，便让人修改《氏族志》成《姓世录》，挤入“士流”之列。赵蕤，梓州盐亭人，隐于梓州郪县长平山安昌岩，开元中征召不赴，李白少时曾造访其庐。苑咸，一说为成都人，一说为京兆人。此人富才艺、擅文诰，王维有《苑舍人能书梵字兼达梵音皆曲尽其妙戏为之赠》诗①。李林甫领撰《唐六典》，咸功最多。百年间蜀地能称道者凡 5 人，而纯为蜀人者仅陈子昂、赵蕤 2 人。李义府和李白是蜀地移民。苑咸，籍贯有二说，疑不能定。这样的分布状态与岭南相近，但岭南开化较晚，蜀在西汉已出现大文学家司马相如、扬雄、王褒。其原因在于东晋南朝蜀地文学有一断层（详《文化的历史传统与诗人生存的地域空间》之《文化断续论：巴蜀文化与陈子昂》），影响到蜀地文学传统的常态发展和本土作家的持续出现。

从地域看，李义府、陈子昂、赵蕤、李白皆与梓州有关，前三人生活的文化圈为射江和涪江交汇的三角区，李白家乡则在涪江上游，但李白年少时曾顺涪江而下至郪县长平山问学赵蕤。据严耕望《唐代交通图考》第三十《嘉陵江中江水流域纵横交通线》云：“涪江水运甚盛，盖自绵至合、渝多取水路而行也。”② 李白出川当由涪江下行经梓州、遂州、合州，至渝州入长江东行，进入楚地。陈子昂有《度荆门望楚》诗，诗云：“遥遥去巫峡，望望下章台。巴国山川尽，荆门烟雾开。城分苍野外，树断白云隈。今日狂歌客，谁知入楚来。”③ 李白有《渡荆门送别》诗，诗云：“渡远荆门外，来从楚国游。山随平野尽，江

① 《全唐诗》卷一二八，第 1296 页。
② 《唐代交通图考》卷四，第 1177 页。
③ 《全唐诗》卷八四，第 904 页。

入大荒流。月下飞天镜,云生结海楼。仍怜故乡水,万里送行舟。”① 皆为由巴蜀入楚经荆门之作。

四川作家以梓州和成都最多,梓州作家除上列李义府、陈子昂和赵蕤外,尚有冯戡、李萼、马逢、严震、柳棠、于观文、李珣诸人,成都则有符载、石恪、刘湾、王处厚、雍陶、景涣、唐求、李余、仲子陵、尹鹗、文谷、韦表微和苑咸。梓州的地位在唐代蜀地也很重要,安史之乱后,剑南分东、西二川,梓州则为剑南东川节度使治所之地,剑南东川节度使例兼梓州刺史,领梓、遂、绵、剑、普、荣、合、渝、泸、陵、昌 11 州。初盛唐川籍作家中,四人皆在川东,且 3 人为梓州人,李白为梓州近州绵州人,而成都反而没有作家,苑咸为成都人只是一说,已很可疑。从地域看,川东梓州也是有文化传统的,唐前有王佑、冯颢、李尤、李胜、李朝诸人,虽然学术和文学成绩一般,但对于偏处川东的地理位置来说,已经很不简单。成都进入中原,因走蜀道,令人望之却步。而梓州走水路进入楚地,再入中原,虽然路程遥远,但比起成都入中原应该容易一些,故初盛唐陈子昂、李白出川,都是从梓州下行走水路。出川也才能见闻日广,交往日繁,创作日多,始为中原人认可,如不出川,川籍作家则默无声息,影响拘于一隅。安史之乱后成都日兴,有“扬一益二”之誉,成都与中原交往日频,蜀道当越修越善,来往之便应该超过往昔,以成都为中心的西川文学家始多,势在必然之中。

唐人的籍贯意识是很强的,翻一下《唐代墓志汇编》便知,但将籍贯和文学创作联系起来的观念却比较淡薄。唐代以籍贯为单位的选集就不多,傅璇琮先生《唐人选唐诗新编》收入 13 种,《丹阳集》是唯一以籍贯为单位编选的一种唐诗选集,书中所收《丹阳集》为陈

---

①〔唐〕李白撰,安旗、薛天纬、阎琦、房日晰笺注:《李白全集编年笺注》卷一,中华书局,2015 年,第 30—31 页。

尚君编撰，前有殷璠序，从殷璠所编《河岳英灵集》来看，《吟窗杂录》所录《丹阳集序》当为残帙，《河岳英灵集》在《叙》中有收录标准和编撰体例。《丹阳集序》云："李都尉没后九百余载，其间词人，不可胜数。建安末，气骨弥高，太康中体调尤峻，元嘉筋骨仍在，永明规矩已失，梁、陈、周、隋，厥道全丧。盖时迁推变，俗异风革，信乎人文化成天下。"[①] 这和《河岳英灵集》相比较，内容就少了很多，如编写《丹阳集》的原因，收录作家的限制，选录作品的标准以及编选的意义均未涉及，这些内容肯定在残损之列了。《丹阳集序》前面当无遗佚，《河岳英灵集叙》的起头云"梁昭明太子撰《文选》"[②]，而《丹阳集序》起首云"李都尉没后九百余载"，都是从前代叙起，体例略同。高仲武《中兴间气集序》云"《丹阳》止录吴人"[③]，实际上就是《丹阳集》的编撰体例。《新唐书·艺文志》四《包融诗》下注云："融与储光羲皆延陵人，曲阿有余杭尉丁仙芝、缑氏主簿蔡隐丘、监察御史蔡希周、渭南尉蔡希寂、处士张彦雄、张潮，校书郎张晕，吏部常选周瑀、长州尉谈戭；句容有忠王府仓曹参军殷遥，硖石主簿樊光，横阳主簿沈如筠；江宁有右拾遗孙处玄，处士徐延寿；丹徒有江都主簿马挺，武进尉申堂构。十八人皆有诗名，殷璠汇次其诗，为《丹杨集》者。"[④]《丹阳集》收润州五县十八人之作。《中兴间气集序》云"止录吴人"之"吴人"和"《珠英》但纪朝士"[⑤] 之"朝士"对，不太准确，实际是指"止录润州"。宋刻本《河岳英灵集》署"唐丹阳进士殷璠"[⑥]，殷为丹阳人，《丹

① 《唐人选唐诗新编（增订本）》，第 131 页。
② 《唐人选唐诗新编（增订本）》，第 156 页。
③ 《唐人选唐诗新编（增订本）》，第 451 页。
④ 《新唐书》卷六〇，第 1609—1610 页。
⑤ 《唐人选唐诗新编（增订本）》，第 451 页。
⑥ 《唐人选唐诗新编（增订本）》，第 156 页。

阳集》乃选乡人诗作而成。《丹阳集》的编撰在地域文学角度方面有如下意义：其一，以籍贯为单位关注文学现象在此得到确认；其二，《丹阳集》的选诗标准和评诗导向暗示了区域作家的创作趋同，或者为区域作家在未来的创作中指引一路向，这将有利于地方作家创作形成区域文学特征；其三，地方文人选集保留了地方性的小作家的作品，否则很多小作家的作品就因散佚而不能流传下来。

同样，以籍贯为单位的文人集团的称谓也值得重视，它们有明显的地域色彩，可惜唐代人这样的意识并不太强烈。如"吴中四士"是唐代作家群中以出生地为单位的组合，这样的组合极少，"吴中四士"首见于《新唐书》卷一四九《刘晏传》附《包佶传》，包融"与贺知章、张旭、张若虚有名当时，号'吴中四士'"[①]。而"吴中四士"的称谓，不知《新唐书》所据，抑或为《新唐书》作者的归纳，《旧唐书》卷一九〇《文苑中·贺知章传》云："先是神龙中，知章与越州贺朝、万齐融、扬州张若虚、邢巨、湖州包融，俱以吴越之士，文词俊秀，名扬于上京。"[②]扬州，在长江北岸，与润州隔江相望，唐属淮南道，是淮南节度使的治所，蒋伸《授李珏扬州节度使制》云："维扬右都，东南奥壤。包淮海之形胜，当吴越之要冲。"[③]扬州为进入吴越的通道，故云"当吴越之要冲"。为何将扬州张若虚列入吴越之士？从上引《贺知章传》可知，扬州张若虚应在吴士之列。称扬州为吴地，于史可征。春秋末年吴兼并江北的邗国，并开邗沟。西汉时江都曾为吴国的国都。北周时此地改称吴州，五代十国时杨行密建吴都于此。即从历史上看，扬州与吴关系密切。而越州称吴，隋开皇九年废会稽更名吴州。不

①《新唐书》，第4798—4799页。

②《旧唐书》，第5035页。

③《全唐文》卷七八八，第8243页。

过，这些记载均不能成为唐人的理解习惯。因此，将越州贺知章、扬州张若虚、润州包融和苏州张旭合称为“吴中四士”总有问题。但应该看到，《旧唐书》谓贺朝等“俱为吴越之士”，至少含有两层含义，其一，有意识地将一区域作家并称，企图揭示他们的共同点；其二，强调神龙中，一组吴越之士因文词俊秀而名扬于上京，隐含着北方文人势力的强盛，而南方文人势力弱小这一事实。贺朝等人能以一批文人共同名扬京师，正是隋唐以来南方文士不断努力而渐渐崛起的表现。故“吴越之士”的崛起只能视为贺朝等人代表南方文士活跃于京师，而不是说当时诗坛是以他们为代表。分析“吴中四士”的意义在于：区域作家的联称，在诗歌发展中有彰显地方文学、使文学多元化的作用，特别是地方作家群体的出现，为以朝廷为中心的大一统文学模式注入新的内容，对文学发展无疑是有益的；以“吴中四士”为例的辨析，也告诉人们，一个习惯使用的名词，甚至是文学史中已习惯使用的名词，其产生和发展、其内涵和外延都应该考辨清楚。我们并不清楚“吴中四士”最初是由谁提出的，《新唐书》何以将扬州人和越州人视为吴中之士，也不清楚何以将张旭与贺知章、张若虚、包融组合为“吴中四士”。今天就是约定俗成接受和使用一概念，也应该知道其中的缘由。

小　结

其一，以陈尚君《唐诗人占籍考》为基础讨论这一分布状况与文学的关系。第一，诗人占籍可以帮助人们理解文化现象和内在规律，但要尊重实际，也要有相当的灵活性。第二，家族是一种文化和文学传递的形式，家族承担某种文化或文学传播责任并发挥其作用，应该研究作家的家庭文化背景和家学渊源。第三，僧诗通俗化与僧人阶层的出身以及他们的文化修养相关,绝大多数诗僧出生在文化落后的地区,出生在贫寒之家,没有多高的文化知识,只是靠自己的经验和冥思用韵语记录下对佛教思想的阐释和理解,他们始终在自己的宗教文化圈子里活动,他们发表诗作也是缘于宣扬佛教,故通俗易懂。

其二,以《唐五代文人籍贯分布表》数据库为基础,分析不同时段文人分布的状况,指出:中晚唐文化呈南移的趋势,但陕西和河南的作家绝对值仍大致始终处于其他地区的前面,或者是前列地区之一。同一区域中,作家分布往往呈现出一个或数个密集点,由这一个或数个密集点左右着这一区域的作家分布密度。即使是作家出现不多的区域,也有一个或几个作家分布的密集点。

其三,唐人的籍贯意识是很强的,但将籍贯和文学创作联系起来的观念却比较淡薄。《唐人选唐诗新编》中,《丹阳集》是唯一以籍贯为单位编选的唐诗选集,而《丹阳集》的编撰在地域文学角度方面的意义在于以籍贯为单位关注文学现象在此得到确认;其选诗标准和评诗导向暗示了区域作家的创作趋同;地方文人选集,保留了地方性的小作家的作品。

其四,以籍贯为单位的文人集团称谓的出现有明显的地域色彩,“吴中四士”的含义在于有意识地将一区域作家并称,企图揭示他们的共同点;一组吴越之士因文词俊秀而名扬于上京,隐含着北方文人势力的强盛,而南方文人势力弱小这一事实,“吴越之士”的崛起只能视为贺朝等人代表南方文士活跃于京师,而不是说当时诗坛是以他们为代表。

第三章　诗歌创作地点和地域文化

诗歌创作地点并不由诗人占籍所决定,而是随诗人的活动来确定的。它在描述事物运行中的状态,相对于文人籍贯分布的描述,它是动态的描述。唐代诗人中有个别诗人的创作地点和占籍相同或基本相同,如王绩的创作大致上是在家乡写成的。绝大多数不是这样,如李白出生在绵州,其在绵州创作的诗极少。因此在讨论诗歌创作与地域文化的关系时,研究诗歌创作地点的分布比研究作家籍贯的分布应该重要很多。

第一节　唐诗创作地点考

唐诗中的地域文化研究,要改变原有格局,最需要做的工作当是弄清诗歌创作的地点,但要考查五万首左右的唐诗创作地点绝非易事,肯定有多数唐诗是无法得知其创作地点的,乐府诗即其中的一小部分,诗题和诗歌内容没有表明或暗示创作地点,就无法推知其创作地点。现在《增订注释全唐诗》的出版对我们考察唐诗创作地点提供了方便,我们在使用《增订注释全唐诗》时,对部分注释错的地名作了订正,对一些遗漏的注释作了补充考证。这里举四例以为说明(有关全唐诗创作地名考另有专文):1.薛能《雨霁宿望喜驿》,由望喜驿确定薛能诗的写作地点,严耕望《唐史研究丛稿》第四卷山剑滇黔区第二三《金牛成都驿道》云："其行程盖由益昌向南沿嘉陵江西岸至望喜驿，汉川入蜀之驿道自三泉南来，皆略沿嘉陵江而行。至此驿，江流折向东南入阆州。"① 李商隐《望喜驿别嘉陵江水二绝》其一云："嘉陵江水此东流，望喜楼中忆阆州。"②2. 贾岛《经苏秦墓》，《明一统志》云："苏秦墓：在益都县东二十五里，秦自燕奔齐，齐大夫与秦争宠杀之，葬此。"③ 苏秦墓在益都，今山东寿光，则贾岛《经苏秦墓》诗作于今山东寿光（而《河南通志》云，苏秦墓在河南新安城西，云此诗为张巡作，本考不取）。3. 韦庄《漳亭驿小樱桃》，漳亭驿，当为樟亭驿之误，樟亭驿在钱塘，见《咸淳临安志》，白居易《宿樟亭驿》，又《樟亭双樱树》云："南馆西轩两树樱，春条长足夏阴成。素华朱实今虽尽，碧叶风来别有情。"④ 故韦庄诗云："当年此树正花开，五马仙郎载酒来。"⑤ 白居易和韦庄诗都写到樟亭驿明显的花木特点，即长有樱树。五马仙郎，指白居易，按，白居易元和十五年十二月以司门员外郎为主客郎中知制诰，长庆元年十月为中书舍人，长庆二年七月为杭州刺史。五马，指太守、刺史；仙郎，指白居易曾为主客郎中。白居易以中书舍人出为杭州刺史，韦庄作诗时或误记，即误记为白居易以主客郎中出为杭州刺史；或省略，即省去为中书舍人一节，以求入诗便利。4. 曹松《题鹤鸣泉》，《山堂肆考》云："鹤鸣泉在潜山县西真源宫，四时不竭，相传白鹤道人尝止此。"⑥ 又见《明一统志》。以上举

① 严耕望：《唐史研究丛稿》，新亚研究所出版社，1969 年，第 629 页。
② 《李商隐诗歌集解》，第 1233 页。
③ 李贤等：《明一统志》卷二四，《文渊阁四库全书》第 472 册，上海古籍出版社，1987 年，第 585 页。
④ 〔唐〕白居易撰，谢思炜校注：《白居易诗集校注》卷二〇，中华书局，2006 年，第 1627 页。
⑤ 《全唐诗》卷六九七，第 8021 页。
⑥ 彭大翼：《山堂肆考》，《文渊阁四库全书》第 974 册，第 375 页。

例，均可补《增订注释全唐诗》。

地点是以今之省区划分为单位，这样做也是优缺点并存的。优点是今天的行政区划易为人们接受，和当代人所修之省区文学史一致，如今之山东文学史、福建文学史、江苏文学史等。缺点是易生混乱，古今的区划有其沿袭和相续性，但也有很大差异。唐代文化区域的划分，从大的方面来说，有南方和北方两大文化区域，刘师培论南北学术异同，以及学术研究中经常提到的南方、北方，即是如此。还有人将唐代文化发达地区的文化分为三大区域，即江左、山东、关陇，其中以士族文化研究为代表。也有人将唐代分为五大文化区域的，即巴蜀、岭南、吴楚、关东、关西。不同的区域划分，都是和自己研究的对象相关联的，在其论述的问题之内都有合理性。

在研究过程中，深感关于唐诗创作地点表数据库的制作，尚有进一步完善的必要。比如初唐在今新疆写成的诗有 3 首，后再读《全唐诗》，骆宾王在新疆的创作不止 2 首，《早秋出塞寄东台详正学士》《边城落日》和《久戍边城有怀京邑》也应为同时之作，这样，初唐新疆诗应在 6 首之上。晚唐胡曾有一首《交河塞下曲》诗，诗云："交河冰薄日迟迟，汉将思家感别离。塞北草生苏武泣，陇西云起李陵悲。晓侵雉堞乌先觉，春入关山雁独知。何处疲兵心最苦，夕阳楼上笛声时。"① 胡曾未有游交河的记录，细绎诗意当为泛写。不过这并不影响我们的分析及其结论。

第二节　唐诗创作分布格局

唐诗创作地点分布格局，在时间上体现在唐诗创作地点表的分

①《全唐诗》卷六四七，第 7418 页。

期上。本考将其分为九个时段，即初唐：第一部分（时段），《全唐诗》卷三〇至卷一一六；盛唐：第二部分，卷一一七至卷二一五；盛中唐过渡：第三部分，卷二一六至卷二九六；中唐：第四部分，卷二九七至卷三八九及第五部分，卷三九〇至卷四九二；晚唐：第六部分，卷四九三至卷五五六和第七部分，卷五五七至卷六三七并第八部分，卷六三八至卷七五〇（部分五代诗作）；五代：第九部分，卷七五一至卷七八二。

时段的划分颇费思考，可以按传统的方法，划分为五个时段，即初、盛、中、晚唐和五代，这样划分比较接近大家对唐诗发展认识的习惯。这里想作另一种努力，即将五时段改为九个时段，一可以兼顾到一些过渡期的创作，二可以将原本一段的创作细分为更多层次，如中唐有前、后之分，晚唐有前、中、后之分。我们认为对具体文学现象进行研究，层次越是丰富，对事物的属性认识就越深刻。事实上，中国社会科学院文学所编《唐诗选》即将唐诗分期细化为八个阶段，即唐初三四十年，诗坛沉浸在梁陈宫掖之风里；开元前的五六十年间，以"四杰""沈宋"、陈子昂、杜审言等为代表的诗风，变化渐多；从开元之初到安禄山之乱的前夕，约四十年间，诗歌发展成跃进的形势；从安史之乱前夕到大历初十几年间诗坛为杜甫的光芒所笼罩；从大历初到贞元中二十余年是唐诗发展停滞的时期；从贞元中到大和初约三十年间诗坛又出现大活跃的景象；从大和初到大中初约二十年间唐诗的艺术还在发展；从大中以后到唐末约五十年，不曾再出现大的作家和新的变革①。本数据库的制作在时段划分上与《唐诗选》相近而又有不同，不同的主要原因完全在于和操作手段相关的技术问题。

① 中国社会科学院文学研究所编：《唐诗选》，人民文学出版社，1978年，第12—15页。

《唐诗选》对唐诗发展时段的划分有其合理性，并不为一般文学史所采纳，但实际上已经启发许多研究者的研究思路和研究方法。文学史不采用《唐诗选》的时段划分，究其原因有二：一是讲解文学史不宜太细；二是在操作上确有困难。比如杜甫，在创作地点考表中，我们将其放入三时段，即放置在“盛中唐过渡”期，事实上，杜甫的创作既有盛唐时期的作品，也有安史乱后的大量作品。考虑到一个作家毕竟是一个整体，就没有细分。还有划分的时间起始，也困扰研究的进展。历史上的盛唐是玄宗开元、天宝时期，是以皇帝的更替来定的，并不一定就能代表文学史上的盛唐时期，文学上的盛唐应以李白、杜甫、王维、孟浩然、高适、岑参等人登上诗坛为标识，《河岳英灵集序》云：“开元十五年后，声律风骨始备矣。”① 说某一年为文学史上某一现象划分的时代断限，肯定是不符合文学发展规律的，但《河岳英灵集》云开元十五年这个特定时间，是否隐含了盛唐文学真正意义上的起点，或殷璠此言是当时文人的共识，只是借用一下而已。开元十五年前后在文坛上有值得提及的人和事：李白十三年始出川；十四年储光羲、崔国辅、綦毋潜登进士第；十五年王昌龄、常建登进士第，孟浩然至洛阳；十六年孟浩然在长安。而王维开元九年进士及第，授太乐丞，旋贬济州司仓参军。杜甫要到十九年才漫游吴越，三十三年归洛阳，举进士落第。高适开元二十三年至长安应制科试，无成。文学史上的盛唐是很难断限的。这些问题在以后的工作中还需要再作细致的处理。正因为文学史上有许多这样的问题，所以在制作创作地点考表时，分为九段，希望能在方法上更为科学和实用。

① 《唐人选唐诗新编（增订本）》，第156页。

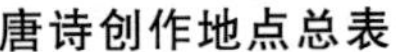

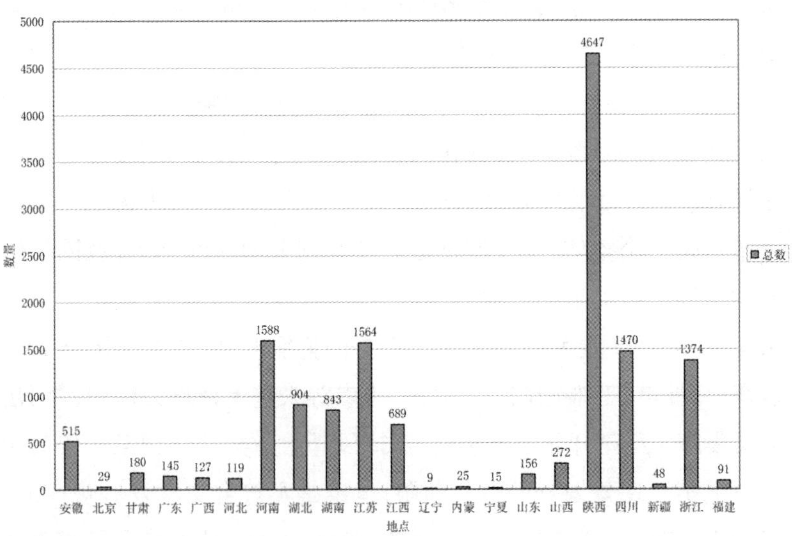

总表中省去的今之省份，也是唐代无诗作留存的省份。在整个唐诗创作中，陕西的诗作占绝对优势，第二位是河南，而河南约是前者的三分之一。这说明首都在诗人活动中的地位，佐证了文学史上强调的一个观点：长安作为唐王朝的政治、经济、文化中心，唐代文人很少有一生未入长安的。李白入长安不止一次，杜甫十年困守长安。青年诗人白居易见前辈诗人顾况，顾况告之以长安米贵，居大不易，但这丝毫不能动摇白居易对长安的仰慕和在长安谋求生活的决心。河南位居第二，在于洛阳诗歌创作的贡献，洛阳是唐代的陪都，也是文士回旋之地，特别是在官员安排上，分司洛阳者除御史台职实有监察之权外，其他官员即意味着置闲。《全唐文》卷四九一权德舆《送薛十九丈授将作主簿分司东都序》云："分领厥司，所趋者静，其禄不薄。且以嵩峰之下，素业在焉。与夫角逐于京剧者，异日论也。"[1]可见在洛阳的官吏自有优胜之处，薪水不薄，又免于朝廷角逐之苦。他们有充足的时间游戏于郊野，尽欢于酒宴，并创作大量诗歌。特别是妓乐之盛，推动了文人为妓女演唱创作曲子辞的兴趣，刘永济云："唐人唱律诗和绝句，起初是由乐工采取诗人的诗，加以裁截重叠，成为长短句，方始合律。至宣宗李忱时代，始有诗人按谱式为长短句者，如白居易有《忆江南》三首，刘禹锡题'春去也'二词曰'和乐天春词，依《忆江南》曲拍为句'，即其明证。"[2]唐代文人词的创作始于洛阳时期的白居易、刘禹锡，大致得之。一种文学新品种，特别是文人刚染指的品种，一旦进入传播视野，通常应该有说明的文字，介绍其文学品种的性质和来源，《全唐诗》载白居易《忆江南词》三首原注："此曲亦名《谢秋娘》，每首五句。"[3]故刘禹锡"春去也"一词，本题作"和乐天春词，依《忆江南》曲拍为句"[4]。白居易《长相思》云"汴水流"[5]，题名"闺怨"，亦值得玩味，唐五代词除调名外又有题目者很少见，这首词的内容和《忆江南》不同，说明文人词在初创时期写艳情并用于妓女演唱的含蓄性，是文人词写艳情留下的痕迹。用习惯的"闺怨"一词标明词作的性质，其中所抒之情则为一类人的情感。"汴水流"一词当学吴二娘"深黛眉"，白居易《寄殷协律》诗云："吴娘暮雨萧萧曲，自别江南更不闻。"[6]自注："江南吴二娘曲辞云：'暮雨萧萧郎不归。'"[7]吴二娘《长相思》原为："深画眉。浅画眉。

① 《全唐文》卷四九一，第5017—5018页。
② 刘永济：《唐五代两宋词简析》总论，上海古籍出版社，1981年，第1页。
③ 《全唐诗》卷四五七，第5196页。
④ 《刘禹锡全集编年校注》卷一一，第1187页。
⑤ 《白居易诗集校注》外集卷中，第2949页。
⑥ 《白居易诗集校注》卷二五，第1995页。
⑦ 《白居易诗集校注》卷二五，第1995页。

蝉鬓鬅鬙云满衣。阳台行雨回。　巫山高。巫山低。暮雨潇潇郎不归。空房独守时。”① 白词当和吴二娘词。洛阳在中唐时期形成了一批有闲创作阶层。

江苏、四川、浙江大致相近，湖北、湖南、江西亦大致相近。

唐诗创作地点表一

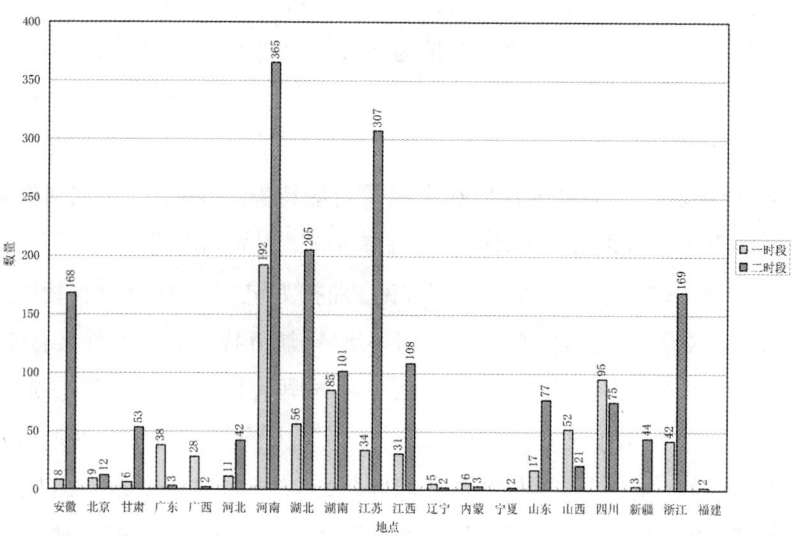

其中，陕西一时段711、二时段663。从总表可知，陕西的创作比例很高，以图示来显现，加入陕西势必影响图表的直观效果，即创作数量较少的区域在图表中很难显现。故在唐诗创作地点表一至表四中都省去陕西，用文字来说明。

唐诗创作地点表一，一时段和二时段大致反映了初盛唐诗歌创作地点的比例关系。其中上升占多数，如安徽、甘肃、河北、河南、湖北、湖南、江苏、江西、山东、新疆、浙江，一时段山东创作主要是骆宾

---

① 〔清〕徐釚撰，唐圭璋校注：《词苑丛谈》卷三，中华书局，2008年，第76页。

王完成的，骆宾王有《秋晨同淄川毛司马秋九咏》《伤祝阿王明府》《在兖饯宋五之问》《游兖部逢孔君自卫来》《于紫云观赠道士》《春夜韦明府宅宴得春字》《远使海曲春夜多怀》《海曲抒情》《夏日游德州赠高四》等。一时段河北的作品11首，而且个人创作零散，很少有作家创作两首以上的；下降的占少数，如广东、广西、山西、四川。下降序列则表明一时段创作比较多，如四川一时段因有陈子昂的创作，拉动了比例，卢照邻也起了作用，山西有王绩，广西有宋之问、沈佺期南贬时的作品。

唐诗创作地点表二

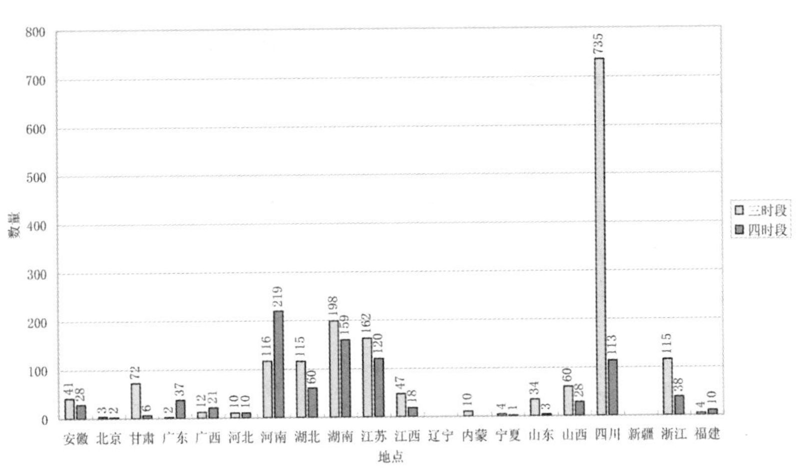

一时段，同处一类的浙江超过了江苏，宋之问神龙贬为越州长史创作诗歌十一二首。二时段江苏、浙江增速很快，浙江有孟浩然、孙逖、李白等人的越州创作。新疆的创作突飞猛进，有岑参的边塞诗创作。山东的上升主要得力于李白的创作。江西有李白以庐山为中心的创作。江苏有王昌龄、储光羲的润州创作，李白、王昌龄等人的扬州创作，李白的金陵创作。湖北有孟浩然的襄阳创作、李白以江夏为中心的创作。河北这一时段比前一时段创作数量高,是由于李白、高适的到来。甘肃则有高适、岑参、王维的大量作品。安徽的上升主要依靠李白的作品。

其中陕西三时段832、四时段608。三、四时段的显著特点是四川和甘肃创作的三时段突起,四川的诗歌差不多是由杜甫一人完成的。甘肃则是杜甫的秦州创作。安徽主要是独孤及和顾况的创作。浙江有严维、秦系,山西有卢纶。江苏是由戴叔伦、皇甫冉的润州创作,李端、李益的扬州创作,张继、钱起、顾况等人的苏州创作带动起来的。湖南则集中了杜甫、贾至、元结、戴叔伦等人的创作。湖北则集中了杜甫、司空曙等人的创作。三、四时段体现了杜甫个人的创作,由于杜甫进入甘肃和四川,使这两个区域的诗歌创作到达了历史的最高点,也是因为他的退出,甘肃、四川的创作跌入低潮。

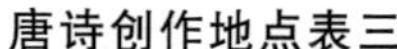

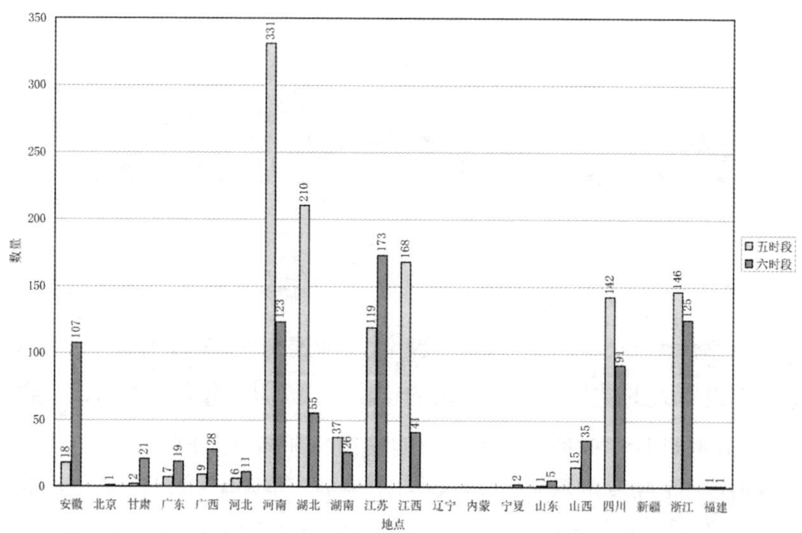

其中陕西五时段438、六时段398。这两个阶段,前后落差比较大,浙江走势较平稳。五时段浙江有李绅、张又新、元稹、白居易,其中元稹的越州作品、白居易的杭州作品比重较大,四川有元稹通州诗、白居易忠州诗,江西有白居易江州诗,数量很大,徐凝也有一定数量的江州诗。江苏有鲍溶、李德裕、白居易、李绅等,湖南有元稹,湖北有元稹、白居易,元稹江陵诗数量较大。河南白居易诗数量蔚为大观。六时段浙江有张祜、赵嘏、施肩吾、杜牧、许浑、姚合,四川有李商隐、薛逢、章孝标,山西有李商隐、张祜,江西有张祜、章孝标,江苏有许浑、张祜、赵嘏、杜牧,湖北有李商隐、杜牧,安徽有赵嘏、杜牧、许浑、张祜,其中杜牧、许浑的创作,数量集中。广西的增加是由于李商隐的进入。河南洛阳集中了一批诗人。

其中陕西、河南走低,和文化中心向南移动是一致的。但绝对数仍然较高,六时段河南123,陕西398。

唐诗创作地点表四

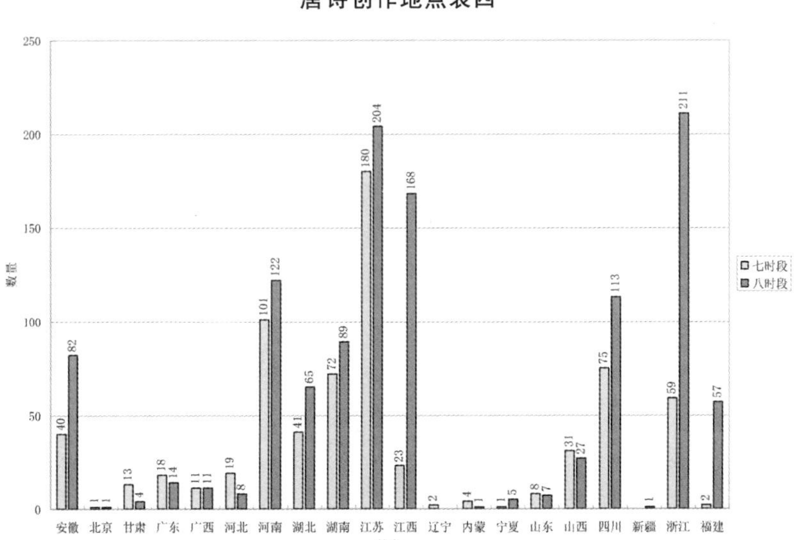

这一时期的特点是创作丰产的作家左右诗歌创作地点的分布，如白居易、元稹，所到之处都能使地方诗歌创作大增；另外，政治地位不高的作家流动性较大，带来诗歌创作地点分布的丰富性，如李商隐、杜牧、张祜、赵嘏、许浑、章孝标。

其中陕西七时段386、八时段509。这一时期江苏和浙江的诗歌创作上升较快，七时段江苏180，为陕西以外的最高分布区域，八时段江苏升为204，而浙江由七时段的59上升至211，成为八时段除陕西外的最密集分布区域。江西八时段则由六、七时段的低谷回复到五时段的168。七时段浙江有温庭筠、李郢、李频，江苏有陆龟蒙、皮日休，湖南有李群玉，湖北有段成式、李频，安徽有许棠、张乔、汪遵；八时段浙江有方干、罗隐、吴融、唐彦谦、陈陶，四川有李洞、唐求、罗邺、郑谷，江西有李中、韦庄、韩偓、郑谷、陈陶、曹松、黄滔、李咸用、伍乔、王贞白、许彬，江苏有罗隐、杜荀鹤、吴融、李

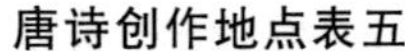
唐诗创作地点表五

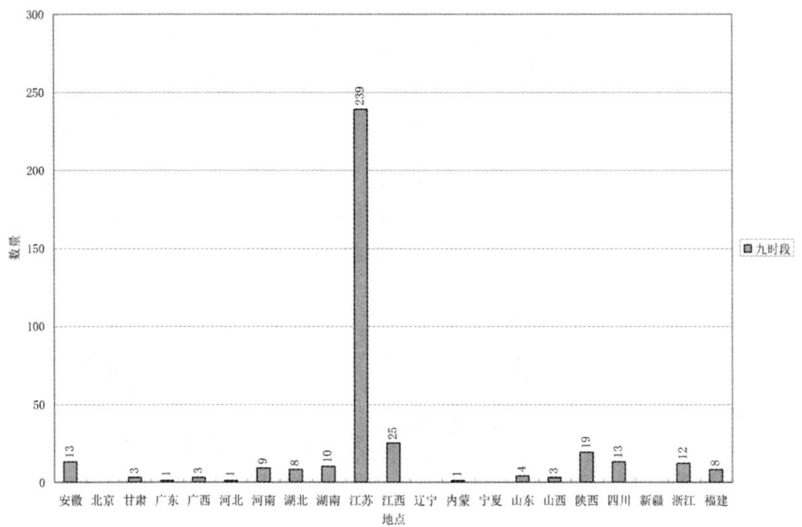

建勋、唐彦谦，湖南有韩偓、裴说、杜荀鹤，湖北有吴融、罗隐，福建出现了难得的气象，有韩偓、周朴、翁承赞、黄滔、陈陶，安徽则有杜荀鹤、李中、殷文圭、罗隐。除陕西外，这一时期作家主要活动在江苏、浙江、江西、河南、四川、湖北。显然，一直追随陕西的河南渐趋衰落了。

九时段中，一直名列前茅的陕西只有 19 首，政治中心已南移至金陵，徐铉创作最多，使江苏创作以前所未有的姿态鹤立于全国。

唐诗创作地点总表二

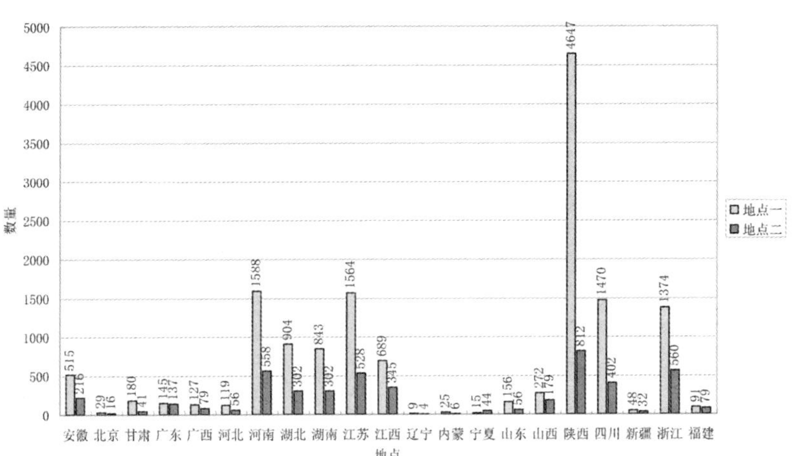

总表二中的地点一为诗歌创作地点，地点二为诗歌中所涉及的另一地点，主要指送别诗中行人所至之地。

送别诗中地域文化表现为两个层次：一是送别地点的地域文化；再一是行人所至地点的地域文化。这在送别诗的写作中基本成为一种模式，但其中所包涵的地域文化内容是不能忽视的。如刘长卿《无锡东郭送友人游越》，诗的后半部分，是写友人所至之地越州的人文和地理的："旧都怀作赋，古穴觅藏书。碑缺曹娥宅，林荒逸少居。"① 旧都指越州，越州旧为越国之都。古穴句，《史记·太史公自序》云："上会稽，探禹穴。"②《集解》引张晏云："禹巡狩至会稽而崩，因葬焉。上有孔穴，民间云禹入此穴。"③《索隐》云："上探禹穴，盖以先圣所葬处有古册文，故探窥之，亦搜采远矣。"④ 碑缺句，曹娥碑在越州上虞县。林荒句，逸少，王羲之字逸少，故居在越州山阴。

我们在统计送别诗的创作地点时，对送别诗中行人至所的统计，是基于这样的考虑：其一，诗歌在流传中散佚较多，现在所能考出的

陕西、湖北比较

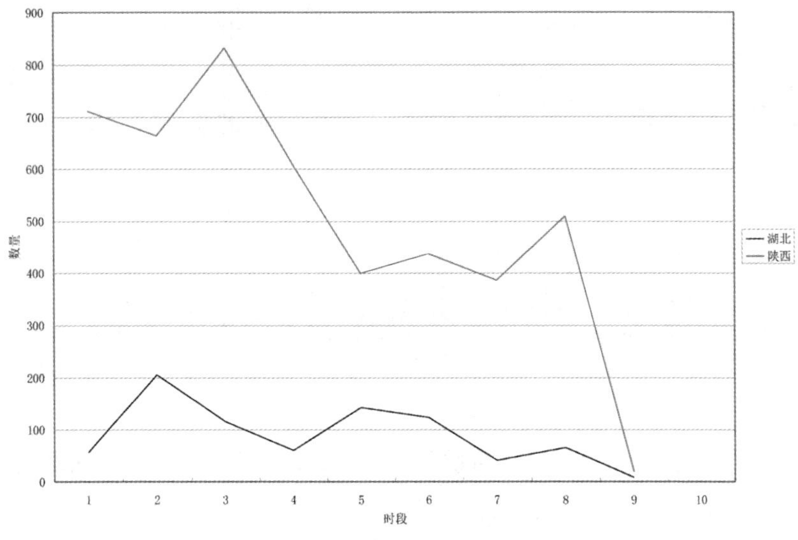

① 〔唐〕刘长卿著，储仲君笺注：《刘长卿诗编年笺注》，中华书局，1996 年，第 518—519 页。

② 《史记》卷一三〇，第 3293 页。

③ 《史记》卷一三〇，第 3294 页。

④ 《史记》卷一三〇，第 3294 页。

诗歌创作地点不可能全面,这样考虑到送别诗中的行人,行人绝大多数为文化人,他们不仅是诗歌的传播者,也应该是诗歌的创作者。行人可以成为我们考虑诗歌创作地点的参照;其二,送别诗一般都会对行人所至地点的风物、人文作描绘,同样反映了诗歌创作的地域性特点。

上图陕西和湖北的比较,是将绝对强势地区的诗歌创作和中等区域的创作进行比较,试图反映南北差异。陕西的高峰在三时段,这正是盛唐和盛中唐过渡期,而诗歌向下滑行在四、五时段,其后比较平稳,九期有个大的跌落。而湖北在二时段有个上升期,低谷则在四、七、九时段,两个高潮在五时段。说明朝野的诗歌创作起落不是一致的。

陕西、四川比较

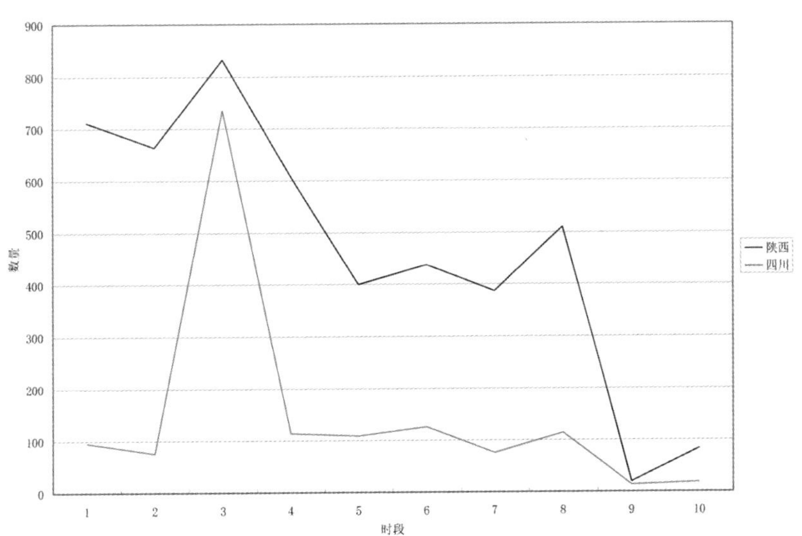

陕西和四川的比较,其增减在唐代前期有相近和相似处,高

潮都在二、三时段和七、八时段，四川的诗歌创作大致平稳，特别是在四至八时段没有大的起落。也就说明安史之乱后由于杜甫入蜀带动四川创作数量的大幅上扬，其余时段都在相对安定的环境中运行。

江苏、湖北、安徽比较

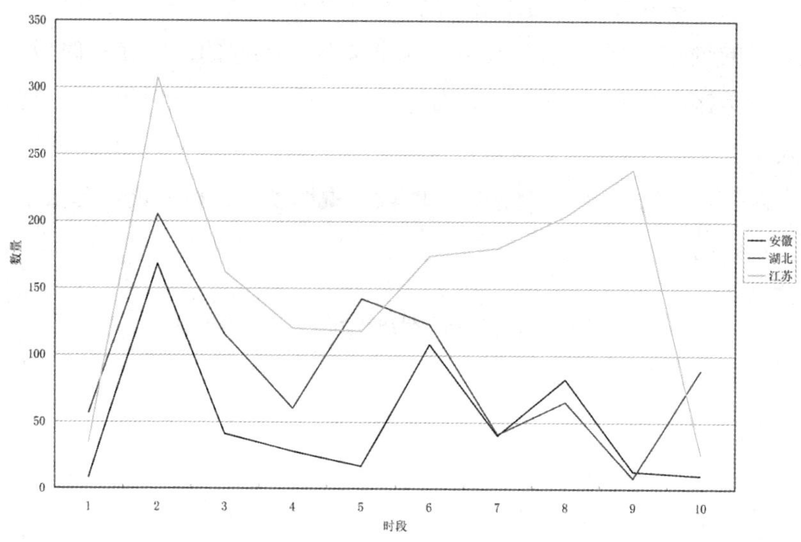

安徽、湖北、江苏大致相似，又各有不同，三个区域的最高点都在二时段，江苏一直处于三地前列，另一高峰出现在九时段。湖北和安徽的走势最为接近，六、七、八时段差不多重叠了。

福建、广西、广东是三个比较滞后区域的比较，广东有两个高峰，一在一时段，一在四时段；广西的两个高峰出现在一时段和六时段；福建的高峰出现在八时段，活动着韩偓、周朴、翁承赞、黄滔、陈陶等一批作家。

福建、广西、广东比较

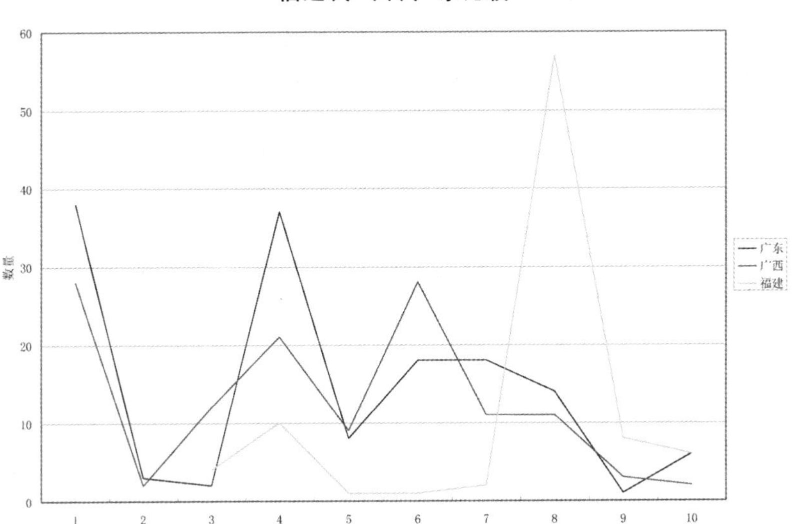

第三节　唐诗创作分布的意义

一、地点的移动与诗风

和文人占籍不同，创作地点是变动不居的。文人活动地点的变换不仅改变描述的对象，其风格也随之发生变化。张说贬岳州，《新唐书》本传云：“既谪岳州，而诗益凄婉，人谓得江山助云。”[①]其《游洞庭湖》云：“树坐参猿啸，沙行入鹭群。缘源斑筱密，罥径绿萝纷。”[②]《岳州别子均》云：“津亭拔心草，江路断肠猿。”[③]《对酒行巴陵作》

① 《新唐书》卷一二五《张说传》，第4410页。

② 《全唐诗》卷八八，第974页。

③ 《全唐诗》卷八七，第951页。

云："鸟哭楚山外，猿啼湘水阴。"[1]幽怨凄婉，与他的朝中唱和诗的雍容华贵完全不同。柳宗元被贬往南方，诗调悲凉，《旧唐书》本传云："宗元为邵州刺史，在道，再贬永州司马。既罹窜逐，涉履蛮瘴、崎岖堙厄，蕴骚人之郁悼，写情叙事，动必以文。为骚文十数篇，览之者为之凄恻。"[2]《新唐书》本传云："俄而叔文败，贬邵州刺史，不半道，贬永州司马。既窜斥，地又荒疠。因自放山泽间，其堙厄感郁，一寓诸文，仿《离骚》数十篇，读者咸悲恻。"[3]诗作如《登柳州城楼寄漳汀封连四州》云："城上高楼接大荒，海天愁思正茫茫。惊风乱飐芙蓉水，密雨斜侵薜荔墙。岭树重遮千里目，江流曲似九回肠。共来百越文身地，犹自音书滞一乡。"[4]柳宗元的诗歌多写于南贬之时，在京城创作很少，这就很难比较朝野的创作，但这类诗歌是将贬谪之痛、身世之悲融入南方的风物之中，完全是创作地点移动的结果。诗风的变化与移入场有必然联系。

如果说贬谪是一种被动的生活场的移动，另一类诗人的地点移动则是由于工作或任务性质的正常移动。如岑参出塞，创作出反映西域山川风物的诗歌，《白雪歌》《走马川行》等内容上超越了过去对和谐的自然景观的偏爱以及对隐逸生活的表现，审美趣味上表现出对纤细的疏远和对悲壮的追求，形式上克服了吴均、何逊体的诱惑，努力用七言古诗表现边塞的风光、中亚风情。王维也是如此，王维《出塞作》（自注"时为御史监察塞上作"）云："居延城外猎天骄，白草连天野火烧。暮云空碛时驱马，秋日平原好射雕。护羌校尉朝

① 《全唐诗》卷八八，第973—974页。

② 《旧唐书》卷一六〇《柳宗元传》，第4214页。

③ 《新唐书》卷一六八《柳宗元传》，第5132页。

④ 〔唐〕柳宗元著：《柳宗元集》卷四二，中华书局，1979年，第1164—1165页。

乘障，破虏将军夜渡辽。玉靶角弓珠勒马，汉家将赐霍嫖姚。”[①]《使至塞上》云：“大漠孤烟直，长河落日圆。”[②] 几乎没有那种追求禅意、沉醉于空山新雨松间月明的幽静情韵痕迹。《河岳英灵集》评崔颢云：“颢年少为诗，名陷轻薄，晚节忽变常体，风骨凛然，一窥塞垣，说尽戎旅。”[③] 这种变化在于诗人创作地点发生转移。

以上柳宗元、王维、岑参等诗人创作地点的移动，其特点是移出场和移入场的差异较大，如在朝与贬谪、中土与边地，生活环境对比鲜明，其描写对象间的差异极大，心情也大不一样，其诗风变化是必然的。那么，个人生活变化不大，移动区间的风物也没有很大反差，有没有诗风的变化呢？应该有，只是细微得难以分辨。如李白有两组诗，一组是《秋浦歌十七首》，一组是《陪族叔刑部侍郎晔及中书贾舍人至游洞庭五首》，秋浦，秋浦县，唐属池州，其地有秋浦水。李白《秋浦歌》重在写实，尽管诗人调动了许多表现手法，有拟人如“寄言向江水，汝意忆侬不？遥传一掬泪，为我达扬州”[④]；有夸张如“白发三千丈，缘愁似个长。不知明镜里，何处得秋霜”[⑤]。两诗都是情感实录，前诗想象中归于平实，后诗夸张后归于真实。十七首诗中以实写为主，如其五：“秋浦多白猿，超腾若飞雪。牵引条上儿，饮弄水中月。”[⑥] 如说“饮弄天上月”就夸张失实了，老猿携小猿饮弄水中的月亮，真实而有情韵。《游洞庭》诗空旷中含有哀怨：“日落长沙秋色远，

---

①〔唐〕王维撰，陈铁民校注：《王维集校注》卷二，中华书局，1997 年，第 136 页。

②《王维集校注》卷二，第 133 页。

③《河岳英灵集》，《唐人选唐诗新编（增订本）》，第 219 页。

④《李白全集编年笺注》卷一一《秋浦歌十七首》其一，第 1114 页。

⑤《李白全集编年笺注》卷一一《秋浦歌十七首》其十五，第 1122 页。

⑥《李白全集编年笺注》卷一一《秋浦歌十七首》其五，第 1116 页。

不知何处吊湘君”①,“洛阳才子谪湘川,元礼同舟月下仙”②,“醉客满船歌白苎,不知霜露入秋衣”③,“帝子潇湘去不还,空余秋草洞庭间”④,诗中杂有楚地的历史和传说,有楚辞的幽深和凄丽。

诗风与诗歌的描写对象关系密切,通常说诗中有画,画中的情景最能直观地提示画风,其实诗亦如此。岑参的边塞诗格就取决于边塞诗中的风物描写。因此,有一类诗应该注意,即送别诗,这类诗在唐诗中比重较大。送别诗中含有景观指向,这一景观必为行人到达之地的特殊景观。孟浩然《送谢录事之越》云:“想到耶溪日,应探禹穴奇。”⑤谢录事到越地,诗中必然会写到越地山水形胜耶溪、禹穴,这将是谢录事之越后应该探访的地方。故在送别诗中,应描写行人至所的风景,这差不多成了送别诗的模式,对行人至所风物的描写不仅使诗歌有了更为丰富的内容,也会使诗歌带上浓厚的地方气息,有了不同风格的呈现。李嘉祐《送上官侍御赴黔中》云:“莫向黔中路,令人到欲迷。水声巫峡里,山色夜郎西。树隔朝云合,猿窥晓月啼。南方饶翠羽,知尔饮清溪。”⑥《送友人入湘》云:“闻说湘川路,年年苦雨多。猿啼巫峡雨,月照洞庭波。穷海人还去,孤城雁共过。青山

---

①《李白全集编年笺注》卷一四《陪族叔刑部侍郎晔及中书贾舍人至游洞庭五首》其一,第1427页。

②《李白全集编年笺注》卷一四《陪族叔刑部侍郎晔及中书贾舍人至游洞庭五首》其三,第1428页。

③《李白全集编年笺注》卷一四《陪族叔刑部侍郎晔及中书贾舍人至游洞庭五首》其四,第1429页。

④《李白全集编年笺注》卷一四《陪族叔刑部侍郎晔及中书贾舍人至游洞庭五首》其五,第1429页。

⑤《全唐诗》卷一六〇,第1639页。

⑥《全唐诗》卷二〇六,第2157页。

不可极，来往自蹉跎。”[1]《送客游荆州》云：“草色随骢马，悠悠共出秦。水传云梦晓，山接洞庭春。帆影连三峡，猿声在四邻。青门一分首，难见杜陵人。”[2]诗中努力描写行人至所的风情景物，因此这类诗可以视为某一区域文化的体现。但因是遥想，必须抓住最具特征的事物。高度概括是其优点，易于相同亦是其短处，如三首诗中都出现“猿声”。李嘉祐的诗才很好，同一意象，其表达还是有差异的，“猿窥晓月啼”“猿啼巫峡雨”“猿声在四邻”，第一句是写月中猿啼，第二句是写雨中猿啼，第三句则写猿声无处不在。

二、京都为创作最集中的地点

这是诗歌创作地点呈现的普遍性原则。全国的政治中心应该成为诗歌最繁盛的地区，陕西、河南占绝对优势，在国力上升时期尤其如此。政治中心集中了大量的知识分子，主要是已在国家政权服务的知识分子和谋求进入仕途的知识分子两部分。初盛唐大量的宫廷应制诗以绝对优势称霸诗坛，而且诗坛领袖也在他们中间产生，以朝中重臣领导的主流诗歌创作的地位在初盛唐从没有移易过。

（一）以文馆为中心的创作。《全唐文》卷四太宗《置文馆学士教》，事在武德四年十月，开文学馆以待四方之士，其目的：“咸能垂裾邸第，委质藩维，引礼度而成典则，畅文词而咏风雅。”[3]因此这样的文士群体还不是纯粹的文学侍从，其十八学士为：杜如晦、房玄龄、于志宁、苏世长、薛收、褚亮、姚思廉、陆德明、孔颖达、李道玄、李守素、虞世南、蔡允恭、薛元敬、颜相时、许敬宗、盖文达、苏勖。“得入馆

① 《全唐诗》卷二〇六，第 2158 页。
② 《全唐诗》卷二〇六，第 2159 页。
③ 《全唐文》卷四，第 49 页。

者，时人谓之登瀛州。”[①] 太宗即位，于弘文殿聚书二十余万卷，命虞世南、褚亮、姚思廉、欧阳询、蔡允恭、萧德言等以本官兼弘文馆学士，“听朝之隙，引入内殿，讲论文义，商量政事”[②]。

圣历二年前后，武后令张昌宗召李峤、阎朝隐、徐彦伯、薛曜、员半千、魏知古、于季子、王无竞、沈佺期、王适、徐坚、尹元凯、张说、马吉甫、元希声、李处正、乔备、刘知几、房元阳、宋之问、崔湜、韦元旦、杨齐悊、富嘉谟、蒋凤等修撰《三教珠英》。大足元年十一月修《三教珠英》成书一千三百卷，修书学士张说迁右史、徐坚迁司封员外郎、沈佺期迁考功员外郎、李适迁户部员外郎、元希声迁太子文学、富嘉谟迁晋阳尉，余各有迁擢。崔融编珠英学士四十七人诗二百七十六首，为《珠英学士集》五卷。景龙二年四月修文馆增置大学士四员、学士八员、直学士十二员，以李峤、宗楚客为大学士，刘宪、崔湜、岑羲、郑愔、卢藏用、李乂、刘知几并为学士[③]。《新唐书·李适传》云："凡天子飨会游豫，惟宰相及学士得从。"[④] 五月以薛稷、马怀素、宋之问、武平一、杜审言为修文馆直学士[⑤]。七月七夕中宗御两仪殿赋诗，学士李峤、杜审言、刘宪、苏颋、李乂、赵彦昭等有和作。秋，修文馆学士宋之问、李适、李乂、卢藏用、薛稷、马怀素、徐坚同作诗送许州宋司马之任[⑥]。

（二）以帝王为中心的创作。《全唐诗》卷一太宗《秋日》[⑦]，卷

① 〔宋〕王溥撰：《唐会要》卷六四《史馆下》，中华书局，1960 年，第 1117 页。

② 《唐会要》卷六四《史馆下》，第 1114 页。

③ 参见《唐会要》卷六四《史馆下》，第 1114—1115 页。

④ 《新唐书》卷二〇二，第 5748 页。

⑤ 参见《唐会要》卷六四《史馆下》，第 1115 页。

⑥ 参见〔宋〕李昉等编：《文苑英华》卷二六七，中华书局，1966 年，第 1348—1349 页。

⑦ 《全唐诗》，第 14 页。

三〇袁朗《秋日应诏》[①]；太宗《两仪殿赋柏梁体》[②]，同赋有淮安王李神通、长孙无忌、房玄龄、萧瑀；太宗《正日临朝》[③]，颜师古、魏徵、岑文本、杨师道、李百药有唱和；《全唐诗》卷三〇陈叔达《早春桂林殿应诏》[④]，卷四〇上官仪有同题诗；太宗宴群臣于积翠池，令各赋一物，太宗自赋《尚书》，魏徵赋《西汉》，李百药赋《礼记》[⑤]；太宗《仪鸾殿早秋》[⑥]，《全唐诗》卷三五许敬宗《奉和仪鸾殿早秋应制》[⑦]，《翰林学士集》杨师道、朱子奢、长孙无忌《五言仪鸾殿早秋侍宴应诏》[⑧]，《翰林学士集》共收太宗君臣唱和诗五十一首，以许敬宗诗最多，其所收诗大致在贞观八年至二十三年间。

（三）以朝臣为中心的创作。《旧唐书·杨师道传》云："贞观十年，代魏徵为侍中。……师道退朝后，必引当时英俊，宴集园池，而文会之盛，当时莫比。"[⑨]

他们掌握了话语权，他们创作的诗歌形式，成了诗人们的典范，《旧唐书·上官仪传》云："龙朔二年，加银青光禄大夫、西台侍郎、同东西台三品，兼弘文馆学士如故。本以词彩自达，工于五言诗，好以绮错婉媚为本。仪既贵显，故当时多有效其体者，时人谓为'上官体'。"[⑩]诗坛领袖在一次次唱和中得到确认，证圣元年，武后造天枢

---

①《全唐诗》，第432页。
②《全唐诗》卷一，第20页。
③《全唐诗》卷一，第3—4页。
④《全唐诗》，第430页。
⑤《册府元龟》卷四〇，第428页。
⑥《全唐诗》卷一，第9页。
⑦《全唐诗》，第465页。
⑧《唐人选唐诗新编（增订本）》，第13页。
⑨《旧唐书》卷六二，第2383页。
⑩《旧唐书》卷八〇，第2743页。

成,朝士献诗甚众,李峤诗冠绝当时。《大唐新语》卷八:“武三思为其文,朝士献诗者不可胜纪,唯峤诗冠绝当时。”① 圣历二年,宋之问、沈佺期、东方虬等扈从游龙门,同应制赋诗,之问夺得锦袍。长安三年正月诏令李峤、崔融、徐彦伯、徐坚、刘知几、吴兢等修唐史。十五日京师盛饰灯彩之会,文士赋诗者数百人,《大唐新语》卷八:“作者数百人,惟中书侍郎苏味道、吏部员外郭利贞、殿中侍御史崔液三人为绝唱。”②

中晚唐时期,虽然二京所在之地诗歌创作数量的绝对值还是高于地方,但地方诗歌的快速增长也是事实,其增速已高于二京所在的陕西和河南,如江苏、浙江、湖南、湖北、四川。

三、地方诗歌增长的因素

相对于普遍性来说,地方诗歌数量的增长有其特殊性。某一时段创作多的地区,取决于一个或几个作家的创作,个人创作数量决定了诗人活动区创作数量的增长。有如下几种情况:其一,由于国家政治的威力产生的影响,如文人贬谪带来地方诗歌创作数量激增。初唐岭南地区诗歌出现快速增长,就是由于沈佺期、宋之问贬谪岭南时期的创作。中唐时期刘禹锡、柳宗元被贬柳州、朗州,白居易、元稹被贬江州、通州,都使这些地区出现创作高潮。其二,由于制度的影响。如唐代的方镇制度,盛唐时期的岑参进入今天的新疆地区,使该地的诗歌创作一度出现高潮;中晚唐时期,全国各地皆设置节度使、观察使等,“开莲花之府者,凡五十余镇焉”③。首席长官且多为文吏担任,幕主会邀请文化人入幕,一大批诗人进入幕府,如杜甫、李益、卢纶、

① 〔唐〕刘肃撰,许德楠、李鼎霞点校:《大唐新语》,中华书局,1984 年,第 126 页。
② 《大唐新语》,第 128 页。
③ 符载:《送崔副使归洪州幕府序》,《全唐文》卷六九〇,第 7070 页。

刘禹锡、王建、李绅、姚合、杜牧、李商隐、温庭筠、罗隐等都有入幕经历，这些文士在不同的区域进行创作，促进了各区域诗歌的增长。杜甫成都诗、卢纶河中诗、李商隐桂林诗等都很有地方特色。其三，由于时势的影响。安史之乱后，文人流亡南方，大历年浙东文士唱和和浙西文士唱和与安史之乱后文人逃亡有关。关于《大历年浙东联唱集》，贾晋华有考证，存诗三十八首，偈十一首，序二首。事实上，还有其他因素，如交通，处于交通线的城市诗歌总量应大于非交通线城市的诗歌创作总量。

四、诗歌编集多缘于创作地点

这里的编集是指多人作品的汇集，它们多缘于创作地点，其特点是和唐人诗歌传播方式相关，唐人以卷为单位以钞本为形式来保存和传播诗集。绝大多数以创作地点为单位的编集，以单卷的形式出现。

唐人编选诗歌集中有以内容来编的，有以类型来编的，而以籍贯编选的诗集很少，如《丹阳集》，绝大多数是以创作地点来汇集的：1.《高氏三宴集》，其创作地点在高氏林亭；2. 张说《岳阳集》，当为张说任岳州刺史时与友人门客唱和的诗集；3.《辋川集》，为王维、裴迪咏辋川景物的五言绝句集，王维有序；4.《大历年浙东联唱集》，为鲍防任浙东从事时的唱和集；5.《吴兴集》《庐陵集》《临川集》，皆为颜真卿一地之作的编集；6.《渚宫唱和集》为裴均荆南节度使任上与友人的唱和集；7.《荆潭唱和集》为裴均镇荆南、杨凭镇湖南时的两地唱和集；8.《荆夔唱和集》为裴均镇荆南、唐次任夔州刺史时的两地唱和集；9.《岘山唱和集》为裴均在山南东道节度使任上与友人的唱和集；10.《盛山唱和集》为唐次在开州刺史任上与友人的唱和集；11.《吴越唱和集》为李德裕镇京口与越州元稹、和州刘禹锡的往来唱和集；12.《汉上题襟集》为襄阳徐商幕府中唱和诗及往来简牍的结集；13.《松陵集》是皮日休为苏州从事时与陆龟蒙等人的唱和集，等等①。

从文献看，这样单卷形式，当前有序引，后有众人诗作，如李白《江夏送林公上人游衡岳序》云："紫霞摇心，青枫夹岸，目断川上，送君此行，群公临流，赋诗以赠。"② 这一卷前为李白序，后列群公赋诗及作者名字，作者名前当有作者身份的署款，如江州司马某某、前进士某某、处士某某。《全唐文》中大量序文都是为某某集所作的序，如李白《金陵与诸贤送权十一昭夷序》云："举目四顾，霜天峥嵘，衔杯叙离，而群子赋诗以出饯，谪仙翁李白辞。"③ 以上二集都是为一具体事情而在同一地点创作的诗歌编集。这种临时成集的诗卷，书写纸张和卷式也是随意而定。韩愈《与陈给事书》云："不敏之诛无所逃避，不敢遂进，辄自疏其所以，并献近所为《复志赋》以下十首为一卷，卷有标轴；《送孟郊序》一首生纸写，不加装饰，皆有揩字注字处，急于自解而谢，不能俟更写，阁下取其意而略其礼可也。"④ 唐人行卷，形式上要工笔誊清，然后装成卷轴，以示恭敬；若不加装饰，又有揩字注字，则视为无礼。据《邵氏闻见后录》，"生纸非有丧故不用"⑤，一般应以熟纸写。文人唱和成集，当以熟纸写，可以揩字注字，也不需要装裱。

文人一起饮宴赋诗是唐代文人生活的一大景观，赋诗成集，其

①《唐代文学丛考》，第203—207、211—213页。

②《李白全集编年笺注》卷一七，第1784页。

③《全唐文》卷三四九，第3542页。

④《全唐文》卷五五二，第5594—5595页。

⑤〔宋〕邵博撰，李剑雄、刘德权点校：《邵氏闻见后录》卷二八，中华书局，1983年，第218页。

中一人作序，这样的宴集序在唐代也很可观。这一宴饮成集的过程为文士所津津乐道，独孤及《建丑月十五日虎邱山夜宴序》生动记录了这一过程："方今内有夔龙皋伊，以佐百揆；外有方叔召虎，以守四海。江海之人，高枕无事。则琴壶以宴朋友，啸歌以展霞月，吾党之职也。吾是以有今兹虎邱之会。岩岩虎邱，奠吴西门，崒然如香楼金道，自下方而踊，锁丹霞白云于莲宫之内。会之日，和气满谷，阳春逼人。岩烟扫除，肃若有待。余与夫不乱行于鸥鸟者，衔流霞之杯，而群嬉乎其中。笑向碧潭，与松石道旧。兕觥既发，宾主醉止，狂歌送酒，坐者皆和，吴趋数奏，云去日没。梵天月白，万里如练，松荫依依，状若留客。于斯时也，抚云山为我辈，视竹帛如草芥。颓然乐极，众虑皆遣。于是奋髯屡舞，而叹今夕何夕。同者八人，醉罢皆赋，以为此山故事。"① 又《仲春裴胄先宅宴集联句赋诗序》云："不纪而赋之，如春风何。其演为连珠，以志此会。"②《郑县刘少府兄宅月夜登台宴集序》云："今夕何夕，八者俱并。盍亦皆赋于此乎，观二三子之志。"③《冬夜裴员外薛侍御置酒宴集序》云："它日或潜泉唳天，一离一合，云动雨散，然后知今日尊酒，未易再得。将子无金玉其音，姑偕赋以卒陨。"④《清明日司封元员外宅登台设宴集序》云："顾谓满座，展诗以赠，亦命夫四子者志之。"⑤ 通过序可以了解唐人宴饮赋诗成集之盛，可惜大量的诗集已遗佚，只剩下序文了。这些序文告诉我们，唐人有大量以创作地点结集的诗集，研究唐诗创作地点的分布格局应该关注这一现象。唐人编选的诗歌集应包含上述的内容，编集并没

①《全唐文》卷三八七，第 3932 页。

②《全唐文》卷三八七，第 3931 页。

③《全唐文》卷三八七，第 3931 页。

④《全唐文》卷三八七，第 3932 页。

⑤《全唐文》卷三八七，第 3935 页。

有卷数和一卷中内容多少的限制，尽管它们不见于公私书目的著录。

小 结

其一，诗歌创作地点并不由诗人占籍所决定，而是随诗人的活动来确定的。它在描述事物运行中的状态，相对于文人籍贯分布的描述，它是动态的描述。

其二，以《唐诗创作地点考数据库》为基础，分析唐诗创作的空间分布。地点是以今之省区划分为单位，这样和当代人所修之省区文学史一致；唐诗创作地点分布格局，在时间上体现在唐诗创作地点表的分期上，本考将其分为九个时段，可以兼顾到一些过渡期的创作，将原本一段的创作细分为更多层次，以求对事物属性的认识更为深刻。

其三，诗歌创作地点的变化，其特征是记录了文人空间移动形成的运动轨迹，即移入场和移出场的转换。文人活动地点的变换不仅改变描述的对象，其风格也随之发生变化。

其四，京都为创作最集中的地点，这是诗歌创作地点呈现的普遍性原则。全国的政治中心应该成为诗歌最繁盛的地区，陕西、河南占绝对优势，在国力上升时期尤其如此。初盛唐大量的宫廷应制诗以绝对优势称霸诗坛，而且诗坛领袖也在他们中间产生。其基本形式分别为以文馆为中心的创作、以帝王为中心的创作和以朝臣为中心的创作。中晚唐时期，虽然二京所在之地诗歌创作数量的绝对值还是高于地方，但地方诗歌的快速增长也是事实，其增速已高于二京所在的陕西和河南。

其五，地方诗歌数量的增长有其特殊性。某一时段创作多的地区，取决于一个或几个作家的创作，个人创作数量决定了诗人活动区创作数量的增长。文人的流向是由于:一为国家政治威力产生的影响,如文人贬谪带来地方诗歌创作数量激增;二为制度的影响。由于唐代的方镇制度,盛唐时期的岑参进入今天的新疆地区,一度出现高潮,中晚唐时期,全国各地方镇幕僚在不同的区域进行创作,促进了各区域诗歌的增长;三为时势的影响。安史之乱后,文人流亡南方,大历年浙东文士唱和和浙西文士唱和与安史之乱后文人逃亡有关。

其六,诗歌编集多缘于创作地点,这和唐人诗歌传播方式相关,常常为一具体事情而在同一地点创作的诗歌编集。文人一起饮宴赋诗是唐代文人生活的一大景观,赋诗成集,其中一人作序,这样的宴集序文告诉我们,唐人有大量以创作地点结集的诗集,研究唐诗创作地点的分布格局应该关注这一现象。

第四章　地域文化的表述与诗歌创作（一）

第一节　唐诗中所体现出的区域文化意识

诗歌中的地域文化意识是通过诗歌创作来实现的，只能从诗歌作品出发来反观作者的创作意识。这里试图从诗歌内容切入，来寻求唐人对地域文化表现的欲望、态度和方法。尹懋《秋夜陪张丞相赵侍御游滗湖二首序》云："览山川之异，探泉石之奇。"① "异" "奇" 正包涵了地方文化的特点。

一、区域文化

（一）山川

《文心雕龙·物色》讲到山川与情感的关系："然屈平所以能洞监风骚之情者，抑亦江山之助乎！"② 其逻辑为 "岁有其物，物有其容；情以物迁，辞以情发"③。尽管刘勰强调了时序对景物的影响，但同样

① 《全唐诗》卷九八，第 1060 页。

② 《增订文心雕龙校注》卷一〇，第 564 页。

③ 《增订文心雕龙校注》卷一〇，第 563 页。

也隐含了因区域不同而有不同的景物，“物色之动，心亦摇焉”[①]。故有屈原《离骚》得江山之助的结论。唐代十道名山大川也各有其区域特色，《玉海》卷二〇《地理·山川》“唐十道名山大川”概括《新唐书·地理志》云：“太宗因山川形便，分天下为十道。一曰关内道，其名山太白九嵕吴岐梁华，其大川泾渭灞浐；二曰河南道，其名山三崤少室砥柱蒙峄嵩高太岳，其大川伊洛汝颍沂泗淮济；三曰河东道，名山雷首介霍五台，其大川汾沁丹潞；四曰河北道，其名山林虑白鹿封龙井陉碣石常岳，其大川漳淇呼沱；五曰山南道，其名山嶓冢熊耳铜梁巫荆岘，其大川巴汉沮湇；六曰陇右道，其名山秦岭陇坻鸟鼠同穴朱圉西倾积石合黎崆峒三危，其大川河洮弱羌休屠之泽；七曰淮南道，其名山灊天柱罗涂八公，其大川滁肥巢湖；八曰江南道，名山衡庐茅蒋天目天台会稽四明括苍缙云金华大庾武夷，其大川湘赣沅澧浙江洞庭彭蠡太湖；九曰剑南道，其名山岷峨青城鹤鸣，其大川江涪雒西汉；十曰岭南道，其名山黄岭灵洲，其大川桂郁。”[②]这在唐诗中也有充分的表现。

山川的景观呈现，有其焦点，因为某一景观必有其特别能反映该景观特征的景点，唯其独有，或最能与其他景观区分出来的景物，才特别能引起人们的关注。

对自然山川的表现，一般有两个方面：其一是其外部特征，主要指自然存在状态。如三峡，在杨炯笔下都有表现，他写有《广溪峡》（即瞿塘峡）、《巫峡》《西陵峡》，这是杨炯约于天授元年（690）自梓州还洛阳途中之作，大致是实写自然存在的状态。《广溪峡》云：“广溪三峡首，旷望兼川陆。山路绕羊肠，江城镇鱼腹。乔林百尺偃，飞

① 《增订文心雕龙校注》卷一〇，第563页。

② 〔宋〕王应麟：《玉海》，江苏古籍出版社、上海书店，1987年，第397页。

水千寻瀑。惊浪回高天，盘涡转深谷。”①《巫峡》云："重岩窅不极，迭嶂凌苍苍。绝壁横天险，莓苔烂锦章。入夜分明见，无风波浪狂。”②《西陵峡》云："及余践斯地，瑰奇信为美。江山若有灵，千载伸知己。”③唐代诗人对山川自然的描写是有贡献的，有不少过去在诗中很少表现的景物在他们诗中都有非常成功的刻画。如岭南、西域（今新疆）地区，都首先在唐人笔下得到充分表现。岑参的西部诗歌，以其特有的情调歌颂了西部山川的瑰奇，《白雪歌》《走马川行》《热海行》等，将人们的视线带往全新的领域。

其二是其人文特征。这是诗歌表现山川的重点。文化人游山玩水，多半是在观照的自然之物中寻找心灵的慰藉，所谓物与心的交流。举例来说，越中山水的魅力固然有山水秀美而深邃的特点，更重要的是山川蕴含的人文价值。李白说自己好入名山游，他在《秋下荆门》诗中说："此行不为鲈鱼鲙，自爱名山入剡中。”④为何入剡中，他在《梦游天姥吟留别》诗中写他梦游天姥："我欲因之梦吴越，一夜飞度镜湖月。湖月照我影，送我至剡溪。谢公宿处今尚在，渌水荡漾清猿啼。脚著谢公屐，身登青云梯。半壁见海日，空中闻天鸡。”⑤他的兴趣在于能追随谢灵运的足迹，并且模仿谢灵运登山时的风韵。南朝文人的足迹遍布越中，王子敬云会稽："山川自相映发，使人应接不暇。”⑥顾长康云："千岩竞秀，万壑争流。草木蒙笼其上，若云兴霞

①〔唐〕杨炯著，祝尚书笺注：《杨炯集笺注》卷二，中华书局，2016年，第153页。
②《杨炯集笺注》卷二，第157页。
③《杨炯集笺注》卷二，第160页。
④《李白全集编年笺注》卷一，第41页。
⑤《李白全集编年笺注》卷七，第722页。
⑥《世说新语校笺》卷上，第82页。

蔚。”[①] 李白诗风与南朝关系密切，可以说李白有很浓的南朝情结。他对越中山水的钟爱，是欣赏南朝文化的另一表征。

人文景观不断产生，使原有的人文景观又加上新的内容，中唐朱放《经故贺宾客镜湖道士观》诗云：“已得归乡里，逍遥一外臣。那随流水去，不待镜湖春。雪里登山屐，林间漉酒巾。空余道士观，谁是学仙人。”[②] 盛唐诗人贺知章的道观成了后人眼中的文化景观。《新唐书》卷一九六《隐逸传》云：“天宝初，病，梦游帝居，数日寤，乃请为道士，还乡里，诏许之，以宅为千秋观而居。又求周宫湖数顷为放生池，有诏赐镜湖剡川一曲。”[③] 朱放所经贺宾客镜湖道士观当即“千秋观”。

（二）名物

中国之大，品物繁多。有其同者，多有其异。即使同一名物，其生存环境不同，也有其不同的特性，所谓“橘逾淮而北为枳”，“此地气然也”[④]。古人很重地气，物之生，物之变皆在地气。

有些名物的区别在于南北的不同，这是古来人们习惯使用的地域概念，橘生于南方则为橘，但到了淮北就变成了枳。唐诗中经常出现的一种鸟，称鹧鸪，它性喜暖，畏霜露，刘长卿《北归次秋浦界清溪馆》云：“渐知行近北，不见鹧鸪飞。”[⑤] 李嘉祐《题前溪馆》云：“两年谪宦在江西，举目云山要自迷。今日始知风土异，浔阳南去鹧鸪

---

① 《世说新语校笺》卷上，第 81 页。

② 《全唐诗》卷三一五，第 3539 页。

③ 《新唐书》，第 5607 页。

④ 〔清〕孙诒让著，汪少华整理：《周礼正义》卷七四，中华书局，2015 年，第 3755 页。

⑤ 《刘长卿诗编年笺注》，第 234 页。

啼。”[①] 北方不见此鸟。李白有专咏此物的《山鹧鸪词》云：“苦竹岭头秋月辉，苦竹南枝鹧鸪飞。嫁得燕山胡雁婿，欲衔我向雁门归。山鸡翟雉来相劝，南禽多被北禽欺。紫塞严霜如剑戟，苍梧欲巢难背违。我今誓死不能去，哀鸣惊叫泪沾衣。”[②] “南禽多被北禽欺”句可能有所指，这也侧面反映了中原文化的强势。鹧鸪的存在成了南方区域的一个背景符号，李白《越中览古》云：“宫女如花满春殿，只今唯有鹧鸪飞。”[③] 越地属于南方。李嘉祐《送评事十九叔入秦》云：“唯余播迁客，只伴鹧鸪飞。”[④] 李嘉祐送人入长安，感叹自己流浪南土，朝夕伴着鹧鸪。这些名物进入诗中其含义已超出名物自身。

唐诗中从区域地理特点写名物的并不少见，如槎头鳊为襄阳特产，孟浩然《送王昌龄之岭南》云：“土毛无缟纻，乡味有槎头。”[⑤] 槎头，《韵语阳秋》卷一六：“缩项鳊出襄阳，以禁捕，遂以槎断水，因谓之槎头缩项鳊。”[⑥] 这是当地人写家乡的美味。但多数地方名物是通过他乡人的审视留下记录的，有了与熟习事物的比较，就更加突出了事物的独特性，如元稹写有《虫豸诗》七篇，就是介绍贬在通州时所遇之物，序云：“天之居物于地也，有兽宜山宜穴，鱼宜水宜泥，鸟宜木宜洲，虫宜草宜腐秽。风雨会而寒暑时，山川正而原野平衍，然后郛闬屋室以州之人之宜，人不得其宜，而之鸟兽虫鱼之所宜，非虫鱼兽鸟之罪也。然而自非圣贤，人失所宜，未尝无不得宜之叹云。始辛卯

---

① 《全唐诗》卷二七〇，第 2168 页。

② 《李白全集编年笺注》卷一一，第 1135 页。

③ 《李白全集编年笺注》卷八，第 773 页。

④ 《全唐诗》卷二七〇，第 2161 页。

⑤〔唐〕孟浩然著，李景白校注：《孟浩然诗集校注》卷二，中华书局，2018 年，第 227 页。

⑥〔宋〕葛立方：《韵语阳秋》，中华书局，1985 年，第 134 页。

年，予掾荆州之地，洲渚湿垫，其动物宜介，其毛物宜翅羽。予所舍，又荆州树木洲渚处，昼夜常有翅羽百族闹，心不得闲静，因为《有鸟》二十章以自达。又数年，司马通州郡，通之地，丛秽卑褊，烝瘴阴郁，焰为虫蛇，备有辛螫。蛇之毒百，而鼻褰者尤之。虫之辈亦百，而虻、蟆、浮尘、蜘蛛、蚁子、蛒蜂之类，最甚害人。其土民具能攻其所毒，亦往往合于方籍，不知者，遭毒辄死。予因赋其七虫为二十一章，别为序，以备琐细之形状，而尽药石之所宜，庶亦叔敖之意焉。”①通州之地气即“丛秽卑褊，烝瘴阴郁”，故生出恶虫。元稹是唐诗中写地方风物最有作为者，通州，治所在今四川达县。其地偏远，自然条件恶劣，元稹序中所云“丛秽卑褊，烝瘴阴郁”，并不夸张。诗中虽赋七虫，以小可以见大，足观其地水土。组诗七篇，每篇三首，篇首有序，说明所赋之物的毒害，及预防的办法。举其首篇，以见其余。首篇赋《巴蛇》，序云：“巴之蛇百类，其大，蟒；其毒，褰鼻。蟒，人常不见；褰鼻常遭之，毒人则毛发皆竖起，饮溪涧而泥沙尽沸。验方云：攻巨蟒用雄黄烟，被其脑则裂。而鸊鸟能食其小者，巴无是物。其民常用禁术制之，尤效。”②诗三首云：“巴蛇千种毒，其最鼻褰蛇。掉舌翻红焰，盘身蹙白花。喷人竖毛发，饮浪沸泥沙。欲学叔敖瘗，其如多似麻。”③“越岭南滨海，武都西隐戎。雄黄假名石，鸊鸟远难宠。讵有隳肠计，应无破脑功。巴山昼昏黑，妖雾毒蒙蒙。”④“汉帝斩蛇剑，晋时烧上天。自兹繁巨蟒，往往寿千年。白昼遮长道，青溪蒸毒烟。战龙苍海外，平地血浮船。”⑤元稹这一组诗在形式结构上也有独创性，“赋其七虫

①〔唐〕元稹撰，冀勤点校：《元稹集》卷四，中华书局，2010年，第44页。

②《元稹集》卷四，第45页。

③《元稹集》卷四，第45页。

④《元稹集》卷四，第45页。

⑤《元稹集》卷四，第45—46页。

为二十一章，别为序，以备琐细之形状，而尽药石之所宜”。在构思上深受古人采诗以观风俗的指引，作诗是为了有用，故以序文补充诗歌因形式限制而不能尽“备琐细之形状”的不足。在描写上也成功，元稹笔下的事物，都是荒蛮之地的毒虫，少见于前人的诗歌之中，在描写上很少能有借鉴，如写鼻褰蛇的形态：“掉舌翻红焰，盘身蹙白花。”蛇舌是红色，故伸舌如红焰，蛇身间有白斑，故蛇体盘曲时如白花一簇。不仅写实，也很生动。

（三）风俗

有些区域的风俗与中原差异很大，如岭南、闽中。骆宾王《晚憩田家》云：“龙章徒表越，闽俗本殊华。”① 这就说明闽中风俗和中原大不相同。而有些区域在某些方面又有相似性，元稹《酬乐天东南行诗一百韵》云：“楚风轻似蜀”（楚指江州）、“巴地湿如吴”②（巴指通州）。这种相似既是有限度的，又是指某一局部特征。

风俗的不同，往往在民居上有所体现，民居成了诗人关注的对象。元稹作有《以州宅夸于乐天》《重夸州宅旦暮景色兼酬前篇末句》，写越州绕郭烟岚、满山楼阁，因注意居住的环境，故诗中多有民居环境的描写，越州的情形与中原相距不远。而像元稹《酬乐天得微之诗知通州事因成四首》其二云：“平地才应一顷余，阁栏都大似巢居。”自注：“巴人多在山坡架木为居，自号阁栏头也。”③ 土著人的住宅那就迥然不同于中原。元稹《茅舍》云：“楚俗不理居，居人尽茅舍。”④ 楚人的居住习惯与中原也不相同，楚人也是指土著居民。

风俗也会体现在对神灵的态度上。唐代许多诗人有南方生活

---

①《全唐诗》卷七七，第 830 页。

②《元稹集》卷一二，第 156 页。

③《元稹集》卷二一，第 272 页。

④《元稹集》卷三，第 34 页。

的经历,一般都在诗中表现南方人较为特殊的风俗,如南方人好鬼淫祠,元稹在江陵写有《酬翰林白学士代书一百韵》云"病赛乌称鬼,巫占瓦代龟",自注:"南人染病,竞赛乌鬼,楚巫列肆,悉卖瓦卜。"① 南方大规模的活动有赛神,李嘉祐《夜闻江南人家赛神因题即事》云:"南方淫祀古风俗,楚妪解唱迎神曲。锵锵铜鼓芦叶深,寂寂琼筵江水绿。雨过风清洲渚闲,椒浆醉尽迎神还。帝女凌空下湘岸,番君隔浦向尧山。月隐回塘犹自舞,一门依倚神之祐。韩康灵药不复求,扁鹊医方曾莫睹。逐客临江空自悲,月明流水无已时。听此迎神送神曲,携觞欲吊屈原祠。"② 元稹《赛神》云:"楚俗不事事,巫风事妖神。事妖结妖社,不问疏与亲。年年十月暮,珠稻欲垂新。家家不敛获,赛妖无富贫。杀牛贳官酒,椎鼓集顽民。喧阗里闾隘,凶酗日夜频。"③ 岳州刺史想革去此弊俗,但只能慢慢图之,"粗许存习俗,不得呼党人;但许一日泽,不得月与旬"④。刺史想在赛神规模和时间上给以一定限制,规模上不允许集体活动,时间上可以一日(当指数天)而不可动辄十天一月。其实历任刺史都会意识到风俗的弊端,或予以改革,都不可能长久奏效,因此元稹元和九年经岳州,看到的仍然是规模宏大的淫祀妖神的场景,这也告诉人们,风俗的移异是不容易的。刘禹锡《阳山庙观赛神》注:"梁松南征至此,遂为其神,在朗州。"⑤ 诗云:"汉家都尉旧征蛮,血食如今配此山。曲盖幽深苍桧下,洞箫愁绝翠屏间。荆巫脉脉传神语,野老娑娑起醉颜。日落风生庙门外,几

① 《元稹集》卷一〇,第135页。
② 《全唐诗》卷二六〇,第2145页。
③ 《元稹集》卷三,第33页。
④ 《元稹集》卷三《赛神》,第33页。
⑤ 《刘禹锡全集编年校注》卷二,第162页。

人连蹋竹歌还。”[①] 刘禹锡总是以欣赏的态度来写地方风情的。从刘禹锡诗注和诸人的诗作可以看出，赛神之神因地方不同或有不同，不专主一神。因此，赛神的地域文化色彩相当浓厚。

其次是竞渡，源起于楚俗，元稹《竞舟》云：“楚俗不爱力，费力为竞舟。”[②] 竞渡在诗中的表现比较充分。事实上，竞渡的游戏在初唐已在宫苑中流行，李怀远《凝碧池侍宴看竞渡应制》，诗云：“分曹戏鹢舟。”[③] 这种活动是以部门为单位进行的，凝碧池，在东都洛阳。李适也有《帝幸兴庆池戏竞渡应制》诗。其后宫中偶有此戏，王建《宫词》云：“竞渡船头掉采旗，两边溅水湿罗衣。池东争向池西岸，先到先书上字归。”[④] 但应注意，宫中竞渡与民间竞渡意味大殊，民间竞渡，据刘禹锡《竞渡曲》注：“竞渡始于武陵，及今举楫而相和之，其音咸呼‘何在’，斯招屈之义。事见《图经》。”诗云：“曲终人散空愁暮，招屈亭前水东注。”[⑤] 竞渡场地并有招屈亭。而宫中此戏纯为竞赛，王建诗中讲到游戏规则，由池东向池西竞渡，先到池西者必写上“上”字，然后回到池东。竞渡确有竞赛的功能，由于是集体参与的活动，同样有凝聚一方民心，团结奋进的功能，好像已经没有了民间“招屈之义”的重要内涵。张说在岳州对民俗亦给予了适当的关注，他将民俗纳入其治理一方政治的内容，与民同乐，其《岳州观竞渡》诗，生动地展现了民间竞渡的过程：“画作飞凫艇，双双竞拂流。低装山色变，急棹水华浮。土尚三闾俗，江传二女游。齐歌迎孟姥，独舞送阳侯。鼓发

① 《刘禹锡全集编年校注》卷二，第 162 页。

② 《元稹集》卷三，第 34 页。

③ 《全唐诗》卷四六，第 558 页。

④ 《全唐诗》卷三二〇，第 3440 页。

⑤ 《刘禹锡全集编年校注》卷三，第 316 页。

南湖漈,标争西驿楼。并驱常诧速,非畏日光遒。”[①] 可见由于地区的不同竞渡的内容也会有所变化,岳州竞渡添进了“迎孟姥”“送阳侯”的内容,孟公孟姥是船神,阳侯是波神。李绅《东武亭》诗注:“亭在镜湖上,即元相所建,亭至宏敞,春秋竞渡大设会之所。”[②] 据诗则一年可举行春秋两次的竞渡活动。竞渡地点除京城外,又有洞庭湖区的朗州和岳州,卢肇《竞渡诗》一作“及第后江宁观竞渡寄袁州刺史成应元”[③],江宁,今南京地区。这种带有区域特点的活动在唐代未能在全国普及。

与之相关,不同地方都有不同的祭祀活动,如越州祠海,宋之问《景龙四年春祠海》云:“肃事祠春溟,宵斋洗蒙虑。……致牲匪玄享,禋涤期灵煦。”[④] 白居易《重题别东楼》云:“春雨星攒寻蟹火,秋风霞飐弄涛旗。”注:“余杭风俗,每寒食雨后夜凉,家家持烛寻蟹,动盈万人。每岁八月迎涛,弄水者悉举旗帜焉。”[⑤] 这些风俗可能都隐含某种恐惧与驱逐、信仰和崇拜。

风俗体现在饮食上。一般说,能吃辣味的,性格比较刚直,易急躁;相反,饮食平淡的,性格比较温和,易平静。饮食能反映区域的风俗,从所食用的食物也可以看出人居的环境,所谓靠山吃山,靠海吃海。

韩愈贬潮州,于途中初食南方饮食,食中唯有蛇是过去认识的,但看到蛇嘴和眼睛,也还是害怕,请人开笼放走。席间其余皆南方食物,令人惊异,他作《初南食贻元十八协律》诗云:“鲎实如惠文,骨眼

①《全唐诗》卷八八,第973页。

②〔唐〕李绅著,卢燕平校注:《李绅集校注》,中华书局,2009年,第168页。

③《全唐诗》卷五五一,第6384页。

④〔唐〕宋之问撰,陶敏、易淑琼校注:《宋之问集校注》卷三,中华书局,2001年,第517页。

⑤《白居易诗集校注》卷二三,第1829页。

相负行。蚝相粘为山，百十各自生。蒲鱼尾如蛇，口眼不相营。蛤即是虾蟆，同实浪异名。章举马甲柱，斗以怪自呈。其余数十种，莫不可叹惊。我来御魑魅，自宜味南烹。"[①] 韩愈童年曾随兄长韩会至韶州，韩愈《过始兴江口感怀》注云："大历十四年，起居舍人韩会以罪贬韶州刺史，愈随会而迁，时年十岁。至是贬潮州，道过始兴，有感而作。"[②] 但韶州与湖南、江西相接，其风俗、饮食与潮州大异。

饮食不同，食物的采集和制作各有其经验，元稹《送崔侍御之岭南二十韵序》："古朋友别，皆赠以言。况南方物候饮食与北土异。其甚者，夷民喜聚蛊。秘方云：以含银变黑为验，攻之重雄黄。海物多肥腥，啖之好呕泄。验方云：备之在咸食。岭外饶野菌，视之虫蠹者无毒；罗浮生异果，察其鸟啄者可餐。大抵珠玑瑇瑁之所聚，贵洁廉；湮郁暑湿之所蒸，避谥欲。其余道途所慎，离怆之怀，尽之二百言矣，叙不复云。"诗云："瘴江乘早度，毒草莫亲芟。试蛊看银黑，排腥贵食咸。菌须虫已蠹，果重鸟先啗。"[③]

有些作家出于责任感，比较关注风俗的移易，如元稹就批评竞渡、赛神伤农碍时。白居易对古今风俗的变化也同样给予关注，其有《经溱洧》诗，因《诗经·郑风》有《溱洧》篇云："维士与女，伊其相谑，赠之以勺药。"[④] 写男女游春谈情说爱，被人视为"淫"，白居易诗云："落日驻行骑，沈吟怀古情。郑风变已尽，溱洧至今清。不见士与

---

① 〔唐〕韩愈著，〔清〕方世举编年笺注，郝润华、丁俊丽整理：《韩昌黎诗集编年笺注》卷一一，中华书局，2012 年，第 594 页。

② 《全唐诗》卷三四四，第 3861 页。

③ 《元稹集》卷一一，第 144 页。

④ 〔汉〕毛亨传，〔汉〕郑玄笺，〔唐〕陆德明音义，孔祥军点校：《毛诗传笺》卷四，中华书局，2018 年，第 124 页。

女，亦无芍药名。”①

（四）语言和音乐

语言和音乐是最能反映地域文化的两大要素，在一群人中要区别其地域来源，只要说话便可明白，音乐也是如此，所谓南北朝民歌，其差别实缘于其所依据的音乐不同。时代久远，已无从知道唐人的发音和音乐形态，但从唐诗的描写中尚能明白唐代人因居处的地域不同而有不同的地方语言和音乐。

首先是华夷之分。

这是最大的分类，崔颢《结定襄郡狱效陶体》云：“此乡多杂俗，戎夏殊音旨。”② 刘长卿《送崔载华张起之闽中》云：“旅食过夷落，方言会越音。”③ 张说《南中送北使二首》其二云：“夷歌翻下泪，芦酒未消愁。”④

其次才是各区域间的分别。

唐代的雅言当以京都为代表，可称为秦语秦音，晚唐薛能《送冯温往河外》云：“秦音尽河内。”⑤ 这是相对河外而言的。即便是同一方言大区，也有区别，王维《早入荥阳界》云：“因人见风俗，入境闻方言。”⑥ 荥阳在河南，王维山西人，但其入荥阳界，听到方言。这不奇怪，交通日繁、交流日密的今天，同一方言区的城市之间、城乡之间的语言仍有较大差异。唐诗中出现较多的是楚语楚歌和吴语吴音，这说明了吴、楚二地是中原以外文人活动最多的地区。

---

①《白居易诗集校注》卷二一，第1698页。

②《全唐诗》卷一三〇，第1323页。

③《刘长卿诗编年笺注》，第469页。

④《全唐诗》卷八八，第972页。

⑤《全唐诗》卷五五八，第6469页。

⑥《王维集校注》卷一，第41页。

楚语楚歌

李白《示金陵子》云："楚歌吴语娇不成，似能未能最有情。"① 刘长卿《同姜浚题裴式微余干东斋》云："吏体庄生傲，方言楚俗讹。屈平君莫吊，肠断洞庭波。"② 张说《荆州亭入朝》云："旃裘吴地尽，髻荐楚言多。"③ 储光羲《安宜园林献高使君》云："楚言满邻里，雁叫喧池台。"④ 安宜，今江苏宝应。孟浩然《夕次蔡阳馆》云："听歌知近楚，投馆忽如归。"⑤ 宋之问《初宿淮口》云："夜闻楚歌思欲断，况值淮南木落时。"⑥ 孙逖《淮阴夜宿二首》其二云："秋风淮水落，寒夜楚歌长。"⑦

吴语吴歌

孙逖《下京口埭夜行》云："江树朝来出，吴歌夜渐闻。"⑧ 祖咏《送刘高邮棁使入都》云："吴歌喧两岸，楚客醉孤舟。"⑨ 常建《江行》云："明月异方意，吴歌令客愁。"⑩ 刘长卿《贬南巴至鄱阳题李嘉祐江亭》云："稚子能吴语，新文怨楚辞。"⑪ 李白《春日陪杨江宁及诸官宴北湖感古作》云："新弦采梨园，古舞娇吴歈。曲度绕云汉，听者皆欢

①《李白全集编年笺注》卷八，第808页。
②《刘长卿诗编年笺注》，第195页。
③《全唐诗》卷八七，第956页。
④《全唐诗》卷一三七，第1390页。
⑤《孟浩然诗集校注》卷三，第327页。
⑥《宋之问集校注》卷三，第494页。
⑦《全唐诗》卷一一八，第1193页。
⑧《全唐诗》卷一一八，第1193页。
⑨《全唐诗》卷一三一，第1333页。
⑩〔唐〕常建著，王锡九校注：《常建诗歌校注》卷下，中华书局，2017年，第257页。
⑪《刘长卿诗编年笺注》，第197页。

娱。"[①] 李白又有《夜泊黄山闻殷十四吴吟》。

关于吴音有需要特别注意的地方,王昌龄《题净眼师房》云:"玉如意,金澡瓶,朱唇皓齿能诵经,吴音唤字更分明。"[②] 刘长卿《戏赠干越尼子歌》云:"鄱阳女子年十五,家本秦人今在楚。……却对香炉闲诵经,春泉漱玉寒泠泠。云房寂寂夜钟后,吴音清切令人听。人听吴音歌一曲,杳然如在诸天宿。"[③] 这里提到吴音与佛经诵读,于此可进而论之,中国诗歌创作之一大转捩在于南朝永明,《南齐书·陆厥传》载:"永明末,盛为文章,吴兴沈约、陈郡谢朓、琅邪王融以气类相推毂;汝南周颙,善识声韵。约等文皆用宫商,以平上去入为四声,以此制韵,不可增减,世呼为'永明体'。"[④] 讨论四声者,一般认为四声在此时得以发现,有一重要原因,则是与当时佛经翻译中考文审音有直接关系。这当无疑义。然而,从地域入手,亦可使此论进一步完善。据陈寅恪《从史实论切韵》《东晋南朝之吴语》所论洛阳旧音与吴音之关系,受陈文启发,于四声发现之说作一推论:其一,东晋以前,建都北方,官方语言和地方语言在北方大致同一,故没有讨论语音之必要;东晋以后,建都金陵,政治中心处在吴语区域,操音发声,大有不同,故有语音之议论,此当促进了音韵学的发展。四声之说倡于南朝宋、齐之间,乃语音学发展之积累;自东晋以来至于宋、齐,已历年数,其初渡之北人后代和吴地人士应熟悉北语和吴音,两种语音的研磨和比较易促进语音学之发展,此为古今通例;其二,唐人说"朱唇皓

①《李白全集编年笺注》卷一一,第 1069 页。

②〔唐〕王昌龄著,李云逸校注:《王昌龄诗注》卷二,上海古籍出版社,1984 年,第 98 页。

③《刘长卿诗编年笺注》,第 221 页。

④〔梁〕萧子显撰,中华书局编辑部点校:《南齐书》卷五二,中华书局,1972 年,第 898 页。

齿能诵经，吴音唤字更分明”[①]，“云房寂寂夜钟后，吴音清切令人听。人听吴音歌一曲，杳然如在诸天宿”[②]，必有其因由，联系佛经翻译促进四声之发现，则吴音与佛经的诵读最有切合处，张说在《唐玉泉寺大通禅师碑铭（并序）》中称赞神秀“说通训诂，音参吴晋”[③]，并非泛言，确有所指。其实，古代中国的语音和中原接触最多而又有差异的就是吴语，《颜氏家训·音辞》中即举例说江南语音和北方诵读经传的差异：“江南学士读《左传》，口相传述，自为凡例，军自败曰败，打破人军曰败（自注，败，补败反）。”[④]因此说，四声之发现并得到阐释，时间在南朝宋、齐之间最为适当，而不能在东晋初年。地点上在北音和吴语撞击最烈之地区，而吴音与佛经诵读最为近切，有可能是吴音相对于北方话声调丰富之故。故音韵学上的重要发现在吴语地区，乃其必然。此关学术大要，当深入探讨以成专文。

另有巴语巴歌，尤以《竹枝歌》为代表，刘禹锡《竹枝词九首（并引）》，述之最详。《蜀中名胜记》卷二二载：“琵琶峰下女子，皆善吹笛，嫁时，群女子治具吹笛，唱《竹枝词》送之。”[⑤]这种风俗应该是历史的遗存。杜甫《奉寄李十五秘书文嶷二首》其一云：“避暑云安县，秋风早下来。暂留鱼复浦，同过楚王台。猿鸟千崖窄，江湖万里开。竹枝歌未好，画舸莫迟回。”[⑥]郭知达《九家集注杜诗》卷二九引旧注：

---

①《王昌龄诗注》卷二《题净眼师房》，第98页。

②刘长卿：《戏赠干越尼子歌》，《刘长卿诗编年笺注》，第221页。

③《全唐文》卷二三一，第2334页。

④〔北齐〕颜之推撰，王利器撰：《颜氏家训集解》卷七，中华书局，1993年，第562页。

⑤〔明〕曹学佺：《蜀中名胜记》，重庆出版社，1984年，第315页。

⑥《杜诗详注》卷一五，第1293—1294页。

“竹枝歌,巴渝之遗音,惟峡人善唱。”[①] “竹枝歌,夔峡人歌之未好,则欲出夔峡听好音也。”[②]《暮春题瀼西新赁草屋五首》其二“万里巴渝曲,二年实饱闻”注:“《汉志》‘巴渝鼓员三十六人’注云‘其乐为巴渝乐’。”[③] 巴乐似以群奏为主。

二、区域文化对创作的影响

区域文化对诗歌创作在不同作家身上有不同程度的影响。诗歌创作中使用方言应该视为是对地域文化表现的结果,李华《寄赵七侍御》云:“玄猿啼深茏,白鸟戏葱蒙。”原注:“楚越谓竹树深者为茏。”[④]孟浩然《春情》云:“更道明朝不当作,相期共斗管弦来。”[⑤]袁枚《随园诗话》卷一三云:“唐人诗中,往往用方言……孟浩然诗:‘更道明朝不当作,相期共斗管弦来。’‘不当作’者,犹言先道个不该也。”[⑥]

民间歌谣对作家的影响,民间文学向文人创作的渗透,往往孕育出新的艺术品种。刘禹锡喜爱民间创作,并在自己的诗歌创作中吸收其营养。他特别钟爱《竹枝词》。其《杨柳枝词二首》云:“因想阳台无限事,为君回唱《竹枝歌》。”[⑦]《竹枝词二首》云:“楚水巴山江雨多,巴人能唱本乡歌。”[⑧]《踏歌词四首》云:“日暮江头闻《竹枝》,南

---

①〔唐〕杜甫著,〔宋〕郭知达编注:《九家集注杜诗》,上海古籍出版社,1985年,第457页。

②《九家集注杜诗》卷二九,第457页。

③〔清〕浦起龙撰:《读杜心解》,中华书局,1961年,第533页。

④《全唐诗》卷一五三,第1588页。

⑤《孟浩然诗集校注》卷四,第421页。

⑥〔清〕袁枚著:《随园诗话》,中国戏剧出版社,2002年,第382页。

⑦《刘禹锡全集编年校注》卷九《杨柳枝词二首》其二,第1027页。

⑧《刘禹锡全集编年校注》卷五《竹枝词二首》其二,第558页。

人行乐北人悲。自从雪里唱新曲，直到三春花尽时。”[①] 刘禹锡《竹枝词九首（并引）》：“四方之歌，异音而同乐。岁正月，余来建平，里中儿联歌《竹枝》，吹短笛，击鼓以赴节。歌者扬袂睢舞，以曲多为贤。聆其音，中黄钟之羽，其卒章激讦如吴声。虽伧儜不可分，而含思婉转，有淇濮之艳。昔屈原居沅湘间，其民迎神，词多鄙陋，乃为作《九歌》，到于今荆楚鼓舞之。故余亦作《竹枝词》九篇，俾善歌者扬之，附于末，后之聆巴歈，知变风之自焉。”[②]

刘禹锡《竹枝词九首》云：“白帝城头春草生，白盐山下蜀江清。南人上来歌一曲，北人莫上动乡情。”“山桃红花满上头，蜀江春水拍山流。花红易衰似郎意，水流无限似侬愁。”“江上朱楼新雨晴，瀼西春水縠文生。桥东桥西好杨柳，人来人去唱歌行。”“日出三竿春雾消，江头蜀客驻兰桡。凭寄狂夫书一纸，住在成都万里桥。”“两岸山花似雪开，家家春酒满银杯。昭君坊中多女伴，永安宫外踏青来。”“城西门前滟滪堆，年年波浪不能摧。懊恼人心不如石，少时东去复西来。”“瞿塘嘈嘈十二滩，此中道路古来难。长恨人心不如水，等闲平地起波澜。”“巫峡苍苍烟雨时，清猿啼在最高枝。个里愁人肠自断，由来不是此声悲。”“山上层层桃李花，云间烟火是人家。银钏金钗来负水，长刀短笠去烧畬。”[③] 又《竹枝词》云：“杨柳青青江水平，闻郎江上唱歌声。东边日出西边雨，道是无晴还有晴。”[④]

刘禹锡的这些创作具有地方特色的民歌风，主要体现民歌韵味，便于当地人歌唱，不可视为格律诗：其一，不主格律主情韵，“南人

---

① 《刘禹锡全集编年校注》卷三《踏歌词四首》其四，第 330 页。

② 《刘禹锡全集编年校注》卷五《竹枝词九首》，第 546 页。

③ 《刘禹锡全集编年校注》卷五，第 546—552 页。

④ 《刘禹锡全集编年校注》卷五《竹枝词》其一，第 556 页。

上来歌一曲，北人莫上动乡情”[①]，上句“南人”和下句“北人”中的“人”同字平声，“花红易衰似郎意，水流无限似侬愁”[②]，上句“花红”和下句“水流”中“红”和“流”都是平声字，“桥东桥西好杨柳”[③]，“桥东”“桥西”都是平声字；其二，多写当地景物，写夔州地区和与之相关地区的山川风情，白帝城、白盐山、蜀江、奉节瀼水、昭君坊、滟滪堆、瞿塘峡、巫峡等地名。同时也描写了活动在这一背景前的人物，男女之间的爱情，善于唱歌，来自成都的蜀客，以及女子负水男子耕种的劳动场景；其三，语言力求入俗流利，“侬”“个里”“懊恼”“等闲”等都力求运用当地的俚语，以达到演唱时与当地人易于产生共鸣的目的；其四，运用比喻，“花红易衰似郎意，水流无限似侬愁”[④]“懊恼人心不如石，少时东去复西来”[⑤]“长恨人心不如水，等闲平地起波澜”[⑥]；其五，使用民歌中常用的迭词的写作手法，家家、年年、嘈嘈、苍苍、层层；其六，对称，适宜口语表述，“上”与“下”、“东”与“西”、“南”与“北”、“来”与“去”、“长”与“短”；其七，重复。“红花”和“花红”、“春水拍山流”和“水流”、“桥东桥西”等。还有结构上的重复，“白帝城头春草生，白盐山下蜀江清”[⑦]，两句以“白”字重复领起。“桥东桥西好杨柳，人来人去唱歌行”[⑧]，其中“桥东桥西”和“人来人去”在结构上是相同的。

刘禹锡向民歌学习并创作为民间服务的歌词，白居易《忆梦得》

①《刘禹锡全集编年校注》卷五《竹枝词九首》其一，第 546 页。
②《刘禹锡全集编年校注》卷五《竹枝词九首》其二，第 548 页。
③《刘禹锡全集编年校注》卷五《竹枝词九首》其三，第 549 页。
④《刘禹锡全集编年校注》卷五《竹枝词九首》其二，第 548 页。
⑤《刘禹锡全集编年校注》卷五《竹枝词九首》其六，第 551 页。
⑥《刘禹锡全集编年校注》卷五《竹枝词九首》其七，第 551 页。
⑦《刘禹锡全集编年校注》卷五《竹枝词九首》其一，第 546 页。
⑧《刘禹锡全集编年校注》卷五《竹枝词九首》其三，第 549 页。

注云："梦得能唱《竹枝》，听者愁绝。"① 可见刘禹锡对民歌风格的体会已超过一般诗人，白居易说刘禹锡"能唱"，已不是简单的肯定。刘禹锡对音乐的兴趣还表现在他对歌者的关注，他不仅听民歌，还能听出民歌中音调、风格和层次："聆其音，中黄钟之羽，其卒章激讦如吴声。虽伧儜不可分，而含思婉转，有淇濮之艳。"② 还赞扬艺人的演唱，《与歌者米嘉荣》云："唱得凉州意外声，旧人唯有米嘉荣。"③《听旧宫中乐人穆氏唱歌》云："曾随织女渡天河，记得云间第一歌。"④《与歌者何戡》云："旧人唯有何戡在，更与殷勤唱渭城。"⑤《与歌童田顺郎》云："九重深处无人见，分付新声与顺郎。"⑥《田顺郎歌》云："清歌不是世间音，玉殿尝闻称主心。唯有顺郎全学得，一声飞出九重深。"⑦《赠李司空妓》云："高髻云鬟宫样妆，春风一曲杜秋娘。"⑧ 刘禹锡《别夔州官吏》云："惟有《九歌》词数首，里中留与赛蛮神。"⑨ 所言"九歌词数首"当指《竹枝词九首》。刘禹锡用功学习民歌，并在创作中很好地应用，这是超过杜甫夔州诗的方面。

当然还有不少诗人学习民歌，有意在创作中写出民歌的风味。如李白《越女词五首》，诗注："越中书所见也。"⑩ 诗云："长干吴儿女，眉目艳新月。屐上足如霜，不著鸦头袜。""吴儿多白皙，好为荡

①《白居易诗集校注》卷二六，第 2109 页。
②《刘禹锡全集编年校注》卷五《竹枝词九首》，第 546 页。
③《刘禹锡全集编年校注》附录一，第 2325 页。
④《刘禹锡全集编年校注》卷七，第 770 页。
⑤《刘禹锡全集编年校注》卷七，第 768 页。
⑥《刘禹锡全集编年校注》卷八，第 844 页。
⑦《刘禹锡全集编年校注》卷八，第 845 页。
⑧《刘禹锡全集编年校注》附录三，第 2427 页。
⑨《刘禹锡全集编年校注》卷五，第 559 页。
⑩《全唐诗》卷一八四，第 1885 页。

舟剧。卖眼掷春心,折花调行客。”“耶溪采莲女,见客棹歌回。笑入荷花去,佯羞不出来。”“东阳素足女,会稽素舸郎。相看月未堕,白地断肝肠。”“镜湖水如月,耶溪女似雪。新妆荡新波,光景两奇绝。”①显而易见是结合当地风情而学南朝民歌的。

乡土意识也会造成诗中的地域特征的呈现。贺知章《回乡偶书》云:“离别家乡岁月多,近来人事半销磨。唯有门前镜湖水,春风不改旧时波。”②《答朝士》云:“钑镂银盘盛蛤蜊,镜湖莼菜乱如丝。乡曲近来佳此味,遮渠不道是吴儿。”③《唐诗纪事》卷一七记载此诗写作背景:“朝士以知章吴越人,戏云:‘南金复生中土。’知章赋诗云。”④贺知章诗有乡土情味,《采莲曲》云:“稽山云雾郁嵯峨,镜水无风也自波。莫言春度芳菲尽,别有中流采芰荷。”⑤《咏柳》云:“碧玉妆成一树高,万条垂下绿丝绦。不知细叶谁裁出,二月春风似剪刀。”⑥乐府诗亦可融入乡土风物,骆宾王是婺州义乌人,其《棹歌行》当以家乡为背景:“写月涂黄罢,凌波拾翠通。镜花摇芰日,衣麝入荷风。叶密舟难荡,莲疏浦易空。凤媒羞自托,鸳翼恨难穷。秋帐灯华翠,倡楼粉色红。相思无别曲,并在棹歌中。”⑦

在地域文化诗歌写作中,形式上有两点值得重视:其一是描写一方水土的组诗,对人们认识诗歌中地域文化的表现具有如下特点,一是丰富性,由于是组诗,可以在不同层次上来展现区域自然景观和文

① 《全唐诗》卷一八四,第 1885 页。
② 《全唐诗》卷一一二,第 1147 页。
③ 《全唐诗》卷一一二,第 1147 页。
④ 《唐诗纪事校笺》,第 550 页。
⑤ 《全唐诗》卷一一二,第 1147 页。
⑥ 《全唐诗》卷一一二,第 1147 页。
⑦ 《全唐诗》卷七九,第 853 页。

化特征；二是自觉性，这是就诗人的观念而言，以若干首来表现同一区域，至少说明诗人对区域文化的兴趣和强烈的表现欲望；三是系统性，由多首诗歌组成一个表现系统，比单首诗歌更具表现力；四是独特性，由于诗歌是一种文化的特殊载体，是地志甚至游记所不能替代的，因此具有不可多得的认识价值。唐诗中有关地域组诗很多，如刘长卿《湘中纪行十首》分写湘妃庙、斑竹岩、洞阳山、云母溪、赤沙湖、秋云岭、花石潭、石菌山、浮石濑、横龙渡；李白《秋浦歌十七首》等。

其二是加注体。诗中加注古已有之，但风俗地域诗加注特多，这种现象说明风俗地域诗所写之景之物并非常见，不加注不能使人明白，加注势在必然。

元稹《酬乐天东南行诗一百韵》句中注："此后每联之内，半述巴蜀土风，半述江乡物产。""金丸小木奴"（注云，巴橘，酸涩，大如弹丸）；"烹鲧只似鲈"（注云，通州俗以鲧鱼为鲙）①。元稹读书很多，见闻亦广，擅长于描写地方风土。特别能将书本上的知识和实地知识联系起来，如《虫豸诗》第二篇《蛒蜂》云"昔甚招魂句，那知眼自逢"②，《招魂》云"赤蚁若象，玄蜂若壶些"③。又如《和乐天送客游岭南二十韵》，元稹未到过岭南，但写岭南之风物，非常切实，"波心涌楼阁，规外布星辰"，注云："交广间南极浸高，北极浸低，圆规度外，星辰至众，大如五曜者数十，皆不在《星经》。"④"狒狒穿筒格，猩猩置屐驯"，注云："郭璞云：鸴鸴，交广山谷间有之。南人俗法，尝用竹筒穿臂以授之。狒狒执臂辄笑，笑则唇蔽两目，人因自筒中出手，以钉钉之于树。猩猩嗜酒，好屐，南人尝以美酒置于其所，且排十数屐，猩猩

① 《元稹集》卷一二，第 156 页。
② 《元稹集》卷四，第 46 页。
③ 〔清〕王闿运撰，吴广平校点：《楚辞释》卷九，岳麓书社，2013 年，第 150 页。
④ 《元稹集》卷一二，第 160 页。

见之骤相谓曰:'吾既就擒矣。'然而渐饮至醉,醉则穿破屐而行,既不能去,相与泣而见获。故《吴都赋》曰:猩猩啼而就擒,鸴鸴笑而被格。盖为此。"①"贡兼蛟女绢,俗重语儿巾",注云:"南方去京华绝远,冠冕不到,唯海路稍通。吴中商肆多榜云:此有语儿巾子。"②"语儿巾"不见他书记载,据元稹诗"俗重语儿巾",如不是元稹自注,人们就无法知道"语儿巾"为何物。

在认识事物上,注甚至比诗本身还重要,或与诗构成互为说明、互为补充的关系,白居易《杭州春望》云:"望海楼明照曙霞(注,城东楼名望海楼),护江堤白蹋晴沙。涛声夜入伍员庙,柳色春藏苏小家。红袖织绫夸柿蒂(注,杭州出柿,蒂花者尤佳),青旗沽酒趁梨花(注,其俗酿酒,趁梨花时熟,号为梨花春)。谁开湖寺西南路,草绿裙腰一道斜(注,孤山寺路在湖洲中,草绿时望如裙腰)。"③许浑《岁暮自广江至新兴往复中题峡山寺四首》其三:"松盖环清韵,榕根架绿阴(南方有大叶榕树,枝垂入地生根)。洞丁多斫石,蛮女半淘金(端州斫石,涂涯县淘金为业)。"其四:"海虚争翡翠,溪逻斗芙蓉(南方呼市为虚,呼戍为逻,新州有翡翠虚、芙蓉逻)。古木高生槲,阴池满种松。火探深洞燕,香送远潭龙(南方持火于乳洞中,取燕而食。康州悦城县,有温媪龙,即蛇也。随水往舟船至人家,或千里外,皆以香酒果送之)。蓝坞寒先烧,禾堂晚并舂(种蓝多在坞中,先烧其地。人以木槽舂禾,谓之禾堂)。"④注对人们了解作品必不可少。

中国是一个地形多样地貌形态丰富的国家,尤其在古代,边远或落后地区(相对于中原)很少出现在文化人的视野中,士人因各种原

①《元稹集》卷一二,第160页。
②《元稹集》卷一二,第160页。
③《白居易诗集校注》卷二〇,第1623页。
④《全唐诗》卷五三七,第6132页。

因，或为官，或被贬逐，足迹所至，所闻所见超出原先的知识经验，他们会将之记录下来，诗歌只是其中的一种记录方式。通过这些诗歌可以了解古人对地域文化表现的意识和内容，以及其表达方式，一旦注意到这些资料的重要性，有些文学问题可以向深处讨论，如本文所提到的吴音与佛教诵读的关系，由此而引发的四声发现的地域因素，即是一例。

第二节　文学创作的区域重点及其文学表现

——以交通、城市、隐逸与文学为例

文学创作的区域重点，是指某一区域之中作家较为关注并在作品中得到表现的对象。就其数量和质量而言，都相对占有优势。这里有如下几点应予以说明，第一，文学创作区域重点的相对性。就全国而言，长安、洛阳是重点，尽管有安史之乱后文化南移之说，但终唐之世政治中心得到文人关注，也是创作的中心，这是无法动摇的。所以在讨论区域重点时，很少谈长安、洛阳，一则因为讨论地域文化与文学的关系，重点放在地方；二则因为长安、洛阳的创作一直为研究者所关注。就地方而言，也是相对的，但一般来看，区域首府创作相对集中，是重点地区，如某节度使府的治所，本质上就是该区域的中心。河东节度观察处置押北山诸蕃等使、兼太原尹、北都留守，领太原府、石、岚、汾、沁、辽、忻、代七州，无疑，太原是区域中心，也是创作的重点地区。浙西，通常治所在润州，但某一时段其创作重点却在湖州、苏州、杭州。具体到某一州，也有重点，如苏州的虎丘、杭州的西湖。第二，区域重点的变化性。重点会因时间先后而改变，因时间不同某一重点会产生变化，如今四川地区，第一时段至第九时段的诗歌创作数量分别为95(约为初唐)、75(盛唐)、735(盛中唐过渡)、113(中唐前期)、108(中唐后期)、125(中晚唐过渡)、75(晚唐)、113(晚唐后期及过渡)、13(五代)首,区域重点的诗歌创作数量也会随着整个区域总量的变化而增减的。第三,区域重点的人为性。人可以制造重点,如某一诗人长期生活在某一地点,这一地点在某一区域就成了创作重点。如王维的蓝田辋川创作、孟浩然的襄阳创作。四川地区盛中唐过渡期的作品有735首,而安史乱后杜甫入川,创作诗歌高达七百二十余首。第四,区域重点形成的多样性。区域重点形成的原因是多样的,比如处于交通中枢的城市易形成创作的区域重点,如扬州,处于漕运的枢纽,南来北往的行人,都要经过此地,而且扬州还是当时的商业中心。山川秀美和诗歌传统也会成为诗歌创作的重点地区,典型者如越中剡溪,李白《梦游天姥吟留别》诗中说:"明月照我影,送我至剡溪,谢公宿处今尚在,渌水荡漾清猿啼。"[①] 剡溪、谢灵运引起了诗人的神往。

诗歌创作重点区域的形成离不开这一区域的某种特定条件,同样,某一区域重点的文学创作也会努力表现该地区的山川形胜、风俗人情,形成独特的文化景观。交通、城市、隐逸与文学的关系,各自可以做出大文章,它们彼此自足却又互相联系。下面只是对其某一侧面作一些分析,不求全面,在短小的一章中谈这样的问题实在不可能面面俱到。

一、交通

古代的交通与城市的关系非常密切,交通路线大致就是重要城市和中小城市的连接线。我们将交通中心和城市中心分开论述是因

---

① 《李白全集编年笺注》卷七,第722页。

为交通中心不一定是这一区域的重要城市或次重要城市，有些城市既是交通中心又是区域的重要城市。这里主要讨论因交通而形成的诗歌创作空间重点，唐代交通与文学关系的研究已有专书。

（一）山岭

唐人喜欢游历天下名山，足迹所至，诗亦随之。有些山在交通线上有特殊的意义，荆门即是。荆门，山名，在今湖北宜都西北。在唐代由巴蜀进入楚地，或由楚入巴蜀，要经过荆门，李白《荆门浮舟望蜀江》云："逶迤巴山尽，摇曳楚云开。"① 胡皓《出峡》云："巴东三峡尽，旷望九江开。楚塞云中出，荆门水上来。"② 巴蜀人离开自己的故乡意义不同寻常，意味着面前会呈现出一个崭新的天地，过荆门时心情激动亢奋，陈子昂《度荆门望楚》云："遥遥去巫峡，望望下章台。巴国山川尽，荆门烟雾开。城分苍野外，树断白云隈。今日狂歌客，谁知入楚来。"③ 李白《渡荆门送别》云："渡远荆门外，来从楚国游。山随平野尽，江入大荒流。月下飞天镜，云生结海楼。仍怜故乡水，万里送行舟。"④ 陈子昂的诗当为始渡荆门入楚而作，他和李白的诗都描写了第一次由巴蜀入楚的感受，荆门是一分界，"巴国山川尽""山随平野尽"，都用了"尽"字，一是说巴国地界已尽，一是说山尽时出现了平野。陈、李二诗是很好的同题诗的比较，从诗中可以看出，二人的性格和感情的呈现是有区别的。陈子昂个性豪侠，充满自信，敢作敢为；而李白个性虽然洒脱，但只是个文侠而已，在诗中表露出初离故土的眷恋的情绪。他们共同欣赏出川后的景象，表现入楚时的视野开阔，"巴国山川尽，荆门烟雾开。城分苍野外，树断白云

①《李白全集编年笺注》卷一，第33页。

②《全唐诗》卷一八〇，第1123页。

③《全唐诗》卷八四，第917页。

④《李白全集编年笺注》卷一，第31页。

隈”,“山随平野尽,江入大荒流。月下飞天镜,云生结海楼”,陈诗质朴苍劲;李诗阔大空灵。结句则不同,陈子昂云“今日狂歌客,谁知入楚来”,李白云“仍怜故乡水,万里送行舟”,对比较为鲜明。这一情绪和以后他们的作为是非常一致的。陈子昂单刀直入,速赴洛阳,文学上很快加入高氏林亭和王明府山亭宴的唱和;政治上向武则天上书进谏。而李白则游历楚越,正如他的《秋下荆门》所云:“霜落荆门江树空,布帆无恙挂秋风。此行不为鲈鱼鲙,自爱名山入剡中。”① 后来“酒隐安陆,蹉跎十年”②。切入交通线上的一个点,进一步探讨作家的心灵历程,对经典作品作出新的诠释,也是关注地域文化与诗歌创作的用意之一。

荆门不仅是巴楚的分界,也是巴蜀与吴越的分界。由楚可以下吴越,李白《秋下荆门》中说:“此行不为鲈鱼鲙,自爱名山入剡中。”③ 渡荆门后即想访问越中山水。杜甫《春日梓州登楼二首》其二云:“厌蜀交游冷,思吴胜事繁。应须理舟楫,长啸下荆门。”④ 诗中写自己由蜀思吴,希望能理舟东下,过荆门下吴地。荆门也是湖南入巴蜀经过的地方,送人过巴蜀,也会提到荆门,如王昌龄《卢溪主人》诗云:“武陵溪口驻扁舟,溪水随君向北流。行到荆门上三峡,莫将孤月对猿愁。”⑤ 从朗州出发,向北行,再折向西南,经荆门,过三峡而入巴蜀。皇甫曾《送人还荆州》云:“草色随骢马,悠悠同出秦。水传云梦晓,山接洞庭春。帆影连三峡,猿声近四邻。青门一分手,难见杜陵

①《李白全集编年笺注》卷一,第 41 页。

②《李白全集编年笺注》卷一八《秋于敬亭送从侄端游庐山序》,第 1856 页。

③《李白全集编年笺注》卷一,第 41 页。

④《杜诗详注》卷一一,第 970 页。

⑤《全唐诗》卷一四三,第 1449 页。

人。”[①] 诗中也提到猿声。荆门给人留下深刻印象的除猿啼外，尚有滩急，李涉《竹枝词》云：“荆门滩急水潺潺，两岸猿啼烟满山。渡头少年应官去，月落西陵望不还。”[②] 过荆门的诗总会带上些哀愁。

荆门不仅是自然的地域分界，也是人心中分明的感觉界线，李白《早发白帝城》诗：“朝辞白帝彩云间，千里江陵一日还。两岸猿声啼不住，轻舟已过万重山。”[③] 此诗写李白流放夜郎被赦而返，从白帝城出发时的心理感受，故有夸张在。白帝至江陵，不仅是行程距离，更重要的是它跨越了两个地理和文化区域，由巴蜀入楚，由白帝至江陵，中间的荆门在地理位置上的重要性隐含在诗中。

和荆门性质相似的还有大庾岭，经大庾岭南行的诗人远没有经荆门的人多，同样由大庾岭北行的诗人也不多，尽管都是交通要道，荆门更多地出现在诗人的作品中。唐代巴楚交通要比湘粤、赣粤交通繁忙，岭南情况更为特殊，宋之问《早发大庾岭》云“浩途不可测，嵥起华夷界”[④]，视岭外为夷地，与华夏异。因此，进岭南者且多为贬谪者，宋之问《至端州驿见杜五审言沈三佺期阎五朝隐王二无竞题壁慨然成咏》诗题中出现四人，诗云：“逐臣北地承严谴，谓到南中每相见。岂意南中歧路多，千山万水分乡县。云摇雨散各翻飞，海阔天长音信稀。处处山川同瘴疠，自怜能得几人归。”[⑤] 宋之问以及杜审言等四人被贬岭南皆经大庾岭。即便是一般为官为职岭南者也有同感，许浑《南海府罢归京口经大庾岭赠张明府》诗云：“回日眼明河畔草，

① 《全唐诗》卷二一〇，第 2183 页。
② 《全唐诗》卷四七七，第 5429 页。
③ 《李白全集编年笺注》卷一四，第 1389 页。
④ 《宋之问集校注》卷二，第 429 页。
⑤ 《宋之问集校注》卷二，第 433 页。

去时肠断岭头花。"[1] 贬臣宋之问站在大庾岭之北驿，作《题大庾岭北驿》诗，诗云："阳月南飞雁，传闻至此回。我行殊未已，何日复归来。江静潮初落，林昏瘴不开。明朝望乡处，应见陇头梅。"[2] 过岭即为异域，南飞雁至此都不再向南飞，但自己还得向前，心情非常痛苦，一朝过岭，有如辞国，《度大庾岭》云："度岭方辞国，停轺一望家。魂随南翥鸟，泪尽北枝花。山雨初含霁，江云欲变霞。但令归有日，不敢恨长沙。"[3]

正因为大庾岭在地理上的特殊位置，出岭则如离国，入岭则如归家，大庾岭已具有深厚的文化内涵。张说《喜度岭》诗云"岭路分中夏，川源得上流"[4]，表达了入岭的感受。

另外，关塞在地理上也有分界的作用，入关、出关和入塞、出塞都是古人很看重的事。有些关塞在人们心目中已积淀成为一种象征。如玉门关、阳关，其旧址在今敦煌的西北和西南，二关南北相望，是通往西域两条道上的十分重要的关口。在唐人心目中，二关不仅遥远，而且成为国内外通道的界标。因其遥远，只是军事上设防需要而设置的孤城，岑参《玉门关盖将军歌》云："玉门关城迥且孤，黄沙万里白草枯。"[5] 王之涣《凉州词》云："黄河远上白云间，一片孤城万仞山。羌笛何须怨杨柳，春风不度玉门关。"[6] 王之涣诗中的"一片孤城"当指玉门关城。因其关外即为西域，故视二关为国门。李昂《从军行》云："汉家未得燕支山，征戍年年沙朔间。塞下长驱汗

---

①《丁卯集笺证》卷七，第 423 页。
②《宋之问集校注》卷二，第 427 页。
③《宋之问集校注》卷二，第 428 页。
④《全唐诗》卷八八，第 976 页。
⑤〔唐〕岑参撰，廖立笺注：《岑参诗笺注》卷二，中华书局，2018 年，第 386 页。
⑥《全唐诗》卷二五三，第 2849 页。

血马，云中恒闭玉门关。”① 以汉说唐，拒敌于关外。二关很遥远陌生，故言“不识”，王维《送平淡然判官》云：“不识阳关路，新从定远侯。黄云断春色，画角起边愁。瀚海经年到，交河出塞流。须令外国使，知饮月支头。”② 戴叔伦《闺怨》云：“不识玉门关外路，梦中昨夜到边城。”③ 二关被视为“天尽头”，刘长卿《送裴四判官赴河西军试》云“阳关望天尽，洮水令人愁。万里看一鸟，旷然烟霞收”④；被视为“绝域”，王维《送刘司直赴安西》云“绝域阳关道，胡沙与塞尘。三春时有雁，万里少行人。苜蓿随天马，蒲桃逐汉臣。当令外国惧，不敢觅和亲”⑤。能在关外驻军防御，就说明对外敌有震慑力，故诗中言“须令外国使，知饮月支头”“当令外国惧，不敢觅和亲”。应该说明的是，唐人眼中的西部的“天尽头”“绝域”，因时代不同有所变化，盛唐诗人岑参赴安西北庭，他则视安西北庭为“绝域海西头”⑥，安史乱后，河西沦陷，原在唐朝控制之下的今新疆地区也随之失控，边防线内缩，故在戴叔伦等中晚唐诗人眼中，阳关、玉门关已是“天尽头”和“绝域”了。

玉门关和阳关因遥远使人产生恐惧，骆宾王《在军中赠先还知己》云：“魂迷金阙路，望断玉门关。”⑦ 西行的人不多，人烟也稀少，耿湋《陇西行》云：“雪下阳关路，人稀陇戍头。”⑧古来能生还玉门关者是幸运的，戎昱《苦哉行》云：“出户望北荒，迢迢玉门关。生人为

①《全唐诗》卷一二〇，第1209页。
②《王维集校注》卷四，第407页。
③《全唐诗》卷二七四，第3104页。
④《刘长卿诗编年笺注》，第46页。
⑤《王维集校注》卷四，第405—406页。
⑥《岑参诗笺注》卷三《北庭作》，第489页。
⑦《全唐诗》卷七九，第856页。
⑧《全唐诗》卷二六八，第2981页。

死别，有去无时还。”[①] 胡曾咏史诗有《玉门关》云：“西戎不敢过天山，定远功成白马闲。半夜帐中停烛坐，唯思生入玉门关。”[②] 戴叔伦《塞上曲》云“愿得此身长报国，何须生入玉门关”[③] 是豪言壮语，同样说明入关之不易。阳关孤悬于绝域，安危难保，故耿湋《送王将军出塞》云：“绝漠秋山在，阳关旧路通。”[④] 这里说“通”，也就有不通之时。安史乱后，河西陷没，阳关不通，许棠《塞下曲》云：“安西虽有路，难更出阳关。”[⑤]

玉门关、阳关在通往西域的路上，地位十分重要，但二关以外就完全是异域风情了，甚至在唐人心目中被视为外域。唐人有二首写二关的名诗，那就是王维的《渭城曲》，诗云：“渭城朝雨浥轻尘，客舍青青柳色新。劝君更尽一杯酒，西出阳关无故人。”[⑥] 题一作《送元二使安西》，元二过阳关赴安西，故有“西出阳关无故人”之语。王之涣《凉州词》云：“黄河远上白云间，一片孤城万仞山。羌笛何须怨杨柳，春风不度玉门关。”[⑦] 一云“西出阳关无故人”，阳关外即是异域，能有多少中原人，更谈不上故人，故云“无故人”；一云“春风不度玉门关”，玉门关为绝域、为天边，哪有春风可言。

山岭关塞地理位置的重要性和特殊意义，各有不同。荆门是长江中上游区域间的交往通道，是巴蜀人寻找新的空间的起点，由荆门可以通向更为广阔的世界；大庾岭是落后荒蛮和先进文明的界标，入

---

①《全唐诗》卷一九，第 233 页。

②《全唐诗》卷六四七，第 7425 页。

③《全唐诗》卷二七四，第 3104 页。

④《全唐诗》卷二六八，第 2977 页。

⑤《全唐诗》卷六三〇，第 6967 页。

⑥《王维集校注》卷四，第 408 页。

⑦《全唐诗》卷二五三，第 2849 页。

岭者大都为朝廷贬臣，这就使大庾岭在人生坐标上具有了不同寻常的意义，它关联着士人的命运；玉门关和阳关，实为中外交通要塞，见证了丝绸之路的繁荣与衰落，也见证了大唐王朝的兴衰。从文化地理上对更多的山岭作文化的观照，会进一步确认自然和人文的关系及其意义，同样会加深对唐诗的理解。

（二）江湖

江，长江、湘江等大河，横贯东西，沟通南北，在古代交通中承担了主要责任。而湖泊联系着大小水系和周边的大小城市，也会成为交通线上让诗人停留、欣赏的美景。它们都是唐代交通中的诗歌创作的重点。这里举洞庭湖和湘水为例作分析。

洞庭有鲜明的地域特点，崔橹《春晚岳阳言怀二首》其一云："烟花零落过清明，异国光阴老客情。云梦夕阳愁里色，洞庭春浪坐来声。"[①] 张说对洞庭湖作过全方位描写，《游洞庭湖湘》云："平湖晓望分，仙峤气氛氲。鼓枻乘清渚，寻峰弄白云。江寒天一色，日静水重纹。树坐参猿啸，沙行入鹭群。缘源斑筱密，罥径绿萝纷。洞穴传虚应，枫林觉自熏。双童有灵药，愿取献明君。"[②]

诗人中游洞庭、写洞庭或未游洞庭而写到洞庭的很多，洞庭在地理上的位置正好连接湘水和长江，湘水由南向北流入洞庭，张谓《同王征君湘中有怀》云："八月洞庭秋，潇湘水北流。"[③] 北上的人要过洞庭，杜甫《过南岳入洞庭湖》云："鄂渚分云树，衡山引舳舻。"[④] 张谓《送裴侍御归上都》云："舟移洞庭岸，路出武陵溪。"[⑤] 而南征的

①《全唐诗》卷五六七，第 6566 页。
②《全唐诗》卷八八，第 974 页。
③《全唐诗》卷一九七，第 2019 页。
④《杜诗详注》卷二二，第 1951 页。
⑤《全唐诗》卷一九七，第 2017 页。

人也要过洞庭，王维《送邢桂州》云："铙吹喧京口，风波下洞庭。"[①]刘长卿《送李侍御贬郴州》云："洞庭波渺渺，君去吊灵均。几路三湘水，全家万里人。听猿明月夜，看柳故年春。忆想汀洲畔，伤心向白苹。"[②]刘长卿《洞庭驿逢郴州使还寄李汤司马》云："洞庭秋水阔，南望过衡峰。"[③]孟浩然《送王昌龄之岭南》云："洞庭去远近，枫叶早惊秋。"[④]

洞庭水势阔大，令人神往，也令人震撼，杜甫《登岳阳楼》云："昔闻洞庭水，今上岳阳楼。吴楚东南坼，乾坤日夜浮。"[⑤]有名的诗还有孟浩然《望洞庭湖赠张丞相》，诗云："八月湖水平，涵虚混太清。气蒸云梦泽，波撼岳阳城。"[⑥]岳州是环洞庭湖最重要的城市。置于洞庭湖，有天地浑然，不知东西之惬意，孟浩然《洞庭湖寄阎九》云："洞庭秋正阔，余欲泛归船。莫辨荆吴地，唯余水共天。"[⑦]留在唐人心目中的洞庭气势宏伟、波涌浪翻，元稹《洞庭湖》说得好："人生除泛海，便到洞庭波。"[⑧]

唐人爱写月，也爱赞美月光，张若虚的一首《春江花月夜》已让人痴迷。而洞庭湖的月光因湖面宽阔而分外明丽，李白《夜泛洞庭寻裴侍御清酌》云："日晚湘水绿，孤舟无端倪。明湖涨秋月，独泛巴陵西。"[⑨]他们更多是欣赏洞庭湖的秋月，李白《陪族叔刑部侍郎晔

---

①《王维集校注》卷二，第185页。

②《刘长卿诗编年笺注》，第350页。

③《刘长卿诗编年笺注》，第371页。

④《孟浩然诗集校注》卷二，第227页。

⑤《杜诗详注》卷二二，第1946—1947页。

⑥《孟浩然诗集校注》卷三，第233页。

⑦《孟浩然诗集校注》卷三，第297页。

⑧《元稹集》卷一五，第191页。

⑨《李白全集编年笺注》卷一四，第1421页。

及中书贾舍人至游洞庭五首》云："且就洞庭赊月色，将船买酒白云边"①，"洞庭湖西秋月辉，潇湘江北早鸿飞"②。韩偓《洞庭玩月》云："洞庭湖上清秋月，月皎湖宽万顷霜。玉碗深沉潭底白，金杯细碎浪头光。"③

环洞庭的城市重要的有朗州和岳州，一在西南，一在东北，岳阳城在湖东北，但崔季卿《晴江秋望》云"八月长江万里晴，千帆一道带风轻。尽日不分天水色，洞庭南是岳阳城"④，似不可解。这是因为作者立足点在长江，洞庭湖面很大，一小片水域在岳阳西偏北，故言洞庭这一小片水域东南是岳阳城所在。

文学与交通的意义，还有一层在于个人占籍和经历，也就是以出生地为中心和周围世界的联系，而这一联系使个人经历出现一条超出日常生活经验以外的交通聚焦点。如张九龄出生于韶州曲江，由曲江北征，其中一条线路就是沿湘水，入洞庭，出湖南，进长安，相反，张九龄由北返乡也可由湘水而归。湘水一头系着故土，一头系着仕途，它是一条流淌在诗人张九龄心中的河。他热爱家园，思恋湘水，其《奉使自蓝田玉山南行》诗云："峣武经陈迹，衡湘指故园。"⑤南还故里途中即向在京同僚介绍故土山水："土风从楚别，山水入

①《李白全集编年笺注》卷一四《陪族叔刑部侍郎晔及中书贾舍人至游洞庭五首》其二，第1428页。

②《李白全集编年笺注》卷一四《陪族叔刑部侍郎晔及中书贾舍人至游洞庭五首》其四，第1429页。

③〔唐〕韩偓撰，吴在庆校注：《韩偓集系年校注》卷二，中华书局，2015年，第331页。

④《全唐诗》卷二九五，第3354页。

⑤〔唐〕张九龄撰，熊飞校注：《张九龄集校注》卷三，中华书局，2008年，第268页。

湘奇。”[①] 但当他送人入京时，他感叹，心伤，“独叹湘江水，朝宗向北流”[②]，想像湘水北流，流向京城，而自己独不能像王司马那样赴京。

张九岭写湘水的诗都注满了情感和诉求，《初入湘中有喜》诗，是写他由荆州返乡经湘水的：“征鞍穷郢路，归棹入湘流。望鸟唯贪疾，闻猿亦罢愁。两边枫作岸，数处橘为洲。却计从来意，翻疑梦里游。”[③] 闻猿生愁，古今同情，但他因快到故土，“闻猿亦罢愁”了。《使还湘水》云：“归舟宛何处，正值楚江平。夕逗烟村宿，朝缘浦树行。于役已弥岁，言旋今惬情。乡郊尚千里，流目夏云生。”[④]“言旋今惬情”，心同赤子。张九龄借湘水言情的诗较多，有湘水诗感叹人生劳碌的，《湘中作》云：“湘流绕南岳，绝目转青青。怀禄未能已，瞻途屡所经。烟屿宜春望，林猿莫夜听。永路日多绪，孤舟天复冥。浮没从此去，嗟嗟劳我形。”[⑤] 有湘水诗表达乡土归宿感，也微有时与我违的无奈，《南还湘水言怀》云：“拙宦今何有，劳歌念不成。十年乖夙志，一别悔前行。归去田园老，倘来轩冕轻。江间稻正熟，林里桂初荣。鱼意思在藻，鹿心怀食苹。时哉苟不达，取乐遂吾情。”[⑥]

透视地域上的某一点来描述诗人的心灵历程，会切实把握诗人的情感吐露和变化，从张九龄的湘水情结不难意识到地域空间的标点在诗人情感诉求上的重要性。

和交通密切相关的文学现象研究，应该是丰富多彩的呈现，比如官吏的迁转，必有定向的行程线路，其途中会经过许多值得留下痕迹

---

①《张九龄集校注》卷三《南还以诗代书赠京师旧僚》，第 252 页。

②《张九龄集校注》卷三《饯王司马入计同用洲字》，第 196 页。

③《张九龄集校注》卷三，第 231 页。

④《张九龄集校注》卷三，第 225 页。

⑤《张九龄集校注》卷三，第 227 页。

⑥《张九龄集校注》卷三，第 230 页。

的景观，如张九龄出任洪州刺史经庐山，写出有关庐山的诗，《入庐山仰望瀑布水》云："绝顶有悬泉，喧喧出烟杪。不知几时岁，但见无昏晓。闪闪青崖落，鲜鲜白日皎。洒流湿行云，溅沫惊飞鸟。雷吼何喷薄，箭驰入窈窕。昔闻山下蒙，今乃林峦表。物情有诡激，坤元曷纷矫。默然置此去，变化谁能了？"① 又作《湖口望庐山瀑布水》云："万丈洪泉落，迢迢半紫氛。奔飞流杂树，洒落出重云。日照虹蜺似，天清风雨闻。灵山多秀色，空水共氤氲。"②

又比如运河是当时沟通东西，主要是南北交通的重要干线，沿线有许多城市，如洛阳、汴州至浙江东西道，沿途经过的主要城市是汴州、宋州、宿州、泗州、楚州、扬州、润州，可以看到，有关沿途城市的诗很多，这和交通与文学有直接的关系。当然，这些可以放到城市与文学中去讨论。

二、城市

隋唐时期，是中国古代城市的全面重建和又一个大发展时期。城市在文人的政治、经济和文化生活中产生了很大影响。其一，长安和洛阳的政治城市轴心地带的形成和巩固。其二，城市发展促成了区域中心的形成，如道的中心、方镇治所等；作为特殊的城市：京城，这是中央政府所在地，它是政治中心、文化中心、宗教中心、人物中心、诗歌中心、交流中心，集中反映了唐王朝的精神文明和政治文明。

地方中心城市的形成，有利于区域文学重点的加强。方镇治所所在，即为一方的区域中心，这一中心是文人活动的中心，也是文学创作的区域重点（详参拙著《唐方镇文职僚佐考》《唐代使府与文学

① 《张九龄集校注》卷三，第 246 页。

② 《张九龄集校注》卷三，第 239 页。

研究》)。唐代还有一重要现象,就是重要官员被贬往地方,成为地方大员,因其个人的诗才、个性魅力和曾有的声望,形成区域创作的中心,而这一中心是以主要城市为依托的。如张九龄荆州、张说岳州、元稹越州诗歌的创作。

另外还有贬谪官员,尽管他们不是地方大员,而是闲职的司马,如白居易的江州司马,一度也会成为诗歌创作的区域重点。这些创作对一方诗界的开拓或发展是有贡献的。

(一)张说岳州、荆州诗叙

《新唐书》卷一二五《张说传》云:"素与姚元崇不平,罢为相州刺史、河北道按察使。坐累徙岳州,停实封。说既失执政意,内自惧。雅与苏瑰善,时瑰子颋为相,因作《五君咏》献颋,其一纪瑰也,候瑰忌日致之。颋览诗呜咽,未几,见帝陈说忠謇有勋,不宜弃外,遂迁荆州长史。"① 此前张说已有因忤旨配流钦州的经历。

第一,张说的岳州诗。对张说岳州诗历来评价很高,《新唐书》本传云:"既谪岳州,而诗益凄婉,人谓得江山助云。"②《唐摭言》卷六载,王泠然上张说书有云:"相公昔在南中,自为《岳阳集》。"③张说从宰相、中书令的位置先出刺相州,再贬往岳州,越贬越远,他的心理感受是悲伤的,这种悲伤甚至连随侍左右的儿子都没有他那样深切之体会。

主观情绪要通过物象来表现,或者说自然景观中某些事物最易和作者的情感交融,张说在岳州创作的诗,多半带有感伤的色彩,其中之一就是爱写猿和猿啼,《和尹懋秋夜游㴩湖》同题二首云:"山门

①《新唐书》,第 4407 页。

②《新唐书》卷一二五,第 4410 页。

③〔五代〕王定保撰,阳羡生校点:《唐摭言》,上海古籍出版社,2012 年,第 43 页。

送落照，湖口升微月。林寻猿狖居，水戏鼋鼍穴。”[①]“林里栖精舍，山间转去舟。雁飞江月冷，猿啸野风秋。”[②]《岳州送梁六入朝》云：“近洲朝鹭集，古戍夜猿哀。”[③]《游洞庭湖》云：“树坐参猿啸，沙行入鹭群。缘源斑筱密，罥径绿萝纷。”[④]《岳州别子均》云：“津亭拔心草，江路断肠猿。”[⑤]《对酒行巴陵作》云：“鸟哭楚山外，猿啼湘水阴。”[⑥]《岳州夜坐》云：“江近鹤时叫，山深猿屡鸣。”[⑦]这也就形成张说岳州诗反映地域特色的一种景观。和张说一起创作或唱和的，有随侍左右的长子张均、从事尹懋，还有贬谪的赵冬曦，三人的诗歌和张说的格调大致相近，张均有《和尹懋登南楼》《江上逢春》《九日巴丘登高》《和尹懋秋夜游㴩湖二首》《岳阳晚景》六首，尹懋有《奉陪张燕公登南楼》《秋夜陪张丞相赵侍御游㴩湖二首》《同燕公泛洞庭》四首，赵冬曦有《陪张燕公登南楼》《酬燕公出湖见寄》《奉和张燕公早霁南楼》《㴩湖作》《和燕公岳州山城》《和尹懋秋夜游㴩湖二首》《陪燕公游㴩湖上寺》《答张燕公翻著葛巾见呈之作》《奉答燕公》《陪张燕公行郡竹篱》《和燕公别㴩湖》《奉酬燕公见归田赋垂赠之作》十三首。尹懋等三人诗作，只有一首诗写到猿，即赵冬曦的《奉和张燕公早霁南楼》云：“鸿归鹤舞送，猿叫莺声续。”[⑧]从下面的“群动皆熙熙，噫予独羁束”[⑨]句子可知，赵冬曦是将鸿归鹤舞、猿叫莺声属于

①《全唐诗》卷八六，第 934 页。
②《全唐诗》卷八七，第 954 页。
③《全唐诗》卷八八，第 973 页。
④《全唐诗》卷八八，第 974 页。
⑤《全唐诗》卷八七，第 951 页。
⑥《全唐诗》卷八八，第 973—974 页。
⑦《全唐诗》卷八八，第 975 页。
⑧《全唐诗》卷九八，第 1057 页。
⑨《全唐诗》卷九八，第 1057 页。

“熙熙”之列，作为乐景来写，以衬托自己的哀愁，当然起到以乐景写哀益增其哀的效果。同一事物因为作者的感悟和体验不一样，其表现的可能性也不相同，猿声对于张说来讲，十分敏感，他似被猿声所包围，猿声成了他生活场景中主要的事物，也就成了他诗作中表现情感意象的重要构成部分。而尹懋等人会用其他事物来表达同样的感情。因此，有同样的生存环境，并不一定有同样的诗歌意象，这也是诗歌最能体现个人才具和智能的地方，以其丰富性、多样性而供后人选择阅读。

张说因其感伤，在诗中常表现生存环境的恶劣，《岳州作》云：“潦收江未清，火退山更热。……器留鱼鳖腥，衣点蚊虻血。”① 但可贵的是作者有时能超越伤痛，写出岳州的自然美景，在《游洞庭湖湘》诗中作者认为岳州虽穷，山水却很奇特，“剖竹守穷渚，开门对奇域”②，奇域景观为：“岩坛有鹤过，壁字无人识。滴石香乳溜，垂崖灵草植。”③ 而在《岳阳早霁南楼》诗中描写了岳州独特的地理位置和莺啭树红的自然景观：“夜来枝半红，雨后洲全绿。四运相终始，万形纷代续。适临青草湖，再变黄莺曲。地穴穿东武，江流下西蜀。”④ 张说诗中多写岳阳的秋景和春景，这与文人喜欢春秋出游有关，秋景如《和尹懋秋夜游㴩湖》云：“山门送落照，湖口升微月。林寻猿狖居，水戏鼋鼍穴。”⑤《岳州别赵国公王十一琚入朝》云：“今参鱼鳖守，望美洞庭归。浦树悬秋影，江云烧落辉。”⑥《和尹懋秋夜游㴩湖》

①《全唐诗》卷八六，第 932 页。
②《全唐诗》卷八六，第 932 页。
③《全唐诗》卷八六，第 932 页。
④《全唐诗》卷八六，第 933 页。
⑤《全唐诗》卷八六，第 934 页。
⑥《全唐诗》卷八七，第 951 页。

云："林里栖精舍，山间转去舟。雁飞江月冷，猿啸野风秋。"[①] 春景如《与赵冬曦尹懋子均登南楼》云："危楼泻洞湖，积水照城隅。命驾邀渔火，通家引凤雏。山晴红蕊匝，洲晓绿苗铺。举目思乡县，春光定不殊。"[②]《同赵侍御巴陵早春作》云："水苔共绕留乌石，花鸟争开斗鸭栏。佩胜芳辰日渐暖，然灯美夜月初圆。"[③] 这些诗歌因景物描写的生动细腻，使岳州的地方风光和优美壮观的水域得到较为充分的揭示。

张说在岳州对民俗亦给予了适当的关注，他将民俗纳入其治理一方政治的内容，与民同乐成了诗歌的基调，其《岳州观竞渡》诗，生动地展现了民间竞渡的过程："画作飞凫艇，双双竞拂流。低装山色变，急棹水华浮。土尚三闾俗，江传二女游。齐歌迎孟姥，独舞送阳侯。鼓发南湖溠，标争西驿楼。并驱常诧速，非畏日光遒。"[④] 这是唐代较早的一首写地方竞渡的诗篇，至少是一篇较为完整地写这一民间活动的诗篇。

张说对岳州特殊的地理风貌、民间习俗的描写固然出于一方长官治民理政的需要，也是一位诗人对自然的独特体验的呈现，他认为"物土南州异"，"日昏闻怪鸟，地热见修蛇"[⑤]。《巴丘春作》云："湖阴窥魍魉，丘势辨巴蛇。岛户巢为馆，渔人艇作家。"[⑥] 湖乡景象，居处特征，可入地方志。

张说《岳州宴姚绍之序》云："山寺外庐，幽深形胜。"[⑦] 可能是公

---

① 《全唐诗》卷八七，第 954 页。

② 《全唐诗》卷八七，第 954 页。

③ 《全唐诗》卷八七，第 962 页。

④ 《全唐诗》卷八八，第 973 页。

⑤ 《全唐诗》卷八八《岳州作》，第 974 页。

⑥ 《全唐诗》卷八八，第 975 页。

⑦ 《全唐诗》卷八八，第 974 页。

务繁忙，有些奇境他在任上也未能走访，如其在《岳阳石门墨山二山相连有禅堂观天下绝境》中所说："竹径入阴窅，松萝上空蒨。草共林一色，云与峰万变。探窥石门断，缘越沙涧转。两山势争雄，峰巘相顾眄。药妙灵仙宝，境华岩壑选。清都西渊绝，金地东敞宴。池果接园畦，风烟迩台殿。"[①] 石门、墨山在华容县，故诗云："困轮江上山，近在华容县。"[②] 只是在天晴时登高遥见石门、墨山，"常涉巴丘首，天晴遥可见"[③]。二山虽美，诗人在岳阳守任上一直未能前往，此时他由岳州赴任荆州，顺道来访，"及此符守移，欢言临道便"[④]。

张说岳州诗，尽现水泽辽旷，汀葭寒烟，有鲜明的地域文化特点。

第二，张说的荆州诗。张说开元三年为岳州刺史，五年，迁荆州大都督府长史，在荆州任上时间不长，开元六年已迁右羽林将军、幽州都督、河北节度使。

张说在荆州的诗表现出另一方面的兴趣，对地方人文和历史关注较多，游赏古迹，缅怀古人，集中在三方面。一是缅怀古代文人，如写有《过庾信宅》，庾信宅本为宋玉宅，侯景之乱时，庾信自建康遁归江陵，居之，故《哀江南赋》云："诛茅宋玉之宅，穿径临江之府。"[⑤] 倪璠《庾子山集》注云："《渚宫故事》曰：'庾信因侯景乱，自建康遁归江陵，居宋玉故宅。宅在城北三里，故《哀江南赋》云。后杜甫诗："曾闻宋玉宅，每欲到荆州。"李商隐诗："可怜留著临江宅，异代应教

① 《全唐诗》卷八六，第933页。

② 《全唐诗》卷八六，第933页。

③ 《全唐诗》卷八六，第933页。

④ 《全唐诗》卷八六，第933页。

⑤ 〔北周〕庾信撰，〔清〕倪璠注，许逸民点校：《庾子山集注》卷二，中华书局，1980年，第104页。

庾信居。”是其证矣。’”[①] 按庾氏本新野人，今赋所云自滔徙居江陵即是。张说《过庾信宅》诗云：“兰成追宋玉，旧宅偶词人。笔涌江山气，文骄云雨神。包胥非救楚，随会反留秦。独有东阳守，来嗟古树春。”[②] 赞美地方文人的才气和品性。二是赞美古代地方女杰，其一为樊姬，《韩诗外传》卷二载，楚庄王以沈令尹为忠贤，夫人樊姬曰：“今沈令尹相楚数年矣，未尝见进贤而退不肖也，又焉得为忠贤乎？”庄王旦朝以樊姬之言告沈令尹，令尹避席而进孙叔敖，叔敖治楚三年而楚国霸。楚史援笔而书之于策曰：“楚之霸，樊姬之力也。”[③] 张说作《登九里台是樊姬墓》诗云：“楚国所以霸，樊姬有力焉。不怀沈尹禄，谁谙叔敖贤。万化茫无在，孤坟独岿然……登高形胜出，访古令名传。自我来符守，因君树蕙荃。”[④] 此诗作于开元六年荆州长史任。其后，开元二十五年至二十七年张九龄为荆州长史，也写有悼樊姬诗，观诗题《郢城西北有大古冢数十，观其封域，多是楚时诸王，而年代久远不复可识，唯直西有樊妃冢，因后人为植松柏，故行路尽知之》，当为诗序，由诗题得知，楚诸王墓冢数十，而后人独表樊妃之墓，表达了楚人对樊妃这一杰出女性的怀念和颂扬。此诗题又对荆州樊妃墓的存在状况作了重要补充。张九龄诗云：“嘉名有所在，芳气无幽深。楚子初逞志，樊妃尝献箴。能令更择士，非直罢从禽。旧国皆湮灭，先王亦莫寻。唯传贤媛陇，犹结后人心。”[⑤] 三是评点古代君王，张说《过怀王墓》云：“咿嚘不可信，以此败怀王。客死峣关路，返葬岐江阳。啼

①《庾子山集注》卷二，第106页。

②《全唐诗》卷八七，第953页。

③〔汉〕韩婴撰，屈守元笺疏：《韩诗外传笺疏》，巴蜀书社，2012年，第65页。

④《全唐诗》卷八六，第935页。

⑤《张九龄集校注》卷四，第302页。

狖抱山月，饥狐猎野霜。一闻怀沙事，千载尽悲凉。”① 评品历史，别有深意。

（二）张九龄洪州、荆州诗叙

张九龄开元十五年至十七年任洪州刺史，开元二十五年至二十七年任荆州长史。张九龄洪州诗《郡舍南有园畦杂树聊以永日》《临泛东湖》二诗，议论说理多于写景，前诗二十句，只有四句稍涉洪州地域特点：“江城何寂历，秋树亦萧森。下有北流水，上有南飞禽。”② 北流水，当指赣江，北流入鄱阳湖。后诗二十六句，稍涉东湖景的也只有六句：“林与西山重，云因北风卷。晶明画不逮，阴影镜无辨。晚秀复芬敷，秋光更遥衍。”③ 西山，一名南昌山。他的登临游览诗，主观情绪太浓，心理紧张，而不能较好地表现地域特征，如《出为豫章郡途次庐山东岩下》诗中所云：“想象终古迹，惆怅独往心。纷吾婴世网，数载忝朝簪。孤根自靡托，量力况不任。多谢周身防，常恐横议侵。岂匪鹓鸿列，惕如泉壑临。”④ 诗中说的是实情，张九龄是广东韶关曲江人，地处边隅，出身孤寒，靠自身努力奋斗，进入中央高层。“孤根”的情结在《叙怀二首》其一中得到了强调：“孤根亦何赖，感激此为邻。”⑤ 他一生当中理想和现实的矛盾是激烈的，政治家的思想使他的诗歌多议论抒情，特殊的出身，使他更重亲情。观其诗歌，写亲情写乡恋的诗至为感人，《二弟宰邑南海见群雁南飞因成咏以寄》云：“小大每相从，羽毛当自整。双凫侣晨泛，独鹤参宵警。”⑥ 借雁起兴，

①《全唐诗》卷八六，第935—936页。

②《张九龄集校注》卷二，第153页。

③《张九龄集校注》卷二，第155页。

④《张九龄集校注》卷三，第248页。

⑤《张九龄集校注》卷四，第331页。

⑥《张九龄集校注》卷四，第328页。

一片深情。《初秋忆金均两弟》云："孤云愁自远，一叶感何深。"[①]《与弟游家园》写亲情与国恩的矛盾："善积家方庆，恩深国未酬。栖栖将义动，安得久情留。"[②]他的《望月怀远》因感受独特而为人传诵："海上生明月，天涯共此时。情人怨遥夜，竟夕起相思。灭烛怜光满，披衣觉露滋。不堪盈手赠，还寝梦佳期。"[③]其实他的另一首望月诗刻画感情也十分细腻，《秋夕望月》云："清迥江城月，流光万里同。所思如梦里，相望在庭中。皎洁青苔露，萧条黄叶风。含情不得语，频使桂华空。"[④]

而抒情言志往往采用独白的形式，如《杂诗五首》《感遇十二首》，在地方写的诗有不少也可视为一种独白姿态。游山玩水本是群体行为，而这类诗很少是集体唱和，这和在朝廷的唱和大异其趣，在朝廷唱和中，公共的话语和功利的奉酬，使诗歌成了名利的工具。地方诗作则不是这样，如《南阳道中作》云："顾忆徇书剑，未尝安枕席。"[⑤]《湘中作》云："永路日多绪，孤舟天复冥。"[⑥]《巡按自漓水南行》云："即事聊独欢，素怀岂兼适。"[⑦]《荆州作二首》云："众口金可铄，孤心丝共棼"[⑧]，"心伤不林树，自念独飞翰"[⑨]。不难窥视其独白情怀。

刘禹锡《读张曲江集作》并引："自内职牧始安，有瘴疠之叹；自

---

①《张九龄集校注》卷四，第327页。
②《张九龄集校注》卷二，第161页。
③《张九龄集校注》卷四，第277页。
④《张九龄集校注》卷四，第278页。
⑤《张九龄集校注》卷三，第222页。
⑥《张九龄集校注》卷三，第227页。
⑦《张九龄集校注》卷三，第270页。
⑧《张九龄集校注》卷四《荆州作二首》其一，第316页。
⑨《张九龄集校注》卷四《荆州作二首》其二，第318页。

退相守荆门,有拘囚之思。托讽禽鸟,寄词草树,郁然有骚人风。”①这里刘禹锡试图用“骚人风”来概括张九龄荆州诗,事实上以“有拘囚之思。托讽禽鸟,寄词草树,郁然有骚人风”来诠释岳州诗更为妥帖一些。

可以说张九龄《荆州作二首》为抒情之作,基本没有地域特色。但张九龄在荆州不仅游览荆州城,描写荆州的风物山水,《登荆州城楼》云:“古往山川在,今来郡邑殊。北疆虽入郑,东距岂防吴。几代传荆国,当时敌陕郛。上流空有处,中土复何虞。枕席夷三峡,关梁豁五湖。”②概括了荆州的地理位置、历史变迁和山川形势。他还游览了属县,并有诗歌纪行,《冬中至玉泉山寺属穷阴冰闭崖谷无色及仲春行县复往焉故有此作》云:“灵境信幽绝,芳时重暄妍。再来及兹胜,一遇非无缘。万木柔可结,千花敷欲然。松间鸣好鸟,竹下流清泉。石壁开精舍,金光照法筵。”③玉泉山寺在今湖北当阳市西,唐属荆州。《祠紫盖山经玉泉山寺》云:“观奇逐幽映,历险忘岖嵚。上界投佛影,中天扬梵音。”④又有《郢城西北有大古冢数十,观其封域,多是楚时诸王,而年代久远不复可识,唯直西有樊妃冢,因后人为植松柏,故行路尽知之》。《登临沮楼》云:“危楼入水倒,飞槛向空摩。杂树缘青壁,樛枝挂绿萝。潭清能彻底,鱼乐好跳波。”⑤同时他还努力去描写江城的景观,《郡府中每晨兴辄见群鹤东飞至暮又行列而返哧唳云路甚和乐焉予愧独处江城常目送此(鸟)意有所羡遂赋以诗》云:“云间有数鹤,抚翼意无违。晓日东田去,烟霄北渚归。欢呼良自

①《刘禹锡全集编年校注》卷三,第 265 页。
②《张九龄集校注》卷二,第 133 页。
③《张九龄集校注》卷四,第 300 页。
④《张九龄集校注》卷四,第 297 页。
⑤《张九龄集校注》卷二,第 138 页。

适，罗列好相依。远集长江静，高翔众鸟稀。”[①]《登荆州城望江二首》云：“滔滔大江水，天地相终始”，“东望何悠悠，西来昼夜流”[②]。张九龄荆州诗在表现地域文化特点上可以和张说诗互为补充和发明。

（三）元稹越州诗和白居易杭州诗叙

元、白的诗和张说、张九龄的城市诗相比又是另一类型。元稹和白居易是有意识去表现其所在城市的特点的，而且他们之间有诗歌往来，这又推动了他们表现各自城市景观的诗歌创作。

元稹元和五年至九年在江陵作有《送王协律游杭越十韵》诗，诗云：“去去莫凄凄，余杭接会稽。松门天竺寺，花洞若耶溪。浣渚逢新艳，兰亭识旧题。山经秦帝望，垒辨越王栖。江树春常早，城楼月易低。镜澄湖面嶂，云迭海潮齐。章甫官人戴，莼丝姹女提。长干迎客闹，小市隔烟迷。纸乱红蓝压，瓯凝碧玉泥。荆南无抵物，来日为侬携。”[③]诗中主要是写杭州风景名胜，字里行间流露出仰羡之情。长庆四年元稹就在越州观察使任上，《旧唐书》卷一六六《元稹传》云：“会稽山水奇秀，稹所辟幕职，皆当时文士，而镜湖、秦望之游，月三四焉，而讽咏诗什，动盈卷帙。”[④]不仅是越地山水奇秀，其人文内涵也非常深厚，其《酬乐天早春闲游西湖……》云：“墨池怜嗜学，丹井羡登真。”自注：“逸少墨池，稚川丹井，皆越中异迹。”[⑤]“异迹”实为人文之迹。最有意味的是，元稹作有《以州宅夸于乐天》诗，诗云：“州城迴绕拂

①《张九龄集校注》卷四，第323—324页。

②《张九龄集校注》卷二，第135页。

③《元稹集》卷一一，第150—151页。

④《旧唐书》，第4336页。

⑤《元稹集》卷一三《酬乐天早春闲游西湖颇多野趣恨不得与微之同赏因思在越官重事殷镜湖之游或恐未暇因成十八韵见寄乐天前篇到时适会予亦宴镜湖南亭因述目前所睹以成酬答末章亦示暇诚则势使之然亦欲粗为恬养之赠耳》，第167页。

云堆，镜水稽山满眼来。四面常时对屏障，一家终日在楼台。星河似向檐前落，鼓角惊从地底回。我是玉皇香案吏，谪居犹得住蓬莱。”①《重夸州宅旦暮景色兼酬前篇末句》云：“仙都难画亦难书，暂合登临不合居。绕郭烟岚新雨后，满山楼阁上灯初。人声晓动千门辟，湖色宵涵万象虚。为问西州西刹岸，涛头冲突近何如？”② 这算是对地方特点的自觉展示。

白居易长庆二年求外任，去杭州任刺史，由于白居易的到来，杭州城市的风光得到充分的展示，他作有题名为《余杭形胜》的诗：“余杭形胜四方无，州傍青山县枕湖。绕郭荷花三十里，拂城松树一千株。梦儿亭古传名谢，教妓楼新道姓苏。独有使君年太老，风光不称白髭须。”③ 诗中高度概括，“余杭形胜四方无”是诗人对杭州城的高度评价，青山、西湖、荷花、松林、谢亭、苏妓，这是杭州城的精华，也是诗人的钟爱。诗人最爱的还是杭州城的春天，《钱塘湖春行》云：“孤山寺北贾亭西，水面初平云脚低。几处早莺争暖树，谁家新燕啄春泥？乱花渐欲迷人眼，浅草才能没马蹄。最爱湖东行不足，绿杨阴里白沙堤。”④《杭州春望》云：“望海楼明照曙霞（注，城东楼名望海楼），护江堤白蹋晴沙。涛声夜入伍员庙，柳色春藏苏小家。红袖织绫夸柿蒂（注，杭州出柿，蒂花者尤佳），青旗沽酒趁梨花（注，其俗酿酒，趁梨花时熟，号为梨花春）。谁开湖寺西南路，草绿裙腰一道斜（注，孤山寺路在湖洲中，草绿时望如裙腰）。”⑤《春题湖上》云：“湖上春来似画图，乱峰围绕水平铺。松排山面千重翠，月点波心一颗珠。

①《元稹集》卷二二，第 281 页。
②《元稹集》卷二二，第 281 页。
③《白居易诗集校注》卷二〇，第 1629 页。
④《白居易诗集校注》卷二〇，第 1614 页。
⑤《白居易诗集校注》卷二〇，第 1623 页。

碧毯线头抽早稻，青罗裙带展新蒲。未能抛得杭州去，一半勾留是此湖。”①《杭州春望》诗中有四个注释，这意味着不加注释，人或不明，也正是杭州城的特点。“草绿裙腰”，委婉动人，诗情画意，吸纳其中，无怪乎《春题湖上》还有“青罗裙带展新蒲”之句。

诗歌反映地域特点不如散文，散文有足够的文字来叙述，游记更是对一方山川人物形胜的记录，但诗歌的表现力也有散文不达之处。城市的特点、城市的景观，是文人朝夕相接的深刻映象。对其表现，可能受一种经验干扰而模糊了区域景观及其表现，但一种对陌生自然景观和人文风俗的好奇是对诗歌之境开拓的内在动力，一经诗人表现就有了无穷的艺术魅力，这是诗人对地域文化的贡献。

三、隐逸

隐逸是唐代文人生活的重要现象，形成了别致的文化传统。隐逸通常有地区、地点的选择，这和主体的动机密切相关。“终南捷径”一词，传达出这样的信息：隐和仕在调适中变为一对孪生兄弟，仕不顺利则隐，隐为了仕，几乎是隐而优则仕。选择终南山则是隐而仕的最佳捷径，终南山位置优越，近邻长安，又名南山、太乙山、太一山，“太乙近天都”②。隐居终南山，一是方便去京城活动，二是易与在终南休沐的贵人交往，三是张大声势易于影响京师，最重要的是在名分上得个“隐士”的招牌。其实唐代真正由隐而仕途发达的人就很少，更不会出现“剡溪捷径”“洞庭捷径”。古代还有一类隐士，算是真隐士吧，一生或大半生都在一个地方生活，或隐于故土，由于朝夕于斯，他们对故土的区域特点作了充分的描写，写了大量的乡土诗，可谓细

① 《白居易诗集校注》卷二三，第 1812 页。

② 《王维集校注》卷二《终南山》，第 193 页。

致入微。唐代作家中如孟浩然即是。

区域文学创作中，区域的自然景物、文化景物是作家表现的对象，区域也是文学家活动的范围。因此，一个主要活动在某一区域的作家，他可以将此区域的地域特点作较为细致深入的表现。和交通中心、城市中心和使府中心不同的是，以个体活动为中心的诗歌在诗歌艺术上比较独特。而交通中心等，由于多人参与而形成诗歌创作区域中心，就诗歌创作的情景来看，与京都诗略有共通处，即习惯于流行的主流话语和诗歌创作的通行模式，文化认同造成了个性的失落而产生诗风的平庸和内容的单一，在这一层面上，它们表现为京都创作模式的弘扬光大，可称之为亚京都范式。

区域创作中心并非一定是诗歌创作数量最高的地区，诗歌创作数量的高低与诗人个体活动关系最为密切，如王绩的诗歌主要创作于家乡。他事实上处于政治边缘、诗坛边缘。处于政治边缘一生难以通达，而处于文化边缘或诗坛边缘的诗人未必不能成为大家。因为边缘诗人不受主流诗坛的影响，不会犯流行病，他们的诗歌或许能在保持旧传统上别于时流而独树一帜于诗坛。

第一，王绩诗的创作空间相对比较单一，从地域文化角度看，大致是绛州龙门，今山西河津，甚至更小，即为北山。北山，这是王绩生活的主要空间，既是具体的，又是模糊的。尽管其为隋大儒王通之弟，但交游不广，视野狭小。这就决定了他的诗歌创作是自我情感的满足。

王绩生活的地域比较固定，那就是家乡绛州龙门，他生平中也有几次在京城生活的经历，或不乐在朝，或托疾罢归。在京时亦怀恋故土家园。《在京思故园见乡人问》云："旅泊多年岁，老去不知回。"①

①〔唐〕王绩著，夏连保校注：《王绩文集》卷三，三晋出版社，2016年，第173页。

在京城偶遇乡人，便询问故乡事："忽逢门前客，道发故乡来。敛眉俱握手，破涕共衔杯。"① 这一乡人与诗人关系如何，不得而知，但这不重要，重要的是诗人借此机会，抒发情感，回忆那熟悉的地域空间，"殷勤访朋旧，屈曲问童孩。衰宗多弟侄，若个赏池台？旧园今在否，新树也应栽？柳行疏密布，茅斋宽窄裁？经移何处竹，别种几株梅？渠当无绝水，石计总生苔？院里谁先熟，林花那后开？"② 在京城或为仕或求仕，称为"旅泊"，其《晚年叙志示翟处士》诗中云："弱龄慕奇调，无事不兼修。……明经思待诏，学剑觅封侯。弃繻频北上，怀刺几西游。中年逢丧乱，非复昔追求。……晚岁聊长想，生涯太若浮。归来南亩上，更坐北溪头。"③

王绩生活主要有两个空间，一是实际的狭小空间，如北山（《北山》），酒店（《题酒店壁》）、卜铺（《戏题卜铺壁》）；一是由狭小的实际空间放射出的想象空间，《游仙四首》从空间地域意识看，起点是"暂出东陂路，过访北岩前"④，诗开篇二句中的"东陂"和"北岩"皆为王绩生活中的两处地方，东陂，即东皋；北岩，即北山，指黄颊山，王绩有《游北山赋》。由此想到古代的神仙蔡经、王烈，蔡经得王远"尸解"之法，蝉蜕仙去；王烈服石髓而成仙，事见《神仙传》。诗中所写或仙或隐，体现出仙隐合流、神人同一。但作者对神仙之事和隐逸之事的态度不一样，《策杖寻隐士》，对隐士生活的描写，一往情深，企羡之至："置酒烧枯叶，披书坐落花。新垂滋水钓，旧结茂陵罝。"⑤ 隐居除享受自然山水的恩赐外，生活亦自在快乐，诗中概括这样的生活为

① 《王绩文集》卷三，第 173 页。

② 《王绩文集》卷三，第 173 页。

③ 《王绩文集》卷三，第 150—151 页。

④ 《王绩文集》卷三，第 130 页。

⑤ 《王绩文集》卷三，第 153 页。

饮酒、读书、垂钓和网捕。因此能发自心底地赞叹隐居的意义："岁岁长如此，方知轻世华。"①而在《赠学仙者》诗中作者的态度非常明朗，酒比仙重要，而且实际上，他认为，仙人在哪里？连求仙访药的道士都未能返回，给以否定，"谁知彭泽意，更道步兵耶？春酿煎松叶，秋杯浸菊花"②。仰慕陶渊明、阮籍的酒名，在仙与酒之间选择："相逢宁可醉，定不学丹砂。"③他在《醉后》诗中亦云："阮籍醒时少，陶潜醉日多。百年何足度，乘兴且长歌。"④《独坐》云："百年随分了，未羡陟方壶。"⑤

这种比较纯的隐士，常常出现在易代之际，陶渊明是一例。隋唐之际也出现了像王绩这样的隐逸之士。《唐代墓志汇编》乾封〇三四《唐故董府君墓志铭（并序）》云："隋大业年，勋庸克著，职列荣班，诏加正议大夫，累除泽州端氏县令。自皇唐抚运，景命惟新。君逸志林泉，忘情簪绂，披叶帷于五柳，列花簟于三桃。"⑥这一董姓士人也是如此。

第二，因地域之限，其交往单一。即使和他有往来的处士道友，只是生活中的朋友，而不是诗友。王绩诗中可观其交接的对象：

一是现实中的人：1. 妇、儿，《田家三首》其一："倚床看妇织，登垄课儿锄。"⑦2. 乡人，《田家三首》其三："朝朝访乡里，夜夜遣人酤。家贫留客久，不暇道精粗。"⑧3. 朋友，李征君（《赠李征君大寿》）、

① 《王绩文集》卷三，第153页。
② 《王绩文集》卷二，第97页。
③ 《王绩文集》卷二，第97页。
④ 《王绩文集》卷二，第84页。
⑤ 《王绩文集》卷三，第155页。
⑥ 《唐代墓志汇编》上册，第465页。
⑦ 《王绩文集》卷二，第94页。
⑧ 《王绩文集》卷二，第94—95页。

房玄龄（《赠梁公》，梁公，房玄龄，疑有误，“朱门虽足悦，赤族亦可伤”[①]。或只是感事之作，先有赠梁公之意，实未赠也）、薛收（时为天策府记室参军，收曾师事王通，王绩有《薛记室收过庄见寻率题古意以赠》，隋末大乱，“余及尔皆亡，东西各异居。尔为培风鸟，我为涸辙鱼。……赖有北山僧，教我以真如。使我视听遣，自觉尘累祛”[②]），另有崔善为，崔曾为蒲州刺史，据《九月九日赠崔使君善为》诗意，当是作者向崔善为刺史求酒：“野人迷节候，端坐隔尘埃。……香气徒盈把，无人送酒来。”[③]《冬夜载酒于乡馆寻崔使君善为》云：“今夕山阴赏，谁知逢道安？”[④]崔、王二人可否同饮，亦不从确知，据崔善为《答王无功冬夜载酒乡馆》和《答王无功九日》二诗，有可能二人并未同饮，崔前诗云：“颁条忝贵郡，悬榻久相望。……明朝蓬户侧，会自谒任棠。”[⑤]只是对王绩访问不遇的礼节性回应和致歉；崔后诗云：“摘来还泛酒，独坐即徐斟。王弘贪自醉，无复觅杨林。”[⑥]对王诗的回应亦有深意。王绩诗用了陶潜的典故，《艺文类聚》卷四引《续晋阳秋》，陶渊明九月九日无酒，出宅边菊丛中，摘菊盈把，坐其侧，久之，望见白衣人至，乃王弘送酒也，即便就酌，醉后而归。崔诗则言“王弘贪自醉”，自比王弘，王弘自己饮酒作乐，已入醉乡，哪里还能给你送酒？

另有辛学士（《建德破后入长安咏秋蓬示辛学士》）、蔡学士君知（《同蔡学士君知咏云》）、翟处士（《晚年叙志示翟处士》《春夜过翟处士正师饮酒醉后自问答二首》）、李处士（《山中别李处士》）、王处

---

①《全唐诗》卷三七，第479页。
②《王绩文集》卷二，第80—82页。
③《王绩文集》卷二，第114页。
④《王绩文集》卷二，第116页。
⑤《全唐诗》卷三八，第493页。
⑥《全唐诗》卷三八，第494页。

士(《秋夜喜遇王处士》)、程处士(《过程处士饮率尔成咏》云:“但使百年相续醉,何愁万里客衣单。”[①])、郑处士(《过郑处士山庄二首》)、仲长子光(《游山赠仲长先生子光》,洛阳人,无室庐,绝妻子,隋开皇末年,结庵河渚,卖药为业,弹琴饵药,以终其世。有“石壁旋题诗”[②]句)、苗道士(《寻苗道士山居》)、黄道士(《赠山居黄道士》云:“逃名遂得志,□□若为传。”[③])、北山僧(《薛记室收过庄见寻率题古意以赠》云:“赖有北山僧,教我以真如。使我视听遣,自觉尘累祛。”[④]),无名氏较多。

二是古人,阮籍、嵇康、陶渊明、扬雄。《田家三首》其一:“阮籍生年懒,嵇康意气疏。……草生元亮径,花暗子云居。”[⑤]向长、闵仲叔,《北山》云:“子平一去何时返?仲叔长游遂不来。”[⑥]《后汉书》卷八三《逸民传》云:“向长字子平,河内朝歌人也。隐居不仕,性尚中和,好通《老》《易》。贫无资食,好事者更馈焉,受之取足而反其余。王莽大司空王邑辟之,连年乃至,欲荐之于莽,固辞乃止。潜隐于家。读《易》至《损》《益》卦,喟然叹曰:‘吾已知富不如贫,贵不如贱,但未知死何如生耳。’建武中,男女娶嫁既毕,敕断家事勿相关,当如我死也。于是遂肆意,与同好北海禽庆俱游五岳名山,竟不知所终。”[⑦]闵仲叔,《后汉书》卷五三云:“太原闵仲叔者,世称节士,虽周党之洁清,自以弗及也。党见其含菽饮水,遗以生蒜,受而不食。建武中,应

---

①《王绩文集》卷二,第85页。

②《王绩文集》卷二《游山赠仲长先生子光》,第74页。

③《王绩文集》卷三,第158页。

④《王绩文集》卷二,第81—82页。

⑤《王绩文集》卷二,第93—94页。

⑥《王绩文集》附录,第252页。

⑦〔南朝宋〕范晔撰,〔唐〕李贤等注,中华书局编辑部点校:《后汉书》,中华书局,1965,第2758—2759页。

司徒侯霸之辟。既至，霸不及政事，徒劳苦而已。仲叔恨曰：‘始蒙嘉命，且喜且惧；今见明公，喜惧皆去。以仲叔为不足问邪，不当辟也。辟而不问，是失人也。’遂辞出，投劾而去。复以博士征，不至。客居安邑。老病家贫，不能得肉，日买猪肝一片，屠者或不肯与，安邑令闻，敕吏常给焉。仲叔怪而问之，知，乃叹曰：‘闵仲叔岂以口腹累安邑邪？’遂去，客沛。以寿终。”①王绩诗中对阮籍、陶潜称道最多，酒为媒介。

第三，孤独的倾诉。独自生存和独自行动，这是王绩在诗中经常出现的自我意象，他有《独坐》两首诗，其《黄颊山》云：“无人堪作伴，岁晚独悠哉。”②《春庄走笔》云：“自觉勋名薄，方知道义尊。所嗟同志少，无处可忘言。”③独自行动，原因在于无志同道合者，《被征谢病》云：“相将共无事，何处犯尘嚣？”④《山中独坐》云：“试逐游山去，聊观避俗情。……还看市朝路，无处不营营！”⑤不愿委身于世俗。他爱独坐，《山夜》云：“长歌明月在，独坐白云浮。物情劳倚伏，生涯任去留。”⑥《端坐咏思》云：“纷吾独无闷，高卧喜闲居。世途何足数，人事本来虚。……寄言忘怀者，归来任卷舒。”⑦甚至中夜独坐，《秋园夜坐》云：“秋来木叶黄，半夜坐林塘。……寂寞知何事？东篱菊稍芳。”⑧

他喜独酌（《独酌》），《新园旦坐》云：“松栽一当伴，柳种五为

①《后汉书》，第1740页。
②《王绩文集》卷二，第69页。
③《王绩文集》卷二，第78页。
④《王绩文集》卷二，第65页。
⑤《王绩文集》卷二，第91页。
⑥《王绩文集》卷二，第71—72页。
⑦《王绩文集》卷二，第107页。
⑧《王绩文集》卷三，第181页。

名。独对三春酌,无人来共倾。”①

他常独入山泉,《山中采药》云:“采药北岩阴,乘兴独幽寻。”②《性不好治产兴后言怀》云:“独与入山泉。”③

他不满世俗,孤芳自赏,在表达上也在寻求独白的形式,《古意六首》其一:“幽人在何所?紫岩有仙躅。……世无钟子期,谁知心所属?”④自我封闭,全身远祸,来自心灵的恐惧,其二以竹与小草对比,竹子“有用虽自伤,无心复招疾。不如山上草,离离保终吉”⑤。竹被用可作乐器,“裁为十二管,吹作雄雌律”⑥,但会招来疾痛,不像小草无人惠顾,而能一生平安。其三,宝龟虽神,亦免不了一死,“一朝失运会,刳肠血流死”⑦。诗人认为这一下场都是自找的:“弃置谁怨尤?自我招此否。”⑧保持自语状态,其四:“自言生得地,独负凌寒洁。”⑨与凤对话,其六:“问凤那远飞?贤君坐相望。凤言荷深德,微禽安足尚。”⑩他最欣赏桂树,其五:“桂树何苍苍,秋来花更芳。自然岁寒性,不知露与霜。幽人重其德,徙植临前堂。连拳八九树,偃蹇二三行。枝枝自相纠,叶叶还相当。去来双鸿鹄,栖息两鸳鸯。荣荫诚不厚,斤斧亦勿伤。赤心许君时,此意那可忘!”⑪

①《王绩文集》卷三,第159页。
②《王绩文集》卷二,第108页。
③《王绩文集》卷二,第119页。
④《王绩文集》卷三,第163—164页。
⑤《王绩文集》卷三,第165页。
⑥《王绩文集》卷三,第165页。
⑦《王绩文集》卷三,第165页。
⑧《王绩文集》卷三,第166页。
⑨《王绩文集》卷三,第166页。
⑩《王绩文集》卷三,第168页。
⑪《王绩文集》卷三,第167页。

自问自答，在唐诗坛上的出现，印证了中国诗歌独白形态的源远流长。《春桂问答》云："问春桂，桃李正芬华。年光随处满，何事独无花？春桂答：春华讵能久？风霜摇落时，独秀君知否？"①《独坐》云："问君樽酒外，独坐更何须？有客谈名理，无人索地租。三男婚令族，五女嫁贤夫。百年随分了，未羡陟方壶。"②《山中独坐自赠》云："幽人似不平，独坐北山楹。携妻梁处士，别妇许先生。摈俗劳长叹，寻山倦远行。空山斜照落，古树寒烟生。解组陶元亮，辞家向子平。是非何处在？潭泊苦纵横。"③《自答》云："公子澹无为，非关怀□移。老莱犹有妇，王霸岂无儿。人世何劳隔，生涯故可知。溪流无限水，树长自然枝。竹林横□□，梧桐倚惠施。杨朱那早计，烦此泣途歧。"④《春夜过翟处士正师饮酒醉后自问答二首》云："明朝解醒处，为道向谁家？"⑤"解醒须及曙，路远莫言旋"⑥。独白实在是苦闷的象征。

因此，王绩在追寻生命的要义，"生存"成了自己拷问的对象，孤独忧伤如此，又何必有"此生"，"生"必承载巨大灾难，《阶前石竹》云："常恐零露降，不得全其生。叹息聊自思，此生岂我情！昔我未生时，谁者令我萌。"⑦借竹自言。

恐惧，内心的压力，他是无法承载的，他应该释放。其疏导的方法：一是在群体的交流中得到释放，一是在自然山水的亲近过程中得

①《王绩文集》卷三，第 142 页。
②《王绩文集》卷三，第 155 页。
③《王绩文集》卷三，第 125—126 页。
④《王绩文集》卷三，第 126—127 页。
⑤《王绩文集》卷三《春夜过翟处士正师饮酒醉后自问答二首》其一，第 149 页。
⑥《王绩文集》卷三《春夜过翟处士正师饮酒醉后自问答二首》其二，第 149 页。
⑦《王绩文集》卷二，第 99 页。

到转移而获得解脱。由于王绩的隐居生活，生存空间相对狭小，他自然选择了后者。他对自己生存的小环境非常挑剔，这一点都体现在择偶标准上，《未婚山中叙志》云："物外知何事？山中无所有。风鸣静夜琴，月照芳樽酒。直置百年内，谁论千载后！张奉娉贤妻，老莱藉嘉偶。孟光傥未嫁，梁鸿正须妇。"[①] 疑此诗为有人提亲时而戏赠对方之作，表明自己的生活态度和择偶标准，诗中张奉、老莱、孟光、梁鸿皆是隐者的典型。张奉，《太平御览》卷五〇二引谢承《后汉书》云："张奉字公先，弟表字公仪，河内人，兄弟少有高节，立精舍教授，恶衣粗食，太傅袁隗以女妻奉，送女奢丽奴婢百人，皆被罗縠，辎軿光路，妇入门数年，奉住精舍，有如路人，其妻待奉入朝，乃径前跪曰：'家公年老不以妾顽陋，使侍君巾栉，自知不副雅操，君如欲执梁鸿之高节，妾欲怀孟光之微志。'奉无以答，妻悉彻玩饰被服奴婢，著缦帛，执纺绩具，奉然后纳之，诸公连征不就。"[②] 老莱子事，《古列女传》卷二云，老莱子，楚国隐士，楚王闻其名，愿委以国政，老莱应允，"妻曰：'妾闻之：可食以酒肉者，可随以鞭捶；可授以官禄者，可随以铁钺。今先生食人酒肉，授人官禄，为人所制也，能免于患乎？妾不能为人所制。'投其畚莱而去。老莱子曰：'子还，吾为子更虑。'遂行不顾。"[③] 梁鸿、孟光事，《后汉书》卷八三《梁鸿传》载，梁鸿娶孟光为妻，"居有顷，妻曰：'常闻夫子欲隐居避患，今何为默默？无乃欲低头就之乎？'鸿曰：'诺。'乃共入霸陵山中，以耕织为业，咏《诗》《书》，弹琴以自娱"[④]。《春晚园林》云："不道嫌朝隐，无情受陆沉。忽逢今旦乐，

① 《王绩文集》卷三，第 160 页。

② 〔宋〕李昉：《太平御览》，中华书局，1960 年，第 2295 页。

③ 〔清〕王照圆撰，虞思征点校：《列女传补注》卷二《楚老莱妻》，华东师范大学出版社，2012 年，第 86 页。

④ 《后汉书》，第 2766 页。

还逐少时心。卷书藏箧笥,移榻就园林。老妻能劝酒,少子解弹琴。落花随处下,春鸟自须吟。兀然成一醉,谁知怀抱深?"① 家庭成员在他的熏陶下,和他的心趣保持一致。

第四,有限的地域文化表现。像王绩这样一位诗人,长期生活在家乡,理应对故土的文化和地域特征作深入的刻画,但是没有,或者说相当有限。这与人的感官对熟悉事物缺少表现的欲望相关,所谓熟视者无睹。事实上,他所有的表达都是以自我思想和自我行为为中心的,朝夕生死、沧海桑田、城市丘墟,深化了他对人生、社会和世界的认识,感受到生命的脆弱和城市的脆弱。《端坐咏思》云:"咄嗟建城市,倏忽观丘墟。"②

唐代大多数诗人的行迹远不像王绩这样简单,但在其生平中确有一段时间相对集中活动于某一地区,使这一地区的诗歌创作形成高潮,比如李白。由于王绩长期生活在家乡,使其对某一喜好事物的兴趣保持专一,感情较为纯粹,如对酒的专一,并熟悉酒的生产过程,《看酿酒》云:"六月调神曲,正朝汲美泉。从来作春酒,未省不经年。"③ 酒初成时他便品尝春酒,《尝春酒》云:"野杯浮郑酌,山酒漉陶巾。但令千日醉,何惜两三春。"④ 山与隐便,酒与饮随,人物和自然和谐共处,《山中别李处士播》云:"为向东溪道,人来路渐赊。山中春酒熟,何处得停家?"⑤《初春》云:"春来日渐长,醉客喜年光。稍觉池亭好,偏闻酒瓮香。"⑥《过酒家五首》《题酒店壁》,酒趣与自然融

①《王绩文集》卷二,第74—75页。

②《王绩文集》卷二,第107页。

③《王绩文集》卷二,第95页。

④《王绩文集》卷二,第87页。

⑤《王绩文集》卷二,第73页。

⑥《王绩文集》卷二,第73页。

合为一。《题黄颊山壁》云："几看松叶秀，频值菊花开。"① 诗人在自然万象中，欣喜于松叶茂密和菊花盛开，正在于"春酿煎松叶，秋杯浸菊花"②。

但有一现象要注意到，王绩对一些常见之景，能常见常新，因时间"距离"产生新鲜感，《春园兴后》云："比日寻常醉，经年独未醒。回瞻后园柳，忽值数行青。定是春来意，低头更好听。歌莺辽乱动，莲叶绕池生。"③ 经年未醒实是诗人夸张的说法，究其实际，应是冬至酒兴大发，常饮常醉，没有注意身边的景物的变化，季节的更替，某天看到园柳变青，才意识到春天来了，诗行中流露出满心的喜悦。此诗深得谢灵运"池塘生春草，园柳变鸣禽"④ 妙句的精髓。

王绩诗客观上还是表现了家乡的地域风貌的，如《山中采药》云："石横疑路断，云暗觉峰沉。"⑤ 感觉世界的错误判断，反而真实表现了家乡的山川特点。

王绩有一首《野望》诗，诗云："东皋薄暮望，徙倚欲何依？树树皆秋色，山山唯落晖。牧人驱犊返，猎马带禽归。相顾无相识，长歌怀采薇。"⑥ 东皋即东陂，王绩生活的地方。全诗写他家乡傍晚的景象。尽管地方特色不浓，但他实实在在是写的龙门一景。诗中让人们除了感受到诗人的生活情趣和理想外，还隐约地传递出乡土的气息。

由此可见，人生的活动域界会对作者的创作有限制的，无论作者

---

①《王绩文集》卷二，第 69 页。

②《王绩文集》卷二《赠学仙者》，第 97 页。

③《王绩文集》卷二，第 98 页。

④〔南朝宋〕谢灵运著，黄节注：《谢康乐诗注》卷二《登池上楼》，中华书局，2008 年，第 61 页。

⑤《王绩文集》卷二，第 108 页。

⑥《王绩文集》卷二，第 109—110 页。

如何想超越现实空间向更广宽的世界拓展，毕竟可供作者触摸的还是眼前的一方土地。王绩诗歌在总体上提供给我们特定历史时段某一区域文化的风貌，这是不能忽视的，诗人的活动自身和诗人作品中展现的人物活动，构成了一幅绛州龙门的风俗图景，这和陶渊明笔下的故土图景在区域文化认识上是具有同样价值的。

小　结

其一，山川的景观呈现，有其焦点，因为某一景观必有其特别能反映该景观特征的景点，唯其独有，或最能与其他景观区分出来的景物，也特别能引起人们的关注。

其二，富有地方特点的名物进入诗歌，不仅有鲜明的生活气息，而且有可能成为区域文化的一个背景符号，这些名物进入诗中其含义已超出名物自身。

其三，风俗的描写表现了各区域的文化特征，具体会通过民居、神灵、饮食来体现。

其四，语言和音乐是最能反映地域文化的两大要素，首先是华夷之分，其次才是各区域间的分别。而吴音有需要特别注意的地方，由吴音与佛经诵读可进而推论四声得以发现，有特定的地域因缘，即在北音和吴语撞击最烈之地区，而吴音与佛经诵读最为近切。故音韵学上的重要发现在吴语地区，乃其必然。

其五，区域文化对诗歌创作在不同作家身上有不同程度的影响。诗歌创作中使用方言应该视为是对地域文化表现的结果。民间文学向文人创作的渗透，往往孕育新的艺术品种。

其六，在表现地域文化的诗歌写作中，组诗的认识价值和艺术魅力在于其丰富性、自觉性、系统性和独特性。而加注体是表现陌生文化的必然结果,在认识事物上,注释甚至比诗本身还重要,或与诗构成互为说明、互为补充的关系。

其七,古代的交通与城市的关系非常密切,古代的交通路线大致就是重要城市和中小城市的连接线。交通而形成的诗歌创作空间重点:(一)山岭。荆门山不仅是巴楚分界,也是巴蜀与吴越的分界。荆门不仅是自然的地域分界,也是人心中分明的感觉界线;大庾岭在地理上有特殊位置,出岭则如离国,入岭则如归家,大庾岭已具有深厚的文化内涵。关塞在地理上也有分界的作用,有些关塞在人们心目中已积淀成为一种象征,如玉门关、阳关。荆门是长江中上游区域间的交往通道,是巴蜀人寻找新的空间的起点,由荆门可以通向更为广阔的世界;大庾岭是落后荒蛮和先进文明的界标,入岭者大都为朝廷贬臣,这就使大庾岭在人生坐标上具有了不同寻常的意义,它关联着士人的命运;玉门关和阳关,实为中外交通要塞,见证了丝绸之路的繁荣与衰落,也见证了大唐王朝的兴衰。(二)江湖。以张九龄与湘水为例,论述以出生地为中心和周围世界的联系呈现出超出日常生活经验以外的交通聚焦点,从张九龄的湘水情结不难意识到地域空间的标点在诗人情感诉求上的重要性。

其八,城市是诗人生存的主要空间。地方中心城市的形成,有利于区域文学重点的加强。城市的特点、城市的景观,是文人朝夕相接的深刻映象。对其表现,可能受一种经验干扰而模糊了区域景观及其表现,但一种对陌生自然景观和人文风俗的好奇是对诗歌之境开拓的内在动力,一经诗人表现就有了无穷的艺术魅力,这是诗人对地域文化的贡献。

其九,隐逸诗人王绩处于政治边缘、诗坛边缘。边缘诗人不受主流诗坛的影响,诗歌或许能在保持旧传统上别于时流而独树一帜于诗坛。王绩诗的创作空间相对比较单一,他的表达大致是以自我思想和自我行为为中心的。王绩诗歌在总体上提供给我们特定历史时段某一区域文化的风貌,诗人的活动自身和诗人作品中展现的人物活动,构成了一幅绛州龙门的风俗图景,这和陶渊明笔下的故土图景在区域文化认识上是具有同样价值的。

第五章　地域文化的表述与诗歌创作(二)

第一节　文化的历史传统与诗人生存的地域空间

从发生学看,传统文化又常常表现出地域文化的特征。因此这一地域特点鲜明的文化传承构成了时间和空间的交合,同中心文化或中原文化相比,它们更多是处于次中心或边缘地带文化区,如吴越文化、楚文化、巴蜀文化等。

唐代诗歌中,这种迭合通常表现为有地域特征的人事在诗歌中的表现,在长沙诗中常常会咏唱贾谊;在蜀中诗中常常会咏唱诸葛亮。即使在一般诗中也会关注历史上这一区域的人文景观。张说《庾信宅》云:"兰成追宋玉,旧宅偶词人。笔涌江山气,文骄云雨神。包胥非救楚,随会返留秦。独有东阳守,来嗟古树春。"① 庾信宅在今湖北江陵县北,本为宋玉宅,侯景之乱时,庾信自建康遁归江陵,居之,故《哀江南赋》云:"诛茅宋玉之宅,穿径临江之府。"② 宋之问《洞庭

① 《张说集校注》卷八,第 425 页。

② 《庾子山集注》卷二,第 104 页。

湖》:“张乐轩皇至,征苗夏禹徂。楚臣悲落叶,尧女泣苍梧。”[①]诗中四个有关洞庭的典故:《庄子·天运》云:“北门成问于黄帝曰:‘帝张《咸池》之乐于洞庭之野,吾始闻之惧,复闻之怠,卒闻之而惑,荡荡默默,乃不自得。’”[②]《书·大禹谟》载,虞舜时,有苗叛乱,舜命禹往征讨。《九歌·湘夫人》云:“袅袅兮秋风,洞庭波兮木叶下。”[③]《列女传》卷一载,尧之二女,舜之二妃,长曰娥皇,次曰女英。舜南巡,死于苍梧,二妃追之不及,死于江湘之间[④]。崔湜《襄阳作》云:“醉中求习氏,梦里忆襄王。宅坏仍思凤,碑存更忆羊。”[⑤]用了有关襄阳的典实。《世说新语·任诞》注引《襄阳记》载,汉侍中习郁于岘山南作鱼池,成为襄阳游览胜地。晋征南将军山简镇守襄阳时,常在此醉饮[⑥]。《三国志·蜀书·庞统传》注引《襄阳记》载,庞统字士元,襄阳人,有奇才,世称凤雏[⑦]。《晋书·羊祜传》载,羊祜镇守襄阳时,常登岘山,置酒赋诗。祜死后其部属在岘山建碑立庙,每年祭祀。见碑者皆流泪[⑧]。陈子昂在蓟门则有《蓟丘览古赠卢居士藏用七首》,序云:“丁酉岁,吾北征。出自蓟门,历观燕之旧都,其城池霸业,迹已芜没矣。乃慨然仰叹,忆昔乐生、邹子,群贤之游盛矣。因登蓟丘,作七诗以志之,

① 《宋之问集校注》卷四,第 580 页。

② 〔晋〕郭象注,〔唐〕成玄英疏,曹础基、黄兰发点校:《南华真经注疏》卷五,中华书局,1998 年,第 291 页。

③ 〔战国〕屈原著,金开诚、董洪利、高路明校注:《屈原集校注》,中华书局,1996 年,第 218 页。

④ 《列女传补注》卷一《母仪传》,第 1—2 页。

⑤ 《全唐诗》卷五四,第 666 页。

⑥ 《世说新语校笺》卷下,第 396 页。

⑦ 参见《三国志》卷三七,第 953—954 页。

⑧ 参见〔唐〕房玄龄等撰,中华书局编辑部点校:《晋书》卷三四,中华书局,1974 年,第 1022 页。

寄终南卢居士。亦有轩辕之遗迹也。”[①] 七诗为《轩辕台》《燕昭王》《乐生》《燕太子》《田光先生》《邹衍》《郭隗》，皆与当地的历史文化相关。

以一个地域为背景的诗歌创作，往往纯用地方典故而不杂，骆宾王《夕次旧吴》云：“维舟背楚服，振策下吴畿。盛德弘三让，雄图枕九围。黄池通霸迹，赤壁畅戎威。文物俄迁谢，英灵有盛衰。行叹鸱夷没，遽惜湛卢飞。地古烟尘暗，年深馆宇稀。山川四望是，人事一朝非。悬剑空留信，亡珠尚识机。郑风遥可托，阙月眇难依。西北云逾滞，东南气转微。徒怀伯通隐，多谢买臣归。唯有荒台露，薄暮湿征衣。”[②] “盛德”句，周太王长子太伯让王位给幼弟，出逃至吴。孔子说：“太伯可谓至德矣，三以天下让，民无得而称焉。”见《史记》卷三一《吴太伯世家》[③]。“黄池”句，鲁哀公十三年，吴王夫差欲称霸，曾与晋、鲁等国结盟于黄池。见《左传·哀公十三年》[④]。“赤壁”句，三国时，吴周瑜破曹操于赤壁。见《三国志》卷五四《吴书·周瑜传》[⑤]。“行叹”句，吴王夫差听信谗言，命伍子胥自刭，子胥死前预言越入灭吴，“吴王闻之大怒，乃取子胥尸盛以鸱夷革，浮之江中”。见《史记》卷六六《伍子胥列传》[⑥]。“遽惜”句，吴王有宝剑名湛卢，据《吴越春秋》卷二《阖闾内传》云：“湛卢之剑恶阖闾之无道也，乃去而出，水行如楚，楚昭王卧而寤，得吴王湛卢之剑于床。”[⑦] “悬剑”句，

---

① 《全唐诗》卷八三，第 896 页。

② 《全唐诗》卷七九，第 861 页。

③ 《史记》，第 1475 页。

④ 参见《春秋左传诂》卷二〇，第 871 页。

⑤ 参见《三国志》，第 1262—1263 页。

⑥ 《史记》，第 2180 页。

⑦ 〔东汉〕赵晔：《吴越春秋》，时代文艺出版社，2008 年，第 36 页。

春秋时,吴季札出使,心许返时将宝剑赠与徐君,据《史记》卷三一《吴太伯世家》云:“还至徐,徐君已死。于是乃解其宝剑,系之徐君冢树而去。”① “亡珠”句,据《韩非子·说林上》,伍子胥逃亡出境,“边候得之,子胥曰:‘上索我者,以我有美珠也;今我已亡之矣,我且曰子取吞之。’候因释之”②。“阚月”句,《太平御览》卷四引《会稽先贤传》云:“阚泽年十三,夜梦名字炳然在月中。”③ “西北”句,曹丕《杂诗》云:“西北有浮云,亭亭如车盖。……吹我东南行,行行至吴会。”④ “东南”句,《三国志·吴书·赵达传》云:“谓东南有王者气,可以避难,故脱身渡江。”⑤ “徒怀”句,《后汉书》卷八三《梁鸿传》:梁鸿有高节,因讽刺朝廷,被追捕,“遂至吴,依大家皋伯通,居庑下,为人赁舂”⑥。“多谢”句,《汉书》卷六四上《朱买臣传》载,吴人朱买臣出身贫苦,后任会稽太守,衣锦还乡⑦。“唯有”句,《汉书》卷四五《伍被传》载,淮南王欲谋反,伍被谏曰:“昔子胥谏吴王,吴王不用,乃曰:‘臣今见麋鹿游姑苏之台也。’今臣亦将见宫中生荆棘,露沾衣也。”⑧ 骆宾王《秋晨同淄川毛司马秋九咏·秋露》诗云:“别有吴台上,应湿楚臣衣。”⑨ 骆宾王《夕次旧吴》诗中所用事典皆与吴地历史相关,唯“郑风遥可托”句,旧解以为用郑弘事,而郑弘事似与吴地无关。《嘉泰会稽志》云:“樵风泾在县东南二十五里。旧经云:汉郑

①《史记》,第1459页。

②〔清〕王先慎撰,钟哲点校:《韩非子集解》卷七,中华书局,1998年,第172页。

③《太平御览》,第21页。

④逯钦立辑校:《先秦汉魏晋南北朝诗》,中华书局,1983年,第401页。

⑤《三国志》卷六三,第1424页。

⑥《后汉书》,第2768页。

⑦《汉书》,第2791—2794页。

⑧《汉书》,第2168页。

⑨《全唐诗》卷七八,第850页。

弘少时采薪，得一遗箭。顷之，有人觅箭，问弘何所欲。弘识其神人也，答曰：'常患若邪溪载薪为难，愿朝南风，暮北风。'后果然，世号樵风。"[①] 这就需要我们去寻求更切合吴地风物的解释。也有可能骆宾王在写诗时，误记了典实，将这本属于越地的事当成吴地的事了。还有一种解释的可能性，即题为《夕次旧吴》，而郑弘说愿"暮北风"，北风正可吹往越地，故言"郑风遥可托"，应以比较贴近吴地事为好。

以上还是比较具体的表现，作为地域文化和地域空间的迭合，主要还是表现为一种文化对诗歌创作的影响，这方面楚文化最具代表性。

一、文化迭合论：文学中的楚风

楚文化在唐代的传播有两个方面：其一，楚文化在一般文化意义上的传播。表现为时间性，自汉以来，楚文化不断渗透。文学史上标举的《风》《骚》，衍化为两个传统，即现实主义和浪漫主义的文学；其二，表现为地域性，我们讲楚文化，实际上表现为两个层次，一是泛楚文化，在唐代人的眼里，有巴楚、吴楚的对称性的连称，说明楚有很大的区域范围，其北至淮水，储光羲《安宜园林献高使君》云："楚言满邻里，雁叫喧池台。"[②] 安宜，今江苏宝应。孟浩然《夕次蔡阳馆》云："听歌知近楚，投馆忽如归。"[③] 宋之问《初宿淮口》云："夜闻楚歌思欲断，况值淮南木落时。"[④] 孙逖《淮阴夜宿二首》其二云："秋风淮水落，寒夜楚歌长。"[⑤] 二是楚文化中心区域，这就是以江陵为中心的湖

①《（南宋）会稽二志点校》，第 178 页。

②《全唐诗》卷一三七，第 1390 页。

③《孟浩然诗集校注》卷三，第 327 页。

④《宋之问集校注》卷三，第 494 页。

⑤《全唐诗》卷一一八，第 1193 页。

湘地区。这才是楚文化的核心地带,如元稹《楚歌十首》自注“江陵时作”①。权德舆《送张评事赴襄阳觐省序》云:“群贤以地经旧楚,有《离骚》遗风,凡今燕犊歌诗,惟楚词是教。”②此权德舆于洪州送张评事赴襄阳,序云张评事“自钟陵抵汉南”③。因此分析楚文化在文学上的影响,应视具体情况作具体分析。

唐代人的楚文化视野,既是历史的,又是现实的,其有如下特性:

其一,楚文化的丰富性,从文化类别上划分,楚音、楚调、楚歌、楚舞、楚俗,这在唐诗中都有较多的表述;从文化区域上可分为楚文化中心区和次楚文化区以及边缘文化区。中心文化区是以江陵为中心的湖湘文化区。我们认为像刘邦的《大风歌》④ 和项羽的《垓下歌》⑤,应为次楚文化区的“楚音”。刘邦所操土音为淮河流域沛地方音和腔调,《史记》卷八《高祖本纪》云:“悉召故人父老子弟纵酒,发沛中儿得百二十人,教之歌。酒酣,高祖击筑,自为歌诗曰:‘大风起兮云飞扬,威加海内兮归故乡,安得猛士兮守四方!’令儿皆和习之。高祖乃起舞,慷慨伤怀,泣数行下。”⑥在“故人父老子弟”面前,由“沛中儿”所歌,理当为沛地乡土之音腔和方言了。项羽所操土音为淮河流域下相方音和腔调,应与刘邦所操土音相近,《史记》注引应劭云:“相,水名,出沛国。沛国有相县,其水下流,又因置县,故名下相也。”⑦《史记》卷七《项羽本纪》云:“项王乃悲歌忼慨,自为诗

① 《元稹集》卷四,第 51 页。
② 《全唐文》卷四九二,第 5025 页。
③ 《全唐文》卷四九二,第 5025 页。
④ 《乐府诗集》卷五八《琴曲歌辞二·大风起》,第 850 页。
⑤ 《乐府诗集》卷五八《琴曲歌辞二·力拔山操》,第 850 页。
⑥ 《史记》,第 389 页。
⑦ 《史记》卷七《项羽本纪》,第 295 页。

曰：‘力拔山兮气盖世，时不利兮骓不逝。骓不逝兮可奈何，虞兮虞兮奈若何！’歌数阕，美人和之。”① 刘邦、项羽所操之音腔和方言与江陵土音和腔调相去遥远，其形式和精神和以屈原为代表的楚文化不同。宋之问《初宿淮口》② 中的“楚歌”、储光羲《安宜园林献高使君》③ 中的“楚言”，即为淮水流域的楚言、楚歌。唐人的楚文化区域观念，也有广义和狭义两种，广义是指经过历史形成的习惯称谓，指楚地的广大区域；狭义则指屈原活动的湖湘地区。唐人所认定的楚文化核心区域还是湖湘地区，所谓“旧楚”，权德舆《送张评事赴襄阳觐省序》云：“群贤以地经旧楚，有《离骚》遗风。”④ 权德舆《送湖南李侍御赴本使赋采菱亭诗》云：“旧俗采菱处，津亭风景和。沅江收暮霭，楚女发清歌。曲岸萦湘叶，荒阶上白波。兰桡向莲府，一为枉帆过。”⑤《送崔端公赴度支江陵院三韵》云：“津亭风雪霁，斗酒留征棹。星传指湘江，瑶琴多楚调。偏愁欲别处，黯黯颓阳照。”⑥ 湖南、江陵都为“旧楚”之地。这里的楚歌、楚调和上面说到的淮水流域的楚言、楚歌是不同的。

其二，楚文化的独特性。相对于其他文化而言，楚文化在文学上的体现比较独特，宋人黄伯思在《新校楚辞序》中云：“盖屈、宋诸《骚》，皆书楚语，作楚声，纪楚地，名楚物，故可谓之《楚辞》。”在战国时代，楚辞是一种具有浓厚地方色彩的文学作品，就是在整个文学史

---

①《史记》，第 333 页。

②《宋之问集校注》卷三，第 494 页。

③《全唐诗》卷一三七，第 1390 页。

④〔唐〕权德舆著，蒋寅笺，唐元校，张静注：《权德舆诗文集编年校注》，辽海出版社，2013 年，第 111 页。

⑤《权德舆诗文集编年校注》，第 142 页。

⑥《权德舆诗文集编年校注》，第 99 页。

上，它仍然是奇葩。其用词、造句，吟诵、表演方式都很特别，最早能为楚辞作注的学者也是楚人王逸。汉代能吟诵楚辞的人已少见，《汉书》卷六四下《王褒传》云："征能为《楚辞》九江被公，召见诵读。"① 被公因能诵读《楚辞》而被征召。晋陆云《与兄平原书》云："尝闻汤仲叹《九歌》，昔读《楚辞》，意不大爱之，顷日视之，实自清绝滔滔，故自是识者。古今来为如此种文，此为宗矣。"② "不大爱之"的原因可能是其独特，轶出自己的阅读经验。

其三，楚文化的悠久性。楚文化产生很早，对后世又一直有影响，一部楚辞研究史，就是一部楚文化传播史。楚文化的特性，本质上都是取决于楚文化的地域性。

唐代人受楚文化的影响以及向楚辞学习，也表现为两个层次：一是超地域之限的影响，就是文学史上论述的楚辞影响，没有明显的地域特征，即学习楚辞，模仿楚骚，未必是人在楚地；一是有地域影响的创作，这是本文应当关注的。

（一）楚文化的表现

楚文化的内涵是丰富而庞杂的，其主要方面在唐诗中均有表现。这样的表现有一共同点，即为诗人在楚地，感发历史文化而创作。其中有部分内容是哀悼楚国。如元稹《楚歌十首》诗，注云"江陵时作"，诗云："楚人千万户，生死系时君。当璧便为嗣，贤愚安可分？干戈长浩浩，篡乱亦纷纷。纵有明君在，区区何足云。""陶虞事已远，尼父独将明。潜穴龙无位，幽林兰自生。楚王谋授邑，此意复中倾。未别子西语，纵来何所成？""平王渐昏惑，无极转承恩。子建犹相贰，伍

① 《汉书》，第2821页。

② 参见〔晋〕陆机著，杨明校笺：《陆机集校笺》，上海古籍出版社，2016年，第1027页。

奢安得存？生居宫雉闷，死葬寝园尊。岂料奔吴士，鞭尸郢市门。”“惧盈因邓曼，罢猎为樊姬。盛德留金石，清风鉴薄帷。襄王忽妖梦，宋玉复淫词。万事捐宫馆，空山云雨期。”“宜僚南市住，未省食人恩。临难忽相感，解纷宁用言。何如晋夷甫，坐占紫微垣？看著五胡乱，清谈空自专。”“谁恃王深宠？谁为楚上卿？包胥心独许，连夜哭秦兵。千乘徒虚尔，一夫安可轻？殷勤聘名士，莫但倚方城。”“梁业雄图尽，遗孙世运消。宣明徒有号，江汉不相朝。碑碣高临路，松枝半作樵。唯余开圣寺，犹学武皇妖。”“江陵南北道，长有远人来。死别登舟去，生心上马回。荣枯诚异日，今古尽同灰。巫峡朝云起，荆王安在哉？”“三峡连天水，奔波万里来。风涛各自急，前后苦相推。倒入黄牛漩，惊冲滟滪堆。古今流不尽，流去不曾回。”“八荒同日月，万古共山川。生死既由命，兴衰还付天。栖栖王粲赋，愤愤屈平篇。各自埋幽恨，江流终宛然。”① 正因为是十首的组诗，在诗中能多角度多层次对楚国的兴亡进行反思，其中不乏借题发挥之作，也有不少人生的感叹在内，“当璧便为嗣，贤愚安可分”“荣枯诚异日，今古尽同灰”“生死既由命，兴衰还付天”都是作者的直接议论，有如司马迁之“太史公曰”。其中提到与楚地有关的文人，对宋玉是批评的，而“栖栖王粲赋，愤愤屈平篇。各自埋幽恨，江流终宛然”数语，有自况之意。

也有寻访楚国遗迹而赋诗成篇的，其中比较关注樊妃，元稹诗中也提到这样一位女性，“罢猎为樊姬”，樊妃曾谏楚庄王，有“楚之霸，樊姬之力也”的说法。《韩诗外传》卷二载，楚庄王以沈令尹为忠贤，夫人樊姬曰：“今沈令尹相楚数年矣，未尝见进贤而退不肖也，又焉得为忠贤乎？”庄王旦朝以樊姬之言告沈令尹，令尹避席而进孙叔敖，

① 《元稹集》卷四，第 51—52 页。

叔敖治楚三年而楚国霸。楚史援笔而书之于策曰:“楚之霸,樊姬之力也。”[①]张说有《登九里台(是楚樊姬墓)》[②],张九龄有《郢城西北有大古冢数十,观其封域,多是楚时诸王,而年代久远不复可识,唯直西有樊妃冢,因后人为植松柏,故行路尽知之》[③]。张九龄的诗题很长,但弥足珍贵,遗迹的存留是历史的选择,楚人不会忘记对楚地做过贡献的先贤。

这里应该提到巫山神女,这一楚地传说流传甚广。宋玉《高唐赋》云:“昔者先王尝游高唐,怠而昼寝。梦见一妇人曰:‘妾巫山之女也。为高唐之客。闻君游高唐,愿荐枕席。’王因幸之。去而辞曰:‘妾在巫山之阳,高丘之岨,旦为朝云,暮为行雨。朝朝暮暮,阳台之下。’旦朝视之,如言。故为立庙,号曰‘朝云’。”[④]立庙之事,唐诗中亦有歌咏,张九龄《登古阳云台》云:“传闻襄王世,仍立巫山祀。”[⑤]唐人咏巫山神女,好奇中杂有企羡之意,《全唐诗》卷一七《巫山高》题下收有多人作品:“神女向高唐,巫山下夕阳。裴回作行雨,婉娈逐荆王”(沈佺期)[⑥];“巫山望不极,望望下朝氛。莫辨啼猿树,徒看神女云”(卢照邻)[⑦];云藏神女馆,雨到楚王宫”(皇甫冉)[⑧];“愁向高唐望,清秋见楚宫”(李端)[⑨]。诗中情景一如“所谓伊人,在水一

---

①《韩诗外传笺疏》,第65页。
②《张说集校注》卷八,第421页。
③《张九龄集校注》卷四,第302页。
④《楚辞释》,第175—176页。
⑤《张九龄集校注》卷二,第140页。
⑥《同前二首》,《全唐诗》,第167页。
⑦《同前》,《全唐诗》,第168页。
⑧《同前》,《全唐诗》,第168页。
⑨《同前》,《全唐诗》,第168页。

方……溯游从之，宛在水中央"[①]，因空幻美艳而诱人。故孟浩然《送王七尉松滋得阳台云》云："君不见巫山神女作行云，霏红沓翠晓氛氲。婵娟流入楚王梦，倏忽还随零雨分。空中飞去复飞来，朝朝暮暮下阳台。愁君此去为仙尉，便逐行云去不回。"[②]羡慕中带有戏谑，历史咏唱中带有现实寓意。唐人诗中写到巫山神女的地方很多，其中一层意思就是如同小说家仙游艳遇一样，杜撰出一段奇遇以满足私欲。其实都有"不见仙山云，倚瑟空太息"[③]的遗憾和惆怅。

（二）文学传统

楚地风俗人情有别于中原，中唐人王仲周《端午进银器衣服状》云："楚俗遗风，素传角黍。"[④]角黍，即粽子。王仲周在进表中特别提到楚地特产"角黍"，可见唐时裹粽尚未普及。竞渡也源于楚地，元稹《竞舟》云："楚俗不爱力，费力为竞舟。"[⑤]初唐宫中也有竞渡，但与民间迎神招屈无关。还有信鬼祈年之习俗，李远《送贺著作凭出宰永新序》云："今永新之为邑也，僻在江南西道。吾闻牛僧孺之言，与荆楚为邻。其地有崇山迭嶂，平田沃野，又有寒泉清流以灌溉之。其君子好义而尚文，其小人力耕而喜斗，而其俗信巫鬼，悲歌激烈，呜呜鸣鼓角鸡卜以祈年，有屈宋之遗风焉。"[⑥]所谓"屈宋之遗风"，应指古传之习俗。元稹《齐煚饶州刺史王堪澧州刺史》文中指出沅湘间民风："沅、湘间沉怨抑激，有屈原遗风。"[⑦]唐人认为楚地的遗风遗俗多与

---

①《毛诗传笺》卷六《蒹葭》，第 164 页。

②《孟浩然诗集校注》卷二，第 144 页。

③〔唐〕沈佺期撰，陶敏、易淑琼校注：《沈佺期集校注》卷一《和杜麟台元志春情》，中华书局，2001 年，第 48 页。

④《全唐文》卷五三一，第 5396 页。

⑤《元稹集》卷三，第 34 页。

⑥《全唐文》卷七六五，第 7950 页。

⑦《元稹集》卷四八，第 593 页。

屈原相关。其实这正说明楚地人重历史重传统,对自己土地上出现的先贤怀有敬仰之情,而无移易。

楚地有自己的音乐传统和表演体系,唐代民间的楚舞楚歌仍然有古楚乐舞的遗存。刘禹锡《竹枝词九首(并引)》:“四方之歌,异音而同乐。岁正月,余来建平,里中儿联歌《竹枝》,吹短笛,击鼓以赴节。歌者扬袂睢舞,以曲多为贤。聆其音,中黄钟之羽,其卒章激讦如吴声。虽伧儜不可分,而含思婉转,有淇濮之艳。昔屈原居沅湘间,其民迎神,词多鄙陋,乃为作《九歌》,到于今荆楚鼓舞之。故余亦作《竹枝词》九篇,俾善歌者扬之,附于末,后之聆巴歈,知变风之自焉。”[①]刘禹锡认为民间娱神之作“词多鄙陋”,故屈原作《九歌》,改变其格调;而刘禹锡作《竹枝词》,在音乐上仍沿用当地楚乐,只是在情感格调上有所改造,使迎神之曲,变为言情状俗之曲。故刘禹锡自称“变风之自焉”。他在离开夔州时,作《别夔州官吏》诗,诗云:“唯有《九歌》词数首,里中留与赛蛮神。”[②]“《九歌》词数首”即是《竹枝词》九篇。《竹枝词》九篇皆七言四句,这更便于民间歌唱,拉近了和当地民众生活的距离,使古远的《九歌》有了生机。这是刘禹锡对民歌创作的贡献。

屈原的历史存在价值最重要的是流传后世的文学传统,也隐含了贞节终始的精神传统。唐人诗歌中吟诵到楚地,多能想起屈原,孟浩然《晓入南山》云:“地接长沙近,江从泊渚分。贾生曾吊屈,余亦痛斯文。”[③]《经七里滩》云:“五岳追尚子,三湘吊屈平。”[④]《陪张丞相

① 《刘禹锡全集编年校注》卷五,第546页。
② 《刘禹锡全集编年校注》卷五,第558页。
③ 《孟浩然诗集校注》卷三,第331页。
④ 《孟浩然诗集校注》卷一,第73页。

自松滋江东泊渚宫》云："猎响惊云梦，渔歌激楚辞。"[①] 刘长卿《送李侍御贬郴州》云："洞庭波渺渺，君去吊灵均。"[②]《酬郭夏人日长沙感怀见赠》题注："此公比经流窜，亲在上都。" 诗云："流莺且莫弄，江畔正行吟。"[③]《南楚怀古》云："独余湘江上，千载闻《离骚》。"[④]《送从弟贬袁州》云："游吴经万里，吊屈向三湘。"[⑤] 陶翰《南楚怀古》云："独余湘水上，千载闻离骚。"[⑥]（一作刘长卿诗）对屈原的被贬寄予同情。更多作家因地缘关系表现出学习楚辞的兴趣，这一点权德舆说得非常明白，其《送张评事赴襄阳觐省序》云："群贤以地经旧楚，有《离骚》遗风，凡今燕韨歌诗，惟楚词是敩。" 他评价别人的作品，也会以楚辞为标准，其《送从舅泳入京序》云："从舅词甚茂，行甚修。尝见其缘情百余篇，得骚楚之遗韵，故江南烟翠，多在句中。" [⑦] 从舅由江南入京，"江南" 具体所指不明，应在楚地。也有人从整体风格上来评价他人学屈原得楚风的诗歌，梁肃《送元锡赴举序》云："自三闾大夫作九歌，于是有激楚之词，流于后世。其音清越，其气凄厉。吾友君贶者，实能诵遗编，吟逸韵，所作诗歌，楚风在焉。" [⑧]

（三）文学情调

楚地地域广大，不同区域间文化差异还是存在的，在文学情感表现上各有侧重，如洞庭潇湘与愁的联系。如果说洞庭橘和洞庭月是洞庭湖的具象意境，那么，洞庭愁则是洞庭湖赋予人的情感基调。

---

①《孟浩然诗集校注》卷二，第 155 页。

②《刘长卿诗编年笺注》，第 350 页。

③《刘长卿诗编年笺注》，第 381 页。

④《刘长卿诗编年笺注》，第 526 页。

⑤《刘长卿诗编年笺注》，第 533 页。

⑥《全唐诗》卷一四六，第 1475 页。

⑦《权德舆诗文集编年校注》，第 126 页。

⑧《全唐文》卷五一八，第 5269 页。

原因之一，洞庭湖是行人过往之地，迎来送往，易生悲愁。洞庭有驿站，《全唐诗》载杜甫《宿青草湖》注“重湖，南青草，北洞庭”，诗云：“湖雁双双起，人来故北征。”① 刘长卿《洞庭驿逢郴州使还寄李汤司马》云：“洞庭秋水阔，南望过衡峰。远客潇湘里，归人何处逢。孤云飞不定，落叶去无踪。莫使沧浪叟，长歌笑尔容。”② 送别诗自身就会多愁，特别是送人南贬，南贬常经洞庭，王维《送杨少府贬郴州》云：“明到衡山与洞庭，若为秋月听猿声？愁看北渚三湘近，恶说南风五两轻。青草瘴时过夏口，白头浪里出湓城。长沙不久留才子，贾谊何须吊屈平。”③ 刘长卿《送李侍御贬郴州》云：“洞庭波渺渺，君去吊灵均。”④

原因之二，洞庭湖连接湘水，湘水有凄婉的传说，其中如湘妃的传说就令人悲伤不已。李白《远别离》诗云：“远别离。古有皇英之二女，乃在洞庭之南，潇湘之浦。海水直下万里深，谁人不言此离苦？”⑤ 陈羽《湘妃怨》云：“九山沉白日，二女泣沧洲。目极楚云断，恨连湘水流。至今闻鼓瑟，咽绝不胜愁。”⑥ 刘禹锡《潇湘神二首》其一云：“湘水流，湘水流，九疑云物至今愁。君问二妃何处所，零陵香草露中秋。”⑦

原因之三，与屈原事相关。张碧《秋日登岳阳楼晴望》云：“屈原回日牵愁吟，龙宫感激致应沈。贾生憔悴说不得，茫茫烟霭堆湖

①《全唐诗》卷二三三，第2567页。
②《刘长卿诗编年笺注》，第371页。
③《王维集校注》卷七，第627页。
④《刘长卿诗编年笺注》，第350页。
⑤《李白全集编年笺注》卷一〇，第994页。
⑥《全唐诗》卷三四八，第3889页。
⑦《刘禹锡全集编年校注》卷三，第331页。

心。”① 张祜《洞庭南馆》云：“还因此悲屈，惆怅又行吟。”②《赠李修源》云：“昨夜与君思贾谊，长沙犹在洞庭南。”③ 马戴《送客南游》云：“灵均如可问，一为哭清湘。”④ 李群玉，澧州人，其《湖中古愁三首》其二云：“昔我睹云梦，穷秋经汨罗。灵均竟不返，怨气成微波。奠桂开古祠，朦胧入幽萝。落日潇湘上，凄凉吟《九歌》。”⑤ 张泌《秋晚过洞庭》云：“莫把羁魂吊湘魄，九疑愁绝锁烟岚。”⑥

原因之四，洞庭湖周围乡人善歌而音乐比较忧伤。刘禹锡《洞庭秋月行》云：“山城苍苍夜寂寂，水月逶迤绕城白。荡桨巴童歌《竹枝》，连樯估客吹羌笛。”⑦ 音声较杂，有巴歌楚调，也有商贾的吹奏。《采菱行》云：“携觞荐芰夜经过，醉踏大堤相应歌。屈平祠下沅江水，月照寒波白烟起。一曲南音此地闻，长安北望三千里。”⑧ 所谓南音只是当地音乐的总称。《竞渡曲》注“竞渡始于武陵，至今举楫而相和之，其音咸呼‘何在’，斯招屈之义。事见《图经》”，诗云：“曲终人散空愁暮，招屈亭前水东注。”⑨ 于武陵《客中》云：“楚人歌竹枝，游子泪沾衣。”⑩ 竹枝调苦，白居易《忆梦得》注云：“梦得能唱《竹枝》，听者愁绝。”⑪

---

①《全唐诗》卷四六九，第5338页。
②《全唐诗》卷五一〇，第5804页。
③《全唐诗》卷五一一，第5837页。
④《全唐诗》卷五五六，第6450—6451页。
⑤《全唐诗》卷五六八，第6572页。
⑥《全唐诗》卷七四二，第8451页。
⑦《刘禹锡全集编年校注》卷三，第326页。
⑧《刘禹锡全集编年校注》卷三，第322页。
⑨《刘禹锡全集编年校注》卷三，第316页。
⑩《全唐诗》卷五九五，第6892页。
⑪《白居易诗集校注》卷二六，第2109页。

原因之五，洞庭猿声，这一点也可以归入洞庭具象中分析。张说《游洞庭湖湘二首》其一云："树坐参猿啸，沙行入鹭群。"[1]刘长卿《送李侍御贬郴州》云："听猿明月夜，看柳故年春。"[2]张谓《别韦郎中》云："南入洞庭随雁去，西过巫峡听猿多。"[3]李嘉祐《送友人入湘》云："猿啼巫峡雨，月照洞庭波。"[4]马戴《送从叔赴南海幕》云："洞庭秋色起，哀狖更难闻。"[5]《楚江怀古三首》其一云："猿啼洞庭树，人在木兰舟。"[6]猿声常用为哀愁的背景。

二、文化断续论：巴蜀文化与陈子昂

文化断续表现为由于区域不同对历史传统的认同在同一时间区段中出现差异，交通发达地区文化的传承和时间是同步的，易与时俱进；而偏远地区，则表现为文化承续的守旧和固执。可谓世上已百年，山中才一日，不知有汉，无论魏晋。从文化演进过程看，在东晋南朝时期，巴蜀文学就有过不短暂的停留，形成了一个文学发展的荒寂期。断者，即东晋南朝时期文学出现断层；续者，即初唐蜀地文人面临的文学传统由于有东晋南朝的空白而可以直取汉魏。

巴蜀文化自成体系，由于交通的不便，巴蜀和内地的文化交流相对缓慢。根据考古学研究的成果，巴文化和蜀文化有各自的分布地区。蜀文化分布的中心是以成都平原为中心的川西地区；巴文化分布的中心是湖北西部的长江沿岸，后来向西迁徙到今重庆市。蜀文

---

① 《张说集校注》卷八，第400页。
② 《刘长卿诗编年笺注》，第350页。
③ 《全唐诗》卷一九七，第2020页。
④ 《全唐诗》卷二六〇，第2158页。
⑤ 《全唐诗》卷五五五，第6427页。
⑥ 《全唐诗》卷五五五，第6430页。

化渊源于四川盆地西部的新石器晚期文化；巴文化渊源于长江三峡地区新石器晚期的季家湖文化。中原王朝一直关注巴蜀的开拓，推动其文明的进程。西汉时文翁化蜀在巴蜀文化史上有其重大意义，《汉书》卷八九《循吏传》云："文翁，庐江舒人也。少好学，通《春秋》，以郡县吏察举。景帝末，为蜀郡守，仁爱好教化。见蜀地辟陋有蛮夷风，文翁欲诱进之，乃选郡县小吏开敏有材者张叔等十余人亲自饬厉，遣诣京师，受业博士，或学律令。减省少府用度，买刀布蜀物，赍计吏以遗博士。数岁，蜀生皆成就还归，文翁以为右职，用次察举，官有至郡守刺史者。又修起学官于成都市中，招下县子弟以为学官弟子，为除更徭，高者以补郡县吏，次为孝弟力田。常选学官僮子，使在便坐受事。每出行县，益从学官诸生明经饬行者与俱，使传教令，出入闺阁。县邑吏民见而荣之，数年，争欲为学官弟子，富人至出钱以求之。由是大化，蜀地学于京师者比齐鲁焉。至武帝时，乃令天下郡国皆立学校官，自文翁为之始云。文翁终于蜀，吏民为立祠堂，岁时祭祀不绝。至今巴蜀好文雅，文翁之化也。"[①] 物质文明的传播，也需要一个相当长的时间，如山谦之《丹阳记》云："历代尚未有锦，而成都独称妙，故三国时魏取布于蜀，而吴亦资西蜀，至是始乃有之。"[②] 蜀锦的传布，到六朝时代才流传到江南的丹阳。西汉扬雄《蜀都赋》，已有"纨""须"等名锦。据《后汉书·西南夷传》载，四川哀牢夷，"宜五谷、蚕桑。知染采文绣，罽㲛帛叠，兰干细布，织成文章如绫锦"[③]。唐代对巴蜀经营颇费心力，张说《兵部尚书代国公赠少保郭公行状》云："则天闻其名，驿征引见，语至夜，甚奇之。问蜀川之迹，对而不

① 《汉书》，第3625—3627页。

② 《丹阳记》，〔清〕王谟辑：《汉唐地理书钞》（附麓山精舍辑六十六种），中华书局，1961年，第318页。

③ 《后汉书》卷八六，第2849页。

隐。”[①] 中原与巴蜀由于道路艰险，往来不易，李白云“蜀道之难，难于上青天”[②] 也不是十分张大言辞。骆宾王《送费六还蜀》云“万行流别泪，九折切惊魂”[③]，也说行走蜀道的惊险。王勃《送杜少府之任蜀州》云：“城阙辅三秦，风烟望五津。与君离别意，同是宦游人。海内存知己，天涯若比邻。无为在岐路，儿女共沾巾。”[④] 由长安送人入蜀，五津，蜀中的五个渡口。从实际距离看，长安到蜀中，并没有长安到吴越远，但其行走难度却不同，行走于蜀道，那是惊心动魄。且蜀中相对闭塞，故在诗人心目中，蜀地远在天涯，这样才能理解王勃诗中“海内”“天涯”的含义，以及“沾巾”的正常，王勃说“无为在岐路，儿女共沾巾”，只是希望之辞。

唐代诗人或出川或入川，意义都很大，典型如李白和杜甫。可以这样说，如果李白不出川，就不会写出如此之多的视界广远、风格飘逸的诗作，甚至在文学史上只能是三四流作家，也有可能只是诗坛的无名小辈。事实上，不出川的川籍作家是很难成就文学大业的，古来如此；如果杜甫不入川，杜甫呈现在人们面前的作品要单薄得多，杜甫创作的精进、沉郁顿挫的七律结撰，得力于入川是无疑的。《秋兴八首》体高格厚，雄浑丰丽，“盖唐人七律，以老杜为最。而老杜七律，又以此八首为最者，以其生平之所郁结，与其遭际，暨其伤感，一时荟萃，形为慷慨悲歌，遂为千古之绝调”[⑤]。《咏怀古迹五首》笔意高朗，

① 《全唐文》卷二三三，第 2353 页。

② 《李白全集编年笺注》卷二《蜀道难》，第 161 页。

③ 《全唐诗》卷七八，第 843 页。

④ 《全唐诗》卷五六，第 676 页。

⑤ 〔清〕佚名：《杜诗言志》卷一一，江苏人民出版社，1983 年，第 225 页。

笔势回旋，“而纵横出没中，复含蕴藉微远之致”①。唐人出入蜀川，主要有两大通道：一条是由蜀直接入长安，需经金牛道，金牛道早在春秋时期已具雏形，秦灭蜀后，经扩展整修而成，全线从陕西勉县起，经宁强，过七盘关（黄坝驿）入四川广元，经昭化、剑阁、绵阳至成都；另一条则是水路，沿长江经大巫山地区入川或出川，经此出入川的诗人很多，如陈子昂、杨炯、卢照邻、沈佺期、张说、张九龄、孟浩然、王维、高适、李白、杜甫、李端、孟郊、刘禹锡、白居易、李涉、薛涛、李贺、李商隐、温庭筠。诗人出川或入川前后诗风都有或多或少的变化。

这里以陈子昂为例，进一步说明作家与蜀文化的关系。陈子昂在初唐诗坛上的地位见诸各种《中国文学史》，而陈子昂为何能在主流诗坛崇尚诗歌创作形式时独自标举汉魏风格？于此试从蜀文化传统一端予以解释。一般理解文学史的序列，是以时间为坐标的，由时间角度，可以知道陈子昂初入诗坛的调露前后，宫廷学士们正在精研诗律诗格，促进近体诗的定型。陈子昂是功利性很强而又善于把握时机的人，他进入洛阳后，一是上书武则天，一是迅速挤入诗坛，参加调露二年的高氏林亭和王明府山亭的集体唱和。依常理陈子昂应该随俗雅化，与时俱进，可他偏偏提出复古主张。其实陈子昂在唱和中还是能追逐时流的，他的诗歌主张则是在私下提出的，见之《与东方左史虬修竹篇》，从“故感叹雅制，作《修竹诗》一篇，当有知音以传示之”②语，可见其私人化倾向十分明显。陈子昂在初唐诗坛急于完成格律诗体式的背景下提出汉魏传统、复兴古调，和他在蜀文化的熏陶下成长密切相关。西汉而下，蜀地的文学传统，特别是诗歌传统，在

---

①《甚原诗说》卷二，郭绍虞编选：《清诗话续编》（三），上海古籍出版社，1983年，第1596页。

②《全唐诗》卷八三，第896页。

南朝有一断层，陈子昂的诗学传统是隔开南朝而上承汉魏的。

蜀学比较驳杂，以学者专研苦读著名，汉代辞赋家读书甚勤，学养丰厚，故能写出包涵宇宙万物、纵横渊博的大赋。汉代蜀地出现了大文学家，他们是西汉的司马相如，成都人；王褒，资中人；扬雄，成都人。梁肃《送韦十六进士及第后东归序》云："益都有司马、扬、王遗风，生尝薄游西南，览其江山，颇奋文辞。"[①] 元稹《送东川马逢侍御使回十韵》云："风水荆门阔，文章蜀地豪。"[②]"文章"主要是指西汉辞赋家。司马相如作《子虚赋》《上林赋》，又作《喻巴蜀檄》《难蜀父老》，又《与五公子相难》佚，文字学著作《凡将篇》今佚；扬雄作《甘泉》《河东》《羽猎》赋，仿《周易》作《太玄》，仿《论语》作《法言》，方言学著作《方言》，《解嘲》仿东方朔，辞采过之；王褒，辞赋家，蜀人，有《甘泉宫颂》《洞箫赋》，又有《圣主得贤臣颂》《四子讲德论》等。东汉时期有王佑，广汉郪（今四川射洪）人，弟记其遗言，作《王子》五篇，今佚；冯颢，广汉郪人，后隐居作《易章句》《刺奢说》，修黄老；杨终，蜀郡成都人，受诏删《太史公书》为十余万言，著《春秋外传》十二篇，有《雷赋》《生民诗》《孤愤诗》及《符瑞诗》，今佚；李尤，广汉人，据《后汉书・文苑》本传，所作诗赋铭诔颂《七叹》《哀典》凡二十八篇；杜抚，犍为武阳（今四川彭山）人，受业于薛汉，定《韩诗章句》，作《诗题约义通》，今佚；李胜，广汉人，《后汉书・文苑传》云，"著赋、诔、颂、论数十篇"[③]，今佚。

三国蜀、西晋时期，文人修史较多，巴西西充人谯周著《古史考》，引证旧典，对《史记》多所补正。安汉人陈寿，幼师事谯周，著

① 《全唐文》卷五一八，第 5269 页。

② 《元稹集》卷一一，第 151 页。

③ 《后汉书》卷八〇上，第 2616 页。

《三国志》。地方史志的著述，表明蜀人内敛的知识体系和文化趋势，关心自身的生存历史和现实状态，谯周著《蜀本纪》《益州志》《三巴记》《巴蜀异物志》，陈寿著《益部耆旧传》（另陈寿撰《三国志》实重刘蜀，此与蜀人内敛心态相关），常宽撰《续益部耆旧传》《蜀后贤传》《蜀志》，常璩撰《华阳国志》，任豫、李膺并撰《益州记》。其中谯周对蜀学产生重要影响，“周幼孤，与母兄同居。既长，耽古笃学，家贫未尝问产业，诵读典籍，欣然独笑，以忘寝食。研精六经，尤善书札。颇晓天文，而不以留意；诸子文章非心所存，不悉遍视也。身长八尺，体貌素朴，性推诚不饰，无造次辩论之才，然潜识内敏”①。凡所著述，撰定法训、五经论、古史考书之属百余篇。《三国志・谯周传》引《益部耆旧传》曰：“益州刺史董荣图画周像于州学，命从事李通颂之曰：‘抑抑谯侯，好古述儒，宝道怀真，鉴世盈虚，雅名美迹，终始是书。我后钦贤，无言不誉，攀诸前哲，丹青是图。嗟尔来叶，鉴兹显模。’”② 文立、陈寿、李密等皆师事谯周。文立，巴郡临江（今四川忠县）人，少游蜀太学，治《毛诗》《三礼》，师事谯周，今存文三篇，《蜀都赋》一句；陈寿，巴西安汉（今四川南充）人，受学谯周，治《尚书》《春秋》三传，尤精《史》《汉》，撰《三国志》；李密，犍为武阳（今四川彭山）人，与陈寿同师谯周，精《春秋左传》，与皇甫谧等善，议论往返，言经训诂，众人服其理趣。有《述理论》十篇，佚。

另有李朝，广汉郪（今四川射洪）人，有《劝进表》，今存《三国志・蜀先主传》；杨戏，犍为武阳（今四川彭山）人，著《季汉辅臣赞》，文见《蜀书・杨戏传》；李兴，李密子，犍为武阳（今四川彭山）人，永兴中（305 年左右），刘弘立诸葛亮、羊祜碑，使李兴为文；常宽，蜀郡

---

①《三国志》卷四二，第 1027 页。

②《三国志》卷四二，第 1033 页。

江原（今四川新津北）人，通五经、史汉，撰《典言》五篇、《蜀后志》《后贤传》等，又撰赋论议二十余篇，佚；常璩，蜀郡江原（今四川新津北）人，撰《蜀汉书》《华阳国志》等。

南朝则有任豫，作《益州记》。梁代蜀中以文达者惟李膺、罗研，李膺，齐梁间益州（今四川）人，著《益州记》；罗研，齐梁间益州（今四川）人。

蜀中文人中有陈子昂乡前贤数人，他们是王佑、冯颢、李尤、李胜、李朝，其学术成就、文学成就因作品遗佚不得其详，总体成就应不会太高。

由上面蜀中文人的简单排列，可以看出，蜀地文人，西汉以辞赋为主，东汉魏晋渐趋文史而偏重史学，东晋南朝则文学衰落，间有史著问世。另蜀学有议论的传统，这源于史学的修养，构成蜀中自成一统的文化结构。

这一文化传统在宋代仍然延续着，其论议传统，惠及三苏文章的议论；其史学的传统仍在延续，范祖禹，华阳人，参修《资治通鉴》，撰写《唐纪》部分，著有《唐鉴》；李焘，丹棱人，撰写《续资治通鉴长编》；李心传，井研人，著《建炎以来系年要录》；王偁，眉州人，撰《东都事略》。

据卢藏用《陈子昂别传》，陈子昂出身于"世为豪族"之家，"年十七八未知书，尝从博徒入乡学，慨然立志，因谢绝门客，专精坟典"①。从其学术渊源看，他的文化传承当以蜀中文化为主，在诗学方面，上接汉魏传统。尽管大一统文化对生当其世的人都有影响，但蜀地文化是陈子昂的文化基础。《陈子昂别传》又云："初为诗，幽人王

① 《全唐文》卷二三八，第2412页。

适见而惊曰：'此子必为文宗矣。'"① 这一记载显然有误，罗庸《陈子昂年谱》② 已有辨正，但这则材料却给人以启发：幽州和梓州当时都比较落后僻远，对诗坛的评价遥接传统而远离现实，其实他们两人都不能为主流认同。有一点也值得注意，陈子昂的社会发展观当受到其父的"贤圣四百年遇合"循环周期律的影响，其在《我府君有周居士文林郎陈公墓志铭》云："谓其嗣子子昂曰：'……赤龙之兴四百年，天纪复乱，夷胡奔突，贤圣沦亡，至于今四百年矣，天意其将周复乎！於戏，吾老矣，汝其志之。'"③ 此似为临终遗言，至关重要。陈子昂以四百年为周而复始的规律来判断诗歌演进的过程，东晋至子昂出蜀时间四百余年，此正与其父的历史认识论相合。故出川后的陈子昂在风范上有别于时人，能在汉魏传统中找到医治当代诗坛重形式打造的弊病。他的《感遇诗三十八首》④ 在形式上复兴古调，在表述上重议论，在内容上重史学，这与蜀中文化是一脉相承的。文学史上的一些问题是可以在文化生态学角度去思考并寻求解决的。

三、文化相斥论：鲁文化与李白

从深层次关系来说，文化或顺承主体或对抗主体，原因之一，地域起了中介的作用。由于地域文化的介入，史、地、人关系的综合体在发生调整，史，即为某一地域的历史文化传统；地，即为某一文化的发生和展开的地域；人，即为在某一文化区域活动的诗人。

鲁文化传统就是儒学传统。而东鲁则成了李白与儒家文化冲突

---

①《全唐文》卷二三八，第 2412 页。

②《陈子昂年谱》，韩理洲：《陈子昂研究》，上海古籍出版社，1988 年，第 295—328 页。

③《全唐文》卷二一六，第 2186 页。

④《全唐诗》卷八三，第 889—894 页。

极端表现的地点。李白思想复杂,但对儒学通常是保持谨慎的态度,不然他到处干谒在思想和行为上会处于被动。因为在主流社会,在官僚阶层,至少在表面上还是以儒家的思想作为自己仕途上展示才干、建功立业的利器,儒学的传统并未中断。尽管文人在生存方式、养生形式和具体事情上表现出对释、道的浓厚兴趣。

东鲁的文化传统对李白有所排斥。李白在天宝以前,游山玩水,干求结交。但主要生活在三个文化圈中,第一是少年时期的蜀文化,这是诗人最熟悉的文化环境,蜀地的人文和自然给李白留下难以拂去的印象,从小就在父亲的指导下读同乡司马相如的赋,他的《蜀道难》[①]不管寓意如何,都表现出作者对蜀文化的熟悉。他写有《送友人入蜀》诗,诗云:“见说蚕丛路,崎岖不易行。山从人面起,云傍马头生。芳树笼秦栈,春流绕蜀城。升沉应已定,不必问君平。”[②]对蜀地山川的描写,形象具体,生动自然。

第二是楚文化,据李白《上安州裴长史书》所云,他来楚地是受乡人司如相如赋的诱惑,“见乡人相如大夸云梦之事,云楚有七泽,遂来观焉”[③]。他第一次成家也是在楚地安陆。他有《庐山谣寄卢侍御虚舟》诗,开头两句为“我本楚狂人,凤歌笑孔丘”[④]。这里是用《论语》的典故,但从字里行间可以看出他对楚文化的认同。李白将楚文化和鲁文化并提时,鲜明表达了自己的立场,其《淮阴书怀寄王宋城》云:“予为楚壮士,不是鲁诸生。”[⑤]李白之于楚文化应当没有冲突,但需要指出的是李白其人因其个性的关系,孤高自傲,不易协调

①《李白全集编年笺注》卷二,第161—162页。

②《李白全集编年笺注》卷二,第159页。

③《李白全集编年笺注》卷一七,第1762页。

④《李白全集编年笺注》卷一四,第1501页。

⑤《李白全集编年笺注》卷三,第308页。

周围的人际关系，时间一长，就会出问题，所谓遭人谗毁，在楚地也是这样，他在《上安州裴长史书》中说："今也运会，得趋末尘，承颜接辞，八九度矣。常欲一雪心迹，崎岖未便。何图谤言忽生，众口攒毁，将恐投杼下客，震于严威。"① 故其《鞠歌行》云："楚国青蝇何太多，连城白璧遭谗毁。"② 在《赠从弟洌》中则嘲讽楚人："楚人不识凤，重价求山鸡。"③

第三是鲁文化，这是入长安供奉翰林前生活的文化圈，对李白入京供奉翰林影响至大。李白和这一文化没有作较好的调和，因此受到歧视是自然的。他来东鲁不久写过一首《五月东鲁行答汶上翁》："五月梅始黄，蚕凋桑柘空。鲁人重织作，机杼鸣帘栊。顾余不及仕，学剑来山东。举鞭访前途，获笑汶上翁。"④ 诗中如实地写了鲁人重农桑的传统，最后两句说他被汶上老翁嘲笑，嘲笑的具体内容不太清楚，但李白的举止想法不符合鲁人的习惯是其一。东鲁是有传统的儒学之邦，汉初叔孙通议定朝仪就是征召鲁地儒生 30 人共同讨论的。《隋书》卷三一《地理志下》云："《禹贡》：'海、岱及淮惟徐州。'彭城、鲁郡、琅邪、东海、下邳，得其地焉。在于天文，自奎五度至胃六度，为降娄，于辰在戌。其在列国，则楚、宋及鲁之交。考其旧俗，人颇劲悍轻剽，其士子则挟任节气，好尚宾游，此盖楚之风焉。大抵徐、兖同俗，故其余诸郡，皆得齐、鲁之所尚。莫不贱商贾，务稼穑，尊儒慕学，得洙泗之俗焉。"⑤ 卷三〇《地理志中》云："兖州于《禹贡》为济、河之地……东郡、东平、济北、武阳、平原等郡，得其地焉。兼得

---

①《李白全集编年笺注》卷一七，第 1766 页。
②《李白全集编年笺注》卷五，第 533 页。
③《李白全集编年笺注》卷四，第 361 页。
④《李白全集编年笺注》卷四，第 344 页。
⑤《隋书》，第 872—873 页。

邹、鲁、齐、卫之交，旧传太公唐叔之教，亦有周孔遗风。今此数郡，其人尚多好儒学，性质直怀义，有古之风烈矣。”[①]《通典·州郡》略同。孟浩然《书怀贻京邑同好》也将“邹鲁”和“儒风”连接在一起，诗云：“维先自邹鲁，家世重儒风。”[②]李白《任城县厅壁记》虽为应酬之作，其中的描述对了解鲁地风俗亦大有帮助，文云“土俗古远，风流清高”[③]，“代变豪侈，家传文章”[④]，“千载百年，再复鲁道”[⑤]。而《春于姑熟送赵四流炎方序》则云“白以邹鲁多鸿儒，燕赵饶壮士，盖风土之然乎”[⑥]。可见，“邹鲁多鸿儒”，东鲁之地崇尚儒学，有周孔遗风、洙泗遗俗。唐代开元、天宝以前，兖州未出大儒，但与之在地缘上较近的齐鲁文化圈里还是出了一些儒学大师。如盖文达、盖文懿、王元感，《新唐书》卷一九八《儒学传上》云：“盖文达，冀州信都人。博涉前载，尤明《春秋》三家。刺史窦抗集诸生讲论，于是，刘焯、刘轨思、孔颖达并以耆儒开门授业，是日悉至，而文达依经辩举，皆诸儒意所未叩，一坐厌叹”[⑦]，“宗人文懿，亦以儒学称，当时号‘二盖’。高祖于秘书省置学以教王公子，文懿为国子助教。既升席，公卿更相质问，文懿譬晓密微，远近宗仰”[⑧]。卷一九九《儒学传中》云：“王元感，濮州鄄城人。擢明经高第……年虽老，读书不废夜。所撰《书纠谬》《春秋振滞》《礼绳愆》等凡数十百篇，长安时上之，丐官笔楮写藏秘书……魏知古见其书，叹曰：‘《五经》指南也。’而徐坚、刘知几、张

①《隋书》，第846页。

②《全唐诗》卷一五九，第1619页。

③《李白全集编年笺注》卷一八，第1831页。

④《李白全集编年笺注》卷一八，第1831页。

⑤《李白全集编年笺注》卷一八，第1834页。

⑥《李白全集编年笺注》卷一八，第1880页。

⑦《新唐书》，第5651页。

⑧《新唐书》，第5651页。

思敬等惜其异闻，每为助理，联疏荐之，遂下诏褒美，以为儒宗。”① 孔颖达，冀州衡水人，博学通经，为当时儒学之冠，与诸儒撰成《周易正义》《毛诗正义》《礼记正义》《春秋正义》《尚书正义》《大唐仪礼》等，于志宁《大唐故太子右庶子银青光禄大夫国子祭酒上护军曲阜宪公孔公碑铭》云：“诚万古之仪刑，实一代之标的。”② 孔颖达在《毛诗正义序》中称孔子为“先君宣父”③。李白诗中也提到孔子，但多以孔子不遇以比自己的不遇。《送鲁郡刘长史迁弘农长史》云：“仲尼且不敬，况乃寻常人？”④《送薛九被谗去鲁》云：“宋人不辨玉，鲁贱东家丘。”⑤《送方士赵叟之东平》云：“西过获麟台，为我吊孔丘。”⑥ 为了迎合当地长官，他甚至讲了一些很不切实际的话，其《书怀赠南陵常赞府》竟言“君看我才能，何似鲁仲尼”，目的仍然是说自己的不遇，所谓“大圣犹不遇，小儒定足悲”⑦。

李白在东鲁生活了一段时间，应该说对东鲁风俗人情已相当了解，他在《送薛九被谗去鲁》诗中有所表现，这一首诗中的许多话是夫子自道：“我笑薛夫子，胡为两地游？黄金消众口，白璧竟难投。梧桐生蒺藜，绿竹乏佳实。凤凰宿谁家？遂与群鸡匹。……借问笑何人？笑人不好士。尔去且勿喧，桃李竟何言。沙丘无漂母，谁肯饭王孙？”⑧ 为什么李白要薛九悄然离去，不要多说？“桃李不言”完全是为了用典而已，安慰之词，实质性的答案是：“沙丘无漂母，谁肯饭王

①《新唐书》，第5666页。
②《全唐文》卷一四五，第1463页。
③《全唐文》卷一四六，第1475页。
④《李白全集编年笺注》卷四，第367页。
⑤《李白全集编年笺注》卷四，第370页。
⑥《李白全集编年笺注》卷六，第663页。
⑦《李白全集编年笺注》卷一二，第1178页。
⑧《李白全集编年笺注》卷四，第370页。

孙?”意即:你不要说了,在这个地方你说不清楚,也无人会同情你的。其中也道出了文化认同的问题。鲁地儒生对自己的传统文化的推崇是执着的,李白与鲁地儒生肯定会彼此诘难,《嘲鲁儒》一诗可视为李白与鲁文化冲突的直接表白,诗云:“鲁叟谈五经,白发死章句。问以经济策,茫如坠烟雾。足著远游履,首戴方山巾。缓步从直道,未行先起尘。秦家丞相府,不重褒衣人。君非叔孙通,与我本殊伦。时事且未达,归耕汶水滨。”① 集中体现了李白对以周孔遗风、洙泗遗俗为代表的鲁文化的批评。

为了逃脱现实生活,李白和孔巢父、韩准、裴政等人隐于徂徕山,酣歌纵酒,闹得沸沸扬扬,时号“竹溪六逸”。六逸的活动和他们的情况不能详知,但孔巢父其人,史书说他性“轻躁”,大概其他人也差不多是这样,李白肯定是性情轻躁的。此事《唐五代文学编年史》系于开元末。这一活动本身还带有炒作意味,为以后出山制造舆论。他是要寻求政治出路的。他知道隐居能提高声价,其《赠卢徵君昆弟》诗云:“明主访贤逸,云泉今已空。二卢竟不起,万乘高其风。”② 入长安前,有人劝其隐居,他说:“欲献济时策,此心谁见明?……耻学琅邪人,龙蟠事躬耕。富贵吾自取,建功及春荣。”③ 李白讽刺儒生是有特殊的地缘因素的。他认为鲁生比较保守狭隘,李白《送鲁郡刘长史迁弘农长史》云:“鲁国一杯水,难容横海鳞。仲尼且不敬,况乃寻常人?”④ 沈约《辩圣论》云:“世人不言为圣人也,伐树削迹,干七十君,

① 《李白全集编年笺注》卷四,第357页。

② 《李白全集编年笺注》卷五,第513页。

③ 《李白全集编年笺注》卷四《邺中赠王大劝入高凤石门山幽居》,第337—338页。

④ 《李白全集编年笺注》卷四,第367页。

而不一值，或以为东家丘，或以为丧家犬。”[①]《李白诗集新注》引五臣《文选注》：“鲁人不识孔子圣人，乃曰：‘彼东家丘者，吾知之矣。’言轻孔子也。”[②]

事实上，李白很少在义理上抨击儒学，正如他对孔子持宽容的姿态一样，而是对具体的鲁地儒生或鲁地俗人的抨击。其《赠何七判官昌浩》云：“羞作济南生，九十诵古文。”[③]鄙视皓首穷经的鲁儒。《梦游天姥吟留别》这一首无疑也是与鲁地诸公抗争的内心表白，此诗写于李白被“赐金还山”归东鲁时，《全唐诗》校注：“一作别东鲁诸公。”[④]此首原本当作“梦游天姥吟留别”[⑤]，留别只是作者写作的姿态，其实初无实际留赠对象，故写得云里雾里，整个诗歌的自足性和写意性是相当明显的，追求自由、自适，处处又有暗示，可以视为东鲁生活的反射。其后李白在诗题加上“别东鲁诸公”，命意就比较明确了。李白有南方情结，“一生好入名山游”[⑥]，这也可以视为李白与鲁文化对抗的客观意义，《别储邕之剡中》云：“借问剡中道，东南指越乡。舟从广陵去，水入会稽长。竹色溪下绿，荷花镜里香。辞君向天姥，拂石卧秋霜。”[⑦]《送友人寻越中山水》云：“闻道稽山去，偏宜谢客才。千岩泉洒落，万壑树萦回。东海横秦望，西陵绕越台。湖清霜镜晓，涛白雪山来。八月枚乘笔，三吴张翰杯。此中多逸兴，早晚向

①《全上古三代秦汉三国六朝文》之《全梁文》卷二九，第6233页。

②管士光编注：《李白诗集新注》，上海三联书店，2014年，第346页。

③《李白全集编年笺注》卷九，第915页。

④《全唐诗》卷一七四，第1779页。

⑤《全唐诗》卷一七四，第1779页。

⑥《李白全集编年笺注》卷一四《庐山谣寄卢侍御虚舟》，第1501页。

⑦《李白全集编年笺注》卷一，第70页。

天台。"[①]《秋下荆门》云:"此行不为鲈鱼鲙,自爱名山入剡中。"[②]

地域文化和李白思想的冲突尚未引起研究者的注意,唐代其他作家与活动区文化上的磨合普遍存在,也未能进行深入的探讨。其实在古代社会交通不便,信息传递也不可能畅远,相对而言因地域不同存在的文化上的差异要比今天明显,只是时人见多不怪,缺少记载,或者在诗文中有所表现,我们不易体会而被忽视了。现代社会由于交通便捷、信息畅通,人们的思想观念和生活方式因地域不同而存在的差异已渐渐缩小,但其差异依然存在,有时也会表现为激烈的文化冲突。我们讨论古人的生存环境,因居住地的变换而产生的文化不适,实在应该重视起来。特别是李白的生存环境的变化,多数是与婚姻有关,和举家迁移不同,李白一定要和新娶之妻妾的当地人发生联系,以妻妾为中介的联系形式使李白无法超脱现实环境。他的行为不得不受到女方家族、同宗、村民以及以任何形式聚居的集体的关注,他们会以自己的文化去评价一个外来人的行为,李白当然经受不住这样的考察,其混迹竹溪的行为也会受到指责。冲突是难免的,李白婚姻不幸与此也有关系。

李白的个性同样也加剧了这种因地缘关系引起的文化冲突。他的一生用他自己的话说是"仗剑去国,辞亲远游"[③],"白孤剑谁托,悲歌自怜。迫于凄惶,席不暇暖。寄绝国而何仰?若浮云而无依。南徙莫从。北游失路"[④]。李白一生漂泊不定,他自己说过一些原因,比如"一生好入名山游",比如干求权要,实现其"大丈夫必有四方之

① 《李白全集编年笺注》卷一六,第1604页。

② 《李白全集编年笺注》卷一,第41页。

③ 《李白全集编年笺注》卷一七《上安州裴长史书》,第1762页。

④ 《李白全集编年笺注》卷一七《上安州李长史书》,第1754页。

志”[①]，比如入楚是受乡人司马相如赋的影响，又比如入鲁是“学剑来山东”，等等。我以为李白一生四处奔波，还有原因在，这就是李白常变换生存环境以摆脱原有的令他不快的生活环境，也就是通过变换环境以求文化的适应。前面已经说过，他离开楚地是被动的，他曾得罪过安州李长史，其《上安州李长史书》云：“理有疑误而成过，事有形似而类真”[②]，“白之不敏，窃慕余论。何图叔夜潦倒，不切于事情；正平猖狂，自贻于耻辱？一忤容色，终身厚颜。敢昧负荆，请罪门下。倘免以训责，恤其愚蒙，如能伏剑结缨，谢君侯之德”[③]。并献诗若干。他又曾向安州裴长史上书陈情，说自己受人谗毁，“谤言忽生，众口攒毁”[④]。在东鲁也是如此，如前所举他获笑汶上翁、被鲁儒嘲弄作《嘲鲁儒》以反击。甚至到了生活艰难而无人顾怜的地步，《赠新平少年》诗云：“而我竟何为，寒苦坐相仍？长风入短袂，内手如怀冰。故友不相恤，新交宁见矜。”[⑤]生活上如此，人际关系也大为不佳，其《酬张卿夜宿南陵见赠》诗云：“与君各未遇，长策委蒿莱。宝刀隐玉匣，锈涩空莓苔。遂令世上愚，轻我土与灰。一朝攀龙去，蛙黾安在哉？”[⑥]缘诗意，当在未入长安时在东鲁所作。他慨叹“长策委蒿莱”，以至被群愚轻视，幻想一朝攀龙，以扬眉吐气，激昂青云。

①《李白全集编年笺注》卷一七《上安州裴长史书》，第 1762 页。
②《李白全集编年笺注》卷一七，第 1752 页。
③《李白全集编年笺注》卷一七，第 1758 页。
④《李白全集编年笺注》卷一七《上安州裴长史书》，第 1766 页。
⑤《李白全集编年笺注》卷二，第 135 页。
⑥《李白全集编年笺注》卷四，第 398—399 页。

第二节　古都文化在诗歌表现中的差异

——以金陵与洛阳为例

隋唐以前，洛阳成为北方的文化中心，而金陵是南方的文化中心。曹道衡先生在论“建康——南方文化的中心”时说：“封建社会中建都之地，往往就是人文荟萃之区，一般也就是学术和文艺的中心。这个中心在西汉时代，本在长安，东汉以后就迁到了洛阳。汉末的群雄割据之际，这个中心曾一度移到了许昌和邺城，但不久又回到洛阳。西晋末年洛阳的失陷，迫使中原的大批文人、学者逃向江南。他们南下之后，与江南原有的文人在一起，在偏安政权的首都建康重新建立了一个文化中心。”① 自北魏孝文帝迁都洛阳后，洛阳又一度繁盛，北魏末年，洛阳战乱繁起，皇都荒芜。“唐代陪都最为繁杂，增设废省，因时而异。其仅以洛阳为陪都，约有三次：一在高宗显庆二年（657 年）至武则天如意元年（692 年），一在中宗神龙元年（705 年）至玄宗开元九年（721 年），一在开元九年至开元十一年（723 年）。”②

一、金陵和洛阳诗歌数量的分析

在唐人面前，这两个重要古都的位置并不一样，金陵日益衰落，而洛阳作为北方都市和陪都，其繁盛与长安形成呼应。因而这两个古都在诗歌中的表现都不一样，就数量而言，唐代诗人在金陵创作的诗约一百八十首，在洛阳创作的约八百二十首，五代时分别是 174 首和 4 首。洛阳诗居于绝对优势。

---

①《南朝文学与北朝文学研究》，第 146 页。

② 史念海：《中国古都和文化》，中华书局，1998 年，第 128—129 页。

洛阳在唐代是仅次于长安的大都市，一度中央政府还移往洛阳工作，洛阳作为政治中心的位置始终吸引政客和文人的移入。这种移入还不是始于唐代，从唐代墓志所提供的材料看，隋代确实有过移民洛阳的风潮。

这里可以排列初唐墓志的相关材料以为说明，《唐代墓志汇编》贞观〇一一《谭氏之志》云："君讳伍，字德深，恒山桑干人……以大业之岁，爰届洛阳，日往月来，因家于此。"[①] 贞观〇三七《故隋阳平郡发干县主簿郭君墓志铭（并序）》云："君讳提，并州太原人也。……大业初，迁于河南之洛阳县。"[②] 贞观一二七《隋处士傅君志铭》云："君讳叔，字季成，北地灵州人也。隋大业中，迁都洛阳，因而家焉。"[③] 永徽〇五四《大唐故郑君墓志》云："君讳满，字满才，郑州荥阳人也……父元守……但以金陵罢务，执爵来朝，文轨既同，因居洛邑。"[④] 显庆〇二五《唐故左武侯桑泉府司马程君墓志铭》云："君讳骘，字宝柱，广平曲安人也。考念，隋季因官洛阳，遂家于河南焉。"[⑤] 龙朔〇四〇《索君墓志》云："君讳玄字德伟，敦煌人也，今寓居洛阳县焉。"[⑥] 龙朔〇四六《故任勇副尉皇甫君墓志铭（并序）》云："公讳相贵，字晚，□先安定人也，因官，家于洛阳焉。"[⑦] 龙朔一五〇《唐故隋立信尉袁君墓志铭（并序）》云："君讳相，字厉俗，汝南人也，寓居洛阳焉。"[⑧] 麟德一〇〇《唐故处士□□□志铭（并序）》云："君讳仁，

---

①《唐代墓志汇编》上册，第 17 页。
②《唐代墓志汇编》上册，第 33 页。
③《唐代墓志汇编》上册，第 88 页。
④《唐代墓志汇编》上册，第 166 页。
⑤《唐代墓志汇编》上册，第 245 页。
⑥《唐代墓志汇编》上册，第 362 页。
⑦《唐代墓志汇编》上册，第 366 页。
⑧《唐代墓志汇编》上册，第 368 页。

字景真，南阳人也，今侨居洛阳焉。”[①] 麟德〇二五《唐故将仕郎霍君墓志铭（并序）》云：“君讳达，字□，河东人也，今寄贯洛阳焉。”[②] 麟德〇四五《大唐王夫人墓志铭（并序）》云：“夫人讳相儿，太原人也，今侨寄伊阙□贯焉。”[③] 麟德〇六八《□唐骁骑尉故冯君墓志铭（并序）》云：“君讳贞，字明达，长乐人也，今寄贯洛阳焉。”[④] 乾封〇〇二《大唐故处士王君墓志铭（并序）》云：“君讳延，字宝寿，太原祁人也。因随父任，遂居洛阳。”[⑤] 乾封〇〇五《唐故洛州录事杨君夫人张氏墓志铭（并序）》云：“君讳达，字文达，弘农人也，今寄贯河南县洛汭乡招贤里焉。”[⑥] 乾封〇〇六《大唐故左卫长史颜君墓志铭（并序）》云：“公讳仁楚，字俊，琅耶人也。先有仕魏，因家洛阳。”[⑦] 乾封〇一五《唐骑都尉郭君故夫人杨氏墓志铭（并序）》云：“夫人杨氏，弘农华阴人也，今寄贯洛阳县焉。”[⑧] 乾封〇四二《大唐故黔州洪杜县丞张君并夫人上官氏墓志铭（并序）》云：“君讳善，字德，本家宛叶，宦徙伊瀍，今为洛阳人也。”[⑨] 乾封〇五二《大唐故谢君墓志铭（并序）》云：“君讳通，字师感，本系颍川，徙家洛食，今为河南人也。”[⑩] 乾封〇五三《唐故杜君墓志铭（并序）》云：“君讳庆，字才，京兆人也，今寄贯洛阳县

① 《唐代墓志汇编》上册，第 402 页。
② 《唐代墓志汇编》上册，第 412 页。
③ 《唐代墓志汇编》上册，第 425 页。
④ 《唐代墓志汇编》上册，第 439 页。
⑤ 《唐代墓志汇编》上册，第 442 页。
⑥ 《唐代墓志汇编》上册，第 444 页。
⑦ 《唐代墓志汇编》上册，第 445 页。
⑧ 《唐代墓志汇编》上册，第 452 页。
⑨ 《唐代墓志汇编》上册，第 470 页。
⑩ 《唐代墓志汇编》上册，第 477 页。

余庆乡焉。”[①] 总章〇〇八《唐故骁骑尉张君墓志铭（并序）》云：“君讳愿，字善愿，南阳人也，今寄贯洛阳县淳俗乡上春里焉。”[②] 总章〇一二《大唐故李府君墓志铭（并序）》云：“君讳政，字译，陇西城纪人也。因官播族，编贯斯土。”[③] 又云“忽以总章元年九月廿日感疾卒于东都”[④]，“斯土”当即洛阳。总章〇一四《唐故武骑尉王君墓志铭（并序）》云：“君讳□，字万通，琅邪临沂人也，今编贯洛阳县□□乡□春里焉。”[⑤]

以上所列，迁居洛阳的时间大多在隋末，包括时间不太详细者。迁居的原因约有三种：一为仕洛而居，如皇甫相贵，“因官，家于洛阳焉”；二为动乱避难，如袁相，“往因隋乱，流寓洛州”；三为一般移民，多数情况当属此。贞观〇二二《大唐故开府仪同三司刘君墓志铭》：“君讳节，字德操，冀州下博人……高尚其事，独秘丘园，耻居关外，移从京邑。”[⑥] 刘节从冀州移居京师，其原因是“耻居关外”，向政治中心靠拢，这是文化传统，西汉杨仆耻为关外人，移函谷关于新安，满足其做关内人的要求。移入洛阳也可视为是向文化中心、政治中心靠拢的价值取向。移民来源不限一地，但多为北方人氏，如汝南、灵州、南阳、弘农、琅邪、颍川、太原、河东等。移民在文化传承和生活习惯上，同者多而异者少。北方士人移居南方者极少，《唐代墓志汇编》贞观〇八五《唐故张君墓志》云：“君讳行密，其先陇西原北人也……父素德，黄门侍郎。于大业元年敕往江南，由此思退，遂移家扬州江阳

① 《唐代墓志汇编》上册，第 478 页。
② 《唐代墓志汇编》上册，第 486 页。
③ 《唐代墓志汇编》上册，第 489 页。
④ 《唐代墓志汇编》上册，第 489 页。
⑤ 《唐代墓志汇编》上册，第 490 页。
⑥ 《唐代墓志汇编》上册，第 23 页。

城东之育贤村居焉。"① 这是少见的例子。向洛阳移民实出于政府的政策,《唐会要》卷八四载:"徙关外雍同秦等七州户数十万,以实洛阳。"② 移民加速了洛阳的发展。

金陵的情形大势则相反,隋灭陈,"诏并平荡耕垦,更于石头城置蒋州"③。孙逖《丹阳行》云:"荆榛古木闭荒阡,共道繁华不复全。赤县唯余江树月,黄图半入海人烟。暮来山水登临遍,览古愁吟泪如霰。"④ 唐时,金陵的行政区划设计虽有变化,但地位下降,通常只是一个县的建置。据《旧唐书》卷四〇《地理志三》载:"上元,楚金陵邑,秦为秣陵。吴名建业,宋为建康。晋分秣陵置临江县,晋武改为江宁。武德三年,于县置扬州,仍置东南道行台,改江宁为归化。六年,辅公祏反,据其地。七年,公祏平,置行台尚书省,改扬州为蒋州。废茅州,以句容二县来属蒋州。八年,罢行台,改蒋州置扬州大都督府。改归化县为金陵。扬州领金陵、句容、丹阳、溧水六县。九年,扬州移治江都,改金陵为白下县。以延陵、句容、白下三县属润州,丹阳、溧阳、溧水三县属宣州。移白下治故白下城。贞观七年,复移今所。九年,改为江宁县。至德二年二月,置江宁郡。乾元元年,于江宁置升州,割润州之句容江宁、宣州之当涂溧水四县,置浙西节度使。乾元二年,复为上元县,还润州。当涂等三县,各依旧属。"⑤ 安史乱起,乾元元年(758)一度为浙西节度使治所,这是金陵在唐代城市史上最辉煌的时刻,但三四年后,上元二年(761)浙西节度使治所又迁往润州。金陵的衰落还有一个地理因素,隋朝运河的开发,带动运河与长

①《唐代墓志汇编》上册,第63页。
②《唐会要》,第1553页。
③《隋书》卷三一《地理志下》,第876页。
④《全唐诗》卷一一八,第1187页。
⑤《旧唐书》,第1584页。

江交汇处扬州和润州南北两个城市的繁荣，长江下游南沿江城市金陵的中心位置被润州取代，故浙江东道节度使府治所定在润州。

作为六朝古都，金陵有其地域优势和经济优势，北濒长江，可以“西引蜀、汉，南下交、广，东会沧海，北达淮、泗”[①]，水路交通十分方便。东倚润州，西延宣州，位处经济发达地区。这也是金陵未被唐代诗人完全冷落的原因。如果结合时空双重因素考虑，各期诗歌创作数量的分布亦有不同，具体如下：

唐五代金陵与洛阳诗歌分布（单位：首）

初、盛唐	金陵	62	洛阳	244
盛、中唐之间	金陵	13	洛阳	56
中唐前期	金陵	7	洛阳	128
中唐后期	金陵	23	洛阳	320
晚唐	金陵	75	洛阳	75
五代	金陵	174	洛阳	4

金陵的地位还可从李白《为宋中丞请都金陵表》[②]知其一二，此表即作于金陵为浙西节度使治所之时。按，李白《为宋中丞自荐表》称“臣伏见前翰林供奉李白年五十有七”[③]，此表则为乾元年间李白所作。李白《为宋中丞请都金陵表》陈述金陵可为都城之理由，一是形胜：“金陵旧都，地称天险。龙盘虎踞，开扃自然”[④]，“咽喉控带，萦

①〔宋〕乐史撰，王文楚等点校：《太平寰宇记》卷九〇，中华书局，2007年，第1778页。

②《李白全集编年笺注》卷一八，第1892—1899页。

③《李白全集编年笺注》卷一八，第1899页。

④《李白全集编年笺注》卷一八，第1895页。

错如绣"[①]。二是人物:"天下衣冠士庶,避地东吴,永嘉南迁,未盛于此。"[②]李白的意思是说安史乱后,人物南迁,自永嘉以来,于此为盛,这和吕温的说法一致。吕温《祭座主故兵部尚书顾公文》云:"天宝季年,羯胡内侵,翰苑词人,播迁江浔,金陵、会稽文士成林,嗤炫争驰,声美共寻,损益褒贬,一言千金。"[③]三是福地:"六代皇居,五福斯在。"[④]四是物产:"况齿革羽毛之所生,楩楠豫章之所出。元龟大贝,充牣其中,银坑铁冶,连绵相属。划铜陵为金穴,煮海水为盐山。"[⑤]然而李白的认识或是宋若思的认识是有局限的,移都金陵也就意味着唐王朝要以长江为限,先偏安一隅,再作远图。

安史乱起,文人移入江南的局面大开,并已波及金陵诗歌创作的增长,至晚唐已能和洛阳抗衡。晚唐时期的洛阳已非以前的盛况,许浑《故洛城》诗云:"禾黍离离半野蒿,昔人城此岂知劳。水声东去市朝变,山势北来宫殿高。鸦噪暮云归古堞,雁迷寒雨下空壕。可怜缑岭登仙子,犹自吹笙醉碧桃。"[⑥]许浑虽然登的是故洛阳城,但已见洛阳的黄昏阴云的景观。金陵诗歌创作的弱势分布到五代时得到彻底改变,原因很简单,金陵成了南唐都城,此前韦庄写于僖宗中和三年的《陪金陵府相中堂夜宴》诗已微露出金陵复盛的消息,诗云:"满耳笙歌满眼花,满楼珠翠胜吴娃。因知海上神仙窟,只似人间富贵家。绣户夜攒红烛市,舞衣晴曳碧天霞。却愁宴罢青蛾散,杨子江

① 《李白全集编年笺注》卷一八,第1895页。
② 《李白全集编年笺注》卷一八,第1895页。
③ 《全唐文》卷六三一,第6371页。
④ 《李白全集编年笺注》卷一八,第1895页。
⑤ 《李白全集编年笺注》卷一八,第1897页。
⑥ 《全唐诗》卷五三三,第6088页。

头月半斜。”[①] 金陵的文学创作除诗外，并有南唐词的鼎盛。而洛阳虽为后梁、后唐国都，但文学创作已进入衰微期，洛阳的文化再兴要等到北宋。

二、金陵和洛阳在诗歌中的表现

将金陵和洛阳两个古都及其相关创作进行比较，只是作为诗歌中地域文化呈现的一个方面来加以讨论，并无必然的联系。但唐代有人曾将这两个城市放在一起写入诗中，下面三首诗即是，不过他们三人的立场角度不同，故侧重点也不同。一是朱放的《秣陵送客入京》诗，诗云：“鸟喧金谷树，花满洛阳宫。日日相思处，江边杨柳风。”[②] 诗题中的入京是入洛阳，“鸟喧”“花满”写洛阳的繁盛来比照眼前的萧瑟。二是许浑的《金陵怀古》诗，写作为古都金陵的残败，但结句则联系到洛阳，诗云：“玉树歌残王气终，景阳兵合戍楼空。松楸远近千官冢，禾黍高低六代宫。石燕拂云晴亦雨，江豚吹浪夜还风。英雄一去豪华尽，唯有青山似洛中。”[③] 这是写大主题的，关涉到朝代兴替。诗人的思路可能是这样的：自晋元帝建武由洛阳迁都建康，至隋灭陈，中间也出过许多风流人物，但“英雄一去豪华尽，唯有青山似洛中”，诗人自然地将金陵和洛阳联系起来，金陵人物已尽，而青山却和洛阳一样，故李白《金陵三首》其三云：“苑方秦地少，山似洛阳多。”[④] 王琦注引《景定建康志》云：“洛阳四山围，伊、洛、瀍、涧在中。建康亦四山围，秦淮、直渎在中。”[⑤] 三是李德裕《早春至言禅公法堂

① 《全唐诗》卷六九七，第 8018 页。
② 《全唐诗》卷三一五，第 3540 页。
③ 《全唐诗》卷五三三，第 6084 页。
④ 《李白全集编年笺注》卷八，第 746 页。
⑤ 《李白全集编年笺注》卷八，第 746 页。

忆平泉别业(金陵作)》诗,诗云:“昔我伊原上,孤游竹树间。人依红桂静,鸟傍碧潭闲。松盖低春雪,藤轮倚暮山。永怀桑梓邑,衰老若为还。”① 人在金陵而思念洛阳,思念洛阳平泉别墅和优哉游哉的生活及情调。李德裕另一首诗《峡山亭月夜独宿对樱花有怀伊川别墅金陵作》也是怀归之作,“恨无金谷妓,为我奏思归”②。以上几首诗将金陵和洛阳联系起来应该说是偶然的,上引李白诗,可见李白有意识地将金陵和长安、洛阳作比较。无论如何,作为南北朝时期南北两大古都的金陵和洛阳,在唐诗中的表现本应该详细探讨。

(一)金陵诗

较早对金陵作全方位考察的是张九龄,其《经江宁览旧迹至玄武湖》诗云:“南国更数世,北湖方十洲。天清华林苑,日晏景阳楼。果下回仙骑,津傍驻彩斿。凫鹥喧凤管,荷芰斗龙舟。七子陪诗赋,千人和棹讴。应言在镐乐,不让横汾秋。风俗因纾慢,江山成易由。驹王信不武,孙叔是无谋。佳气日将歇,霸功谁与修。桑田东海变,麋鹿姑苏游。否运争三国,康时劣九州。山虽幕府在,馆岂豫章留。水淀还相阅,菱歌亦故遒。雄图不足问,唯想事风流。”③“南国”句总起,于时、空两方面下笔,“南国更数世”在时间上写南朝朝代的更替,“北湖方十洲”在空间上以玄武湖之大写金陵的形势。“天清华林苑”至“不让横汾秋”虚实相间,写金陵繁盛时的景象。“风俗因纾慢”至“菱歌亦故遒”转入议论,写出金陵衰落之由和沧海桑田的迁变慨叹。结句“雄图不足问,唯想事风流”,将雄霸之业和风流之事并写,和“佳气日将歇,霸功谁与修”相应,表现出无可奈何的哀婉。事实上后

①《全唐诗》卷四七五,第5404—5405页。
②《全唐诗》卷四七五,第5405页。
③《张九龄集校注》卷三,第242页。

世金陵诗的内容在张九龄诗中都已有所表现，只是将昔日繁华的描写变为对往昔风流的追逐和对现实生活的陶醉。

第一，“慨古无言独倚楼”①：六朝兴衰的哀叹

（1）写景诗。唐诗中写到金陵古都，往往会写到金陵形胜和金陵王气，金陵东有钟山屏障，西为长江天险，形势险要，雄伟多姿，有龙盘虎踞之称，“晋家南渡日，此地旧长安。地即帝王宅，山为龙虎盘”②。李白《为宋中丞请都金陵表》中云：“金陵旧都，地称天险。龙盘虎踞，开扃自然。……咽喉控带，萦错如绣。”③因其地形位置，诗人笔下通常出现自然的钟山、江流和人文的王气、霸业以及六朝遗迹，李白《登梅岗望金陵赠族侄高座寺僧中孚》云：“钟山抱金陵，霸气昔腾发。天开帝王居，海色照宫阙。群峰如逐鹿，奔走相驰突。江水九道来，云端遥明没。时迁大运去，龙虎势休歇。”④末句议论含有浓重的吊古成分，像这样比较纯粹写金陵气象的诗并不多，大多数是写浓缩于眼前景物中的六朝衰败。李白《金陵凤凰台置酒》云：“置酒延落景，金陵凤凰台。……六帝没幽草，深宫冥绿苔。”⑤李白《金陵三首》其二：“地拥金陵势，城回江水流。当时百万户，夹道起朱楼。亡国生春草，王宫没古丘。空余后湖月，波上对瀛洲。”⑥其三：“六代兴亡国，三杯为尔歌。苑方秦地少，山似洛阳多。古殿吴花草，深宫晋绮罗。并随人事灭，东逝与沧波。”⑦置于古都之中，一草一木、一亭

① 唐彦谦：《金陵怀古》，《全唐诗》卷六七一，第 7675 页。
② 《李白全集编年笺注》卷八《金陵三首》其一，第 744 页。
③ 《李白全集编年笺注》卷一八，第 1895 页。
④ 《李白全集编年笺注》卷八，第 762 页。
⑤ 《李白全集编年笺注》卷八，第 803 页。
⑥ 《李白全集编年笺注》卷八，第 745 页。
⑦ 《李白全集编年笺注》卷八，第 746 页。

一楼都能触动诗人的愁绪，甚至一个小巷也引起诗人的沉思，李白《金陵白杨十字巷》云："白杨十字巷，北夹湖沟道。不见吴时人，空生唐年草。天地有反复，宫城尽倾倒。六帝余古丘，樵苏泣遗老。"① 这些诗提到时间，往往是六朝并举，或吴、晋对称。

最能代表李白吊金陵之作的是七古《金陵歌送别范宣》，诗云："四十余帝三百秋，功名事迹随东流。白马小儿谁家子？泰清之岁来关囚。金陵昔时何壮哉，席卷英豪天下来。冠盖散为烟雾尽，金舆玉座成寒灰。扣剑悲吟空咄嗟，梁陈白骨乱如麻。天子龙沉景阳井，谁歌《玉树后庭花》？此地伤心不能道，目下离离长春草。"② 这首诗起伏跌宕而感情深沉，写六朝之盛一笔带过而极有分量："金陵昔时何壮哉，席卷英豪天下来。"不言山河之壮伟，而"地拥金陵势，城回江水流""钟山抱金陵""江水九道来"的天险地势尽在。"四十余帝三百秋，功名事迹随东流"起句则括尽东吴、东晋、宋、齐、梁、陈六朝更替，最后江山毁弃，功业随大江东去。诗中处处扣住人物而写兴衰，"白马小儿""冠盖""金舆""白骨""天子""歌女"，信笔拈来而高度概括。

我们列举出李白众多金陵诗，是想说明在刘禹锡之前，在现存唐诗中已有大量吊金陵的诗作。事实上，在刘禹锡之后也同样出现大量吊金陵的作品。如沈彬《再过金陵》云："玉树歌终王气收，雁行高送石城秋。江山不管兴亡事，一任斜阳伴客愁。"③ 张乔《台城》云："宫殿余基长草花，景阳宫树噪村鸦。云屯雉堞依然在，空绕渔樵四五家。"④ 韦庄《台城》云："江雨霏霏江草齐，六朝如梦鸟空啼。无

①《李白全集编年笺注》卷八，第751页。
②《李白全集编年笺注》卷八，第753—754页。
③《全唐诗》卷七四三，第8458页。
④《全唐诗》卷六三九，第7328页。

情最是台城柳，依旧烟笼十里堤。”① 三首诗在思路和表现手法上有一致的地方，人有意而物无情，“江山”“雉堞”“台城柳”，不管人事沧桑、江山沉沦，依然故我，真所谓“赋凄凉之景，想昔日盛时，无限感慨，都在言外，使人思而得之”②。

诗人常选取晚照中的金陵来描写，主要是表现金陵古都的没落，祖咏《晚泊金陵水亭》云：“夕照明残垒，寒潮涨古濠。”③ 王勃《白下驿饯唐少府》云：“浦楼低晚照，乡路隔风烟。”④ 李白《金陵白下亭留别》云：“吴烟暝长条，汉水啮古根。”⑤ 刘禹锡《乌衣巷》云：“朱雀桥边野草花，乌衣巷口夕阳斜。”⑥ 沈彬《再过金陵》云：“江山不管兴亡事，一任斜阳伴客愁。”⑦

同样，写月中金陵在于表现对古都的依恋，这和长江月出的壮景有关，也和游人夜泊相关，李白《月夜金陵怀古》诗云：“苍苍金陵月，空悬帝王州。”⑧《金陵城西楼月下吟》云：“白云映水摇空城，白露垂珠滴秋月。月下沉吟久不归，古来相接眼中稀。”⑨ 李白有诗《玩月金陵城西孙楚酒楼达曙歌吹日晚乘醉著紫绮裘乌纱巾与酒客数人棹歌秦淮往石头访崔四侍御》⑩。卢纶《夜泊金陵》云：“圆月出高城，苍苍

---

①《全唐诗》卷六九七，第 8021 页。

② 陈伯海编：《唐诗汇评》（下）引《挑灯诗话》，浙江教育出版社，1995 年，第 2936 页。

③《全唐诗》卷一三一，第 1335 页。

④《全唐诗》卷五六，第 676 页。

⑤《李白全集编年笺注》卷九，第 871 页。

⑥《刘禹锡全集编年校注》卷六，第 675 页。

⑦《全唐诗》卷七四三，第 8458 页。

⑧《李白全集编年笺注》卷八，第 756 页。

⑨《李白全集编年笺注》卷八，第 839 页。

⑩《李白全集编年笺注》卷八，第 814—815 页。

照水营。”[①] 刘禹锡《生公讲堂》云：“高座寂寥尘漠漠，一方明月可中庭。”[②] 杜牧《泊秦淮》云：“烟笼寒水月笼沙，夜泊秦淮近酒家。商女不知亡国恨，隔江犹唱后庭花。”[③] 金陵背倚长江，故诗中“江”字出现频率也较高。江水在诗中除了起映衬作用外，还和时间迁逝、朝代更替相关，具有了隐喻意思。

金陵写景诗出现的地名一般为六朝胜迹，差不多每个地名后都包含有一个或多个历史事迹和历史人物，仅从诗题来看即有玄武湖、白下驿、栖霞山、金陵水亭、新亭、北山精舍、明征君故居、临江楼、城西楼、劳劳亭、东山、白鹭洲、新林浦、凤凰台、冶城、谢安墩、瓦官阁、梅岗、征虏亭、板桥浦、白杨十字巷、洗脚亭、陆机宅、横塘、蒋山、开善寺、南浦渡、石城馆、钟山紫芝观、秣陵、台城、石头城、南涧寺、秦淮、延祚阁、景阳宫、景阳井、鸡鸣埭、谢公墅、吴宫、蒋亭、清溪江令公宅、陈宫、清凉寺、王导墓、蒋帝庙、长干塘、爱敬寺、升元阁、钟山寺、宋兴寺等。有些诗中用了大量的地名，如刘禹锡《金陵怀古》云：“潮满冶城渚，日斜征虏亭。蔡洲新草绿，幕府旧烟青。兴废由人事，山川空地形。后庭花一曲，幽怨不堪听。”[④] 诗中地名有“冶城”“征虏亭”“蔡洲”“幕府山”，诗题中的地名和诗中地名凸显出诗歌浓郁的地域文化特色。

（2）怀古诗。一般登临写景之作都夹杂怀古的内容，如以上所引李白、韦庄等人的诗。从形式上看，初盛唐似乎只有李白一篇标明怀古的金陵诗，即《月夜金陵怀古》，诗云：“苍苍金陵月，空悬帝王

① 《全唐诗》卷二七九，第 3177 页。

② 《刘禹锡全集编年校注》卷六，第 679 页。

③ 〔唐〕杜牧撰，吴在庆校注：《杜牧集系年校注》卷四，中华书局，2008 年，第 517 页。

④ 《刘禹锡全集编年校注》卷六，第 685 页。

州。天文列宿在，霸业大江流。绿水绝驰道，青松摧古丘。台倾鳷鹊观，宫没凤凰楼。别殿悲清暑，芳园罢乐游。一闻歌玉树，萧瑟后庭秋。”[①] 中晚唐怀古诗大增，有些只标明金陵、台城、景阳宫名的诗，纯然是怀古诗，而标明怀古的诗也不少，如司空曙《金陵怀古》、刘禹锡《金陵怀古》《台城怀古》、张祜《上元怀古》、杨乘《建邺怀古》、杜牧《江南怀古》、许浑《金陵怀古》、李群玉《秣陵怀古》、李山甫《上元怀古二首》、唐彦谦《金陵怀古》、吴融《金陵怀古》、王贞白《金陵怀古》、李洞《金陵怀古》、陈觊《景阳台怀古》、刘洞《石城怀古》、曹松《石头怀古》等，这中间刘禹锡的怀古诗最具代表性。

刘禹锡的怀古诗被人们关注很多，即便是金陵怀古诗也有专文，如胡阿祥《金陵怀古与其中的地名意境——以唐人刘禹锡的诗为例》[②]。刘禹锡金陵怀古诗量多质优，如《金陵怀古》云："潮满冶城渚，日斜征虏亭。蔡洲新草绿，幕府旧烟青。兴废由人事，山川空地形。后庭花一曲，幽怨不堪听。"[③] 又《金陵五题》《石头城》云："山围故国周遭在，潮打空城寂寞回。淮水东边旧时月，夜深还过女墙来。"《乌衣巷》云："朱雀桥边野草花，乌衣巷口夕阳斜。旧时王谢堂前燕，飞入寻常百姓家。"《台城》云："台城六代竞豪华，结绮临春事最奢。万户千门成野草，只缘一曲后庭花。"《生公讲堂》云："生公说法鬼神听，身后空堂夜不扃。高座寂寥尘漠漠，一方明月可中庭。"《江令宅》云："南朝词臣北朝客，归来唯见秦淮碧。池台竹树三亩余，至今人道江家宅。"[④] 《台城怀古》云："清江悠悠王气沉，六朝遗事何处

---

① 《李白全集编年笺注》卷八，第 756 页。

② 《魏晋本土文学地理研究》，第 176—183 页。

③ 《刘禹锡全集编年校注》卷六，第 685 页。

④ 《刘禹锡全集编年校注》卷六，第 671—681 页。

寻？宫墙隐嶙围野泽，鹳鸮夜鸣秋色深。”[①]刘禹锡诗中的意象虽具体实抽象，他能抽绎出自然物象中最具感染力也最具概括力的名物、人事，写出兴亡之感，写出对历史沉思后的判断，极为深刻。储光羲《临江亭五咏序》云：“建业为都旧矣。晋主来此，而礼物尽备。虽云在德，亦云在险，京口其地也。呜呼！有邦国者，有兴亡焉。自晋及陈，五世而灭。以今怀古，五篇为咏。临江亭得其胜概，寄以兴言，虽未及乎辩士，亦其志也。”[②]储光羲所言六朝古都、邦国兴亡正是金陵怀古诗兴盛的原因。

第二，“登高有酒浑忘醉”[③]：繁华风流的追慕

六朝人的修养、行为方式和风度有为后人赞赏的地方，人们用两个字来表述：“风流”。李白《五松山送殷淑》云：“秀色发江左，风流奈若何？”[④]杜甫《壮游》云：“王谢风流远，阖闾丘墓荒。”[⑤]羊士谔《忆江南旧游二首》其一云：“王谢风流满晋书。”[⑥]杜牧《润州二首》其一云：“大抵南朝皆旷达，可怜东晋最风流。”[⑦]杜牧诗句是互文，意即六朝人是风流旷达的。而这种六朝人的风流差不多都凝结在金陵的山山水水、亭台楼阁上。

金陵有陆机故宅。文学史上称“二陆”的陆机、陆云兄弟，其祖是吴国丞相陆逊，父亲是吴大司马陆抗，金陵有陆家宅第，在秦淮之侧，李白《题金陵王处士水亭》注：“此亭盖齐朝南苑，又是陆机故

---

① 《刘禹锡全集编年校注》卷六，第 684 页。

② 《全唐诗》卷一三九，第 1409 页。

③ 唐彦谦：《金陵怀古》，《全唐诗》卷六七一，第 7675 页。

④ 《李白全集编年笺注》卷一二，第 1191 页。

⑤ 《杜诗详注》卷一六，第 1438 页。

⑥ 《全唐诗》卷三三二，第 3696 页。

⑦ 《杜牧集系年校注》卷三，第 340 页。

宅。"[①] 有写"余霞散成绮，澄江静如练"[②] 的谢朓，李白《金陵城西楼月下吟》云："金陵夜寂凉风发，独上高楼望吴越。白云映水摇空城，白露垂珠滴秋月。月下沉吟久不归，古来相接眼中稀。解道澄江净如练，令人长忆谢玄晖。"[③] 有冶城西北谢安墩，李白《登金陵冶城西北谢安墩》云："冶城访古迹，犹有谢安墩。凭览周地险，高标绝人喧。想象东山姿，缅怀右军言。"[④] 李白认为金陵有自己的人文传统，其《留别金陵诸公》云："六代更霸王，遗迹见都城。至今秦淮间，礼乐秀群英。地扇邹鲁学，诗腾颜谢名。"[⑤]

李白将仰慕六朝风流通过诗酒来实现，携妓饮酒，呼朋登临，成了李白在金陵的日常行为。李白《玩月金陵城西孙楚酒楼达曙歌吹日晚乘醉著紫绮裘乌纱巾与酒客数人棹歌秦淮往石头访崔四侍御》[⑥] 意在效仿六朝人的旷达。《金陵酒肆留别》云："吴姬压酒唤客尝。"[⑦] 李白看到的金陵，酒楼似乎较多。

金陵为六朝古都，经济发达，生活富庶，这一土壤正好成为人们追求享乐生活的温床。除此而外，文士喜冶游，并在冶游中获得精神的娱悦，郊外栖霞山成了他们的方外游息之地。他们游栖霞山，咏栖霞寺，张翚《游栖霞寺》云："一从方外游，顿觉尘心变。"[⑧] 綦毋潜《题栖霞寺》云："天花飞不著，水月白成路。今日观身我，归心复何

① 《李白全集编年笺注》卷八，第 811 页。

② 〔清〕张玉谷著，许逸民点校：《古诗赏析》卷一八《晚登三山还望京邑》，中华书局，2017 年，第 446 页。

③ 《李白全集编年笺注》卷八，第 839 页。

④ 《李白全集编年笺注》卷八，第 748 页。

⑤ 《李白全集编年笺注》卷八，第 870 页。

⑥ 《李白全集编年笺注》卷八，第 814—815 页。

⑦ 《李白全集编年笺注》卷一，第 65 页。

⑧ 《全唐诗》卷一一四，第 1161 页。

处。"[①]常衮《登栖霞寺》云:"林香雨气新,山寺绿无尘。遂结云外侣,共游天上春。鹤鸣金阁丽,僧语竹房邻。待月水流急,惜花风起频。何方非坏境,此地有归人。回首空门外,皤然一幻身。"[②]蒋涣《登栖霞寺塔》诗描写:"瀍涧临江北,郊原极海西。沙平瓜步出,树远绿杨低。南指晴天外,青峰是会稽。"[③]栖霞山原名摄山,栖霞寺建于南朝齐,南朝宋泰始中隐士明僧绍,字栖霞,在山上结庐而居,舍宅为栖霞精舍,其后王公贵族皆信佛,对栖霞山寺屡加增建。唐人访问栖霞寺,往往会寻找明僧绍宅,顾况《题歙山栖霞寺》云:"明征君旧宅,陈后主题诗。迹在人亡处,山空月满时。"[④]皮日休《游栖霞寺》云:"不见明居士,空山但寂寥。白莲吟次缺,青霭坐来销。泉冷无三伏,松枯有六朝。何时石上月,相对论逍遥。"[⑤]刘长卿有诗写寻明征君故居的,其《栖霞寺东峰寻南齐明征君故居》诗云:"山人今不见,山鸟自相从。长啸辞明主,终身卧此峰。泉源通石径,涧户掩尘容。古墓依寒草,前朝寄老松。片云生断壁,万壑遍疏钟。惆怅空归去,犹疑林下逢。"[⑥]

第三,"此夕秦淮驻断蓬"[⑦]:怀乡忧国的复调

金陵是一个沦落的古都,文人登临之际,容易怀古论今,颇多感慨,怀乡之情也油然而生。李德裕《早春至言禅公法堂忆平泉别业(金陵作)》云:"昔我伊原上,孤游竹树间。人依红桂静,鸟傍碧潭闲。

---

① 《全唐诗》卷一三五,第1369页。
② 《全唐诗》卷二五四,第2859页。
③ 《全唐诗》卷二五八,第2884页。
④ 《全唐诗》卷二六六,第2952页。
⑤ 《全唐诗》卷六一二,第7061页。
⑥ 《刘长卿诗编年笺注》,第91页。
⑦ 罗隐:《金陵夜泊》,《全唐诗》卷六五六,第7541页。

松盖低春雪，藤轮倚暮山。永怀桑梓邑，衰老若为还。”①《峡山亭月夜独宿对樱桃花有怀伊川别墅（金陵作）》云：“恨无金谷妓，为我奏思归。”②

金陵是六朝政治中心，文人登临之际又易和政治联系起来，李白游金陵凤凰台，写有著名诗篇《登金陵凤凰台》：“凤凰台上凤凰游，凤去台空江自流。吴宫花草埋幽径，晋代衣冠成古丘。三山半落青天外，一水中分白鹭洲。总为浮云能蔽日，长安不见使人愁。”③中间二联，上写六朝衰亡，下写金陵形胜，互相映衬，最后两句“总为浮云能蔽日，长安不见使人愁”似有深意，“日”或有可能是隐喻君主，“浮云”则比喻小人，表达了李白对政治的担忧。

安史乱起，刘长卿从洛阳避地江东，过金陵，有诗作多首，《金陵西泊舟临江楼》诗云：“萧条金陵郭，旧是帝王州。日暮望乡处，云边江树秋。楚云不可托，楚水只堪愁。行客千万里，沧波朝暮流。迢迢洛阳梦，独卧清川楼。异乡共如此，孤帆难久游。”④深重的忧愁不仅仅是对故国的怀念，也含有对北方经受战火，洛阳陷于敌手的焦虑。卢纶《夜泊金陵》诗就说得直白些：“圆月出高城，苍苍照水营。江中正吹笛，楼上又无更。洛下仍传箭，关西欲进兵。谁知五湖外，诸将但争名。”⑤诗中还对诸将争名、不顾大局的现状作了揭示。

在金陵诗中，有一首托名沈青箱的鬼诗《过台城感旧》，很具概括力，诗云：“六代旧山川，兴亡几百年。繁华今寂寞，朝市昔喧阗。夜月琉璃水，春风卵色天。伤时与怀古，垂泪国门前。”事见《宣室

①《全唐诗》卷四七五，第5405页。
②《全唐诗》卷四七五，第5405页。
③《李白全集编年笺注》卷八，第757页。
④《刘长卿诗编年笺注》，第90页。
⑤《全唐诗》卷二七九，第3177—3178页。

志》[①]。李群玉《秣陵怀古》云:“野花黄叶旧吴宫,六代豪华烛散风。龙虎势衰佳气歇,风皇名在故台空。市朝迁变秋芜绿,坟冢高低落照红。霸业鼎图人去尽,独来惆怅水云中。”[②]全面描写金陵的昔盛今衰,首联侧重政事,吴宫草没,六朝风散;次联侧重地势,龙虎势衰,凤凰空台;颈联侧重人事,城市迁变,夕阳坟冢;结句总述伤感。此诗可视为金陵诗的总结。

(二)洛阳诗

如前所述,洛阳为唐代陪都,高宗和武则天时曾为帝王理事之地,但天宝以后洛阳的政治地位已有所降低。因此洛阳诗比较清楚地显示出三个阶段,即前期(安史乱前)以歌颂为主,中期以闲适为主,晚期以哀婉为主。这里可举唐人写洛阳天津桥诗为例,前期张九龄《天津桥东旬宴得歌字韵》诗云:“清洛象天河,东流形胜多。朝来逢宴喜,春尽却妍和。泉鲔欢时跃,林莺醉里歌。赐恩频若此,为乐奈人何。”[③]中期白居易《晓上天津桥闲望偶逢卢郎中张员外携酒同倾》诗云:“上阳宫里晓钟后,天津桥头残月前。空阔境疑非下界,飘飖身似在寥天。星河隐映初生日,楼阁葱茏半出烟。此处相逢倾一盏,始知地上有神仙。”[④]晚期顾非熊《天津桥晚望》诗云:“晴登洛桥望,寒色古槐稀。流水东不息,翠华西未归。云收中岳近,钟出后宫微。回首禁门路,群鸦度晚晖。”[⑤]李商隐《天津西望》云:“虏马崩腾忽一狂,翠华无日到东方。天津西望肠真断,满眼秋波出苑墙。”[⑥]同

---

① 郭绍虞辑:《宋诗话辑佚》,中华书局,1980年,第287页。
② 《全唐诗》卷五六九,第6602页。
③ 《张九龄集校注》卷四,第285页。
④ 《白居易诗集校注》卷三二,第2446页。
⑤ 《全唐诗》卷五九〇,第5784页。
⑥ 《李商隐诗歌集解》,第1666页。

样是写天津桥，四位作家描写的侧重点和情调显然有异。张九龄诗以“喜”为情感旋律，白居易诗以“闲”为题，而顾非熊和李商隐的诗却以“愁”为基调。

天津桥在洛水之上，据徐松辑《河南志》云：“洛水西自苑内上阳宫之南，流入外郭城。东流经积善坊之北，分三道，当端门之南，立桥三（南枝曰星津桥，中枝曰天津桥，北枝曰黄道桥），过桥，又合而东流，经尚善、旌善二坊之北，南溢为魏王池（与洛水隔堤。初建都，筑堤壅水北流，余水停成此池。下与洛水潜通，深处至数顷，水鸟翔泳，荷芰翻复，为都城之胜地）。”[①] 明乎此，则诸诗中有关天津桥和四周环境、方位的描写都是实写。张诗“清洛象天河，东流形胜多”之“东流形胜”当指魏王池。白诗“上阳宫里晓钟后，天津桥头残月前”，因洛水西自苑内上阳宫之南，流入外廓城，故在天津桥上易闻上阳宫的钟声。顾诗中“钟出后宫微”，亦指上阳宫的钟声。李诗“天津西望肠真断，满眼秋波出苑墙”，西望正好见到洛水自苑内向东流出。

从形式上看，和洛阳为唐代东都的地理、政治位置一样，无论其兴盛与衰落，都是文人密集之地，以唱和为主，而金陵的创作基本以个人的咏唱为主。

第一，“河洛荣光遍，云烟喜气通”[②]：前期唱和诗以歌颂为基调

早期，正和洛阳的重要政治地位呼应，诗歌唱和明显以歌颂为主旋律，应制诗是对帝王的颂扬，唱和诗则是对和平而富足的生活礼颂。

（1）应制诗。应制诗的大量出现，正说明了洛阳是唐王朝除长

① 《唐城阙古迹》，〔清〕徐松辑，高敏点校：《河南志》，中华书局，2012 年，第 140 页。

② 《张九龄集校注》卷一《奉和圣制登封礼毕洛城酺宴》，第 51 页。

安外的政治中心，也说明洛阳是文士尤其上层官僚的集中之处。初唐时期，这些应制诗和帝王生活联系在一起，透过应制诗，可以窥见帝王的生活和帝王的理想。这些诗包括李怀远《凝碧池侍宴看竞渡应制》[①]，宗楚客《奉和幸上阳宫侍宴应制》[②]，张九龄《奉和圣制初出洛城》[③]，宋之问《麟趾殿侍宴应制》[④]《上阳宫侍宴应制得林字》[⑤]，杜审言《宿羽亭侍宴应制》[⑥]，姚崇《故洛阳城侍宴应制》[⑦]《春日洛阳城侍宴》[⑧]，武三思《凝碧池侍宴应制得出水槎》[⑨]《奉和春日游龙门应制》[⑩]，陈子昂《洛城观酺应制》[⑪]，开元十四年，张九龄《奉和圣制登封礼毕洛城酺宴》云："大君毕能事，端扆乐成功。运与千龄合，欢将万国同。汉酺歌圣酒，韶乐舞熏风。河洛荣光遍，云烟喜气通。春华顿觉早，天泽倍知崇。草木皆沾被，犹言不在躬。"[⑫]张诗可算是洛阳应制诗的终结，中晚唐则不再有洛阳应制诗。

有名的诗成夺锦袍的事情即发生在圣历二年（699），宋之问、沈佺期、东方虬等扈从游龙门，同应制赋诗，之问夺得锦袍。《全唐诗》卷五一宋之问《龙门应制》云："天子乘春幸凿龙。"[⑬]《旧唐书·宋之

①《全唐诗》卷四六，第 558 页。
②《全唐诗》卷四六，第 561 页。
③《张九龄集校注》卷一，第 35 页。
④《宋之问集校注》卷一，第 406 页。
⑤《宋之问集校注》卷一，第 405 页。
⑥《全唐诗》卷六二，第 732 页。
⑦《全唐诗》卷六四，第 748 页。
⑧《全唐诗》卷六四，第 748 页。
⑨《全唐诗》卷八〇，第 866 页。
⑩《全唐诗》卷八〇，第 866 页。
⑪《全唐诗》卷八四，第 911 页。
⑫《张九龄集校注》卷一，第 51 页。
⑬《全唐诗》卷五一，第 627 页。

问传》载："预修《三教珠英》，常扈从游宴。则天幸洛阳龙门，令从官赋诗，左史东方虬诗先成，则天以锦袍赐之。及之问诗成，则天称其词愈高，夺虬锦袍以赏之。"[①]事又见《隋唐嘉话》卷下。圣历元年，东方虬在左史任，龙门赋诗当在圣历中。宋之问《龙门应制》诗有"天衣已入香山会"[②]之句。

（2）唱和诗。集中为高宗调露二年的四次唱和。第一次，上元（正月十五）夜，陈子昂在洛阳，与长孙正隐等四人同赋诗，效庾信体。长孙正隐为序。《全唐诗》卷七二长孙正隐《上元夜效小庾体同用春字》诗序云："且九谷帝畿，三川奥域。交风均露，上分朱鸟之躔；溯洛背河，下镇苍龙之阙。多近臣之第宅，即瞰铜街；有贵戚之楼台，自连金穴。美人竟出，锦障如霞；公子交驰，雕鞍似月。同游洛浦，疑寻税驾之津；争渡河桥，似向牵牛之渚。实昌年之乐事，令节之佳游者焉。而戒晓严钟，俄喧绮陌；分空落宿，已半朱城。盖陈良夜之欢，共发乘春之藻。仍为庾体，四韵成章，同以春为韵。"[③]陈子昂、韩仲宣、高瑾、陈嘉言均有同题诗，分见《全唐诗》卷八四及卷七二。初盛唐时的洛阳繁盛于长孙序中可见其一二。"多近臣之第宅，即瞰铜街；有贵戚之楼台，自连金穴。"贵戚近臣豪宅次第相连，高氏豪宅当在其中，高宅规模豪华不得详知，诗中以"平阳第""石崇家"为喻，则当上等。平阳，汉景帝女初嫁平阳侯，称平阳公主，故高氏当联姻帝室者也；石崇家，晋石崇富甲一时，置金谷园。

第二次，本年晦日（正月末），陈子昂与高正臣、长孙正隐、郎馀令、王勔等21人，同宴于洛阳高氏林亭，各有诗作，陈子昂为序；与会

---

①《旧唐书》卷一九〇中，第5025页。

②《宋之问集校注》卷一，第394页。

③《全唐诗》，第790页。

者有高正臣、崔知贤、韩仲宣、周彦昭、高球、弓嗣初、高瑾、王茂时、徐皓、长孙正隐、高绍、郎馀令、陈嘉言、周彦晖、高峤、刘友贤、周思钧、王勔、张锡、解琬，其诗分见《全唐诗》卷七二、卷五六及卷一〇五。

第三次，晦日，陈子昂等九人复同宴于高氏林亭，亦有诗作，周彦晖为序。《全唐诗》卷八四陈子昂有《晦日重宴高氏林亭》诗。同书卷七二有高正臣、高峤、高瑾、周思钧、周彦晖、韩仲宣、弓嗣初、陈嘉言《晦日重宴》诗。高正臣诗下题注云："是宴九人。皆以池字为韵，周彦晖为之序。"①

以上三次唱和诗，被编为《高氏三宴诗集》，《四库全书总目提要》云："《高氏三宴诗集》三卷，附《香山九老诗》一卷，唐高正臣编，所载皆同人会宴之诗，以一会为一卷，各冠以序。一为陈子昂，一为周彦晖，一为长孙正隐。三会正臣皆预，故汇而编之。与宴者凡二十一人。考之《新唐书》，有传者三人，则陈子昂、郎余令、解琬也。附见他传者一人，则周思钧也。见于本纪及世系表者一人，则张锡也。仅见于世系表者五人，则正臣及高瑾、王茂时、高绍、高峤也。余皆不详颠末。案世系表，正臣曾为襄州刺史，不云卫尉卿。今诗后叙正臣及周思钧事独详。所云连姻帝室，寓居洛阳，皆与诸序语合，似非无据。"②

第四次，三月三日，陈子昂与韩仲宣等 6 人同宴于洛阳王明府山亭，各赋四言诗，孙慎行为序。《全唐诗》卷七二崔知贤《三月三日宴王明府山亭》题注："同赋六人，孙慎行为之序。"序云："调露二年暮春三日，同集于王令公之林亭……元巳迨辰，季阳司月，列芳林而荐赏，控清洛以开筵。"③ 同作者陈子昂、席元明、韩仲宣、高球、高瑾，诗

---

①《全唐诗》卷七二，第 784 页。

②〔清〕永瑢等撰：《四库全书总目》卷一八六，中华书局，1965 年，第 1687 页。

③《全唐诗》卷七二，第 785 页。

分见《全唐诗》卷八四及卷七二。

以上唱和地点同在洛阳城，时间皆在春季。而小的创作环境为私人园林，即高氏林亭和王明府山亭。其作品内容以“欢娱”为主，所谓“天地交泰、朝野欢娱”①。这里以崔知贤、韩仲宣、周思钧、高球诗为主兼及他人诗作对其内容略作分析：

今夜启城闉，结伴戏芳春。鼓声撩乱动，风光触处新。月下多游骑，灯前饶看人。欢乐无穷已，歌舞达明晨。②

欲知行有乐，芳尊对物华。地接安仁县，园是季伦家。柳处云疑叶，梅间雪似花。日落归途远，留兴伴烟霞。③

绮筵乘晦景，高宴下阳池。濯雨梅香散，含风柳色移。轻尘依扇落，流水入弦危。勿顾林亭晚，方欢云雾披。④

洛城春禊，元巳芳年。季伦园里，逸少亭前。曲中举白，谈际生玄。陆离轩盖，凄清管弦。萍疏波荡，柳弱风牵。未淹欢趣，林溪夕烟。⑤

唱和诗内容大致如此，一是歌颂春色宜人。第一层面对上元晦日的节庆给予称颂，诗中用了“嘉节”“芳辰”为节日定性。第二层面是描绘自然景观，这是诗歌表现的主要内容，其中涉及的事物有柳、梅、花、苹、鸟、水池、流水，但未写到园林中叠石为景（高球《晦日

① 崔知贤：《三月三日宴王明府山亭序》，《全唐诗》卷七二，第 785 页。
② 崔知贤：《上元夜效小庾体》，《全唐诗》卷七二，第 785 页。
③ 韩仲宣：《晦日宴高氏林亭》，《全唐诗》卷七二，第 786 页。
④ 周思钧：《晦日重宴》，《全唐诗》卷七二，第 794 页。
⑤ 高球：《三月三日宴王（明）府山亭》，《全唐诗》卷七二，第 787 页。

宴高氏林亭》云“轻苔网危石”[①],并非叠石为景),这和初盛唐洛阳园林尚未以叠石为景的现象是一致的,可见这些诗中的写景是写实,虚写亦以实景为基础。

二是写洛阳春天里的人物活动。首在欣赏春景,“三春玩物华”[②]“结伴戏芳春”[③]。次在交朋结友,“班荆陪旧识,倾盖得新知”[④]“初年三五夜,相知一两人”[⑤]。还有寻欢作乐,乐在饮酒:“正开彭泽酒”[⑥]“杯泛九光霞”[⑦]“相看会取醉”[⑧]“不醉欲何为”[⑨]。乐在歌舞:“淹留洛城晚,歌吹石崇家”[⑩]“欢乐无穷已,歌舞达明晨”[⑪]。

三是以魏晋风流自拟。正如陈子昂《晦日宴高氏林亭序》中所云:“岂可使晋京才子,孤摽洛下之游;魏室群公,独擅邺中之会。”[⑫]晋京才子是指元康六年苏绍、石崇、潘岳等30人在洛阳金谷园的游宴;魏室群公指曹丕、曹植、王粲等在邺都宴集赋诗。诗中多用魏晋事,如石崇家、安仁县、金谷树。高球诗云“季伦园里,逸少亭前。曲中举白,谈际生玄”,季伦园,即石崇金谷园;逸少亭,即王羲之兰亭。饮酒谈玄,尽得魏晋风流。

---

①《全唐诗》卷七二,第787页。
②《全唐诗》卷七二《晦日置酒林亭》,第784页。
③《全唐诗》卷七二《上元夜效小庾体》,第785页。
④《全唐诗》卷七二《晦日重宴》,第784页。
⑤《全唐诗》卷七二《上元夜效小庾体》,第789页。
⑥《全唐诗》卷七二《晦日重宴》,第789页。
⑦《全唐诗》卷七二《晦日宴高氏林亭》,第787页。
⑧《全唐诗》卷七二《晦日宴高氏林亭》,第788页。
⑨《全唐诗》卷七二《晦日重宴》,第786页。
⑩《全唐诗》卷七二《晦日宴高氏林亭》,第784页。
⑪《全唐诗》卷七二《上元夜效小庾体》,第786页。
⑫《全唐诗》卷八四,第911页。

从诗的形式看，虽然注意到一句当中的平仄互间的调协，但还没有注意到如后来律诗的上句与下句之间的平仄互异的调协，如“鼓声撩乱动，风光触处新”，上句“声”与“乱”，下句“光”与“处”是平仄相对的，但上句“声”“乱”与下句“光”“处”平仄并不相对，看来律诗还未成熟。

陈子昂参与了这几次唱和，诗作都流传下来，《晦日宴高氏林亭》云：“寻春游上路，追宴入山家。主第簪缨满，皇州景望华。玉池初吐溜，珠树始开花。欢娱方未极，林阁散余霞。”①《晦日重宴高氏林亭》云：“公子好追随，爱客不知疲。象筵开玉馔，翠羽饰金卮。此时高宴所，讵减习家池。循涯倦短翮，何处俪长离。”②《上元夜效小庾体》云：“三五月华新，遨游逐上春。相邀洛城曲，追宴小平津。楼上看珠妓，车中见玉人。芳宵殊未极，随意守灯轮。”③《三月三日宴王明府山亭》云：“暮春嘉月，上巳芳辰。群公禊饮，于洛之滨。奕奕车骑，粲粲都人。连帷竞野，袨服缛津。青郊树密，翠渚萍新。今我不乐，含意□申。”④细析陈诗，我们会发现洛阳时期的陈子昂不仅想努力融入上流社会，甚至是在追逐上流社会。这对我们了解陈子昂有三点启示：

首先，四次唱和规模不一，分别为4、21、9、6人，陈子昂每次都参加。而参与唱和者在诗坛皆无大名，这似乎意味着陈子昂初入京师的处境，他急于寻找依托，急于融入一个集体。第一、二、三次唱和与第四次唱和，时间相隔一两个月，可见陈子昂与这些文士在一个相当长的时间里还保持着密切的关系。

其次，通过上引陈子昂的唱和诗可以看出，初入京师的陈子昂

①《全唐诗》卷八四，第911页。

②《全唐诗》卷八四，第911页。

③《全唐诗》卷八四，第911页。

④《全唐诗》卷八四，第917页。

在诗歌上并无特殊才能，或诗才一般，甚至让人感到诗才平常且有些局促。像“公子好追随，爱客不知疲”“三五月华新，遨游逐上春”的诗歌起句实无韵味，甚至觉得浅俗。而结句“欢娱方未极，林阁散余霞”“芳宵殊未极，随意守灯轮”，不仅收结意思相近，连“未极”在用词上都一样。和其他唱和者的诗歌比较，陈子昂此时的诗才至少不在他人之上。入京师前的陈子昂诗艺一般，据卢藏用《陈子昂别传》载：“至年十七八未知书，尝从博徒入乡学，慨然立志，因谢绝门客，专精坟典，数年之间，经史百家，罔不该览，尤善属文。雅有相如子云之风骨。初为诗，幽人王适见而惊曰：‘此子必为文宗矣。’”① 别传中的一些话大有夸张失实处，但有一点可信，子昂读书较迟，没有受过严格的诗学训练。从十七八岁到入京时二十一岁，中间也就有三四年光阴。有旧诗形式特点的四言《三月三日宴王明府山亭》诗，写得比较好，疏朗流畅，转接自然。调露元年秋骆宾王写有《在狱咏蝉》诗：“西陆蝉声唱，南冠客思侵。那堪玄鬓影，来对白头吟。露重飞难进，风多响易沉。无人信高洁，谁为表予心？”② 此诗的色彩情调和陈子昂比较，不难看出陈诗的水平。

再次，陈子昂在诗歌写作的用词上尚未避“彩丽竞繁”，他在《与东方左史虬修竹篇》中云：“仆尝暇时观齐梁间诗，彩丽竞繁而兴寄都绝。”③ 但其《晦日宴高氏林亭》云“玉池初吐溜，珠树始开花”，“池”前以“玉”来修饰，“树”前以“珠”来修饰。其描写对象的选择也易落入“彩丽竞繁”，如“象筵开玉馔，翠羽饰金卮”“楼上看珠妓，车中见玉人”，而“筵”以“象”饰，“馔”以“玉”饰，“翠”饰“羽”，

①《全唐文》卷二三八，第 2412 页。

②《全唐诗》卷七八，第 848 页。

③《全唐诗》卷八三，第 895—896 页。

“金”饰“卮”，真是浓彩有加了。而在这一批唱和诗中确有写得疏朗有致、摇曳生姿的诗，就说写池树，如高正臣《晦日置酒林亭》云：“柳翠含烟叶，梅芳带雪花。”《晦日重宴》云：“水叶分莲沼，风花落柳枝。”[①] 高瑾《晦日重宴》云：“柳叶风前弱，梅花影处危。”[②] 徐皓《晦日宴高氏林亭》云：“苹早犹藏叶，梅残正落花。”[③] 高绍《晦日宴高氏林亭》云：“岸柳开新叶，庭梅落早花。”[④] 同样是写及饮酒，陈子昂诗云：“象筵开玉馔，翠羽饰金卮。”周彦晖《晦日宴高氏林亭》诗云：“绮筵回舞雪，琼醑泛流霞。”[⑤] 高绍《晦日宴高氏林亭》诗云：“葛弦调绿水，桂醑酌丹霞。”[⑥] 徐皓《晦日宴高氏林亭》云：“绮筵乘暇景，琼醑对年华。”[⑦] 即使如陈嘉言《晦日重宴》中的“绮席珍羞满，文场翰藻摛”[⑧] 并不比陈子昂写得彩丽。了解一位诗人最初进入诗坛的面貌比较重要，这包括诗人个体创作和首先融入的诗歌创作集体。这是诗人诗歌创作的起点，对研究诗人的创作道路，全面而系统勾勒诗人创作的运行轨迹有较大的帮助。

分司东都的官员酬唱，也是初唐洛阳的人文景观，张说《酬崔光禄冬日述怀赠答（并序）》云：“太极殿众君子分司洛城，自春涉秋，日有游讨。既而韦公出守，兹乐便废。顷因公宴，方接咏言。崔光禄述志论文，首贻雅唱；诸公嘉德叙事，咸有报章。若夫盛时、荣位、华景、胜会，此四者古难一遇，而我辈比实兼之。至于精言探道，妙识发义，

①《全唐诗》卷七二，第 784 页。
②《全唐诗》卷七二，第 789 页。
③《全唐诗》卷七二，第 789 页。
④《全唐诗》卷七二，第 791 页。
⑤《全唐诗》卷七二，第 792 页。
⑥《全唐诗》卷七二，第 791 页。
⑦《全唐诗》卷七二，第 789 页。
⑧《全唐诗》卷七二，第 792 页。

戏谑而逢规戒，指讽而见师表，益过三友，岂易得乎？谓膏泽旁润，芝兰久袭，韦公近之矣；以文会友，以友辅仁，崔公近之矣；其余寻声响答，望形影赴，故亦峻碧池之涟漪，增瑶林之沃若。是用缀集，勒成一卷，永存几阁之玩，无忘欢好之时焉。”①

第二，“洛中多君子，可以恣欢言”②：中期唱和诗的闲适情怀

长安与洛阳是唐代两大政治中心，但长安终唐之世地位并未有重大变化，而洛阳则不同，开元后期以后其地位有所下降，特别是在官员安排上，分司洛阳者除御史台职实有监察之权外，其他官员即意味着置闲。这些官员以及和他们有联系的文士，其心态也和生活在长安的文士有了差异。最为典型的是白居易。

白居易于大和三年（829）以太子宾客分司东都，直到会昌六年（846）逝世不再复出。他的最后十八个年头是在洛阳度过的。居洛期间，白居易与刘禹锡、裴度等唱和，形成以东都洛阳为基地，以退休及分司官员为主体的专写闲适生活的诗人群体。创作人员类型和长安并不一样，长安是达官贵人和当朝权贵，而洛阳是闲散文士，或是寄寓洛阳的高士名流，因而洛阳的创作以唱和为主，表现为一种名士风度和闲适情怀。

关于以白居易为中心的洛下文人集会的研究，可参考贾晋华《唐代集会总集与诗人群研究》上编第五节《〈汝洛集〉、〈洛中集〉及〈洛下游赏宴集〉与大和至会昌东都闲适诗人群》③。这些诗人闲适生活的基础是“中隐”，“中隐”表现出中国知识层的生存智慧，这和中唐特定的时代以及洛阳特定的地点密切相关。但一些不确定因素或

① 《张说集校注》卷七，第316页。

② 《白居易诗集校注》卷二二《中隐》，第1765页。

③ 《唐代集会总集与诗人群研究》，第102—145页。

偶然因素也起了作用,如贾晋华论述其与佛教、道教以及与儒学的关系,足资参考。有关时代问题,这里不作详论,初盛唐时期国力强盛,人们没有认真面对和思考过社会政治灾难和应付方式,甚至忽视了对人生的深层次思考。而经安史之乱后,人们经历和间接经历动乱和政权危机,政治的紊乱、党争等引起的仕途起落也使人在精神上倍受折磨,他们把对政治思考的深度一旦转为人生行为方式的权衡和选择,便创造出更符合人性的,在精神和物质上都能得到满足的生存哲学。

白居易在洛阳期间形成的"中隐"思想,为中国知识分子寻找到一条既能衣食无忧,又能随心任性的生活方式,即有田宅俸禄,所谓"分领厥司,所趋者静,其禄不薄"[①],又能琴酒自娱。白居易在自己的诗文中对这一方式屡屡进行阐述和描绘,如典型的《中隐》诗中所述:"大隐住朝市,小隐入丘樊。丘樊太冷落,朝市太嚣喧。不如作中隐,隐在留司官。似出复似处,非忙亦非闲。不劳心与力,又免饥与寒。终岁无公事,随月有俸钱。君若好登临,城南有秋山。君若爱游荡,城东有春园。君若欲一醉,时出赴宾筵。洛中多君子,可以恣欢言。君若欲高卧,但自深掩关。亦无车马客,造次到门前。人生处一世,其道难两全:贱即苦冻馁,贵则多忧患。唯此中隐士,致身吉且安。穷通与丰约,正在四者间。"[②]他在为人所作的墓志铭中对这一生活和行为方式也多有涉及,《全唐文》卷六七九白居易《唐银青光禄大夫太子少保安定皇甫公墓志铭》云:"初,元和中,公始因郎官分司东洛,由是得伊、嵩趣,惬吏隐心,故前后历官八九,凡二十有五年,优游

① 权德舆:《送薛十九丈授将作主簿分司东都序》,《权德舆诗文集编年校注》,第207页。

②《白居易诗集校注》卷二二,第1765页。

洛中，无西笑意，忘怀穷达，与道始终，澹然不动其心，以至于考终命，闻者慕之，谓为达人。”[①]卷六七九白居易《唐故虢州刺史赠礼部尚书崔公墓志铭》云：“公以为名不可多取，退不必待年，决就长告，径遵归路。朝廷不得已，在途拜太子宾客分司东都。公济源有田，洛下有宅，劝诲子弟，招邀宾朋，以山水琴酒自娱，有终焉之志。”[②]

白居易身上的“中隐”情怀不是孤立的，而是有一个生存的文化环境，在这一群体中，白居易自认为还不是最优秀的，他对皇甫镛就极为赞赏，甚至认为自己与皇甫氏相比就是俗人。其在《酬皇甫宾客》诗中说：“自嫌诗酒犹多兴，若比先生是俗人。”[③]皇甫氏居洛行止已见白居易所写墓志，从诗中可以看出皇甫氏的“惬吏隐心”的态度，白居易说，在皇甫氏那里，诗酒自娱也是多余的，所以白居易好诗酒和皇甫氏比较起来还是俗人一个。

再从洛下唱和的人员来看，或为分司东都的闲职官员，或为致仕的老人。这里有一个需要说明的问题，就是洛阳官员的性质。初盛唐时期，官员任职东都应是正常的，因为在高宗和武后时洛阳还是政权的中心，《全唐文》卷二五一苏颋《授韦玢司农少卿制》云：“可兼司农少卿，散官勋封如旧，仍分司东都。”[④]这纯属正常委任。杨炯《送李庶子致仕还洛》云：“诏赐扶阳宅，人荣御史车。”[⑤]致仕还洛也很荣宠。但在唐中期则有了变化，洛阳大致有三类官员，一类是闲职，为求生活闲适或养息而来洛阳，白居易、皇甫镛、崔元亮即属此类。《全唐文》卷六三九李翱《唐故金紫光禄大夫尚书右仆射致仕上柱国

① 《全唐文》卷六七九，第6943页。

② 《全唐文》卷六七九，第6947页。

③ 《白居易诗集校注》卷二八，第2193页。

④ 《全唐文》，第2541页。

⑤ 《全唐诗》卷五〇，第615页。

宏农郡开国公食邑二千户赠司空杨公墓志铭》云："或劝求分司以自便者，公曰：'年至力惫，便当乞骸骨于朝，何用分司为？'"① "求自便"者即是。《全唐文》卷六五七白居易《崔群可秘书监分司东都制》云："及离征镇，召赴阙庭，方登道途，遂遘疾恙。正在颐养之际，岂任朝谒之劳，诚宜许以便安，不可阙其禄食。而移秩外史，分曹东周，加宠优贤，无易于此。且有后命，俟其有瘳。"② 这里暗示真正的养息者，一旦病愈，还可调任。

二类是贬官。《全唐文》卷五七宪宗《贬杨归厚国子主簿制》云："俾移秩于国庠，仍分曹于雒邑。可国子主簿分司东都。"③ 卷七九宣宗《贬李回太子宾客分司东都制》云："岂可犹委澄清之任，复领湘潭；是宜辍从调护之班，俾分洛邑。勉莅宠秩，幸予宽恩，可行太子宾客分司东都。"④ 杨归厚、李回即是。

三类是暂避在长安的政治角逐，俟机而动。《全唐文》卷四九一权德舆《送薛十九丈授将作主簿分司东都序》云："分领厥司，所趋者静，其禄不薄。且以嵩峰之下，素业在焉。与夫角逐于京剧者，异日论也。"⑤《全唐文》卷五六四韩愈《殿中侍御史李君墓志铭》云："及由蜀来，辈类御史，皆乐在朝廷进取，君独念寡稚，求分司东出。"⑥《全唐文》卷六三九李翱《故正议大夫行尚书吏部侍郎上柱国赐紫金鱼袋赠礼部尚书韩公行状》云："改江陵府法曹参军，入为权知国子博士。宰相有爱公文者，将以文学职处公，有争先者，构公语以非之，

①《全唐文》，第 6451 页。

②《全唐文》，第 6684 页。

③《全唐文》，第 618 页。

④《全唐文》，第 826 页。

⑤《全唐文》，第 5017—5018 页。

⑥《全唐文》，第 5714 页。

公恐及难,遂求分司东都。”① 在洛阳任职官员中有实事的是御史台官员,《全唐文》卷五六八韩愈《祭虞部张员外文》云:“分司宪台,风纪由振。”②

从以上人员构成来看,第一类参加洛下唱和者最多,这也是形成唱和诗闲适性质的一个重要因素。据贾晋华《大和至会昌东都闲适诗人群聚会表》③,唱和者人员性质还有一点不容忽视,凡参加唱和者大多为分司或退职或闲居的高级官员以及名公贤达,略低一点的,如郑俞以河南府司录参军的身份预于其列。而以分司宪台身份参与者,似唯白敏中一人,白敏中以殿中侍中史分司东都,敏中为白居易从父弟。有实务者还有东都留守、河南尹、河南少尹、河南录事参军,这些所谓有实务者亦较清闲。分司者有太子宾客、秘书监、著作郎、郎中、左庶子、太子少傅、太子少保等。如果那些贬臣或如韩愈避难暂置闲者参与唱和,情形可能大不一样。韩愈“投闲置散”在诗中自当有不平之鸣,《进学解》借学生之口云当时处境:“冬暖而儿号寒,年丰而妻啼饥。”④ 他在《崔十六少府摄伊阳以诗及书投因酬三十韵》中说:“三年国子师,肠肚习藜苋。况住洛之涯,鲂鳟可罩汕。肯效屠门嚼,久嫌弋者篡。谋拙日焦拳,活计似锄刬。男寒涩诗书,妻瘦剩腰襻。为官不事职,厥罪在欺谩。”⑤ 在这样的情形下,韩愈是不能构建“中隐”的理论,也无付诸实践的基础。如果是地位较低的官员,更不可能获得“中隐”的物质条件,如韩愈以权知国子博士分司东都,据他所言已不能养好家小了,还谈什么“中隐”。以白居易为中心

①《全唐文》,第6459—6460页。

②《全唐文》,第5750页。

③《唐代集会总集与诗人群研究》,第130—132页。

④《韩愈文集汇校笺注》卷二,第147页。

⑤《韩昌黎诗集编年笺注》卷六,第350页。

的洛下唱和人员是相当有规格的阶层，洛阳虽为交通中枢，诗人往来不绝，但几无一人可能参与唱和，由此可见这一闲适诗人群相当的保守和自我封闭。

再从洛阳的地理环境来看，在研究中我们已经注意到私家园林在实现“中隐”中所发挥的作用，洛阳的私家园林很多，自初盛唐以来官员显贵，甚至一般中下层文士都有在洛阳及周围建造园林的兴趣，初盛唐时，私家园林也成了文士饮酒赋诗、身心解放的重要场所，如高氏园林、王明府山亭等。白居易履道里小池就是他津津乐道的地方，《全唐诗》卷四六一白居易《池上篇序》云：“地方十七亩，屋室三之一，水五之一，竹九之一，而岛、树、桥、道间之。……得天竺石一，华亭鹤二以归。”① 诗云：“十亩之宅，五亩之园。有水一池，有竹千竿。勿谓地狭，勿谓地偏。足以容膝，足以息肩。有堂有庭，有桥有船。有书有酒，有歌有弦。有叟其中，白须飘然。”② 洛阳私家园林之盛，亦为城市重要景观，如裴度集贤里、牛僧孺归仁里的私家园林。仅此还不够，应该考虑到整个洛阳城和周围的环境，即城市对居住者生活和思想的调适功能。因初盛唐时期的陪都或政治中心的位置，洛阳城的大规模建设为此后洛阳城文士生存空间提供了非常优厚的生活和游乐条件，据《河南志》：“上阳宫。在皇城之西南隅。上元中置。”③ 其注云：“南临洛水，西距谷水，东面即皇城、右掖门之南。上元中，司农卿韦机造。大帝末年，常居此宫听政。初，大帝登洛水高岸，有临眺之美。诏机于其所营宫。宫成，移御之。刘仁轨谓侍御史狄仁杰曰：‘古之陂池、台榭，皆在深宫重城之内，不欲外人见之，恐伤百

---

①《全唐诗》，第 5249 页。

②《全唐诗》，第 5250 页。

③《唐城阙古迹》，《河南志》，第 127 页。

姓之心也。机之所造,列岸修廊,在于堙堞之外,万方朝谒,无不睹之,此岂致君尧、舜之意哉?'"[①] 又"魏王池":"与洛水隔堤。初建都,筑堤壅水北流,余水停成此池。下与洛水潜通,深处至数顷,水鸟翔泳,荷芰翻复,为都城之胜地。"[②] 洛阳城郊多有可观赏的景观,如刘长卿有《龙门八咏》[③] 诗,写游龙门的乐趣,分别为《阙口》《水东渡》《福公塔》《远公龛》《石楼》《下山》《水西渡》《渡水》,白居易寓居的香山对面即为龙门石窟,此即刘长卿诗中写的"千龛道傍古"[④]。龙门不仅有大量石窟,也有大量佛塔,初唐宋之问《龙门应制》诗云:"雁塔遥遥绿波上,星龛奕奕翠微边。"[⑤] 安史乱后,洛阳政治地位虽然下降,但城市的基本物质条件和生活设施都保障了士大夫闲适优渥的生活。

可以说,早期的洛阳宴饮诗,追逐的是富贵风流,在太平盛世景象的描绘中表现出身处盛世的满足;而中期的洛阳宴饮诗,则是沉溺于诗酒之间,在远离政治或政治边缘寻求身心超然升华的陶醉。

第三,"岁代殊相远,贤愚旋不分"[⑥]:和邙山相关的生命悲叹

洛阳邙山是汉唐人的墓葬之地,《唐代墓志汇编》中百分之七八十的墓主都是葬身邙山。洛阳诗中的及时行乐总伴随着生命的忧叹,刘希夷《公子行》起以"天津桥下阳春水,天津桥上繁华子",终以"百年同谢西山日,千秋万古北邙尘"[⑦],天津桥在洛阳皇城南洛水

① 《唐城阙古迹》,《河南志》,第 127 页。
② 《唐城阙古迹》,《河南志》,第 140 页。
③ 《刘长卿诗编年笺注》,第 54—58 页。
④ 《水西渡》,《刘长卿诗编年笺注》,第 57 页。
⑤ 《宋之问集校注》卷一,第 394 页。
⑥ 曹松:《吊北邙》,《全唐诗》卷七一七,第 8246 页。
⑦ 《全唐诗》卷八二,第 885 页。

之上，繁华无比，是公子王孙游乐之地，有谓天津桥上望神仙。而他的《北邙篇》则云：“汉家城郭帝王州，晋国衣冠车马流。金谷青春珠绮舞，铜阶碧树玉人游。云起清盈骄画阁，水堂明迴弄仙舟。始忆断歌催一代，俄悲长夜历千秋。”① 历数洛阳盛时之景象和人物、事件，但又有谁能逃此一劫而不葬身北邙呢？

邙山墓地，寸土寸金，据王建《北邙行》云：“北邙山头少闲土，尽是洛阳人旧墓。旧墓人家归葬多，堆著黄金无置处。天涯悠悠葬日促，冈坂崎岖不停毂。高张素幕绕铭旌，夜唱挽歌山下宿。洛阳城北复城东，魂车祖马长相逢。车辙广若长安路，蒿草少于松柏树。涧底盘陀石渐稀，尽向坟前作羊虎。谁家古碑文字灭，后人重取书年月。朝朝车马送葬回，还起大宅与高台。”② 因为邙山坟葬太多，以至有钱难买，见到古墓石碑上的文字不清，就重新刻写抢占墓石和墓地。从现在出土的大量墓志来看，王建的说法并不夸张。王诗最后两句是诗眼，意思是说，既然碑上文字会被风化残泐，改刻换主，人生渺茫，又为何生前要追逐奢华、大造豪宅呢？张籍的《北邙行》云“千金立碑高百尺，终作谁家柱下石。山头松柏半无主，地下白骨多于土”③，意同王建诗中“谁家石碑文字灭，后人重取书年月”④，而结句“人居朝市未解愁，请君暂向北邙游”⑤ 和王建结句意同。张祜《洛中寓怀》诗云：“扰扰都门晓四开，不关名利也尘埃。千名甲第身遥占，万里旌铭死后来。洛水暮天沉莽苍，邙山终日见崔嵬。须知此事堪为镜，莫遣

① 《全唐诗补编》外编第一编《补全唐诗》，第 14 页。
② 〔唐〕王建撰，尹占华校注：《王建诗集校注》卷一，巴蜀书社，2006 年，第 8 页。
③ 〔唐〕张籍撰，徐礼节、余恕诚校注：《张籍集系年校注》卷一，中华书局，2011 年，第 77 页。
④ 《王建诗集校注》附录二《王建研究资料 · 评论》，第 563 页。
⑤ 《张籍集系年校注》卷一，第 78 页。

黄金谩作堆。”[①] 张祜诗中对邙山“黄金作堆”也是持批判态度的。应该看到，能在邙山占一席之地是要付出代价的，这在富人那里不存在问题，故对邙山葬风的否定都是来自下层文士的声音；像白居易只是在调整生活态度，并不反对归葬邙山、争竞豪富的方式。

唐人诗中常常描写邙山阴森可怖的墓场景象，刘沧《过北邙山》云：“散漫黄埃满北原，折碑横路碾苔痕。空山夜月来松影，荒冢春风变木根。漠漠兔丝罗古庙，翩翩丹旐过孤村。白杨落日悲风起，萧索寒巢鸟独奔。”[②] 更多的诗篇是在发抒人生的感慨和对生命无从掌握的无奈，罗隐《北邙山》云：“一种山前路入秦，嵩山堪爱此伤神。魏明未死虚留意，庄叟虽生酌满巾。何必更寻无主骨，也知曾有弄权人。羡他缑岭吹箫客，闲访云头看俗尘。”[③] 曹松《吊北邙》云：“山下望山上，夕阳看又曛。无人医白发，少地著新坟。岁代殊相远，贤愚旋不分。东归聊一吊，乱木倚寒云。”[④] 生死大关是不会对任何人有优惠的，皮日休《洛中寒食二首》其二云：“远近垂杨映钿车，天津桥影压神霞。弄春公子正回首，趁节行人不到家。洛水万年云母竹，汉陵千载野棠花。欲知豪贵堪愁处，请看邙山晚照斜。”[⑤] 那就应该随遇而安了，正如白居易《清明日登老君阁望洛城赠韩道士》诗云：“何事不随东洛水，谁家又葬北邙山？”[⑥]

因此，洛阳怀古一般会和邙山相联系，其人生内容大于社会内

---

①〔唐〕张祜撰，尹占华校注：《张祜诗集校注》卷七，巴蜀书社，2007 年，第 332 页。

②《全唐诗》卷五八六，第 6803 页。

③〔唐〕罗隐著，雍文华校辑：《罗隐集》，中华书局，1983 年，第 149 页。

④《全唐诗》卷七一七，第 8246 页。

⑤《全唐诗》卷六一三，第 7068 页。

⑥《白居易诗集校注》卷三三，第 2503 页。

容，生命的叹息大于兴亡的哀婉。如刘希夷《洛川怀古》尽管也说“岁月移今古，山河更盛衰”，但其终极关怀仍在“人事互消亡，世路多悲伤”[①]。

洛阳城的繁华和邙山坟场正好形成对比，彼此成了参照，沈佺期《邙山》云：“北邙山上列坟茔，万古千秋对洛城。城中日夕歌钟起，山上唯闻松柏声。”[②]正因为如此，洛阳才出现了以白居易为代表的“中隐”文士，既然邙山之路不可免，就要设法提高生活的质量，保证生命的娱愉；既然政治生命总是伴随着紧张、自虐、冲突和痛苦，就要选择离开中心而避居洛阳，“不如作中隐，隐在留司官”是最好的生活境界。

第四，“孤舟从此去，客思一何长”[③]：往来频繁而生的别情离绪

洛阳的交通位置十分重要，“长安、洛阳为西东两都，交通至繁，沿途馆驿相次，榆柳荫翳，轩骑翩翩，铃铎应和，固唐代之第一大驿道也”[④]。由洛阳西上，出临都驿。临都驿在东都阳城西五六里，为西通长安大驿道之第一驿，故为公私祖饯之所。白居易《酬别微之（临都驿醉后作）》云：“君归北阙朝天帝，我住东京作地仙。”[⑤]而由洛阳东去或偏东北去的人，一般则在上东门上船，故于此可送行人。储光羲《早发上东门》云：“十五能文西入秦，三十无家作路人。时命不将明主合，布衣空染洛阳尘。”[⑥]储光羲《洛阳东门送别》云：“东城别故人，腊月迟芳辰。不惜孤舟去，其如两地春。花明洛阳苑，水绿小平津。

① 《全唐诗》卷八二，第 883 页。
② 《沈佺期集校注》卷一，第 47 页。
③ 储光羲：《洛中送人还江东》，《全唐诗》卷一三九，第 1413 页。
④ 《唐代交通图考》序言，第 4 页。
⑤ 《白居易诗集校注》卷二八，第 2183—2184 页。
⑥ 《全唐诗》卷二五三，第 2854 页。

是日不相见，莺声徒自新。”[①] 王昌龄《东京府县诸公与綦毋潜李颀相送至白马寺宿》云：“鞍马上东门，裴回入孤舟。贤豪相追送，即棹千里流。赤岸落日在，空波微烟收。薄宦忘机括，醉来即淹留。月明见古寺，林外登高楼。南风开长廊，夏夜如凉秋。江月照吴县，西归梦中游。”[②] 漕水东西贯注城中而东流，上东门即在城东漕渠之侧，故李颀《送王昌龄》诗云：“漕水东去远，送君多暮情。……夜来莲花界，梦里金陵城。叹息此离别，悠悠江海情。”[③] 金陵城，是指王昌龄赴江宁为江宁尉。

行人东行或偏东北行，多从水路，送行诗中将别情和水景融为一体，这在洛阳送行诗中颇具特色。储光羲《洛桥送别》云：“河桥送客舟，河水正安流。远见轻桡动，遥怜故国游。海禽逢早雁，江月值新秋。一听南津曲，分明散别愁。”[④] 储光羲《洛潭送人觐省》云：“清洛带芝田，东流入大川。舟轻水复急，别望杳如仙。细草生春岸，明霞散早天。送君唯一曲，当是白华篇。”[⑤] 李颀诗由“漕水东去远”想到“悠悠江海情”；储光羲诗由“河水正安流”想到“江月值新秋”。储光羲《洛中送人还江东》云：“洛城春雨霁，相送下江乡。树绿天津道，山明伊水阳。孤舟从此去，客思一何长。直望清波里，唯余落日光。”[⑥] 情景相映，描写和议论交融，“孤舟从此去，客思一何长”，“舟”为“孤舟”，“思”是“客思”，客中送客，无限怅惘，结句“直望清波里，唯余落

① 《全唐诗》卷一三九，第 1410 页。

② 《全唐诗》卷一四〇，第 1427 页。

③ 〔唐〕李颀著，王锡九校注：《李颀诗歌校注》卷一，中华书局，2018 年，第 183 页。

④ 《全唐诗》卷一三九，第 1413 页。

⑤ 《全唐诗》卷一三九，第 1414 页。

⑥ 《全唐诗》卷一三九，第 1413 页。

日光”，写水上落日余晖，惜别之情尽在景中。

另外，洛阳是贵显豪富生存的地方，《河南志》于《京城门坊街隅古迹》[①]中多著录名人宅第，可以参看。一般士人很敏感贫富悬殊，易生悲贫叹困之心。卢照邻《悲昔游》云：“一朝憔悴无气力，曝骸委骨龙门侧。”[②]其《与洛阳名流朝士乞药直书》云：“幽忧子学道于东龙门山精舍，布衣藜羹，坚卧于一岩之曲。客有过而哀之者，青囊中出金花子丹方相遗之，服之病愈。视其方，丹砂二斤。谷楮子则山中可有，丹砂则渺然难致。……意者，欲以开岁五月谷子熟时，试合此药。……今力疾赋诗一篇，遍呈当代博雅君子。虽文不动俗，事或伤心。倘遇晏婴脱左骖而见赎，如遇孔子分秉粟以相忧，则越石、原宪，不辛苦于当年矣。”[③]储光羲《洛阳道五首献吕四郎中》云：“少年不得志，走马游新市。”[④]想通过干谒获得援引。此不多叙。

小　结

其一，从发生学看，传统文化常常表现出地域文化的特点。因此这一地域特点鲜明的文化传承构成了时间和空间的交合，同中心文化或中原文化相比，它们更多是处于次中心或边缘地带文化区。

其二，历史文化和地域空间的迭合，表明文化传统在地域空间的认同，楚文化的影响即是。楚地风俗人情有别于中原，楚地有自己的音乐传统和表演体系，唐代民间的楚舞楚歌仍然有古楚乐舞的遗存。

---

①《河南志》，第1—35页。

②〔唐〕卢照邻著，李云逸校注：《卢照邻集校注》卷四，中华书局，1998年，第218页。

③《卢照邻集校注》卷七，第388—390页。

④《全唐诗》卷一三九，第1417页。

楚地地域广大,不同区域间文化差异还是存在的,在文学情感表现上各有侧重,如洞庭潇湘与愁的联系。

其三,文化断续表现为由于区域不同对历史传统的认同在同一时间区段中出现差异,交通发达地区文化的传承和时间是同步的,易与时俱进;而偏远地区,则表现为文化承续的守旧和固执。初唐蜀地文人面临的文学传统由于有东晋南朝的空白期而可以直取汉魏。蜀地文人,西汉以辞赋为主,东汉魏晋渐趋文史而偏重史学,东晋南朝则文学衰落,间有史著问世。蜀学议论的传统,源于史学的修养,构成蜀中自成一统的文化结构。故出川后的陈子昂在风范上有别于时人,能在汉魏传统中找到医治当代诗坛重形式打造的弊病。他的《感遇诗三十八首》在形式上复兴古调,在表述上重议论,在内容上重史学,这与蜀中文化是一脉相承的。

其四,文化或顺承主体或对抗主体,原因之一,地域起了中介的作用。由于地域文化的介入,史、地、人关系的综合体在发生调整。鲁文化传统就是儒学传统,而东鲁则成了李白与儒家文化冲突极端表现的地点。

其五,古都金陵的诗歌创作表现为:第一,“慨古无言独倚楼”:六朝兴衰的哀叹;第二,“登高有酒浑忘醉”:繁华风流的追慕;第三,“此夕秦淮驻断蓬”:怀乡忧国的复调。

其六,古都洛阳的诗歌创作表现为:一,“河洛荣光遍,云烟喜气通”:前期唱和诗以歌颂为基调;二,“洛中多君子,可以恣欢言”:中期唱和诗的闲适情怀;三,“岁代殊相远,贤愚旋不分”:和邙山相关的生命悲叹;四,“孤舟从此去,客思一何长”:往来频繁而生的别情离绪。

第六章　弱势文化区域的文学创作

第一节　文化弱势区的文学创作

文化可分为弱势和强势两大区域，也可以划分为更多层次的文化区，比如强势文化区后，尚有次强势文化区以及再次强势文化区，采用何种方法来区分文化的强弱层次，取决于研究对象和所要解决的问题。文化的强势区往往是政治中心及其直接受辐射区域，如唐代前期，北方是文化强势区，而南方则为弱势文化区；安史乱后，南方经济有了发展，文化也得到发展，南方成了经济重心之地，但并非文化中心，文化中心仍在以京师长安为中心的北方区域，因此经济中心区域和文化中心区域还有区别，经济可以促进文化发展，但并非一定促进文化发展，我们只认为安史之乱后，南方文化得到一定的发展，而不能说文化中心南移。终唐之世，文化中心都未能南移。

我们一旦注意到文化强、弱区的划分，就应该关注文化弱势区的文学创作，对弱势区的文学创作在诗界开拓和诗歌发展中给以充分的评价。汉武帝开疆拓土，以武功称雄；在本土文化处于弱势的情况下，诗界的开疆拓土，首推贬谪官吏（文士）和边幕文士。在唐代诗坛上，初唐南方贬谪诗人和盛唐西部幕府诗人有其特殊的贡献。前者如沈佺期、宋之问，后者如岑参。正是有了文化弱势区和强势区的划分,我们发现起初作为题材研究的边塞诗和贬谪诗具有了不同寻常的意义。

一、基本状况分析

事实上,唐代除弱势文化区和强势文化区外,有些地方尚属于零势文化区域,如贵州、云南、海南以及东北三省等地域不仅没有本土作家的出现,甚至连外来文士移入的诗歌创作都没有。故本节所讨论的弱势文化区应包括有本土作家的出现和有外来文士的创作。

文化需要积累,本土文士的出现,相对也有一个文化积累期,弱势文化区的文化积累更为缓慢,大致要到中唐时才会有文士出现,初盛唐时文士的出现是非常偶然的。作家依次出现的人数,岭南广东:初唐 2,盛唐 1,中唐 4,晚唐 4,五代 5;广西,依次为 0,0,0,3,0;甘肃,依次为 1,2,7,4,2;福建 0,0,7,17,13;江西 0,2,4,10,12;新疆为 0(参见唐五代文士区域排序表)。这些地区的诗歌素质也不高,如初唐广东 2 人,慧能、陈元光。慧能,新州(今广东新兴)人,佛教南宗禅学创始者。陈元光,其先河东人,祖洪,为义安丞,因家焉,遂为揭阳(今广东揭阳)人。盛唐张九龄的出现是一奇特现象,他对弱势文化区的诗歌创作是有杰出贡献的,当另文专论。至中晚唐五代,广东有 13 人,略成气候。

应该看到,本土作家在表现本土文化时有局限性,他会视自身生活的环境所呈现出的景观为平常现象而不去表现,如果他们以平常的心态来对待生存环境中的物象,并写入诗篇,同样也在不经意中再现某一区域的文化特征。但这一方面外来作家颇有优势,他们是以外来者的眼光审视环境的,从写作心理来看,他们更乐于展现跟以往经历和经验不相同的部分,而省略去相同的部分。沈佺期《神龙初废逐南荒出郴口北望苏耽山》《入鬼门关》《度安海入龙编》《从崇山向越常》《题椰子树》等,都能捕捉到岭外新奇之处。南国最为平常的椰树,也被诗人作了充分展示,《题椰子树》云:“日南椰子树,杳袅出风尘。丛生雕木首,圆实槟榔身。玉房九霄露,碧叶四时春。不及涂林果,移根随汉臣。”[①] 所谓经历和经验,实际上在写景诗中是一类空间意象的呈现,比如在张九龄未出广东前,他记忆中的空间意象只是故乡和与之相联系的由具体的山水草木、庭宅园林构成的图景,后来离开广东,开始接触和原有景观不同的空间意象,在比较中重新确认家乡意象的特点,他在《南还以诗代书赠京师旧僚》诗中云:“一从关作限,两见月成规。苒苒穷年籥,行行尽路歧。征鞍税北渚,归帆指南垂。树晚犹葱蒨,江寒尚渺弥。土风从楚别,山水入湘奇。石濑相奔触,烟林更蔽亏。层崖夹洞浦,轻舸泛澄漪。松篆行皆傍,禽鱼动辄随。”[②] 正是在对多类空间意象的比较中,才清晰地揭示出湘粤山水“奇”的特点,也才明白进入楚地风土人情和中原地区大不相同。

外来文士主要是任职官员、贬谪官吏、幕僚以及过往文士,这是对诗界疆域开拓的重要力量。如湖南,初、盛、中唐的本土作家分别是0、1、2人,而在湖南的诗歌创作却分别高达85、101、384(其中含盛中唐过渡期的198)首。某些地区诗界疆域如果由本土作家来开拓,是无法完成的。这里主要分析岭南贬谪诗人和西部边幕诗人在弱势文化区开拓诗歌疆域的贡献。

(一)以岭南为中心的初唐贬谪诗人创作述略

唐代岭南本土诗人极少,作为本土诗人也未能充分表现岭南地区的文化,岭南诗歌具有一定规模的开拓当在沈、宋南贬时期。

贬岭外者主要集中在中宗神龙年间。宋之问《至端州驿见杜五

① 《沈佺期集校注》卷二,第121页。
② 《张九龄集校注》卷三,第252页。

审言沈三佺期阎五朝隐王二无竞题壁慨然成咏》诗题中出现四人，诗云：“逐臣北地承严谴，谓到南中每相见。岂意南中歧路多，千山万水分乡县。云摇雨散各翻飞，海阔天长音信稀。处处山川同瘴疠，自怜能得几人归。”[①] 其中，杜审言，神龙元年贬峰州（今越南境内），《新唐书·杜审言传》：“神龙初，坐交通张易之，流峰州。”[②] 沈佺期，神龙元年流驩州（今越南境内），《新唐书·沈佺期传》：“及进士第，由协律郎累除给事中，考功受赇，劾未究，会张易之败，遂长流驩州。”[③]阎朝隐，《旧唐书·阎朝隐传》：“易之伏诛，坐徙岭外。”[④] 朝隐有《度岭二首》，见敦煌斯五五五卷。王无竞，《旧唐书·王无竞传》：“及张易之等败，以尝交往，再贬岭外，卒于广州，年五十四。”[⑤] 王无竞现无岭外诗作。宋之问，神龙元年贬泷州，景云元年流放钦州。《旧唐书·宋之问传》：“及易之等败，左迁泷州参军……睿宗即位，以之问尝附张易之、武三思，配徙钦州。先天中，赐死于徙所。之问再被窜谪，经途江、岭，所有篇咏，传布远近。”[⑥] 另有李福业，神龙三年被贬岭外，《新唐书》卷一二〇《桓彦范传》云：“御史李福业者，尝与彦范谋，及被杀，福业亦流番禺。后亡匿吉州参军敬元礼家，吏捕得，元礼俱坐死。”[⑦] 有《岭外守岁》一首（一作李德裕诗），诗云：“冬去更筹尽，春随斗柄回。寒暄一夜隔，客鬓两年催。”[⑧]

这批南贬人士均占籍北方，沈为相州内黄（今河南内黄）人；宋

①《宋之问集校注》卷二，第433页。
②《新唐书》卷二〇一，第5736页。
③《新唐书》卷二〇二，第5749页。
④《旧唐书》卷一九〇中，第5026页。
⑤《旧唐书》卷一九〇中，第5027页。
⑥《旧唐书》卷一九〇中，第5025页。
⑦《新唐书》，第4313页。
⑧《全唐诗》卷四五，第553页。

为虢州弘农（今河南灵宝）人；杜审言祖籍襄阳，迁居巩县（今河南巩义）；阎朝隐为赵州栾城（今河北栾城）人；王无竞为东莱（今山东东掖）人；李福业，籍里不详，似非南方之人。他们对南方风物原本陌生，故在南贬之诗中常常把悲伤之情融入对陌生景物的描写之中；他们本是宫廷宠幸，所熟悉的是宫廷和京城的景象和生活，有如宋之问《桂州三月三日》诗中所回忆的那样："苑中落花扫还合，河畔垂杨拨不开。千春献寿多行乐，柏梁和歌攀睿作。"①南贬后所见所闻和原先生活的反差，使他们更能注意到南国风物的奇异之处。在不熟悉的地方，人们更会留意于地形和名称，这一点在诗中亦有体现，如沈佺期《神龙初废逐南荒出郴口北望苏耽山》云："孤山郴郡北，不与众山群。重崖下萦映，嶛峣上纠纷。碧峰泉对落，红壁树傍分。"②对自然景物有浓厚的兴趣以及对景物的特征有比较好的感觉，《入鬼门关》云："夕宿含沙里，晨行蔄路间。马危千仞谷，舟险万重湾。"③《度安海入龙编》云："我来交趾郡，南与贯胸连。四气分寒少，三光置日偏。尉佗曾驭国，翁仲久游泉。邑屋遗氓在，鱼盐旧产传。越人遥捧翟，汉将下看鸢。北斗崇山挂，南风涨海牵。"④《九真山静居寺谒无碍上人》云："小涧香为刹，危峰石作龛。候禅青鸽乳，窥讲白猿参。藤爱云门壁，花怜石下潭。"⑤《从崇山向越常（并序）》："按《九真图》，崇山至越常四十里。杉谷起古崇山，竹溪从道明国来，于崇山北二十五里合。水欹缺，藤竹明昧。有三十峰，夹水直上千余仞，诸

---

①《宋之问集校注》卷三，第 560 页。

②《沈佺期集校注》卷二，第 83 页。

③《沈佺期集校注》卷二，第 87 页。

④《沈佺期集校注》卷二，第 91 页。

⑤《沈佺期集校注》卷二，第 93 页。

仙窟宅在焉。”[①] 诗云：“桂叶藏金屿，藤花闭石林。天窗虚的的，云窦下沉沉。”[②]《早发平昌岛》云：“解缆春风后，鸣榔晓涨前。阳乌出海树，云雁下江烟。积气冲长岛，浮光溢大川。不能怀魏阙，心赏独泠然。”[③]《自昌乐溯流至白石岭下行入郴州》云：“北流自南泻，群峰回众壑。驰波如电腾，激石似雷落。崖留盘古树，涧蓄神农药。乳窦何淋漓，苔藓更彩错。娟娟潭里虹，渺渺滩边鹤。岁物应流火，天高云初薄。金风吹绿梢，玉露洗红箨。泝舟始兴廨，登践桂阳郭。”[④] 这类诗都很有地方特色。据陶敏、易淑琼《沈佺期宋之问集校注》[⑤]，沈在神龙元年至景龙元年南贬期间创作有 26 首诗，而宋两次南贬岭外诗约三十首。

宋之问两次贬岭外，创作颇有收获，第一次贬泷州（今广东罗定）时的诗如《早发始兴江口至虚氏村作》云：“宿云鹏际落，残月蚌中开。薜荔摇青气，桄榔翳碧苔。桂香多露裛，石响细泉回。抱叶玄猿啸，衔花翡翠来。”[⑥] 第二次流放钦州（今广西钦州）诗如《发藤州》云：“石发缘溪蔓，林衣扫地轻。云峰刻不似，苔藓画难成。露裛千花气，泉和万籁声。攀幽红处歇，跻险绿中行。恋切芝兰砌，悲缠松柏茔。”[⑦]《早入清远峡》云：“传闻峡山好，旭日棹前沂。雨色摇丹嶂，泉声聒翠微。两岩天作带，万壑树披衣。秋橘迎霜序，春藤碍日辉。翳潭花似织，缘岭竹成围。寂历环沙浦，葱茏转石圻。露余江未热，风落瘴

① 《沈佺期集校注》卷二，第 120 页。

② 《沈佺期集校注》卷二，第 120 页。

③ 《沈佺期集校注》卷二，第 126—127 页。

④ 《沈佺期集校注》卷二，第 132 页。

⑤ 〔唐〕沈佺期、〔唐〕宋之问撰，陶敏，易淑琼校注：《沈佺期宋之问集校注》，中华书局，2001 年。

⑥ 《宋之问集校注》卷二，第 431 页。

⑦ 《宋之问集校注》卷三，第 555—556 页。

初稀。猿饮排虚上,禽惊掠水飞。榜童夷唱合,樵女越吟归。良候斯为美,边愁自有违。谁言望乡国,流涕失芳菲。"① 形式是旧有的,内容却是全新的。有些诗歌描写已深入到岭南原始村落,如《过蛮洞》云:"越岭千重合,蛮溪十里斜。竹迷樵子径,萍匝钓人家。林暗交枫叶,园香覆橘花。谁怜在荒外,孤赏足云霞。"②

(二)以安西北庭为中心的边塞诗人创作

这以岑参为代表。岑参边塞诗有两批,第一次入塞和第二次入塞各有作品,但主要成就是在第二次入塞获得的。第一次很少使用七言歌行体式,第二次七言歌行体则成为主要诗歌体式。

第二次岑参对西部作了比较全面的描写。在出征途中已显示出较好的势头,如《凉州馆中与诸判官夜集》云:"弯弯月出挂城头,城头月出照凉州。凉州七里十万家,胡人半解弹琵琶。琵琶一曲肠堪断,风萧萧兮夜漫漫。"③ 六句中有五句用了顶真法,可能是效法西部民歌体所致,前此岑参诗中无此格式,配合"弯弯""萧萧""漫漫"的迭词使用,使诗歌呈现出民歌风味,活泼自然,生动流畅。诗人尝试去摆脱传统写作模式、超越自我写作格局。

岑参边塞诗研究成果较多,这里只举两首诗(《白雪歌送武判官归京》和《玉门关盖将军歌》)来说明他的边塞诗对诗界拓疆的贡献,前一首重在写景,后一首重在写人,各有侧重。

《白雪歌送武判官归京》一诗,逼真反映了西部极地的雪景。第一句在时间上点明和内地的差异,八月在内地尚是仲秋,九月重阳时人们还要登高赏菊,而"胡天八月即飞雪"④,这是在河西也不会看到

①《宋之问集校注》卷三,第572页。

②《宋之问集校注》卷三,第575页。

③《岑参诗笺注》卷二,第431页。

④《岑参诗笺注》卷二,第325页。

的景象。第二句,是用比喻来状写雪景,古人写雪往往用比喻来描写下雪的状态,如用柳絮飘飞、白盐撒落来比喻雪花飘落,但岑参目睹到了胡地下雪的壮观,迅速、威猛,而且广远、晶莹,“忽如一夜春风来,千树万树梨花开”①,比喻新奇,写出胡地飞雪的壮美。第三、四句,描写军幕中人物来衬托寒冷,军人感到“狐裘不暖”②,“将军角弓不得控,都护铁衣冷难著”③。第五句,在空间上描写大雪的奇观,“瀚海阑干百丈冰,愁云惨淡万里凝”④。这里的“百丈”,又作“百尺”“千尺”,如“百丈冰”是在平面上描写冻冰,则不足以写瀚海的广袤,“百尺”“千尺”应是写悬挂冰柱的长度,李白写庐山瀑布云“飞流直下三千尺,疑是银河落九天”⑤,岑参用“百尺”或“千尺”足以形容冰柱的长度。“愁云惨淡万里凝”⑥的景象还意味着天阴不开连续下雪。第六句,“中军置酒饮归客,胡琴琵琶与羌笛”⑦,这是唯一写军中送客而与雪无关的一句。第七句,“纷纷暮雪下辕门,风掣红旗冻不翻”⑧,从侧面烘托严寒冰冻。这一句初看在结构上有缺陷,应该和“中军”句对调,“愁云惨淡万里”后,接下句继续写“风掣红旗冻不翻”的严寒景象,然后才应写“中军置酒饮归客”的宴别场面。但细细分析一下,我们会肯定诗歌原有结构和顺序的合理性。因为“忽如一夜春风来”已暗示是从早晨写起的,“纷纷暮雪下辕门”则说明“中军置酒饮归客”的时间过程,从晨至暮,突出了“别亦难”。第八、

①《岑参诗笺注》卷二,第325页。

②《岑参诗笺注》卷二,第325页。

③《岑参诗笺注》卷二,第325页。

④《岑参诗笺注》卷二,第325页。

⑤《李白全集编年笺注》卷一《望庐山瀑布二首》其二,第45页。

⑥《岑参诗笺注》卷二,第325页。

⑦《岑参诗笺注》卷二,第325页。

⑧《岑参诗笺注》卷二,第325页。

九句，写送别，“轮台东门送君去，去时雪满天山路。山回路转不见君，雪上空留马行处”①，写别情仍以写雪为烘托，寓情于景，情景交融。

《玉门关盖将军歌》云：“盖将军，真丈夫，行年三十执金吾，身长七尺颇有须。玉门关城迥且孤，黄沙万里白草枯，南邻犬戎北接胡。将军到来备不虞，五千甲兵胆力粗，军中无事但欢娱。暖屋绣帘红地炉，织成壁衣花氍毹。灯前侍婢泻玉壶，金铛乱点野酡酥。紫绂金章左右趋，问著即是苍头奴。美人一双闲且都，朱唇翠眉映明眸。清歌一曲世所无，今日喜闻《凤将雏》。可怜绝胜秦罗敷，使君五马谩踟蹰。野草绣窠紫罗襦，红牙缕马对樗蒱。玉盘纤手撒作卢，众中夸道不曾输。枥上昂昂皆骏驹，桃花叱拨价最殊。骑将猎向城南隅，腊日射杀千年狐。我来塞外按边储，为君取醉酒剩沽。醉争酒盏相喧呼，忽忆咸阳旧酒徒。”②诗的第一层以黄沙万里、关城孤迥衬托将军的雄武。第二层写军中欢娱，洋溢着中亚风情，几个方面的描写都有特别之处，居处帐幕：“暖屋绣帘红地炉，织成壁衣花氍毹。”饮食：“灯前侍婢泻玉壶，金铛乱点野酡酥。”歌舞：“清歌一曲世所无，今日喜闻《凤将雏》。”《凤将雏》，据《乐府诗集》引《古今乐录》云：“古有歌，自汉至梁不改，今不传。”③《凤将雏》一曲可能在中原已失传而流传于西域，岑参复闻于边地。据《隋书》卷三二《经籍志》载：“《古今乐录》十二卷，陈沙门智匠撰。”④智匠由陈入隋，故又称其为隋朝人。则《凤将雏》隋时已失传。骆宾王《艳情代郭氏答卢照邻》诗云“思君欲上望夫台，端居懒听将雏曲”⑤，将雏曲或谓即《凤将雏》，循诗意，此为

①《岑参诗笺注》卷二，第 325 页。

②《岑参诗笺注》卷二，第 386 页。

③《乐府诗集》卷四四《清商曲辞一》，第 640 页。

④《隋书》，第 926 页。

⑤《全唐诗》卷七七，第 837 页。

泛写。博戏："野草绣窠紫罗襦，红牙镂马对樗蒲。"狩猎："骑将猎向城南隅，腊日射杀千年狐。"第三层写自己参与欢娱、相呼争酒的感慨。

如上，以初唐岭外贬谪诗人和盛唐安西北庭边塞诗人为例的分析，说明他们在进入一个全新的写作环境时，内容和手法都随之有了变化，在诗歌史上写下了特殊的一页，在诗歌疆域的开拓上做出了贡献。

二、弱势文化区创作的状态及其意义

由于文士有机会（主动或被动）进入一个诗歌疆域的盲区，这给他们留下了一个足以表现自身诗才的空间，因此这一诗歌的空间空白因他们而得到填补。综合考察这一因文人移入而产生的诗歌创作高峰，至少带给我们如下思考：

（一）文士的移入带来某一时期的创作高峰。弱势文化区的诗歌创作，因其依赖外来文士的进入，表现为创作中孤峰独立的现象，如今新疆地区，在盛唐由于岑参的进入，出现一个高峰，但它的前后基本上是空白地带。初唐时期，骆宾王曾从军西域，这样一位有个性有才华的诗人的进入，本该有一次诗歌高潮，但就现存的诗歌来看，骆宾王在西域的创作可考的只有数首，《夕次蒲类津》和《晚度天山有怀京邑》，以及《早秋出塞寄东台详正学士》《边城落日》和《久戍边城有怀京邑》等，据陈熙晋《续补唐书骆侍御传》，诗分别作于咸亨元年、二年。为什么骆宾王的西域之行创作的边塞诗如此之少？为什么他没有用创作《帝京篇》时的才气来表现西域的阔大气象和奇异风光？我们很难作出更切实际的推测。不过，有一点可以从诗中看到，由于骆宾王过多地表现出对京城的依恋，表现出过多的乡愁，他还没有时间从乡愁和旅思中摆脱出来全身心地细致观察这一奇异的热土，可能就匆匆地离开了这本可以让他的创作在诗史上熠熠生辉的地方。这给他的后来者留下了足可表现自己的空间，事实上岑参的创作已证明了西域风光和风情的奇丽动人。在骆宾王那里，对京师的迷恋主宰了他生命中的一切，甚至他的错觉告诉他，西域风光有如京城风物，《晚度天山有怀京邑》诗云："忽上天山路，依然想物华。云疑上苑叶，雪似御沟花。"①物华，指京都景物，而"雪似御沟花"的描写只是对雪的局部特征的圈点，远不如岑参"千树万树梨花开"状雪的广大和气势。骆宾王的诗和岑参第一次进入新疆时相同，更多表现出自己的乡愁："行叹戎麾远，坐怜衣带赊。交河浮绝塞，弱水浸流沙。旅思徒漂梗，归期未及瓜。宁知心断绝，夜夜泣胡笳"②，"二庭归望断，万里客心愁。山路犹南属，河源自北流"③，"乡梦随魂断，边声入听喧"④，"迷魂惊落雁，离恨断飞凫。春去荣华尽，年来岁月芜。边愁伤郢调，乡思绕吴歈"⑤。可以看出，骆宾王的西域边塞诗并没有能表现出西域地域特色，《夕次蒲类津》诗中写边地军旅生活情景，颇具概括力："晚风连朔气，新月照边秋。灶火通军壁，烽烟上戍楼。"⑥《早秋出塞寄东台详正学士》诗云："溪月明关陇，胡云聚塞垣。山川殊物候，风壤异凉暄。戍古秋尘合，沙寒宿雾繁。"⑦但其大西北特征并不明显，缺少西域地方文化的背景。初唐时，还有张宣明《使至三姓咽面》诗。宣明，曾为郭元振判官出使至三姓咽面。三姓

① 《全唐诗》卷七九，第 854 页。

② 《全唐诗》卷七九《晚度天山有怀京邑》，第 854 页。

③ 《全唐诗》卷七九《夕次蒲类津》，第 855 页。

④ 《全唐诗》卷七九《早秋出塞寄东台详正学士》，第 862 页。

⑤ 《全唐诗》卷七九《久戍边城有怀京邑》，第 863 页。

⑥ 《全唐诗》卷七九，第 855 页。

⑦ 《全唐诗》卷七九，第 861 页。

咽面，唐初置咽面州，长安二年为都督府，隶北庭都护府。据《大唐新语》载："宣明为郭振判官，使至三姓咽面，因赋诗曰：'昔闻班家子，笔砚忽然投。一朝抚长剑，万里入荒陬。岂不厌难险，只思清国仇。山川去何岁，霜露几逢秋。玉塞已遐廓，铁关方阻修。东都日窅窅，西海此悠悠。卒使功名建，长封万里侯。'时人称为绝唱。"① 诗当写于中宗神龙中郭元振为安西大都护时。张诗表现出立功异域的雄心大志，可能由于郭元振的表扬而为时人称赞。另外天宝年间有徐九皋《送部四镇人往单于别知故》云："天下今无事，云中独未宁。忝驱更戍卒，方远送边庭。马饮长城水，军占太白星。国恩行可报，何必守经营。"② 骆宾王、张宣明、徐九皋等人的四首诗，大致以抒情为主，并没有用力去反映异域风情，故少有地域文化的表现（晚唐胡曾有一首《交河塞下曲》诗，诗云："交河冰薄日迟迟，汉将思家感别离。塞北草生苏武泣，陇西云起李陵悲。晓侵雉堞乌先觉，春入关山雁独知。何处疲兵心最苦，夕阳楼上笛声时。"③ 胡曾未有游交河的记录，细绎诗意当为泛写）。这是初盛唐，也是整个唐代除岑参诗之外，写在今新疆的诗歌，略述如上，意在说明岑参开拓新疆诗界的杰出贡献。

（二）文士视觉反差给创作带来新奇的格调。弱势文化区往往处于边远地带，有特殊的地理特点和风土习俗，故外来文士有新鲜感。文士生活在这里，和原来已认同的文化存在进行比较，并写出其明显的差异性。

初唐南贬诗人在贬前都在京城，甚至在宫廷生活，他们熟悉的也是上流社会京城生活，如沈佺期早期诗歌多为应制唱和，内容也与富

① 《大唐新语》卷八，第 126 页。

② 《全唐诗》卷二三〇，第 2120 页。

③ 《全唐诗》卷六四七，第 7418 页。

贵生活密切关系,如《从幸香山寺应制》云:“岭上楼台千地起,城中钟鼓四天闻。旃檀晓阁金舆度,鹦鹉晴林采眊分。”[①]《李员外秦授宅观妓》云:“盈盈粉署郎,五日宴春光。选客虚前馆,征声遍后堂。玉钗翠羽饰,罗袖郁金香。拂黛随时广,挑鬟出意长。啭歌遥合态,度舞暗成行。巧落梅庭里,斜光映晓妆。”[②]这样的宫廷生活和宫廷外的都市生活就有距离,与一般北方城市生活比较,与江淮以南的城市比较也有差异,可现在沈、宋要面对尚在荒蛮阶段的岭南中最为落后的驩州、泷州、钦州,岭外情景一旦进入诗歌,至少在内容和风格上产生了重大变化。京都的繁华和生活的富贵享乐,一下子改变了,沈佺期笔下的驩州,如此陌生,到处是瘴疠、炎毒、斗象、游犀,《初达驩州二首》其二:“水行儋耳国,陆行雕题薮。魂魄游鬼门,骸骨遗鲸口。”[③]《三日独坐驩州思忆旧游》云:“炎蒸连晓夕,瘴疠满冬秋。”[④]《赦到不得归题江上石》云:“家住东京里,身投南海西。风烟万里隔,朝夕几行啼。……百卉杂殊怪,昆虫理顿睽。闲藏元不蛰,摇落反生荑。疟瘴因兹苦,穷愁益复迷。火云蒸毒雾,汤雨濯阴霓。……山空闻斗象,江静见游犀。”[⑤]《从驩州廨宅移住山间水亭赠苏使君》云:“山柏张青盖,江蕉卷绿油。”[⑥]宋之问在途中经过韶州时,已看到不同寻常的异域景象,《自衡阳至韶州谒能禅师》云:“谪居窜炎壑,孤帆淼不系。别家万里余,流目三春际。猿啼山馆晓,虹饮江皋霁。湘岸竹泉

---

①《沈佺期集校注》卷一,第 28 页。
②《沈佺期集校注》卷一,第 25 页。
③《沈佺期集校注》卷二,第 97 页。
④《沈佺期集校注》卷二,第 100 页。
⑤《沈佺期集校注》卷二,第 104 页。
⑥《沈佺期集校注》卷二,第 117 页。

幽,衡峰石囷闭。岭嶂穷攀越,风涛极沿济。"[①]《游韶州广界寺》云:"影殿临丹壑,香台影翠霞。巢飞含象鸟,砌蹋雨空花。宝铎摇初霁,金池映晚沙。莫愁归路远,门外有三车。"[②]《早发韶州》云:"炎徼行应尽,回瞻乡路遥。珠厓天外郡,铜柱海南标。日夜清明少,春冬雾雨饶。身轻火山热,颜入瘴江消。触影含沙怒,逢人女草遥。露浓看茵湿,风飓觉船漂。直御魑将魅,宁论鸱与鸮。虞翻思报国,许靖愿归朝。绿树秦京道,青云洛水桥。故园长在目,魂去不须招。"[③]猿啼山馆、虹饮江皋、天外珠崖、海南铜柱以及含沙女草、魑魅鸱鸮,一一入诗,构成了异域景观。

移入场与移出场的文化差异构成了诗歌的奇特景观,成为某一时期最富个性而又最有特色的诗歌,这是一条规律。张九龄在广州的作品并不明显去表现风物之异,是因为他的故乡曲江在岭南,没有强烈的差异感,这是一个证明。张九龄也有写岭南风物的诗,如《巡按自漓水南行》云:"奇峰岌前转,茂树隈中积。猿鸟声自呼,风泉气相激。"[④]开元十八九年任桂州刺史兼岭南巡察使时作。又《送广州周判官》云:"海郡雄蛮落,津亭壮越台。城隅百雉映,水曲万家开。里树桃榔出,时禽翡翠来。观风犹未尽,早晚使车回。"[⑤]《浈阳峡》云:"行舟傍越岑,窈窕越溪深。水暗先秋冷,山晴当昼阴。重林间五色,对壁耸千寻。惜此生遐远,谁知造化心。"[⑥]《与王六履震广州津亭晓

①《宋之问集校注》卷三,第 547 页。
②《宋之问集校注》卷三,第 550 页。
③《宋之问集校注》卷三,第 551 页。
④《张九龄集校注》卷三,第 270 页。
⑤《张九龄集校注》卷三,第 209 页。
⑥《张九龄集校注》卷三,第 260 页。

望》云："水纹天上碧，日气海边红。景物纷为异，人情赖此同。"① 张九龄对岭南诗界的开拓是有贡献的，但他的岭南诗对风物人情的描写没有沈、宋夸张，特别是诗中没有沈、宋对环境的无可奈何的屈从之感。

同样写桂林和广州，张九龄和宋之问的差异还是明显的。宋之问《桂州三月三日》云："始安繁华旧风俗，帐饮倾城沸江曲。主人丝管清且悲，客子肝肠断还续。荔浦蘅皋万里余，洛阳音信绝能疏。"②《始安秋日》云："桂林风景异，秋似洛阳春。晚霁江天好，分明愁杀人。"③ 这种对原来生活环境的深深眷恋，自然将现在所处的环境和过去所处的环境作对照，写出今日环境之异，桂林的秋天似与洛阳的春天一样草木繁盛，气候温暖。粗言之，张九龄诗中景物描写比较简略，在对景观的认同中省去许多细节描绘；而宋之问则注意景观与原有生活场相异的地方，并会大肆铺陈或带夸张地描写细节，如《桂州黄潭舜祠》云："虞世巡百越，相传葬九疑。精灵游此地，祠树日光辉。禋祭忽群望，丹青图二妃。神来兽率舞，仙去凤还飞。日暝山气落，江空潭霭微。帝乡三万里，乘彼白云归。"④《下桂江龙目滩》云："峰攒入云树，崖喷落江泉。巨石潜山怪，深篁隐洞仙。鸟游溪寂寂，猿啸岭娟娟。挥袂日凡几，我行途已千。暝投苍梧郡，愁枕白云眠。"⑤《下桂江县黎壁》云："放溜觌前溆，连山纷上干。江回云壁转，天小雾峰攒。吼沫跳急浪，合流环峻滩。欹离出漩划，缭绕避涡盘。舟子

---

①《张九龄集校注》卷三，第264页。

②《宋之问集校注》卷三，第560页。

③《宋之问集校注》卷三，第564页。

④《宋之问集校注》卷三，第565页。

⑤《宋之问集校注》卷三，第566页。

怯桂水，最云斯路难。……潭旷竹烟尽，洲香橘露团。”[①] 张九龄写广州是在欣赏熟悉的或不太陌生的景象，而宋之问却努力去表现在当地人眼里已司空见惯的事物。宋之问《登粤王台》云：“地湿烟常起，山晴雨半来。冬花采卢橘，夏果摘杨梅。”[②] 他对地湿烟起、山雨半来以及卢橘和杨梅都发生兴趣，而且是以惊奇的眼光去观察描写的。

（三）这些能给弱势文化区创作带来丰硕成果的诗人，都有很深的诗学修养，他们已经积累了丰富的诗歌创作经验，才有能力将文化弱势区的景象用诗的形式表现出来。沈、宋如此，岑参亦如此。岑参在入塞前，在诗歌创作上已取得为人们所公认的成绩，《河岳英灵集》云：“参诗语奇体峻，意亦造奇。至如‘长风吹白茅，野火烧枯桑’，可谓逸才。又如‘山风吹空林，飒飒如有人’，宜称幽致也。”[③]《河岳英灵集》提到的诗句都是岑参早期诗作，其风格即为杜确序中所赞赏的“吴何体”，杜序云“时议拟公于吴均、何逊，亦可谓精当矣”[④]。岑参早期诗歌已表现出对自然瞬间变化的敏锐感受和描写山水景物的技巧，“竹深喧暮鸟，花缺露春中”[⑤]“树交花两色，溪合水重流”[⑥]“桑叶隐村户，芦花映钓船”[⑦]“暮云凑深水，秋雨悬空山”[⑧]“霜畦吐寒菜，沙雁噪河田”[⑨]“野霭晴拂枕，客帆遥入轩”[⑩]，明显出入于南朝阴、何

---

① 《宋之问集校注》卷三，第 567 页。

② 《宋之问集校注》卷三，第 570—571 页。

③ 《唐人选唐诗新编（增订本）》，第 215 页。

④ 《岑参诗笺注》序，第 1 页。

⑤ 《岑参诗笺注》卷三《丘中春卧寄王子》，第 603 页。

⑥ 《岑参诗笺注》附录二《南溪别业》，第 825 页。

⑦ 《岑参诗笺注》卷三《寻巩县南李处士别居》，第 608 页。

⑧ 《岑参诗笺注》卷三《寻少室张山人闻与偃师周明府同入都》，第 460 页。

⑨ 《岑参诗笺注》卷三《宿东溪怀王屋李隐者》，第 597 页。

⑩ 《岑参诗笺注》卷一《缑山西峰草堂作》，第 226 页。

诸家。而沈、宋贬前已是宫廷享有盛名的诗人，圣历二年，宋之问、沈佺期、东方虬等扈从游龙门，同应制赋诗，之问夺得锦袍。《全唐诗》卷五一宋之问《龙门应制》云：“天子乘春幸凿龙。”①《旧唐书·宋之问传》载：“预修《三教珠英》，常扈从游宴。则天幸洛阳龙门，令从官赋诗，左史东方虬诗先成，则天以锦袍赐之。及之问诗成，则天称其词愈高，夺虬锦袍以赏之。”②事又见《隋唐嘉话》卷下。

（四）诗风调适和维持。诗风的调适在这里是指诗人进入新的创作环境，由于受到外部事物的影响，逐渐调整原来的创作模式，适应新环境，从而形成另一种和自己原来诗风不同的诗歌创作特点和形态。如岑参第一次入幕，诗歌创作数量少，形式也未有大的突破，对西部景观有描写，如《经火山》云“赤焰烧虏云，炎氛蒸塞空”③，《银山碛西馆》云“银山峡口风似箭，铁门关西月如练。双双愁泪沾马毛，飒飒胡沙迸人面”④，但这样的描写很少，乡愁的抒发大于奇观的描写。在赴安西途中乡愁日远日增，《经陇头分水》云：“东西流不歇，曾断几人肠。”⑤《西过渭州见渭水思秦川》云：“凭添两行泪，寄向故园流。”⑥《过燕支寄杜位》云：“长安遥在日光边，忆君不见令人老。”⑦《过酒泉忆杜陵别业》云：“愁里难消日，归期尚隔年。阳关万里梦，知处杜陵田。”⑧《逢入京使者》云：“马上相逢无纸笔，凭君传

---

①《全唐诗》，第627页。

②《旧唐书》卷一九〇中，第5025页。

③《岑参诗笺注》卷一，第270页。

④《岑参诗笺注》卷二，第394页。

⑤《岑参诗笺注》卷六，第735页。

⑥《岑参诗笺注》卷六，第734页。

⑦《岑参诗笺注》卷七，第776页。

⑧《岑参诗笺注》卷三，第485页。

语报平安。"[①]《宿铁关西馆》云:"塞迥心常怯,乡遥梦亦迷。那知故园月,也到铁关西。"[②]《碛中作》云:"走马西来欲到天,辞家见月两回圆。今夜不知何处宿,平沙万里绝人烟。"[③]《碛西头送李判官入京》云:"送子军中饮,家书醉里题。"[④]在安西也是乡魂梦绕,《安西馆中思长安》云:"乡路眇天外,归期如梦中。"[⑤]《早发焉耆怀终南别业》云:"故山在何处,昨日梦清溪。"[⑥]《题苜蓿烽寄家人》云:"闺中只是空思想,不见沙场愁杀人。"[⑦]从安西归来,其喜悦之情溢于言表,《送韦侍御先归京》云:"客泪题书落,乡愁对酒宽。先凭报亲友,后月到长安。"[⑧]可以说岑参第一次赴安西,由于乡愁太重而始终未能改变诗风以适应新的环境。岑参第一次赴安西的创作说明:诗风调适也不是容易的事。上述骆宾王在西部的创作也佐证了这一点。诗风的维持在这里是指新诗风由于环境的需要得到保持,并会持续到创作主体从这一生活场中移出。从个人诗风发展上看,这一类诗人在弱势文化区的创作,不仅摆脱了个人习惯的诗歌写作套路,也远离了文化中心,远离了中心所形成的公众写作模式,或在内容上,或在表现内容的方法上。岑参第二次赴安西北庭,不仅诗风得到很好的调适,而且得到很好的维持。

岑参的边塞诗,不仅在内容上完全出新,在形式上也大有改观,并作了大胆的尝试,用七言歌行体表现边塞的奇异风光,在表现手法

---

① 《岑参诗笺注》卷七,第755页。
② 《岑参诗笺注》卷三,第485—486页。
③ 《岑参诗笺注》卷七,第770页。
④ 《岑参诗笺注》卷三,第441页。
⑤ 《岑参诗笺注》卷一,第263页。
⑥ 《岑参诗笺注》卷三,第619页。
⑦ 《岑参诗笺注》卷七,第747页。
⑧ 《岑参诗笺注》卷三,第458页。

上有了质的变化。岑参在西域写作，以五言歌行和七言歌行为主，但最能代表他诗歌特色的还是七言歌行体。他的《轮台歌奉送封大夫出师西征》《走马川行奉送出师西征》和《北庭西郊候封大夫受降回军献上》不同，前二者是七言，后者是五言，七言以描写为主，五言以叙述和议论为主，七言《轮台歌》《走马川行》写边地景象痛快淋漓。“上将拥旄西出征，平明吹笛大军行。四边伐鼓雪海涌，三军大呼阴山动。虏塞兵气连云屯，战场白骨缠草根。剑河风急雪片阔，沙口石冻马蹄脱。”① “上将”句写出征行军，为概括叙写；“四边”句以伐鼓大呼写军中气势；“虏塞”句写边地残酷形势以为烘托；“剑河”句则写自然环境险恶以表扬戍边将士不畏艰险、克服困难的斗志。《走马川行》全篇都是写行军时遭遇的大风和严寒，“匈奴”句为叙述，“虏骑”句为议论。“君不见，走马川行雪海边，平沙莽莽黄入天。轮台九月风夜吼，一川碎石大如斗，随风满地石乱走。匈奴草黄马正肥，金山西见烟尘飞，汉家大将西出师。将军金甲夜不脱，半夜军行戈相拨，风头如刀面如割。马毛带雪汗气蒸，五花连钱旋作冰，幕中草檄砚水凝。虏骑闻之应胆慑，料知短兵不敢接，车师西门伫献捷。”② 分别描写黄沙入天、碎石乱走、风头如刀、汗气冰凝，这是边地环境的实写，是岑参以前的边塞诗中从来没有出现的异域景观，这和骆宾王《久戍边城有怀京邑》中对军中的描写大不相同，骆诗云：“锦车朝促候，刁斗夜传呼。战士青丝络，将军黄石符。连星入宝剑，半月上雕弧。”③《轮台歌》两句一换韵，《走马川行》三句一换韵，可见作者在形式上也寻求最佳表现方式，并努力尝试使用新的表现手段。

---

①《岑参诗笺注》卷二《轮台歌奉送封大夫出师西征》，第 339 页。
②《岑参诗笺注》卷二《走马川行奉送出师西征》，第 331 页。
③《全唐诗》卷七九，第 862 页。

又如南贬诗人,原先一般为宫廷诗人,其宫廷诗作以歌功颂德为主旋律,是一种雍容高贵的姿态。但环境改变了,诗的表现内容也随之改变,诗歌风格也因此而改变。南贬作家在诗中表现的只能是南方风物,其情感也是恋国怀乡及对新环境的恶劣而产生的恐惧和不宁,诗风沉郁悲凉。宋之问《入泷州江》云:“孤舟泛盈盈,江流日纵横。夜杂蛟螭寝,晨披瘴疠行。潭蒸水沫起,山热火云生。猿躩时能啸,鸢飞莫敢鸣。海穷南徼尽,乡远北魂惊。泣向文身国,悲看凿齿氓。地多偏育蛊,风恶好相鲸。余本岩栖客,悠哉慕玉京。”[①]《发端州初入西江》云:“问我将何去,清晨溯越溪。翠微悬宿雨,丹壑饮晴霓。树影稍云密,藤阴覆水低。潮回出浦驶,洲转望乡迷。人意长怀北,舟行日向西。破颜看鹊喜,拭泪听猿啼。骨肉初分爱,亲朋忽解携。路遥魂欲断,身辱理能齐。畴日三山意,于兹万绪睽。金陵有仙馆,即事寻丹梯。”[②] 诗中对岭外景物作了深入而细致的描绘,诗中情绪的表露是直接的,“海穷南徼尽,乡远北魂惊。泣向文身国,悲看凿齿氓”。“魂惊”“悲”“泣”,非常伤感。

另外,在这类诗歌写作过程中,没有干扰源,相对一个时期能保持独特的创作风格。他们的作品就已经证明了这一点,岑参在边幕基本维持一种风格。

(五)诗人的创作也表现为奇峰突起。这种表现方法随作者从弱势文化场的移出,其诗风也随之消失,甚至不留痕迹,不再追忆,和从强势文化区移出不同,比如离开长安者会写《忆长安》。岑参第一次赴边途中就写有《忆长安曲二章》。

诗风消失的原因有二:一是表现的客体变了,原有表现客体的形

---

①《宋之问集校注》卷二,第 434 页。

②《宋之问集校注》卷三,第 554 页。

式也就发生变化；二是主观情绪发生变化。即便同一内容的诗歌写作，和以前的风格也不一样了，如岑参至德二载冬作于凤翔的《行军雪后月夜宴王卿家得初字》，首先这是一首唱和诗；再看内容和形式，这是一首五律，诗云："子夜雪华余，卿家月影初。酒香熏枕席，炉气暖轩除。晚岁宦情薄，行军欢宴疏。相逢剩取醉，身外尽空虚。"① 这首诗理应写军中生活，但诗中除"行军"二字，并无半点军旅气息。

（六）这类诗歌的创作比较孤立，与周围人缺少联系，不可能形成创作群体。因此个人的行为在文化弱势区的创作中起到很重要的作用，如张说在南贬期间，尽管创作了一些诗歌，但这类诗歌并没有充分表现南国的区域文化特色，他在诗中多半是写贬谪的哀伤，如《南中别蒋五（岑）向青州》云："老亲依北海，贱子弃南荒。有泪皆成血，无声不断肠。此中逢故友，彼地送还乡。愿作枫林叶，随君度洛阳。"② 写对京城的眷念，《南中送北使二首》云："谁怜炎海曲，泪尽血沾衣"③，"逢君入乡县，传我念京周"④。召还过大庾岭时写下《喜度岭》云："宁知瘴疠地，生入帝皇州。……见花便独笑，看草即忘忧。"⑤ 南国的特色在张说笔下比较概括，《和朱使欣二首》其一云："南土多为寇，西江尽畏途。"⑥《端州别高六戬》云："南海风潮壮，西江瘴疠多。"⑦ 张说和沈、宋在开拓南国诗界疆域上都有贡献，但在表现独特的地域文化方面张说要比沈、宋逊色得多。

①《岑参诗笺注》卷三，第 615 页。
②《张说集校注》卷六，第 289 页。
③《张说集校注》卷六，第 291 页。
④《张说集校注》卷六，第 292 页。
⑤《张说集校注》卷八，第 371 页。
⑥《张说集校注》卷七，第 328 页。
⑦《张说集校注》卷六，第 288 页。

（七）弱势文化区诗歌创作效果，远远低于作者的期待，很少为权威或公众话语所接受而给以恰如其分的评价，即便为人所注意也要等到多少年之后。如《唐人选唐诗》对这类诗的关注很少，南贬诗还有几首，岑参的七言歌行体边塞诗则无，天宝年间编的《国秀集》录宋之问《题大庾岭》，沈佺期《遥同杜五过庾岭》。《搜玉小集》录编成时间当在开元、天宝之间，录有宋之问《度大庾岭》《过蛮洞》《登越王台》等三首，这类真正的南国诗进入唐人选本，离宋之问去世有三十余年了。岑参《与独孤渐道别长句兼呈严八侍御》结句云："台中严公于我厚，别后新诗满人口。自怜弃置天西头，因君为问相思否？"[①] 诗中写作者和严武的关系，一方面盛赞严武的诗才，乞求严公对自己的关心和援引；一方面是写自己和严武关系密切，而严公在朝，自己在西部极地。这里似乎传递了一个信息，作为在京城的严武其诗可以通过入边的文士传至西部，而边地文士的创作则不能如作者所希望的那样传至京城。既然如此，岑参应该算是能把握机会的人，他每逢有人入京，就精心结撰最好的诗作，通过入京者将诗歌传播到京城。他是以"词客"自居的，在《与独孤渐道别长句兼呈严八侍御》诗中云："奉使三年独未归，边头词客旧来稀。"[②] 第二次岑参写有送人入京的诗多首，如《临洮泛舟赵仙舟自北庭罢使还京》《白雪歌送武判官归京》《天山雪歌送萧治归京》《热海行送崔侍御还京》《与独孤渐道别长句兼呈严八侍御》《送崔子还京》等，另有《玉门关寄长安李主簿》《送张都尉东归》《送四镇薛侍御东归》。这类诗除表现别情外，希望京城人注意他的边塞诗创作是其重要目的。事实上目的很难达到，人们对这样的写作方式持有保留意见。

---

①《岑参诗笺注》卷二，第 355 页。

②《岑参诗笺注》卷二，第 355 页。

（八）作者在弱势文化区的创作有一点不能忽视，他们并不希望在这一地区生活得太久，尽管从创作角度看，超越原有生活经验的事物总能吸引主体去表现，但在生活质量上他们非常留恋旧的环境，希望返回原有的生活环境。如宋之问《经梧州》云："南国无霜霰，连年见物华。青林暗换叶，红蕊续开花。春去闻山鸟，秋来见海槎。流芳虽可悦，会自泣长沙。"[①] 美丽奇异的景物固然能使人的感官得到一时的享受，但逐臣的身份使他们倍感压抑，他们时刻想结束被放逐的生涯。这一点在边塞诗人岑参那里也表现得很清楚。盛唐入边幕是很辛苦的，一般人都不能承受，一般文人更难承受，从官方的文告中可以窥探其间消息，《全唐文》玄宗《择堪边任诏》云："边远判官，多有老弱。宜令吏部每年于选人内，拣择强干堪边任者，随阙补授，秩满量减三两选与留。"[②] 可见边远幕府对人们非但没有吸引力，恰恰相反，"边远判官"因无人及时替代致使"多有老弱"。安西、北庭无疑为盛唐最边远的幕府，岑参能入幕"绝域海西头"，是个别现象，即或有文人入幕也只是集中在相对近一些的河东、朔方、幽州等边幕，但人数仍然很少。故岑参有"词赋满书囊，胡为在战场"[③]"奉使三年独未归，边头词客旧来稀"[④] 的悲叹。

以上所述并不能适用其他弱势文化区的诗歌创作，而只是从极边远的文化弱势区（特指岭外和新疆地区）的现有诗歌创作的实际总结出来的。其他弱势文化区的创作应根据具体情况来研究。比如湖南、福建、江西等地，从文士占籍来看，无疑都是弱势文化区域，但从诗歌创作数量来看，也是不少的。因为它们和岭外、新疆地区不同，

① 《宋之问集校注》卷三，第 568 页。

② 《全唐文》卷三〇，第 336 页。

③ 《岑参诗笺注》卷三《送李别将摄伊吾令充使赴武威便寄崔员外》，第 629 页。

④ 《岑参诗笺注》卷二《与独孤渐道别长句兼呈严八侍御》，第 355 页。

不是极南或极西，它们属于次边远地区，因之过往人士要超出岭外和新疆。文士的移入数量又大大高于岭外和新疆地区。

无论如何，在文化弱势区创作的理论观照下，原有的岭南贬谪诗和安西北庭的边塞诗在更高的理论层面上得到阐释，南贬诗和边塞诗显示出特有的文化内涵和意蕴。在中国诗歌史的研究中，人们习惯关注某一诗体或某一题材的产生和演进的过程，并作出合乎文学史发展规律的解释。事实上，一种诗体或一种题材的产生都与其特定的社会文化背景密切相关，因此研究诗歌创作的地域空间时，已不单纯是对诗歌写作背景的解释，而希望从文化或文学发生学的角度去探讨诗歌体式和题材的演变。

值得注意的是，弱势文化区的文化活动多由强势文化的介入。第一，无论是南贬作家或赴边诗人，都是由于中央的政策和措施干预的结果。人员输入源于中央，一个与政治毫无关系的文化人，在唐初不可能去岭南；同样，中央不设安西北庭或没有征战，文人也不可能到今天的新疆（唐代的西域）从事任何活动。第二，如上分析，贬岭南的沈、宋和赴西域的岑参，此前皆在中央为官，属于最强势文化区域。强势文化的介入，还体现在对落后习俗的改造上，如元和九年元稹经过岳州，写有《赛神》《竞舟》诗，他看到当地赛神、竞舟伤农害民，非常痛心，诗中表扬了岳州刺史为改造民风所做的努力："岳阳贤刺史，念此为俗屯。未可一朝去，俾之为等伦。粗许存习俗，不得呼党人。但许一日泽，不得月与旬"①，"岳阳贤刺史，念此为俗疣。习俗难尽去，聊用去其尤。百船不留一，一竞不滞留。自为里中戏，我亦不寓游"②。在江陵又作《茅舍》诗，诗云"楚俗不理居，居人尽茅舍"，

①《元稹集》卷三《赛神》，第33页。

②《元稹集》卷三《竞舟》，第34页。

韦丹为江西观察使时，改造民居，“前日洪州牧（注：韦大夫丹），念此常嗟讶。牧民未及久，郡邑纷如化。峻邸俨相望，飞甍远相跨。旗亭红粉泥，佛庙青鸳瓦。斯事才未终，斯人久云谢”①。强势文化的介入，势必有两种结果：一是改造落后文化，提升弱势文化的质量；另一种就是使文化纷呈的状态渐趋一致，使原本富有个性的区域文化渐渐失去光彩和魅力。

第二节　域外文化与创作

——对义净诗二首创作背景的推测

义净在古印度的创作可以视为特殊的弱势文化区域的文学创作，这是在非汉语文化区的汉语诗歌写作。

义净在中印文化交流史上，在中国佛教发展史上有重要的地位，著有《大唐西域求法高僧传》《南海寄归内法传》《梵语千字文》等；他译经甚多，约有一百余部。先天二年，他去世时送葬的门人就有一万之众，太上皇睿宗派中使吊慰，赐物一百五十段，追赠鸿胪卿。他的诗不多，但《杂言》和《一三五七九言》二诗在诗歌形式发展史上，有其独特的价值，值得深入探讨。

义净的《杂言》《一三五七九言》诗作于中印度，时在垂拱元年。《杂言》作于鹫岭。《一三五七九言》注云：“在西国怀王舍城旧之作。”② 二诗是同时之作。据王邦维《大唐西域求法高僧传校注》，

① 《元稹集》卷三，第34—35页。

② 〔唐〕义净著，王邦维校注：《大唐西域求法高僧传校注》卷下，中华书局，1988年，第193页。

鹫岭,指耆阇崛山,又称鹫峰[①]。《大唐西域记》卷九载,佛在鹫峰山,“广说妙法,频毗娑罗王为闻法故,兴发人徒,自山麓至峰岑,跨谷凌岩,编石为阶,广十余步,长五六里”[②]。王舍城,又称矩奢揭罗补罗城或上茅宫城。《大唐西域记》卷九云:“摩揭陀国之正中,古先国王之所都,多出胜上吉祥香茅,以故谓之上茅城也。”[③]矩奢揭罗补罗,梵文 Kuśāgarapura,上茅宫城是其意译。据《义净生平编年》,高宗上元二年(675)至则天光宅元年(684)义净住那烂陀寺,十载求经。尝与无行同游鹫岭,又在王舍城怀旧,赋诗述怀,《杂言》《一三五七九言》诗即作于其时。《大唐西域求法高僧传序》云:“计当垂拱元年,与无行师执别西国。”[④]“无行禅师”条下云:“行禅师既言欲居西国,复道有意神州,拟取北天归乎故里。净来日从那烂陀相送,东行六驿,各怀生别之恨,俱希重会之心,业也茫茫,流泗交袂矣”[⑤],“曾于一时与无行禅师同游鹫岭,瞻奉既讫,遐眺乡关,无任殷忧,净乃聊述所怀云尔”[⑥]。则诗的具体写作时间应在垂拱元年(685),《义净生平编年》云,咸亨四年二月八日抵东印度耽摩立底国。留住一载,学梵语,次年五月,又去中印度,自咸亨四年至作诗之垂拱元年,义净已在印度生活了 13 年[⑦]。《大唐西域求法高僧传》记录作诗过程并赖此书保存二诗。

《杂言》是一首比较长的诗,诗体比较特殊。为了表述的方便,将

---

①《大唐西域求法高僧传校注》卷下,第 196 页。

②〔唐〕玄奘撰著,〔唐〕辩机编次,芮传明译注:《大唐西域记译注》卷九《鹫峰山》,中华书局,2019 年,第 609 页。

③《大唐西域记译注》卷九《上茅宫城》,第 604 页。

④《大唐西域求法高僧传校注》卷上,第 3 页。

⑤《大唐西域求法高僧传校注》卷下,第 183 页。

⑥《大唐西域求法高僧传校注》卷下,第 192 页。

⑦《大唐西域求法高僧传校注》附录二,第 257 页。

全诗过录如下：

1-1 观化祇山顶，流睇古王城。
万载池犹洁，千年苑尚清；
2-1 仿佛影坚路，摧残广胁崛。
七宝仙台亡旧迹，四彩天花绝雨声。
声华远，自恨生何晚！
既伤火宅眩中门，还嗟宝渚迷长坂。
步陟平郊望，心游七海上。
扰扰三界溺邪津，浑浑万品亡真匠；
3-1 唯有能仁独圆悟，廓尘静浪开玄路。
创逢饥命弃身城，更为求人崩意树（原注“施也”）；
持囊毕契戒珠净（原注“戒也”）；被甲要心忍衣固（原注“忍也”）；
三祇不倦陵二车，一足忘劳超九数（原注“勤也”）；
定潋江清沐久结（原注“定也”）；智剑霜凝斩新雾（原注“慧也”）。
无边大劫无不修，六时愍生遵六度。
4-1 度有流，化功收，
金河示灭归长住，鹤林权唱演功周。
4-2 圣徒往，传余响；
龙宫秘典海中探，石室真言山处仰。
5-1 流教在兹辰，传芳代有人。
沙河雪岭迷朝径，巨海鸿崖乱夜津。
4-3 入万死，求一生；
投针偶穴非同喻，束马悬车岂等程。

5-2 不徇今生乐，无祈后代荣。
誓舍危躯追胜义，咸希毕契传灯情。
5-3 劳歌勿复陈，延眺且周巡。
东睇女峦留二迹，西驰鹿苑去三轮，
6-1 北眖舍城池尚在，南睎尊岭穴犹存。
4-4 五峰秀，百池分，
粲粲鲜花明四曜，辉辉道树镜三春。
2-2 扬锡指山阿，携步上祇陀。
既睹如来迭衣石，复观天授迸余峨。
伫灵镇，凝思遍生河。
金花逸掌仪前奉，芳盖陵虚殿后过。
旋绕经行砌，目想如神契。
回斯少福润生津，共会龙花舍尘翳。①

音乐曲调旋律在诗的内部结构中得到暗示，起首四个五字句［1-1］，约为乐序。其下十二句（“仿佛……亡真匠”）句式为五五七七三五七七五五七七［2-1］，这和结尾十二句［2-2］（“扬锡……尘翳”）句式同，是为旋律的呼应。接下来是七句的铺陈［3-1］（“唯有……遵六度”）宣讲演绎佛教的六度，佛教认为人由生死此岸度到涅盘彼岸有六种法门，称六度或六婆罗蜜多，一曰布施，二曰持戒，三曰忍辱，四曰精进或称勤，五曰禅定或称静虑，六曰智能或称般若。此为以诗宣阐佛理的重要部分，故全以七言排列而出，《南海寄归内法传》卷四《赞咏之礼》云：“初造《四百赞》，次造《一百五十

① 《大唐西域求法高僧传校注》卷下，第192—193页。

赞》,总陈六度。”[①] 文情婉丽,理致清高,“西方造赞颂者,莫不咸同祖习”[②]。义净亦将这种“总陈六度”的赞咏化入诗中。余下的句段大致为三三七七［4–1、4–2、4–3、4–4］(“度有流……演功周”“圣徒往……山处仰”“入万死……岂等程”“五峰秀……镜三春”)和五五七七［5–1、5–2、5–3］(“流教……夜津”“不循……传灯情”“劳歌……去三轮”)构成旋律的重复,这是音乐的特征,“在严格限制的时空中开始并完成活动,可以重复,本质上有秩序地相合、韵律、轮换、重叠”[③]。这样全诗七十句,只有［6–1］“北睨舍城池尚在,南睎尊岭穴犹存”二句没有得到归纳。至此,有两个问题需作解释,第一,诗歌创作遵循一定的乐调吟诵,并不意味着音乐曲调的节奏层次和诗歌在内容上的分段一致。因为乐调的和谐和连续使其层次不太明晰,会造成听众对乐段的误解,而诗歌创作往往根据作者对音乐的理解在歌辞上作一些调整。第二,诗的节拍不能等同于音乐的节拍。作者只能是依自己对曲调的理解写出相应长度的汉字。梵语多音节,汉语单音节,在佛经传译中首先遇到这一问题,比如诗中的“度”,是梵文 pāramitā 意译,汉语“度”是单音节,而梵文 pāramitā 则有四个音节,其音译是“波罗蜜多”。在乐调中不能在音节上对应,只有调整汉字音节的长短和衬音以就乐调。《高僧传》卷一三《齐北多宝寺释慧忍》云:“自大教东流,乃译文者众,而传声盖寡。良由梵音重复,汉语单奇,若用梵音以咏汉语,则声繁而偈迫;若用汉曲以咏梵文,则韵

① 〔唐〕义净著,王邦维校注:《南海寄归内法传校注》,中华书局,1995 年,第 179 页。

② 《南海寄归内法传校注》卷四,第 179 页。

③ 〔荷兰〕约翰・赫伊津哈著,多人译:《游戏的人》,中国美术学院出版社,1996 年,第 45 页。

短而辞长。是故金言有译,梵响无授。”[①] 译经中的偈语多为五言、四言,如旧代有人用古体诗译西方之歌,意趣相似。义净完全可以用汉语来适应梵呗的节奏和乐段,一是他深谙梵音,二是魏晋以来经师在佛经翻译中已经积累了梵汉音词的对应处理的经验。

再看《一三五七九言》。这首诗被《先秦汉魏晋南北朝诗》误收在隋诗卷一〇“释慧英”名下。因《大唐西域求法高僧传》的载录,作者为义净是确信无疑的。为了形象表现这首诗在形式上的特征,下面抄录时,我们作了技术性的排列:

游,
愁。
赤县远,
丹思抽。
鹫岭寒风驶,
龙河激水流。
既喜朝闻日复日,
不觉颓年秋更秋。
已毕耆山本愿诚难遇,
终望持经振锡往神州。[②]

可见《一三五七九言》为诗之一体:“宝塔诗”。关于宝塔诗的起源说法不一。赵翼《陔余丛考》卷二三云:“三五七言诗起于李太

①〔梁〕释慧皎撰,汤用彤校注,汤一玄整理:《高僧传》,中华书局,1992 年,第 507 页。

②《大唐西域求法高僧传校注》卷下,第 193—194 页。

白：'秋风清，秋月明。落叶聚还散，寒鸦栖复惊。相思相见知何日？此时此夜难为情。' 此其滥觞也。刘长卿《送陆澧》诗云：'新安路，人来去。早潮复晚潮，明日知何处？潮水无情亦解归，自怜长在新安住。' 宋寇莱公《江南春》诗云：'波渺渺，柳依依。孤村芳草远，斜日杏花飞。江南春尽离肠断，蘋满汀洲人未归。' 金赵秉文诗云：'秋风清，秋月明。白露夜深重，白云秋晓轻。梦回酒渴呼童起，枕上辘轳三两声。' 近日查初白《咏帘》一首，自一字至七字，又为创体。"① 赵翼提到李白诗《三五七言》和刘长卿《新安送陆澧归江阴》的三五七言诗，这里的"三五七言诗"只是义净《一三五七九言》诗的变体，省去起首的"一言"和收尾的"九言"，即为"三五七言"，此式并非李白的创造。义净的《一三五七九言》为创格无疑。

真正的宝塔诗，一般人认为始于中唐，一是《沧浪诗话·诗体》中提到的张南史的作品："有一字至七字（唐张南史《雪》《月》《花》《草》等篇是也）。"② 例如其中之一《雪》云："雪，雪。花片，玉屑。结阴风，凝暮节。高岭虚晶，平原广洁。初从云外飘，还向空中噎。千门万户皆静，兽炭皮裘自热。此时双舞洛阳人，谁悟郢中歌断绝。"③ 这是很典型的宝塔诗。另外则有大历诗人联句，《入五云溪寄诸公联句从一字至九字》《登法华寺最高顶忆院中诸公从一字至九字》，同联句者有鲍防、严维、周政、张叔政等人④。如《入五云溪寄诸公联句从一字至九字》（略去联句者姓名）："东，西。步月，寻溪。鸟已宿，猿又啼。狂流碍石，迸笋穿溪。望望人烟远，行行萝径迷。探题只应尽墨，持赠更欲封泥。松下流时何岁月，云中幽处屡攀跻。乘兴不知

---

①〔清〕赵翼撰，栾保群点校：《陔余丛考》，中华书局，2019 年，第 587 页。

②《沧浪诗话》，〔清〕何文焕辑：《历代诗话》，中华书局，2004 年，第 690 页。

③《全唐诗》卷二九六，第 3360 页。

④《唐代集会总集与诗人群研究》，第 287 页。

山路远近,缘情莫问日过高低。静听林下潺潺足湍濑,厌闻城中喧喧多鼓鼙。”① 此宝塔诗为义净诗变式,增入偶数联。联句或早于张南史,或大致同时,不能确定。近被网络传媒所认定的“宝塔诗”的创造是白居易等人的作品,《唐诗纪事》卷三九“韦式”:“乐天分司东洛,朝贤悉会兴化亭送别,酒酣,各请一字至七字诗,以题为韵。”② 王起赋“花”,李绅赋“月”,令狐楚赋“山”,元稹赋“茶”,魏扶赋“愁”,韦式赋“竹”,张籍赋“花”,范尧佐赋“书”,白居易赋“诗”。如王起《赋花诗》云:“花。点缀,分葩。露初裛,月未斜。一枝曲水,千树山家。戏蝶未成梦,娇莺语更夸。既见东园成径,何殊西子同车。渐觉风飘轻似雪,能令醉者乱如麻。”③ 白居易《赋诗字诗》云:“诗。绮美,瑰奇。明月夜,落花时。能助欢笑,亦伤别离。调清金石怨,吟苦鬼神悲。天下只应我爱,世间惟有君知。自从都尉别苏句,便到司空送白辞。”④ 时在大和三年。

“一至七字诗”也是《一三五七九言》诗的变体,添加了偶数句,略了收尾的“九言”,即为“一至七言诗”,这一体式也非张南史的创造。张南史,天宝末试卫仓曹参军,其创作“一至七字诗”早于白居易等人。而特别的是“一至七言诗”,带有游戏性质,诗的形式特性和“一三五七九言诗”是一致的,在形式上由单字依一定规则加字层垒,其图形有如宝塔,故俗称“宝塔诗”。不过,后人对此又作了修改,张南史的“宝塔诗”,首句“一字”是同字重复,白居易等人以首字为题,“一字”句是单行不偶。

这样的诗式虽有游戏性质,而且汉字也比较适宜表现这一堆积

①《全唐诗》卷七八九,第8889页。
②《唐诗纪事校笺》,第1309页。
③《全唐诗》卷四六四,第5272页。
④《白居易诗集校注》外集卷下,第2960页。

效果,但义净首创时必当有相关的触发媒介。在作者写这首诗之前,尚无现成的格式可以参照,此前没有这种诗式。又因作者是在梵音中听了十年之久才写有此诗,可以假想当时印度有类似这样的文字游戏,或有与之相类的音乐旋律,或者受到印度民歌的启示。《南海寄归内法传》卷四《西方学法》云:"夫大圣一音,则贯三千而总摄。或随机五道,乃彰七九而弘济。"① "七九"原注:"即是声明中七转九例也。"② 这里提到了"一""三""五""七""九"之数。印度佛经对内容常作归纳,也以数词出现,如一切有部、二车、三祇、四轮、五天、六度、七聚、八难、九恼、十法。《杂诗》中也有不少数字出现,如一生、二迹、三界、四彩、五峰、六时、七宝、九数、百池、千年、万死等。义净创造"一三五七九言"诗式是否会受到印度佛经中"数"的启示?有关义净的《一三五七九言》的格式和性质,王小盾先生《唐代酒令艺术》第四章"唱和"中予以探讨,他认为《一三五七九言》应是义净和无行的"唱和之作"③。这一推测是有道理的,因为其后大历间出现的鲍防、严维等人的《入五云溪寄诸公联句从一字至九字》《登法华寺最高顶忆院中诸公从一字至九字》,是联句的形式,这也佐证了宝塔诗的最初出现所具有的"唱和"性质。义净的《一三五七九言》便是反映了佛教偈赞对于唐代俳谐诗体的影响。或者说,我们可以把佛教偈赞的格律,看作《春台望》《一字至七字诗》等唐代唱和诗的格律的来源④。本文则是从梵呗与诗的关系所作的进一步推测。

中印文化交往以佛教传播为依托,中国古代不少的文学品种的新变与此有关,比如汉字的四声,由于对梵语的拼音规则、梵呗、唱导

① 《南海寄归内法传校注》,第187页。

② 《南海寄归内法传校注》,第187页。

③ 王昆吾:《唐代酒令的艺术》,知识出版社,1995年,第104页。

④ 《唐代酒令的艺术》,第105页。

等的深入认识,而建立起自觉的诵读汉字的规则并在诗歌中得到细密的运用,尽管汉语四声的发现有受围陀声明论和受梵文悉昙章影响的分歧。

唐人去印度求经,多有朝圣心态,感受真正的梵呗之声。南朝梁慧皎在《高僧传·齐北多宝寺释慧忍》中已感叹宋齐以后,“声多散落”,并分析说:“但转读之为懿,贵在声文两得。若唯声而不文,则道心无以得生;若唯文而不声,则俗情无以得入。故经言,以微妙音歌叹佛德,斯之谓也。而顷世学者,裁得首尾余声,便言擅名当世。经文起尽,曾不措怀。或破句以合声,或分文以足韵。岂唯声之不足,亦乃文不成诠。听者唯增恍忽,闻之但益睡眠。”① 希望出现“梵音深妙,令人乐闻”的局面。故如义净等求法僧在西土不仅要探求佛学奥义,亦研习梵呗之声,二者都是高僧所必备之学问。学习梵呗音声,对一个汉语知识结构的僧人来说,亦非易事,《大唐西域求法高僧传》载道琳法师学习咒藏,“每于一颂之内,离合咒印之文,虽复言同字同,实乃义别用别,自非口相传授,而实解悟无因”②。印度的梵呗,这种有神秘宗教色彩的音乐,非常有吸引力,义净《南海寄归内法传》卷四《赞咏之礼》记载,戒日王极好文笔,令臣下作《社得迦摩罗》,“赞咏之中,斯为美极,南海诸岛有十余国,无问法俗,咸皆讽诵”③。“又戒日王取乘云菩萨以身代龙之事,缉为歌咏,奏谐弦管,令人作乐,舞之蹈之,流布于代。又东印度月官大士作毗输安呾啰太子歌词,人皆舞咏,遍五天矣。”④ “一代佛法,并辑为诗。五天南海,无

①《高僧传》卷一三,第508页。

②《大唐西域求法高僧传校注》卷下,第134页。

③《南海寄归内法传校注》,第183页。

④《南海寄归内法传校注》卷四,第184页。

不讽诵。意明字少，而摄义能多，复令诵者心悦忘倦。”① 义净并别录《一百五十赞》及龙树菩萨书，寄归，使“乐赞咏者，时当诵习”②。如此，则义净寄归之佛经应有能供赞咏的音声符号，否则，乐赞咏者如何诵习？事实上，求法僧由于精通梵语、谙熟梵音，已有能力自己编排模仿表演。《大唐西域求法高僧传》“窥冲法师”条载：“其人禀性聪睿，善诵梵经，所在至处，恒编演唱之。”③ 义净对梵呗音声的感受和研究，影响其诗式是可以理解的。

通常我们所说的僧诗，是作于中土的僧人诗歌。其中个别西域僧，也是在中土作的诗歌，他们来中土弘法，无论在译经中所译佛经中的韵语，还是自己创作的诗歌，都是努力用汉语的形式。作为一个域外僧人，他的作品越汉化则表明其汉语水平越高。东晋天竺僧鸠摩罗什《十喻诗》云：“一喻以喻空，空必待此喻。借言以会意，意尽无会处。既得出长罗，住此无所住。若能映斯照，万象无来去。”④ 尽管表述上不畅达，但毕竟是五言句式。佛经中的偈颂在原典中并不是译经中的齐整的四言或五言，而是译经者用当时流行的汉语四言诗和五言诗的形式翻译出来的。因为梵音重复，汉语单奇，汉语单音节文字多为实词，梵文语词大都为多音节语词，在同一个乐节中，通常是梵音多而汉字少。翻译偈颂时就会将梵文多句译成汉语中的一句或两句，鸠摩罗什译《妙法莲花经》，一偈的句数不等，有八句、四句、三句等。可见他们在努力适应汉语的表达习惯。而义净则是例外，他是在印度生活 13 年之久，而创作出奇特节奏的汉诗作家。从现存

---

①《南海寄归内法传校注》卷四，第 184 页。

②《南海寄归内法传校注》卷四，第 184 页。

③《大唐西域求法高僧传校注》卷上，第 84 页。

④〔唐〕欧阳询撰，汪绍楹校：《艺文类聚》卷七六，上海古籍出版社，1995 年，第 1294 页。

文献来看,他是为数不多的在中印度佛教圣地写作汉诗的中土作家。和那些来华的西域僧相反,义净是去印度求法的,他虽受印度文化影响很深,但还是以汉语作为表述的主要工具。他精研梵呗,在写作时受到梵呗影响,但他是用自己习惯的汉语适应优美的梵呗之音声,其诗带有唐初歌行体的痕迹,只是通篇大致对偶。义净诗的创作受到异邦文化的启示和影响,但汉语仍然是其运用得最娴熟的表达工具,而且他吸收了当时汉诗结构形式已积累的丰富经验,如歌行体在句式长短、辞式重叠等方面所展现出的声韵跌宕之美。

义净编有《梵语千字文》,表现出他对梵语的精深造诣。其编写时间不详,可能是义净寄归《一百五十赞》等书时,便于"乐赞咏者,时当诵习"的辅助读物。其序交待了编写意图,序云:"为欲向西国人作学语样,仍各注中,梵音下题汉字,其无字者,以字正之,并是当途要字,但学得此则余语皆通,不同旧千字文,若兼悉昙章读梵本,一两年间即堪翻译矣。"①《梵语千字文》亦用韵语编成,便于学者记诵。四字成句,每至第二十一句,转为五言四句,而后改韵,梵汉对应,共十组。如第一组(梵文略)云:"天地日月,阴阳圆矩。昼夜明暗,雷电风雨。星流云散,来往去取。东西南北,上下相辅。皇臣仆吏,贵贱童竖。刊定品物,策立州主。辨教礼书,置设卫府。父母兄弟,孝义弘抚。甥舅异邻,伯叔同聚。奉事友明,矜爱贫窭。山庭蔽轩盖,净野标华柱。美素竟千秋,嘉声传万古。"②它改变了传统《千字文》四言一贯的形式,可能是吸收了梵音又便于僧人吟唱,和佛乐应有关联。细味《梵语千字文》梵汉对照的音节处理方式以及改变传统千字文格式,当有助于人们体会他诗二首创作的文化意蕴。

---

①《全唐文补编》卷二七《梵语千字文序》,第 322 页。

② 陈士强:《佛典精解》,上海古籍出版社,1992 年,第 1042 页。

还有一个佐证是，义净由广州前去印度之前，“神州故友，索尔分飞……戏拟《四愁》，聊题两绝而已”[①]。诗云：

> 我行之数万，愁绪百重思；那教六尺影，独步五天陲。
> 上将可陵师，匹夫志难移。如论惜短命，何得满长祇。[②]

还有一首义净初去印度巡礼时的作品，“后因巡礼，见希公住房，伤其不达，聊题一绝”[③]。诗云：

> 百苦忘劳独进影，四恩在念契流通；如何未尽传灯志，溘然于此遇途穷。[④]

希公约永徽、显庆间赴印求法，住庵摩罗跋国，遭疾而终。咸亨五年，义净初至印度，先至那烂陀，然后周游瞻仰佛教圣址，其间当去过希公在庵摩罗跋国的住房，写下七言一绝，循诗意，亦是初至印度时所作。可见，义净原来写的诗通俗，形式上是当时唐代诗人和僧人间流行的诗式。但十年以后，义净受到梵呗的音声熏陶，诗的形式发生了变化，和自己过去的辞式结构迥然有异。这十年间，义净不可能只写过两首诗，但流传下来的只有这两首，非常可惜。所幸的是，这毕竟留下了一线可以探讨梵呗音声影响汉诗的宝贵资料。

义净在印度求法的十多年中，唐代诗坛也没有什么大事可以圈点。咸亨四年春，骆宾王为了显示自己的才情，写了一首长篇歌行《艳

①《大唐西域求法高僧传校注》卷下，第151页。

②《大唐西域求法高僧传校注》卷下，第151—152页。

③《大唐西域求法高僧传校注》卷上，第36页。

④《大唐西域求法高僧传校注》卷上，第36页。

情代郭氏赠卢照邻》,同年四月卢照邻写了长篇歌行《长安古意》,好像和骆宾王打擂台。时隔五年,骆宾王又上《帝京篇》,大致五七言相杂,为他自己赢得了荣誉,据传“当时以为绝唱”。也有人想尝试诗歌创新:一是以复古为创新。调露二年上元夜,陈子昂在洛阳和长孙正隐等一起效庾信体,“仍为庾体,四韵成章”①;一是写新体以出新。垂拱元年,元万顷作新体,沈佺期和作《和元舍人万顷临池玩月戏为新体》诗。而义净的《杂言》在汉语诗式上和骆宾王的《帝京篇》《畴昔篇》又得到某种程度的呼应。

本文只是提出一个话题,认为:义净二诗在辞式上的创格,当与他在印度求法十三年有关,有可能受到印度文化、佛教梵呗等影响。但至于印度文化如何具体影响义净创造出新的汉诗样式的,这已不是自己的能力所能做的了。

义净的创作保留了中印文化交流的痕迹。义净既有汉文化的修养,也深受印度文化的熏陶,他的《杂言》和《一三五七九言》的写作肯定离不开汉语诗律的传统,因此我们说,义净诗二首承传了传统乐府诗的形式要素而又吸收了印度文化的某些特点。而本文只是试图从印度文化对他创作的影响展开论述或推论,或许能对研究中国诗歌形式发展史提供参考。

退一步说,印度文化对义净诗式影响的推论,尚缺少直接的材料,但本文探讨义净诗二首仍然具有如下意义:第一,一种新诗式的产生,必然受到特殊因素的刺激,这会启发我们去探讨诗式演变的奥秘,尽管我们常常感到文献不足征;第二,义净二诗在中国诗歌体式演变中的意义不应忽视,《杂言》虽对传统的歌行体句式、段式有所借鉴,但其整首诗所显示出的结构、章法有其特殊性,《一三五七九

① 长孙正隐:《上元夜效小庾体同用春字(并序)》,《全唐诗》卷七二,第790页。

言》则是三五七言诗的先导和“宝塔诗”之祖，这是无疑的；第三，《杂言》《一三五七九言》诗为中国高僧长期在印度求法心路的真实展示，这大大丰富了我们对玄奘、义净等大唐西域求法僧行为和思想的认识；第四，真正在古印度写成的汉诗极少，故二诗在中印文化交流史上是弥足珍贵的资料；第五，义净十多年生活在异国他邦，与中土隔绝，他的创作也为研究当时诗坛的诗风诗式的嬗变在空间上提供了一个可作比较的重要例证；第六，义净在处理外来词汇适应汉诗诗律方面所作的努力也是人们在研究不同文化间互相渗透并作比较的范例。

古代印度相对于中国本土文化而言，绝对处于弱势，这一特殊的汉文化弱势区，出现了义净创作的两首诗，而且风格与中国本土诗歌差异很大。这一现象也佐证了如下观点：弱势文化区相对于中原文化，离开中原文化越远，其差别也越大，其独特性也就越鲜明。文人一旦从强势文化圈移出，进入有鲜明个性的边远文化区，其摆脱强势文化干扰的可能性就越大，诗歌创作中的创新因素就越多，无论是内容还是形式。

小　结

其一，文化可分为弱势和强势两大区域，也可以划分为更多层次的文化区。安史乱后，南方经济有了发展，文化也得到发展，南方成了经济重心之地，但并非文化中心，更不能说文化中心南移。文化中心仍在以京师长安为中心的北方区域，终唐之世，文化中心都未能南移。

其二，文化需要积累，本土文士的出现，相对也有一个文化积累期，弱势文化区的文化积累更为缓慢，大致要到中唐时才会有文士出现,初盛唐时文士的出现是非常偶然的。

其三,本土作家在表现本土文化时有局限性,他会视自身生活的环境所呈现出的景观为平常现象而不去表现,如果他们以平常的心态来对待生存环境中的物象,并写入诗篇,同样也在不经意中再现某一区域的文化特征。外来作家颇有优势,他们是以外来者的眼光审视环境的,从写作心理来看,他们更乐于展现跟以往经历和经验不相同的部分,而省略去相同的部分。

其四,文士的移入带来某一时期的创作高峰。弱势文化区的诗歌创作,因其依赖外来文士的进入,表现为创作中孤峰独立的现象,它的前后基本上是空白地带。

其五,文士视觉反差给创作带来新奇的格调。弱势文化区往往处于边远地带,有特殊的地理特点和风土习俗,故对外来文士有新鲜感。文士生活在这里,和原来已认同的文化存在进行比较,并写出其明显的差异性。移入场与移出场的文化差异构成了诗歌奇特景观,成为某一时期最富个性而又最有特色的诗歌,这是一条规律。

其六,这些能给弱势文化区创作带来丰硕成果的诗人,都有很深的诗学修养,他们已经积累了丰富的诗歌创作经验,才有能力将文化弱势区的景象用诗的形式表现出来。

其七,诗风的调适在这里是指诗人进入新的创作环境,由于受到外部事物的影响,逐渐调整原来的创作模式,适应新环境,从而形成另一种和自己原来诗风不同的诗歌创作特点和形态。诗风的维持是指新诗风由于环境的需要得到保持,并会持续到创作主体从这一生活场中移出。从个人诗风发展上看,这一类诗人在弱势文化区的创作,不仅摆脱了个人习惯的诗歌写作套路,也远离了文化中心,远离了中心所形成的公众写作模式,或在内容上,或在表现内容的方法上。在这类诗歌写作过程中,没有干扰源,相对一个时期能保持独特的创作风格。

其八，诗人的创作也表现为奇峰突起。这种表现方法随作者从弱势文化场的移出，其诗风也随之消失，甚至不留痕迹，不再追忆，和从强势文化区移出不同。

其九，这类诗歌的创作比较孤立，与周围人缺少联系，不可能形成创作群体。因此个人的行为在文化弱势区的创作中起到很重要的作用。

其十，弱势文化区诗歌创作效果，远远低于作者的期待，很少为权威或公众话语所接受而给以恰如其分的评价，即便为人所注意也要等到多少年之后。

其十一，作者在弱势文化区的创作有一点不能忽视，他们并不希望在这一地区生活得太久，尽管从创作角度看，超越原有生活经验的事物总能吸引主体去表现，但在生活质量上他们非常留恋旧的环境，希望返回原有的生活环境。

其十二，弱势文化区的文化活动多由强势文化的介入，其人员输入源于中央。强势文化的介入，势必有两种结果：一是改造落后文化，提升弱势文化的质量；另一种就是使文化纷呈的状态渐趋一致，使原本富有个性的区域文化渐渐失去光彩和魅力。

其十三，义净在古印度的创作可以视为特殊的弱势文化区域的文学创作，这是在非汉语文化区的汉语诗歌写作。其《杂言》和《一三五七九言》二诗在诗歌形式发展史上，有其独特的价值。

其十四，义净二诗在辞式上的创格，当与他在印度求法十三年有关，有可能受到印度文化、佛教梵呗等影响，义净的创作保留了中印文化交流的痕迹。

其十五，一种新诗式的产生，必然受到特殊因素的刺激，义净二诗在中国诗歌体式演变中的意义不应忽视，《杂言》虽对传统的歌行体句式、段式有所借鉴，但其整首诗所显示出的结构、章法有其特殊性；《一三五七九言》则是三五七言诗的先导和“宝塔诗”之祖，这是无疑的。义净十多年生活在异国他邦，与中土隔绝，他的创作也为研究当时诗坛的诗风诗式的嬗变在空间上提供了一个可作比较的重要例证。弱势文化区相对于中原文化，离开中原文化越远，其差别也越大，其独特性也就越鲜明。

第七章　余论

一

研究地域文化与唐代诗歌，应该以唐代地域文化的研究成果为参照。唐代地域文化的研究成果散见于各类著作和各种论文中，比如敦煌民俗研究、唐代风俗研究、唐代文人籍贯分布、两《唐书》人物籍里，等等，但尚缺少系统的"唐代地域文化"的专著。

宋代地域文化研究方面的专著有程民生《宋代地域文化》[①]，此书八章，第一章各地风俗特点及影响；第二章各地文化概况及人才素质；第三章各地教育状况；第四章科举制反映的地域文化差异；第五章宗教文化的地域分布；第六章各地学术状况及特点；第七章艺术的地域特征；第八章地域文化的传播与结聚。又有附表若干。书中征引了大量的宋人笔记，那是研究宋代地域文化的第一手材料。书中不仅描述了地域文化之异，而且还注意到地域文化的相互渗透，认为："具体到个人而言，其习性的形成，有先天的因素，也有后天的因素。有两例关于南北风俗对某个人习性影响的个案十分有趣，从中可以进一步了解北方习俗的某些方面。"[②] 其举例之一是韩琦，北方

① 程民生：《宋代地域文化》，河南大学出版社，1997年。

②《宋代地域文化》，第35页。

籍人士,“故其状貌奇伟,而有厚重之德”①。但他是其父韩国华任福建泉州知州时出生于官舍的,“故为人亦微任术数”②,有一定心机,“有闽之风,皆其土风然也”③。举例之二是婺州义乌人何茂宏,出生于其祖父任职的河北恩州,“故公状貌端厚,意象轩耸,而胸次疏豁;是非长短,人得以望而知之。读书为文,亦不肯过为巧丽,取于适用而已,大略似北人者。岂其风土固如此?”④以上所举二例事实上关涉到文化的渗透和影响。在我们进行地域文化与唐诗研究的过程中,深感完成“唐代地域文化”的必要性和重要性,但做起来难度较大,因为唐人并不像宋人注意地域性的差异,更没有宋人的自觉意识。本课题在最初的设想中,是想先做唐代风俗研究,然后再做唐代地域文化研究,最后做地域文化和唐诗关系研究。在工作过程中,发现工作量太大,非短时间之内所能完成的,故改变了研究计划,而“唐代地域文化”只能寄希望于以后了。

二

对地理与文化关系的探讨,由来已久。梁启超在20世纪初就有意识综合考察地理与文化的关系而创立文化地理学⑤,其文化地理思想发端于1902年《二十世纪太平洋歌》⑥,诗篇分世界史为“河流

① 〔宋〕马永卿:《懒真子》卷五,中华书局,1985年,第64页。
② 《懒真子》卷五,第64页。
③ 《懒真子》卷五,第64页。
④ 〔宋〕陈亮撰,邓广铭点校:《陈亮集》卷三六《何茂宏墓志铭》,河北教育出版社,2003年,第373页。
⑤ 参见夏晓虹:《梁启超的文学史研究》,载王瑶主编:《中国文学研究现代化进程》,北京大学出版社,1996年,第31—36页。
⑥ 〔清〕梁启超:《梁启超全集》卷一八,北京出版社,1999年,第5426—5427页。

文明”“内海文明”和“大洋文明”三个时代。值得注意的是,他在《论中国学术思想变迁之大势》①和《中国地理大势论》②中,从南北地域差异论述文化、学术、政治、文学的分别。在《中国地理大势论》中论述南人和北人的文学风气:“燕、赵多慷慨悲歌之士,吴、楚多放诞纤丽之文,自古然矣。自唐以前,于诗于文于赋,皆南北各为家数:长城饮马,河梁携手,北人之气概;江南草长,洞庭始波,南人之情怀也。散文之长江大河一泻千里者,北人为优;骈文之镂云刻月善移我情者,南人为优。”③很显然,早期治地域文化与文学关系者,都受到《隋书·文学传序》④的影响,《隋书》分南北论文学之异,这一表述对地域文学研究影响深远。刘师培《南北文学不同论》从题目上就能看出其论述的思路和方法。

袁行霈先生《中国文学概论》⑤首先在文学史类著作中列“中国文学的地域性与文学家的地理分布”一章,分“中国文学的地域性”和“中国文学家的地理分布”两节。其中“中国文学的地域性”指出:“这里所说的地域性包括两方面的意思:一,某些文学体裁是从某个地区产生的,在它发展过程的初期不可避免地带着这个地区的特点;二,不同地区的文学各具不同的风格特点。”⑥“中国文学家的地理分布”指出:“此所谓地理分布,包括以下三种情况:一、在某个时期,同一地区集中出现一批文学家,使这一地区成为人文荟萃之地;二、在某个时期,文学家们集中活动于某一地区,使这里成为文学的中心;

---

①《梁启超全集》卷三,第561—619页。

②《梁启超全集》卷四,第926—939页。

③《梁启超全集》卷四,第931页。

④《隋书》卷七六,第1729—1731页。

⑤袁行霈:《中国文学概论》,高等教育出版社,1990年。

⑥《中国文学概论》,第33页。

三、在某个时期，各地区出现的作家数量的统计分析。”[①] 接着列举了“邹鲁”“荆楚”“淮南”“长安”“邺都”“金陵”“河南”“江西”“大都”“江浙”“岭南”“蜀中”，并作了简要的勾勒[②]。

梁启超的地域文化地理学和袁行霈的地域文学研究方法至今仍然有启发意义。比如梁启超在地域与文化的研究中提出用统计的方法来解决文化地理的问题，他在《历史统计学》中提出过这样的设想：“我多年来想做一张表，将二十四史里头的人物分类：学者，文学家，政治家，军人，大盗……等等，每人看他本传第一句‘某某地方人也’；因此研究某个时代多产某种人，某个地方多产某种人。”[③] 这一方法是可以操作而且是行之有效的。随着电子文献数据库的制作，这一工作过程一定会加快。这里可以做一个试验，如对《宋史》人物籍里以某一自定标准作快速检索[④]，计得 829 人，然后利用 Microsoft Excel 进行处理，很快就能得到如下信息：其中并州 34 人，太原 19 人；福州 22 人；泉州 18 人；建州 29 人；抚州 14 人，其中临川 7 人；洪州 9 人；吉州 18 人；饶州 21 人；苏州 8 人；常州 19；泰州 4 人；潭州 9 人；益州 11 人；眉州 17 人；梓州 3 人；越州 11 人；湖州 17 人，温州 19 人；婺州 27 人；台州 9 人；衢州 12 人；杭州 10 人。接着我们还可以对这些人物的阶层、职业、出身等作分析。就在这样快速而不全面的检索中，还是能说明一些问题的。比如和唐朝相比较，北方一些地区仍然保持着优势，如并州；江南人物快速增长，如今浙江境内的湖州、台州、衢州、婺州和今江苏境内的常州、苏州。有些地区更是填补了空白，如泰州；有些地区增长速度非常快，如今福建境内的福州、建州、泉州；今

① 《中国文学概论》，第 40—41 页。

② 《中国文学概论》，第 41—45 页。

③ 《梁启超全集》卷一四，第 4045—4046 页。

④ 利用《国学宝典》和《四库全书》数据库进行统计归纳。

江西境内的抚州、临川、洪州、饶州；今湖南境内的潭州：这些区域在唐朝大致是空白点或薄弱点。有些地区和唐代大致相同，如今四川境内的梓州。像唐代繁盛的益州，却没有明显增长，但眉州不仅出现了大的文学家如三苏，而且基本的人物分布密度也有了大的增长，达 17 人。

对于袁行霈先生在其著述中表述的许多观点也可以利用现代手段去进一步印证，如袁先生指出："在宋代，文学的灵气转而钟于南方，尤以江西文风最盛。"① 从前面快速检索《宋史》的结果看，抚州 14 人，其中临川 7 人（袁著：晏殊、晏几道，抚州临川人；李觏，抚州南城人；王安石，抚州临川人；曾巩，抚州南丰人）；洪州 9 人，其中分宁 6 人（袁著：黄庭坚，洪州分宁人）；吉州 18 人（袁著：欧阳修，吉州庐陵人；杨万里，吉州吉水人；刘过，吉州太和人；刘辰翁，吉州庐陵人；文天祥，吉州吉水人）；饶州 21 人（袁著：姜夔，饶州鄱阳人）；信州 7 人（袁著：谢枋得，信州弋阳人）。《宋史》人物籍里分布和袁著论及江西的文学情形是一致的。

在本课题的研究中，数据库的完成为实现研究目标提供了必要保证，但要做好一个较为完善的数据库就要耗费大量时间和精力，这就不是如上用快速检索所能相比的。上面举对《宋史》人物籍里以某一自定标准作一快速检索用例，其意图主要说明如何利用现代工具，也和研究对象以及研究结果的要求相关，不同的方法所付出的劳动是不同的。

三

有人问：唐代诗歌的地域性研究在诗歌史中是否占据十分有利

①《中国文学概论》，第 44 页。

的位置？答曰：没有优势。似乎可以说，唐前文学凡在大一统时期，其区域性在文学中的体现偏弱；凡分裂时期，区域性在文学中表现偏强。

先秦的《诗经》《楚辞》明显是两种不同文化的表现。文学史在论《诗经》产生的地域时，一般认为十五"国风"就是十五个地方的土风歌谣，主要在北方黄河流域，"它们产生的地区，除'周南'、'召南'在江汉汝水一带外，其余十三'国风'都在黄河流域"①。而楚辞从其名称上已看出是楚地地方的文学品种，楚地巫歌、巫风对屈原作品有直接影响，"'楚辞'就是这种带有巫音色彩的诗歌"②。"楚国的地方音乐对'楚辞'也有一定影响。"③"同时，与此有关而影响于'楚辞'的那就是楚国的方言。"④这里以诗中出现的"江""河"二字来看二者的差异。宋祁《笔记》卷上"释俗"："南方之人谓水皆曰'江'，北方之人谓水皆曰'河'，随方言之便。而淮、济之名不显，司马迁作《河渠书》，并四渎言之；《子虚赋》曰下属江河，事已相乱。后人宜不能分别言之也。"⑤明陈第《尚书疏衍》卷三："盖北方之水莫大于河，故凡水皆曰河；南方之水莫大于江，故凡水皆曰江。"⑥《诗经》中"河"字出现28次，"江"字出现13次，这正是《诗经》大致是两河流域作品的内证。且诗中出现"江"字的，也集中在数首之中，分别为《汉广》《江有汜》《江汉》，另外《毛诗

① 游国恩、王起、萧涤非、季镇淮、费振刚等主编：《中国文学史（一）》，人民文学出版社，2002年，第32页。
② 《中国文学史（一）》，第91页。
③ 《中国文学史（一）》，第91页。
④ 《中国文学史（一）》，第91页。
⑤〔宋〕宋祁撰，储玲玲整理：《宋景文公笔记》卷上，大象出版社，2019年，第69页。
⑥〔明〕陈第：《尚书疏衍》卷三，《文渊阁四库全书》第64册，第3页。

传笺》的《四月》中有“滔滔江汉，南国之纪”[①]，《常武》有“如江如汉，如山之苞”[②]。出现“江”字的作品可以说明《诗经》中部分作品的产生地域已经到达江汉流域，但这毕竟是少数。《楚辞》中屈原的作品也提示了这样的信息。《离骚》中无“河”字，《九歌》中《少司命》有“与女游兮九河”[③]，《河伯》有“与女游兮九河”[④]“与女游兮河之渚”[⑤]，《天问》中有“河海应龙”[⑥]“故射夫河伯”[⑦]，《九章》中《悲回风》有“望大河之洲渚兮”[⑧]。“江”字出现的情况如下：《离骚》“扈江离与辟芷兮”[⑨]“又况揭车与江离”[⑩]，《九歌》中的《湘君》“令沅湘兮无波，使江水兮安流”[⑪]“望涔阳兮极浦，横大江兮扬灵”[⑫]“鼂骋骛兮江皋”[⑬]“捐余玦兮江中”[⑭]，《湘夫人》“朝驰余马兮江皋”[⑮]“捐余袂兮江中”[⑯]，《九章》中《惜诵》“播江离

---

①《毛诗传笺》卷一三，第300页。
②《毛诗传笺》卷一八，第442页。
③《屈原集校注》，第251页。
④《屈原集校注》，第267页。
⑤《屈原集校注》，第270页。
⑥《屈原集校注》，第307页。
⑦《屈原集校注》，第338页。
⑧《屈原集校注》，第660页。
⑨《屈原集校注》，第3页。
⑩《屈原集校注》，第148页。
⑪《屈原集校注》，第202页。
⑫《屈原集校注》，第206页。
⑬《屈原集校注》，第214页。
⑭《屈原集校注》，第214页。
⑮《屈原集校注》，第222页。
⑯《屈原集校注》，第231页。

与滋菊兮”[①],《涉江》“哀南夷之莫吾知兮,旦余济乎江湘”[②],《哀郢》“去故乡而就远兮,遵江夏以流亡”[③]“上洞庭而下江……悲江介之遗风”[④]“惟郢路之辽远兮,江与夏之不可涉”[⑤],《抽思》“长濑湍流,溯江潭兮”[⑥],《思美人》“吾将荡志而愉乐兮,遵江夏以娱忧”[⑦],《悲回风》“隐岷山以清江”[⑧]“浮江淮而入海兮,从子胥而自适”[⑨]。《诗》《骚》中出现的“江”“河”有的也有具体所指,但从“江”“河”出现的频率大致也能看出《诗》《骚》各自的地域文化特征。

汉代诗歌主要有乐府民歌和古诗十九首。根据《汉书·艺文志》的说法:“自孝武立乐府而采歌谣,于是有代赵之讴,秦楚之风,皆感于哀乐,缘事而发,亦可以观风俗,知薄厚云。”[⑩]可见,汉乐府采集的歌谣其地域分布是广泛的。《汉书·艺文志》“歌诗”所载能知道歌谣地域分布状况的有:《吴楚汝南歌》十五篇,《燕代讴雁门云中陇西歌诗》九篇,《邯郸河间歌诗》四篇,《齐郑歌诗》四篇,《淮南歌诗》四篇,《左冯翊秦歌诗》三篇,《京兆尹秦歌诗》五篇,《河东蒲反歌诗》一篇,《雒阳歌诗》四篇,《河南周歌诗》七篇,《河南周歌声曲折》七篇,《周谣歌诗声曲折》七十五篇,《周歌诗》二篇,《南郡歌诗》五

① 《屈原集校注》,第459页。
② 《屈原集校注》,第467页。
③ 《屈原集校注》,第489页。
④ 《屈原集校注》,第495页。
⑤ 《屈原集校注》,第499页。
⑥ 《屈原集校注》,第528页。
⑦ 《屈原集校注》,第570页。
⑧ 《屈原集校注》,第647页。
⑨ 《屈原集校注》,第660页
⑩ 《汉书》卷三〇,第1756页。

篇[①]。据《汉书艺文志注释汇编》[②]，吴楚汝南，吴国，西汉吴县，今江苏吴县治。楚国，今江苏铜山县治。汝南，今河南汝阳县东南六十里。邯郸、河间，皆在河北。齐郑，故齐国，西汉临淄县，今山东临淄。故郑国，西汉新郑县，今河南新郑。淮南，西汉淮南国，秦之九江郡治寿春邑，今安徽寿县。左冯翊，西汉左冯翊郡，今陕西高陵县西南一里。京兆尹，西汉京兆，今陕西长安县西北十三里。河东蒲反，西汉蒲反，今山西永济东。雒阳、河南周，皆在今洛阳附近。南郡，西汉南郡，今湖北江陵县治。可惜《汉书·艺文志》"歌诗"所载歌谣、歌诗基本亡佚。而现存汉代俗乐歌诗大抵是东汉的产品。"东汉乐府歌辞颇多产生于都城洛阳一带，这跟六朝乐府吴声歌曲多起于建业一带，情形正相仿佛。乐府采录的歌谣，固不限于京城左近；但京城左近的歌辞，采录起来比较方便，因而搜采较多，也是很自然的事。"[③]既然，可资作地域特点分析的西汉歌诗已基本亡佚，既然东汉乐府歌辞大致产生于同一区域，那么，对汉代歌诗作地域特点分析的空间就非常狭小。《古诗十九首》大致可以看出作者是某一阶层，而不能看出创作的区域特点。除此而外，汉代文人诗的地域文化特点就更不易触摸了。

东汉乐府民歌中，除了以洛阳为中心的作品外，其他区域的作品极少，如《江南》诗："江南可采莲，莲叶何田田。鱼戏莲叶间，鱼戏莲叶东，鱼戏莲叶西，鱼戏莲叶南，鱼戏莲叶北。"[④]《乐府诗集》引吴兢《乐府解题》云："江南古辞，盖美芳晨丽景，嬉游得时。"[⑤]"它可能是

①《汉书》卷三〇，第1754—1755页。

②陈国庆编：《汉书艺文志注释汇编》，中华书局，1983年，第179—182页。

③王运熙：《乐府诗述论》，上海古籍出版社，2014年，第231页。

④《乐府诗集》卷二六，第384页。

⑤《乐府诗集》卷二六，第384页。

武帝时所采《吴楚汝南歌诗》。”[①] 另外《焦仲卿妻》原序:“汉末建安中,庐江府小吏焦仲卿妻刘氏,为仲卿母所遣,自誓不嫁。”[②] 庐江郡,今安徽庐江。若参照《汉书·艺文志》,《孔雀东南飞》也应算作“淮南歌诗”。于此尚有两个大问题值得讨论,其一西汉诸地域歌诗为何而亡佚?为何亡佚之速?其二东汉乐府民歌为何缺少洛阳以外其他地区的歌诗?“京城左近的歌辞,采录起来比较方便,因而搜采较多”的说法是否可以完全解释这一现象?为何在交通不比汉便利的春秋尚可采集十五国的民歌?不管如何解释,汉代歌诗客观上已不能让我们从容地以地域文化为视角去研究了。

相反,分裂时期的东晋南北朝时期,其民歌风格南北呈现出很大差异,这已是文学史的常识。如《乐府诗集》所录《子夜歌四十二首》“气清明月朗,夜与君共嬉。郎歌妙意曲,侬亦吐芳词”[③],“夜长不得眠,明月何灼灼。想闻散唤声,虚应空中诺”[④],表现了南朝民歌缠绵婉转的情调;而北朝民歌中爱情诗则“表现得更为大胆、干脆”[⑤]。《捉搦歌》云:“谁家女子能行步,反著夹禅后裙露。天生男女共一处,愿得两个成翁妪。”[⑥]《地驱乐歌辞》云:“驱羊入谷,白羊在前。老女不嫁,蹋地呼天。”[⑦] “和南歌的纡回宛转,大异其趣。”[⑧]

文人诗歌也是如此,生活在南方和北方所写作的诗歌风格确实

---

① 《中国文学史(一)》,第 189 页。
② 《乐府诗集》卷七三,第 1034 页。
③ 《乐府诗集》卷四四,第 643 页。
④ 《乐府诗集》卷四四,第 643 页。
⑤ 《中国文学史(一)》,第 301 页。
⑥ 《乐府诗集》卷二五,第 369 页。
⑦ 《乐府诗集》卷二五,第 366 页。
⑧ 《中国文学史(一)》,第 301 页。

不同。游国恩等著《中国文学史》中写有“庾信及北朝诗人”一节[①]，庾信由南入北，诗风一变，“他后期的诗除了表现身世遭遇的痛苦外，还有北方边塞的风沙气息”[②]，“生活和环境的改变，是他的诗风从艳冶转入刚健的决定因素”[③]。另一位由南入北的作家王褒也是如此，他的名作《渡河北》，“寄寓了故国之思……风格的质朴刚健，和他在南朝时的作品也颇有不同”[④]。

唐代的创作总体上体现了大一统的文化特点，从区域文化角度切入，其优势不及它前面的春秋战国、南北朝，也不及其后的各个朝代。粗略地浏览文学史上所论列唐以后的文学流派，就会看到地域文化和地域文学的观念渐次加强，当然这和唐前的大一统时代和分裂时代的地域性文化呈现并不相同。《唐人选唐诗新编》十三种之一的《丹阳集》以籍贯为单位编选的选集，初唐“吴中四士”对某一区域作家的并称，都是偶然出现的现象。唐以后有江西诗派、永嘉四灵、吴中四杰、茶陵诗派、公安派、竟陵派、吴江派、临川派、吴中四才子、娄东二张、岭南三大家、江左三大家、浙西词派、常州词派、阳羡派、桐城派、阳湖派等，这些文学流派形成或得名各有不同，但以地域性质来划分是共同的。

我们会提出这样一个观点：唐代诗歌中地域文化分析是有限的。除上述提到在文学发展过程中唐代地域文化研究的困难外，唐代诗人对区域文化的表述也是有限的，无数例子说明，诗题未提供写作地点，就很难断定诗中所写为何处，如李百药《秋晚登古城》：“日落征途远，怅然临古城。颓墉寒雀集，荒堞晚乌惊。萧森灌木上，迢递孤

① 《中国文学史（一）》，第 323—327 页。
② 《中国文学史（一）》，第 326 页。
③ 《中国文学史（一）》，第 326 页。
④ 《中国文学史（一）》，第 327 页。

烟生。霞景焕余照,露气澄晚清。秋风转摇落,此志安可平。”① 像这样的诗比例极大,不容易从地域文化角度来剖析它们。

四

有关本课题的研究意义、内容和方法,主要见于国家社科基金项目结项报告,现抄录如下:

> 该成果重在解决文学创作问题,解决文学史的问题,改变过去文史结合过程中文史分论或重史弱文的表述结构,以文学问题立题,在文史结合中解决文学问题,将过去主要以诗人籍贯为主的地域文化与文学创作的分析,转换为以诗歌创作地点为主的地域文化与诗歌创作的研究。
>
> 本课题的基本内容:本课题以问题立论而不同于通论或叙论体,在过去的地域文化和文学创作关系的研究中,比较重视作家的籍贯和阶层,本课题则在别人研究成果的基础上,对此作出新的分析,如以陈尚君《唐诗人占籍考》为基础讨论这一分布状况与文学的关系。指出诗人占籍可以帮助人们理解文化现象和内在规律,但要尊重实际,也要有相当的灵活性;家族是一种文化和文学传递的形式,家族承担某种文化或文学传播责任并发挥其作用,应该研究作家的家庭文化背景和家学渊源;僧诗通俗化与僧人阶层的出身以及他们的文化修养相关,诗僧中的绝大多数出生在文化落后的地区,出生在贫寒之家,没有多高的文化知识,只是靠自己的经验和冥思用韵语记录下对佛教思想的

①《全唐诗》卷四三,第533—534页。

阐释和理解，他们始终在自己的宗教文化圈子里活动，他们发表诗作也是缘于宣扬佛教，故通俗易懂。再以《唐五代文人籍贯分布表》数据库为基础，分析不同时段文人分布的状况，指出中晚唐文化呈南移的趋势，但陕西和河南的作家绝对值仍大致始终处于其他地区的前面，或者是前列地区之一。同一区域中，作家分布往往呈现出一个或数个密集点，由这一个或数个密集点左右着这一区域的作家分布密度。即使是作家出现不多的区域，也有一个或几个作家分布的密集点，同时指出唐人的籍贯意识是很强的，但将籍贯和文学创作联系起来的观念却比较淡薄。

诗歌中的地域文化的呈现固然与籍贯有联系，但和诗歌创作地点相比，籍贯只是对地域文化与诗歌创作的静态描述，其局限性是很明显的，因此本课题于诗歌创作地点和地域文化的关系用力较大，费时一年有余制作《唐诗创作地点考数据库》，并以此为基础，分析唐诗创作的空间分布。诗歌创作地点的变化，其特征是记录了文人空间移动形成的运动轨迹，即移入场和移出场的转换。文人活动地点的变换不仅改变描述的对象，其风格也随之发生变化。京都为创作最集中的地点，这是诗歌创作地点呈现的普遍性原则。全国的政治中心应该成为诗歌最繁盛的地区，陕西、河南占绝对优势，在国力上升时期尤其如此。初盛唐大量的宫廷应制诗以绝对优势称霸诗坛，而且诗坛领袖也在他们中间产生。其基本形式分别为以文馆为中心的创作、以帝王为中心的创作和以朝臣为中心的创作。中晚唐时期，虽然二京所在之地诗歌创作数量的绝对值还是高于地方，但地方诗歌的快速增长也是事实，其增速已高于二京所在的陕西和河南。地方诗歌数量的增长有其特殊性。文人的流向取决于国家政治、制度以及时势的影响。

地域文化的表述与诗歌创作，这是对诗歌本体的研究，分别讨论唐诗中所体现出的地域文化意识、文学创作的区域重点及其文学表现、文化的历史传统与诗人生存的地域空间以及古都文化在诗歌中的表现和差异。其研究重点是作家的创作，如论隐逸诗人的空间位置，以王绩为例，指出王绩处于政治边缘、诗坛边缘。边缘诗人不受主流诗坛的影响，诗歌或许能在保持旧传统上别于时流而独树一帜于诗坛。王绩诗的创作空间相对比较单一，他的表达大致是以自我思想和自我行为为中心的。王绩诗歌在总体上提供给我们特定历史时段某一区域文化的风貌，诗人的活动自身和诗人作品中展现的人物活动，构成了一幅绛州龙门的风俗图景，这和陶渊明笔下的故土图景在区域文化认识上是具有同样价值的。又如论历史文化传统和诗人生存空间的冲突则以李白为例，指出文化或顺承主体或对抗主体，原因之一，地域起了中介的作用，由于地域文化的介入，史、地、人关系的综合体在发生调整，鲁文化传统就是儒学传统，而东鲁则成了李白与儒家文化冲突极端表现的地点。在文化断续论中以陈子昂为例，指出文化断续表现为由于区域不同对历史传统的认同在同一时间区段中出现差异，交通发达地区文化的传承和时间是同步的，易与时俱进；而偏远地区，则表现为文化承续的守旧和固执。初唐蜀地文人面临的文学传统由于有东晋南朝的空白而可以直取汉魏。蜀地文人，西汉以辞赋为主，东汉魏晋渐趋文史而偏重史学，东晋南朝则文学衰落，间有史著问世。蜀学议论的传统，源于史学的修养，构成蜀中自成一统的文化结构。故出川后的陈子昂在风范上有别于时人，能在汉魏传统中找到医治当代诗坛重形式打造的弊病。他的《感遇诗三十八首》[①] 在形式上复兴古调，在表述上重议论，在内容上重史学，这与蜀中文化是一脉相承的。

本课题论述弱势文化区域的文学创作，意在提升现有的研究成果境界和开拓研究的新领域。认为文化可分为弱势和强势两大区域，也可以划分为更多层次的文化区。安史乱后，南方经济有了发展，文化也得到发展，南方成了经济重心之地，但并非文化中心，而不能说文化中心南移。文化中心仍在以京师长安为中心的北方区域，终唐之世，文化中心都未能南移，此其一。其二，文化需要积累，本土文士的出现，相对也有一个文化积累期，弱势文化区的文化积累更为缓慢，大致要到中唐时才会有文士出现，初盛唐时文士的出现是非常偶然的。其三，本土作家在表现本土文化时有局限性，他会视自身生活的环境所呈现出的景观为平常现象而不去表现，如果他们以平常的心态来对待生存环境中的物象，并写入诗篇，同样也在不经意中再现某一区域的文化特征。外来作家颇有优势，他们是以外来者的眼光审视环境的，从写作心理来看，他们更乐于展现跟以往经历和经验不相同的部分，而省略去相同的部分。其四，文士的移入带来某一时期的创作高峰。弱势文化区的诗歌创作，因其依赖外来文士的进入，表现为创作中孤峰独立的现象，它的前后基本上是空白地带。其五，文士视觉反差给创作带来新奇的格调。弱势文化区往往处于边远地带，有特殊的地理特点和风土习俗，故外来文士有新鲜感。文士生活在这里，和原来已认同的文化存在进行比较，并写出其明显的差异性。移入场与移出场的文化差异

---

① 《全唐诗》卷八三，第 889—894 页。

构成了诗歌奇特景观,成为某一时期最富个性而又最有特色的诗歌,这是一条规律。其六,这些能给弱势文化区创作带来丰硕成果的诗人,都有很深的诗学修养,他们已经积累了丰富的诗歌创作经验,才有能力将文化弱势区的景象用诗的形式表现出来。其七,诗风的调适在这里是指诗人进入新的创作环境,由于受到外部事物的影响,逐渐调整原来的创作模式,适应新环境,从而形成另一种和自己原来诗风不同的诗歌创作特点和形态。诗风的维持是指新诗风由于环境的需要得到保持,并会持续到创作主体从这一生活场中移出。从个人诗风发展上看,这一类诗人在弱势文化区的创作,不仅摆脱了个人习惯的诗歌写作套路,也远离了文化中心,远离了中心所形成的公众写作模式,或在内容上,或在表现内容的方法上。在这类诗歌写作过程中,没有干扰源,相对一个时期能保持独特的创作风格。其八,诗人的创作也表现为奇峰突起。这种表现方法随作者从弱势文化场的移出,其诗风也随之消失,甚至不留痕迹,不再追忆,和从强势文化区移出不同。其九,这类诗歌的创作比较孤立,与周围人缺少联系,不可能形成创作群体。因此个人的行为在文化弱势区的创作中起到很重要的作用。其十,弱势文化区诗歌创作效果,远远低于作者的期待。很少为权威或公众话语所接受而给以恰如其分的评价,即便为人所注意也要等到多少年之后。其十一,作者在弱势文化区的创作有一点不能忽视,他们并不希望在这一地区生活得太久,尽管从创作角度看,超越原有生活经验的事物总能吸引主体去表现,但在生活质量上他们非常留恋旧的环境,希望返回原有的生活环境。其十二,弱势文化区的文化活动多由强势文化的介入,其人员输入源于中央,强势文化的介入,势必有两种结果:一是改造落后文化,提升弱势文化的质量;另一种就是使文化纷呈的状态渐趋一致,使原本富有个性的区域文化渐渐失去光彩和魅力。其十三,以义净在古印度的创作为例,义净的写作是在特殊的弱势文化区域的文学创作,这是在非汉语文化区的汉语诗歌写作。其《杂言》和《一三五七九言》二诗在诗歌形式发展史上,有其独特的价值。义净二诗在辞式上的创格,当与他在印度求法十三年有关,有可能受到印度文化、佛教梵呗等影响,义净的创作保留了中印文化交流的痕迹。一种新诗式的产生,必然受到特殊因素的刺激。义净二诗在中国诗歌体式演变中的意义不应忽视,《杂言》虽对传统的歌行体句式、段式有所借鉴,但其整首诗所显示出的结构、章法有其特殊性,《一三五七九言》则是三五七言诗的先导和“宝塔诗”之祖,这是无疑的。义净十多年生活在异国他邦,与中土隔绝,他的创作也为研究当时诗坛的诗风诗式的嬗变在空间上提供了一个可作比较的重要例证。弱势文化区相对于中原文化,离开中原文化越远,其差别也越大,其独特性也就越鲜明。

本课题内容的讨论和结构的设计基于这样的考虑,唐代文学研究成果质量高、数量多,易产生重复的劳动,这是在写作过程中时时在警惕自己的。论文不片面追求字数和篇幅,而是从实际出发,以创新为原则。

本课题的方法:其一,为实现创新之目的,在写作中不断修正计划,以达到言之者必己出,言之者必新出;其二,立论之资料力求超出时人,费时费力在所不惜;其三,追求理论创新和突破,理论必从研究对象的实际出发,而谨慎使用流行术语;其四,关注文学史上的重要作家和作品,对其作出符合历史事实的解释;其五,努力运用现代科技手段,建立适应本课题必备的数据库;其六,具体方法运用上尽可能吸收各学科研究的成果和获得成果的方法，如考据方法、数据统计的方法、文化学方法、民俗学方法等。

附录中两大数据库：《唐文人籍贯数据库》和《唐诗创作地点考数据库》，皆为填补空白之作，其功能不限于本课题的研究。这却是本课题用力较多的地方。

本课题的创新之处在于：文献整理《唐代诗人创作地点考》，填补唐诗研究的空白，使本课题立论有了扎实的基础；对唐诗创作分布格局及其意义的分析，突破了唐诗研究原有的框架，提出中心平衡和转移的观点；在文化的历史传统与诗人生存的地域空间中，论述了诗人和历史传统的认同、断续和相斥的多种形态，在本质上揭示了诗人生存状况和思想之间的联系和冲突；首次引入弱势文化的理论，使作为题材研究的贬谪诗和边塞诗在更高理论层面上得到阐释；首次关注唐诗创作中的域外诗，使地域文化与诗歌的研究有了更为广阔的比较视野。

本课题的学术价值：在几种地域文化与文学关系研究的著作中，以独特的视角关注文学自身的问题，并对其中的重要文学现象和文学问题作了理论性的分析和归纳。本课题将会成为地域文化与文学研究中有鲜明个性和创新特点的重要成果。

本课题的应用价值、社会效益：其研究的成果当会丰富文学史的表述，其方法也会对同样课题的研究有启发和促进作用，而两种数据库的建设不仅为文学史专题研究提供可靠的文献检索和排列功能，也会启发人们在中国古代文学研究中如何使用现代化科技手段，使研究更为精确和有效。围绕本课题的研究，已产生和将要产生一批成果，如指导研究生完成如下课题：《中晚唐袁州诗文创作研究》，此为侧重弱势文化区的文学创作个案研究；《唐代蒲州至太原一线的文学创作》，此为侧重交通的个案研究;《唐代洞庭湖地区的文学创作》,此为侧重水系的个案研究;《唐代庐山诗文研究》,此为侧重名山的个案研究,这些研究都将成为地域文化与文学研究的方向性成果。

全国哲学社会科学规划办公室 2004 年 11 月 1 日“工作动态”以《倡导严谨治学潜心钻研的优良学风　努力推出价值厚重影响深远的成果》为题,通报表扬了三项获得优秀等级的成果:“近期,国家社科基金项目在史学、文学、语言学等基础学科研究取得了一些优秀成果,其中有关文献整理方面的成果尤为突出,很有价值和分量。这些成果凝聚了各个项目负责人多年潜心研究的心血和汗水,充分体现了他们甘坐冷板凳、十年磨一剑的治学精神和治学态度。……华南师范大学戴伟华教授在主持完成项目成果《地域文化与唐代诗研究》中,建立了文献整理类《唐文人籍贯考》和《唐诗创作地点考》两大数据库,这不仅为高质量完成该项目研究任务奠定了坚实的文献基础,也填补了唐诗研究中的学术空白,为今后中国文学史研究提供了具有强大文献检索和排列功能的资料库。鉴定专家们评价说,‘建立这两大数据库,不仅需要较高的文史修养,还得忍受艰苦劳作和单调寂寞,体现了作者严谨、扎实的学风’。”① 我知道自己虽然很努力去工作,但成果本身还留下许多不足和遗憾。在此,对这些匿名评审的专家表示深深的敬意,对他们给予本课题以“优秀”的等级表示深深的谢意。我会更加珍惜同行专家的鼓励,在学术道路上不断取得进步。

竺可桢先生认为一个学科成熟的标志有五个方面:一要有一大批高素质的专业科学家;二要有学科本身的理论体系;三要应用具有

① http://www.npopss-cn.gov.cn/2004sj/chdyjzhx.htm。

本学科特点的方法；四要在为国民经济服务中发挥非其他学科所能替代的作用；五要有大量本门学科的成果资料的积累[①]。参照竺可桢先生的话，根据人文学科特点，第四点可以改为“要在国民精神建设中发挥积极的作用”，其余四点皆可适用人文学科的研究。因此，要让中国地域文化与文学关系研究成熟起来，其路漫漫，其行艰难而遥远。

① 参见吴传均：《中国人文地理丛书序》，载邹逸麟主编：《中国历史人文地理》，科学出版社，2001年。

附录一　主要参考文献

《登科记考》,徐松撰,赵守俨点校,中华书局,1984 年。

《登科记考补正》,徐松撰,孟二冬补正,北京燕山出版社,2003 年。

《旧唐书》,刘昫等撰,中华书局,1975 年。

《全唐诗》,彭定求等编,中华书局,1960 年。

《全唐文》,董诰等编,中华书局,1983 年。

《唐才子传校笺》,傅璇琮主编,中华书局,2002 年。

《唐代墓志汇编》,周绍良主编,上海古籍出版社,1992 年。

《唐代墓志汇编续集》,周绍良、赵超主编,上海古籍出版社,2001 年。

《唐会要》,王溥撰,中华书局,1955 年。

《唐两京城坊考》,徐松撰,中华书局,1985 年。

《唐诗纪事》,计有功撰,上海古籍出版社,1965 年。

《唐语林校证》,王谠撰,周勋初校证,中华书局,1987 年。

《通典》,杜佑撰,中华书局,1988 年。

《文苑英华》,李昉等编,中华书局,1966 年。

《先秦汉魏晋南北朝诗》,逯钦立辑校,中华书局,1983 年。

《新唐书》,欧阳修、宋祁撰,中华书局,1975 年。

《元和郡县图志》,李吉甫撰,中华书局,1983 年。

《元和姓纂》,林宝撰,郁贤皓、陶敏整理,中华书局,1994 年。

《增订注释全唐诗》,陈贻焮主编,文化艺术出版社,2001 年。

《中国历史地图集》第五册，谭其骧主编，地图出版社，1982 年。
《资治通鉴》，司马光著，中华书局，1956 年。

《贬谪文化与贬谪文学》，尚永亮著，兰州大学出版社，2004 年。
《初盛唐诗歌的文化阐释》，杜晓勤著，东方出版社，1997 年。
《金明馆丛稿初编》，陈寅恪著，上海古籍出版社，1980 年。
《金明馆丛稿二编》，陈寅恪著，上海古籍出版社，1980 年。
《论巴蜀文化》，徐中舒著，四川人民出版社，1982 年。
《南朝文学与北朝文学研究》，曹道衡著，江苏古籍出版社，1998 年。
《诗国高潮与盛唐文化》，葛晓音著，北京大学出版社，1998 年。
《宋代地域文化》，程民生著，河南大学出版社，1997 年。
《隋唐制度渊源略论稿》，陈寅恪著，上海古籍出版社，1982 年。
《唐代集会总集与诗人群研究》，贾晋华著，北京大学出版社，2001 年。
《唐代交通图考》，严耕望著，“中央研究院”历史语言研究所，1985—1986 年。
《唐代交通与文学》，李德辉著，湖南人民出版社，2003 年。
《唐代历史地理研究》，史念海著，中国社会科学出版社，1998 年。
《唐代三大地域文学士族研究》，李浩著，中华书局，2002 年。
《唐代使府与文学研究（修订本）》，戴伟华著，广西师范大学出版社，2007 年。
《唐代文学丛考》，陈尚君著，中国社会科学出版社，1997 年。
《唐代文学研究丛稿》，戴伟华著，台北学生书局，1999 年。
《唐代政治史述论稿》，陈寅恪著，上海古籍出版社，1982 年。
《唐方镇文职僚佐考（修订本）》，戴伟华著，广西师范大学出版社，2007 年。
《魏晋本土文学地理研究》，胡阿祥著，南京大学出版社，2001 年。

《魏晋南北朝隋唐史三论》，唐长孺著，武汉大学出版社，1993 年。
《中国古都和文化》，史念海著，中华书局，1998 年。
《中国历代文学家之地理分布》，曾大兴著，湖北教育出版社，1995 年。
《中国历史文化区域研究》，周振鹤主著，复旦大学出版社，1997 年。
《中国文化地理》，陈正祥著，生活·读书·新知三联书店，1983 年。
《中国文学家大辞典（唐五代卷）》，周祖譔主编，中华书局，1992 年。

唐诗创作地点考数据库，戴伟华制作。
唐文人籍贯数据库，戴伟华制作。

附录二 中晚唐袁州诗文[①]

袁州是中晚唐以来南方重要的文学家聚居地之一。据统计,中晚唐袁州籍的进士数量仅次于江浙,跻身全国前列,诗人多[②],诗文也有相当数量,不少诗人、文学家在全国范围内都有一定影响,如卢肇、郑谷、张为,并出现了《诗格》《诗人主客图》等影响较大的诗文论著。曾与袁州有过密切联系的中晚唐著名诗人,如李嘉祐、韩愈、李德裕、张乔、韦庄、韩偓、齐己等,都有诗文涉及袁州。此外,作为佛教沩仰宗的发源地之一,袁州也吸引了一批好佛的文人墨客的光临,这使袁州的影响日益扩大。

第一章 早期袁州文化与袁州文学

第一节 袁州区域文化概论

袁州在春秋战国是越人生活区,先后属于吴、越、楚。《通典》卷一八二云:"袁州今理宜春县,战国时属楚,秦属九江郡,二汉属

---

① 此系2001级硕士研究生陈景春的学位论文,又为《地域文化与唐代诗歌》项目成果之一。指导教师:戴伟华。

② 陈正祥:《中国文化地理》,生活·读书·新知三联书店,1983年,第23页。

章郡，吴分置安成郡，晋宋齐以下皆因之。隋平陈，置袁州，炀帝初州废，置宜春郡。大唐为袁州，或为宜春郡。领县三：宜春，萍乡，新喻。”①《旧唐书》卷四〇云：“武德四年……置袁州。天宝元年，改为宜春郡。乾元元年，复为袁州……宜春，泉水名，在州西。取此水为酒，作贡。”②

袁州在唐代属江南西道，靠近豫章、庐陵、长沙等地。《通典》卷一八二云：“宜春郡……北至章（豫章）郡五百二十五里。东南到庐陵郡二百一十一里。西南到长少（沙）郡界二百三十里……去西京三千五百八十里，去东京二千五百六十八里。”③从政治区划与地理位置看，宜春与庐陵（吉州）、豫章（洪州）至为密切。

宜春多山，据地方志载④，宜春城东有震山，北有袁山、宝山、石屋山，南有湖岗山、小仰山、仰山、盘龙山、木平山、玉京山等，西有南峰山、天台山，西南有横江山、坤长山，西边的萍乡还有杨岐山。宜春的山主要集中在南边、西南边，东北方向少，这方便了与东北的洪州来往。宜春水也多，水路便利。唐人有诗云“水与荆巫接，山通鄢郢长”（刘长卿《送从弟贬袁州》），“月明江路闻猿断，花暗山城见吏稀”（刘长卿《送柳使君赴袁州》）。《水经注》卷三九《赣水》云：“牵水西迳宜春县……牵水又东迳吴平县……牵水又东迳新淦县……而注于豫章水……又淦水出其县，下注于赣水。又北过南昌县西。”⑤秀江（牵水）自萍乡县东北，迳宜春县、新喻县，至清江县东南入赣江之章水，

① 杜佑：《通典》，中华书局，1988 年，第 4843 页。

② 刘昫等撰：《旧唐书》，中华书局，1975 年，第 1609 页。

③ 杜佑：《通典》，中华书局，1988 年，第 4843 页。

④ 参见谢祖安修，苏玉贤纂：《民国宜春县志》，《中国地方志集成·江西府县志辑》，江苏古籍出版社，1996 年。

⑤ 王国维：《水经注校》，上海人民出版社，1984 年，第 1229 页。

在江西境内四通八达。

袁州四面环山，地势闭塞，经济文化非常落后，当地人以渔猎、种水稻为生，他们祭祀信巫，风俗怪诞。《隋书》卷三一《地理志》云："江南之俗，火耕水耨，食鱼与稻，以渔猎为业，虽无蓄积之资，然而亦无饥馁。其俗信鬼神，好淫祀……自平陈之后，其俗颇变，尚淳质，好俭约，丧纪婚姻，率渐于礼……豫章之俗，颇同吴中，其君子善居室，小人勤耕稼……俗少争讼，而尚歌舞……宜春，其俗又颇同豫章……然此数郡，往往蓄蛊，而宜春偏甚。"①

袁州的释仙思想蔓延较早。据《民国宜春县志》，袁山、湖岗山、仰山、小仰山、震山等都留下过古代名士的足迹，如晋代的袁京隐居袁山（宜春袁山之名源于袁京隐居处），邓表隐居小仰山，"宜春道教，其可考见者，晋唐以来，杨慧、陈眈结庐萍乡九嶷山练气朝真，历二十年，而邓表继之炼丹于小仰山"，"宜邑道观……建于晋时"②。江西是佛教传播的最早区域，汉代时彭泽县、南昌就已经有寺院，三国吴主赤乌年间，建成了六座寺院，主要分布在江西南部，如庐陵的崇恩寺、永新的松林寺、泰和的崇福寺和紫桐院等③。这些地方位于宜春南部，庐陵、永新与宜春县城、萍乡只隔着安成郡治（隋改为安福县），当时都归安成郡管辖，属吴。地缘关系如此亲密，宜春自然也会受到佛教的影响。到了两晋、南北朝时期，江西佛教发展迅速，"江西又新增了 140 余所（寺院），坐落在南昌、九江、萍乡、吉安、崇仁……"，寺院分布形成三个相对集中的区域：一以南昌（豫章或洪州）为中心，

---

① 魏徵等撰：《隋书》，中华书局，1973 年，第 886—887 页。

② 谢祖安修，苏玉贤纂：《民国宜春县志》，《中国地方志集成·江西府县志辑》，江苏古籍出版社，1996 年，第 404 页。

③ 段晓华、刘松来：《红土·禅床》，中国社会科学出版社，2000 年，第 9—12、20—21 页。

一以鄱阳为中心，一以庐山为中心[①]。宜春东北部紧靠豫章，从豫章再往北是九江，晋朝慧远的庐山丛林与白莲社就在九江庐山；宜春正东是临川郡的崇仁，南边是庐陵。《民国宜春县志》云："吾邑佛寺之始，前志既无纪载，各家亦无可考。然自吴至隋，常隶南朝版图，佛教之入大抵在此时也。按宋嘉定《间州志》载：'开元寺在府城北，本梁相袁璞故宅，捐建为寺，旧名鸿阳，唐改开元。'邑有佛寺此其滥觞乎？"[②]

第二节　隋、初盛唐袁州文化初步发展

隋代袁州的经济、人口迅速发展。晋代整个安成郡(包括后来的宜春郡及庐陵的安福)人口才三千户[③]。到隋代，人口增加近四倍。《隋书》卷三一云，(宜春郡)"户一万一百一十六"。隋末、唐初袁州遭受战乱，人口锐减，《旧唐书》卷四〇云："户四千六百三十六，口二万五千七百一十六。"但到天宝年间，仅历经百余年，人口就增加了五倍多，《旧唐书》卷四〇云"天宝，户二万七千九十一，口一十四万四千九十六"。人口的增多带来经济的发展。

据《民国宜春县志》，唐初著名的道士袁天罡曾隐居于袁州。不过，除了袁天罡，近三百年的唐代就只有"与妻乞食多在江右、庐陵、宜春诸处"的伊用昌道士[④]。自唐代以来，这里学道的人一直就很少，氛围不浓厚，学道的人不研究经典，行道主要在于民间。晚唐有不少袁州文人自称处士，但多数是些吟诗作赋的文人。《民国宜春县志》

① 段晓华、刘松来：《红土・禅床》，中国社会科学出版社，2000年，第22页。

② 谢祖安修，苏玉贤纂：《民国宜春县志》，《中国地方志集成·江西府县志辑》，江苏古籍出版社，1996年，第403页。

③ 许怀林：《江西古代州县建置沿革及其发展原因的探讨》，《中国地方史志论丛》，中华书局，1984年，第176页。

④ 谢祖安修，苏玉贤纂：《民国宜春县志》，《中国地方志集成·江西府县志辑》，江苏古籍出版社，1996年，第801页。

云："行道于民间……至传教，经典道德、南华、黄庭、灵飞诸帙，吐纳修养之术，未闻研究焉。教之衰替，有自来矣。"①

相比较而言，释家在这里却颇为出彩。释家的发展、兴盛也恰好冲抵了原有的道学渊源。据《民国宜春县志》，湖岗台原为晋代邓表故宅，后成契嵩法师讲法场；小仰山原为邓表修炼之所，中晚唐时期成了禅师们修行布道的禅堂。这表明原有的道学已渐为佛释所取代。这与隋、唐王朝统治者信崇佛教、在全国推行佛教密切相关，与佛教自身的传播及江西特定的人文地理环境也紧密相关。

隋文帝、隋炀帝提倡佛教，"隋文帝开皇三年周朝废寺，咸乃兴立之。名山之下，各为立寺。一百余州，立舍利塔"②。唐高祖早年信佛，太宗也是信过于疑，高宗、中宗、睿宗均信崇佛法。史料记载，武德至贞观中，太史令傅奕屡次陈条上疏反佛无果，唐太宗晚年还亲制《圣教序》，高宗优礼玄奘法师，武后更甚，曾撰写后来广为流传的《金刚经》开经偈。隋、初盛唐帝王对佛教的浓厚兴趣极大地推动了佛教在全国范围内的传播。

隋、初盛唐佛教传播有鲜明特点，中唐百丈怀海以前的僧人们不种地，主要靠化缘为生，行脚云游、乞讨化缘的生存形式决定了远离政治中心、生活环境又相对安定的山区是僧人们理想的选地之一，江西等地除了隋末唐初曾历战乱外，其他时期相对安定并平稳发展，远离京城，山脉峻秀，水路发达。唐玄宗开元四年诏命张九龄开凿大庾岭梅关驿路，梅关驿路的修建在江西赣江与广东北江之间连接起一条纽带，沿江南下可达广州贸易口岸。优越的地理环境使整个江西

---

① 谢祖安修，苏玉贤纂：《民国宜春县志》，《中国地方志集成·江西府县志辑》，江苏古籍出版社，1996年，第404页。

② 转引自汤用彤：《隋唐佛教史稿》，中华书局，1982年，第7页。

颇受佛教僧人的青睐。

禅宗四祖道信，隋大业初上庐山，约十年后“许度出家”，并“配住吉州寺”，“道信在吉州的时间大概有七八年，这期间，他还到过吉州其他的郡县传法布道”[①]。较早到袁州传法的禅师，明确可考的是蒙山道明，《五灯会元》卷二：“袁州蒙山道明禅师者……及闻五祖密付衣法与卢行者，即率同志数十人，蹑迹追逐。至大庾岭……师又问：‘某甲向后宜往何所？’卢曰：‘逢袁可止，遇蒙即居。’……师既回，遂独往庐山布水台。经三载后，始往袁州蒙山，大唱玄化……弟子等尽遣过岭南，参礼六祖。”[②]这是禅宗史上有名的“大庾岭夺法”事件。慧能在咸亨五年（674）投奔黄梅五祖门下，后来五祖传衣付法给慧能，又亲自把他送到九江，慧能渡江而去。两月之间，至大庾岭上，此时慧明尾追而来，即有“夺法”事件[③]。五祖弘忍卒于上元二年（675），则“夺法”事件应在675年前后。“夺法”事件后约三年，即大约678年，道明始在袁州“大唱玄化”。道明在袁州的弟子必须南下岭南参礼六祖，从袁州到韶州曹溪，途中经过吉州、虔州，翻越大庾岭就到了韶州境内，再往南不远即是曹溪，僧人们的来往加强了两地及沿途的佛教交流，同时也带动了袁州与周边地区的文化交流。

江西佛教的兴盛培育了不少本地僧人，慧能早期弟子青原行思、泰和志诚、吉州令韬都是吉州人。当地寺院也逐渐增加，“按宋嘉定《间州志》载：‘开元寺在府城北，本梁相袁璞故宅，捐建为寺，旧名鸿阳，唐改开元。’邑有佛寺，此其滥觞乎？自时厥后，能仁由贞观……栖隐自会昌而锡名，泗洲寺建于唐高宗之日，重兴寺营于唐天授之

① 段晓华、刘松来：《红土·禅床》，中国社会科学出版社，2000年，第26页。

② 参见《五灯会元》，《文渊阁四库全书》，上海古籍出版社，1987年，第1053册，第56—57页。

③ 参见杨曾文：《唐五代禅宗史》，中国社会科学出版社，1999年。

初，普庵为慈化开山之祖，慧寂绍正觉七叶之遵，瑶金庵本彭祖示寂之处，湖岗台亦契嵩讲法之场。玉宇梵宫，波起云涌，名德宿望，时出其间"[①]。栖隐寺建在中唐会昌年间，慧寂到袁州说法也是会昌时期，其余寺院是初、盛唐所建，当时寺院可谓"波起云涌"，至于"名德宿望"则是中唐以后的事。

此时最引人注目的莫过于袁州儒学的发展。隋代"率渐于礼"即表明中原儒学之风始入袁州。至房琯贬谪此地时，方有正式的儒学教育，"天宝五载……宜春郡太守房琯始立学宫，建文庙于北袁山门外"[②]。虽然从建立正式的儒学学宫到中唐德宗贞元七年（791）袁州第一位进士的出现，中间仍隔了近五十年，然而，学宫与文庙的设立，标志着中原儒家文化开始正式进入袁州。

初、盛唐时期，来袁州的文儒之士主要是被贬谪的官员，如崔融、赵彦昭、李适之、房琯。他们的到来对地方经济文化有较大影响，他们本身即是出现在袁州的文学因子，有的还可能带来文人交际圈并因此产生诗文酬答，这可能就是袁州文学的初步萌芽。崔融贬袁州时曾与宋之问有寄和诗作，宋之问南贬途中曾作《途中寒食题黄梅临江驿寄崔融》，"崔时贬袁州，收诗后与胡皓都有和答"[③]。盖因袁州落后，外来儒士、文人极少有诗文涉及袁州，包括"文章四友"的崔融、李峤[④]。

---

① 谢祖安修，苏玉贤纂：《民国宜春县志》，《中国地方志集成·江西府县志辑》，江苏古籍出版社，1996年，第403页。

② 谢祖安修，苏玉贤纂：《民国宜春县志》，《中国地方志集成·江西府县志辑》，江苏古籍出版社，1996年，第174页。

③ 李德辉：《唐代交通与文学》，湖南人民出版社，2003年，第258页。

④ "（先天二年）三月甲辰，青州刺史、郇国公韦安石为沔州别驾……特进致仕李峤先随子在袁州，又贬滁州别驾。"刘昫等撰：《旧唐书》卷八，中华书局，1975年，第173页。

隋代、初盛唐是袁州初步发展期，相比长期是政治、经济、文化中心的中原与富足的川蜀、繁华的江都，整个江南西道都显得落后，地处江西偏隅的袁州，差距更大。李白《送窦司马贬宜春》云“何言谪南国，拂剑坐长叹……莫厌此行难”，窦司马被贬袁州长吁短叹，豪气干云的李白也认为“此行难”。袁州落后的面貌还可以从以下两方面看出来：

一、在贬谪制度不是特别盛行的初唐，袁州就已屡次被作为京城官员的贬谪之所，而且被贬之官往往被视为大罪之人。如崔融，《旧唐书》卷七八云“神龙元年正月，则天病甚。是月二十日……诛易之、昌宗于迎仙院……朝官房融、崔神庆、崔融、李峤……皆坐二张窜逐”[①]。《旧唐书》卷九四云“及易之伏诛，融左授袁州刺史”。李适之，天宝五载贬为宜春太守，《旧唐书》卷九九载，“天宝元年……悉与适之善……五载……竟坐与韦坚等相善，贬宜春太守……希奭过宜春郡，适之闻其来，仰药而死”[②]。

二、隋、初盛唐时期当地几乎还没有出名的人物。据《民国宜春县志》，袁州第一位进士是中唐德宗贞元七年（791）登第的彭伉。此前可考的人物唯有介于盛、中唐的隐士彭构云，《全唐文》卷三七一云“构云，宜春人，天宝中为刺史李璟所荐，元（玄）宗欲官之，故辞归里”[③]，并载其《谢遣中使送乡表》。《民国宜春县志》载彭构云曾撰《通元经解》（今已不存）。“刺史郑审作彭征君墓志铭，其略云：‘蕴颜子之操，饮水何嫌，继车公之勤，积雪无闷，藜光瓮牖而益明其俭，灌园种木而罕见其劳，阴阳图纬尽能精究。不出环堵三十余年，前后

① 刘昫等撰：《旧唐书》，中华书局，1975 年，第 2708 页。
② 刘昫等撰：《旧唐书》，中华书局，1975 年，第 3102 页。
③ 董诰等：《全唐文》，上海古籍出版社，1990 年，第 1669 页。

良二千石，皆式其间而嘉叹之。注真元通经，识解尤超，春秋五十三卒。子五，东里、南容、西华、北叟、世臣葬于东原。'"[①] 郑审乾元中任袁州刺史，《旧唐书》卷九五云"郑繇者，郑州荥阳人……子审亦善诗咏，乾元中任袁州刺史"。

第二章　中晚唐时期袁州儒释之风盛行

安史之乱促使中国历史上第二次北方人口大举南迁，随之而来的是汉文化中心南移[②]。江西诸地是北方人口南迁的重要移入地，"在江南西道中……豫章郡（洪州）、鄱阳郡（饶州）户口也较多……而袁、鄂二州发展也较快，在百余年中户口增长四五倍"[③]。北方移民大量涌入，发展农业，开发了江南。唐人有诗云："政移千里俗，人戴两重天。旧郭多新室，闲坡尽辟田。"（戎昱《赠宜阳张使君》）落后地方经济文化的发展赖于有声望、有才干、勤政的地方官。袁州地方官不少都很有名望，如上元二年贬袁州长史的李揆，痛谏叛将李怀光不成、后贬袁州司马的李景略，为元载所恶、外迁袁州刺史的萧定，元和初年徙袁州刺史的王涯，大和七年为袁州刺史的赵蕃。这些人的到来同时会带来他们的政治、文化生态圈，为袁州的政治文化增添色彩。他们在袁州治理江河、废除陋习、推行教育，《民国宜春县志》有较多的记载，如元和十五年初韩愈到袁州，宣布废除"州人质男女为

① 谢祖安修，苏玉贤纂：《民国宜春县志》，《中国地方志集成·江西府县志辑》，江苏古籍出版社，1996年，第811页。

② 参见陈正祥：《中国文化地理》第一篇《中国文化中心的迁移》，生活·读书·新知三联书店，1983年。

③ 翁俊雄：《唐朝鼎盛时期政区与人口》，首都师范大学出版社，1995年，第46页。

隶”的陋习并奏请推行天下。

自房琯天宝五载“始立学宫”以来，后来的地方官在袁州继续推行儒学教育，如《全唐文》卷四三四载萧定的《袁州文宣王庙记》云“大历元祀，定自尚书左司郎中试秘书少监兼此州刺史。祇膺典礼，式展诚敬，入夫子之庭庑，美盛德之形容……乃谋及寮吏，撰日增修……冀夫袁江之上，将宏洙泗之风；袁山之人，能传邹鲁之学”①。《民国宜春县志》记载韩昌黎在袁州创办过书院。

地方官在袁州传播儒家文化，为袁州的儒学发展做出了杰出贡献。及至晚唐，袁州儒学达到鼎盛，人才辈出、文化繁荣。唐末的韦庄《袁州作》云“家家生计只琴书，一郡清风似鲁儒。山色东南连紫府，水声西北属洪都。烟霞尽入新诗卷，郭邑闲开古画图”，颇能说明这一现象。

唐代尚文之风盛行，多数地方官都能吟诗作赋，他们的到来对当地文学都有直接的促进作用，而文坛名宿的光临则更是地方的大幸，这些人对地方文学的影响往往远甚于其他方面。

大历十才子之一的李嘉祐，出入袁州时写了不少诗作并形成了以他为中心的大历年间袁州唱和，与他酬唱的有大历十才子钱起、韩翃、郎士元、窦叔向等一批文坛健将。这在当时的袁州是一大文化盛事，为德宗贞元间开始出现进士奠定了基础。韩愈量移袁州时写了许多散文，著名的如《柳子厚墓志铭》，他还直接指点当地学子。李德裕被贬袁州时也写了不少文章，在诗文方面还指点过当地人卢肇、黄颇，并举荐过卢、黄二人。

中晚唐时期袁州当地人非常推崇诗文，《唐才子传》卷一〇记载了袁州诗人王毂凭其诗喝退无赖、使之“惭谢而退”一事，可见诗文

① 董诰等：《全唐文》，上海古籍出版社，1990年，第1959页。

在当地的地位之高。但儒家文化在袁州并不是独领风骚,当地佛教尤其是禅宗发展也很快。

中晚唐时期,江南的开发与江西的发展为禅宗兴盛于赣提供了良好的物质基础;同时,自安史之乱起,以京畿为中心的北方多年战乱,一方面使当初气势正旺的以神秀为代表的北宗遭受惨重打击,南宗无形中夺得禅宗领袖地位,这促使南宗迅猛发展,另一方面,战乱也引起人口大规模流动,江南大片地区成为流民流向之所,禅人南流也在其中,不仅到北方说法的南僧回归,连北方的许多僧人也望南而去,如唐人诗中所云:“兵尘犹澒洞,僧舍亦征求。师向江南去,予方毂下留”(戴叔伦《送僧南归》),“战鞞鸣未已,瓶屦抵何乡”(吴融《送僧南游》)。武宗灭佛事件对江西禅宗当然有重大的影响,但相比其他地方而言,江西仍然较平静。《红土·禅床》转载过这么一件事:“武宗灭佛事件发生……当良价请教‘风生浪起时’应向何处去的问题时,庆诸毫不犹豫地告诉他:‘湖南城里太煞闹,有人不肯过江西。’这是明白指出,湘赣两地同为南方禅宗的生存之地,但湖南已经不太平了。”①

地处偏隅的袁州,隋、初盛唐时期就有良好的释家基础,到了中晚唐,随着江西禅宗的兴盛,发展更为迅速,表现之一为周边地区释家大盛,各地僧人往来频繁,这促使本地释家的发展,同时也带动了周边地区的文化交流。据杨曾文《唐五代禅宗史》,马祖于贞元四年(788)在建昌圆寂,而后此地建有泐潭寺。建昌在钟陵西边,与袁州隔着两三个县。马祖首座弟子怀海,曾到新吴大雄山修行传法,“禅客无远不至”,此山后称百丈山。新吴在建昌南边,距离袁州又近了一些。黄蘖希运,9世纪上半期从怀海嗣法后到高安传法,当时禅僧

① 段晓华、刘松来:《红土·禅床》,中国社会科学出版社,2000年,第42—43页。

常达四五百人。高安北边与新吴相接,南与袁州新喻相交。这三人是南禅大盛的代表性人物,影响空前,吸引了许多慕名而来者,包括声名显赫的地方官员。

表现之二为来袁州说法的禅师大增,其中有不少是当时较有名望的大师,同时寺院扩建也很多,《民国宜春县志》云:“玉宇梵宫,波起云涌,名德宿望,时出其间。手书血经,永镇南泉佛地,塔成舍利,长照杨岐山门。永昌依五祖之法会,仰山绍太平之宗支,盘龙则可文传夜明之灯……东塔、西塔、南塔嗣慧寂之禅音,密语密音密谛昌道明之玄化,柱杖孔传正法眼,一言道神广长舌,快马以鞭南源上堂之语,运土三担木平新到之规。纪瑞庆于塔前同参妙谛,听讲经于台畔并煽玄风。或则经传华严山门离垢,或则神通圆觉佛地布金,斯并释氏之筌簧、玄门之龙象也。南唐后主酷好浮屠,大造兰若广聚僧徒。”[①] 较早到袁州说法的道明禅师,法嗣有密语等。后来菏泽神会的弟子乘广,从北方南下入江西萍乡,在杨岐山结庵,一住几十年。780年左右,马祖弟子甄叔禅师也来杨岐山,一住四十年,与乘广道谊深厚,共同阐扬南禅。沩仰宗创始人之一慧寂约于会昌元年(841)离开沩山到袁州的仰山传法,其时朝廷尚未全面推行毁佛政策。《全唐文》卷八一三陆希声《仰山通智大师塔铭》曰“居仰山日,法道大行,故今多以仰山为号”,当时其徒众达五百至七百人。慧寂的到来使袁州禅学之风一度达到鼎盛,其嗣法弟子有十多人,著名的有仰山西塔光穆、晋州霍山景通、杭州龙泉文喜、仰山南塔光涌、仰山东塔和尚、新罗顺之等。这些人有的继慧寂之后在仰山传法,有的在别的地方甚至在国外传法布道。

---

① 谢祖安修,苏玉贤纂:《民国宜春县志》,《中国地方志集成·江西府县志辑》,江苏古籍出版社,1996年,第403页。

慧寂在许多地方官中也很有声誉，江西观察使韦宙约于咸通三年（862）邀请其上新建观音院，郑愚、陆希声尊奉慧寂为师。光穆继慧寂之后任仰山住持，光涌在慧寂中和三年（883）逝世后，到仰山栖隐寺居住传法，后被南平郡王钟传请到新建观音院，917年又回到仰山，至南唐升元二年（938）逝世。宣宗即位恢复佛教后，洞山良价去了江西高安，此处原是怀海弟子希运传法之地，这之前，洞山曾参谒过袁州南源道明禅师，《五灯会元》卷三曰："袁州南源道明禅师，上堂：'快马一鞭，快人一言。有事何不出头来，无事各自珍重！'僧问：'一言作么生？'师乃吐舌云：'待我有广长舌相，即向汝道。'洞山参，方上法堂，师曰：'已相见了也。'山便下去。"①

中晚唐时期的袁州，确可谓"玉宇梵宫，波起云涌"。除了朝廷倡建寺院，封赐禅师，如仰山慧寂死后被谥为智通禅师，地方官也积极支持，如韦宙、陆希声、郑愚与仰山慧寂的密切关系；中和二年坐镇江西的钟传，曾在宜春蟠龙山、袁州附近的上高、新建、宜丰等地兴修寺院；许多禅师也自建寺庙弘扬佛法。

袁州地区的禅宗派别很杂，有早期道明一派、菏泽神会支、马祖洪州宗，但主要是沩仰宗。禅宗派别之间也多有交流，如洞山参谒南源道明。敬礼禅学之人，也不怎么分派系，钟传就曾请谒沩仰宗光涌法师、曹洞宗本寂等。

禅宗的发展与文人的禅悦之风存在互动的关系。文人士大夫有的叩于禅门之下，有的援禅入儒、援禅入文学，或为禅师们作碑铭、集语录，如裴休尊希运为师，纂希运的《传法心要》《宛陵录》，韦丹、郑愚、陆希声尊仰山为师，陆希声为仰山大师撰塔铭，刘禹锡为杨歧山

① 参见《五灯会元》，《文渊阁四库全书》，上海古籍出版社，1987年，第1053册，第119页。

乘广禅师写有《袁州萍乡县杨岐山故广禅师碑》,仰山光涌死后,南唐丞相宋齐邱为之写塔铭。禅宗的发展也有意识地士大夫化。自晚唐始,禅师们的文化程度、艺术修养与六祖慧能大字不识的境况已不可同日而语了。洞山良价的诗就写得不错,既有禅理又有文采,《全唐诗补编·全唐诗续拾》卷三一,良价“诗三十六首”;《全唐诗补编·全唐诗续拾》卷四一,智闲“诗三十一首”[①]。禅僧们还自觉地学习诗文,如刘禹锡《送鸿举游江西》所言“禅客学禅兼学文,出山初似无心云”。每当有大师圆寂,大师的弟子们还奔走于文学巨匠的门庭,恳请作铭作碑,如乘广、光涌的弟子,仰山、香严的门人。

第三章 大历年间李嘉祐与袁州唱和

李嘉祐来袁州之前,中唐著名文人李华到过袁州并留有诗作,其《春行寄兴》云“宜阳城下草萋萋,涧水东流复向西”,宜阳即指宜春;与李嘉祐同时代的卢纶有《送陈明府赴萍县》,萍县即萍乡。

袁州首次出现诗文兴盛之事是在大历年间李嘉祐为袁州刺史之时。李嘉祐是“大历十才子”之一,今存诗二卷。唐人高仲武誉其为“中兴高流”。据傅璇琮、储仲君考证,嘉祐乃赵州人,约生于开元十六年(728)[②]。蒋寅考知,天宝七年(748)约二十岁时中进士,至德二载(757)贬江西鄱阳四年,“大历三年(768)元日随史入觐,被擢为员外郎,直到大历七年(772年)前后出牧袁州。这一阶段是李嘉祐诗歌内容发生转变的时期”[③]。

---

① 陈尚君辑校:《全唐诗补编》,中华书局,1992年。

② 参见傅璇琮:《李嘉祐考》,《唐代诗人丛考》,中华书局,1980年;储仲君:《李嘉祐诗疑年》,《唐代文学研究》第二辑。

③ 蒋寅:《大历诗人研究》,中华书局,1995年,上编,第84页。

李嘉祐在袁州任刺史始于大历六七年,约终于大历十年到十二年左右[①]。从诗歌的地域上探讨李嘉祐刺史袁州的意义,主要是分析李嘉祐刺史袁州的相关诗作,更重要的是从当时其他一些著名的诗人与其唱和的诗作、文人间的交往活动来分析其地域意义。李嘉祐在袁州与其他文人形成的唱和主要以异地唱和为主。李德辉曾对异地唱和诗作了专门研究,"酬寄赠答统称唱和,二者在联络方式与制题上有区别。赠答都发生在当面,赠诗的一方题作《赠 ××》,答作则曰《酬 ×× 见赠(示、贻、召)》,酬寄则在不同地点之间进行","往往形成文集"[②]。

李嘉祐与袁州相关的诗作大约可分为三类,一是去袁州途中所作。储仲君、蒋寅认为有《赠王八衢州》《过乌公山寄钱员外》等诗[③]。另外,据《增订注释全唐诗》,《和韩郎中扬子津玩雪寄严维》也作于赴袁州的路上。去袁州途中的诗作表露的是诗人被贬谪偏隅时情感上遭受的孤独感、被迫离开京城的悲愁怨愤之情,如《赠王八衢州》云"别君远山去,幽独更应悲",又如《过乌公山寄钱员外》云"雨过青山猿叫时,愁人泪点石榴枝。无端王事还相系,肠断蒹葭君不知"。

二是在袁州任上所作。据储仲君所考,《袁州口忆王司勋王吏部二郎中起居十七弟》《闻逝者自惊》《送袁员外宣慰劝农毕赴洪州使院》《九日送人》《晚登江楼有怀》《送舍弟》等诗均为李嘉祐在袁州时所作。除此而外,《暮春宜阳郡斋愁坐忽枉刘七侍御新诗因以酬答》显然也作于袁州。蒋寅认为《奉酬路五郎中院长新除工部员外见简》作于大历八年李嘉祐刺袁州时(傅义也粗略推断此诗

① 蒋寅:《大历诗人研究》,中华书局,1995 年,上编,第 85 页。

② 李德辉:《唐代交通与文学》,湖南人民出版社,2003 年,第 257 页。

③ 蒋寅:《大历诗人研究》,中华书局,1995 年,上编,第 84 页;储仲君:《李嘉祐诗疑年》,《唐代文学研究》第二辑。

作于袁州[①]),《酬皇甫十六侍御曾见寄》作于李嘉祐袁州秩满、被征入京时[②],则也应该作于袁州。现能考知李嘉祐作于袁州任上的诗歌不是很多,但根据当时与他唱和的诗人诗作来看,为数应该不少。储仲君认为,"按李嘉祐任袁州刺史时,郎士元有《寄李袁州桑落酒》(二四八)、韩翃有《送王侍御赴江西寄李袁州》(二四三),嘉祐之酬答,均已不存"[③]。

李嘉祐除了与郎士元、韩翃等人酬答外,在袁州还与周边地方官酬唱,比如上文提到的刘七侍御,《暮春宜阳郡斋愁坐忽枉刘七侍御新诗因以酬答》即为唱和之诗。又与来往于江西的诗友酬唱,戴叔伦到袁州时曾有诗赠嘉祐,《夜发袁江寄李颖川刘侍御》,《全唐诗》卷二七四题注云:"时二公留贬在此。"《唐诗纪事》引此篇注云"即嘉祐也",按情理李嘉祐会有酬答诗。李嘉祐贬谪袁州的时候正是路嗣恭坐镇江西之时。据《旧唐书·路嗣恭传》,路大历六年七月为江西观察使,正好是李嘉祐的上司,李嘉祐自然与其关系密切。此外,李嘉祐与路幕府中其他文人也很可能有唱和。据《唐方镇文职僚佐考·路嗣恭》,大历七年(772)至大历十三年(778),路嗣恭坐镇江西,当时入其幕府的有柳浑(副使)、王纬(判官)、李泌(判官)、徐申(巡官)、独孤良弼五位文人[④]。王纬,字文卿,太原人,《唐方镇文职僚佐考》认为即韩翃《送王侍御赴江西寄李袁州》之王侍御。柳浑,《旧唐书》卷一二五云"大历十二年,拜袁州刺史"。据蒋寅推断,李嘉祐正是约在此时离任袁州,则柳浑很可能恰好接李嘉祐的位,可以推断这些喜好吟诗作赋的文人之间肯定会有诗文来往。李嘉祐还称路嗣

---

① 傅义:《唐袁州诗谭》,《宜春师专学报》1992年第6期。

② 蒋寅:《大历诗人研究》,中华书局,1995年,下编,第763—764页。

③ 储仲君:《李嘉祐诗疑年》,《唐代文学研究》第二辑。

④ 戴伟华:《唐方镇文职僚佐考》,天津古籍出版社,1994年,第448页。

恭子路恕为郎，与其有诗作往来，《奉酬路五郎中院长新除工部员外见简》云“何幸新诗赠，真输小谢名”。

李嘉祐在袁州任上的诗作主要体现出诗人客居偏隅的愁苦、岁月流逝的忧叹，这也是被贬官员的普遍心态。《袁州口忆王司勋王吏部二郎中起居十七弟》云“京华不啻三千里，客泪如今一万双。若个最为相忆处，清枫黄竹入袁江”，似是初到袁州时所作，慨叹远离京城的贬谪之苦。诗人即使在风景秀丽的日子里过着悠闲的生活也时不时流露出这种愁苦，《晚登江楼有怀》开头写自己与青山绿水相与为乐，“独坐南楼佳兴新，青山绿水共为邻”，然而贬谪之愁并没消退，末句“只忆帝京不可到，秋琴一弄欲沾巾”写出了诗人心底挥不去的愁思。其与诗友相互酬答的诗作中也尽见这种愁思，《暮春宜阳郡斋愁坐忽枉刘七侍御新诗因以酬答》云“子规夜夜啼槠叶，远道逢春半是愁。芳草伴人还易老，落花随水亦东流。山临睥睨恒多雨，地接潇湘畏及秋。唯羡君为周柱史，手持黄纸到沧州”，宜春多山，郡邻潇湘，其诗颇言客居之苦，岁月无情，归隐之意跃然纸上。《酬皇甫十六侍御曾见寄》云“长沙地近悲才子，古郡山多忆旧庐。更枉新诗思何苦，离骚愁处亦无如”，诗人述说自己的愁苦，其忧叹年老、归隐之意在一些送别诗中也有体现，《九日送人》云“晴景应重阳，高台怆远乡。……受节人逾老，惊寒菊半黄。席前愁此别，未别已沾裳”。

诗人在慨叹客居之苦时，也同时描写了袁州的山川风物。如上文所言“清枫黄竹入袁江”“山临睥睨恒多雨，地接潇湘畏及秋”“古郡山多忆旧庐”。袁州一带多山多水，其交通除了往西边的长沙郡行陆路外，其余主要是水路，诗人的笔下也多写到江、河、船、渡口等。

三是离开袁州后，回忆袁州的相关诗作。《送张观归袁州》，储仲君认为这首诗是李嘉祐未来袁州之前所作，似乎不确，从诗作看，诗人作此诗时应该对袁州很熟悉，写作时充满亲切感，“羡尔湘东去，烟花尚可亲。绿芳深映鸟，远岫递迎人。饥狖啼初日，残莺惜暮春。遥怜谢客兴，佳句又应新”，诗人不但清楚地知道袁州绿芳映鸟、远岫迎人，还觉得袁州烟花可亲，并以谢客相比，认为青山绿水肯定会吸引张观大发诗兴而作出佳句，可见李嘉祐对袁州的情感已非一般，没去那儿的人是写不出这种情感的。试看其《送友人入湘》，“闻说湘川路，年年苦雨多。猿啼巫峡雨，月照洞庭波”，这才是李嘉祐未到江西时所作，荆湘、洞庭与江西相接，这首诗体现出诗人对江南荆湘一带的恐惧，类似的还有《送客游荆州》《送裴员外往江南》。

与此相应，与李嘉祐酬唱又涉及袁州的唱和诗也有三类。根据李德辉对唱和诗的观点，以李嘉祐为中心在袁州发生的诗人唱和主要是异地唱和。与李嘉祐去袁州途中相唱和的诗人诗作较难考知。与李嘉祐刺袁州任上相唱和的诗人诗作较多，有大历十才子钱起、韩翃、郎士元以及戴叔伦等一批文坛健将，以及刘七侍御、路嗣恭幕府文人。从诗作看，刘七侍御有可能在袁州与李嘉祐相为酬唱。而钱起、韩翃、郎士元、窦叔向，包括路嗣恭幕府中文人等与李嘉祐则是异地唱和。储仲君认为钱起《寄袁州李嘉祐员外》是为酬答李嘉祐《过乌公山寄钱员外》而作。韩翃《送王侍御赴江西兼寄李袁州》对李的赞誉“花间五马迎君日，雨霁烟开玉女冈”，玉女冈，《增订注释全唐诗》卷二三二注云“在今江西萍乡市东”。郎士元《寄李袁州桑落酒》“十千提携一斗，远送潇湘故人”，表达的是深厚友情。戴叔伦《夜发袁江寄李颍川刘侍御》，《全唐诗》卷二七四题注曰“时二公留贬在此”，《增订注释全唐诗》卷二六三云“本篇一作皇甫冉诗，题为《夜发沅江寄李颍川刘侍御》”，诗云：“半夜回舟入楚乡，月明山水共苍苍。孤猿更叫秋风里，不是愁人亦断肠。”傅义认为刘侍御即刘七，与李嘉祐酬答的刘七是同一人[1]。这些诗作大多表达了朋友间的情谊；也有对袁州风物的描写，也许是想象中的虚写，如钱起的“郡国通流水，云霞共远天。行春莺几啭，迟客月频圆”及韩翃的“雨霁烟开玉女冈”，也有亲眼所见的实写，如戴叔伦的“月明山水共苍苍”。

与李嘉祐离任袁州后相唱和的诗人诗作，有刘长卿、皎然、窦叔向等人及其相关诗作。刘长卿有《送李员外使还苏州兼呈前袁州李使君赋得长字袁州即员外之从兄》。窦叔向有《酬李袁州嘉祐》，储仲君认为此诗是窦叔向上京城时酬答李嘉祐的贺诗而作，其时李在苏州。“强说前程聊自慰，未知携手定何时。……想到长安诵佳句，满朝谁不念琼枝”，诗中透出两人难分难舍的深厚友情，也充满了对李嘉祐才气的颂扬。皎然《酬邢端公济春日苏台有呈袁州李使君兼书并寄辛阳王三侍御》云“赖逢宜春守，共赏南湖春”，此诗写于苏州，南湖在苏州。“营道知止足，饰躬无缁磷。家将诗流近，迹与禅僧亲”，言李与皎然有共同爱好，并对李嘉祐好诗近僧作了描绘。皎然《奉酬李员外使君嘉祐苏台屏营居春首有怀》云“昔岁为邦初未识，今朝休宦始相亲……诗思先邀乌府客，山情还访白楼人”，可见两人来往密切，多有诗作酬答。

与李嘉祐相与酬答的诗作大多也是文人之间的互相期许、对地处偏隅生活的感伤。此时袁州文人间的酬唱还只是发生在客居、流窜的外来文人之间，包括占主导地位的北方文人以及接受过良好儒家教育的江浙发达地区文人（钱起是吴兴人，戴叔伦是润州人）。这些文人从心理上并没有认同地处偏隅的袁州。而此时的袁州当地人士也不具备融入以儒家为核心的交流圈，只能处于被动接受的地位。尽管这种文人圈子对袁州当地人来说有相当的阻碍性，但这类大范

① 傅义：《唐袁州诗谭》，《宜春师专学报》1992年第6期。

围、高层次的文人活动直接促进了当地文化的发展，为德宗贞元年间袁州开始出现进士奠定了基础。《民国宜春县志》载，德宗贞元年间，曾出现过彭伉、彭维岳、湛贲、宋迪四位进士。

彭伉，德宗贞元七年（791）进士，与李嘉祐大历六、七年（771、772）始任袁州相差不过二十年。《全唐诗》存诗三首，其中有两首《青云干吕》是应试诗。据傅义考知，这是因为《文苑英华》《唐诗纪事》中所载其文全异，清代馆臣因而并存之①。还有《寄妻》诗，"莫讶相如献赋迟，锦书谁道泪沾衣。不须化作山头石，待我堂前折桂枝"，这是彭伉与其妻张氏互相寄答之诗。相比之下，后一首诗作流传更为广泛且多受好评。贞元中与弟李渤"因兵乱避地南来"，"隐于庐山"的李涉，曾有诗酬答彭伉，《增订注释全唐诗》卷四六六载有李涉的《酬彭伉》"公孙阁里见君初，衣锦南归二十余。莫叹屈声犹未展，同年今日在中书"，下注云"中书：中书省。同年在中书，指令狐楚、萧俛。二人均于贞元七年与彭伉同年登进士第。元和十四、十五年相继为相"。由此诗约可了解到，彭伉登第之后不久即返乡，而且在家乡隐居了二十余载。回乡之前有辟江西幕的短暂经历，其妻张氏曾有诗《寄夫》"闻君折得东堂桂，折罢那能不暂归"，《全唐诗》卷七九九题注云"贞元中，伉登第，辟江西幕，不归。张以诗寄之"。不管是否出于妻子的规劝还是别的原因，登科之后回乡二十余载不仕在很大程度上能说明彭伉的隐居之情，这与袁州不少禅家隐居于此有一定关系。《唐摭言》卷八载，彭伉登第后，对湛贲"常侮之，时伉方跨长耳纵游于郊郭，忽有僮驰报湛郎及第，伉失声而坠。故袁人谑曰：'湛郎及第，彭伉落驴。'"② 得志之彭伉不思致仕，"东游西逛"。虽然彭伉

① 傅义：《唐袁州诗谭》，《宜春师专学报》1992 年第 6 期。

② 王定保：《唐摭言》，上海古籍出版社，1978 年，第 89 页。

也有“屈声未展”之叹，最后也官至“大理评事”，但大致可以推算出其就职之时也应接近退休之年了。

彭维岳，《民国宜春县志》载，彭伉之弟，与彭伉同年，贞元七年进士。

湛贲，祖籍江苏无锡，占籍袁州宜春，以郡吏登贞元十二年（796）进士。《全唐诗》存诗三首，《全唐文》卷六一三存其《日五色赋》。早年的湛贲无功名之心，能安居宜春，很可能与其祖上以隐居之德有关，也可能与袁州禅家隐居之风盛行有关。后奋激登第，《唐摭言》卷八云：“彭伉，湛贲，俱袁州宜春人，伉妻即湛姨也。伉举进士擢第，湛犹为县吏。妻族为置贺宴，皆官人名士，伉居客之右，一座尽倾。湛至，命饭于后阁，湛无难色。其妻忿然责之曰：‘男子不能自励，窘辱如此，复何为容！’湛感其言，孜孜学业，未数载一举登第。”①

宋迪，《登科记考》卷一四云，德宗797年进士，存《龙池春草》。

继李嘉祐不久，王涯在元和三、四年（808、809）左右也来到袁州。王涯，宪宗元和三年“坐其甥皇甫湜对策切直，忤宰相李吉甫，罢学士，守都官员外郎，再贬虢州司马。徙袁州刺史。元和五年，入为吏部员外郎”②。王涯徙袁州，韩愈作送别诗两首，《祖席前字》（送王涯徙袁州刺史作）、《祖席秋字》。后者云：“淮南悲木落，而我亦伤秋。况与故人别，那堪羁宦愁。荣华今异路，风雨昔同忧。莫以宜春远，江山多胜游。”地方志评此诗云：“韩昌黎祖席得秋字诗，大历以下无人解。此用笔惟此公，高超迈俗，五言近体，中运以古风笔力，龙跳虎卧，英气逼人。”③

① 王定保：《唐摭言》，上海古籍出版社，1978年，第89页。

② 周祖譔：《中国文学家大辞典（唐五代卷）》，中华书局，1992年，第48页。

③ 谢祖安修，苏玉贤纂：《民国宜春县志》，《中国地方志集成·江西府县志辑》，江苏古籍出版社，1996年，第810页。

“善为诗，尤长于绝句”的王涯“居常以书史自怡，以鼓琴娱宾”，羊士谔《郡中端居有怀袁州王员外使君》，袁州王员外使君，《增订注释全唐诗》卷三二一注“即袁州刺史王涯”，诗云“忆作同门友……休浣迹非疏……青眼真知我”，足见两人良好的友谊，王涯还经常与羊士谔谈经论道，有时一谈就是一整天，诗云“兰卮招促膝，松砌引长裾（王尤精《太玄》，自为深知。时在宪司，休注释，与予自躬冠服，辄诣松庭，永日言集）”。这些都还是回忆两人以前的交往，而现在的境况则是“谁为音尘旷，俄惊岁月除”，感慨各居一端、久无音讯，又惊叹岁月流逝，这与李嘉祐感叹岁月流逝的心境极为相似。诗末云“弱翁方大用，延首迟双鱼”，既是对王的期许，又写了自己盼望友人来信的焦灼心态。王涯接到信，于情于理都会酬答。

据《唐方镇文职僚佐考·韦丹》，元和二年至五年（807—810），正是韦丹坐镇江西之时，当时其幕府中文职僚佐有独孤朗、李景俭、李肇、王叔雅、吕恭、卢行简六人[①]。独孤朗、李景俭、李肇等人关系非常密切，后来穆宗朝长庆年间曾有齐集史馆醉酒骂宰相之事。像王涯这样的大人物到来，韦丹及其幕僚与之有密切来往是很正常的。王涯贬袁州不久，当地又出现两位进士。

钱议，《民国宜春县志》载元和五年（810）进士。

贾謩，《民国宜春县志》载元和七年（812）进士。存诗一首，《赋得芙蓉出水》，姚合有《送贾謩赴共城营田》，贾岛有《石门陂留辞从叔謩》。

以上这些继李嘉祐、王涯等外来文人之后出现的袁州文人，是袁州早期的本土文人，他们留存的诗作很少，记述其生平的相关资料也很少。从仅存的相关文献看，他们多少都有归隐倾向，有的还很强烈。

---

① 戴伟华：《唐方镇文职僚佐考》，天津古籍出版社，1994 年，第 458—459 页。

当时影响稍大的彭伉夫妇、湛贲等人，尤其体现出闲散、归隐思想。与颓废、消沉的北方文人以及繁华富丽的江浙文人比，这里的文人过着世外桃源式的生活。他们是南方落后地区接受北方儒家思想出现的第一批文化人的代表，是袁州本土文化发展的标志，一方面带有浓厚的乡土情结与地方特征，同时又初步接受了传统的儒家文化思想。

第四章　会昌前后韩愈、李德裕与袁州籍文人

袁州诗文兴盛的第二个春天是元和末年韩愈、大和年间李德裕被贬袁州时期。此时北方政局颇不稳定，大和九年还发生了震惊朝野的“甘露之变”，北方的不安宁，在一定程度上促进了南方的发展。这一阶段跨度较长，是袁州发展的重要时期，袁州本土文人大量涌现。一方面韩、李的诗文创作及其在袁州的文人交游活动给当地带来了重大影响；另一方面韩、李两人对袁州经济、文化的直接推动，包括对袁州本土文人的文化教育、诗文指导，乃至提携、举荐当地文人，也对当地的文化、文学发展产生了空前影响。

韩愈，元和十四年（819）因上表谏迎佛骨，贬潮州刺史，同年十月量移袁州。《旧唐书》卷一五：“（元和十四年）冬十月丙午朔……丙寅，以唐州刺史桂仲武为安南都护，潮州刺史韩愈为袁州刺史。”①韩愈元和十四年冬奔赴袁州，次年春天方到。虽说同年九月就回了京城，在袁州逗留的时间不到一年，但韩愈给袁州带来的巨大影响不能以他逗留的短暂时间来衡量，除了“治行尤卓卓”的斐然政绩外，其文化意义更是空前。《民国宜春县志》载：“黄颇，字无颇，好为洪奥文章，蹉跎一十三载。韩愈为州刺史，颇师之”，“易重，字鼎臣，会

① 刘昫等撰：《旧唐书》，中华书局，1975年，第470页。

昌五年举进士,第二。是年张渍第一。会有诏复试,渍默,以重代之,官至大理评事。着文千余篇……袁州状元,在唐有卢易,或云'韩退之之教也'"①。韩愈还在当地创办了书院,"左迁来袁阳,矫矫贤刺史。惠政纪丰碑,书院自公始"②。明代胡应麟有《重修昌黎书院落成因为义塾得长句》。

韩愈涉及袁州的诗作,有送王涯的两首祖席诗,其中秋字诗云"莫以宜春远,江山多胜游",以此安慰友人。前人多说韩愈在袁州无诗,傅义认为其《题楚昭王庙》为袁州时所作③。但韩愈去袁州的途中以及离开袁州后,都有诗作涉及袁州。如诗人获悉量移袁州时,在途中曾作《从潮州量移袁州张韶州端公以诗相贺因酬之》,诗人离开袁州时也有诗作留存,如《自袁州还京行次安陆先寄随州周员外(周君巢也)》,韩愈涉及袁州的诗作主要体现了友人之间的相互酬答。

韩愈在袁州留下了许多散文,傅义认为"而散文则颇多,凡二十篇。除公牍外,尚有《祭滂文》《祭柳子厚文》《柳子厚墓志铭》《南海神庙碑》《新修滕王阁记》《与孟简书》《祭湘君夫人文》,柳铭、阁记为尤着"④。韩愈在袁州所写的文章,有的反映了当地社会状况,如《全唐文》卷五四八《袁州刺史谢上表》云"伏以州小地狭,赋税及时,人安吏循,闾里无事"。有的反映当地风俗,如《全唐文》卷五五〇《应所在典贴良人男女等状》云"原其本末,或因水旱不熟,或因公

① 谢祖安修,苏玉贤纂:《民国宜春县志》,《中国地方志集成·江西府县志辑》,江苏古籍出版社,1996年,第540页。

② 谢祖安修,苏玉贤纂:《民国宜春县志》,《中国地方志集成·江西府县志辑》,江苏古籍出版社,1996年,第754页。

③ 傅义:《唐袁州诗谭》,《宜春师专学报》1992年第6期。

④ 傅义:《唐袁州诗谭》,《宜春师专学报》1992年第6期。

私债负，遂相典贴，渐以成风”。也有的文章从侧面反映了袁州一带的释道思想，《全唐文》卷五六四《太学博士李君墓志铭》云：“襄阳（孟简）黜为吉州司马，余自袁州还京师，襄阳乘舸邀我于萧洲，屏人曰：‘我得秘药，不可独不死。’”此所记载为道家丹药。

韩愈作为文坛领袖还因其产生的文学活动圈而给当地带来更大影响。据《唐方镇文职僚佐考》，元和十五年至长庆三年（820—823），王仲舒坐镇江西，其文职幕僚有王绩、陆畅、卢简求等人[①]。王仲舒与韩愈的关系非同寻常，《民国宜春县志》载：“王仲舒为连州司户，昌黎公令连之阳山；仲舒观察江西，公为袁州刺史。公既为作燕喜亭记，修滕王阁记，又志其墓，书其碑，新使并取公志碑作传。”[②]《全唐文》卷五五七韩愈的《新修滕王阁记》云：“愈少时，则闻江南多临观之美，而滕王阁独为第一……其冬，以天子进大号，加恩区内，移刺袁州。袁于南昌为属邑，私喜幸自语，以为当得躬诣大府，受约束于下执事，及其无事且还，倘得一至其处，窃寄目偿所愿焉……其岁九月，人吏浃和，公与监军使燕于此阁，文武宾士，皆与在席……工既讫功，公以众饮，而以书命愈曰：‘子其为我记之。’”[③]王仲舒，“（元和）十五年召拜中书舍人，六月授江西观察使……韩愈称其‘所为文章无世俗气’（《故江南西道观察使太原王公墓志铭》）……生平见韩愈《故江南西道观察使太原王公墓志铭》《唐故江南西道观察使太原王公神道碑铭》”[④]。

韩愈在袁州时来往密切的文人朋友中，除了王仲舒外，还有穆宗

---

① 戴伟华：《唐方镇文职僚佐考》，天津古籍出版社，1994年，第460页。

② 谢祖安修，苏玉贤纂：《民国宜春县志》，《中国地方志集成·江西府县志辑》，江苏古籍出版社，1996年，第810—811页。

③ 董诰等：《全唐文》，上海古籍出版社，1990年，第2495—2496页。

④ 周祖譔主编：《中国文学家大辞典（唐五代卷）》，中华书局，1992年，第28页。

时贬为吉州司马的孟简。韩愈自潮州量移袁州，过吉州时受到孟简招待，及韩自袁州回京师，又被其邀至萧洲授道药。除此之外，作为文坛泰斗的韩愈，虽身在偏僻的袁州，也与全国各地的著名文人多有往来，如柳宗元逝世时，刘禹锡在千里之外来信求韩愈为其撰写墓志铭，在袁州的韩愈便连续写了《祭柳子厚文》《柳子厚墓志铭》两篇传世佳文。

韩愈在袁州影响深远，当地人对他非常崇敬，《许子绍李卫公集后序》云："元和十五年文公尝为袁州刺史……文公之去袁也，崇庙貌以祠之，列丰碑以记之。其文集之行于世者又锓本于郡序。"[①]

与韩愈相去不远的袁州进士有两位：易之武，《民国宜春县志》载，宝历元年（825）进士；郑史，《全唐诗》卷五四二"字惟直，宜春人，开成元年举进士第"，"存诗三首"。傅义考知"史擅诗赋，明廖用贤《尚友录》郑史条：'有赋百篇，又有诗十二首，见《宜阳集》。'按：此集为唐末宜春人刘松所编，已佚"[②]。如《永州送侄归宜春》。贾岛有《送郑史之岭南》。

在易之武中举之后、郑史登科之前，江西幕府非常热闹，据《唐方镇文职僚佐考》，大和二年（828）至大和四年（830），沈传师任江西观察使，当时其幕僚有李景让、杜牧、李中敏、崔寿、卢弘止等7位文人[③]。沈传师、杜牧声名显赫，李景让、李中敏也都是知名人士，这些人的到来对当时江西文化的发展无疑起着很大的推动作用，与使府洪州相邻的袁州自然也会受到影响。

宝历元年的易之武，是李德裕来袁州之前中举的，自然与李德裕

---

① 谢祖安修，苏玉贤纂：《民国宜春县志》，《中国地方志集成·江西府县志辑》，江苏古籍出版社，1996年，第698页。

② 傅义：《郑谷诗集编年校注》，华东师范大学出版社，1993年，第254页。

③ 戴伟华：《唐方镇文职僚佐考》，天津古籍出版社，1994年，第461—462页。

无关。开成年间的郑史、杨鸿，会昌年间的谢防、宋震、卢肇、黄颇、易重、鲁受等进士则与韩愈、李德裕不无关系。《唐摭言》卷四："韩文公名播天下，李翱、张籍皆升朝，籍北面师之……后愈自潮州量移宜春郡，郡人黄颇师愈为文，亦振大名。"①

李德裕，大和九年（835）四月贬为袁州长史，武宗朝复为相。《旧唐书》卷一七下："（大和九年夏四月）庚子……李德裕贬袁州长史。"② 唐无名氏《玉泉子》："惟进士卢肇，宜春人，有奇才，德裕尝左宦宜阳，肇投以文卷，由此见知。后随计京师，每谒见，待以优礼。旧制：礼部发榜，先呈宰相。会昌二（三）年，王起知举，问德裕所欲，答曰：'安问所欲？如卢肇……岂可不与及第耶？'"③

李德裕是当时的朝廷重臣，又有较好的文学声誉。《全唐文》卷七五三杜牧《上宰相求湖州第一启》云："李太尉在袁州，颉客居淮南，牛公欲辟为吏，颉谢曰：'荀爽为李膺御，以此显名。今受命为幕府下执事，御李膺矣。然李公困谪远地，未愿仕宦。'牛公叹美之。"④ 杜颉为杜牧之弟，曾受知于李德裕，李贬袁州，杜颉受节不受牛公恩遇，此在当时传为佳话。作为朝廷重臣的李德裕，受知于他的官员、学子肯定很多，类似于杜颉的人也一定还有，在李德裕落难袁州时，因为他们这种受知与被受知的关系很可能会带来诗文来往。《全唐文》卷六九六载其《斑竹笔管赋》云"余寓居郊外精舍，有湘中守赠以斑竹笔管……因为小赋以报之"，即为其与当地文人诗文往来之例。

---

① 王定保：《唐摭言》，上海古籍出版社，1978年，第52页。

② 刘昫等撰：《旧唐书》，中华书局，1975年，第558页。

③ 《玉泉子》，《文渊阁四库全书》，上海古籍出版社，1987年，第1035册，第621页。

④ 董诰等：《全唐文》，上海古籍出版社，1990年，第3458页。

李德裕被贬袁州，曾在化成岩苦读，并留下了大量作品。其读书境况，明代叶涵云《李卫公》云："读书化成岩，百尺岩负郭……谢绝繁华梦，山水恣领略。廊庙江湖心，高吟堪寄托。快哉十五赋……唱和有同心，讨论忘寂寞。"① "唱和有同心"可见李德裕在袁州也有唱和诗，与他相"唱和""讨论"的人以及诗作已不得而知。

除了可能存有的袁州唱和诗文，李德裕有两首诗作于袁州，《夏晚有怀平泉林居（宜春作）》："孟夏守畏途，舍舟在徂暑。愀然何所念，念卧龙门坞……日夕谁晤语？眷阙悲子牟，班荆感椒举。凄凄视环玦，恻恻步庭庑。岂待庄舄吟，方知倦羁旅！"李德裕视贬袁州的日子为守畏途（为此曾专撰《畏途赋》），又是思念河南龙门的平泉山居，又是怀恋故乡河北赵郡赞皇，悲叹自己"流窜"南方这个偏远之地，感慨自己没有可与之交流的朋友，只好一边回忆着京城一边惶惶地游走于院子里，寄托对家乡的思念。这首诗作于大和九年夏末，道尽了作者初到袁州的无限悲伤，与李嘉祐及其他贬官心境非常相似，从他身上可以看到贬官的复杂心态；《早秋龙兴寺江亭闲眺忆龙门山居寄崔张旧从事（宜春作）》表达的也是类似的感喟，这一点颇似李嘉祐，当初李嘉祐贬袁州时也有很强烈的岁月流逝的慨叹。李德裕发出此叹，实际上是诗人对自己前途特别是政治前途的彻底绝望，这是李德裕在袁州的诗作所体现出来的心态。

李德裕在袁州写得最多的是赋。宋人《许子绍李卫公集后序》云"大和八年，卫公亦尝为袁之长史……文之流传者，仅有十五赋，其全集则未之见"②，《民国宜春县志》云李德裕在袁州本有十五赋，现

① 谢祖安修，苏玉贤纂：《民国宜春县志》，《中国地方志集成·江西府县志辑》，江苏古籍出版社，1996 年，第 752 页。

② 谢祖安修，苏玉贤纂：《民国宜春县志》，《中国地方志集成·江西府县志辑》，江苏古籍出版社，1996 年，第 698 页。

仅存十三赋，“按：卫公寓化成岩，有赋一十五首，今存十三首”①。

袁州青山绿水，草树繁茂，鸟禽成群，李德裕的赋中多有体现。这些感鸟、怀物、伤年、即景的赋，比较全面地反映了李德裕在袁州的精神状态。如《全唐文》卷六九六《山凤凰赋》云“仰山在郡之坤隅，高松翳景，名苹所集，有丽鸟……余感而赋之，以贻亲友”，作者笔下的山凤凰如此之美，而作者之感慨也赫然可见，末句云“何异夫怀禄耽宠乐而忘归，玩轩冕而不去，惜印绶而无时。嗟呼，乘君子之器与兹鸟同讥”，又如《全唐文》卷六九六《振鹭赋》“此郡带江缘岭，野竹成林。每向夕，有白鹭群飞……叹美羽之翩翩，感余生之忧栗”，《全唐文》卷六九六《怀鹗赋》云：“荆楚多飞鹗……余乃叹曰：‘天有定命，圣不能知，彼冥数之未兆，非畏之而可移。’”《全唐文》卷六九六《白猿赋》“此郡多白猿……矧三声之未绝，感行客之销魂……嗟乎，人之化也，实可悲辛”。

也有反映当地风俗、当地人生活习性、当地歌谣的，如《全唐文》卷六九六《积薪赋》“此郡岩壑重复……樵采之子未尝辍音，往往沿流而下”，《全唐文》卷六九六《柳柏赋》云：“独此郡有柳柏……慨路远而莫致，抑毫端而孔悲，顾谓稚子煜起为谣曰：‘楚山侧兮湘水源，美斯柏兮讬幽根，条葱翠兮冬转茂，实垂珠兮秋始繁，彼变化兮不测焉，知非张绪之精魂。’”袁州古属楚地，这则歌谣即是楚地歌谣。

李德裕被放逐之心始终不能释怀，在袁州所感所叹均不离此心，他的自然景物赋及其他赋所引发的诸多感慨都缘于此，有的赋干脆直抒此意，如《全唐文》卷六九七《二芳丛赋》“由是楚泽放臣，小山游客”，又如《全唐文》卷六九六《伤年赋》“余兹年五十，久婴沉痼，

① 谢祖安修，苏玉贤纂：《民国宜春县志》，《中国地方志集成·江西府县志辑》，江苏古籍出版社，1996年，第735—739页。

楚泽卑湿，杳无归期，恐田园将芜，不遂悬车之适，乃为此赋”，《积薪赋》“邈岩居之幽远，有楚泽之放臣”。

有的赋也从侧面反映出李德裕与佛教的关系，如《全唐文》卷六九六《斑竹笔管赋》云“余寓居郊外精舍”，“精舍”即佛寺，《二芳丛赋》云“余所居精舍”。

韩、李在袁州的影响深远，已经跨越了朝代的限制，上文所举宋人、明人对韩愈、李德裕的推崇既是明证。《隆泰化成岩倡和纪略序》云“公以大臣谪居，犹矻矻孜孜……重修其额曰托赋楼，不独为袁之多士劝，亦欲使我辈居官者共加鞭策也……道光元年，辛巳之秋”①，道出了韩、李影响深远的根本原因。

韩愈之后、李德裕之前袁州进士有易之武与郑史，李德裕之后，特别是会昌年间，袁州的本土文人开始大量出现，而会昌年间正好有两位重臣坐镇江西，据《唐方镇文职僚佐考》，会昌元年（841）至会昌三年（843），裴休任江西观察使，时幕僚有杜审权、司空舆；会昌四年（844）至会昌六年（846），周墀任江西观察使，时幕僚有赵璘②，这些人对当时的江西，包括袁州也有极大的影响，袁州第一位状元卢肇就曾经入裴休的江西幕府。

除上述赫赫有名的朝中要员，在韩愈、李德裕前后还有不少著名的文人墨客先后来过袁州，有的虽未亲身到过却也有诗文涉及之，这些诗作对袁州的风土人情有所描述。如耿沣的《登钟山馆》“匹马宜春路，萧条背馆心……野市鱼盐隘，江村竹苇深。子规何处发，青树满高岑”；戎昱《赠宜阳张使君》“暂作宜阳客，深知太守贤。政移千

① 谢祖安修，苏玉贤纂：《民国宜春县志》，《中国地方志集成·江西府县志辑》，江苏古籍出版社，1996年，第702页。

② 戴伟华：《唐方镇文职僚佐考》，天津古籍出版社，1994年，第463页。

里俗，人戴两重天。旧郭多新室，闲坡尽辟田。倘令黄霸在，今日耻同年”，诗中充满了对刺史的赞誉之辞，同时也写出了当时的袁州正处于大开发阶段。杨衡《病中赴袁州次香馆》“病舆憩上馆，缭绕向山隅。荒葛漫欹壁，幽禽啄朽株”，写了袁州群山环绕的地理景致。

以韩愈、李德裕为首的外来文人，对袁州的发展做出了杰出的贡献，直接促成了当地文人的大量涌现，会昌以来袁州本土文人开始抬头，其诗人、诗文在当时均有一定的影响。

杨鸿，《民国宜春县志》载，宜春人。《全唐诗》卷五四二云，“开成二年登进士第。诗一首”，《晴望九华山》。谢防，《民国宜春县志》载，宜春人，会昌元年（841）辛酉进士。

黄颇，《全唐诗》卷五五二载，袁州宜春人，会昌三年进士，一度南游，终监察御史，马戴、姚鹄、潘唐与之有交往，存诗三首；《全唐文》存《受命于天说》。《风不鸣条》为会昌三年省试题，《和主司王起》为京城唱和之作，《闻宜春诸举子陪郡主登河梁玩月》“一年秋半月当空，遥羡飞觞接庾公……虽向东堂先折桂，不如宾席此时同”，诗写于登第后，诗人虽然有登第之喜，然而还是羡慕遥远的家乡举子们陪同郡主一起游玩，觉得自己的登第之喜不如回乡和诸举子们、郡主一起玩月，体现了黄颇对家乡诗友的尊重与思念。姚鹄有《送黄颇归袁》；马戴有《怀黄颇》。

潘唐，《全唐诗》存诗一首，与黄颇善。《民国宜春县志》载，袁州宜春人，有《下第归宜春酬黄颇饯别》“一从此地曾携手，益羡江头桃李春”，诗人充满了落第失意之情，“故国犹惭季子贫”也道出了袁州当地有相当的重视功名的氛围。

易重，《民国宜春县志》载，袁州宜春人，会昌五年（845）进士，复考第一。《全唐诗》存诗一首，《寄宜阳兄弟》“故里仙才若相问，一春攀得两重枝”，诗人沉醉于登第之喜，“故里仙才若相问”同样道出了袁州重视功名的氛围。

鲁受,《民国宜春县志》云,袁州宜春人,会昌五年进士。

卢肇,《增订注释全唐诗》卷五四四载,袁州宜春人,约811—901,会昌三年(843)经李德裕推荐为进士第一,历游卢商、裴休、卢简求幕,曾除秘书省著作郎、仓部员外郎充集贤院直学士,一度贬连州,咸通初,守歙州,历吉、池、万三州刺史,工诗能赋。《新唐书·艺文志》载《海潮赋》《通屈赋》各一卷,现存《文标集》三卷,补遗一卷,诗一卷。《民国宜春县志》载,文集另有《大统赋注》六卷,《大统赋》二卷,《愈风集》十卷;史有《卢子史录》四卷,《逸史》三卷,《太平广记》《诗话总龟前集》存有其《逸史》故事。

对于卢肇的籍贯,诗人自己曾在《汉堤诗(并序)》中云"肇于公为族孙",又云"族孙作诗,昭示厥后",此公指卢钧。据《新唐书·卢钧传》,卢氏郡望在范阳(今北京),卢肇《阅城君庙记》中又言及卢钧,"及太和五年,岁在壬子,府君来宜春,遂立祠于邑东昌山津右",据此,卢肇可能是范阳南迁之一支。有关卢肇的史料较多,《新唐书》《云溪友议》《唐摭言》《北梦琐言》《太平广记》《唐诗纪事》《豫章丛书》《正德府志》等均有记载,清代《全唐诗》《全唐文》对卢肇也有较多的记载,是唐代资料最为详细的袁州文人。

卢肇的诗用典很多,几乎每首都有,范围很广,涉及《周易》《诗经》《论语》《礼记》《史记》《汉书》《三国志》《庄子》《淮南子》以及其他著作的列仙、海山、佛教典故等等。如《江陵府初试澄心如水》中引用《礼记》中的"一勺初"与"情田",还有道家用语"丹心""清虚"等;《和主司王起》引用《诗经》的"嵩高"与《三辅黄图》的"玉树",以及《汉书》中的"柳间营"等;《别宜春赴举》引用《古今注》中的"衔芦雁"与《海山记》中的"戴角鱼"等;《风不鸣条》引用了《孔子家语》"舜弹五弦琴歌南风"的典故;《将归宜春留题新安馆》

中“西家昔日近丘墙”中的东家丘（孔子）等。

卢肇诗中有关庄子及道家隐士类的典故特别多，佛教用语也不少，如《及第送潘图归宜春》中的“北溟”“白社”分别指庄子与晋代隐士董威辇，《将归宜春留题新安馆》中的“山中云鹤喜相忘”指庄子，《题绿阴亭》“青山遥负向平心”中极具云游之心的向平等，《谪后再书一绝》中的“崆峒道士”“赤鼠黄牙”，《句》“妙吹应谐凤”引用《列仙传》；《题甘露寺》中使用了众多的佛教用语，如“降虎”“福庭”“觉路”“染”等，还有别的诗作涉及的“阎浮”“白头僧”“祝融寺”。

卢肇习惯用典可能因为受韩愈影响，如此多的典故一方面说明了卢肇确实知识渊博、学识过人，同时也表明了其内心的自负；另一方面也许还因为卢肇是来自“蛮夷之地”，在与中原学子吟诗作赋的时候，多用典可以充分显示其学识之高而免于因“蛮夷”而受到文化上的“歧视”，这实际上也是落后地区的文人在融入中原文化中心区时体现出来的激进心态。

在卢肇一卷诗作中，涉及家乡宜春的非常少，但这些有限的诗作却充分体现了诗人对故乡的眷恋。《别宜春赴举》作于开成五年（840）秋天，诗云“秋天草木正萧疏，西望秦关别旧居。筵上芳樽今日酒，箧中黄卷古人书。辞乡且伴衔芦雁，入海终为戴角鱼。长短九霄飞直上，不教毛羽落空虚”，诗人在秋天离乡进京赴举，秋天有“萧疏”之气，但诗人却豪情万丈，用“衔芦雁”从侧面夸耀家乡，用“戴角鱼”“不教毛羽落空虚”来表明自己志在必得的决心。《及第送潘图归宜春》“三载皇都恨食贫，北溟今日化穷鳞……对酒共惊千里别，看花自感一枝春”，一方面压制不住自己中举的内心喜悦以及在京城遇故人的喜悦，同时又感喟“一枝春”，为潘图忧叹。《成名后作》云“今朝折得东归去，共与乡闾年少看”，诗人掩不住自己中举的喜悦，有荣归故里之感。

《竞渡诗》,《增订注释全唐诗》注云,诗作于会昌三年(843)自京城回乡途中,据《光绪江西通志》中《名胜志》,作者是在袁州新淦县萧滩石溪寺,即览胜亭看竞渡。这是诗人中举后回乡报喜时所作的诗,写了农历五月初五的龙舟竞渡活动,"鼙鼓动时雷隐隐,兽头凌处雪微微",也写了衣锦还乡的喜悦,"向道是龙刚不信,果然夺得锦标归"。《将归宜春留题新安馆》,《全唐诗》注云,咸通七年(866)自歙州刺史归宜春,诗云"东里如今号郑乡,西家昔日近丘墙……天外鸳鸾愁不见,山中云鹤喜相忘",诗人借郑玄回乡讲学、孔子东家丘的典故表明自己的归隐之心,然而,卢肇也如其他士大夫一样,在要真正归乡时心情又复杂起来了,还忧愁从此以后远离京城、见不到皇帝,但这点忧愁最终还是被回乡归隐的愉悦所取代。

《送弟》"去日家无担石储,汝须勤苦事樵渔。古人尽向尘中远,白日耕田夜读书",是勉励家乡的弟弟要勤于农事、勤于学业,诗中也写了其家乡主要从事"樵渔"的农桑特征。

孙望《全唐诗补逸》卷一二补卢肇诗四首[①],有两首与宜春直接相关,《耸翠峰题石》(原注:峰在袁州府城西三十里);《戏宜春李令求厅前杜鹃》。

卢肇的文比诗多,可惜留存不多,最有名的是其《全唐文》卷七六八《海潮赋》及序、后序,与此相关的还有《进海潮赋状》《日至海成潮入图法》《浑天法》《浑天载地及水法》等。从《进海潮赋状》可看出卢肇"志在为儒"的志向、大部分仕途经历以及写《海潮赋》的原因;《海潮赋》等科技文颇为当时人所肯定,也渐为今天的学者

---

① 陈尚君辑校:《全唐诗补编》,中华书局,1992年,第229—230页。

所重视[①]。

卢肇也有描写家乡的文章,《全唐文》卷七六八《阌城君庙记》云"元和中,故宜春县令卢府君尝游宦南越,乞灵于龙……及太和五年,岁在壬子,府君来宜春,遂立祠于邑东昌山津右……三迁为宜春令"[②],太和五年,卢钧在宜春县邑东昌山津右建龙伯祠。《全唐文》卷七六八《震山岩记》记宜春震山,"宜春郡东五里有山……郡人名之曰:呼岗。意者亦谓其若长幼相呼,同在一处","其西北有石室,临游溪之涘,邑人彭先生尝钓此岩下……时太守名其乡曰征君乡,岩曰征君钓台。咸通七年,予罢新安守以俸钱易负郭二顷,在震山之西又得枫树之林于溪南。日与郡守高公游其下","而以震山易呼冈之名白公。公喜,命刊其事于岩下。予既得西林……亦请命其林曰卢氏弋林,以对其东彭氏钓渚也"[③]。

会昌前后,袁州出现了卢肇、黄颇等一批文人,其中卢肇、黄颇较有影响。《唐摭言》载卢肇曾以《题甘露寺》"地从京口断,山到海门回"令张祜大为激赏。《全唐文》卷七六八"韫,咸通末为州刑掾",其《拨镫序》云:"韫咸通末为州刑掾,时卢陵卢肇罢南浦太守归宜春。公之文翰,海内知名。韫窃慕小学,因师于卢公子弟安期。岁余,卢公忽相谓曰:'子学吾书但求其力尔,殊不知用笔之方不在于力……'"[④]

这一阶段是袁州本土文人大量出现的高峰期,仅会昌年间就有好几位进士。本土文人大量出现推动当地文坛迅速发展,为当地文坛走向成熟奠定了基础。在这些本土诗人中,除了卢肇,其他文人留

① 许结:《说"浑天"谈"海赋"》,《南京大学学报》1999年第1期。

② 董诰等:《全唐文》,上海古籍出版社,1990年,第3545页。

③ 董诰等:《全唐文》,上海古籍出版社,1990年,第3546页。

④ 董诰等:《全唐文》,上海古籍出版社,1990年,第3547页。

存的作品极为有限,数量的有限本身即说明了文人们对诗文认识的局限性。从仅存的作品以及相关的文献记载看,当时的袁州本土文人在很大程度上还有比较明显的地方封闭性,诗文内容不够丰富,大多是描写恋乡、归隐,诗歌创作也基本上没有什么创作技巧可言。

第五章 唐末以郑谷为中心的袁州唱和

第一节 唱和前后袁州区域的文学状况

自咸通年间始,在文坛有所起色的袁州文人已不仅仅是卢肇等人,以郑谷为中心的新一代袁州籍文人开始活跃起来,他们的诗文比前辈袁州文人要多,诗文内容与特征也跳出了地方框框,视野更为开阔,内容更为丰富,体现了更多的士大夫特性与情怀,不少文人喜好诗文创作,有的还沉迷于诗文研究,比如郑谷、虚中等人。由于郑谷在当时的诗坛有较大影响,而且郑谷在晚年归隐家乡还产生了以他为中心的袁州唱和,加上当时袁州经济文化有了充分的发展,佛释文化更为成熟,吸引了不少外来文人关注袁州,这些因素反过来促使袁州本土文人急剧增加,并形成一定规模。外来文人对袁州的文化发展仍起着一定程度的作用,袁州本土文人对袁州更是倾注了深厚的感情,袁州文化氛围空前浓厚,这里的儒释文化互相启发、互为补充,诗文创作比较盛行,禅门僧客云集。刘禹锡所云“钟陵八郡多名守,半是西方社中友”,晚唐亦当如此。又如韦庄《袁州作》所形容,“家家生计只琴书,一郡清风似鲁儒”。

晚唐许多著名的文人曾到过或者有诗文涉及袁州,如齐己、雍陶、罗隐、曹邺、张乔、王贞白、李群玉、纪唐夫、韩偓、韦庄等等。其诗文表达的是朋友间的相互勉励、期许,或是诗人内心的情愁的表白,或纯粹是景物诗。

如翁承赞《奉使封王次宜春驿》“云断自宜乡树出，月高犹伴客心悬”；李中《新喻县酬王仲华少府见贻》以及《新喻县偶寄彭仁正字》“孤宦在南荒。酒醒公斋冷，雨多归梦长”，新喻属宜春，诗人独宦南荒，南国雨多梦长，壮志难酬；李伉《谪宜阳到荆渚》（据《增订注释全唐诗》，李伉在咸通六年以后贬袁州）“汉江江水水连天，被谪宜阳路几千。为问野人山鸟语，问予归棹是何年”，诗人被贬山高水远的宜阳，心怀惆怅，对遥远的南荒充满了恐惧，诗人的这种心态是所有被贬官员的共同心态，中晚唐袁州经济文化不断发展，但毕竟是偏远小山城，其经济文化各方面都要次于洪州等地，在交通方面甚至远不如吉州（吉州与虔州相交接，是南北水陆的枢纽之一）。所以外来文人来到这里都会有孤宦南荒的羁旅愁役之感，前代的李嘉祐、王涯、韩愈、李德裕，晚唐的李中、李伉都是如此，因而这些人的诗作有共同的情愁、孤苦、失望，这与过往诗人的诗作不同，也与未曾到过袁州的诗人的诗作不一样，后两者的诗作没有他们内心深处那种贬谪南荒的行愁、孤苦，而带有更多的宽放心态或者说是一种接近于闲情逸致的闲心去作诗文，后两类人的诗文虽然缺乏远居南荒的仕宦们内心深处的孤苦体验，从而缺乏了某种感人至深的艺术感染力，但它们却能反映出另一类人眼中的袁州以及他们有关袁州的人生体验。

如雍陶《送宜春裴明府之任》“楚望花当渡，湘阴橘满川……此任无辞远，亲人贵用还”，在诗人眼中，宜春是遥远的楚地湘阴；罗隐《题袁溪张逸人所居》“数里溪光日落时”也是美景；纪唐夫《送友人归宜春》（一作张乔诗）“远道空归去，流莺独自闻……故里南陔曲，秋期更送君”，友人“远道空归”回家乡，自是伤感南陔曲；无可《送宜春裴宰是将军旻之孙》“叠嶂和云灭，孤城与岭通”，宜春群山重叠；齐己《送李评事往宜春》“山遍寺楼看仰岫，台连城阁上宜春……别有官荣身外趣，月江松径访禅人”，李评事是个好禅之人，宜春禅风很盛，《行次宜春寄湘西诸友》“幸无名利路相迷，双履寻山上柏梯……云中石壁青侵汉，树下苔钱绿绕溪”；韦庄《题袁州谢秀才所居》“主人年少已能诗，更有松轩挂夕晖。芳草似袍连径合，白云如鸟傍檐飞。但将竹叶消春恨，莫遣杨花上客衣。若有前山好烟雨，与君吟到暝钟归”，这首诗与《袁州作》都写了当时当地儒学流传、诗风盛行的状况；韩偓《赠易卜崔江处士》“白首穷经通秘义，青山养老度危时。门传组绶身能退，家学渔樵迹更奇。四海尽闻龟策妙，九霄堪叹鹤书迟。壶中日月将何用，借与闲人试一窥”，处士崔江退隐于宜春，并深得韩偓推崇。当地人杨夔、袁皓、梁烛、易思、彭蟾、崔江等人具有“处士”之称。

除了诗歌外，外来文人也有文涉及袁州，这些文章同样体现了袁州的某些风貌、地理以及有关历史掌故。《全唐文》卷八二〇载咸通时人刘骧《袁州城隍庙记》，比较清楚地记述了袁州的历史，“惟袁古之城壁，按《汉书》：‘高帝六年春，大将军灌婴所筑。’先未有郡，是古宜春县城。隋开皇十一年置宜春郡，大业三年改为袁州，因山名也。移县于州东五里，古今得以灌将军称祀焉……千里之内，樵童牧竖，农夫织妇，识君臣少长之礼。名儒秀士，时时间出”，文章记载了袁州古城的历史沿革，也记述了袁州人江海渔猎的生活以及袁州儒学盛行之风。“大中十二年，潭广宣洪，士马纷扰……贫富相易，父子不相保，人不聊生。是岁州之小卒蚁聚……有忠者密告奸宄之事实伏法。袁之人获脱虎口之难”，这记述了当时南方兵乱情况。“大中十四年，太守鲁郡颜公遐福理斯郡。公文章独步，致身高科……洎今未逾二载，百谷丰，万汇苏，而疆理无事”①，记载了颜公治理袁州的情况，以

① 董诰等：《全唐文》，上海古籍出版社，1990年，第3735页。

及颜公之才学。《全唐文》卷八六九载吴顺义时人顿金《仰山加封记》,云“伏以当州名山古迹,南仰灵祠。拟巨岳以齐高,耸群峰而迥出”①,这是仰山雄伟之状。《全唐文》卷八七一存南唐保大时人朱恂《仰山庙记》,记载了仰山之神的传说,云:“仰山广惠公庙,汉文之世,而立于山之阿,神姓萧氏……有唐代宗朝广德末,神感于太守阎公瑜曰:‘我龙之伯仲也,实姓萧氏。其祠在仰山,既险且阻,我其徒之,将近尔郊,俾祭祷。’”②

袁州禅宗兴盛,外来文人与在袁州说法的禅师、僧人之间也有一些诗文往来,如张乔的《赠仰大师》“仰山因久住,天下仰山名……仿佛曾相识,今来隔几生”,张乔与仰山有交情,也颇通佛理;韩偓《赠孙仁本尊师(在袁州)》;宋齐邱《赠仰山慧度禅师》等等,这些都是文人士大夫与僧师们的交往酬答。士大夫们与僧师们的诗作来往禅意不多,但意义非凡,这是儒释两道相互交融的真实体现。

此外还有诗僧之间以及诗僧与其他僧师或者其他僧师之间的一些诗作往来,这些诗作释家含义较深,大多是为了借诗传教,其中也包含僧人之间的道友之谊。《全唐诗补编·全唐诗续拾》卷三一良价《答仰山颂》“诗咏人间事,空门何不删?探珠宜静浪,动水取应难。名利心须剪,非朋不用攀。舍邪归正道,何虑不闲闲”,涉及禅与诗文的关系,《颂》“道无心合人,人无心合道。欲知此中意,一老一不老”,借诗谈禅。又如《全唐诗补编·全唐诗续拾》卷四一智闲《对仰山问作偈》(题拟)“去年未是贫,今年始是贫。去年无卓锥之地,今年锥也无”,《发机颂答郑郎中又问》“语里埋筋骨,音声梁道容。即时才妙会,拍手趁乘龙”,这都是借诗谈禅。

---

① 董诰等:《全唐文》,上海古籍出版社,1990年,第4034页。

② 董诰等:《全唐文》,上海古籍出版社,1990年,第4043页。

佛家有自觉向儒家靠拢的一种趋向。刘禹锡在《袁州萍乡县杨岐山故广禅师碑》一段话颇能代表相当一部分士大夫对儒释交错的看法，“则素王立中枢之教，懋建大中；慈氏起西方之教，习登正觉着。至哉！乾坤定位，而圣人之道参行乎其中。亦犹水火异气，成味也同德；辕轮异象，至远也同功。然则儒以中道御群生，罕言性命，故世衰而浸息；佛以大慈救诸苦，广起因业，故劫浊而益尊”；文中记有广禅师的生年，成为禅师身世的文献，并记述了撰碑文的缘由，“初广公始生之辰，岁在丁巳，当元（玄）宗之中元也。生三十而受具，更腊五十二而终，终之夕，岁直戊寅，当德宗之后元三月既望之又十日也。后九年，其门人还源以为崇塔以存神……缪谓予为习于文者，故茧足千里，以诚相投。大惧其先师德音与时浸远，且曰：‘……彼堕泪之感，岂儒者流传之？’敬酬斯言，铭示真俗”①。文中记广禅师“七岁尚儒”，“十三慕道”，而后终入佛门，可见广禅师的思想颇为复杂，以释为主，儒释道相混合。通晓儒释甚至儒释道三家的僧师不少，类似的如《全唐文》卷八七〇宋齐邱《仰山光涌长老塔铭》中的光涌，文中云：“七岁请学儒，诗书礼乐，若有素习。十三请学佛，经论禅智，悉如生知。”②

刘禹锡的这篇碑文，表明了佛家自觉向儒家靠拢的一种趋向，许多释家弟子入佛门之前受过儒学教育，在遁入空门后又自觉接受儒家思想，吟诗作赋也颇为常见。佛门弟子吟诗作赋的用意有二：一是对诗文的爱好，如贾岛、贯休等大部分作品；一是表达释教含义，借以传教，如仰山慧寂、善道等的诗作，这类诗较少。《全唐诗续拾》卷三三，韶州人慧寂，“在袁州仰山，世称仰山和尚……诗五首”，偈四

① 董诰等：《全唐文》，上海古籍出版社，1990 年，第 2730 页。
② 董诰等：《全唐文》，上海古籍出版社，1990 年，第 4039 页。

颂一，如“法身无作化身作”，“年满七十七，老去是今日。任性自浮沉，两手攀屈膝”，“随缘三事衲，顿觉万缘休”等[①]。《全唐诗续拾》卷三四，嘉兴义和镇人文喜，“嗣仰山”，有《五台山夜行遇童子问答忽然不见作》“言下闻知开佛眼，回头只见翠山岩”[②]。《全唐诗续拾》卷四三，善道，“嗣袁州盘龙山可文禅师，住袁州木平山，世称木平和尚。与文益同时。诗一首”，偈诗“南山路仄，新到莫辞三转泥。嗟汝在途经日久，明明不晓却成迷”[③]。当时不少佛家弟子不辞劳苦，长途跋涉去请当时很有影响的文人们为佛门已故的长老们撰写碑铭。如《全唐文》卷八一三陆希声的《仰山通智大师塔铭》：“希声顷因从事岭南，遇仰山大师于洪州石亭观音院，洗心求道……今者门人光昧专自东山来，请予以文铭和尚塔。予顷在襄州有香严门人请予为香严碑，已论三人同体异用之意。其辞曰：‘仰山龙从于江西，大安雨聚于闽越……’”[④]

佛释弟子自觉接受儒家文化，同时儒家士大夫也不断向佛家靠近，不少很有名望的文人谈空论禅，与释家子弟密切来往，上文提到的裴休、韦宙、李嘉祐以及陆希声、刘禹锡等一批声名显赫的文人士大夫都与释家结下了较深的渊源。儒释文化相互交融、妙合无间，袁州成了儒释交融的一个典型地区，体现了南方落后地区向前发展中接受中原发达文化、本土文化与外地文化相互交融的过程。

这一时期袁州的儒释文化发展较为成熟，本土文人逐渐形成自己的特色：以袁州本土的闭塞、蛮荒思想为根过渡到以儒释交融具有成熟的儒释为主线，袁州文人表现出更多的晚唐士大夫心态——

① 陈尚君：《全唐诗补编》，中华书局，1992 年，第 1177 页。
② 陈尚君：《全唐诗补编》，中华书局，1992 年，第 1203 页。
③ 陈尚君：《全唐诗补编》，中华书局，1992 年，第 1374 页。
④ 董诰等：《全唐文》，上海古籍出版社，1990 年，第 3792 页。

对大唐帝国彻底衰亡的绝望，对功名利禄的无奈，在国运大势已去状况下的进退失据，从而走向内心、走向佛门，寻求退隐，这种思想与卢肇、黄颇特别是更早的袁州文人们的归隐思想有明显的不同。前代袁州文人们走向归隐大多是因为他们内心本来就向往归隐，虽然有不少人也有儒家积极进取的精神，但他们内心深处固守乡土，还不能完全接受儒家或者纯粹的佛家思想，也正因为这样，中原文士或者一些佛家僧人没有从心底里接受、认同他们。《唐摭言》卷一二："卢肇初举，先达或问所来？肇曰：'某袁民也。'或曰：'袁州出举人耶？'肇曰：'袁州出举人，亦由沅江出龟甲，九肋者盖稀矣。'"① 即是一例。

实际上他们是接受外来文化的开创者，他们所承受的文化积淀几乎没有外来的东西，所以文化根子还是原有蛮荒的、闭塞的袁州本土文化，眷恋家乡的情感深深地渗透在他们的思想中，回归家乡是他们的主动选择，这正体现了前代袁州文人保留有更多的乡土色彩，思想更保守，眼界更小。而到了郑谷他们一代则不同（特别是云游天下、仕宦四方的郑谷表现最为突出），他们追求功名利禄已经基本上是一种非常自觉的心态，不少人蹉跎科举考场十几年甚至几十年却锲而不舍，如杨夔、郑谷（这种现象在黄颇所处的年代就已经初露端倪了，《唐摭言》云"黄颇以洪奥文章，蹉跎者一十三载"，到了郑谷的时代，这种现象更加突出），这正反映了儒家功名进取心已经深入他们的内心深处，成了他们精神因子的一部分，他们的退隐不是因为真正主动地走向内心，而是因为当时的社会不能为他们提供实现心中理想的环境，迫不得已之下只好走所有士大夫遇到同样情况想走的路；他们走向佛门更多是代表儒家文士走向释家，而不是体现袁州本土文化向佛释的交融。总的说来，此时的袁州文人已经儒家化、释化了，也

① 王定保：《唐摭言》，上海古籍出版社，1978 年，第 137 页。

因为这样，他们的视野更加宽阔，他们的思想更加深邃，他们的影响更加深广，然而袁州本土文化色彩却也因此而逐渐退出袁州的历史舞台，后世文人立祠、造像、刻碑、撰铭，对象基本上是儒家士大夫，所传承下来的文化当然也就只能是儒家文化了，这从另一方面说明了儒家文化巨大的包容力以及它那强劲的攻击力与摧毁力。

第二节　郑谷与袁州唱和

自咸通年间始，最著名的袁州文人是"咸通十哲"之一的郑谷，人称"郑鹧鸪"，又称"郑都官"，同时代的司空图曾赞誉他"当为一代风骚主"，在唐末直至宋代都有较大影响。辛文房《唐才子传》卷九云："谷字守愚，袁州宜春人。父史，开成中为永州刺史。谷幼颖悟绝伦，七岁能诗。司空侍郎图与史同院，见而奇之……图拊谷背曰：'当为一代风骚主也！'……乾宁四年，为都官郎中，诗家称'郑都官'，又尝赋《鹧鸪》警绝，复称'郑鹧鸪'云。未几告归，退隐仰山书堂，卒于北岩别墅。谷诗清婉明白，不俚而切，为薛能、李频所赏。与许棠、任涛……唱答往还，号'芳林十哲'。谷多结契山僧，曰：'蜀茶似僧，未必皆美，不能舍之。'……尝从僖宗登三峰，朝谒之暇，寓于云台道舍，编所作为《云台编》三卷；归编《宜阳集》三卷。及撰《国风正诀》一卷，分六门，摭诗联，注其比象君臣贤否、国家治乱之意。今并传焉。"①

宋代欧阳修《六一诗话》云："郑谷诗名盛于唐末，号《云台编》，而世俗但称其官，为'郑都官诗'。其诗极有意思，亦多佳句，但其格不甚高。以其易晓，人家多以教小儿，余为儿时犹诵之。"②《增订注释全唐诗》卷六六八载，郑谷（约851—约910），咸通、乾符年间屡

---

① 傅璇琮：《唐才子传校笺》，中华书局，1990年，第4册，第152—170页。

② 《六一诗话》，《文渊阁四库全书》，上海古籍出版社，1987年，第1478册，第249页。

试不第。约天复三年(903),归宜春仰山东庄书堂,约卒于开平四年(910)或稍后。傅义认为郑谷卒于梁太祖开平三年,即909年,享年六十二①。今存诗四卷。

郑谷从小就深受"风雅"的影响,好学而多诗,《袁州二唐人集》录郑谷《云台编》自序云:"谷勤苦于风雅者,自骑竹之年,则有赋咏。虽属对音律未畅,而不无旨讽","同年丈人古川守李公朋、同官丈人马博士戴,尝抚顶叹勉,谓他日必垂名……故薛许昌能、李建州频不以晚辈见待,预于唱和之流,而忝所得为多。游举场凡十六年,著述近千余首,自可者无几。登第之后,孜孜忘倦,甚于始学也"。

郑谷早年见知于薛能、李频,与之唱和,并一直孜孜于诗作。《郑谷诗集编年校注》序言云:"郑谷初以咏鹧鸪得名,人称'郑鹧鸪'……薛廷草制,称'谷以二雅驰声'……绍兴间童宗说作云台编后序,则曰:'论其格虽若不甚高,要其锻炼句意,鲜有不合于道。'更赞其'有补于风教',不应'以世俗耳鉴决之'。或褒或贬,代有评陟。当代学者,研讨愈深。"② 傅义接着又将郑谷的诗作分为写景咏物诗、感时伤事诗、寄赠献酬诗,无论是哪类诗,都"常以诗歌与世道相联系",可见郑谷的诗歌风格也类似白居易的诗风。

郑谷的诗歌中与袁州相关的诗作也有不少。傅义在《晚唐五代宜春诗谭》中对"郑谷咏故乡诗"作了一定的分析,指出郑谷有部分诗作咏故乡山水,此外还有与齐己唱和的诗作("谷原唱皆佚")③。这两大类占了郑谷有关家乡诗作的相当部分,此外还有郑谷在他乡思念故乡的诗作,而郑谷等人所著的《新定诗格》也是郑谷退隐家乡时

① 傅义校注:《郑谷诗集编年校注》,华东师范大学出版社,1993年。

② 傅义校注:《郑谷诗集编年校注》,华东师范大学出版社,1993年,第1页。

③ 傅义:《晚唐五代宜春诗谭》,《宜春师专学报》1993年第2期。

与齐己、虚中等唱和之后的极大成就之一。

郑谷年谱有三种，王达津《郑谷生平系诗》(《南开大学学报》1981年第1期)；赵昌平《郑谷年谱》(《唐代文学论丛》1987年)；傅义《郑谷年谱》(《郑谷诗集编年校注》，华东师范大学出版社，1993年)。傅义所撰年谱吸收了前两家成果，较为详细。以下郑谷行踪与诗作系年俱取自傅义所撰年谱。

郑谷世居袁州府城西门外，疑生于江陵，《渚宫乱后作》《闷题》《渠江旅思》《蜀中三首》之三、《多情》《峡中尝茶》等诗均以荆楚一带为故乡，傅义因此推断郑谷生地很可能是江陵。但史载江西在春秋战国是越人生活的地区，先后属于吴、越、楚，江西大部分地区古属大荆楚之地，再看郑谷诗中屡次提到越人、越地，又曾清楚地谈到宜春即是家乡，因而很可能是泛指，这在唐代的诗作中也常可以看到。在郑谷所有的诗作中，直接提到家乡袁州、宜春的诗作确实不多，对家乡有详细描写的更少，作为常年奔走于大江南北的游子，特别是仕宦不如意的郑谷来说，乡愁会非常浓厚，这在郑谷的许多诗作中都可以看到，大多数的乡愁诗提到荆楚，原因可能是袁州在当时仍是落后的南蛮地区，而荆楚自古以来就是人才鼎盛的大地方，郑谷称四川巴国为蛮地，但袁州却是更为典型的南蛮，于是诗人要么称荆楚，要么干脆不提具体名称，这仍然是出自落后地区的文人想提高自己文化品位的体现。

郑谷咸通六年开始东南游，年末在宜春度岁，《南游》“故国经新岁”。咸通八年，郑谷游至润州(唐称金陵)，访乡人梁烛不值，有《梁烛处士辞金陵相国杜公归旧山因有寄赠》。咸通九年，初试春闱，不捷。就曹邺问业，有《送吏部曹郎中免官南归》，后来郑谷回乡，曹邺有诗相赠。咸通十二年下第，寄居寺院温夏课，寄诗与友人顾云曰：“睡消迟日寄僧家。”有人劝之游边，不赴，作《寄边上从事诗》。诗人获取功名之心很强烈。咸通十三年落第南归，曹邺《送郑谷归宜春》“无成归故国，上马亦高歌”，张乔《送友人归宜春》“故里南陔曲，秋期更送君”，乡人杨夔《送郑谷》“一曲狂歌两行泪，送君兼寄故乡书”。《石城》《鹧鸪》诗作于归乡途中。回乡后有《下第退居二首》“只有退耕耕不得，茫然村落水吹残”，乡遇大水，来京。

咸通十四年，送乡人处士徐涣南归，作《送徐涣端公南归》。乾符三年，闻警，乃南游，途中作《远游》“乡音离楚水，庙貌入湘源”及《信美寺岑上人》（寺在湘南）。及归宜春，遂入香火社，拜师称弟子，有《宜春再访言公芳公幽斋》“入门长恐先师在，香印纱灯似昔年”（诗注云：言公、芳公君为宜春僧师），傅义认为郑谷“顷为弟子会同社”，当指沩仰宗。郑谷在乾符三年之前就已经与佛释有较深的因缘了，称师拜弟子也必定在乾符三年之前。虽然郑谷与仰山的沩仰宗有密切关系，但他所信为何宗却不得而知，他晚年交往密切的齐己、虚中等人也不属任何门派。

据粗略统计，郑谷共有五十四首诗六十四处提到僧、寺、佛、寺院等字样，其行径大致为：寄宿僧院、访僧友、与僧交游。郑谷自云“诗无僧字格还卑”，所言只是他频繁提到僧、寺原因之一，即与僧论诗以及与僧交往自负清高，如《喜秀上人相访》“他夜松堂宿，论诗更入微”；《郊园》“山僧与水禽……只有醉和吟”；《咏怀》“平生粗有诗……茶格共僧知”。与郑谷相交的诗僧有齐己、虚中、文秀上人、清越（江右诗僧）等人。除此而外，诗人与僧人交往的原因还在于：诗人借此表达自己的仕宦樊笼之苦，表明自己的游子之愁、归隐之心，真正体现了其内心深处儒家理想得不到实现的苦闷心态，从而从另一方面体现出郑谷儒家积极进取精神。因此，诗人不会局限于佛释某个门派，甚至不会局限于佛释，只要能起到表现诗人理想得不到实现的苦闷、能从作诗中获得安慰就可以了，如《终南白鹤观》“来事紫阳君"、《池上》"仙山如有兮"、《黄莺》"马姑乞与女真衣"等诗表达的是道家仙隐思想,《华山》诗中还道释交织在一起,诗云"绝顶神仙会,半空鸾鹤归……远洞时闻磬,群僧昼掩扉。他年洗尘骨,香火愿相依"。

昭宗龙纪元年(889),三月抵江陵,复前行,达九江,归宜春,《江行》云"夜雨荆江涨,春云郢树深。殷勤听渔唱,渐次入吴音",前路必指向宜春。安顿家室后,乃赴京师。家乡水路通达,诗人坐船回乡,渐闻乡音倍觉亲切。景福元年(892)春,在鄠县任,有《作尉鄠郊送进士潘为下第南归》,"归去宜春春水深,麦秋梅雨过湘阴。乡园几度经狂寇,桑柘谁家有旧林。"

约于乾宁元年(894)回乡迎眷来京。哀帝天祐元年(904)正月,朱全忠逼帝迁洛阳,毁长安宫室庐舍。僧虚中,亦宜春人,适于此时献诗劝退,"代移家集在,身老诏书重","何当答群望,高蹑傅岩踪"。谷志遂决,乘乱弃官归宜春,《舟行》《重阳夜旅怀》作于回乡途中。返宜春后住化成岩。天祐二年,仍居化成岩,乡人杨夔在宣州,郑谷有诗招隐,即《赠杨夔处士》"结茅只约钓鱼台"。初离尘网,心情轻松,《鹤》《鹭鸶》《郊野戏题》《宗人惠四药》等诗,当作于此年。齐己首次来谒,约在本年秋。己献诗云"雅颂出吾唐","几梦朝中事,依依鹭鸶行";又呈《早梅》诗,谷改一字,遂号称一字师。谷有《借薛尚书集》云"江天冬暖似花时,上国音尘杳未知",又有《读前集二首》。齐己《寄郑谷郎中》"上国谁传消息过","南岸郡钟凉度枕,西斋竹露冷沾莎",仍居化成岩。

天祐三年,居化成岩,作《折得梅》。约此后移居仰山东庄书堂。梁太祖开平元年(907),作《黯然》"消息春来到水乡",悲唐亡。又作《寂寞》《石门山泉》《山鸟》《短褐》《野步》等诗。开平二年(908),齐己有《戊辰岁湘中寄郑谷》,冬,复至宜春,谒谷于仰山,作《题郑郎中谷仰山居》,谷有诗相赠,又有《欹枕》诗,郑谷邀齐己同游龙兴观,观在宜春城北,齐己有诗记之,末云“淹留仙境晚,回骑雪风吹”,见孙光宪《白莲集序》,齐己有诗相酬,“每许题成晚,多嫌雪阻期”,此时诗兴甚浓,齐己《寄孙辟呈郑谷郎中》“淹留才半月,酬唱颇盈箱”,郑谷有诗与孙交往。孙鲂从谷学诗,见马令《南唐书·孙鲂传》,齐己与鲂有唱酬。开平三年三、四月间,卒于别墅,墓在城北七里之江北岭。齐己《乱中闻郑谷、吴延保下世》“国由多聚盗,天似不容贤”,又《伤郑谷郎中》“钟陵千首作,笔绝亦身终”。次年齐己来袁省墓,有《哭郑谷郎中》。

郑谷涉及家乡的上述诗作,表现出诗人浓厚的乡愁,同时也写出了袁州一带的某些风物、人情,这缘自诗人生活的不如意。此外,郑谷还有不少诗作涉及家乡,如《送进士卢棨东归》“晓楚山云满,春吴水树低”,袁州古属吴。《寄南浦谪官》“望阙怀乡泪,荆江水共流”。《寄前水部贾员外嵩》“仙舟向越乡”。《赠尚颜上人》“猿鹤老为期”,袁州多猿。《南康郡牧陆肱郎中辟许棠先辈为郡从事因有寄赠》“末路思前侣,犹为恋故巢”。《通川客舍》“渐解巴儿语,谁怜越客吟”。《潼关道中》“何年归故社”。《端居》“秋光如水国”。《摇落》“故国无消息”。《江上阻风》“闻道渔家酒初熟”,郑谷的家乡即渔滨之称。《雁》“故乡闻尔亦惆怅,何况扁舟非故乡”。《自贻》“恨抛水国荷蓑雨”。

郑谷的乡愁非常浓厚,但诗人在宜春的时间毕竟相当有限,纵观郑谷生平,先是东南游、南游,后来蹉跎科场十多年,其中颠沛流离、奔走流窜,遭受唐末世乱之苦,光是广明之乱就使他流窜“半纪之余”,《倦客》云“十年五年岐路中,千里万里西复东”。与其说这是郑谷的思乡之情,不如说是唐末士大夫济世理想得不到实现的一种情感寄托,并不是对家乡袁州有真正意义上的深厚情感。郑谷的诗作中经常可以看到“僧、惊、风雅、穷愁、客、丧乱、子规、水国、渔翁”等字样，是处在乱世之中，历经兵灾祸乱，困顿不得安宁，仕宦坎坷多阻，甚至经常颠沛流离，诗人生发出无限的感慨，归隐之心日益强烈。但尽管如此，郑谷几乎还是一直奔赴在功名的路上没有停留，直至唐帝国最终要被改朝换代时才归隐家乡，然而在家乡的他还同样紧密关注着国家局势，由此可见诗人济世之心是多么强烈，儒家思想在郑谷的脑海中是多么地根深蒂固。这活脱脱是中原士大夫文人心态，作为生于、长于南方的郑谷，作为故乡远在南荒袁州的晚唐文人，前代袁州文人的特征已很难在他身上找出来，郑谷已经完全中原化了。

晚唐袁州文人所受的儒化程度远远超过前代文人，晚唐科场、仕宦本来就难，而袁州竟然出了那么多的文人、进士，许多文人为了获取功名，不惜困顿科场十几年、几十年，这表明当地人非常热衷于功名。杨夔历经科场然多年失意，郑谷晚年归隐家乡时，杨夔仍留恋宣州仕宦。“十年耕钓水云间”的伍唐珪后来也去叩见苏使君，蹉跎科场十来年的伊璠“十年辛苦一枝桂”，想着归隐的刘望后来献诗给钟传想投靠他。除了热衷获取功名，当地文人还喜好著书立说，虚中、郑谷、杨夔、张为、袁皓、彭蟾、陈象等等都有流传于当世的集、文等，不少人喜好谈诗论诗，如郑谷、虚中、王毂、张为、杨夔等等。

袁州发展到晚唐，一方面因为外来文人的继续推动，另一方面也是更主要的原因，就是当地经济文化发展，当地文人逐渐形成自觉学习儒家思想的儒风，文人们大多数跨出过袁州，奔走于大江南北，与外面的文人、文化相交往、交融，视野更加宽阔，这在郑谷是最为典型，相对于其他袁州作家，郑谷走得更远、更加儒化，所受的地方限制就更少了。与前代不同的是，这一时期的袁州文人与外来文人之间的交往往往以当地文人为主导，外来文人主动寻找拜访当地文人，韩偓与崔江的唱和是这样，韦庄访袁州谢秀才也是如此，追随郑谷的齐己、孙魴、黄损等更是这样。其中郑谷晚年回乡后在家乡形成唱和影响颇大。当时与郑谷相与唱和的主要有齐己、杨夔、虚中、孙魴、黄损。

齐己，陶岳《五代史补》卷三载，“时郑谷在袁州，齐己因携所为诗往谒焉。有《早梅诗》曰：‘前村深雪里，昨夜数枝开。’谷笑谓曰：‘数枝非早，不若一枝则佳。’齐己矍然，不觉兼三衣叩地膜拜，自是士林以谷为齐己一字之师”①，这是一字师的典故。此后，齐己数次来袁州拜谒郑谷，相互酬唱，留下很多诗作，如齐己的《戊辰岁湘中寄郑谷》《题郑郎中谷仰山居》《和郑谷郎中看棋》《永夜感怀寄郑谷郎中》《禅庭芦竹十二韵呈郑谷郎中》《次韵酬郑谷郎中》《和郑谷郎中幽栖之什》《寄孙辟呈郑谷郎中》《赴郑谷郎中招游龙兴寺观读题诗板谒七真仪像因有十八韵》《寄郑谷郎中》等，这些诗作主要涉及佛释，谈禅论道，也谈论诗章，也感叹国事，抒发归隐之心境，如“闲想似禅心”“兵火焚诗草……长安已涂炭，追想更凄然”“生来苦章句，早遇至公言”“僧闲见笋生”“笔答禅师句偈多……惹得诗魔助佛魔”“相对唯溪寺，初宵闻念经”。

在郑谷死后，齐己还有《伤郑谷郎中》《哭郑谷郎中》《寄西山郑谷神》等诗作，是对郑谷的哀悼、纪念，对友情的追忆。齐己当时有很多的唱和作品，自言“淹留才半月，酬唱颇盈箱”。郑谷也有许多应和唱答之作，如《赠齐己》“应是逢新雪，高吟得好诗”，《增订注释全唐诗》云“疑唱和之诗”，与齐己《次韵酬郑谷郎中》相对应。齐己称其“钟陵千首作”，可惜多已散佚。

杨夔，生年不详，据其诗文推断，应与郑谷同时。《民国宜春县志》载其为袁州宜春人，《集》五卷，《冗书》十卷，《冗余集》一卷。见《实录》，又见《十国春秋补》。《增订注释全唐诗》载，杨夔与袁皓、张乔、郑谷善，郑谷称其为处士，曾赠杨三首诗，《寄赠杨夔处士》“结茅只

① 胡思敬辑：《豫章丛书》，南昌胡氏退庐刊本，1920年。

约钓鱼台，溅水鸬鹚去又回”，钓鱼台即宜春传说中的彭构云钓鱼台；《赠杨夔二首》其一云“散赋冗书高且奇，百篇仍有百篇诗。江湖休洒春风泪，十轴香于一桂枝”，这是对杨夔诗文的高度赞扬。杨夔诗十二首；文两卷（见《全唐文》），二十多篇。有《送郑谷》。杨夔被郑谷招隐回乡，郑谷有《赠杨夔处士》，杨夔应有诗作回应。

虚中，著诗格《流类手鉴》，与郑谷善，曾与郑谷、齐己唱和。《唐才子传》卷八云：“虚中，袁州人。少脱俗从佛，虽然读书工吟不缀……与齐己、顾栖蟾为诗友……时司空图悬车告老，却扫闭门，天下怀仰。虚中欲造见论交未果，因归华山人寄诗曰：‘门径放莎垂，往来投刺稀。有时开御札，特地挂朝衣。岳信僧传去，天香鹤带归。他时周召化，毋复更衰微。’图得诗大喜，言怀云：‘十年华岳山前住，只得虚中一首诗。’其见重如此。今有《碧云集》一卷传世。”[①]《全唐诗》存诗十多首。齐己有诗相赠，《九日逢虚中虚受》“楚后萍台下，相逢九日时。干戈人事地，荒废菊花篱。我已多衰病，君犹尽黑髭。皇天安罪得，解语便吟诗”，兵乱之季，年衰之时仍不忘吟诗，两人既是空门同道，又是交情很深的诗友，此外齐己还有三首寄赠给虚中的诗作，《谢虚中寄新诗》《谢虚中上人晚秋见寄》《谢虚中上人寄示题天策阁诗》。

虚中曾招隐郑谷回乡，《献郑都官》“何当答群望，高蹑傅岩踪”，郑谷于是退隐之心已决，想必也有诗作相酬。

孙鲂，尤袤《江南野史》卷七载，“南昌人……及长，会唐末丧乱，都官郎郑谷亦避乱，归宜春。鲂往师之，颇为诱掖，后有能诗名。尝与沈彬及桑门齐己、虚中之徒为唱和俦侣”[②]，则孙鲂也自然会与其

① 傅璇琮：《唐才子传校笺》，中华书局，1990 年，第 3 册，第 530—533 页。
② 胡思敬辑：《豫章丛书》，南昌胡氏退庐刊本，1920 年。

师郑谷相唱和。

黄损，阮阅《诗话总龟后集》卷二《忠义门》云："郑谷与僧齐己黄损等共定今体诗格云：凡诗用韵有数格：一曰葫芦，一曰辘轳，一曰进退。葫芦韵者，先二后四；辘轳韵者，双出双入；进退韵者，一进一退；失此则缪矣。余按倦游杂录载唐介为台官……谪英州别驾，朝中士大夫以诗送行者颇众，独李师中待制一篇为人传诵。诗曰：'孤忠自许众不与，独立敢言人所难。去国一身轻似叶，高名千古重于山。并游英俊颜何厚，未死奸谀骨已寒。天为吾君扶社稷，肯教夫子不生还！'此正所谓进退韵格也。"① 张伯伟云"其'分六门，摭诗联'之格式，或直接影响齐己《风骚旨格》之撰写"②。《诗格》一书，是郑谷、齐己等人唱和的成就之一。

很可能当时与郑谷唱和的还有不少人。齐己"一字师"之事便是"自是士林以谷为齐己一字之师"而来，当时推崇齐己、与之唱和的南方诗人有很多，陶岳《五代史补》卷三载，"时湖南幕府中能诗者，有如徐东野、廖凝、刘昭禹之徒，莫不声名籍甚。而徐东野尤好轻忽，虽王公不避也，每见齐己，必悚然，不敢以众人待之。尝谓同列曰：'……若齐己才高思远无所不通，殆难及矣。'……其为名士推重如此"③，而齐己尤服郑谷，与郑谷酬唱密切，则自然或多或少影响到徐东野等人。

尤袤《江南野史》卷六云"（沈彬）南游湘湖，隐云阳山十年许。与浮图辈虚中、齐己以诗名互相吹嘘，为流辈所慕"④；又《唐才子传》卷一〇，廖图，"图字赞禹，虔州虔化人。文学博赡，为时辈所服。湖

① 周本淳校点：《诗话总龟后集》，人民文学出版社，1987 年，第 13 页。
② 张伯伟：《全唐五代诗格汇考》，江苏古籍出版社，2002 年，第 396 页。
③ 胡思敬辑：《豫章丛书》，南昌胡氏退庐刊本，1920 年。
④ 胡思敬辑：《豫章丛书》，南昌胡氏退庐刊本，1920 年。

南马氏辟置幕下……与同时刘禹、李宏皋、徐仲雅、蔡昆、韦鼎、释虚中，俱以文藻知名，赓唱迭和。齐己时寓渚宫，相去图千里，而每诗筒往来不绝，警策极多，必见高致”①。虚中、齐己与郑谷来往密切，多有酬唱，则沈彬以及廖图、李宏皋等人也可能受到一定程度的影响。

第六章　晚唐袁州区域其他诗文考论

袁皓，咸通六年（865）进士，自号“碧池处士”，袁州宜春人，撰有子部《元兴圣功录》三卷、《自录》一卷。曾辑文集《黄颇诗文集》《易重诗文集》《集导林寺诗文集》三卷，《碧池书》三十卷。《全唐文》卷八一一存其三篇文《吴相客记》《书师旷庙文》《齐处士言》。《增订注释全唐诗》存其诗四首，《及第后作》“分明折得一枝春”极似卢肇的句子“分明一只擎天柱”，又云“蓬瀛乍接神仙侣，江海回思耕钓人”，内心有归隐之意，但事实上他却在仕途中奔走了几十年，可见功名利禄之心远胜于退隐之心；《寄岳阳严使君》“得意东归过岳阳，桂枝香惹蕊珠香”，这是诗人及第后回乡之作。

《重归宜春经过萍川题梵林寺》“梵林遗址在松萝，四十年来两度过……村烟不改居人换，官路无穷行客多”，这首诗作于诗人归家途中，萍川属于宜春，临近家乡心情万分感慨。

《十六韵》一首写了诗人自己回乡时的喜悦之情，对美丽亲切的家乡倍加热爱，“水香甘似醴，知是入袁溪……珍重长安道，从今息马嘶”，全诗写了较多的袁州风物，在所有袁州本土诗文中，这首诗写当地的人、物，写家乡的亲情、故乡人的温情最为详尽，也最为逼真、感人。

① 傅璇琮：《唐才子传校笺》，中华书局，1990年，第4册，第476—480页。

这两首诗是作者回归家乡时所作，诗人决意归隐，回望曾经走过的路，力图表明自己的退隐之心，但诗中却道出了诗人几十年来奔走于宦途的劳苦，以及诗人在经受诸多的政治风波之后的精疲力尽，由此产生深深的退隐之心正是所有士大夫的普遍心态。

与袁皓有诗作来往的有罗隐、杨夔，罗隐《寄袁皓侍郎》，杨夔《寄当阳袁皓明府》。

郑启，《全唐诗》卷六六七云“宜春人。谷之兄也”，存诗三首。《严塘经乱书事》两首记述了广明之乱的清凄、伤乱。《邓表山》“仙坛丹灶灵犹在，鹤驾清朝去不归。晋末几迁陵谷改，尘中空换子孙非”，邓表山，宜春县城南三十里，又称袁州小仰山，晋邓表修炼于此，晋以后曾影响一时。《全唐诗补编 · 全唐诗续拾》卷三六，郑启《九嶷山》开头两句是“天放烟晴绕四围，九峰高处彩云飞”，与《邓表山》开头不同，但诗按云“后六句大致相同”。

王縠，袁州宜春人，南唐初登第。据《中国文学家大辞典（唐五代卷）》，王縠是昭宗乾宁五年（898）进士。存诗十八首。辛文房《唐才子传》卷一〇云：“縠。字虚中宜春人，自号临沂子。以歌诗擅名，长于乐府。未第时尝为《玉树曲》……大播人口，适有同人为无赖辈殴，縠前救之，曰：‘莫无礼！我便是道君臣犹在醉乡中者！’无赖闻之，惭谢而退。縠亦大节士，轻财重义，为乡里所誉。颇不平久困，适生离难间，辞多寄寓比兴之作，无不知名……有诗三卷……縠因撰《前代忠臣临老不变图》一卷，及《观光集》一卷，并传。”[①]《玉树曲》，即《玉树后庭花曲》，借陈后主事刺当世并直谏议，“圣唐御宇三百祀，濮上桑间宜禁止。请停此曲归正声，愿将雅乐调元气”，诗人所用的注重音乐、借以讽谏的手法很像白居易；除了这一首，《吹笙引》手法

① 傅璇琮：《唐才子传校笺》，中华书局，1990 年，第 4 册，第 357—360 页。

更接近白居易，甚至连语句都像，“水泉迸泄争相续，一束宫商裂寒玉。旖旎香风绕指生，千声妙尽神仙曲。曲终满席悄无语，巫山冷碧愁云雨”，极似白居易的《琵琶行》中的诗句；再如《苦热行》“万国如在洪炉中……何当一夕金风发，为我扫却天下热”，《鸿门宴》“殊不知人心去暴秦，天意归明主”，都非常接近白居易的风格，晚唐宗白之风于此可见一斑。王毂积极进取、期待明主的愿望很强烈，但诗人在面对“力微皇帝谤天嗣”的晚唐时，也只好感叹“却叹人无及物功”，因而求仙、退隐之心也伴之而来，诗人有《逢道者神和子》《梦仙谣三首》，还在别的诗作中不断提到“阿母瑶”“青帝”“地仙”等一些神仙道语。

伍唐珪，《全唐诗》载，袁州宜春人，诗三首。《山中卧病寄卢郎中》，“十年耕钓水云间，住僻家贫少往还……野僧采药来医病，樵容携觞为解颜”，诗人病隐于山中；《寒食日献郡守》“入门堪笑复堪怜，三径苔荒一钓船”，说的也是诗人隐居之事；《上苏使君》“江西昔日推韩注，袁水今朝数赵祥。纵使文翁能待客，终栽桃李不成行”，赵祥，守门官吏，即阍人。袁水，袁州之袁水，源出罗霄山，流经袁州，东入赣江，《增订注释全唐诗》注云“伍谒苏，阍人不通刺，故上诗”。

张为，袁州宜春人，唐末进士。当代学者王运熙、顾易生主编的《中国文学批评史新编》云：“张为（生卒年不详），袁州（治所宜春，今属江西）人。除《诗人主客图》外，还编有《前贤咏题诗》，今佚。”[1]《全唐诗》存诗三首，文集有《集》一卷，《主客图》一卷，《王毂集》三卷。《主客图》录了八十多位中晚唐诗人，分为白居易广大教化主、孟云卿高古奥逸主、李益清奇雅正主、孟郊清奇僻苦主、鲍溶博解宏拔主、武

① 王运熙、顾易生主编：《中国文学批评史新编》，复旦大学出版社，2001 年，上册，第 258 页。

元衡瑰奇美丽主等六系，每系诗人又分主、上入室、入室、升堂、及门等五层，以示高下（见《豫章丛书》）。《中国文学批评史新编》云："它对后世有一定的影响。宋代吕本中作《江西诗社宗派图》，当即受其启发。故陈振孙《直斋书录解题》云：'近世诗派之说殆出于此。'"①

刘松，袁州人，生卒不详，唐末进士，曾编袁州天宝以后诗四百七十九篇，为《宜阳集》六卷。《全唐诗续拾》卷三四云"袁州人。进士，与李咸用有过往。尝集其州天宝以后诗四百七十篇为《宜阳集》六卷。诗一首"②，《题九嶷山》。李咸用有两首诗相赠，《送进士刘松》《春日喜逢乡人刘松》。

徐涣（焕），大中十年（856）进士，袁州宜春人。见《三水小牍通志》。郑谷有诗相赠，《送涣南归》，郑谷在诗中称其为端公。

鲁繇，咸通十二年（871）进士，袁州人。

卢文秀，咸通年间进士，袁州宜春人，卢肇子。

易思，生年不详，咸通进士，袁州人，处士。懿宗咸通初年，曾作诗献给袁州刺史卫景温，存诗四首，见《全唐诗》：《题袁州龙兴寺》《郡城放猿献卫使君》《山中送弟方质》《寻易尊师不遇》（一作陈嶰诗）。

何迎，广明元年（880）进士，袁州人。

梁烛，袁州宜春人，被称为"处士"，郑谷、张乔有诗相赠，伊璠有《及第后寄同邑梁烛处士》。

彭蟾，袁州宜春人，僖宗中和间人，好学不仕，撰史部《庙堂龟鉴》一百二十卷。文集有《重修唐韵》《凤池本草庙堂丞镜》一百二十卷，

① 王运熙、顾易生主编：《中国文学批评史新编》，复旦大学出版社，2001年，上册，第259页。

② 陈尚君：《全唐诗补编》，中华书局，1992年，第1202页。

今不存；诗《贺邓蕃使君正拜袁州》。王贞白有诗相赠,《赠彭蟾处士》。

唐廪,袁州萍乡人,昭宗乾宁元年（894）进士,与齐己善。《全唐诗》仅存《杨岐山》,又言存诗四首。另有一首《夏日书黎少府山斋》（《全唐诗补编·全唐诗续拾》卷三六）。

陈炯,袁州人,乾宁四年（897）进士。

何幼孙,袁州新喻人,乾宁四年（897）进士。

李旭,袁州宜春人,天复四年（904）进士。《全唐诗》存诗一首,《及第后呈朝中知己》。

崔江,袁州人,昭宗隐士。《全唐诗》云,天祐二年,韩偓到袁州,曾有诗相赠,据《中国文学家大辞典(唐五代卷)》,韩偓、崔江曾在袁州相互唱和,韩偓《赠易卜崔江处士》,对崔江推崇备至。《全唐诗》存《宜春郡城闻猿》。

刘廓,袁州人,世次不详,进士。《全唐诗》存一首,《杨歧山》。

张咸,袁州人,生年不详,唐末进士。《全唐诗续拾》卷三六云：“宜春人。进士及第。与唐廪同时。诗一首。”《题黎少府宅红蕉花》,诗按云“《萍乡县志》同卷有唐廪《夏日书黎少府山斋》,因知咸与唐廪为同时人”①,根据县志,黎少府斋应在萍乡。

吴罕,袁州人,李频主试谓为十哲之一。《唐摭言》卷一〇“张乔,池州九华人也……咸通末,京兆府解,李建州时为京兆参军主试,同时有许棠……吴罕、张宾、周繇、郑谷、李栖远、温宪、李昌符,谓之十哲”。

戴光义,袁州人。《全唐诗续拾》卷五四,“袁州人。有《回文诗》一卷,今不传。诗一首……《山居》(七言)”②。

蒋肱,袁州宜春人,昭宗大顺二年（891）进士。《全唐诗》存诗一

---

① 陈尚君：《全唐诗补编》,中华书局,1992年,第1235—1236页。

② 陈尚君：《全唐诗补编》,中华书局,1992年,第1593页。

首及断句二,《永州陪郑太守登舟夜宴上各赋诗》。

易标,袁州宜春人,昭宗景福二年(893)进士。

宜春头陀,《全唐诗续拾》卷二七,"宜春头陀,姓名不详,会昌间结庵宜春之钟村,自称年已一百四五十,村氓彭叟与其善,传其歌辞。诗一首",《歌》曰"经世学,经世学成无用著……"①

陈嶰,袁州人,世次不详,唐代进士,《全唐诗》存《寻易尊师不遇》。

潘图,袁州宜春人,曾登进士第,卢肇有诗相赠,《及第送潘图归宜春》,《全唐诗》存诗一首。

赵防,世次不详,唐代进士。《全唐诗》存《秋日寄弟》。

陈象,袁州人,《唐摭言》卷一〇云"袁州新喻人也,少为县吏,一旦愤激为文,有两汉风骨,著《贯子》十篇"。

水心寺僧,生里不详,乾宁间袁州水心寺僧人。

卢邈,袁州宜春人,旧志谓唐末侨居湖南(见《袁州府志》),《回文诗》三百卷,今不存。

武灌(瓘),袁州人,《全唐诗》存《九日卫使君筵上作》。

曾德迈,袁州文人,曹邺《送曾德迈归宁宜春》"湘东山水有清辉,袁水词人得意归。几府争驰毛义檄,一乡看侍老莱衣。筵开灞岸临清浅,路去蓝关入翠微。想到宜阳更无事,并将欢庆奉庭闱",由此诗看来,曾德迈还是一位在当时较有影响的宜春文人。

潘为是袁州进士,景福元年(892)春,郑谷在鄠县任,有《作尉鄠郊送进士潘为下第南归》,"归去宜春春水深","归去宜春"则潘为也是宜春籍进士。

此外,唐末的袁州文人还有:崔绛、欧阳熏、晏璩、刘温其、殷琪、黎球、赵拙、徐琼、潘洵美、宋鹏举、黄讽、谢苌、袁希古、李余庆、刘仁

① 陈尚君:《全唐诗补编》,中华书局,1992年,第1075页。

祥、李沧、彭遵、周确、梁珪、李甲、易廷桢、谢辟、许洞。

以上文人籍里、生平,除非特别说明,均考自《民国宜春县志》。这些文人中,杨夔、袁皓、王毂、彭蟾、张为影响大些,其次是郑启、唐廪、伍唐珪、刘松、沈彬、吴罕等,其余的文人不仅文名甚微、世次不详,诗文也基本不存。不过有名望的文人固然非常重要,没名气的文人也不能忽略,因为文人的数量与质量都是构成人文景观的重要因素。

除了以上诗人,还有一些与袁州紧密相关的其他文人:

沈彬,《民国宜春县志》载,袁州人。尤袤《江南野史》卷六载,“沈彬者,筠阳高安人。少好学读书,有能诗之誉。属唐末离乱,随计不捷,南游湘湖,隐云阳山十年许。与浮屠辈虚中、齐己以诗名互相吹嘘,为流辈所慕”[①]。高安属筠阳,在唐代是袁州邻郡,故沈彬不是袁州人。

宋震,《民国宜春县志》曰袁州万载人,会昌二年(842)进士。李征古,《民国宜春县志》载,袁州万载人,南唐升元末进士。刘望,《民国宜春县志》载,袁州人,进士,《全唐诗》存一首,《九嶷山》。据《全唐文补编 · 全唐诗续拾》卷三六,“袁州万载人。唐末进士及第,与钟传同时。补诗一首”,《献江西钟令公》。据《民国宜春县志 · 地理志》,万载在唐代不属袁州,到宋代方归入袁州,故宋震、李征古、刘望都不是袁州人。

晏墉,咸通年间进士,宜春人,后占籍高安,高安当时不属宜春,见《明统一志》。

李潜,《全唐诗》载,会昌三年进士,存诗一首。《民国宜春县志》载,其先为江夏平春人,后迁宜春,遂为宜春人,《增订注释全唐诗》载其为“江夏人”。

---

① 胡思敬辑:《豫章丛书》,南昌胡氏退庐刊本,1920年。

伊璠,咸通四年进士,袁州宜春人。《全唐诗》认为陕西泾阳人。存诗《及第后寄同邑梁烛处士》。

李咸用,《全唐诗补编·全唐诗续拾》卷三四,“(刘松)袁州人。进士,与李咸用有过往。尝集其州天宝以后诗四百七十篇为《宜阳集》六卷。诗一首”。李咸用有两首诗相赠,《送进士刘松》《春日喜逢乡人刘松》,《民国宜春县志》由此判断李咸用也是袁州人。《增订注释全唐诗》认为李咸用所交往的刘松不一定是编《宜阳集》的刘松。从李咸用的诗作及其相关文献中,也不能判断他是袁州人。

第七章　时空拓展中的袁州文人、文学与文化

袁州的地理位置不如九江、吉州等地优越,政治、经济、文化地位远逊于洪州,但中晚唐袁州的进士、诗人数量却远远超过九江、吉州、洪州以及江西其他州郡而位居全国前列,较有名气的文人也有相当数量,如卢肇、黄颇、杨夔、袁皓、王毂、彭蟾、虚中、张为等等,其中还有著名的大诗人郑谷,并出现了《诗格》《诗人主客图》等影响较大的诗文论著;袁州文人的影响日益增强,在袁州、在江西乃至在全国都有一定的影响。曾与袁州有过密切联系的中晚唐诗人,如李嘉祐、韩愈、李德裕、张乔、韦庄、韩偓、齐己等,都有诗文涉及袁州,其中一些诗文还非常著名。此外,因为袁州佛教兴盛,作为沩仰宗的发源地之一,也吸引了一些文人墨客前来此地,这加速了袁州的发展并使袁州的影响日益扩大。

袁州是中晚唐以来南方重要的文学家聚居地之一,也是佛教僧徒重要的聚居地之一。中晚唐时期形成的儒释交错的袁州文学在整个唐代文学中应该占有一定的位置。同时,由于袁州还是北方文化南移过程中发展起来的一个典型,是南、北文化交融的缩影,也是儒

家文化与当地文化以及佛教文化相结合的一个代表，因此反映袁州文化的文学便被赋予了新的意义，研究袁州文学从无到有、从初步萌芽到人才荟萃便有了双重意义；另外，从地域文化与文学研究的角度看，袁州也是落后地区地域文化与文学发展的典型个案。进一步而言，中晚唐袁州文学的发展，影响了周边地区，并跨越时空、跨越文学与文化，影响到宋代乃至以后。

一、以韩愈、李德裕为代表的外来文人在袁州所造成的影响空前。从初盛唐乃至中唐前期，袁州文化圈主要是外来文士占主导地位，一些文化素养较高的外来文人并没有因为留守偏隅的袁州而沉寂，相反，他们杰出的文学才华、优秀的政治才干使得他们在袁州的影响跨越时空，从袁州到全国，从唐代到后世，从文学影响到文化影响，他们的政绩、卓行、诗文为后世所景仰、推崇并激励着历代后人。

韩愈在袁州创办书院福荫后世，在袁州为柳宗元写的墓志铭流芳千古，其学识、文才影响深远。明代胡应麟《重修昌黎书院落成因为义塾得长句》云："仰止昌黎夫子不可望"，"又不见庐陵欧阳公，得韩三昧名后，先吁嗟乎'人苟自立寸阴惜，私淑何尝异亲炙。我愿袁士尚心宗，钻研不苦终壤墙。'"一代重臣李德裕在袁州也是名垂百代，《隆泰化成岩倡和纪略序》云："公以大臣谪居，犹矻矻孜孜……重修其额曰托赋楼，不独为袁之多士劝，亦欲使我辈居官者共加鞭策也。"

二、著名的诗人郑谷，幼年时被司空图赞为"当为一代风骚主也"，晚年归乡退隐时形成了以他为中心的袁州唱和，诗僧齐己著名的"一字师"故事便发生在当时。郑谷又曾与齐己、黄损等制《新定诗格》，唐末在湖海一带影响很大。一直到宋初及以后，郑谷都以其诗歌、诗格而著称于世，欧阳修评郑谷云"以其易晓，人家多以教小儿，余为儿时犹诵之"。童宗说在《云台编》中作序曰："惜其有补于风教，而重之者以村学堂中儿童讽诵，往往视为发蒙之具。”①

三、张为《主客图》对后世诗论也有相当的影响。《中国文学批评史新编》云：“它对后世有一定的影响。宋代吕本中作《江西诗社宗派图》，当即受其启发。故陈振孙《直斋书录解题》云：‘近世诗派之说殆出于此。’”

① 胡思敬辑：《豫章丛书》，南昌胡氏退庐刊本，1920年。

附录三　唐代“蒲州—太原”沿线文学[①]

山西特殊的地域特点及其政治、军事、经济和交通上的战略地位，造就了唐代时期山西绚烂多彩的文学成就。唐代山西交通发达，其中“蒲州—太原”道（采用严耕望《唐代交通图考》对交通要道的称谓[②]）是关中通往北夷及河北诸镇的重要交通要道，呈西南—东北走向，沿线州郡依次为蒲州、绛州、晋州、汾州和太原，而位于这条要道两端的蒲州和太原正是北方两个雄藩巨镇——河中节度使和河东节度使的治所。以“蒲州—太原”道为区域的文学创作在唐代文学史上占据着重要的地位，一方面游历文人和幕府文人的咏唱构成了这一区域动态的文学创作，另一方面沿线文学世家的创作则静态地体现了山西的本土文化。本文以“蒲州—太原”沿线作为文学的研究区域，重点放在蒲州和太原这两个区域文化中心，通过不同角度来考察这一交通要道沿线区域的文人活动及其文学创作情况，以再现唐代山西文学的多样风貌，并进一步探讨其在整个唐代文学领域的贡献和地位。

---

① 此系2002级硕士研究生韩春平的学位论文，又为《地域文化与唐代诗歌》项目成果之一。指导教师：戴伟华。

② 严耕望：《唐代交通图考》，“中央研究院”历史语言研究所，1985—1986年。

第一章　唐代“蒲州—太原”沿线区域的战略地位和文化概述

山西地处黄土高原,山峦起伏,地势险峻。清顾祖禹云:“山西之形势最为完固。关中而外,吾必首及夫山西。盖语其东则太行为之屏障,其西则大河为之襟带,于北则大漠,阴山为之外蔽,而勾注、雁门为之内险,于南则首阳、底柱、析城、王屋诸山滨河而错峙,又南则孟津、潼关皆吾门户也。……是故天下之形势必有取于山西也。”①

“天下之形势必有取于山西也”,可以说占据山西就有利于控制天下,反之则可能失去天下,所以自古以来山西就是各政权争夺的战略重地。传说尧、舜、禹都曾建都山西,尧都平阳(今山西临汾),后迁都晋阳(今山西太原);舜都蒲坂(今山西永济);禹都安邑(今山西夏县),后也迁都晋阳。春秋时期晋文公重耳正是凭着自身政治上的雄才大略和山西的险峻地势,使晋国成为春秋五霸之一。后“魏齐周隋梁唐晋汉以及十六国之君分方窃据互相吞食”,真是“得此者昌,失此者蹙,先至者胜,后至者覆没。匪直人谋,实势之便然也”②。

唐代山西战略地位极其重要,不仅是唐王朝起家之地,更是保卫唐王朝的“北门”。顾祖禹云:“山西居京师上游,表里山河,称为完固……因势乘便,可以拊天下之背,而搤其吭也。”③

① 顾祖禹撰,贺次君、施和金点校:《读史方舆纪要》卷二九《山西方舆纪要序》,中华书局,2005年,第1774页。

② 顾炎武:《天下郡国利病书》卷一七《山西二·潞安府》,引自汪波:《魏晋北朝并州地区研究》,人民文学出版社,2001年,第5页。

③ 顾祖禹撰,贺次君、施和金点校:《读史方舆纪要》卷三九《山西一》,中华书局,2005年,第1802页。

山西古称并州,《元和郡县图志》引《太康地记》:“并州不以卫水为号,又不以恒山为名,而言并者,盖以其在两谷之间乎?”① 两谷即太行山和吕梁山。山西因位于黄河东面,又名“河东”。在历代政区沿革中,并州又多专指太原,河东指蒲州一带。

唐代山西文化极为繁荣,主要体现在“蒲州—太原”沿线区域文人的文学创作上。首先是拥有诸多文学世家,如“河东三著姓”——河东柳氏、汾阴薛氏和闻喜裴氏以及太原王氏等;其次是出现了一大批杰出的文学家,如古文家柳冕、吕温和柳宗元,史学家柳芳、柳登、柳冕、柳璟、柳玭等,诗人王绩、王勃、王维、王之涣、王翰、卢纶、耿沣、柳宗元、薛能、司空图、温庭筠、聂夷中等。袁行霈指出,唐代著名诗人除了河南籍诗人最多外,其次就是山西和陕西②,可见山西诗人及其文学创作对唐代诗坛的重要贡献。

程千帆指出北方声音体系包括山西之音③,声音生文字,文字生文学,所以山西文学属于北方文学体系。

唐代魏徵等《隋书·文学传序》区分了南北文风的差异性:

> 江左宫商发越,贵于清绮;河朔词义贞刚,重乎气质。气质则理胜其词,清绮则文过其意。理深者便于时用,文华者宜于咏歌。④

刘师培指出了南北文风的差异性与地域差异性的关系:

> 大抵北方之地,土厚水深,民生其间,多尚实际。南方之地,

① 李吉甫:《元和郡县图志》卷一三,中华书局,1983年,第359页。
② 袁行霈:《中国文学概论》,高等教育出版社,1990年,第44页。
③ 程千帆:《文论十笺》,黑龙江人民出版社,1983年,第83页注[9]。
④ 魏徵等:《隋书》卷七六《文学传序》,中华书局,1973年,第1730页。

水势浩洋,民生其际,多尚虚无。民尚实际,故所著之文,不外记事、析理二端。民尚虚无,故所作之文,或为言志、抒情之体。[①]

总之,唐代山西文学整体上呈现出一种内容上讲究经世致用,风格上刚健质朴的趋势。

第一节 特殊的政治、军事战略地位和经济优势

1. 龙兴之地

隋大业十三年(617)五月,太原留守李渊在晋阳副监蒲州人裴寂和次子李世民的极力推动下,凭着太原的强大军事力量和可以"食支十年"的丰沛粮饷,在晋阳正式起兵反隋,十一月攻入长安,次年五月称帝,建立唐朝,定都长安[②]。

唐代帝王对山西有着一种特殊的情感。贞观中,太宗在绛州龙门(今山西河津)的龙门山上建高祖神尧皇帝庙,以纪念高祖建唐;贞观二十年(646)太宗巡幸太原,游历晋祠,撰写了著名的《晋祠之铭(并序)》;显庆五年(660)二月、龙朔二年(662)三月和调露元年(679)九月,高宗三次巡幸并州;武则天长寿元年(692),于并州置北都,地位仅次于京都长安和东都洛阳;开元九年(721)在蒲州置中都,后废;开元十一年(723)玄宗巡幸北都,"改并州为太原府,官吏授补,一准京兆、河南两府……武德功臣及元从子孙,有才堪文武未有官者,委府县搜扬,具以名荐。上亲制《起义堂颂》及书,刻石纪功于太原府之南街"[③];开元二十年(732)玄宗再次巡幸北都,大赦,赐

---

① 程千帆:《文论十笺》,黑龙江人民出版社,1983年,第84页。

② 欧阳修、宋祁:《新唐书》卷一《高祖本纪》,中华书局,1975年,第2—6页。

③ 刘昫等:《旧唐书》卷八《玄宗本纪上》,中华书局,1975年,第185页。

“武德以来功臣后及唐隆功臣三品以上一子官”①；天宝元年（742）二月改北都为北京。唐王朝还多次派皇室成员出任山西地方官，其中做太原府长官的有13位，相王李旦（睿宗）两次就任太原——上元三年（676）为并州大都督、长安二年至神龙元年（702—705）为并州牧。在这些皇室成员中有相当一部分并没有在太原府实际就职，而是遥领，如晋王李治（高宗）贞观七年至十七年（633—643）遥领并州都督、许王李孝永徽三年至显庆元年（652—656）遥领并州都督，还有温王李重茂、棣王李琰等②，故李白称太原“雄藩巨镇，非贤莫居”（《秋日于太原南栅饯阳曲王赞公贾少公石艾尹少公应举赴上都序》）。唐代帝王在政治上对山西的高度重视必然促进其多方面的发展。

2. 北方门户

山西东瞰繁富的河北平原，南临繁华文明的中原，西接“自古帝王都”的关中，北近窥视中原的夷狄，真所谓“拊天下之背而扼其吭”。北夷自古以来就把山西作为占据中原的关键之地。唐贞观元年（627）在山西置河东道（治蒲州），开元二十一年（733）分天下为十五道，河东道及治所不变，并置河东节度使（治太原），与朔方节度使形成犄角之势抵御北夷。到中晚唐，山西成为对抗吐蕃、突厥和回纥，抵御河北三镇，保护京师的前沿阵地，实乃东北要藩，京师右屏。至德之后，唐在山西增置两个节度使，一是河中节度使，即蒲州，治河中府（今山西永济）；另一个是昭义军节度使，治潞州（今山西长治）；原来的河东节度使及治所不变，还有一个大同军防御使，云州刺史领之③。其中河中府和太原府正位于“蒲州—太原”道两端。

① 欧阳修、宋祁：《新唐书》卷五《玄宗本纪》，中华书局，1975年，第136—137页。

② 郁贤皓：《唐刺史考全编》第2册，安徽大学出版，2000年。

③ 刘昫等：《旧唐书》卷三八《地理志一》，中华书局，1975年，第1390页。

山西作为唐代地域上名副其实的“北门”,在唐诗中多次出现,多指太原,如“暂移西掖望,全解北门忧”(卢纶《送鲍中丞赴太原》);“晓开阊阖出丝言,共喜全才镇北门”(权德舆《太原郑尚书远寄新诗走笔酬赠因代书贺》);“衣冠南渡远,旌节北门雄”(刘禹锡《酬太原令狐相公见寄》);“保釐东宅静,守护北门牢”(白居易《寄献北都留守裴令公》)等。唐王朝多派朝廷重臣镇守山西,这就促使大批文人士子到山西游历和游宦,在此过程中产生了大量优秀篇章,从而丰富并促进了本地文化与外地文化的交流。

3. 物产丰饶

“蒲州—太原”沿线区域物产丰饶,是唐代重要的经济来源之一。山多林木,河多鱼虾;矿产丰富,《新唐书》卷三九载,河东道晋州岳阳、汾西,绛州翼城、绛等地有铁,并且铸造技术高超;日僧圆仁《入唐求法巡礼行记》载,太原开元寺“阁内有弥勒佛像,以铁铸造,上金色,佛身三丈余,坐宝座上”①。绛州曲沃、翼城产铜矿,太原府诸多的贡物中就包括铜镜和铁镜。煤炭,古称“石炭”,圆仁记载太原晋山“遍山有石炭,近远诸州人,尽来取烧,修理饭食,极有火势,见乃岩石燋化为炭”②;汾州杏花村盛产汾酒和竹叶青酒。汾酒又叫“汾清”,《北齐书》载,北齐武成帝高湛在晋阳写信给河南康舒王孝瑜“吾饮汾清二杯,劝汝于邺酌两杯”③,梁简文帝萧纲高度赞美竹叶青酒“兰羞荐俎,竹酒澄芳”④,晚唐诗人杜牧诗云“借问酒家何处有?牧童遥指杏花村”(《清明》);山西盛产醋,据说“吃醋”这一说法就来源于唐太宗用醋惩治名臣房玄龄妒妻的故事;还盛产盐,主要集中在蒲绛

---

① (日)圆仁:《入唐求法巡礼行记》卷三,上海古籍出版社,1986年,第134页。

② (日)圆仁:《入唐求法巡礼行记》卷三,上海古籍出版社,1986年,第135页。

③ 李百药:《北齐书》卷一一,中华书局,1972年,第144页。

④ 欧阳询:《艺文类聚》卷四《九月九日》,上海古籍出版社,1982年,第82页。

一带,《元和郡县图志》载,河中府解县有两大盐池,县东名盐池,县西北为女盐池。女盐池面积较大,“东西二十五里,南北二十里”①。唐“盐池凡十八,井六百四十,惟安邑有池五,总谓之两池,皆隶盐铁,置官榷之”②。河东盐池不仅发展了当地经济,而且是唐朝利税收入的一大来源。“咸通以后藩镇益强,河中帅得专盐池之利”③,朝廷与地方对河东盐池利益的争夺曾导致了河中帅王重荣与太原帅李克用合兵讨伐田令孜的战争④。

“蒲州—太原”沿线区域属暖温带季风型大陆性气候,适合农业、畜牧业的发展。唐以前这里就是产粮大区,修有很多水渠以灌溉良田,《后汉书》载,晋阳“东带名关,北逼强胡,年谷独熟,人庶多资”⑤。到唐代时太原依然是关中主要的粮食产地和供应地,李世民为秦王时曾上书高祖“太原王业所基,国之根本;河东殷实,京邑所资”⑥。太原有太原仓,《旧唐书》卷一九〇中载,陈子昂上书“太原蓄钜万之仓,洛口积天下之粟,国家之资,斯为大矣”⑦。唐在太原附近还设置牧马监养马。当战争发生时,充足的粮食和马匹就为战争提供了强有力的物质和军事支持。

柳宗元在《晋问》中曾这样赞美家乡的物产丰饶:

① 李吉甫:《元和郡县图志》卷一二,中华书局,1983年,第328页。

② 顾祖禹撰,贺次君、施和金点校:《读史方舆纪要》卷三九《山西一》,中华书局,2005年,第1794页。

③ 顾祖禹撰,贺次君、施和金点校:《读史方舆纪要》卷三九《山西一》,中华书局,2005年,第1794页。

④ 欧阳修、宋祁:《新唐书》卷二〇八,中华书局,1975年,第5887页。

⑤ 范晔:《后汉书》卷二八上,中华书局,1965年,第968页。

⑥ 刘昫等:《旧唐书》卷二《太宗本纪上》,中华书局,1975年,第25页。

⑦ 刘昫等:《旧唐书》卷一九〇中,中华书局,1975年,第5021页。

晋之山河，表里而险固；晋之金铁，甲坚而刃利；晋之名马，其强可恃；晋之北山，其才可取；晋之河鱼，可为伟观；晋之盐宝，可以利民。①

第二节　风俗之简与人物之美

1. 民风质朴

山西地处黄土高原，土地相对贫瘠，人民生活比较贫困，以从事农业为主，自古男耕女织，不善商贾。再者山西古为尧、舜、禹之地，有唐尧遗风。正是贫瘠的土地与贫困的生活以及唐尧遗风造就了晋人的勤俭质朴，山西诸多县志提到当地民风的质朴，如：

《阳曲县志》：风淳俗俭，土瘠民贫，有帝尧遗风；
《祁县志》：民素刚劲，俗尚节俭，好学，力田，孝悌之风存焉；
《临汾县志》：其民俭啬，甘贫粝，勤纺织，力耕穑；
《绛县志》：民性朴淳，俗尚俭啬，力农桑，勤纺织；
《闻喜县志》：民多节义而有礼，男尚农桑，女勤纺织。②

《山西通志》卷二《风俗》总结山西民风：

千里殊风，百里异俗，势固然尔。山西，帝尧之所，虞夏继之，其民俭质相尚，流遗逮今。③

晋人崇侠尚武。“并州近胡地”（李端《送王副使还并州》），久而

① 柳宗元：《柳河东集》卷一五，上海人民出版社，1974 年，第 268 页。
② 李侃、胡谧：《山西通志》，四库全书存目丛书，齐鲁书社，1996 年，第 32—33 页。
③ 李侃、胡谧：《山西通志》，四库全书存目丛书，齐鲁书社，1996 年，第 31 页。

久之，晋人便“人性劲悍，习于戎马”，“自古言勇侠者，皆推幽、并”①，张说诗云“太原俗尚武”（《奉和圣制过晋阳宫应制》）。著名的晋阳诗人王翰，其性格典型地体现了晋人崇侠尚武的精神。《新唐书》记载王翰：“少豪健恃才，及进士第……张嘉贞为本州长史，伟其人，厚遇之。翰自歌以舞属嘉贞，神气轩举自如。”②其边塞诗质健有力，如《饮马长城窟行》《凉州词》二首。

晋人喜祀神。《曲沃县志》《绛州志》《稷山县志》和《万泉县志》均提到当地人民对神灵的崇拜，晋人建有很多神祠③。稷祠，在稷山县东五十里的稷山上，相传为周始祖后稷教民稼穑的地方；台骀神祠，在曲沃县西南三十六里的地方，以供奉台骀汾神。《左传》卷一〇昭公元年载：晋侯患疾，卜人言是台骀作祟，问于子产台骀为何方神灵。子产曰，“昔金天氏有裔子曰昧，为玄冥师，生允格、台骀，能业其官，帝用嘉之，封诸汾川。今晋主汾而灭之，由是观之，则台骀汾神也”；姑射神祠，在临汾县姑射山，传说是尧的妻子鹿仙女未出阁前居住的地方；尧庙，在临汾县东八里，纪念尧建都平阳。这些祠庙古而有之。

还有一些神祠是根据一些神灵显现的传闻修建的。如神山县（今山西浮山）老君祠，神山县汉时为襄陵县，武德二年（619）分襄陵县置浮山县。武德三年（620），县东南羊角山有神人显现，告诉曲沃人吉善行曰：“报大唐天子，得圣理一千年。”高祖即敕令立老君祠，改浮山县为神山县。李白、温庭筠都曾游老君祠，分别留下了诗歌《谒老君庙》和《老君庙》。再如霍邑县（今山西霍州）霍山神庙，传说隋

① 魏徵等：《隋书》卷三〇《地理志中》，中华书局，1973年，第860页。

② 欧阳修、宋祁：《新唐书》卷二〇二《王翰传》，中华书局，1975年，第5759页。

③ 李侃、胡谧：《山西通志》，四库全书存目丛书，齐鲁书社，1996年，第31—32页。

末高祖起兵到达霍邑，隋武牙郎将宋老生于此陈兵据险，高祖军难以攻破，忽有白衣老人谒军门曰："霍山神遣语大唐皇帝，若向霍邑，当东南傍山取路，我当助帝破之。"在霍山神的神示下，高祖军大败宋老生，平霍邑。贞观五年（631）敕令修建。这些神人显灵之事不过是证明唐王朝的建立是符合天意的美丽谎言罢了。

2. 人才辈出

山西古为帝王之都，尧、舜、禹禅让之制留给晋人的是忠孝节义、好礼尚学、淳朴谦逊的品格，即"唐尧之风"或"尧之遗风"。且看有关文献记载：

《山西通志》[①]引《世说新语》：

> 晋阳王武子、中都孙子荆各言其土人物之美，王云："……其人廉而贞。"孙云："……其人磊砢而英多。"

同上引《太原图册》：

> 士穷理学，兼集词章，敦厚不华，醇俭好学，工贾务实勤业。

同上引《隋志》：

> 然涿郡、太原，自前代以来，皆［多］文雅之士，虽俱曰边郡，然风教不为比也。

《山西通志》引柳宗元《晋问》：

---

① 王轩等纂修：《（光绪）山西通志》卷九九，三晋出版社，2015年，第4672页。

平阳,尧之所理,其人至今温恭克让,好谋而深,和而不怨,此尧之遗风也。①

赵璘《因话录》卷三商部:

余宗侄橹,应进士时,著《乡籍》一篇,大夸河东人物之盛,皆实录也。②

山西乃多贤之邦,古代贤义之士的典范有:唐虞时的神农氏后稷和隐士许由;舜臣皋陶;商贤相傅说,不食周粟隐居雷首山而死的忠臣伯夷、叔齐;“桐叶封帝”之言而有信的周成王;晋时功成身退,宁愿被烧死在绵山也不出仕的介子推,以生命保护赵氏孤儿的公孙杵臼和程婴,感赵宣子为民之主而触槐而死的钼麑,为知己者而死的侠士豫让,举贤不避仇与亲的祁奚;赵国先国后已的贤相蔺相如。名将有晋国的赵盾,赵国的李牧和廉颇,西汉抗击匈奴的冯唐、卫青和霍去病,三国的吕布和关羽。文化名人有上古造字的苍颉,晋良史董狐,赵儒家大师荀子,西汉史学家司马迁,三国时“建安七子之冠冕”的王粲,东晋游仙诗人郭璞,隋朝文学家薛道衡、儒学大师王通等。

唐代山西更是人才辈出,主要集中在“蒲州—太原”沿线区域。杰出的政治家有裴寂、裴度、温彦博、温大雅、狄仁杰、张嘉贞、张延赏、张弘靖,武则天等,名将有尉迟恭和薛仁贵。山西文学家与陕西、河南文学家共同构成唐代文学创作的主体,诞生了大批杰出人才,如

① 李侃、胡谧:《山西通志》,四库全书存目丛书,齐鲁书社,1996年,第32页。

② 赵璘:《因话录》卷三,《文渊阁四库全书》,第1035册,上海古籍出版社,1987年,第479页。

初唐隐逸诗人王绩，传奇小说家王度，“初唐四杰”之一的王勃，盛唐边塞诗人王翰、王之涣，山水诗人王维，中唐“大历十才子”之一的卢纶和耿沣，古文家吕温和柳宗元，春秋经学家赵匡，晚唐诗人兼诗论家司空图、诗人聂夷中和词人温庭筠。正是他们的创作繁荣丰富了有唐一代的山西文学。

第二章 唐代“蒲州—太原”沿线区域的地域风貌和文人创作

中国文化的地域性，主要体现为南北地域文化的差异性。魏徵等《隋书・文学传序》指出为河朔和江左之分，王国维分为帝王派（北方）和非帝王派（南方）[①]，袁行霈分为黄河流域的中原文化和江汉流域的荆楚文化[②]。刘师培把南北方文化具体化为南北方文学的差异性，北方之文重记事、析理，南方之文重言志、抒情。山西在地域上属于北方，其险峻的地域风貌无数次激发了唐代文人的创作热情，通过他们的笔端生动地展现了山西壮美的自然山川和优美的人文景观。如杜审言《和李大夫嗣真奉使存抚河东》诗“稍观汾水曲，俄指绛台前。姑射聊长望，平阳遂宛然。舜耕馀草木，禹凿旧山川”，就有“汾水”“绛台”“姑射”“平阳”“舜”“禹”等六处著名的自然和人文景观。

① 王国维：《王国维遗书》第5册《静庵文集续编》之《屈子文学之精神》，上海古籍出版社，1983年，第32页。

② 袁行霈：《中国文学概论》，高等教育出版社，1990年，第33页。

第一节　险峻山河和文人咏叹

蒲州（今山西永济），初盛唐时为河东道治所，后为河中节度使治所，处京师长安上游，战略地位极其重要。西汉时文帝任命季布为河东守，曾云：“河东吾股肱郡，故特召君耳。”① 唐宰相元载主张在蒲州重置中都，云：“长安去中都三百里，顺流而东，邑居相望。有羊肠、底柱之险，浊河、孟门之限，邑镮辕为襟带，与关中为表里……河中之地，左右王都，黄河北来，太华南倚，总水陆之形胜，郁关河之气色。”② 元载的这段话准确地概括了蒲州战略性的地理形势。

太原，又名晋阳、并州。“太原”最初意思是“高平曰原”，文献记载“太原”最早出处是《禹贡》“既修太原”。《左传》“晋赵鞅入晋阳以叛”，为“晋阳”之名的最早记载③。太原位于晋中盆地，“东阻太行，常山，西限龙门、西河，南有霍太山、雀鼠谷之隘，北有雁门、五台诸山之险”④，顾祖禹称太原是“控带山、河，踞天下之肩背，为河东之根本，诚古今必争之地也”⑤。太原水资源也很丰富，山西第一大河——汾水从北向南贯穿而过，西南悬瓮山有晋水。

位于“蒲州—太原”道中间的绛州（今山西新绛）、晋州（今山西临汾）和汾州（今山西汾阳），同样山河险峻。

时代赋予了唐人一种昂扬向上、浪漫豪迈又猎异好奇的品格，尤其喜欢游历名山大川，“览山川之异，探泉石之奇”（尹懋《秋夜游溜湖二首序》），李白就宣称“一生好入名山游”（《庐山谣寄卢侍御虚

① 班固：《汉书》卷三七《季步栾布田叔传》，中华书局，1962年，第1977页。

② 李吉甫：《元和郡县图志》卷一二，中华书局，1983年，第324页。

③ 以上几条引自李吉甫：《元和郡县图志》卷一三，中华书局，1983年，第359—360页。

④ 司马光：《资治通鉴》卷二八四，胡三省注，中华书局，1963年，第9275页。

⑤ 顾祖禹撰，贺次君、施和金点校：《读史方舆纪要》卷四〇《山西二》，中华书局，2005年，第1806页。

舟》)。他们所到之处的自然景观必然会或多或少反映到他们的文学创作之中。

1. 名山

中条山，绵延于太行山与华山之间，山体狭长，故名“中条山”，且名称甚多。《史记》之《正义》引《括地志》云：“蒲州河东县雷首山，一名中条山，亦名历山，亦名首阳山，亦名蒲山，亦名襄山，亦名甘枣山，亦名猪山，亦名狗头山，亦名薄山，亦名吴山。此山西起雷首山，东至吴坂，凡十一名，随州县分之。”① 这足证中条山的狭长。传说舜帝曾在此山耕作，《史记》载“舜耕历山”②。中条山前瞰黄河，韩愈诗云“条山苍，河水黄，浪波沄沄去，松柏在山岗”(《条山苍》)，畅当诗云“苍苍中条山，厥形极奇魄，我欲涉其崖，濯足黄河水”(《蒲中道中二首》其一)。

中条山风景优美，佛寺道观多，是客游隐居读书的好地方。传说为八仙之一的初唐人张果老曾游中条山；中唐人阳城在进士及第后隐居于此；中唐诗人卢纶《送赵真长归夏县旧山依阳征君读书》诗就是送赵真长到“旧山”即中条山依阳城读书的；晚唐人王传、徐商在中进士前也分别在中条山万固寺、固寺泉隐居读书；道士侯道华在中条山道阳静院修道。尤其是河中虞乡(今山西永济)人司空图在晚唐黄巢起义的混乱局势下归隐中条山王官谷。这里“泉石林亭，颇称幽栖之趣”，司空图建休休亭，拟白居易《醉吟传》作《休休亭记》以表达隐逸之志，云：“休，休也，美也，既休而具美存焉。盖量其才一宜休，揣其分二宜休，耄而聩三宜休。又少而惰，长而率，老而迂，是三者皆非济时之用，又宜休也。”又作《耐辱居士歌》咏叹“休休休，

① 司马迁：《史记》卷一《五帝本纪》，中华书局，1959 年，第 32 页。
② 司马迁：《史记》卷一《五帝本纪》，中华书局，1959 年，第 32 页。

莫莫莫，一局棋，一炉药……白日偏催快活人，黄金难买堪骑鹤”的隐逸生活[①]。期间司空图常与僧道隐士相聚谈禅或诗文唱和，其乐无穷。在复出任官后，司空图常回忆在中条山的生活，“燕辞旅舍人空在，萤出疏篱菊正芳。堪恨昔年联句地，念经僧扫过重阳”（《忆中条》）。唐诗中有关中条山的诗篇，还有卢纶《和崔侍郎游万固寺》、汪遵《吴坂》、许棠《过中条山》、贾岛《送觉兴上人归中条山兼谒河中李司空》、李商隐《题道静院院在中条山故王颜中丞所置虢州刺史舍官居此今写真存焉》（以下简称《题道静院》）、唐彦谦《望中条》、僧无可《送僧归中条》、僧贯休《寄中条道者》、韩愈《条山苍》、郑遨《题中条静观》等，细读这些诗歌，即可深深体会到李商隐所云中条山“壶中别有仙家日，岭上犹多隐士云”（《题道静院》）的清幽深远和仙道气质。

霍山，又名霍太山、霍泰山、太岳山，在晋州霍邑县东三十里，是“蒲州—太原”道上的大山脉，“总领海内名山”，为五镇之首，《周礼·职方》云：“冀州，其山镇曰霍山。”《禹贡》云：“壶口、雷首，至于太岳。”[②]《水经注》云：“太岳山，禹贡所谓岳阳也，即霍太山矣。”[③]壶口即平山，雷首山即中条山，可见霍山南与平山、中条山相连。贞观五年（631）敕令修理霍山庙，肃宗时河东人吕湮为霍山神立传，传曰：“霍山神者，苍帝之中子也，生于天灵之纪，著雍赤雷若之岁。封冀，总领海内名山，璜寰以象其德。”（《霍州志·霍山神传》）

绵山，古称绵上，又名介山，位于介休县太岳山北麓，为晋国忠耿之臣介子推隐居并被烧死的地方。《庄子·杂篇·盗跖》云：“介

① 刘昫等：《旧唐书》卷一九〇下《文苑传下》，中华书局，1975年，第5083—5084页。

② 李吉甫：《元和郡县图志》卷一二，中华书局，1983年，第340页。

③ 郦道元：《水经注》卷六，巴蜀书社，1985年，第146页。

之推至忠也，自割其股以食文公，文公后背之，之推怒而去，抱木而燔死。”①《左传》僖公二十四年云：“晋侯赏从亡者，介子推不言禄，禄亦弗及……遂隐而死。晋侯求之不获，以绵上为之田。”②《史记》云：“（晋文公）环绵上山中而封之，以为介推田，号曰介山。”③ 介子推的忠义精神为历代文人墨客所景仰，屈原《九章·惜往日》曰：“介子忠而立枯兮，文公寤而追求。封介山而为之禁兮，报大德之优游。思久故之亲身兮，因缟素而哭之。”④ 传说介子推被烧死的这一天是三月初四，晋文公下令每年的这一天全国禁火，“寒食节”由此而来。

此后寒食节成为历代文人咏叹不绝的一个主题，尤其唐代诗人写有很多与寒食节相关的诗歌，多表达羁旅思乡之情。如李商隐《寒食行次冷泉驿》诗，冷泉驿临靠介山，寒食节和介子推的故事触发了诗人多年漂泊在外的思乡之情，“驿途仍近节，旅宿倍思家”。介山有著名的抱腹岩，内有抱腹寺。开元二十年（732）玄宗巡幸北都，游览绵山，立《大唐汾州抱腹寺碑》，云：“是寺者，后魏太和中，高僧迪公之经始也。”太和（227—232）为曹魏明帝曹睿年号，可见抱腹寺修建年代久远。唐代文人前往游览，往往在碑的两侧留下笔迹。贺知章和亲友游抱腹岩，题记云“昔年与亲友俱登抱腹山数重，樊云梯”（《大唐汾州抱腹寺碑》），唐碑残文云“……云梯铁锁，升降无私”，“云梯”指从抱腹岩正面登上山顶的一条狭窄的险路，“铁锁”指铁锁岭。

“蒲州—太原”道上的名山还有绛州龙门县的龙门山，传说是

---

① 庄周著，郭庆藩辑，王孝鱼整理：《庄子集释》卷二九，中华书局，1961年，第998页。

② 杨伯峻：《春秋左传注》，中华书局，1990年，第417—419页。

③ 司马迁：《史记》卷三九《晋世家》，中华书局，1959年，第1662页。

④ 刘向晖译著：《楚辞》，黄山书社，2002年，第137页。

大禹疏导黄河的地方，山体被黄河穿过，形成一个大峡谷，即“龙门”；稷山县的稷王山，传说为周始祖后稷教民稼穑、培育五谷的地方；晋州的姑射山，即《庄子·逍遥游》之“藐姑射山”，又名平山，传说尧的妻子鹿仙女未出阁前曾居此，庄子描写这位神女“肌肤若冰雪，绰约若处子；不食五谷，吸风饮露；乘云气，御飞龙，而游乎四海之外……”①；太原的悬瓮山，又名汲瓮山、龙山，《山海经·北山经》云：“县（悬）瓮之山，其上多玉，其下多铜，其兽多闾麋……晋水出焉。”②

2. 大川

黄河在陕西和山西的交界处由北往南汹涌而下，到蒲州又急剧向东流去，黄河磅礴的气势在此得到了最生动的展示。《物理论》云：“河色黄赤，众川之流，盖浊之也，百里一小曲，千里一大曲一直。”黄河又名“洪水”，《吕氏春秋》曰：“古龙门未开，吕梁未发，河出孟门，大溢逆流，名曰洪水，禹乃决流疏河，为彭澧之漳。”古往今来歌咏黄河的篇章无数，梁范云《渡黄河》诗曰“河流迅且浊，汤汤不可陵”，晋成公绥《大河赋》曰“览百川之弘壮，莫尚美于黄河，发昆仑之峻极，出积石之嵯峨”③。唐代文人常登河中白楼和鹳雀楼远望黄河，歌咏黄河的雄伟气势。蒲州诗人卢纶曾多次描绘黄河，如“洪河斜更直，野雨急仍低”（《奉陪侍中登白楼》）、“红霞似绮河如带，白露团珠菊散金”（《九日奉陪浑侍中登白楼》）、“洪河拥沫流仍急，苍岭和云色更寒”（《春日喜雨奉和侍中宴白楼》）、“沙鹤惊鸣野雨收，大河风物飒然秋”（《将赴京留献令公》）。再如王之涣“白日依山尽，黄河入海

① 庄周著，郭庆藩辑，王孝鱼整理：《庄子集释》卷一，中华书局，1961 年，第 28 页。

② 郭郛：《山海经注证》，中国社会科学出版社，2004 年，第 271 页。

③ 以上均引自欧阳询：《艺文类聚》卷八《河水》，上海古籍出版社，1982 年，第 155—156 页。

流”(《登鹳雀楼》)、耿沣“黄河经海内,华岳镇关西”(《登鹳雀楼》)、畅诸“天势围平野,河流入断山”(《登鹳雀楼》)、司马扎“烟树遥分陕,山河曲向秦”(《登河中鹳雀楼》)。诗人们面对开阔的黄河,往往被激起浓郁的诗情去寄托某种感慨,如大历十才子之一的蒲州人耿沣面对“黄河曲尽流天外,白日轮轻落海西”的雄伟景象,不由生发出对理想与现实矛盾的无奈,“玉树九重长在梦,云衢一望杳如迷”(《奉和李观察登河中白楼》)。李益“事去千年犹恨速,愁来一日即为长”(《同崔邠登鹳雀楼》)、张乔“高楼怀古动悲歌,雀楼今无野燕过”(《题河中鹳雀楼》)、司马扎“兴亡流白日,今古共红尘”(《登河中鹳雀楼》)则抒发了一种咏史怀古的情怀。

汾水是山西第一大河,《山西通志》卷二《山川》载,汾水源出山西静乐县北管涔山,“流经楼烦镇、故交城、阳曲、太原、清源、文水、祁县、介休、孝义、霍、灵石、汾西、赵城、洪洞、临汾、襄陵、太平、绛、稷山、河津、荣河诸州县界,合入黄河,其所经州县多引为渠”①。可见汾水流域之广,水量之大。《新唐书》卷九八载,韦武为绛州刺史时曾“凿汾水灌田万三千余顷”,受到皇帝“玺书劳勉”②。正是有着充足的水源,山西成为唐代的产粮大区。

汾水是唐代山西诗人及游历山西的诗人笔下常见的一个意象。如河东节度行军司马郑儋和游历太原的欧阳詹登汾水一高阁,有诗《登汾上阁》描写汾水的开阔“汾桂秋水阔,宛似到阊门”,欧阳詹和诗“贯郭河通路,萦村水逼乡”写出了汾水绕太原城郭而过的景象;著名女诗人鱼玄机“汾川三月雨,晋水百花春”(《寄刘尚书》)写出了春天汾水的一片生机,还有王绩“桑榆汾水北,烟火浊河东”(《咏

① 李侃、胡谧:《山西通志》,四库全书存目丛书,齐鲁书社,1996年,第53页。
② 欧阳修、宋祁:《新唐书》卷九八,中华书局,1975年,第3905页。

怀》)、李峤“白云度汾水,黄河绕晋关”(《又送别》)、李昂“预知汾水上,一雁有余音”(《睢阳送韦参军还汾上》)、苏颋“北风吹白云,万里渡河汾”(《汾上惊秋》)、张说“霍镇迎云罕,汾河送羽旂”(《扈从南出雀鼠谷》)、张乔“晋山擎白道,汾水截青林”(《送友人北游》)、刘长卿“一路傍汾水,数州看晋山”(《送薛承矩秩满北游》)、张祜“山根百尺路前去,十夜耳中汾水声”(《过汾水关》)等。诗人们常在汾水送别,如王建《早发汾南》、赵嘏《汾上宴别》。唐诗中多以汾水指代山西,如曹邺《送进士李殷下第游汾河》、韦庄《送人游并汾》、李峤《又送别》、岑参《虢州后亭送李判官使赴晋绛》、戴叔伦《广陵送赵主簿自蜀归绛州宁亲》等。

第二节 人文景观和文学创作

“蒲州—太原”沿线区域有很多具有深厚历史文化底蕴的人文景观,为唐代山西文人和活动于山西的外地文人提供了心灵对话和诗文表现的对象,也正是通过这些创作表现了山西特有的地域人文气息。

1. 帝王古迹

晋州治所临汾县,即尧都平阳,因其在平水之阳,故名平阳,被誉为“华夏第一都”,县城东八里有尧庙。这里民风淳厚质朴,有尧之遗风。柳宗元《晋问》云:“平阳,尧之所理也。其人至于今俭啬,有温恭克让之德,其人至于今善让,好谋而深,和而不恕,尤思而畏祸,恬以愉,此尧之遗风也。”①

蒲州为舜都蒲坂,《元和郡县图志》卷一二河中府条记载有舜祠等古迹。唐诗中有关舜古迹的有薛能“山光临舜庙”(《送胡澳下第

① 柳宗元:《柳河东集》卷一五,上海人民出版社,1974年,第278页。

归蒲津》)、张濯“古都遗庙出河渍,万代千秋仰圣君”(《题舜庙》)、项斯“禅禹逊尧聪,巍巍盛此中”(《舜城怀古》)等,其中项斯诗“四隅咸启圣,万古赖成功。道德去弥远,山河势不穷。停车一再拜,帝业即今同”借古颂今。另外杜荀鹤《题历山舜祠》“昔舜曾耕地,遗风日寂寥。世人那肯祭,大圣不兴妖。殿宇秋霖坏,杉松野火烧。时讹竞淫祀,丝竹醉山魈”,描述的则是因人们不再祭祀从而导致舜祠荒凉破败的景象,从侧面反映了晚唐社会的衰败已使人们不再盲目地去崇拜虚无的神灵。另外朱庆馀有《舜井》一诗。

绛州龙门县龙门山,传说当年大禹在此疏导黄河。为纪念大禹,后人在龙门山建大禹祠。《元和郡县图志》载“(大禹祠)隋末摧毁,贞观九年奉敕更令修理”,并在龙门山禹庙南的绝顶上建有高祖神尧皇帝庙①。把高祖神尧皇帝庙建在禹庙附近,除纪念当年义旗到此外,不无把高祖建唐之功与禹帝千秋功绩相提并论的意思。其中许浑“鱼龙多处凿门开,万古人知夏禹材”(《晚登龙门驿楼》)、薛能“高波万丈泻,夏禹几年功”(《龙门八韵》)则体现了唐代诗人对夏禹功绩的赞美之情。

唐人在表现山西的诗歌中往往引入尧、舜、禹,一方面展现了山西辉煌的历史和质朴的唐尧遗风,另一方面也表达了诗人对古帝王的崇敬之情,同时暗含以古喻今之意。如宋璟“禹行山启路,舜在邑为都”(《奉和圣制答张说扈从南出雀鼠谷》)、王丘“北土分尧俗,南风动舜歌”(《奉和圣制答张说扈从南出雀鼠谷之作》)。

2. 佛寺道观

唐代佛道盛行,有名山必有寺观。“蒲州—太原”沿线区域有中条山、姑射山、霍山、绵山和悬瓮山等大山,其中的佛寺道观是爱好游

① 李吉甫:《元和郡县图志》卷一二,中华书局,1983年,第336页。

历的唐代文人足迹常踏的地方。

蒲州有栖岩寺、崇福寺、万固寺、柏梯寺、蒲津寺等寺庙，卢纶在河中府期间怀才不遇，常独自或陪同友人游历这些寺院。其中栖岩寺是河中名寺，位于中条山北面。《永济县志》卷一二载：“隋文帝以外国所贡玛瑙盏施（栖岩）寺为供，唐时名士多游于此。”[①] 卢纶目睹寺里供奉的马脑盏（马脑即玛瑙），隋王朝昔盛今亡的历史兴亡感油然而生（《栖岩寺隋文帝马脑盏歌》）；虽然诗人“衰蹇步难前，上山如上天”，但即使是在“苍苍此明月，下界正沉眠”（《同薛存诚登栖岩寺》）的夜晚或刚刚下过雨的天气里，也挡不住诗人和友人的游兴。正是栖岩寺“林香雨气新，山寺绿无尘……鹤鸣金阙丽，僧语竹房邻”（《奉和李益游栖岩寺》）的幽深环境和佛教氛围，让诗人久在幕府郁郁不得志的心灵得到了放松。高宗曾游幸栖岩寺，写有《五言过栖岩寺》[②] 一诗。柏梯寺在河中府虞乡县，卢纶与柏梯寺名僧昙延法师来往密切，有诗《送昙延法师讲罢赴上都》。再如赵嘏“一泓秋水千竿竹，静得劳生半日身”（《发柏梯寺》）、薛能“柏梯还拟谢微官，遥拟千峰送法兰”（《送同儒大德归柏梯寺》）、司空图“松日明金像，山风响木鱼”（《上陌梯寺怀旧僧二首》其一，“陌梯寺”疑为柏梯寺之误），“钟疏含杳霭，阁迥互黄昏”（同上诗其二）等诗句从不同角度展现了柏梯寺的悠远杳深。万固寺和崇福寺也是卢纶常去的寺庙，他写有《和崔侍郎游万固寺》和《河中府崇福寺看花》。中条山道教氛围也很浓郁，有著名的道阳静院，晚唐道士侯道华曾在此修道。李商隐游道阳静院，有诗《题道静院》，另外郑遨有《题中条静观》诗。

---

① 陈贻焮等主编：《增订注释全唐诗》第 2 册，文化艺术出版社，2001 年，第 836 页本诗注释。

② 陈贻焮等主编：《增订注释全唐诗》第 1 册，文化艺术出版社，2001 年，第 22 页新补，《全唐诗》未录。

晚唐诗人贾岛与中条山觉兴上人来往密切，有《送觉兴上人归中条山兼谒河中李司空》诗。著名诗僧无可、贯休与中条山僧人道士常来往，分别有诗《送僧归中条》和《寄中条道者》。

“太原……近名山，多僧寺。”[①] 金元好问《威德院功德记》云“并州，唐以来图经所载，佛踏庙处示他郡为尤多”[②]，可见太原名山名寺之多，佛教之盛。据《山西通志》卷五《寺观》载，太原城内外有开化寺、崛围寺、华塔寺、崇佛寺、悬瓮寺、奉圣寺、上生寺、泰山寺、闲居寺、大云寺、天龙寺、童子寺和大兴国寺（玄宗时改为开元观）等寺庙[③]。唐开成、会昌年间日僧圆仁来华求法，在太原先后巡礼了多处佛寺。

崇福寺，建于北齐天保二年（551），圆仁描述到“巡礼佛殿，阁下诸院，皆铺设张列，光彩映入，供陈珍妙，倾城人尽来巡礼”[④]。汾州诗人薛能会昌六年（846）登进士第，会昌四年至大中六年（844—852）为河东节度使王宰、李业从事，薛能在为太原从事前最高只做到周至尉，仕途的失意让诗人借助于游历来排遣心中郁闷。其《北都题崇福寺》首联“此地潜龙寺，何基即帝台”咏叹太原为王业之基，颔联“细花庭树荫，清气殿门开”描写寺院绿树荫荫的景象，颈联“长老多相识，旬休暂一来”写与崇福寺僧人的交往，尾联“空空亦拟解，干进幸无媒”抒发怀才不遇的失意。薛能作于此时期的诗歌“青门无路入清朝，滥作将军最下僚”（《太原使院晚出》）、“少年流落在并州，裘脱文君取次游”（《并州》）、“人多知遇独难求，人负知音独爱酬”（《并

① 刘昫等：《旧唐书》卷一七七《裴休传》，中华书局，1975年，第4594页。

② 元好问：《遗山集》卷三五，《文渊阁四库全书》，第1191册，上海古籍出版社，1987年，第400页。

③ 李侃、胡谧：《山西通志》，四库全书存目丛书，齐鲁书社，1996年，第133—135页。

④（日）圆仁：《入唐求法巡礼行记》卷三，上海古籍出版社，1986年，第134页。

州寓怀》)等抒发了同样的心情。从薛能诗中我们感受到的是唐代失意文人沉潦于幕府不得提升的无奈。童子寺,建于北齐天保七年(556)。耿沣游童子寺,“雨余沙塔坏,月满雪山空。耸刹临回磴,朱楼间碧丛”(《题童子寺》)展现了寺院楼阁重重的景象。圆仁也拜游了童子寺,还记载了一石门寺,“寺中有一僧,长念《法华经》已多年,近日感得舍利,见倾城人尽来供养。僧俗满寺,不知其数”①。贞观二十年(646),太宗幸太原,游大兴国寺,有《谒并州大兴国寺诗》《咏兴国寺佛前幡》等诗,从太宗的诗和圆仁的记载可见唐时太原佛教的盛况。

唐帝王对道家的崇敬程度超过了对佛教的崇敬。一方面追崇老子李聃为祖先,从朝廷到民间常制造一些有关老子与李唐王朝关系的传闻。如《元和郡县图志》卷一二载,神山县羊角山有神人显现并预言“大唐天子,得圣理一千年”,高祖即敕令立老君祠②。温庭筠描绘了老君庙仙境般的环境,“紫气氤氲捧半岩,莲峰仙掌共巉巉。庙前晚色连寒水,天外斜阳带远帆”(《老君庙》)。李白则描写了老君庙的荒凉景象,“草合人踪断,尘浓鸟迹深。流沙丹灶灭,关路紫烟沉”,发出事过境迁的感叹,“独伤千载后,空余松柏林”(《谒老君庙》)。高宗乾封元年(666)尊太上老君为玄元皇帝,并立祠堂,置令、丞诸官,这一切使道教成为唐王朝的“御用宗教”。同时朝廷在政治上采取了一系列崇道措施,尤其武后、玄宗两朝通过置“道举”进一步把道教深植文人心中③。

---

①(日)圆仁:《入唐求法巡礼行记》卷三,上海古籍出版社,1986年,第135页。

②李吉甫:《元和郡县图志》卷一二,中华书局,1983年,第338页。

③孙昌武:《道教与唐代文学》总论第二部分,人民文学出版社,2001年,第9—10页。

3. 神祠墓冢

晋人喜祀神，主要是祭祀传说中的神灵和神化了的历史英雄人物，表达对某种神圣信仰的崇拜。“蒲州—太原”沿线区域有很多这样的神祠、墓冢，唐代文人慕名前往，留下了诸多诗篇。

如上文提到的尧庙、舜祠和大禹祠，是晋人对中华民族远古帝王的崇敬。稷王祠，是晋人对后稷“教民稼穑，树世百谷”的纪念和希望年年岁岁农业丰收的期盼。

伯夷、叔齐是古代忠臣的光辉典范，作为商朝臣子，他们反对武王伐纣，逃避到首阳山，不食周粟而死，以生命捍卫了一代忠臣的尊严。首阳山上有夷齐庙。首阳山，即雷首山，又名首山、雷首，为中条山在蒲州河东县的部分。为了宣扬伯夷、叔齐以死忠君报国的节操，贞观十一年（637），太宗诏致祭，禁樵苏[①]。唐时许多诗人拜祭夷齐庙，并写下了流传千古的咏史诗。如李颀《登首阳山谒夷齐庙》“寂寞首阳山，白云空复多”和卢纶《题伯夷庙》“落叶满阶尘满座，不知浇酒为何人”写出了今日首阳山的荒凉和伯夷庙的寥落，李颀诗句“毕命无怨色，成仁其若何”是对伯夷、叔齐以死成仁的咏叹。晚唐诗人胡曾《咏史诗：首阳山》“孤竹夷齐耻战争，望尘遮道请休兵”道出诗人的反战情绪；吴融《首阳山》是对伯夷、叔齐“为臣贵义不贵身”精神的赞美，同时耻笑了那些丧失君臣大义的“饱死人”。

太平县有赵盾祠。赵盾是晋国著名的政治家、军事家，对晋国贡献巨大，受到奸臣屠岸贾的陷害，由此诞生了两位千古义士——公孙杵臼和程婴。为救赵氏孤儿他们不惜牺牲自身和儿子性命，集中代表了晋人人性的高尚。太平县有公孙杵臼、程婴墓。

绛州，春秋时为晋国属地。耿沣《送绛州郭参军》诗云“远事诸

---

① 李吉甫：《元和郡县图志》卷一二，中华书局，1983 年，第 326 页。

侯出，青山古晋城”。绛州有很多晋国遗迹，除了赵盾祠、公孙杵臼和程婴墓，还有骊姬墓，骊姬为晋献公爱姬。岑参《骊姬墓下作》“浍水日东注，恶名终不流。献公恣耽惑，视子如仇雠。……欲吊二公子，横汾无轻舟”是对骊姬阴险、晋献公昏庸的批判和对重耳、夷武二公子的同情。此外还有晋灵公墓、齐姜墓。绛县有晋文公墓，贞观十一年（637）太宗诏致祭，禁樵苏[①]。

晋人还自己创造了很多神灵形象。如上文提到的曲沃县台骀神祠，以供奉台骀汾神；临汾县姑射神祠，以纪念尧妻鹿仙女；霍邑县霍山神庙，以拜祭霍山神。

诸多神祠中最著名的是晋祠。晋祠又名王祠、唐叔虞祠，周成王桐叶封弟的故事就发生在这里。晋祠在太原西南的悬瓮山脚下，具体建于何时已难考。北魏郦道元《水经注》已载有晋祠，“昔智伯遏晋水以灌晋阳，其川上溯，后人蓄以为沼。沼西际山枕水有唐叔虞祠，水侧有凉堂，结飞梁于水上。晋川之中，最为胜处”。北齐文宣帝高洋天保元年（550）又“大起楼观，穿筑池塘”。唐时，晋祠成为“北都之胜”[②]。贞观二十年（646），太宗游晋祠，撰写《晋祠铭（并序）》[③]并立碑，赞美成王“剪桐颁土”“惟德是辅，惟贤是顺”的“茂德”，宣扬高祖“建国兴邦”的功绩，祝愿唐王朝“万代千龄，芳猷永嗣”，同时描绘了晋祠秀美的风光：

> 金阙九层，鄙蓬莱之已陋；玉楼千仞，耻昆阆之非奇。落月低于桂筵，流星起于珠树。若夫崇山亘峙，作镇参墟；襟带边亭，

---

① 李吉甫：《元和郡县图志》卷一二，中华书局，1983年，第334页。

② 引自李吉甫：《元和郡县图志》卷一三，中华书局，1983年，第366页。

③ 董浩等：《全唐文》卷一〇，中华书局，1983年，第125—126页。

标临朔土。悬崖百丈，蔽日亏红；绝岭万寻，横天耸翠。霞无机而散锦，峰非水而开莲。石镜流辉，孤岩宵朗；松萝曳影，重溪昼昏。碧雾紫烟，郁古今之色；玄霜降雪，皎冬夏之光。

最受历代帝王青睐的是蒲州汾阴（今山西万荣）后土祠。传说人类始祖轩辕黄帝、尧舜二帝和夏商周三王都曾祀后土，汉文帝前元十六年（前 164）始建汾阴庙[①]，元鼎四年（前 113），汉武帝改庙为后土祠[②]。汉武帝把祭祀后土祠列为国家大事，曾多次巡幸，并在此留下了千古名篇《秋风辞》。《旧唐书》卷二四载，唐武德、贞观年间，制定每年立春、立夏、立秋和立冬之际，在东南西北四郊祭祀，其中在季夏土王日，祀黄帝于南郊，帝轩辕配，后土、镇星从祀。开元十年（722），玄宗由东都洛阳巡幸太原，下制恢复自汉武帝以来废而不行的后土之祀，制曰："定后土于汾阴，遗庙巋然，灵光可烛。朕观风唐、晋，将欲为人求福，以辅升平。今此神符，应于嘉德。"玄宗于次年二月亲祀后土，因武则天时曾有人在此获三枚宝鼎，于是改汾阴为宝鼎[③]。玄宗此次巡幸的大致路线是洛阳—太行山—潞州—太原—汾州—雀鼠谷—晋州—汾阴后土祠—蒲州—蒲津关—长安。在这条浩浩荡荡的巡幸路上，年轻的玄宗意气风发，仿佛衣锦还乡，因为景龙二年（708）玄宗曾任潞州（今山西长治）别驾[④]，潞州时期为其日后登基打下了坚实基础。正是此次巡幸，引发了文学史上一次君臣诗歌唱和盛会，几乎在每个停留之地都有诗歌创作。其中在汾阴后土祠，随行的十二位大臣各自创作了一首题为《祭汾阴乐章》的四

---

① 司马光：《资治通鉴》卷一五，胡三省注，中华书局，1963 年，第 503 页。

② 司马迁：《史记》卷一二《孝武本纪》，中华书局，1959 年，第 461 页。

③ 刘昫等：《旧唐书》卷二四《礼仪志四》，中华书局，1975 年，第 928 页。

④ 刘昫等：《旧唐书》卷八《玄宗本纪上》，中华书局，1975 年，第 165 页。

言诗,《全唐诗》均录有。这组诗主要盛赞后土神灵降福人间从而使人民永福,社稷永存,同时描述了祭祀的隆重“大礼已备,大乐斯张”(蒋挺《祭汾阴乐章》)[①]。开元二十年(732)玄宗再次亲祀后土祠“以申赛谢”。

4. 亭台楼阁

“四大名楼”之一的鹳雀楼位于蒲州城内黄河东岸,前瞰黄河,西临华山,南依中条,气势开阔,风光秀美,为北周蒲州守将宇文护修建,唐代文人常登高望远独抒感叹或诗歌唱和。鹳雀楼因王之涣的《登鹳雀楼》“白日依山尽,黄河入海流。欲穷千里目,更上一层楼”而声名大振。《全唐诗》收录有关鹳雀楼的诗歌还有耿沣《登鹳雀楼》、李益《同崔邠登鹳雀楼》、畅诸《登鹳雀楼》(《全唐诗》卷二八七误收为畅当诗)、殷尧藩《和赵相公登鹳雀楼》、司马扎《登河中鹳雀楼》、吴融《登鹳雀楼》、马戴《鹳雀楼晴望》、张乔《题河中鹳雀楼》等八首。鹳雀楼诗歌唱和场面最大的一次在建中二年(781),其时赵惠伯为河中节度使,幕僚李翰写有《河中鹳雀楼集序》。李翰描绘了鹳雀楼的壮美景象,“遐标碧空,影倒洪流,二百余载,独立乎中州,以其佳气在下,代为胜概……俯视舜城,傍窥秦塞。紫气度关而西入,黄河触华而东汇。龙据虎视,下临八川”,同时描述了当时诗歌唱和的盛况,“河南尹赵公,受帝新命,宣风三晋,右贤好事,游人若归,小子承连帅之眷,列在下客。八月天高,获登兹楼……前辈畅诸题诗上层,名播前后,山川景象,备于一言。上客有前美原尉宇文邈,前栎阳郡郑鲲,文行光达,名重当时,吴兴姚系、长乐冯曾、清河崔邠鸿笔佳什,声闻远方。将刷羽青天,追飞太清,相与言诗,以继畅生之作,命予纪

---

① 李德辉:《唐代交通与文学》第五节“长安至太原幽蓟道交通与文学”,湖南人民出版社,2003 年,第 111—112 页。

事，书于前轩”[①]。可知当时参加唱和的幕府文人至少有六人。畅生指畅诸，其诗“迥临飞鸟上，高出世尘间。天势围平野，河流入断山”写出了鹳雀楼依山傍河，高旷遐远的气势，“名播前后”，所以众人相继和之。此次鹳雀楼唱和实可与东晋王羲之作序的兰亭唱和、初唐王勃参加的滕王阁唱和相媲美。可惜除了李翰的序外，其他人的诗歌并没有流传下来。

元和九年至十一年（814—816），赵崇儒节度河中，也常和幕僚登鹳雀楼高瞻远瞩，诗歌唱和。幕僚殷尧藩曾有诗《和赵相公登鹳雀楼》，“树色到京三百里，河流归汉几千年”上半句点出河中与京师长安的地势关系，下半句寄托着诗人的高志，即追求理想要像黄河几千年来无止无息的流淌一样坚持不懈，永远奋斗。

太原晋阳宫，为北魏末年（532）高欢所建。开元十一年，玄宗巡幸太原，在乾阳门街立起义堂碑，并御书，纪念高祖起兵之事。其间玄宗过晋阳宫，有《过晋阳宫》一诗，随行大臣苏颋、张说、张九龄有和诗，这些诗歌主要有五方面内容：一以对比的手法批判隋因暴政失天下，赞美唐的建立使人民生活安定，是顺应天意和人心的事情；二盛赞太原是王业之基，如“缅想封唐处，实惟建国初”（李隆基）、“彼汾惟帝乡，雄都信郁盘”（张九龄）；三宣扬尧、舜的影响，如“唐风思何深，舜典敷更宽”（张九龄）；四赞美唐帝王的尊贵，如“尊祖实我皇，天文皆仰观”（张九龄）、“立极万邦推，登庸四海尊”（苏颋）；五赞美太原壮丽的风景，如“翠华渡汾水，白日临翠峰”（张说）、“率西见汾水，奔北空塞垣”（苏颋）。这些诗歌在对历史的回顾和现实的赞叹中寄托着唐王朝永隆的美好期望。

---

① 董诰等：《全唐文》卷四三〇，中华书局，1983年，第4379—4380页。

第三节　交通要道和文学创作

唐时，“蒲州—太原”道在政治、军事上有着战略性的地位。交通的重要性甚至影响到职位的升迁，李翛任绛州刺史时“常饰厨传，以奉往来中使及禁军中尉宾客，以求善誉”[①]。因路途遥远，沿线关隘驿店多，“道路列肆，具酒食以待行人”[②]。来往官吏、使者、文人驻足歇息之际，行役文学就会产生[③]，在文学的动态创作中反映了一方水土，一方文化。

“蒲州—太原”道上第一个重要的关隘是蒲津关。蒲津关又名蒲坂关、临晋关，是关中与山西的交接点，在河东县西四里。玄宗开元九年（721）十二月九日增修蒲津桥，铸铁牛以固桥身，命兵部尚书张说刻石为颂。张说《蒲津桥赞》云：“域中有四渎，黄河是其长。河上有三桥，蒲津是其一。隔秦称塞，临晋名关，关西之要冲，河东之辐凑，必由是也。”[④]卢纶曾与友人赵元阳登关内道朝邑县（今陕西大荔县东）长春宫，可望见蒲津关、蒲津桥与黄河，诗云“指望关桥满袖风……河绕军州日气红”（《同赵进马元阳春日登长春宫古城望河中因寄郑损仓曹》）。岑参曾到此，“关门锁归客，一夜梦还家。月落河上晓，遥闻秦树鸦。长安二月归正好，杜陵树边纯是花”（《宿蒲关东店忆杜陵别业》），渡过蒲津关就是关中之地，诗人仿佛已经听到了关中乌鸦的叫声。开元十年（722）玄宗巡幸北都后沿“蒲州—太原”道返长安，到达蒲津关，赋诗《早度蒲津关》，赞叹蒲津关的险壮与河中府的军事地位，“地险关逾壮，天平镇尚雄。春来津树合，月落

① 刘昫等：《旧唐书》卷一六二《李翛传》，中华书局，1975年，第4240页。
② 欧阳修、宋祁：《新唐书》卷五一《食货志一》，中华书局，1975年，第1346页。
③ 参考李德辉：《唐代交通与文学》，湖南人民出版社，2003年。
④ 董诰等：《全唐文》卷二二六，中华书局，1983年，第2277页。

成楼空”。随行大臣张九龄、张说、宋璟、徐安贞等有和诗，都是对玄宗巡幸仪仗气势、蒲津关险要地势、天下太平的描述与赞美。途经蒲津关并留有诗作的唐代诗人还有唐彦谦、薛能、吕温、骆宾王、李山甫等。

绛州龙门县有龙门驿。中唐诗人许浑北游边塞，经龙门县宿龙门驿。某日傍晚时分，诗人登龙门驿楼，远望开阔的黄河，不禁思绪万千，由大禹治水的千秋功绩和鱼跃龙门的传说联想到自己科举未第，漂泊在外，惆怅无限，挥笔写下《晚登龙门驿楼》一诗。首联“鱼龙多处凿门开，万古人知夏禹材”点出鱼跃龙门、夏禹治水的传说；颔联“青障远分从地断，洪流高泻自天来”和颈联“风云有路皆烧尾，波浪无程尽曝腮”以夸张的手法描绘了龙门口黄河汹涌奔腾的壮观和气势；尾联“心感膺门身过此，晚山秋树独徘徊”则点出诗人独自徘徊的愁绪。

龙门驿往东有稷山县的稷山驿。据宋《南部新书》载，“稷山驿吏王全作吏五十六年，人称有道术，往来多赠篇什”[①]。李商隐经稷山驿，结识了这位有道术的驿吏并赠诗《戏题赠稷山驿吏王全》，诗云：“绛台驿吏老风尘，耽酒成仙几十春。过客不劳询甲子，惟书亥字与时人。”

稷山驿往北到达霍邑县霍山驿。李商隐住霍山驿时，有诗《登霍山驿楼》描绘了霍山驿萧瑟的环境，“岭鼷岚色外，陂雁夕阳中。弱柳千条露，衰荷一面风”，同时表达了渴望平叛的心情。“壶关有狂孽”指会昌三年（843）昭义军节度使刘从谏死后其子刘稹仿效河北三镇世袭节度使之职以图独霸一方之事，其时河阳节度使王茂元与河北诸军一起讨伐刘稹，李商隐为王茂元掌书记。“速继老生功”表达了

① 引自严耕望：《唐代交通图考》，“中央研究院”历史语言研究所，1985—1986年，第111页。

诗人希望王茂元大军能够像当年高祖在此平隋将宋老生之战一样平叛刘稹的心情。

霍山驿继续往北是雀鼠谷（又名爵津谷），绵延于晋州霍邑县和汾州灵石、介休、孝义县的崇山峻岭之间，是“蒲州—太原”道上最险峻的一段。《隋书·地理志》西河郡永安县条、李泰《括地志》汾州灵石县条（《资治通鉴》卷一七二胡注）、杜佑《通典》卷一七九汾州西河郡灵石县条、李吉甫《元和郡县图志》卷一三汾州介休县条、《旧唐书·地理志》《太平寰宇记》卷四一汾州孝义县条、《太平御览》卷四五霍山条、《一统志》霍州卷关隘目冷泉关条都有雀鼠谷的记载[①]。

雀鼠谷南北连接汾水关和冷泉关，全长约一百一十里。这里陡峭险峻，汾水从中奔腾而过。《太平寰宇记》卷四一汾州孝义县条云“汾水出于谷内，南流入河”，为“险固之处”。《水经注》云：“（雀鼠谷）数十里间道险隘，水左右悉结偏梁阁道，累石就路，萦带岩侧，或去水一丈，或高五六尺。上戴山阜，下临绝涧，俗谓之鲁班桥，盖通古之津隘矣，亦在今之地险也。”[②]雀鼠谷险峻的地势决定了它在军事上的战略地位，这里曾发生过多次具有决定性意义的战争。《周书》载，周建德五年（576），北周伐北齐，周主派齐王宪率领精锐骑兵二万守雀鼠谷[③]。《旧唐书》载，武德二年（619），李世民平刘武周、宋金刚，由霍邑县追宋金刚到雀鼠谷，然后大破之[④]。

开元十年（722）玄宗北巡太原，返京途中经雀鼠谷，君臣在此展开诗歌唱和。宰相张说首唱《扈从南出雀鼠谷》，玄宗和《南出雀

① 以上均引自严耕望：《唐代交通图考》，“中央研究院”历史语言研究所，1985—1986年。

② 郦道元：《水经注》卷六，巴蜀书社，1985年，第146页。

③ 令狐德棻等：《周书》卷六《武帝纪下》，中华书局，1971年，第95页。

④ 刘昫等：《旧唐书》卷五五，中华书局，1975年，第2254页。

鼠谷答张说》一首，随行大臣张九龄、苏颋、赵冬曦、袁晖、王光庭、席豫、徐安贞、崔翘、梁升卿都有和作，《全唐诗》均录有。这些诗歌或赞美玄宗巡幸之威仪，如“豫动三灵赞，时巡四海威”（张说）、“云日明千里，旌旗照一川”（徐安贞）、“山尽千旗出，郊平五校分”（席豫）、“九旗云际出，万骑谷中来”（袁晖）；或描写雀鼠谷的地理风貌，如“背陕关山险，横汾鼓吹频”（李隆基）、“代云开晋岭，江雁入汾河”（王丘）写雀鼠谷左靠太岳，右临汾水的地势，“山南柳半密，谷北草全稀”（张说）、“涧北寒犹在，山南春半传”（徐安贞）、“前林已暄景，后壑尚寒氛”（席豫），以南北气候的差异反衬雀鼠谷的狭长；蒲绛之地为尧、舜、禹之都，“禹行山启路，舜在邑为都”（宋璟）、“北土分尧俗，南风动舜歌”（王丘），唐由晋起家，唐帝王与三帝的继承关系在诗中不言而喻。这不是一般文人墨客的诗歌唱和，而是盛唐君臣的诗歌唱和，是“黼黻文”（席豫），内容和形式推敲至极，极大地显示了君臣的诗才，雀鼠谷在他们的笔下尽展风貌。

汾水关是河中府北界，晋州和汾州的交界，依汾水而建，张祜《过汾水关》“山根百尺路前去，十夜耳中汾水声”。汾水关军事地位极为重要，《周书》载，周建德五年（576），北周伐北齐，周主派柱国宇文盛率领步骑一万据守汾水关[①]。唐在此置高壁镇、雁归驿和通济桥，杜佑《通典》载，汾州西河郡灵石县“东南有高壁镇，雀鼠谷，汾水关，皆险固之处”[②]。萧珙《河东节度高壁镇新建通济桥记》称高壁镇为“雄镇”，是“河东军之要津”。这里“金流汹涌，林麓森沉，东控介峦，西连白壁，峰巅万仞，壁峭千寻”，往来的“中朝名士”往往“驲骑

① 令狐德棻等：《周书》卷六《武帝纪下》，中华书局，1971年，第96页。

② 杜佑：《通典》卷一七九，中华书局，1984年，第4736页。

星驰，华轩云凑……悉息驾于雁归亭，未尝不题藻句，纪年代也”①。

汾水关往北约二十里到阴地关。回纥在山西北部，唐与回纥的联系主要通过“蒲州—太原”道来实现。代宗时崇徽公主远嫁回纥，经阴地关，感叹万分，在一块石头上留下了笔迹。晚唐诗人李山甫经阴地关看到公主笔迹，不由发出“谁陈帝子和蕃策，我是男儿为国羞”（《阴地关崇徽公主手迹》）的愤慨呼声，强烈反对朝廷以一弱女子“和亲”来苟求边境一时安宁的做法，诗人又以公主口吻谴责朝廷“遣妾一身安社稷，不知何处用将军”（《代崇徽公主意》）的软弱表现。另一诗人雍陶有诗《阴地关见入蕃公主石上手迹》一首。

阴地关再北约二十里是冷泉关，位于汾州灵石县冷泉镇。这里泉水夏季冰冷清凉，所以镇、关、驿都以“冷泉”为名。冷泉关，左靠险峻的介山，右临湍急的汾水，号为“天险”，“实为南北咽喉”②。明王士祯《秦蜀驿程后记》载：“过冷泉关，关为太原、平阳要害，嘉靖、万历间再修之，今废无人居。”③可见从唐到中晚明冷泉关一直都是重要关隘。这里“重峦复叠，积树参差，汾水回于而潺湲，天险蔽抱而崇固”，过路的文人墨客，目睹如此险峻秀美的风景，往往会在驿亭的墙壁或柱子上留下笔迹。河东节度使王宰过冷泉关，“睹中令河东公及相国令狐公、左仆狄公、相国崔公来罢之题列”，也不由“驻旌关亭，吟睇移景”④。冷泉关有冷泉驿，李商隐途经冷泉关就住在冷泉驿。当

① 引自严耕望：《唐代交通图考》，“中央研究院”历史语言研究所，1985—1986年，第116页。

② 引自严耕望：《唐代交通图考》，“中央研究院”历史语言研究所，1985—1986年，第121页。

③ 引自严耕望：《唐代交通图考》，“中央研究院”历史语言研究所，1985—1986年，第121页。

④ 引自严耕望：《唐代交通图考》，“中央研究院”历史语言研究所，1985—1986年，第121页。

时正值寒食节，半夜时分诗人难以入眠，面对银色月光照耀下的空寂庭院，那种“驿途仍近节，旅宿倍思家”的思乡之情油然而生，同时展现了冷泉驿的地域风貌，“介山当驿秀，汾水绕关斜”（《寒食行次冷泉驿》）。

正是“蒲州—太原”道交通的发达和重要性，使往来其间的行人很多，上至帝王显臣下至落第文人，同时他们的诗作生动地展现了山西的地域风貌。

第三章 唐代“蒲州—太原”沿线区域文学世家的文化传统和文学创作

陈寅恪《隋唐制度渊源略论稿》曰“盖自汉代学校制度废弛，博士传习之风气止息之后，学术中心移于家族，而家族复限于地域，故魏、晋、南北朝之学术、宗教皆与家族、地域两点不可分离”[①]，指出文学与家族、地域之间的密切关系。某一地域的文学世家就是这一地域文化传统的传承载体和文学创作的主力军，他们的文学创作不仅属于某一家族，更是这一地域文化的重要组成部分。如果说来往行人的创作是动态地反映了所经地域的文化风貌，那么固定在某一地域的文学世家的创作则是静态地反映了本地域的文化风貌。

唐代“蒲州—太原”沿线区域的文学世家，主要集中在两个区域中心——蒲州和太原。这些家族政治地位显赫，如河东柳氏在高宗时并居尚书省者达二十二人[②]，其中柳宗元高祖柳奭为高宗朝宰相，高宗皇后王氏是其外甥女。汾阴薛氏与皇室结亲较多，薛元超、薛曜、

---

① 陈寅恪：《隋唐制度渊源略论稿》，生活·读书·新知三联书店，2001年，第20页。
② 柳宗元：《柳河东集》卷二四《送澥序》，上海人民出版社，1974年，第404页。

薛伯阳、薛谈、薛绍等尚公主，其中薛绍尚武则天最宠爱的太平公主。薛氏名相有薛纳、薛元超，名将有薛仁贵。闻喜裴氏更是“裴为显姓，入唐尤盛”[①]，《新唐书》卷七一《宰相世系表》录唐宰相中裴氏就有十七人。据统计，裴氏与唐皇室通婚者男有十五人，女有三人[②]。河中张氏是著名的“三相张家”，张嘉贞、张延赏、张弘靖祖孙三代都是唐名相。《新唐书》卷七二《宰相世系表》载王氏宰相十三人，其中太原王氏（包括祁县和河东王氏）占七人[③]。正是政治优势推动了家族文学的蓬勃发展，造就了世世代代人才辈出，形成一定的家学传统并深刻影响了当地文化的发展。所以说“门第的确立需要政治、军事、经济、文化四大支柱”[④]，这需要几代人的努力，“门户须历代人贤，名节风教，为衣冠顾瞩，始可称举”[⑤]。

第一节　蒲绛文学世家及创作

柳芳《氏族论》把姓氏按地域分为四种，山东与关中为“郡姓”，南方为“侨姓”与“吴姓”，代北为“虏姓”。关中郡姓为韦、裴、柳、薛、杨、杜[⑥]，其中裴、柳、薛为河东三著姓，位于蒲州和绛州。蒲绛文学世家多文学家、史学家兼政治家，擅长质朴古雅的古文、史学、谱牒之学，诗歌创作风格刚健，其家风家学深深地影响了当地质朴古健文风的形成。

---

① 韩愈：《韩昌黎全集》卷二四《河南少尹裴君墓志铭》，中国书店，1991 年，第 336 页。

② 李浩：《唐代三大地域文学士族研究》，中华书局，2002 年，第 282—284 页。

③ 欧阳修、宋祁：《新唐书》卷七二中《宰相世系表二中》，中华书局，1975 年，第 2655 页。

④ 叶妙娜：《东晋南朝侨姓高门之仕宦》，《中山大学学报》1986 年第 3 期。

⑤ 刘昫等：《旧唐书》卷一九〇上《袁谊传》，中华书局，1975 年，第 4986 页。

⑥ 欧阳修、宋祁：《新唐书》卷一九九，中华书局，1975 年，第 5677—5678 页。

以下文学世家的创作情况据《中国文学家大辞典(唐五代卷)》[1]、新旧《唐书》略述。

河东柳氏文学家主要有柳明献、柳冲、柳并、柳中庸、柳中行、柳芳、柳登、柳冕、柳璟、柳珵、柳宗元、柳宗直等。柳氏家族擅长质朴的古文和史学,其中柳并、柳中庸曾师从古文家萧颖士学古文,柳芳与两个儿子柳登、柳冕本身即是古文家。在中唐古文运动高潮到来之前,柳冕就极力倡导古文,在理论上强调文以载道,但过于偏激,否定了屈宋以下的文学。柳冲、柳芳、柳登、柳冕、柳璟、柳珵祖孙三代都是唐著名史官,其中柳冲中宗朝为左散骑常侍,修国史,在中宗、玄宗朝三次参与改修太宗时所修的《氏族志》,名为《姓系录》;柳芳任史馆修撰,编修《唐历》四十卷、《皇室永泰新论》二十卷和《大唐宰相表》三卷,在柳冲《姓系录》基础上修《氏族论》,对姓氏分类更加详细;柳登有《元和删定制敕》三十卷;柳璟在祖父柳芳《皇室永泰新论》二十卷基础上修《皇室永泰新论》续编十卷;柳珵《常侍言旨》一卷记其伯父柳登之言,有《柳氏家学要录》二卷。

汾阴薛氏文学家主要有被喻为"河东三凤"的薛收、薛元敬、薛德音以及薛元超、薛曜、薛稷、薛奇童、薛存诚、薛昭纬、薛克构、薛宜僚、薛逢、薛廷珪、薛苹、薛调、薛蕴(女)等。其中薛收和薛元敬为太宗文学馆十八学士之一,薛收师从王通,与王绩友善;薛元超预修《晋书》并监修国史;薛曜预修《三教珠英》,与王勃友善;薛稷预修《道藏音义目录》,有文集三十卷;薛克构有《圣朝诏集》三十卷、《子林》三十卷;薛逢有《续会要》四十卷;薛廷珪有制诰集《凤阁书词》十卷、赋集《克家志》五卷、文集两卷,其他人皆擅诗文。

河中吕氏也多人担任朝廷要职。文学家主要有吕渭和他的四个

---

① 周祖譔:《中国文学家大辞典(唐五代卷)》,中华书局,1992年。

儿子温、恭、俭、让。吕渭工诗，广德元年至大历五年（763—770）为浙东兵曹参军，与鲍防、严维等诗歌联唱，结集《大历年浙东联唱集》二卷。大历七年（772）任浙西节度支使，八、九年间在湖州与颜真卿、皎然等联唱，结集《吴兴集》十卷，后官至礼部侍郎。吕氏与柳氏有姻亲关系，其中吕渭续弦为柳宗元表亲。吕温兄弟与柳宗元关系密切，其中吕温“天才俊拔，文彩赡逸，为时流柳宗元、刘禹锡所称”①，政治上与柳宗元同为王叔文集团成员，文学上一样主张文以明道，极力创作古文。

猗氏（今山西临猗）张氏，因张嘉贞、张延赏、张弘靖祖孙三代都为唐宰相而闻名。据《旧唐书》②和《中国文学家大辞典（唐五代卷）》载，张弘靖有四子：文规、景初、嗣庆和次宗，兄弟四人均居要职，其中次宗最有文学，稽古履行，开成中为起居舍人，后为国子博士兼史馆修撰，曾参与校定九经文字。兄弟四人子分别为彦远、天宝、彦修和曼容，次宗另一子为茂枢，其中张彦远是中晚唐著名的史学家和书画理论家。彦远受家学修史传统影响，精通史学，曾预修《续唐历》二十二卷。书画理论受祖父张弘靖和叔祖张谂影响，弘靖喜收藏书画，又精通书法，谂著《吴画说》，论述吴道子之画。彦远把史学意识贯穿于绘画理论，创作了中国历史上第一部绘画通史《历代名画记》十卷，近人称此书为“画史之祖”。前三卷记历代绘画源流兴废，并辑录六朝以来画论，总论诸大画家之笔法，记各地寺观壁画，兼载绘画、收藏、装裱鉴赏方法；后七卷收上古至唐代画家三百七十余人传记③。另著《法书要录》十卷，是中唐以前书法资料总集。

---

① 刘昫等：《旧唐书》卷一三七，中华书局，1975年，第3769页。
② 刘昫等：《旧唐书》卷一二九，中华书局，1975年，第3613页。
③ 许祖良：《张彦远评传》，南京大学出版社，2001年。

绛州文学世家主要有龙门、绛郡王氏和闻喜、稷山裴氏(包括蒲州桑泉裴氏)。

王氏出自周灵王太子晋之后代,《新唐书》卷七二《宰相世系表》云“周灵王太子晋以直谏废为庶人,其子宗敬为司徒,时人号为‘王家’,因以为氏”[①],秦乱时,王氏长房避乱琅琊,第二房留居太原。太原王氏后又分为祁县王氏和河东王氏等支,其中河东龙门王氏郡望祁县,绛郡王氏郡望晋阳。王氏除琅琊和太原两大支外,还有京兆王氏。整个唐代,王氏宰相十三人,其中太原王氏为七人,占据一半多,可见“天下王氏出太原”一点都不夸张。

唐代龙门王氏大家济济,兴于隋末大儒王通。王通,谥号文中子,大业初罢职归乡,研习六经,聚徒讲学,为文内容上讲究“帝王之道”和“王霸之业”,形成了河汾作家群[②],成员主要由王氏兄弟、王门弟子和河东、绛郡文人组成。王通之弟王绩记载了当时讲学的盛况,“昔者文中子讲道于白牛之溪,弟子捧书北面,环堂成列”[③],“北溪门人常以百数,唯河南董恒、南阳程元、中山贾琼、河东薛收、太山姚义、太原温彦博、京兆杜淹等十余人为俊颖”[④]。王门弟子后多为唐初大文学家、史学家兼政治家。《王通论》据多方资料考证陈叔达、魏徵、杜如晦、王珪、李靖、温大雅等人与王通有交往,董恒、程元、贾琼、薛收、姚义、温彦博、杜淹等为王通门人[⑤]。王通的王霸学说和质朴古雅的

---

① 欧阳修、宋祁:《新唐书》卷七二中《宰相世系表二中》,中华书局,1975年,第2601页。

② 贾晋华:《河汾作家群与隋唐之际文学》,《学术论丛》1991年第2期。

③ 王绩著,韩理洲整理:《王无功文集·负苓者传》,上海古籍出版社,1987年,第174页。

④ 王绩著,韩理洲整理:《王无功文集·游北山赋》,上海古籍出版社,1987年,第5页。

⑤ 尹协理、魏明:《王通论》,中国社会科学出版社,1984年。

文风可以说正是通过其弟子在唐初得以传播，如魏徵既是政治要臣，又是史学家，曾主编《群书治要》和《隋书》，在编史中要求“质”与“实”，在文学上主张质朴纯正，为扫除初唐文坛的绮靡文风和中唐古文运动的到来打下了基础。

王度，王通之兄，大业八年（612）任著作郎，奉诏撰周史，也曾归隐家乡。史学的体制与小说有一定联系，在编史的影响下，王度创作了中国文学史上第一部传奇小说《古镜记》，对唐传奇的发展有着深远的影响和意义。

王绩，王通之弟，字无功，嗜酒，被誉为“斗酒学士”，三次罢官归居乡里，隐居东皋，自号“东皋子”。在这种耿介性格和隐居生活的土壤上开放的是田园隐逸文学和质朴雅正的文学风格。王绩诗多写饮酒和田园隐逸生活，风格质朴清新，直承阮籍、陶渊明，在初唐诗坛独树一帜，成为唐第一位山水田园隐逸诗人，其散文风格也是如此。

龙门山川壮美，风景秀丽。王绩以其细腻的笔触展现了龙门一带的地域风貌，如《答处士冯子华书》“吾河渚间，元有先人故田十五、六顷。河水四绕，东西趣岸，各数百步”①，河水即黄河，从龙门奔流而下。《游北山赋》“山水幽寻，风云路深。兰窗左辟，茵芜邪临。石当阶而虎踞，泉度牖而龙吟。……白牛溪里，岗峦四峙。信兹山之奥域，昔吾兄之所止”，王通曾归隐北山，在白牛溪讲学，故王绩云“昔吾兄之所止”，并注云：“吾兄通，字仲淹，生于隋末，守道不仕。大业中隐于此溪，续孔子《六经》近百余卷。门人弟子相趋成市，故溪今号王孔子之溪也。”② 白牛溪，又名东溪、青溪、王孔子溪，光绪十八年修《山西通志·山泉考》引《河津县志》云：“黄颊山，在县东

① 王绩著，韩理洲整理：《王无功文集》，上海古籍出版社，1987年，第148页。
② 王绩著，韩理洲整理：《王无功文集》，上海古籍出版社，1987年，第4—5页。

北三十五里，即文中子、东皋子隐居之处。……东岩下有石城，城北石壁高四丈，中开一罅，相距尺许，有泉涌出，汇为池，下流即白牛溪也。”[①] 王绩或与友人游东溪饮酒畅谈，“为向东溪道，人来路渐赊。山中春酒熟，何处得停家”（《山中别李处士》），或独自夜游东溪，“青溪归路直，乘月夜归还”（《夜还东溪》）。此后唐人常以“东溪”指代故乡或隐居之地。“北山”即黄颊山，在龙门县东北，王绩常登北山吟咏释怀，除《游北山赋》外，还有诗歌《北山》和《黄颊山》。王绩最后一次归隐，把归隐之地称为“东皋”，取陶渊明“登东皋以舒啸”（《归去来兮辞》）之意。“东皋”一词在王诗中多次出现，如“东皋薄暮望，徙倚欲何依”（《野望》）、“北场芸藿罢，东皋刈黍归”（《秋夜喜遇王处士》）。著名的《野望》诗“东皋薄暮望，徙倚欲何依。树树皆秋色，山山唯落晖。牧人驱犊返，猎马带禽归。相顾无相识，长歌怀采薇”完全是一幅龙门黄昏风景画。王绩还深情地描述了当地质朴的乡情，如《田家三首》其三“朝朝访乡里，夜夜遣人酤。家贫留客久，不暇道精粗”写出了诗人与乡亲的融洽友好。可以说，王绩于隋末唐初的山水田园诗创作为盛唐山水田园诗高潮的到来作了准备。明人何良俊对王绩及其诗作评价颇为中肯：

> 唐时隐逸诗人，当推王无功、陆鲁望为第一。盖当武德之初，犹有陈、隋遗习，而无功能尽洗铅华，独存体质。且嗜酒诞放，脱落世事，故于性情最近。今观其诗，近而不浅，质而不俗，殊有魏、晋之风。[②]

---

① 引自马斗全：《读王维诗札记二则》，《文献》1998 年第 2 期。
② 何良俊：《四友斋丛说》卷二五，中华书局，1959 年，第 225 页。

王福畤，王通之子。受父亲影响，福畤通六经，善文辞，杨炯《王勃集序》称其“绝六艺以成能，兼自行而为德”，曾官至太常博士。编王通《中说》十卷，并作《王氏家书杂录》为序①。《新唐书》载王福畤有六子：勔、勮、勃、助、劼、劝，其中“勔、勮、勃皆著才名，故杜易简称‘三珠树’，其后助、劼又以文显。劼早卒。福畤少子劝亦有文”。韩思彦曾戏王福畤曰：“武子有马癖，君有誉儿癖，王家癖何多耶？”②

王勃，在王绩之后为龙门王氏的诗歌创作又填上了重重一笔。王勃六岁即能属文，九岁读颜师古注《汉书》，作《指瑕》以擿其失，年未及冠，就对策高第，授朝散郎。王勃才情横溢，与杨炯、卢照邻和骆宾王文章齐名，被誉为“王、杨、卢、骆”，又号为“四杰”③。王勃英年早逝，留下的诗文虽不多，却深深地烙上了王氏家学的痕迹。首先，王勃受祖父王通帝皇王霸观的影响，在文学上反对六朝靡丽诗风，努力从内容、形式上突破初唐宫体诗风，最终使初唐诗歌题材范围扩大，从亭台楼阁走向了市井、田园和边塞，内容充实，感情真挚，诗风清新，并影响到陈子昂的诗歌革新运动。其次，王勃的山水田园诗受叔祖王绩田园隐逸诗风影响，恬淡质朴，如“东园垂柳径，西堰落花津。物色连三月，风光绝四邻。鸟飞村觉曙，鱼戏水知春。初晴山院里，何处染嚣尘”（《仲春郊外》），一股清新的春意扑面而来。葛晓音认为“四杰中山水诗成就最高的是王勃”，“虽然取景不外乎鱼戏鸟乐、莺歌蝶舞、花光草露，但笔端却处处泄出活泼泼的生机”④。王勃的赋同样给人清新之感，如千古名赋《滕王阁序》。杨炯誉王勃文是“壮

① 引自周祖譔：《中国文学家大辞典（唐五代卷）》，中华书局，1992 年，第 55 页。
② 欧阳修、宋祁：《新唐书》卷二〇一《王勃传》，中华书局，1975 年，第 5741 页。
③ 欧阳修、宋祁：《新唐书》卷二〇一《王勃传》，中华书局，1975 年，第 5739、5741 页。
④ 葛晓音：《山水田园诗派研究》，辽宁大学出版社，1993 年，第 114—115 页。

而不虚,刚而能润,雕而不碎,按而弥坚”(《王勃集序》)[①],崔融也高度评价“王勃文章宏逸,有绝尘之迹,固非常流所及”[②]。

绛郡王氏文人有王景、王德表、王之涣、王纬等。王之涣成就最高,其山水诗和边塞诗在唐代诗坛都占有独特的地位,风格刚贞不拔。山水诗,有著名的《登鹳雀楼》“欲穷千里目,更上一层楼”呼出了人类积极向上的心声;边塞诗,如著名的《边塞》“羌笛何须怨杨柳,春风不度玉门关”表达了边疆士卒对朝廷久战不恤的不满。

裴氏是河东三大姓之首,出自风姓,为黄帝后裔,舜时赐姓嬴氏,与秦王同宗,春秋周僖王时为裴姓。裴氏世居山西闻喜,后裴氏散居各地,毛汉光考证唐代裴氏有十二著房支,其中两支在绛州,一支在河中府[③]。有唐一代裴氏成就巨大,唐宰相中裴氏就有十七人,《唐故河东郡裴氏故夫人钜鹿郡时氏墓志铭》曰“天下氏族,莫过裴姓”[④]。唐代裴氏在文化上同样是大家族,西江《裴氏人物著述》[⑤]收录三国到清代的裴氏文学家一百四十七位,其中唐代为八十六人,占据一半多。

裴寂,蒲州桑泉人,兼政治家、法律家和文学家于一身。著名的《劝进疏》[⑥]文思清晰,感情真挚,语言流畅优美,刚健有力,论理切中要枢。正是此疏打动了李渊,唐王朝由此展开。唐建立后裴寂定《武德律》十二卷、《式》十四卷、《令律》十二卷、《武德令》三十一卷、《唐

---

① 引自周祖譔:《中国文学家大辞典(唐五代卷)》,中华书局,1992年,第40页。
② 刘昫等:《旧唐书》卷一九〇上《王勃传》,中华书局,1975年,第5003页。
③ 毛汉光:《中国中古社会史论》,上海书店出版社,2002年,第308页。
④ 周绍良,赵超:《唐代墓志汇编续集》大中040,上海古籍出版社,2001年,第998页。
⑤ 西江:《裴氏人物著述》,山西人民出版社,2002年。
⑥ 董诰等:《全唐文》卷一三二,中华书局,1983年,第1329页。

律》五百条[①]。

裴行俭，绛州闻喜人，初唐文学家兼书法、政治、军事家。《旧唐书》卷八四载其有文集二十卷，书法专著《草字杂体》数万言，高宗曾令其草书《文选》，军事著作《选谱》十卷讲述“安置军营、行阵部统、克料胜负、甄别器能等四十六诀”[②]。裴光庭，行俭子，开元中为侍中，《新唐书·艺文志》录其《摇山往则》一卷、《维城前轨》一卷、《唐开元格令科要》一卷。裴倩，光庭孙，有文才，“比兴属和，声律铿然”[权德舆《尚书度支郎中赠尚书左仆射正平节公裴公神道碑铭（并序）》]，有文集十卷，《溢城集》五卷，《新唐书·艺文志》录《裴倩集》五卷。

闻喜裴氏文人还有：裴漼，《新唐书·艺文志》录其《开元式》二十卷。裴潾，工诗文，四言组诗《前相国赞皇公早葺平泉山居暂还憩旋起赴诏命作镇浙右辄抒怀赋四言诗十四首奉寄》在唐诗中颇有特色。裴潾与白居易诗歌唱和，白称其诗“毛诗三百篇后得，文选六十卷中无”（《偶以拙诗数首寄呈裴大尹侍郎蒙以盛制四篇一时酬和重投长句美而谢之》）。《新唐书·艺文志》录其《大和通选》三十卷、《大和新修辨谤略》三卷，皆佚。裴虬，与杜甫交情厚，杜甫有诗《暮秋枉裴道州手札率尔遣兴寄呈苏涣侍郎》，称裴诗为“沧海珠”“昆山玉”。裴廷裕，文思敏捷，时人号为“下水船”，《新唐书·艺文志》录其《东观奏记》三卷，记宣宗朝事。《全唐诗》录诗两首，诗笔清新不凡。裴度，官至宰相，有诗才，居洛阳别墅“绿野堂”时，与白居易、刘禹锡诗酒唱和，有与刘禹锡唱和集《汝洛集》一卷，已佚，还与张籍、韩愈、元稹、李绛等唱和，在文学上主张平和自然，要“不诡

---

① 引自西江：《裴氏人物著述》，山西人民出版社，2002年，第52页。

② 刘昫等：《旧唐书》卷八四《裴行俭传》，中华书局，1975年，第2805页。

其词而词自丽,不异其理而理自新”(《与李翱书》)。裴诚,与太原温庭筠善,喜作曲子词,内容多艳情,歌妓多传唱,时人范摅评其“能为淫艳之歌,有异清洁之士”(《云溪友议》)。

裴守真,绛州稷山人。善礼仪之学,得高宗赞誉。《旧唐书·经籍志》《新唐书·艺文志》录其《神岳封禅仪注》十卷、《裴氏家谍》二十卷。裴耀卿,守真子,玄宗朝宰相,有《崔液集》[①]。

第二节 太原文学世家及创作

太原自古“人物辈出,代不乏人,皆有文武之才”[②],《隋书》卷三〇云“太原自前代已来,皆多文雅之士”[③]。到唐代,太原因其特殊的政治、军事地位,成为山西的重要文化中心,孕育了诸多文学世家和文学人才,文学创作一片繁荣。

俗语云“天下王氏出太原”,王氏渊源本章第一节已提到,此不赘述。以下就太原王氏和祁县王氏来谈。

太原王氏文人有王贞、王泠然、王英、王翰、王湝、王仲舒、王彦威等,其中王翰在盛唐诗坛享有盛誉,是著名边塞诗人。王翰工诗,多壮丽之词,在当时就有才名。文士祖咏、杜华等与之游从,华母崔氏云:“吾闻孟母三迁,吾今欲卜居,使汝与王翰为邻,足矣。”[④]张说为集贤大学士时与徐坚品论文坛人物,张说评“王翰之文,如琼林玉斝”。王翰少豪荡不羁,家资富饶,登进士第后,整日喝酒。张嘉贞任并州长史,惊异其才,厚礼之。王翰撰写乐辞且歌且舞感张嘉贞知遇之恩,神气豪迈。张说后镇并州,对王翰更是以礼相待。开元九年

① 以上均引自周祖譔:《中国文学家大辞典(唐五代卷)》,中华书局,1992年。
② 引自汪波:《魏晋北朝并州地区研究》,人民出版社,2001年,第61页。
③ 魏徵等:《隋书》卷三〇《地理志》,中华书局,1973年,第860页。
④ 傅璇琮:《唐才子传校笺》第一册,中华书局,1987年,第144—147页。

(721)张说入朝为相，荐王翰入朝任通事舍人，又擢驾部员外郎。王翰时“枥多名马，家有妓乐”，“发言立意，自比王侯。颐指侪类，人多嫉之”①。王翰诗如其人，尤其是边塞诗刚健有力。如《饮马长城窟行》“长安少年无远图，一生惟羡执金吾。麒麟前殿拜天子，走马为君西击胡。……此时顾恩宁顾身，为君一行摧万人。壮士挥戈回白日，单于溅血染朱轮”刻画了一位为保卫边疆视死如归的勇士形象。著名的两首《凉州词》，已成为盛唐边塞诗的典范。其一“葡萄美酒夜光杯，欲饮琵琶马上催。醉卧沙场君莫笑，古来征战几人回”展现了一位将要赴边的将士视死如归的豪迈气概；其二“秦中花鸟已应阑，塞外风沙犹自寒。夜听胡笳折杨柳，教人意气忆长安”以对比的手法描写了塞外环境的恶劣，同时抒写了守边将士的思乡之情。

祁县王氏文人有王珪、王茂时、王熊、王遘、王初等。王珪既是著名的文学家，又是政治家，《旧唐书》卷七〇载王珪唐初为李世民府谘议参军，贞观元年赐爵永宁县男，迁黄门侍郎；二年，拜侍中，与房玄龄、李靖、温彦博、戴胄、魏徵等同知国政，行宰相事。王珪行事奉礼，不畏高下。为礼部尚书时与诸儒正定《五礼》，同年兼魏王泰师，“泰每为之先拜，珪亦以师道自居”。初唐公主出降，废“妇见舅姑”之礼。王珪子敬直尚南平公主，珪曰：“今主上钦明，动循法制。吾受公主谒见，岂为身荣，所以成国家之美耳。”于是受公主行礼，至此后，公主下降皆备妇礼。王珪敢于直谏，受到太宗尊敬。贞观十三年(639)卒，“太宗素服举哀于别次，悼惜久之，诏魏王泰率百官亲往临哭，赠吏部尚书，谥曰懿”②。王珪的为人为官体现了晋人耿直守礼的气质。王珪诗质朴刚健，不同于当时的宫体诗，《全唐诗》存其两首

① 刘昫等：《旧唐书》卷一九〇中《文苑传中》，中华书局，1975年，第5039页。
② 刘昫等：《旧唐书》卷七〇《王珪传》，中华书局，1975年，第2530页。

咏史诗:《咏汉高祖》和《咏淮阴侯》。

祁县温氏也是一支大家族。西晋时温羡兄弟六人号曰“六龙”①。东晋温峤有政治才能,拜侍中,“机密大谋皆所参综,诏命文翰亦悉豫焉”,后为中书令,“有栋梁之任,明帝亲而倚之”②。温峤为东晋王朝的稳定立下了汗马功劳,温氏地位更声名大震。到唐代,温氏仍然风云于政坛与文坛。《旧唐书》卷六一载温大雅、温彦博、温彦将三兄弟追随李渊起兵反隋建唐,其中大雅在李世民与太子建成争帝斗争中起了重要作用。温氏兄弟颇受高祖与太宗推重,大雅历仕黄门侍郎、工部侍郎、礼部侍郎,彦博和彦将分别官至中书令和中书侍郎。温氏兄弟皆以才辩知名。初,温父朋友薛道衡、李纲见温氏兄弟三人,惊叹曰“皆卿相才也”,其中大雅在李渊起兵时,为大将军府记室参军,专掌文翰。建唐之际,与窦威、陈叔达等参定立国礼仪,后撰《大唐创业起居注》三卷,记载李渊起兵到建唐之间的事情。《新唐书·艺文志》还录《今上王业记》六卷、《大丞相唐王官属记》二卷。彦博“善于宣吐,每奉使入朝,诏问四方风俗,承受纶言,有若成诵。声韵高朗,响溢殿庭,进止雍容,观者拭目”,有文集两卷。彦博有两子温振和温挺,振官至中书舍人,挺尚高祖女千金公主③。温翁念,彦博之孙,武则天时人,有诗才。

温氏文人中最著名的是晚唐的温庭筠。庭筠,字飞卿,温彦博后人,为人放荡不羁,傲岸耿介,好讥讽时政,一生坎坷。庭筠才情横溢,诗词文赋皆擅,《旧唐书》卷一九〇下云庭筠“苦心砚席,尤长于诗赋”,又“能逐弦吹之音,为侧艳之词”④。庭筠才思敏捷,《北梦琐言》

① 房玄龄等:《晋书》卷四四《温羡传》,中华书局,1974年,第1266页。

② 房玄龄等:《晋书》卷六七《温峤传》,中华书局,1974年,第1787页。

③ 刘昫等:《旧唐书》卷六一《温大雅传》,中华书局,1975年,第2359—2362页。

④ 刘昫等:《旧唐书》,卷一九〇下《文苑传下》,中华书局,1975年,第5079页。

记其“才思艳丽，工于小赋，每入试，押官韵作赋，凡八叉手而八韵成”，时人称为“温八叉”[①]，《唐摭言》记“温庭筠烛下未尝起草，但笼袖凭几，每赋一咏，一吟而已，故场中号为‘温八吟’”[②]。温诗风格绮丽，细腻委婉，写尽儿女柔媚之态，如“藕肠纤缕抽轻春，烟机漠漠娇娥嚬……芙蓉力弱应难定，杨柳风多不自持”（《舞衣曲》），但也不乏“韵格清拔”之句，如“鸡声茅店月，人迹板桥霜”（《商山早行》），温庭筠与李商隐在诗坛齐名，号称“温李”。温词风格“香而软”，主要写闺阁生活、爱情相思，刘熙载称“精妙绝人，然类不出乎绮怨”[③]。如《菩萨蛮》（小山重叠金明灭）刻画了一位晚起梳妆打扮，风情慵懒的女子形象，《更漏子》（星斗稀，钟鼓歇，帘外晓莺残月）在情景交融中展现了一位女子月夜思念旧情人的愁绪。温庭筠可以说是中国词史上第一位专力填词的词人，被喻为花间词派鼻祖，上承唐诗，下开宋词，对词的发展有着不可磨灭的贡献；庭筠又与李商隐、段成式皆善骈文，又都排行十六，时号“三十六体”。温庭筠一生著述颇丰，《新唐书》载其《握兰集》三卷、《金荃集》十卷、《诗集》五卷、《汉南真稿》十卷，又有与段成式、余知古等人诗文合集《汉上题襟集》十卷，已佚[④]。其中《汉上题襟集》作于大中十三年（859），时温、段二人为山南东道节度使、襄州刺史徐商从事，在襄阳。《直斋书录解题》录《汉上题襟集》为三卷，并云“唐段成式、温庭筠、逢皓（按：《文献通考》作崔皎，无逢皓）、余知古、韦蟾、徐商等唱和诗什，往来简牍。盖在襄

① 孙光宪：《北梦琐言》卷四，上海古籍出版社，1981 年，第 29 页。

② 王定保：《唐摭言》卷一三，上海古籍出版社，1978 年，第 145 页。

③ 刘熙载：《艺概》，上海古籍出版社，1978 年，第 107 页。

④ 欧阳修、宋祁：《新唐书》卷六〇《艺文志四》，中华书局，1975 年，第 1607、1624 页。

阳时也"[①]。《新唐书》还载其小说《乾馔子》三卷、《采茶录》一卷,杂艺术《学海》三十卷[②]。像温庭筠这样擅长各种文体且都有名作传世的奇才在整个中国文学史上都是少见的。

温庭皓,庭筠之弟。庭皓与其兄一样性格耿介,不畏邪恶,咸通中为徐州节度使崔彦曾团练巡官,九年(868)庞勋杀崔彦曾,因庭皓有文才,逼其写表上奏皇帝以立自己为节度使,庭皓不从,第二年被杀。庭皓有诗才,在山南东道节度使府时与温庭筠、段成式、韦蟾等诗文唱和,结集《汉上题襟集》[③]。庭皓著名的咏梅诗"一树寒林外,何人此地栽。春光先自暖,阳艳暗相催。晓觉霜添白,寒迷月借开。余香低惹袖,堕蕊逐流杯。零落移新暖,飘扬上故台。雪繁莺不识,风袅蝶空回。羌吹应愁起,征徒异渴来。莫贪题咏兴,商鼎待盐梅"(《梅》)以"霜""月""雪""盐"等喻洁白的梅花,颇有特色。

温宪,庭筠子,有诗名,咸通末与俞坦之、剧燕、郑谷等人号为"十哲"[④]。

与蒲绛文学世家相比,太原文学世家则较少政治史学之才,但却出现了唐代文坛上重量级的文学家王翰、温庭筠等,他们的创作则侧重诗情。

第三节 经世致用的北方文化传统和唐代古文运动

北方地域的险峻壮美和民族性格的刚直豪勇体现在文学上就

---

① 陈振孙:《直斋书录解题》卷一五,上海古籍出版社,1987年,第442页。

② 欧阳修、宋祁:《新唐书》卷五九《艺文志三》,中华书局,1975年,第1542、1564页。

③ 周祖譔:《中国文学家大辞典(唐五代卷)》,中华书局,1992年,第767页。上载有温庭皓参与唱和,《新唐书》卷六〇《艺文志四》和《直斋书录解题》卷一五均未载温庭皓。

④ 王定保:《唐摭言》卷一〇,上海古籍出版社,1978年,第114页。

是“不适雕章缛句之虚饰，更难拘于韵律声病之束缚”，即魏徵所说的“词义贞刚，重乎气质”，故王锡昌提出“古文运动得始盛于北方”。又指出古文运动的促成与明经试、修史有着密切关系，因为“明经则抑华而务质，修史则厌虚而求实”①，其中“修史”是北方文化的一个传统。

以“蒲州—太原”沿线区域的文化所代表的山西文化作为北方文化的一个重要部分，其经世致用的文化传统对唐代古文运动从发生、发展到高潮都有着至关重要的贡献。北朝周太祖就力革晋以来的浮华文风，文臣苏绰“建言务存质朴”，“属词有师古之美”，太祖在“魏帝祭庙，群臣毕至”之际，命苏绰作大诰，“自是之后，文笔皆依此体”②。开皇四年隋文帝更是动用国家法律手段来革除浮华文风，普诏天下，要求“公私之翰，并宜实录”，至是“公卿大臣，咸知正路，莫不钻仰坟集，弃绝华绮，择先王之令典，行大道于兹世”。炀帝时，李谔上书要求效文帝法③。隋末王通推崇古文，在理论上讲求王霸之略，在实践中为唐培养了一批经世致用之才。武则天时，晋阳“富吴体”内容上的以经典为本和形式上的散体化，为开元、天宝年间古文家们开辟了一条复古的道路。“于是萧颖士、李华、贾至等，始奋起崇尚古文，元结、独孤及、梁肃诸人，相与为之左右。及乎韩柳继起，而后古文之体大行，为后世所宗。”④其间蒲州人柳冕、吕温提出了一系列古文理论，并与萧颖士、李华、梁肃等人友善，理论上相互影响。发展到柳宗元，则从理论和实践上把古文运动推向了高潮。

① 引自杜晓勤：《隋唐五代文学研究》，北京出版社，2001年，第1117页。
② 令狐德棻等：《周书》卷四一、二二，中华书局，1971年，第744、391—392页。
③ 魏徵等：《隋书》卷六六，中华书局，1973年，第1545页。
④ 谢无量：《中国大文学史》，中州古籍出版社，1992年，第9页。

1. “蒲州—太原”沿线区域文学世家对古文运动的贡献

以下主要就蒲绛文学世家对古文运动的贡献而言。

首先，修史的传统。笔者据《中国文学家大辞典（唐五代卷）》统计，蒲绛文学世家中出现了诸多史学家，如薛元超、薛曜，张说、张次宗、张彦远，裴廷裕，其中柳氏最多，有柳芳、柳登、柳冕、柳璟、柳珵等。修史讲求语言朴实，叙事真切，反映到文学上就是宗经复古，文以载道。这些家族政治上的显赫地位必然扩大修史“厌虚而求实”对文风的影响，对中唐古文运动的理论和创作产生直接影响。

其次，创作古文的传统。一方面是以王通为中心的河汾作家群提出了一系列古文理论。王通友人魏徵在《隋书》中就主张为文内容经世致用，文风刚健质朴，并总结北方文学特点为“词义贞刚，重乎气质”，但也批评其“气质则理胜其辞”，即重质不重文的缺点，如果能与南方文学的“清绮”“文华”结合，则“文质斌斌，尽善尽美”。可见古文运动从一开始就是以质为主但并不反对文，文质并重发展到柳宗元，创作了大量情致感人、文采斐然的散文。另一方面蒲绛文学世家与一些著名古文家有密切交往，如柳中庸与其弟柳并师从古文家萧颖士学古文，中庸是萧颖士女婿；柳芳与萧颖士、李华友善[①]；吕温早年师从梁肃学古文，与柳宗元善；薛存诚与古文运动的领袖韩愈曾诗文唱和。另外盛行于中唐的春秋学派以“救时之弊，革礼之薄”为宗旨，与古文运动在政治倾向和创作理论上相似。春秋学派的代表是啖助、赵匡和陆质，其中啖助弟子赵匡是蒲州河东人，曾师从萧颖士学古文；陆质，赵匡弟子，吕温曾从其学《春秋》，柳冕贞元六年（790）与陆质皆摄礼官，修郊祀仪注。陆质为王叔文集团成员，与柳宗元、吕温善。

① 欧阳修、宋祁：《新唐书》卷二〇二，中华书局，1975年，第5769—5770页。

重要的是这些家族本身诞生了对古文运动影响深远的著名古文家柳芳、柳登、柳冕、吕温、柳宗元等人。柳冕与独孤及、梁肃、权德舆等在开元、天宝年间一起力倡宗经复古,强调文以载道,“盖言教化发乎性情,系乎国风者,谓之道。故君子之文,必有其道”(《答衢州郑使君论文书》)。“自屈宋以降,亡于比兴,失古义矣”[①](《与徐给事论文书》),由此否定了屈宋以下的文学。柳冕的理论虽过于偏激,但毕竟为古文运动高潮的到来作了理论准备,具有一定的积极意义。吕温,在政治上和当时名士韦执谊、陆质、李景俭、韩晔、韩泰、陈谏、柳宗元、刘禹锡等人与王叔文交往深密,定为死交[②],并积极参与永贞革新。与政治革新相适应,吕温为文内容上讲求“王霸富强之术,臣子忠孝之道”[③],形式上鄙章句重义理,但并未完全否定文,而是主张文为道服务,“文为道之饰,道为文之本;专其饰则道丧,反其本则文存……琢磨仁义,浸润道德,存皇王理乱之迹,求圣哲行藏之旨,达可以济乎天下,穷可以摅其光明,无为矻矻笔砚间也”[④],和韩愈“文以贯道”一致。柳宗元,则与韩愈一起掀起了中唐古文运动的高潮。柳宗元早年“以中正信义为志,以兴尧、舜、孔子之道、利安元元为务”(《寄许京兆孟容书》),提出“文者以明道”(《答韦中立论师道书》),但其道不同于韩愈保守的儒学之道,而是“意欲施之事实,以辅时及物为道”。在文与道的关系上,反对“务富文采,不顾事实”(《答吴武陵论〈非国语〉书》)的无用之辞,但不是否定一切文辞,而是要“引笔行墨,快意累累,意尽便止”[⑤]。柳宗元远贬永州、柳州后,环顾南方

① 引自周祖譔:《中国文学家大辞典(唐五代卷)》,中华书局,1992 年,第 575 页。
② 刘昫等:《旧唐书》卷一三五《王叔文传》,中华书局,1975 年,第 3734 页。
③《文渊阁四库全书》,第 1077 册,上海古籍出版社,1987 年,第 441 页。
④《文渊阁四库全书》,第 1077 册,上海古籍出版社,1987 年,第 620 页。
⑤ 以上柳宗元观点均出自《柳河东集》,上海人民出版社,1974 年。

荒蛮的山川风物,再联系自身的不幸遭遇,在创作实践中结合家学传统的古文理论,以“辅时及物”为旨,创作了一系列情致感人的优秀散文,在对现实进行批判的同时抒发了怀才不遇的苦闷。正是古文的家学传统和南贬生活一起缔造了柳宗元独特的古文风格,质朴古雅又幽怨凄婉。

2. “富吴体”与古文运动

“富吴体”,又称“吴富体”,指武则天长安时期富嘉谟与吴少微同为晋阳尉时在太原所创作的碑颂体文。

《旧唐书》卷一九〇中载:

> 先是,文士撰碑颂,皆以徐、庾为宗,气调渐劣。嘉谟与少微属词,皆以经典为本,时人钦慕之,文体一变,称为富吴体。嘉谟作《双龙泉颂》《千蠋谷颂》,少微撰《崇福寺钟铭》,词最高雅,作者推重。①

《新唐书》卷二〇二载:

> 天下文章尚徐、庾,浮俚不竞,独嘉谟、少微本经求,雅厚雄迈,人争慕之,号“吴富体”。②

从以上记载可知唐初文坛仍然沿袭江左文风,骈文盛行,以徐、庾为宗。再加上太宗的喜爱和提倡,致使“文章竞为浮华,遂成风俗”③。

---

① 刘昫等:《旧唐书》卷一九〇中《文苑传中》,中华书局,1975年,第5013页。
② 欧阳修、宋祁:《新唐书》卷二〇二《文艺传中》,中华书局,1975年,第5752页。
③ 令狐德棻等:《周书》卷二三,中华书局,1971年,第391页。

到太宗、高宗朝的文坛领袖上官仪，创作绮错婉媚，被称为“上官体”，时人与后进纷纷仿效。武则天时期仍然如此，甚至蔓延到开元、天宝年间。而富、吴二人的碑颂文内容上以经典为本，形式上散体化，不同于当时流行的骈体文，已有学者指出“富吴体”是中唐古文运动最早出现的新式散文体，在创作实践上是古文运动的渊源，所以谈到古文运动的渊源不能不说“富吴体”①。

开元中大学士张说与徐坚论近世文章，把“富吴体”与当时著名文士的文章进行了形象而确切的比较：“李峤、崔融、薛稷、宋之问之文如良金美玉，无施不可。富嘉谟如孤峰绝岸，壁立万仞，浓云郁兴，震雷俱发，诚可畏也，若施于廊庙，骇矣！阎朝隐如丽服靓妆，燕歌赵舞，观者忘疲，若类之《风》《雅》，则罪人矣。”②可见“富吴体”在当时文坛的出现是反“传统”的，体现了一种不同于清绮艳丽风格的刚骨质雅。

“富吴体”的代表作主要指《旧唐书》所载的三篇文章，如今只存吴少微《唐北京崇福寺铜钟铭（并序）》一篇③。吴文句式灵活，不同于四六骈文，语言清新质朴，刚健有力，典型地体现了“富吴体”的特征。另两篇《双龙泉颂》《千蠋谷颂》已佚。值得庆幸的是唐代出土墓志中有一篇吴富同撰的《崔公墓志》，这一墓志对了解富吴体是弥足珍贵的文学资料，行文已改六朝徐、庾的华艳夸饰，叙事写人典重而质实④。“富吴体”出现于太原并不是偶然的，而是得助于太原的地域文化传统，即北方壮美山川的环境影响和古文创作的传统熏陶。

---

①康玉庆、靳生禾：《唐代“富吴体”与北都晋阳》，《大同高专学报》1998年第2期。

②欧阳修、宋祁：《新唐书》卷二〇一《文艺传上》，中华书局，1975年，第5743页。

③董诰等：《全唐文》卷二三五，中华书局，1983年，第2379页。

④戴伟华：《出土墓志与唐代文学研究》，见《唐代文学研究丛稿》，台北学生书局，1999年，第4页。

《旧唐书》所著录的三篇文章都有关太原的地域风貌，其中崇福寺为北都名寺，在太原南五里，第二章第二节已提到，此不赘述。双龙泉为北都名泉，即今太原市阳曲县西北的南、北二龙泉。附近有大安寺，建于唐初，玄奘法师曾传讲于此，故又名“三藏寺”。据寺碑记载，这里“象山拱翠，峙鸾凤而走蛟龙”，为“天下古龙泉之地”。千蠋谷又作“乾烛谷”，为唐时太原通往西北诸州的交通咽喉。乾烛谷山势险要，沟谷曲深，绵延于天门关和两岭关之间。隋炀帝杨广做晋王时曾在谷东侧修有一条栈道，因狭窄俗呼“羊肠坂”，又名“杨广道”。《旧唐书》卷五五载，武德二年（619）十一月，李世民帅王师征讨占据山西的顽敌刘武周，一路沿“蒲州—太原”道，大破刘武周军于蒲州、绛州、雀鼠谷、介州，最后迫使“武周大惧，率五百骑弃并州北走，自乾烛谷亡奔突厥”，于是“进平并州，悉复故地”①。太原的壮美山川和险峻地势，再加上北方军事重镇的特殊氛围，造就了富、吴二人的碑颂文刚健有力犹如洪钟的风格。

太原特殊的地域风貌对“富吴体”的形成有着一定影响，但最重要的还是太原这个大的文化环境的熏陶。太原作为唐时山西的区域中心，聚集了大批人才，有着良好的文化氛围，而且在文学上有着宗经复古的传统，文风质朴刚健，再加上人民崇侠尚武，性格豪迈，为“富吴体”的诞生造就了特殊的文化氛围。

第四章 唐代河中府、太原府的文人创作

中唐以后，方镇势力扩大，多自辟僚佐，不报朝廷。元稹《唐故越州刺史兼御史中丞浙江东道观察等使赠左散骑常侍河东薛公神道

① 刘昫等：《旧唐书》卷五五，中华书局，1975年，第2254页。

碑文铭》云“时贞元中，宠重方镇，方镇喜自用，不用朝廷法”[①]，《唐会要》卷七九载，大和二年（828）奏“如或统帅专征，特恩开幕，戎府初建，军幄籍才，事关殊私，别听止进”。方镇的稳定与否直接关系到朝廷的稳定与否，于是朝廷往往派宰相出镇，开成三年（838）奏“宰相自朝廷出镇，奏请朝官及刺史佐幕……如或辟用他官，不奏亦得”[②]。山西作为唐北方门户，有着战略性的军事地位。唐初置河东节度使（治太原），以与朔方节度使形成犄角之势来保卫关中。中晚唐，增置河中节度使（治蒲州）和昭义军节度使（治潞州），河东节度使仍治太原。河中府和太原府是北方两个军事重镇，笔者据郁贤皓《唐刺史考全编》和戴伟华师《唐方镇文职僚佐考》统计，以高官出镇河中府的有郭子仪、李怀光、浑瑊、张弘靖、崔铉、郑光、杜审权、王重荣和朱全忠等。出镇河东的更多，其中由宰相节度的有李嵩、杜暹、辛云京、张弘靖、李程、康承训、郑从谠、萧邺、李蔚；由宰相节度河东又复为宰相的有张说、王缙、裴度；由皇室成员节度河东的有信安王李祎。

节度使往往入相天子，由河东节度使升至宰相的有张嘉贞、马燧、李克用。府主在入朝的同时往往会提拔一些得意的幕僚为地方官或朝官。如《旧唐书》卷一七四载，元和十四年（819）河东节度使张弘靖入朝为吏部尚书，掌书记李德裕随其入朝为监察御史[③]；《新唐书》卷一八三载刘三复“以善文章知名”，李德裕为浙西节度使时“奇其文，表为掌书记”，后领剑南、淮南时刘三复仍从之。会昌中李德裕为宰相，提拔刘三复为刑部侍郎、弘文馆学士[④]；《旧唐书》卷

① 元稹撰，冀勤点校：《元稹集》卷五三，中华书局，2010年，第662页。

② 王溥：《唐会要》卷七九，中华书局，1955年，第1448页。

③ 刘昫等：《旧唐书》卷一七四《李德裕传》，中华书局，1975年，第4509页。

④ 欧阳修、宋祁：《新唐书》卷一八三《刘邺传》，中华书局，1975年，第5381—5382页。

一九〇下载，薛逢“文辞俊拔”，会昌六年至大中三年（846—849）间在崔铉河中幕，后崔复为相，奏薛逢为万年尉，直弘文馆，累迁侍御史、尚书郎[①]。

这样的府主必然使大批优秀但仕途失意的文人趋之若鹜。《旧唐书》卷一三八云“大凡才能之士，名位未达，多在方镇。……思登阙庭，如望霄汉”[②]，宋欧阳修《唐武侯碑阴记》云“唐诸方镇以辟士相高，故当时布衣韦带之士，或行著乡闾，或名闻场屋者，莫不为方镇所取，至登朝廷，位将相，为时伟人者，亦皆出诸侯之幕”[③]，明胡震亨《唐音癸签》云“唐词人自禁林外，节镇幕府为盛。……中叶后尤多。盖唐制，新及第人，例就外幕，而布衣流落才士，更多因缘幕府，蹑级进身”[④]。中唐以后节度使又多为文人，这样必然会以方镇为单位，以府主为中心形成一个个文人集团，进行一定的文学创作活动。戴伟华师在其专著《唐方镇文职僚佐考》中以方镇为单位对方镇幕僚进行了全面梳理，指出方镇以一定区域为活动范围，所以幕府文人的文学创作活动也被相对地限制在一定的区域中，他们的创作必然会描述到方镇所在地的地域风貌，反映出其地域文化特点。

河中府和太原府作为唐代山西的两个文化中心，离不开这两个雄镇幕府文人的创作，他们的创作在一定程度上反映了山西的地域文化。笔者把幕府文人的诗文创作归纳为三类：一、幕府文人之间的诗文唱和，二、幕府文人的个人创作，三、游历幕府的文人与幕府文人之间的诗文唱和。

① 刘昫等：《旧唐书》卷一九〇下，中华书局，1975 年，第 5079 页。
② 刘昫等：《旧唐书》卷一三八，中华书局，1975 年，第 3778 页。
③ 曾枣庄主编：《宋代序跋全编》卷一〇一，齐鲁书社，2015 年，第 2820 页。
④ 胡震亨：《唐音癸签》卷二七《谈丛三》，上海古籍出版社，1981 年，第 285 页。

第一节　幕府文人的诗文唱和

唐代文人喜欢一起游历饮宴赋诗并结集，然后一人作序记之，幕府文人也不例外。幕府文人之间的诗文唱和是幕府文学创作的主体。这种唱和无疑是一场诗文比赛，一场诗文技艺切磋的盛会，不仅娱乐了生活，而且提高了文人的诗文素养，丰富并发展了当地文学。

1. 河中府文人诗文唱和

有关河中府鹳雀楼的诗文唱和，详见第二章第二节，此不赘述。

兴元元年至贞元十五年（784—799），浑瑊以相位节度河中。浑瑊有文才，通《春秋》《汉书》，曾仿司马迁《太史公自序》著《行纪》一文①。浑瑊和幕僚的游历饮宴往往在重大节日进行，在这样的场合幕僚是要写诗来祝贺府主或娱乐气氛的。卢纶其时为河中元帅府判官、检校金部郎中，是浑瑊幕府文人集团的主将，写有大量奉和诗，如《腊日观咸宁王部曲娑勒擒豹歌》《奉陪侍中登白楼》《春日喜雨奉和侍中宴白楼》《奉陪侍中游石笋溪十二韵》《九日奉陪浑侍中登白楼》《九日奉陪侍中宴白楼》《九日奉陪侍中宴后亭》《九日奉陪令公登白楼同咏菊》《奉陪浑侍中上巳日泛渭河》《奉陪侍中春日过武安君庙》（后两首是卢纶陪浑瑊入长安时所写）等诗歌。从这些诗歌的题目可知浑瑊他们常去的地方是“白楼”，《永济县志》卷三载白楼在河中府北城②。从白楼可以远望黄河，卢纶在诗歌里尽情描绘了黄河雄伟万千的姿态，见第二章第一节。

这些诗歌或歌颂浑瑊的平叛功勋和富贵显赫，如“顾盼亲霄汉，谈谐息鼓鼙”（《奉陪侍中登白楼》）、“玉筵秋令节，今钺汉元勋”（《九日奉陪侍中宴白楼》）；或写宴游场面，如“睥睨三层连步障”写白楼

---

①《中国历史大辞典·隋唐五代史》，上海辞书出版社，1995年，第568页。

② 陈贻焮等：《增订注释全唐诗》第2册，文化艺术出版社，2001年，第850页。

城墙上围着的屏幕有三层,“俨然冠剑拥成林”(“冠剑”指代官吏,这里指浑瑊幕僚)写浑瑊在众多幕僚陪同下登楼饮宴,“艳艳风光呈瑞岁,泠泠歌颂振雕盘”(《春日喜雨奉和侍中宴白楼》)写宴饮场面上的歌乐,“欹松倚朱幰,广石屯油幕”(《奉陪侍中游石笋溪十二韵》)写宴游时所乘的豪华车辆和所搭的帐篷,“彩笔征枚叟,花筵舞莫愁”(《九日奉陪侍中宴后亭》)写饮宴中的诗文唱和和歌舞表演;或写府主与幕僚饮宴的欢畅和关系的融洽,幕僚可以不拘礼节,烂醉如泥,如“今日陪尊俎,唯当醉似泥”(《奉陪侍中登白楼》)、“今朝醉舞共乡老,不觉倾欹懈豸冠”(《春日喜雨奉和侍中宴白楼》);或向府主敬酒以表达对浑瑊知遇之恩的谢意,如“玉壶倾菊酒,一顾得淹留”“琼尊犹有菊,可以献留侯。……黄雀知恩在,衔飞亦上楼”(《九日奉陪令公登白楼同咏菊》)。

2. 太原府文人诗文唱和

与河中府相比,太原府的军事战略地位更为重要,被喻为“北门”。本章开始部分已提到出镇太原府的多为朝廷重臣,还有许多是宰相,围聚在他们身边的幕僚多为他们自己选拔的优秀人才,从而形成一个个文人集团。如《旧唐书》卷一五八载,乾符中(874—879),“盗起河南,天下骚动”,北塞受到阴山府沙陀都督李国昌部族的虎视和侵扰,为了安定北塞,僖宗下诏命宰相郑从谠制之。诏曰:“朕以北门兴王故地,以尔尝施惠化,尚有去思。方当用武之时,暂辍调元之职,伫歼凶丑,副我忧勤。可检校司空、司平章事、太原尹、北都留守、河东节度,兼行营招讨等使。”并允许郑从谠“自择参佐”,于是“乃奏长安令王调为副使,兵部员外郎、史馆修撰刘崇龟为节度判官,前司勋员外郎、史馆修撰赵崇为观察判官,前进士刘崇鲁充推官,前左拾遗李渥充掌书记,前长安尉崔泽充支使。开幕之盛,冠于一时。时中朝瞻望者,目太原为‘小朝廷’,言名人之多也”[1]。郑从谠本身是弘文馆大学士,所选择的幕僚多为文人,他们所形成的文人集团必然时常诗文唱和。

开元二十年至二十四年(732—736),信安王李祎为河东、河北道行军副元帅以伐奚、契丹,幕府中就聚集了诸多人才。开元十九年(731),高适第一次游幽蓟,次年春到达太原府,写有三十韵诗赞美府中诸位幕僚“并秉韬钤术,兼该翰墨筵”,并有《信安王幕府诗(并序)》,云:“开元二十年,国家有事林胡,诏礼部尚书信安王总戎大举,时考功郎中王公,司勋郎中刘公,主客郎中魏公,侍御史李公,监察御史崔公,咸在幕府,诗以颂美数公,见于词凡三十韵。”《注》曰:“《唐诗选》残卷题作《信安王出塞》,序文‘诗以颂美数公’作‘以颂数公’。”[2] “雷霆七校发,旌旆五营连……军势持三略,兵戎自九天”点出了太原为军事重地,“大漠风沙里,长城雨雪边。云端临碣石,波际隐朝鲜。夜壁冲高斗,寒空驻彩倒。倚弓玄兔月,饮马白狼川”描绘了太原的边塞环境。

以上两则例子足以证明太原府的人才济济,虽然没有诗文唱和的具体记载和诗歌流传,但这么多优秀文人常年聚在一起,没有诗文唱和也是不可能的。下面这则例子则反映了太原府文人在游历饮宴时诗文唱和的盛况。

张弘靖元和十一年至十四年(816—819)为河东节度使[3]。“公府政多暇”(韩察《和张相公太原山亭怀古诗》),某日与幕僚登太原某一山亭,首唱《山亭怀古》一诗。幕府文人是“要视其主之好文如

---

① 刘昫等:《旧唐书》卷一五八《郑从谠传》,中华书局,1975年,第4170页。

② 刘开扬:《高适诗集编年笺注》,中华书局,1981年,第39—40页。

③ 刘昫等:《旧唐书》卷一七四《李德裕传》,中华书局,1975年,第4509页。

何，然后同调萃，唱和广”①，随从的节度判官、侍御史韩察，节度副使、检校右散骑常侍崔恭，观察判官兼殿中侍御史崔公信，节度判官、监察御史高铢，节度掌书记、监察御史李德裕及给事中陆瀍、左金吾卫大将军胡证、尚书左臣张贾均有和诗②。这些诗歌一方面描写了山亭丛石累累，依山傍泉的幽雅环境，如“丛石依古城，悬泉洒清池”（张弘靖）、“中庭起崖谷，漱玉下涟漪”（张贾）、“岩石在朱户，风泉当翠楼”（李德裕）、“叠石状崖巘，翠含城上楼。前移庐霍峰，远带沅湘流”（崔公信）、“斗石类岩巘，飞流泻潺湲。远壑檐宇际，孤峦雉堞间”（高铢）、“飞泉天台状，峭石蓬莱姿。潺湲与青翠，咫尺当幽奇”（胡证）；另一方面抒发了一种回归山林寄情山水的隐逸情趣，张弘靖“归田竟何因，为郡岂所宜。谁能辨人野，寄适聊在斯”点出自己因政事而不能长久归隐山林，只能暂时寄托于山水的心声，和诗也纷纷表达了隐逸的雅趣，如“轩冕迹自逸，尘俗无由牵。苍生方瞩望，讵得赋归田”（韩察）、“高情乐闲放，寄迹山水中”（崔恭）、“于焉悟幽道，境寂心自怡”（陆瀍）、“唯当蓬莱阁，灵凤复来仪”（张贾）、“清辉在昏旦，岂异东山游”（崔公信）、“兹焉得高趣，高步谢东山”（高铢）、“东山有归志，方接赤松游”（李德裕）。

从以上记载可见唐代幕府文人诗文唱和的盛况，他们的诗文创作表面上看来独立于当地文化之外，实际上却离不开当地地域风貌的素材和激发。

第二节 幕府文人的个人咏叹

唐时入幕是文人进入朝廷的台阶之一，白居易《温尧卿等授官

① 胡震亨：《唐音癸签》卷二七《谈丛三》，上海古籍出版社，1981 年，第 285 页。
② 戴伟华：《唐方镇文职僚佐考》，天津古籍出版社，1994 年，第 190 页。

赐腓充沧景江陵判官制》云“今之俊乂，先辟于征镇，次升于朝廷；故幕府之选，下台阁一等，异日入为大夫公卿者十八九焉”[①]，权载之《送李十弟侍御赴岭南序》云“士君子之发令名，沽善价，鲜不由四镇从事进者”[②]。可见文人入幕带有很强的功利性，即寻求仕宦的升迁，本章开头提到的李德裕、刘三复和薛逢就是“因缘幕府，蹑级进身”的典型例子，但并不能说明入幕就意味着一定会“异日入为大夫公卿”。所以幕府对那些失意的优秀文人的诱惑力是巨大的，但失望也是沉重的。如果长期停留在幕府只做一名小小的从事，那么怀才不遇的感叹就会通过诗歌创作宣泄出来。本节以卢纶为例来展现唐代幕府文人的生活、心态及创作。

卢纶一生命运多舛，宦海浮沉。大历初，入长安，三年间屡进士不第，与李端、吉中孚、韩翃、钱起、司空曙、苗发、崔峒、耿沣、夏侯审等诗歌唱和，游于驸马郭暧门下，号“大历十才子”。约大历六年（771）卢纶因文才受到宰相元载、王缙举荐，初为阌乡尉，八、九年间又被元载荐为集贤学士、秘书省校书郎、监察御史。大历十二年（777），元载被赐死，王缙被贬括州刺史，卢纶受累去官，兴元元年（784）入河中浑瑊幕为元帅府判官、检校金部郎中。贞元十三年（797）秋，因其舅太府卿韦渠牟举荐，被超拜为户部郎中，约第二年卒[③]。河中府约十三年的军幕生活丰富了卢纶的生活阅历和诗歌创作，其诗歌内容在一定程度上反映了唐代幕府文人的生活及其心态，同时也展现了河中府当地的地域风貌。

兴元元年至贞元十五年（784—799），浑瑊以相位节度河中，

① 白居易：《白居易集》卷四九，中华书局，1979年，第1033页。

② 《四部丛刊初编》，商务印书馆，1919年，第6页。

③ 陈贻焮等：《增订注释全唐诗》第2册，文化艺术出版社，2001年，第809—810页。

兼河中尹,其间还屡次加官晋爵[①]。河中府作为重镇,再加上浑瑊官位显赫,必然吸引众多文人入幕。戴伟华师在其专著《唐代使府与文学研究》中归纳幕府文人多经“科举及第—服务方镇—入朝为官”的过程[②]。卢纶入河中府前受元载、王缙事件牵累,位居下僚,可以说他也是抱着能够由服务方镇到入朝为官的功利心态投依浑瑊的。全新的军幕生活,再加上府主的赏识,激发了卢纶建功立业的壮志。卢纶河中府早期诗歌创作显示出乐观向上的精神,主要体现为对军幕生活的歌颂。

卢纶入河中府不久陪浑瑊腊日狩猎,“舍鞍解甲寂如风,人忽虎蹲兽人立。欻然扼颡批其颐,爪牙委地涎淋漓。既苏复吼拗仍怒,果协英谋生致之。拖自深丛目如电,万夫失容千马战”(《腊日观咸宁王部曲娑勒擒豹歌》)四联八句以形象的语言描绘了浑瑊部曲(即部下)娑勒擒豹的全过程,动与静、形与声相结合,让人如临其境。“万夫失容千马战”以夸张和反衬的语言突出了娑勒的神勇。既然娑勒擒豹如此神勇,那么战场上杀敌更应所向披靡,所以诗人又充满激情地赞叹道:“始知缚虎如缚鼠,败虏降羌生眼前。”“非熊之兆庆无极,愿纪雄名传百蛮”道出了诗人歌颂娑勒的目的是传其“雄名”。这首诗字里行间流露着诗人乐观向上的豪情。

卢纶创作于河中府的边塞诗中最著名的是组诗《和张仆射塞下曲六首》,关于诗歌的创作时间和张仆射的身份,历来有不同说法[③]。

---

① 刘昫等:《旧唐书》卷一三四《浑瑊传》,中华书局,1975 年,第 3707—3708 页。

② 戴伟华:《唐代使府与文学研究》,广西师范大学出版社,1998 年,第 16 页。

③ 参见傅璇琮:《唐代诗人丛考·卢纶考》,中华书局,1980 年,第 512 页。认为张仆射指张建封,张建封贞元十三年入朝,十四年还徐泗濠节度使,德宗赋诗送之,时卢纶已离开河中府入朝为户部郎中,写下此组诗以送别;蒋寅:《大历诗人研究》上册,中华书局,1995 年,第 274 页,则认为张仆射指蒲州猗氏(今山西临猗)人张延赏,笔者认同此说。如果以此推断,那么这组诗写于卢纶入河中府不久,约贞元初至贞元三年之间,张延赏贞元初为左仆射,贞元三年(787)卒。

这组诗其一写张仆射狩猎前的威武气势,“独立扬新令,千营共一呼”;其二赞美张仆射箭术神勇,“林暗草惊风,将军夜引弓。平明寻白羽,没在石棱中”;其三描述张仆射帅军乘胜追击单于,“月黑雁飞高,单于夜遁逃。欲将轻骑逐,大雪满弓刀”;其四描写战斗胜利后的庆功宴,“醉和金甲舞,雷鼓动山川”;其五展现狩猎场面的紧张,“调箭又呼鹰……扫尽古丘陵”;其六赞美张仆射“亭亭七叶贵”的世代显贵和“他日题麟阁,唯应独不名”的节操。这组诗以平淡质朴但形象生动的语言描绘了一幅幅战斗与狩猎图画,同时展现了张仆射的武功与神勇。

正是河中府真实的战斗生活让卢纶的边塞诗古朴骨健,有盛唐之气,完全不同于大历时期的诗风,从而为卢纶赢得了中唐边塞诗人的称号。

卢纶初入河中府乐观向上,充满豪情,可是随着时间的流逝,再加上军幕生活的枯燥无聊,诗人发出了“军人奉役本无期,落叶花开总不知”(《酬灵澈上人》)的悲苦吟唱。这种悲苦心情常常流露在卢纶此期的饮宴、游历、送别诗中,诗人多以对比的手法一方面赞美酬唱对象的显要发达,另一方面则悲叹自己的年老多病和长年蜗居军幕的生活。

卢纶与浑瑊之子常一起诗文唱和。《旧唐书》卷一三四载浑瑊有三子:浑练(又作浑炼)、浑镐、浑鐬[①]。《送浑炼归觐却赴阙庭》和《晚秋河西县楼送浑中允赴朝阙》分别赞美浑炼和浑镐的出身富贵和立官朝廷。《孤松吟酬浑赞善》[②]中诗人把浑赞善比作“朱门青松

① 刘昫等:《旧唐书》卷一三四《浑瑊传》,中华书局,1975年,第3710页。

② 参见陈贻焮等:《增订注释全唐诗》第2册,文化艺术出版社,2001年。蒋寅注疑“浑中允”即浑镐,第820页;“浑赞善”为浑瑊子,第839页。

树，万叶承清露”，把自己比作“深山荒松枝，雪压半离披”，自己身处军幕的怀才不遇与浑赞善出身显贵又承皇恩形成鲜明对比，“自顾同衰木”“深山白头人”写出了诗人的悲怨之情。再如与同僚和友人的送别、游历、唱和诗，《送崔邠拾遗》首联“皎洁无瑕清玉壶，晓乘华幰向天衢”是对崔邠入朝的羡慕，尾联“今日攀车复何者？辕门垂白一愚夫”则流露出诗人年老无成的辛酸和惆怅。这样的诗歌还有《同薛存诚登栖岩寺》，把薛比作“猿鹤”，把自己比作“尘泥”；《和崔侍郎游万固寺》中崔是“风云才子”，自己则是“蒲柳老人”。卢纶笔下的荒败景物也折射着诗人的寥落情绪，如“寺里人稀春草寒”（《同路郎中韩侍御春日题野寺》）、“落叶满阶尘满座”（《题伯夷庙》）。

卢纶大历中游长安，为“大历十才子”之一，其时十人一起游历宴饮、诗歌唱和，踌躇满志。卢纶入河中府后十才子死的死，贬的贬，诗人联系到自己在河中府的年老多病和不得志，不禁悲从中来，写下《得耿沣司法书因叙长安故友零落兵部苗员外发秘书省李校书端相次倾逝潞府崔功曹峒长林司空丞曙俱谪远方余以摇落之时对书增叹因呈河中郑仓曹畅参军昆季》一诗，“鬓似衰蓬心似灰，惊悲相集老相催。故友九泉留语别，逐臣千里寄书来。尘容带病何堪问，泪眼逢秋不喜开”，可谓字字流泪，句句含悲。几年以后当十才子只剩下卢纶与夏侯审时，畅当写诗“感怀前踪”寄于卢纶，卢纶回寄《纶与吉侍郎中孚司空郎中曙苗员外发崔补阙峒耿拾遗沣李校书端风尘追游向三十数载数公皆负当时盛称荣耀未几俱沉下泉畅博士当感怀前踪有五十韵见寄辄有所酬以申悲旧兼寄夏侯侍御审侯仓曹钊》“以申悲旧”，诗歌前半部追忆自己的坎坷经历，后半部追述昔日诗友的才情风流，今昔之比让诗人无限悲叹。

当愁绪在现实中得不到化解时，卢纶选择了向佛道归隐逃避的态度。“低回青油幕，梦寐白云居……沉思瞩仙侣，纡组正军书”（《和李中丞酬万年房署少府过汾阳景云观因以寄上房与李早年同居此观》）道出诗人在军幕服务和求仙学道隐居愿望之间的矛盾。《和裴延龄尚书寄题果州谢舍人仙居》《酬陈翃郎中冬至携柳郎窦郎归河中旧居见寄》等诗流露出诗人对乡居闲适隐逸生活的向往。卢纶与河中府柏梯寺的昙延法师交往密切，有《送昙延法师讲罢赴上都》诗，“复来拥膝说无住，知向人天何处期”讲佛法的“无住”，即不定性和随缘性；“何方非坏境，此地有归人。回首空门路，皤然一幻身”（《奉和李益游栖岩寺》）写出诗人对世事的幻灭感和对佛教的回归；“老僧无见亦无说，应与看人心不同”（《河中府崇福寺看花》）道出佛家人与世俗人心境的不同。

当期望通过府主而升迁的愿望得不到实现后，卢纶开始寻找另一条道路，即写诗给官位显赫的韦氏舅舅，企盼得到他们的提拔。这样的诗作有《秋中野望寄舍弟绶兼呈上西川尚书舅》《新茶咏寄上西川相公二十三舅大夫二十四舅》。西川尚书舅、西川相公二十三舅指韦皋；大夫二十四舅具体指谁有争议①。卢纶曾写诗给韦渠牟，韦回寄《览外生卢纶诗因以示此》夸赞卢纶风神如“珠玉曾无价”，诗歌如“琼瑶更有光”，谋略“久参花府盛”，才名“常带粉闱香”。“终期内殿联诗句，共汝朝天会柏梁”已暗示出韦有向德宗举荐卢纶之意。卢纶回《敬酬太府二十四舅览诗卷因以见示》诗，“郗公怜戆亦怜愚，忽赐金盘径寸珠”感恩韦渠牟对又“戆”又“愚”的自己的关心，“径寸珠”美誉韦诗，“忽赐”二字表现出诗人受宠若惊之感。身为太府卿

①《旧唐书》卷一三五和《新唐书》卷一六七均载韦渠牟贞元十三年至十四年间任太府卿，深得德宗亲信之事，卢纶有诗《敬酬太府二十四舅览诗卷因以见示》可证明韦渠牟为卢纶二十四舅，蒋寅疑二十四舅指韦肇，待考。见陈贻焮等编：《增订注释全唐诗》第2册，文化艺术出版社，2001年，第858页注释。

的二十四舅的夸赞与提拔之意对在河中“沉沦”已久的卢纶而言无疑带来了重入朝廷的希望与生机，“彻底碧潭滋涸溜，压枝红艳照枯株”则形象地表现了这种“久旱逢甘露”的喜悦，果然卢纶不久被超拜为户部郎中。

纵观卢纶河中府期间的诗歌，可清晰地看到其心态经历了一个“期盼—歌颂—悲苦”的过程。透过卢纶的幕府经历和心态历程，我们可深刻地感受到唐代文人入幕的功利性。

第三节　游历幕府的文人创作

唐代文人游历幕府的目的一般有三种：一是对边塞生活向往而进行的漫游；二是期望得到有影响力的府主提拔和引荐；三是路过。有唐一代，山西作为北方门户，是唐代文人游历的首选地之一。尤其到中晚唐，河中府和太原府作为北方雄镇，地处边塞，又是“蒲州—太原”道的两个端点，来往于此道的文人一般都会作短暂停留，或与府主和幕僚饮宴赋诗，或游历附近的自然景观和人文景观。游历者以外来者的新鲜目光审视着新的环境，他们的诗歌创作甚至可以说比本地文人或长期停留于此的幕府文人的创作更鲜明地体现出创作当下地点的地域风貌。

1. 对边塞生活向往而进行的漫游

漫游是唐人的一种风气。尤其是盛唐文人，有着乐观向上、建功立业的豪迈激情和对祖国大好河山的热爱，因此他们往往选择辽远的边塞来漫游。

盛唐大诗人李白曾两次游历太原。开元二十三年（735），李白怀着游历燕赵风光的心情第一次来到太原，随行友人谯郡（今安徽亳州）参军元演则是去探望任太原府尹的父亲。到达太原，李白与友人一起携歌妓泛游晋水，游历了北都名胜——晋祠，诗人后来充满留恋地回忆当时的游历：“时时出向城西曲，晋祠流水如碧玉。浮舟弄水萧鼓鸣，微波龙鳞莎草绿。兴来携妓恣经过，其若杨花似雪何。红妆欲醉宜斜日，百尺清潭泻翠娥。翠娥婵娟初月辉，美人更唱舞罗衣。清风吹歌人空去，歌曲自绕行云飞。”（《忆旧游寄谯郡元参军》）

李白眼中的太原不仅秀美，而且壮丽。“岁落众芳歇，时当大火流。霜威出塞早，云色渡河秋”（《太原早秋》），描绘的是北国的严秋；“天王三京，北都居一。其风俗远，盖陶唐氏之人欤？襟四塞之要冲，控五原之都邑。雄藩巨镇，非贤莫居”（《秋日于太原南栅饯阳曲王赞公贾少公石艾尹少公应举赴上都序》），写出了太原的唐尧民风及其政治、军事战略地位。李白眼中的太原人豪迈洒脱，如“河东郭有道，于世若浮云”（《赠郭季鹰》），太原府尹元演父亲不仅“勇貌虎”，“作尹并州遏戎虏”，而且重义，对李白热情招待。在深秋的某一天，元将军带领李白等人进行了一次围猎活动。“太守耀清威，乘闲弄晚晖。江沙横猎骑，山火绕行围。箭逐云鸿落，鹰随月兔飞。不知白日暮，观赏夜方归”（《观猎》），展现了一幅生动勇猛的北国边塞狩猎图；“八月边风高，胡鹰白锦毛。孤飞一片雪，百里见秋毫”（《观放白鹰二首》其一），一只翱翔于边风中的雄鹰跃然纸上。

这一切令李白流连忘返，“行来北京岁月深，感君贵义轻黄金。琼杯绮食青玉案，使我醉饱无归心”（《忆旧游寄谯郡元参军》）。李白一方面期望在边塞建功立业，另一方面又思念远在湖北安陆的家人，“梦绕边城月，心飞故园楼。思归若汾水，无日不悠悠”（《太原早秋》）就是这种心情的流露。

李白于天宝十一载（752）再次北游太原。

盛唐著名的边塞诗人高适和王昌龄都曾游太原。高适开元二十年（732）春到达李祎太原府，与府中僚佐结下深厚友谊，写有三十韵诗并《信安王幕府诗（并序）》，赞美府中幕僚个个为“茂才”，而且描述了太原的军事环境和险恶的自然环境。高适在太原还陪同马太守听法师讲经，"吾师晋阳宝，杰出山河最"（《同马太守听九思法师讲金刚经》）赞美九思法师为"晋阳宝"，晋阳山河天下最；王昌龄到达太原时正逢寒食节，"晋阳寒食地，风俗旧来传。……西见之推庙，空为人所怜"（《寒食即事》）追述寒食节的起源并抒发对介子推的同情和历史感慨。

晚唐也有许多诗人游历在"蒲州—太原"道上并留下了诗作，如胡曾《咏史诗：首阳山》、吴融《首阳山》和《登鹳雀楼》、马戴《鹳雀楼晴望》、张乔《题河中鹳雀楼》、司马扎《登河中鹳雀楼》、许裳《过中条山》、汪遵《吴坂》和《晋河》、赵嘏《赠五老韩尊师》和《发柏梯寺》、杜牧《并州道中》、韩偓《并州》等。

2. 期望得到有影响力的府主提拔和引荐

中晚唐，文人入仕的路子更为狭窄，入幕成为文人寻求仕途的一条主要途径，但他们并不是任何幕府都去攀附，而是选择那些雄藩大镇，"士君子之发令名，沽善价……盖视其府之轻重耳"①。

中唐诗人鲍溶一生漂泊四方，穷愁潦倒，怀才不遇，自叹"我生虽努力，荣途难自致"（《秋思》）。鲍溶曾游太原严绶幕，上诗《述德上太原严尚书绶》，"天王委管籥，开闭秦门北"赞美严绶受帝王之托保卫北门，并使之出现一派和平景象："军人歌无胡，长剑倚昆仑。终古鞭血地，到今耕稼繁。"正是太原这样的巨镇和功勋显赫的府主吸引了诗人，"樵客天一畔，何由拜旌轩。愿请执御臣，为公动朱轓"直接表达了诗人期望入幕的思想。

另一中唐诗人张祜，与鲍溶经历相似，辗转于各地使府，也曾到太原府。"位压中华险，功排上将荣"（《投太原李司空》）、"一镜辞西

① 《四部丛刊初编》，商务印书馆，1919 年，第 6 页。

阙,双旌镇北都"(《献太原裴相公三十韵》)极力对太原府的战略地位和府主的功绩进行赞美。"圣明神武尚营边,我是何人不控弦。身着貂裘随十万,心思白社隔三千。云沉古戍初寒日,雁下平陂欲雪天。却为恩深归未得,许随车骑勒燕然"(《冬日并州道中寄荆门舍》)集中表达了诗人想在太原府建功立业的愿望。

奔波于太原府的著名中唐诗人还有泉州晋江(今福建晋江)人欧阳詹。他也是仕途坎坷曲折,贞元十五年(799)北游河东李说幕。欧阳詹首先向府主献诗《咏德上太原李尚书》赞美李说身处重地显职:"那以公方郭细侯,并州非复旧并州。九重帝宅司丹地,十万兵枢拥碧油。锵玉半为趋阁吏,腰金皆是走庭流。王褒见德空知颂,身在三千最上头。"欧阳詹还常和幕府文人一起诗歌唱和,期望得到他们的引荐。如与河东行军司马郑儋登汾水上一高阁,郑儋首唱,"汾桂秋水阔,宛似到阊门"描写汾水的开阔,"惆怅江湖思,惟将南客论"(《登汾上阁》)点出欧阳詹不远万里从南到北游历的辛苦。欧阳詹和诗《陪太原郑中丞登汾上阁中丞诗曰汾楼秋水阔宛似到阊门惆怅江湖思惟将南客论南客即詹也辄书即事上答》,"贯郭河通路,萦村水逼乡"写汾水绕太原城郭而过,"莫论江湖思,南人正断肠"正是诗人奔波仕途不能归家的辛酸之情的流露。又陪郑儋和另一行军司马严绶登龙兴寺阁,欧阳詹有诗《和严长官秋日登太原龙兴寺阁野望》和《和太原郑中丞登龙兴寺阁》,其中"烟火遗尧庶,山河启圣猷""晋国颓墉生草树,皇家瑞气在楼台"点出太原古为尧都,后又属春秋晋国,如今为李唐起家之地的历史;"短垣齐介岭,片白指分流""千条水入黄河去,万点山从紫塞来"高度概括了太原的山川风貌;"自怜蓬逐吹,不得与良游""独恨侍游违长者,不知高意是谁陪"表达了诗人心中的惆怅失意。又陪严绶游童子寺,有诗《太原和严长官八月十五日夜西山童子上方玩月寄中丞少尹》。还有《太原旅怀呈薛十八侍御齐十二奉礼》,薛十八侍御指薛芳,齐十二奉礼指齐孝若,二人都为河东节度从事。“升堂有知音,此意当如何”,诗人直接向二人表达了希望他们向府主引荐自己的愿望。

欧阳詹在太原府并未谋得一官半职,疲倦之极离开太原,有《初发太原途中寄太原所思》一诗。“去意自未甘,居情凉犹辛”,诗人无论去与留都倍感辛酸,“流萍与系匏,早晚期相亲”是诗人长年漂泊生活的写照。从欧阳詹游历幕府的经历可知唐代文人追求功名的艰辛,走由幕府得到升迁的道路并不是万能的。

另传欧阳詹在太原时与一乐妓情深意切,别时詹向乐妓约定不久娶其为妻,但久无回音,乐妓相思成疾,临终时留发缕于匣并诗一首,诗云:“自从别后减容光,半是思郎半恨郎。欲识旧来云髻样,为奴开取缕金箱。”(《寄欧阳詹》)詹睹此诗后悲恸而亡。关于是否真有此事,历来说法不一[①]。通过这个故事可以窥见唐时文人的风流韵事,从侧面也反映了幕府文人歌舞饮宴的生活。

3. 路过

一种是奉使路过。中唐以后,朝廷与北夷及河北三镇的联系主要通过“蒲州—太原”道来实现,往来于此道的使臣很多。如元和十五年(820)镇州常山(河北一带)发生兵变,韩愈奉命前往宣抚[②],途经太原,在裴度幕作短暂停留。韩愈有《奉使常山早次太原呈副使

① 见周祖譔:《中国文学家大辞典(唐五代卷)》,中华书局,1992年,第495页。唐诗人孟简(?—823)有《咏欧阳行周事(并序)》;黄璞,侯官(今福建闽侯)人,生卒年不详,晚唐人,大顺二年(891)登进士第,有《闽川名士传》记唐中宗神龙以后福建文人事迹。二人均认为有此事。南宋陈振孙《直斋书录解题》认为纯属好事者传闻。清纪昀《四库全书总目提要》认为“不可谓竟无其事”。孟简和黄璞都是唐代人,尤其孟简与欧阳詹卒年相差只有二十年,可以说是同一时代人,那么他的说法应该可信。

② 刘昫等:《旧唐书》卷一六〇《韩愈传》,中华书局,1975年,第4203页。

吴郎中》,诗云:“朗朗闻街鼓,晨起似朝时。翻翻走驿马,春尽是归期。地失嘉禾处,风存蟋蟀辞。暮齿良多感,无事涕垂颐。”首联和颈联写太原的祥和气氛,朗朗的晨鼓声仿佛上早朝的鼓声,这里的土地生长着嘉禾,这里的人民有唐尧遗风,“蟋蟀辞”指《诗经·唐风·蟋蟀》,是远古太原民歌,主题劝诫人们要勤勉和节俭,要乐观向上积极奋斗。颔联写常山发生兵变,自己身负使命奔波于驿途,春尽时才能归家。太原的稳定与常山的兵乱形成鲜明对比,让诗人在最后不禁为国家局势而感慨万分,泪流满面。韩愈离开太原,在路上与裴度有诗歌往来,《奉使镇州行次承天行营奉酬裴司空相公》和《镇州路上谨酬裴司空相公重见寄》表达了诗人想快速安抚兵乱为国家分忧的心情。

还有一种是投奔其他幕府的文人途经。如晚唐诗人罗隐下第后经“蒲州—太原”道到河北魏博罗绍威幕,“不知何处是前程,合眼腾腾信马行”(《途中书怀》)反映了诗人在科举失败后希望投靠幕府以得到转机但又不能确定的矛盾心态。途经河中府故翰林张舍人旧居,有诗《经张舍人旧居》(一题作《河中经故翰林张舍人所居》),“一榻已无开眼处,九泉应有爱才人。文馀吐凤他年诏,树想栖鸾旧日春”是诗人对朝廷不重视人才的批判。另一晚唐诗人李山甫屡试不第后投魏博乐彦祯幕,经河中府蒲津关,写下了著名的《蒲关西道中作》。“国东王气凝蒲关”点出河东古为帝王之都,“紫烟横捧大舜庙,黄河直打中条山”描绘蒲津关的地域风貌,“地锁咽喉千古壮”指出蒲津关地势险要,为关中咽喉,“来来去去身依旧,未及潘年鬓已斑”抒发自己屡试不第,长年奔波,未老先衰的愁绪。诗人后经太原郑从谠幕,有诗《送职方王郎中吏部刘员外自太原郑相公幕继奉征书归省署》。

再一种是其他幕府的僚佐往来经过。如中唐诗人李益贞元四年至十二年(788—796)为邠宁(辖区为今陕西西安北至延安地区)

节度从事，途经河中，时卢纶在河中府，又是其姐夫，所以在此作短暂停留。期间李益还结识了府中其他僚佐，与他们一起饮宴游历赋诗。如李益和卢纶游栖岩寺（卢纶《奉和李益游栖岩寺》）；和崔邠登鹳雀楼，“鹳雀楼西百尺樯，汀洲云树共茫茫。汉家箫鼓空流水，魏国山河半夕阳。事去千年犹恨速，愁来一日即为长。风烟并起思归望，远目非春亦自伤”（《同崔邠登鹳雀楼》），诗歌从眼前黄河开阔茫茫的景象联想到昔日魏国和汉朝的昌隆，然而繁华的历史早已成为云烟，诗人又由历史想到自己的怀才不遇和茫然奔波，不由思念家乡，“自伤”起来。河中崔姓副使某日携琴宿使院，“犹持副节留军府，未荐高词直掖垣。谁问南飞长绕树，官微同在谢公门”（《奉酬崔员外副使携琴宿使院见示》）表达了诗人与崔副使一样滞留军幕、官微位卑的无奈。这种郁郁之情卢纶深有同感，“戚戚一西东，十年今始同。可怜歌酒夜，相对两衰翁”（《酬李益端公夜宴见赠》）。李益还同府主浑瑊及幕僚登白楼饮宴，有奉和之作《登白楼见白鸟席上命鹧鸪辞》，完全不同于私人游历饮宴中的诗歌基调，而是歌颂“问君何以至，天子太平年”。

李益离开河中府后沿“蒲州—太原”道到达太原，有诗《北至太原》。“炎祚昔昏替，皇基此郁盘”赞叹太原为王业之基，“南厄羊肠险，北走雁门寒”点出太原南临太行之险、北依雁门之隘的险峻环境。李益还与文友前往晋祠游览并赋诗《春日晋祠同声会集得疏字韵》，“风壤瞻唐本，山祠阅晋馀。水亭开帟幕，岩榭引簪裾。地绿苔犹少，林黄柳尚疏。菱苕生皎镜，金碧照澄虚。翰苑声何旧，宾筵醉止初。中州有辽雁，好为系边书”，写出了初春季节晋祠的美景，同时表达了思乡之情。

结　论

本文以“蒲州—太原”沿线为研究区域，重点放在蒲州和太原这两个区域文化中心，通过文学创作的静态和动态两个角度，即山西本土文人的创作和活动于山西的外来文人创作来再现唐时山西文学的盛况及成就，并进一步探讨山西地域文化及文学创作对唐代文学的巨大贡献。

第一，山西本土文人及其创作。

首先，山西诞生了一大批著名诗人，如王绩、王勃、王维、王之涣、王翰、卢纶、耿沣、柳宗元、薛能、司空图、温庭筠、聂夷中等，他们创作的优秀诗篇繁荣了唐代诗坛。其次，是拥有诸多声名显赫的文学世家，如“河东三著姓”——河东柳氏、汾阴薛氏和闻喜裴氏及河中张氏、吕氏和龙门王氏，太原王氏、祁县王氏及温氏。这些家族本身又诞生了众多著名的史学家和古文家，如史学家柳芳、柳登、柳冕、柳璟、柳珵等，古文家柳冕、吕温、柳宗元等。再次，是对中唐古文运动的贡献。从隋末王通倡导宗经复古历经盛唐柳冕的复古理论，到中唐吕温、柳宗元时出现了古文运动的高潮，柳宗元的古文之道不仅与现实政治结合还用于体现个人情感，扩大了古文的表现功能，并创作了一系列优秀散文。

第二，活动于山西的外来文人及其创作。

首先，往来于“蒲州—太原”道上的外来文人创作了大量的优秀诗文，以外来者的目光和心态展现了山西独特的地域风貌并丰富了本地文化，本论文第二章已就“蒲州—太原”沿线区域的自然景观、人文景观及交通要道三个方面谈了相关的诗文创作。其次，是蒲州和太原这两个文化中心的文人创作。初盛唐时期蒲州和太原分别被封为“中都”和“北都”,是重要的政治中心,到中晚唐,河中府和太原府成为北方军事重镇。政治、军事中心的地位吸引了大批文人汇聚于此,从而促成了诗文创作中心的形成。本论文第四章已就河中府和太原府幕府文人的创作来进行阐述。另外武则天时期活动于太原的富嘉谟和吴少微所创的“富吴体”在创作实践上成为中唐古文运动真正的渊源。

总而言之,唐时山西文学的成就为唐代文学的繁荣做出了巨大的贡献。唐代山西文学的繁荣并不是偶然的,而是特殊的地域文化及其政治、军事的战略地位共同促成了区域文化中心的形成,并孕育了大批的优秀人才,从而出现了文学创作的繁荣景象。

后 记

这本书能修订重版,感谢中国唐诗之路研究会的成立,感谢卢盛江会长的推荐!在天台召开的第一届学术研讨会上,安排了圆桌会议,让我发言,和参会学者现场交流互动。会前盛江兄反复强调要有引导作用,要讲方法。正好利用此书重版,有机会在地域文化与唐诗研究作一方法论的思考,成为《自序》的一部分,其中也利用了《中国文学地理学中的微观与宏观》一文的成果。

《自序》中回顾了课题结项时的情景,如果完成设想中《唐代文学家数据库》,此书应以另一种面貌出现。

《地域文化与唐代诗歌研究》立项到完成正是我调入广州的最初几年,地域文化差异、矛盾,不是理论探讨,而是现实。人文学科研究做不到纯客观,所谓零度思考也是有限度的。然而主观情感的介入确实有助于对古代人事的深入理解。

2001 和 2002 级两届硕士论文也是围绕着课题进行的。当时想地域文化研究如有实地生活经历更好,故江西宜春陈景春同学写《中晚唐袁州诗文》,而山西韩春平同学写《唐代"蒲州—太原"沿线文学》,因此,这次重版仍然保留附录中的这两篇硕士论文,格式依旧,这样比较客观反映其硕士论文水平,作者自己也做了校对,文字和注释略有修改和补充。能否达到盛江会长反复强调的起到个案分析示范作用,心中无数。只能说,二十年前的硕士论文对地方学者从事地方诗路文献整理与研究，多少有些参考作用。那时还计划着眼于“一山”（以一座山为例，如嵩山、天台山）、“一水”（以一条河为例，如黄河、长江及运河、湘水、剡溪）、“一城”（以一个城市为例，如扬州、成都、荆州）、“一线”（以一条交通线为例，如长安至洛阳、长安至河陇）等作个案分析，成系列硕士论文，至今仍未能实施。

感谢我在广州大学指导的蒋业勇、林晓燕、罗瑾怡、梁夏萌四位硕士。在此次校对过程中，他们补充完善正文的注释，作为研究生学术训练有效，但其工作辛苦、紧张，谢谢他们。著作初版不需要详细注释，如诗歌基本使用《全唐诗》本，现在补充注释，部分作品换成通行整理本，肯定仍有未校改之误，当自负其责。特别要感谢责任编辑余瑾女士，她的认真细致让我自惭而心存敬意！

壬寅正月戴伟华于平斋灯下